Holly Hepburn liebt es, Menschen zum Lächeln zu bringen – und sie liebt ihre Katze Portia. Sie hat in der Marktforschung und als Model gearbeitet, ihr großer Traum war aber schon immer das Schreiben. Nach *Um fünf unter den Sternen* ist dies ihr zweiter Roman in deutscher Sprache. Holly lebt in der Nähe von London.

Außerdem von Holly Hepburn lieferbar:

Um fünf unter den Sternen

Holly Hepburn

Herzklopfen in der kleinen Keksbäckerei

Roman

Aus dem Englischen von
Melike Karamustafa

PENGUIN VERLAG

Die englische Originalausgabe erschien 2018 unter dem Titel *A Year at Castle Court*
bei Simon & Schuster UK Ltd., London.
Die deutschsprachige Ausgabe erschien 2019 vorab im eBook in vier Teilen
(*Winterzauber in der kleinen Keksbäckerei, Valentinstag in der kleinen Keksbäckerei, Frühlingsträume in der kleinen Keksbäckerei, Hochzeitsglocken in der kleinen Keksbäckerei)* im Penguin Verlag.

MIX
Papier aus verantwortungsvollen Quellen
FSC® C083411
FSC www.fsc.org

Verlagsgruppe Random House FSC® N001967

PENGUIN VERLAG

4. Auflage

Published by arrangement with Simon & Schuster UK Ltd., London, England
Dieses Werk wurde vermittelt durch die
Literarische Agentur Thomas Schlück GmbH, 30161 Hannover

Covergestaltung: bürosüd
Covermotiv: mauritius images/Tim Gainey, Steve Atkins Photograph, Imagineer; bürosüd
Redaktion: Lisa Caroline Wolf
Satz: Greiner & Reichel, Köln
Druck und Bindung: CPI books GmbH, Leck
Printed in Germany
ISBN 978-3-328-10418-6
www.penguin-verlag.de

Dieses Buch ist auch als E-Book erhältlich.

Für Jo Williamson,
die seit zehn Jahren mein Leitstern ist.
Es tut mir leid, aber ich glaube,
du wirst mich nicht mehr los.

Winterzauber in der kleinen Keksbäckerei

CROSBY UND BILLINGHAM IMMOBILIEN

Ladenlokal zu vermieten – Castle Court, Chester

Immobilie mit Seltenheitswert: Wir vermieten ein großzügiges Ladenlokal (EG) inklusive Untergeschoss in Chesters bester Einkaufsgegend The Rows.

Castle Court ist jedem Gourmet ein Begriff – unter den florierenden Geschäften um den Platz befinden sich unter anderem eine Chocolaterie, ein echtes holländisches Pfannkuchenrestaurant und der berühmte amerikanische Bus Stop Diner.

Sie haben Interesse an diesem begehrenswerten Objekt? Dann lassen Sie sich die einmalige Chance nicht entgehen und vereinbaren Sie noch heute einen Besichtigungstermin.

Mietpreis auf Anfrage

Kapitel eins

Cat Garcia ließ den Ring mit der Reihe silberner Schlüssel daran vor der Nase ihrer besten Freundin baumeln. »Willst du oder soll ich?«

Sadie Smart spürte, wie ihr ein Schauer den Rücken hinablief, der nichts mit der kühlen Novemberluft zu tun hatte. Die letzten Wochen hatten sie allein auf diesen einen Moment hingearbeitet – den Moment, in dem sie und Cat zum ersten Mal ihre nigelnagelneue Keksbäckerei Smart Cookies betreten würden.

Es war ein Traum, der sie seit der Schulzeit verband: ein eigenes Geschäft, das Cats Backliebe und Sadies künstlerisches Talent zusammenbrachte. Und es konnte kaum einen besseren Ort für ihren Laden geben als den schrulligen Platz Castle Court im Herzen ihrer Heimatstadt. Eine Oase inmitten der alten holprigen Straßen des Einkaufsviertels The Rows.

Während sie das Schild mit den blauen und goldenen Wirbeln über der Tür betrachtete, das sie selbst gemalt hatte, erlaubte sich Sadie ein kleines Lächeln. Durch ihre

Hochzeit und die Geburt ihrer Tochter Lissy erschien ihr das Kunststudium inzwischen so weit entfernt, als hätte es in einem anderen Leben stattgefunden. Es hatte gutgetan, nun die Pinsel und auch ihre Kreativität wieder auszugraben, erst recht für etwas so Wichtiges wie ihr eigenes Geschäft. Und auch wenn sie sich ein wenig eingerostet fühlte, hoffte sie, dass sich das nicht auf ihre Arbeit ausgewirkt hatte.

»Die Ehre gebührt dir«, sagte sie, an Cat gewandt. »Mit der Beaufsichtigung der ganzen Renovierungsarbeiten hast du den schwersten Teil übernommen.«

»Du hast genauso hart gearbeitet wie ich«, bemerkte Cat, »nur eben nicht hier. Außerdem hast du eine Fünfjährige zu Hause, um die du dich kümmern musst.«

Sadie dachte an den gestrigen Nachmittag, an dem sie sich zum letzten Mal von den Kollegen in der Arztpraxis, in der sie bisher halbtags gearbeitet hatte, verabschiedet hatte. Der Gedanke, ihre Festanstellung aufzugeben, machte sie nach wie vor nervös – in Zukunft würde Lissys Schule nicht mehr um die Ecke liegen –, aber sie konnte Cat nicht länger mit der ganzen Arbeit alleine lassen. Und sie wollte auch nichts verpassen. Immerhin verwirklichten sie hier ihren gemeinsamen Traum.

»Aber jetzt bin ich hier und bereit, mich Hals über Kopf in die Arbeit zu stürzen«, sagte sie mit fester Stimme. »Auch wenn ich froh bin, dass ich mit den ganzen Handwerkern nichts zu tun hatte. Es ist mir immer noch ein Rätsel, warum du den Backofen-Typ nicht erwürgt hast.«

»Wer hat gesagt, dass ich es nicht getan habe?«, fragte Cat mit todernster Miene. »Vielleicht ist er der Grund dafür, dass der Zementboden im Untergeschoss nicht ganz eben ist.« Grinsend schob sie den Schlüssel ins Schloss. »Wir sind ein Team, also machen wir das hier zusammen. Auf drei …«

Sadie schloss die behandschuhte Hand um Cats.

»Eins, zwei, drei!«

Sie drehten den Schlüssel, und die Tür öffnete sich. Nachdem sie den Türknauf losgelassen hatten, schwang sie ganz auf. Eine warme Duftwolke aus frischem Putz und Farbe hüllte sie ein, als sie einen Blick ins Innere warfen.

An den Wänden hingen lange weiße Regale; der Holzfußboden erstrahlte nach dem Abschleifen und der Versieglung in neuem Glanz. Kleine runde Tische mit mehreren Etagen, die an Hochzeitstorten erinnerten, standen im ganzen Raum verteilt und warteten nur darauf, mit Sadies und Cats Keks-Kreationen dekoriert zu werden. An der hinteren Wand verlief ein lang gezogener Tresen aus Glas bis zu einer kleinen Nische, in der die Kasse untergebracht war. Ein glänzend weiß lackiertes Geländer lud Kunden dazu ein, der geschwungenen Treppe ins Untergeschoss zu folgen, in dem sich eine kleine, aber perfekt ausgestattete Küche im hinteren Teil eines mit langen Tischen und Bänken ausgestatteten Raums versteckte; hier wollte Sadie Kurse im Kekseverzieren geben und Geburtstagspartys stattfinden lassen. Aber erst einmal musste das Geschäft gut laufen, ermahnte sie sich selbst, wobei ihr dennoch ein kleiner aufgeregter Schauer den Rücken hinablief. Bevor die Keksbäckerei ihre Türen für Kundschaft öffnen konnte, gab es noch jede Menge zu tun.

»Womit fangen wir an?« Sadie hob fragend eine Augenbraue.

Cat machte einen Schritt über die Schwelle und streifte sich die Schuhe an der Fußmatte ab. »Zuallererst stellen wir den Wasserkocher an. Dann machen wir einen Plan.«

Sadie versuchte gar nicht erst, ihr Grinsen zu verbergen. So war Cat eben: organisiert, methodisch und mit dem festen Glauben an die Kraft von heißem Tee und To-do-Listen. Was vielleicht nicht besonders verwunderlich war, wenn man sich vor Augen führte, was für eine großartige Karriere als Chefköchin ihre Freundin hingelegt hatte. Immerhin war ein Rezept im Grunde nichts anderes als eine sehr spezifische To-do-Liste.

»Okay«, sagte Sadie und folgte Cat in den frisch renovierten Laden, bevor sie die Tür hinter sich schloss und zufrieden dem hellen Läuten der kleinen Messingglocke über ihren Köpfen lauschte. »Ich hoffe, du hast Kekse mitgebracht.«

»Glaub mir, den letzten Monat bin ich mit den verfluchten Dingern ins Bett gegangen. Ich habe Kekse gebacken, gegessen und geatmet.« Cat klopfte auf die große Stofftasche über ihrer Schulter, die mit zahllosen Schachteln und Dosen gefüllt war. »Ich habe so viele davon verschenkt, dass meine Nachbarn inzwischen sicher glauben, ich sei so eine Art Plätzchen-Dealer.«

Sadie waren die dunklen Ringe unter Cats Augen und der fahle Ton ihres sonst immer leicht sonnengebräunten südeuropäischen Teints nicht entgangen; sie war sich sicher, dass ihre perfektionistische Freundin sich in den vergangenen Wochen mehr als nur eine Nacht um die Ohren geschlagen hatte. »Und?«

»Und ich glaube, dass wir kurz vor dem Ziel stehen. Einen Keks zu kreieren, der unter all dem Zuckerguss, mit dem du ihn verzieren wirst, knusprig bleibt, war wirklich nicht leicht.« Cat stieß einen übertrieben theatralischen Seufzer aus und strich sich die langen dunklen Locken hinter die Ohren. »Du willst gar nicht wissen, in wie viele enttäuschend matschige Kekse ich in der letzten Zeit gebissen habe.«

»Mary Berry wäre stolz auf dich«, sagte Sadie, bemüht, eine ernste Miene zu machen. »Aber ich möchte, dass du weißt, wie sehr ich dein Opfer zu schätzen weiß.«

Cat zuckte mit den Schultern. »Es wird nicht das letzte gewesen sein – in Zukunft werden wir viele weitere bringen müssen. Aber ohne Tee lässt sich kein erfolgreiches Geschäft führen. Mit einer Tasse in der Hand kann ich einfach besser denken«, sagte sie, stieg die Treppe hinunter und durchquerte den kleinen Raum, bis sie die Küche erreichte.

Sadie folgte ihr.

Zwei Kühlschränke, die vom Boden bis zur Decke reichten, standen an einer Wand, an einer anderen befand sich eine Reihe glänzender Edelstahl-Backöfen. An der dritten waren weiße Regalbretter über einer polierten Marmorarbeitsplatte befestigt, auf der sich mehrere Profimixer aneinanderreihten. Daneben war ein klappbarer Stehtisch angebracht, der ebenfalls als Arbeitsfläche genutzt werden konnte.

Als Cat über den gefliesten Boden ging, um Wasser aufzusetzen, konnte Sadie nicht anders, als einen prüfenden Blick darauf zu werfen. Er war perfekt verlegt und absolut eben. Der inkompetente Backofen-Mechaniker hatte seine Sünden offensichtlich wiedergutgemacht. Aus den mit Michelin-Sternen ausgezeichneten Restaurants in Paris war Cat höchste Standards gewohnt. Perfektion war das Maß der Dinge. Alles, was darunterlag, wurde nicht toleriert. Sadie kannte Geschichten, in denen Cat mit ihrer scharfen Zunge Souschefs zum Weinen gebracht hatte. Sie selbst hatte den Zorn ihrer Freundin zu ihrer Erleichterung noch nie zu spüren bekommen. Aber sie hatten eben auch noch nie zusammengearbeitet. Als Geschäftspartnerinnen war die Wahrscheinlichkeit, dass zwischen ihnen die Fetzen flogen, sicher deutlich höher, überlegte Sadie. Schnell schob sie das leise Gefühl des Unbehagens, das sie bei dem Gedanken beschlich, beiseite. Sie musste ganz einfach sicherstellen, dass sie bei allem, was sie tat, ihr Bestes gab, vor allem wenn es um ihre Produkte ging.

Allerdings war das sehr viel leichter gesagt als getan, wenn man bedachte, dass sie eine alleinerziehende Mutter war. Lissy hatte die Aufregung um die Trennung ihrer Eltern vor einigen Monaten offenbar gut weggesteckt, aber

Sadie kämpfte noch immer mit den Herausforderungen, die ein Leben als Singlemum mit sich brachte. Ihre eigenen Eltern waren jedenfalls keine große Hilfe. Nachdem sie in Rente gegangen waren, hatten sie sich entschieden, nach Bowness, ein idyllisches Städtchen mit Blick über den Windermere-See, im Lake District zu ziehen. Doch trotz aller Schwierigkeiten war Sadie wild entschlossen, ihre ganze Kraft in das Gelingen von Smart Cookies zu stecken. Das war sie nicht nur Cat, sondern auch sich selbst schuldig.

Der Tee war stark. Cat liebte die Sorte aus Yorkshire so sehr, dass sie ganze Kartons voller Beutel mitgeschleppt hatte, während sie von Kontinent zu Kontinent gereist war, um die Küchen der Welt kennenzulernen. Inzwischen war sie nach Chester zurückgekehrt, wo sie in einer schicken Zweizimmer-Dachgeschosswohnung mitten in der Stadt wohnte, von der aus sie den Fluss Dee überblicken konnte. »Mit Sicherheit nicht vergleichbar mit der Pariser Skyline«, hatte sie am Tag ihres Einzugs Sadie gegenüber zugegeben, »aber es fühlt sich an wie zu Hause.«

»Also«, begann Cat, nachdem sie auf zwei lederbezogenen Hochstühlen an einem der runden Stehtische Platz genommen hatten. »So weit sind wir bisher.« Sie berührte das Display ihres Tablets und rief die detaillierte Tabelle auf, die ihnen als Grundlage für das gesamte Ladenkonzept diente. »Der Zeitplan für die Eröffnung Anfang Dezember steht«, murmelte sie, während sie durch die Reihen farbig hinterlegter Zahlen scrollte. »Aber wir sollten langsam anfangen, Werbung zu schalten, um die ganze Sache ins Rollen zu bringen. Die Website muss auch noch fertig werden. Dafür brauchen wir Fotos von unseren Produkten.«

Sadie warf einen Blick auf die Datumsanzeige ihrer Armbanduhr. Es war der 9. November. Nur noch dreieinhalb Wochen bis zur Eröffnung. Ziemlich knapp kalkuliert, wenn der Laden in aller Munde sein sollte, bevor das wichtige Weihnachtsgeschäft losging.

»Und bevor wir Bilder von den Keksen machen können, müssen sie verziert werden«, fügte Sadie hinzu, während sie an die verschiedenen Entwürfe dachte, die auf dem Esstisch ihres winzigen Dreizimmer-Cottages verteilt lagen, in dem sie mit Lissy wohnte. Zuerst hatten sie mit nur wenigen Designs geplant, aber Cat hatte immer mehr gewollt. Eine Willkommen-im-Leben-Baby-Serie in Rosa, Blau und Gelb mit kleinen Geschenkschachteln. Schmetterlinge, Vögel und Bienchen, die darum bettelten, angeknabbert zu werden. Personalisierbare Geburtstags-Ballons. Individuell verzierte Buchstaben für ein persönliches Dankeschön. Und nicht zu vergessen die Weihnachtsedition: essbare Weihnachtskugeln, glänzend rot-weiße Zuckerstangen, Schneeflocken und farbenfrohe Plätzchen in Form von Geschenkpaketen. Und das war nur der Grundstock. Cat wünschte sich darüber hinaus eine Reihe unwiderstehlicher Ausstellungsexemplare zur Dekoration des Ladens und des Schaufensters, mit denen Kunden verführt werden sollten, hereinzukommen und etwas zu kaufen. Das alles machte auch in Sadies Augen durchaus

Sinn – nur dass es eine enorme Herausforderung war, all die Kekse rechtzeitig zur Eröffnung fertigzustellen.

»Meinst du, du könntest die hier bis morgen früh verzieren?«, fragte Cat und griff in ihre Tasche, um eine große Tupperbox herauszuziehen. »Dann könnte ich am Vormittag damit zum Fotografen rüberflitzen.«

Mit einem leichten Gefühl der Beklommenheit spähte Sadie in die Box. »Wie viele sind das?«

»Zwei von jedem Design«, antwortete Cat und stellte eine zweite Tupperdose neben die erste auf den Tisch. »Jeweils eins für dich zum Ausprobieren und eins, das perfekt aussehen muss. Das geht doch so in Ordnung, oder?«

Sadie rutschte das Herz in die Hose. Ihr gesamtes Angebot umfasste mehr als siebzig verschiedene Designs, für jedes von denen sie mindestens zwei verschiedene Typen und Farben an Zuckerguss benötigte. Alle bis zum nächsten Morgen fertig zu bekommen, war eine Mammutaufgabe. Alleine den Zuckerguss anhand ihrer maßgeschneiderten Farbpalette herzustellen, würde mehr als eine Stunde Zeit in Anspruch nehmen.

Cat verzog entschuldigend das Gesicht. »Es tut mir leid, dass ich dir das alles aufhalsen muss, vor allem nachdem ich eine Ewigkeit gebraucht habe, das Teigrezept zu perfektionieren. Du musst mir sagen, wenn ich dir zu viel zumute. Mir ist klar, dass du dich gleichzeitig auch noch um Lissy kümmern musst.«

Das Problem ist, dass die Website so bald wie möglich online gehen muss, dachte Sadie, während sie sich die größte Mühe gab, sich nicht entmutigen zu lassen. Sie wollte Cat auf keinen Fall hängen lassen, nicht wenn der Zeitplan so knapp war. Sie würde das hinbekommen – immerhin hatte sie die Designs zigfach auf Pergamentpapier vorgezeichnet.

»Kein Problem«, sagte sie und straffte die Schultern. »Ich fange an, sobald ich zu Hause bin. Dann schaffe ich schon einen Teil, bevor ich Lissy von der Schule abholen muss.«

»Wunderbar.« Cat schenkte ihr ein warmes Lächeln. »Danke.«

Nachdem sie wieder ins Erdgeschoss hinaufgegangen waren, diskutierten sie, wie sie die Produkte auf den verschiedenen Tischen und Regalen präsentieren wollten. Augenblicklich spürte Sadie, wie sie sich entspannte. Sie war zurück in ihrem Element. Design and Ästhetik waren die Gebiete, auf denen sie sich schon immer am wohlsten gefühlt hatte. Hier lag ihr wahres Talent.

»Bei der Bestellung der Lichterketten und Wimpel habe ich es vielleicht ein bisschen übertrieben«, sagte Cat und schürzte die Lippen. »Aber ich denke trotzdem, dass wir bei der Deko in die Vollen gehen sollten. Tannenbaum, Lametta, das ganze Programm. Die Schaufenster müssen auch richtig festlich aussehen.«

Sofort meldete sich Sadies kreativer Instinkt. »Wir könnten ein winterliches Miniaturdorf bauen. Mit einem Weihnachtsmann, der im Rentierschlitten darüber fliegt, und leuchtend gelben Sternen-Keksen am Nachthimmel.«

»Das würde toll aussehen«, stimmte Cat mit glänzenden

Augen zu. »Die Häuser würde ich aus Lebkuchen machen. Damit könnten wir unsere Talente unter Beweis stellen und außerdem gleich einen Haufen weihnachtsbegeisterter Kunden an Land ziehen.«

»In der Zwischenzeit könnte ich die Schaufenster bemalen«, schlug Sadie vor und betrachtete die kahlen Glasscheiben. »Damit die Leute eine Idee davon bekommen, was wir hier bald alles anbieten.« Sie zog ihr Skizzenbuch aus der Handtasche und begann darauf herumzukritzeln, während sich Cat wieder der Tabelle auf ihrem Tablet widmete.

Sadie war so in ihre Zeichnung versunken, dass sie gar nicht mitbekam, als die Glocke über der Tür klingelte. Erst als sie eine männliche Stimme hörte, sah sie auf.

»Hallo, Nachbarinnen.« Der Mann beugte sich durch den Spalt der halb geöffneten Tür, als ob er sich nicht entscheiden könnte, ob er reinkommen sollte oder nicht.

Das Erste, was Sadie an ihm auffiel, waren seine zerzausten dunklen Haare, seine blitzenden braunen Augen und das breite Lächeln. Er trug eine schwarze Lederjacke über einem weißen T-Shirt und eine eng anliegende schwarze Jeans, die in schweren Doc-Martens-Stiefeln verschwand.

Wow, dachte Sadie und zwang sich, ihm wieder ins Gesicht zu sehen, der Typ ist die Art Nachbar, an die ich mich gewöhnen könnte. Und so wie Cat ihn anstarrte, schien sie etwas Ähnliches zu denken.

Amüsiert bemühte sich Sadie um ein möglichst neutrales Lächeln. »Hi. Wie können wir behilflich sein?«

Das Grinsen ihres Nachbarn wurde noch breiter. »Seit Wochen gehen hier die Handwerker ein und aus«, sagte er und nickte Cat zu. »Und ich dachte, jetzt, wo es so aussieht, als wären sie fast fertig, ist es an der Zeit, vorbeizuschauen und Hallo zu sagen.«

In seiner Stimme schwang ein leichter Akzent mit, der jedes Wort zum Ende hin ein wenig höher als normal und damit sofort sehr viel interessanter klingen ließ. Französisch, überlegte Sadie und hoffte gleichzeitig, dass sie sich irrte. Auch wenn Cat sehr gerne in Paris gelebt hatte, war ihre Abreise von dunklen Wolken überschattet gewesen. Das Letzte, was sie brauchte, war eine ständige Erinnerung an das, was sie als ihr Scheitern betrachtete.

Cat hatte noch immer kein Wort gesagt, also legte Sadie ihren Bleistift beiseite und streckte ihrem Besucher die Hand entgegen. »Ich bin Sadie Smart, die kreative Hälfte von Smart Cookies.«

Der Mann schüttelte ihr die Hand. »Großartiger Name für ein Keksgeschäft. Ich bin Jaren Smit. Mir gehört das holländische Pfannkuchenrestaurant gegenüber.«

Das erklärt auf jeden Fall den Akzent, entschied Sadie, und spähte an der alten Eiche, die in der Mitte des Platzes stand, vorbei in Richtung des orange-grünen Schildes, das über der doppelflügeligen Eingangstür des Let's Go Dutch hing. Dann wandte sie sich mit einem vielsagenden Blick zu Cat um. »Und das ist das Hirn hinter der ganzen Operation. Cat Garcia.«

Ihren Namen laut ausgesprochen zu hören, schien Cat

aus ihrem Tagtraum zu reißen. Ihre Wangen färbten sich leicht rosa, als sie vortrat, um Jarens ausgestreckte Hand zu ergreifen. »Freut mich, Sie kennenzulernen.«

»Die Freude ist ganz auf meiner Seite«, sagte er mit einem Lächeln. »Allerdings sollte ich Sie warnen, dass ich vermutlich nur der Erste einer Reihe von neugierigen Ladeninhabern hier in Castle Court bin, die in nächster Zeit an Ihre Tür klopfen werden. Ihr Geschäft ist schon seit einiger Zeit Anlass für die wildesten Spekulationen um unseren kleinen Platz, und jeder hier ist wahnsinnig scharf darauf, Sie endlich kennenzulernen.«

Cat und Sadie tauschten einen Blick.

»Wir freuen uns auch schon darauf, alle zu treffen«, sagte Sadie vorsichtig. »Wir probieren mit unserer Keksbäckerei etwas vollkommen Neues aus. Da ist es schön zu wissen, dass wir freundliche Nachbarn haben.«

Jaren nickte. »Castle Court ist ein ganz besonderer Ort. Wir passen hier alle aufeinander auf. Was natürlich nicht heißt, dass sich jeder mit jedem gleich gut versteht, aber wir sind ein bisschen so etwas wie eine Familie. Wir versuchen uns gegenseitig zu helfen, wann immer es nötig ist. Sie müssen nur Bescheid geben.«

Als Jaren abermals sein charmantes Lächeln zeigte, fragte sich Sadie unwillkürlich, ob es denselben Effekt auf Cat hatte wie auf sie selbst. Es sah nämlich ganz so aus, als ob sich ihre Freundin gerade Gedanken über ihren neuen Nachbarn machen würde, die weit über das hinausgingen, was man in der Regel unter familiär verstand.

»Das ist doch toll, Cat, oder?«

»Auf jeden Fall. Wirklich toll. Wir freuen uns darauf, ein Teil der Castle-Court-Familie zu werden.«

Jaren sah zwischen ihnen hin und her, und Sadie hatte das Gefühl, dass sein Blick den Bruchteil einer Sekunde länger auf Cat ruhte, bevor er sagte: »Also dann, ich möchte Sie gar nicht länger aufhalten. Sie haben sicher noch jede Menge zu tun.« Er hob die Hand zum Abschied. »Wir sehen uns.«

Sadie und Cat winkten und sahen Jaren nach, wie er den Hof überquerte.

Bedeutungsschwere Stille senkte sich über den Laden.

»Tja«, brach Cat nach einem Moment das Schweigen, »wenn alle unsere Nachbarn so aussehen wie er, wird es mir sehr viel leichterfallen, morgens aufzustehen, um zur Arbeit zu gehen.«

Sadie lachte. »Ja, schlecht sieht er nicht aus. Allerdings mehr dein Typ als meiner.«

»Kann schon sein. Aber wahrscheinlich ist er eh schon vergeben.« Cat seufzte. »Das sind die gut aussehenden Typen immer.«

»Wer weiß. Zumindest wird es nicht schwer werden, das herauszufinden.«

Cats Gesicht hellte sich augenblicklich auf. »Stimmt.« Als sie Sadie ansah, war ein Leuchten in ihre Augen getreten. »Vielleicht hat er einen netten Freund für dich. Falls er doch Single ist, könnten wir auf ein Vierer-Date gehen.«

Sadie schüttelte heftig den Kopf. »Oh nein, da ziehst du mich nicht mit rein. Unser letztes Doppel-Date hatten wir beim Abschlussball, und da saß ich am Ende in einem Brunnen.«

»Nicht meine Schuld, dass dein Typ so ein Idiot war«, konterte Cat. Mit weit aufgerissenen Augen sah sie Sadie flehend an. »Komm schon. Daniel und du, ihr seid inzwischen seit Monaten getrennt. Wird Zeit, dass du mal wieder ein bisschen Spaß hast.«

»Den habe ich doch.« Sadie verschränkte trotzig die Arme vor der Brust. »Ich gehe mit Lissy in den Park, spiele Fußball mit ihr und baue Lego-Burgen. Ich könnte mir nichts Schöneres vorstellen.«

Cat blieb stur. »Du weißt genau, was ich meine. Das Kribbeln im Bauch, wenn du jemanden attraktiv findest, die Gänsehaut beim ersten Kuss. Erwachsenen-Spaß.«

Nervös verlagerte Sadie das Gewicht von einem Fuß auf den anderen. Sie fühlte sich zunehmend unwohl in ihrer Haut und hoffte, dass ihre Wangen nicht so rot angelaufen waren, wie sie sich anfühlten. »Cat, ich …«

Ihre Freundin hob in einer übertriebenen Geste beide Hände. »Ich weiß, ich weiß, du bist noch nicht bereit. Aber im Gegensatz zu dir hat Daniel absolut keine Zeit vergeudet, um über dich hinwegzukommen. Ich begreife einfach nicht, warum du sie dir nehmen solltest.«

Cat meinte es nur gut, das wusste Sadie, aber das änderte nichts daran, dass ihre Worte wehtaten. Daniel hatte tatsächlich keine Zeit vergeudet. Vielmehr war seine

Affäre sogar der Auslöser dafür gewesen, warum sie mit Lissy aus dem gemeinsamen Haus ausgezogen war. Soweit sie wusste, war Daniel noch immer mit dieser anderen Frau zusammen. Aber inzwischen war das natürlich sein gutes Recht.

»So einfach ist das nicht«, sagte sie leise. »Und abgesehen davon habe ich mit Lissy und alldem hier im Moment genug zu tun, meinst du nicht auch?«

»Okay, da hast du natürlich nicht ganz unrecht«, gab sich Cat geschlagen. »Aber glaub bloß nicht, dass du dich für immer dahinter verstecken kannst, Sadie Smart. Irgendwann wird dir jemand gefallen, und dann werde ich zur Stelle sein und dafür sorgen, dass du ihn nicht entwischen lässt.«

Sadie musste ein Grinsen unterdrücken, als sie Cats Blick bemerkte, der während ihrer kleinen Ansprache unwillkürlich zum Pfannkuchenrestaurant hinübergewandert war. Ihre Ankunft in Castle Court war gerade noch einmal sehr viel interessanter geworden.

Kapitel zwei

Lissy riss erstaunt die Augen auf, als sie nach der Schule die Küche betrat. »Mummy«, rief sie, einen vorwurfsvollen Ausdruck im Gesicht, »du hast eine Riesenschweinerei gemacht.«

Sadie konnte ihrer Tochter schlecht widersprechen – sie hatte tatsächlich ein ziemlich großes Chaos angerichtet.

Spritztüten gefüllt mit Zuckerguss in allen Farben des Regenbogens wuchsen auf der Arbeitsfläche wie Blüten aus Schüsseln. Jede Oberfläche war mit Backpapier bedeckt. Selbst die Küchenstühle hatte sie in eine provisorische Arbeitsfläche verwandelt. An den cremefarbenen Wandregalen klebten Abbildungen der Designs, und der Esstisch war von einem Ende bis zum anderen mit Backrosten beladen, auf denen die bemalten Plätzchen trockneten. Lissy hatte sie noch nicht entdeckt, da war sich Sadie sicher. Sonst hätte sie längst verkündet, dass sie unter einer akuten Hungerattacke litt.

»Das ist Mummys neue Arbeit«, erklärte Sadie. »Erinnerst du dich, dass ich dir erzählt habe, dass Tante Cat und ich einen Laden zusammen aufmachen? Und meine Aufgabe ist es, die Kekse, die wir dort verkaufen, besonders hübsch und lecker aussehen zu lassen. Dafür brauche ich den ganzen Zuckerguss.«

Lissys Gesicht hellte sich auf. Ihre rostbraunen Locken wippten fröhlich auf und ab, als ihr eine Idee kam. »Darf ich helfen? Ich habe heute in der Schule einen Triceratops ausgemalt, und meine Lehrerin hat gesagt, dass ich es ganz toll gemacht habe.«

»Ich bin mir sicher, er war wunderhübsch«, sagte Sadie und sah sich suchend nach etwas um, das Lissy dekorieren konnte, ohne ihre Plätzchen in Gefahr zu bringen. Ihr Blick blieb an einer geöffneten Packung Vollkornkekse hängen. »Möchtest du ein paar von denen hier bemalen?«

Lissy nickte begeistert.

Sadie band ihrer Tochter eine Küchenschürze um, bevor sie ihre eigene vom Haken an der Tür nahm. »Zuerst musst du dich entscheiden, was du gerne malen möchtest«, erklärte sie, legte einen Keks auf die Arbeitsfläche und zog den kleinen Plastikhocker heran, den Lissy normalerweise benutzte, um zum Händewaschen an das Spülbecken heranzukommen. »Am besten, du fängst mit etwas ganz Einfachem an. Einer Blume zum Beispiel. Dann musst du dich für eine Farbe entscheiden, mit der du die Kontur zeichnen möchtest.«

Lissy kniff nachdenklich die Augen zusammen. »Ein Gänseblümchen. Aber es soll gelb sein, wie eine Butterblume.«

Sadie zog eine Spritztüte, die mit Zuckerguss in Sonnenblumengelb gefüllt war, das für feine Linien verwendet wurde, aus einer der Schüsseln. Sobald der Zuckerguss leicht angetrocknet war, konnte man das Innere mit etwas flüssigerem Zuckerguss füllen und das ein oder andere Detail hinzufügen.

»Okay, zuerst musst du dir ein Gänseblümchen vorstellen«, erklärte Sadie. »Kannst du dich erinnern, wie sie aussehen?«

Lissy zeigte auf ein Bild mit Blumen, das sie gemalt hatte, als sie noch in den Kindergarten gegangen war, und das Sadie mit einem Magneten an der Kühlschranktür befestigt hatte. »So wie die da.«

»Genau. Und jetzt zeige ich dir, wie du die Spritztüte halten musst, damit der Zuckerguss keine dicken Kleckse macht.« Sadie stellte sich hinter ihre Tochter und drehte das obere Ende der Tüte so ein, dass es geschlossen war. »Der Trick ist, dass du ganz vorsichtig drückst und zwischendurch nicht loslässt. So.« Sie positionierte Lissys kleine Hand unterhalb des eingedrehten oberen Teils um den weichen Beutel. »Tipp mit der Spitze auf das Plätzchen, zieh die Tüte wieder hoch und lass die Linie in die Form fallen, die du dir wünschst.« Sadie führte Lissys Hand, während sie mit dem dünnen gelben Zuckerguss-Strahl eine Art Blume malte. Beim letzten Blütenblatt berührte sie mit der Spitze noch einmal kurz den Keks, um die Zuckerguss-Linie zu unterbrechen. »Da! Fertig.«

Enttäuscht betrachtete Lissy ihr Werk. »Aber das sieht ganz verwackelt aus.«

»Keine Sorge«, sagte Sadie mit einem ermutigenden Lächeln. »Sobald die Kontur angetrocknet ist, malen wir die Blume mit mehr Zuckerguss aus, und schon sieht es aus wie ein echtes gelbes Gänseblümchen. Warum versuchst du es nicht noch mit einem anderen Keks, während wir warten, dass dieses hier trocknet?«

Lissy nahm sich einen neuen aus der Packung und startete einen weiteren Versuch, wobei sie konzentriert die Zungenspitze zwischen den rosafarbenen Lippen aufblitzen ließ. Beim dritten Mal war die Linie bereits sehr viel weniger verwackelt, und sie lächelte.

»Toll gemacht«, lobte Sadie und drückte leicht ihre Schulter. »Bist du bereit, dein erstes Gänseblümchen auszumalen?«

»Ja.«

Sadie griff nach einer zweiten Spritztüte, die in einer anderen Schüssel steckte. Sie war mit flüssigerem Zuckerguss gefüllt, der eine ähnliche Konsistenz wie Vanillesoße hatte, wodurch es sich leichter auf der Keksoberfläche verteilen ließ. Der Trick beim Ausmalen war, nicht zu viel Guss zu verwenden, damit die Konturen nicht verwischten.

»Gut gemacht«, sagte Sadie, nachdem Lissy das letzte Blütenblatt ausgemalt hatte. »Jetzt musst du noch die ganzen kleinen Bläschen im Guss aufstechen. Dafür kannst du den Zahnstocher hier benutzen.«

Nachdem Lissy alle Gänseblümchen fertig ausgemalt

hatte, schob Sadie sie in den vorgewärmten Backofen, um sie zu trocknen. Anschließend wandte sie sich zu ihrer Tochter um. »Möchtest du es allein ausprobieren, während ich mit meinen Keksen weitermache?«

Lissy nickte und nahm sich einen weiteren Vollkornkeks aus der Packung. »Jetzt male ich einen Schmetterling«, verkündete sie selbstbewusst.

Sie arbeiteten eine halbe Stunde Seite an Seite, bis Lissy sich erinnerte, dass Plätzchen vor allem auch dazu da waren, gegessen zu werden.

Sadie holte das Backblech mit den Gänseblümchen-Keksen aus dem Ofen und ließ sie zum Abkühlen auf ein Rost gleiten. »Sie brauchen noch ein paar Minuten, bis du sie essen kannst. Möchtest du noch mehr verzieren?«

Energisch schüttelte Lissy den Kopf. »Nein. Jetzt will ich mit meinen Dinosauriern spielen.«

Sadie warf einen Blick auf die Tupperboxen mit den Keksen, die noch darauf warteten, bemalt zu werden. Sie hatte noch nicht mal die Hälfte geschafft. »Warum holst du deine Spielsachen nicht hierher? Dann kann ich dir zusehen, während ich arbeite.«

Doch es dauerte nicht lange, bevor Sadie selbst mit auf dem Boden saß mit der Aufgabe, eine Herde vegetarischer Dinos vor einer Invasion ihrer fleischfressenden Artgenossen zu beschützen. Lissy hatte schon immer eine lebhafte Fantasie besessen, und Sadie musste sich ein Lachen verkneifen, als ihre Tochter jedem einzelnen Dinosaurier ein spezifisches Knurren verpasste.

Nach einer Weile ließ Lissy den T-Rex fallen und rieb sich mit einer Hand den Bauch. »Ich habe Hunger.«

Sadie sah sich in der chaotischen Küche um. Bevor sie ihrer Tochter in dem Durcheinander etwas zu essen kochen konnte, musste sie aufräumen. Sie würde erst wieder zum Arbeiten kommen, nachdem Lissy ihr Abendbrot gegessen hatte, in der Badewanne gewesen war und Sadie sie ins Bett gebracht hatte. Wie es aussah, war es heute an ihr, sich für Smart Cookies die Nacht um die Ohren zu schlagen.

Sadie unterdrückte ein ergebenes Seufzen und wandte sich wieder Lissy zu. »Okay, worauf hast du Lust?« Doch bevor ihre Tochter antworten konnte, hob sie warnend einen Finger. »Und sag jetzt nicht Kekse.«

Es war beinahe halb acht, als Cat den Rücken streckte und beschloss, es für diesen Abend gut sein zu lassen. Sie hatte eigentlich nicht vorgehabt, so lange zu bleiben, aber dann hatte sie der Versuchung, die neuen Backöfen auszuprobieren, doch nicht widerstehen können. Bisher hatte sie alle Plätzchen für den Laden bei sich zu Hause gebacken – sie hatte sich dafür extra eine Erlaubnis vom örtlichen Umwelt- und Gesundheitsamt besorgt –, aber in Zukunft wollte sie den Großteil in der Küche von Smart Cookies herstellen. Die Inspektion durch die Gesundheitsbehörde stand erst in einer Woche an, was bedeutete, dass Cat streng genommen keines der Plätzchen, das sie bis dahin hier herstellte, weiterverkaufen durfte, aber da sie bisher noch nicht eröffnet hatten, war es auch nicht besonders wahrscheinlich, dass sie es tun würden. Das hier waren ihre Testläufe, um herauszufinden, ob die Öfen gleichmäßig heiß wurden und ob sie irgendwelche Schwachstellen hatten. Gleich zu Anfang ihrer Karriere hatte sie festgestellt, dass jeder Backofen seine eigene Persönlichkeit hatte, und ein guter Koch machte sich damit vertraut.

Cat stöhnte leise auf, als ihre Nackenmuskeln protestierten, während sie die Schultern kreisen ließ. Ein weiterer Vierzehnstundentag, den sie größtenteils im Stehen verbracht hatte. War das nicht genau der Grund gewesen, aus dem sie Paris verlassen hatte? Das und der immense Druck, jeden Abend hundert und mehr Michelin-Stern-würdige Essen zuzubereiten. Nur dass sie hier bisher die Einzige war, die die Qualität ihrer Arbeit beurteilte, einmal abgesehen von Sadie vielleicht, für den Fall, dass sich die Kekse nicht so gut mit dem Zuckerguss vertrugen, wie sie es sollten. Aber es gab niemanden mehr, der sie vor versammelter Mannschaft zusammenstauchte, wenn auch nur der winzigste Aspekt eines Produkts nicht den hohen Anforderungen des Restaurantleiters entsprach. Ab sofort wäre sie nicht mehr jeden Abend den Tränen nahe – der Grund dafür, dass sie Paris und den Beruf, den sie einmal so geliebt hatte, hinter sich gelassen hatte; das und ein Mann, der geglaubt hatte, sich alles erlauben zu können.

Als Cat auf den Platz trat und die Ladentür der Keksbäckerei hinter sich abschloss, prickelte die Kälte auf ihrer Haut wie tausend kleine Nadelstiche. Um sie herum zeichneten sich die Fachwerkfassaden der Gebäude, die den Platz einschlossen, vor dem dunklen Nachthimmel ab. Doch Cats Aufmerksamkeit wurde von der alten Eiche im Zentrum des Platzes gefesselt. Sie musste mindestens ein paar Jahrhunderte auf dem Buckel haben und hatte vielleicht schon hier gestanden, bevor die Gebäude im Tudorstil um sie herum errichtet worden waren. Der Stamm und die Äste waren mit winzigen glitzernden Lichtern geschmückt, bei deren Anblick sie sich fragte, ob nicht vielleicht eine kleine Fee in dem Baum lebte. Im Sommer war der Platz mit Tischen und Stühlen gefüllt, an denen Menschen im Freien aßen, aber an diesem Abend war es viel zu kalt dafür. Hier und da standen ein paar vereinzelte Tische im Schein glühender Wärmelampen, aber bis auf ein paar Raucher saßen kaum Gäste daran. Die Läden und Restaurants rund um den Platz dagegen waren gut gefüllt. Selbst im Let's Go Dutch herrschte Hochbetrieb, obwohl Cat davon ausgegangen war, dass für die meisten Bewohner hier Pfannkuchen eher etwas waren, das man zum Frühstück aß. Andererseits wusste sie, dass die Holländer nicht nur für ihre süßen, sondern auch für ihre herzhaften Pfannkuchen bekannt waren, die durchaus als vollwertige Mahlzeit durchgingen. Vielleicht waren die Einwohner Chesters zu demselben Schluss gekommen. Sobald sich die Gelegenheit ergab, wollte sie unbedingt einen Blick in die Speisekarte werfen, um zu sehen, was Jaren im Angebot hatte. Seine Küche musste hervorragend sein, wenn sein Restaurant an einem kalten Mittwoch im November so gut besucht war.

Trotzdem war das Pfannkuchenrestaurant an diesem Abend nicht das vollste Lokal in Castle Court. Das französische Bistro am anderen Ende des Platzes schien noch besser zu laufen, und die Cocktailbar im ersten Stock desselben Gebäudes war dem Anschein nach mindestens genauso gut besucht. Doch keines der Lokale konnte es mit dem kitschigen Charme des Bus Stop Diner aufnehmen, der mit der Front eines gelben US-Schulbusses verkleidet war. Durch eines der länglichen, rechteckigen Fenster konnte Cat eine Kellnerin in einem rot-weiß gestreiften Hemd und mit einem zierlichen Hütchen erkennen, die mit einem mit Milchshakes beladenen Tablett zwischen den Tischen hin- und herlief. Die Schlange der wartenden Gäste reichte bis auf den Platz hinaus und führte an einer Patisserie und einer Chocolaterie vorbei, die beide bereits seit Stunden geschlossen hatten.

Nicht alle benachbarten Läden hatten sich dem leiblichen Wohl verschrieben. In einer Ecke lag eine Papeterie, die hochwertige Schreibwaren verkaufte, und den Großteil der Geschäfte, die sich auf der ersten Etage befanden, hatte Cat sich noch gar nicht angesehen. Trotzdem wurde Castle Court seinem Ruf als Gourmet-Hochburg gerecht. Immerhin war das auch der Grund, aus dem Cat die Keksbäckerei unbedingt hier hatte eröffnen wollen.

»Ich wüsste zu gern, was Sie gerade denken.«

Erschrocken fuhr Cat zusammen. Vor ihr stand Jaren. »Oh! Hi.«

Er schenkte ihr ein entschuldigendes Lächeln. »Tut mir leid, ich wollte Sie nicht erschrecken. Sie wirkten nur so versunken, dass ich neugierig geworden bin, was Ihr Stirnrunzeln zu bedeuten hat.« Er beschrieb eine ausladende Geste mit der Hand. »Gefällt Ihnen das, was Sie sehen, etwa nicht?«

Cat schüttelte den Kopf. »Doch, natürlich. Ich habe nur alles in mich aufgenommen. Es ist lange her, dass ich abends hier gewesen bin, und vermutlich bin ich einfach ein wenig überrascht, welche Menschenmengen sich um diese Zeit hier tummeln.«

»Oh ja, stimmt, die Menschenmengen.« Jaren machte ein übertrieben ernstes Gesicht. »Ich kann mir gut vorstellen, dass Sie das überrascht. Den Gerüchten nach wurde Chester zur Partnerstadt von New York auserkoren, weil dieser Ort genauso wenig schläft wie Manhattan. Um ehrlich zu sein, würde es mich nicht wundern, wenn New York seinen Spitznamen von Castle Court geklaut hat – die Party endet hier oft erst in den frühen Morgenstunden.«

Als Cat die feinen Lachfältchen um seine Augen bemerkte, konnte sie nicht anders, als zurückzulächeln. »Irgendetwas sagt mir, dass es mir hier gefallen wird.«

Jaren legte den Kopf schief und grinste. »Das will ich doch hoffen. Und wo wir gerade von langen Nächten sprechen … Ich habe Sie eigentlich abgefangen, um Ihnen

Bescheid zu sagen, dass sich ein paar von uns am Samstagabend nach der Sperrstunde auf eine Runde Drinks in Seb's Bar im zweiten Stock treffen. Vielleicht haben Sie und Sadie ja Lust dazuzustoßen? Die meisten Ladeninhaber aus Castle Court werden da sein, auf jeden Fall die Gourmetliebhaber. Das wäre doch eine gute Gelegenheit für Sie, alle kennenzulernen.« Er reichte ihr eine Visitenkarte mit demselben Logo, das in Neonfarben über der Bar blinkte.

»Danke.« Cat nahm die Karte entgegen. »Ich bin mir nicht sicher, ob Sadie kommen kann, aber ich frage sie. Ich werde auf jeden Fall da sein.«

»Das will ich doch hoffen«, wiederholte Jaren und fing dabei ihren Blick auf. »Ich freue mich schon darauf, Sie besser kennenzulernen.«

Cat sah ihm in die dunkelbraunen Augen, die in der Dunkelheit beinahe schwarz wirkten. Flirtete er mit ihr, oder war er einfach nur nett?

»Vielen Dank für die Einladung«, sagte sie mit warmer Stimme. »Es ist wirklich nett von Ihnen, uns das Gefühl zu geben, hier so willkommen zu sein.«

Jaren lächelte. »Glauben Sie mir, die Freude ist ganz auf meiner Seite.«

Als Sadie am nächsten Morgen die kurze Strecke von ihrem Cottage zu Lissys Schule im nahe gelegenen Christleton fuhr, hatte sie das Gefühl, jemand hätte ihr Sand in die Augen gestreut.

Christleton wurde häufig als eines der hübschesten Dörfer von Cheshire bezeichnet und war sieben Jahre lang Sadies Zuhause gewesen. Als sie Daniel verlassen hatte, war es Sadie wichtig gewesen, die Welt ihrer Tochter mit einem Schulwechsel nicht noch mehr aus den Angeln zu heben. Deswegen besuchte Lissy noch immer die Grundschule in dem kleinen Ort. Unglücklicherweise musste Sadie deswegen allerdings jeden Tag an dem Haus in der Windmill Lane vorbeifahren, in dem sie mit Daniel gelebt hatte. Eine tägliche Erinnerung daran, was sie einmal gehabt hatten – was Sadie jedoch als vergleichsweise geringen Preis für das Glück ihrer Tochter betrachtete. Es war schließlich nicht so, dass sie ihren Ex jemals sah, wenn sie vorbeifuhren. Sein Job als Investmentbanker brachte es mit sich, dass er morgens sehr früh zur Arbeit musste und häufig erst in den späten Abendstunden nach Hause kam. Eine Tatsache, die nicht zuletzt zu den Problemen in ihrer Ehe beigetragen hatte.

Nachdem Sadie ihren Wagen im Parkhaus, das unterhalb von Cats Apartment lag, abgestellt hatte und die frostüberzogene Eastgate Street bis zum Boot Inn entlanggelaufen war, sehnte sie sich schon beinahe verzweifelt nach Koffein. Hastig bog sie in die schmale, überdachte Gasse, die neben einem Pub abzweigte und auf den Platz Castle Court führte. Das Gesicht gegen die Kälte bis zur Nase in ihrem breiten Schal vergraben, übersah sie prompt den Mann, der ihr entgegengeeilt kam. In der Mitte der Gasse stießen sie zusammen.

Überrascht schrie Sadie auf und drückte die gefährlich schwankende Tasche mit ihrem wertvollen Inhalt aus verzierten Plätzchen fest an die Brust. Cat würde sie umbringen, wenn sie nicht in absolut makellosem Zustand bei Smart Cookies ankamen.

Der Mann, in den sie ungebremst hineingerannt war, hatte weniger Glück. Die Kiste, die er getragen hatte, landete mit einem dumpfen Poltern auf dem Boden.

»Entschuldigung«, keuchte Sadie, als er eine Hand ausstreckte, damit sie nicht das Gleichgewicht verlor.

Der Mann musterte sie besorgt. Er trug eine Strickmütze, die er tief in die Stirn gezogen hatte, und einen dicken Schal. Seine Augen waren haselnussbraun. »Alles in Ordnung?« Zum Sprechen zog er den Schal so weit nach unten, dass Sadie erkennen konnte, dass er einen Bart trug.

»Ja, mir geht's gut«, sagte Sadie und blickte hilflos auf die Straße, über die der Rosenkohl gekullert war. »Aber Ihr Gemüse …«

Er verzog den Mund zu einem schiefen Lächeln. »Rosenkohl ist ziemlich robust. Einmal unters Wasser gehalten, und er sieht wieder aus wie neu.« Er ging in die Knie, um die verstreuten Röschen zurück in die Kisten zu legen.

Sadie bückte sich ebenfalls, um ihm zu helfen. »Es tut mir wirklich leid. Ich war vollkommen in Gedanken.«

»Mir tut es auch leid. Aber es ist ja nichts passiert. Oder haben Sie sich verletzt?« Er musterte sie, und Sadie spürte, wie ihr unwillkürlich ein Schauer über den Rücken lief, als sie ihm in die Augen sah.

Schnell senkte sie den Blick, froh, dass ihre inzwischen sicherlich rot gefärbten Wangen genauso gut auf die frostigen Temperaturen zurückgeführt werden konnten. »Es geht mir gut, wirklich. Machen Sie sich deswegen bitte keine Gedanken.«

Er ließ das letzte Rosenkohlröschen in die Kiste fallen und schloss den Deckel. »Okay. Entschuldigen Sie trotzdem noch einmal.« Mit einem bedauernden Lächeln richtete er sich auf und streckte den Rücken durch. »Nett, in Sie hineingelaufen zu sein – wenn ich das so sagen darf.« Er lachte verlegen.

Jetzt war es an ihm, rot zu werden, und Sadie konnte sich das Lächeln, das an ihren Mundwinkeln zerrte, nicht verkneifen. Sie stand ebenfalls auf. »Kein Problem. Ich hoffe, der Tag läuft ab sofort besser für Sie.«

Er öffnete den Mund, als wollte er noch etwas sagen, schloss ihn jedoch sofort wieder.

Einen Moment lang standen sie sich schweigend gegenüber, beide ein Lächeln auf den Lippen.

Dann schien der Mann aus seiner Trance zu erwachen und trat einen Schritt beiseite. »Also … bis dahin. Auf Wiedersehen.«

»Auf Wiedersehen«, echote Sadie, als er sich in Bewegung setzte. »Und lassen Sie sich Ihren Rosenkohl schmecken.« Dann zwang sie sich, ebenfalls ihre Beine zu bewegen.

Als sie auf den Platz hinaustrat und sich noch einmal umdrehte, war er verschwunden. Sie stöhnte auf. Hatte sie wirklich gerade einem fremden Mann zum Abschied gesagt, er solle sich seinen Rosenkohl schmecken lassen? Das war vermutlich die lahmste Verabschiedung in der Geschichte der Menschheit. Sie schüttelte den Kopf und hastete weiter, um sich in ihrem Laden in Sicherheit zu bringen. Und dieses Mal achtete sie darauf, wo sie hinlief.

»Du siehst so aus, wie ich mich fühle«, bemerkte Cat, als sie von dem Teig aufsah, den sie gerade ausrollte, während Sadie ihren Mantel in einen der Schränke im Untergeschoss hängte. »Lange Nacht?«

Sadie stellte die Tasche mit den Keksen auf der Arbeitsfläche ab und beschloss, ihre Begegnung mit dem entlaufenen Gemüse vorerst für sich zu behalten. »Früher Morgen.« Sie verzog das Gesicht. »Erst sah es danach aus, dass ich alles fertig bekommen würde, ohne eine Nachtschicht einlegen zu müssen. Aber der Zuckerguss ist hart geworden, während ich Lissy gebadet habe, deswegen musste ich noch mal von vorne anfangen, als sie dann im Bett war.«

Cat schenkte ihr einen mitfühlenden Blick. »Du musstest den ganzen Zuckerguss noch mal neu anrühren?«

»Jepp. Als ich endlich alle Kekse fertig hatte, war es nach eins.«

Cat machte ein schuldbewusstes Gesicht. »Das tut mir leid. Wann ist Lissy aufgestanden?«

»Halb sechs.« Sadie seufzte erschöpft. »Ich hoffe, wir haben ein paar Kaffeepads hier, sonst kann ich nicht dafür garantieren, dass ich während der Arbeit nicht gleich wieder einschlafe.«

»Kaffee. Kommt sofort«, rief Cat geschäftig und klopfte sich die mehligen Hände an der Schürze ab. »Und dann will ich deine Meisterwerke bewundern. Ich kann's kaum erwarten, die fertigen Plätzchen zu sehen.«

Nachdem sie sich einen Kaffee gemacht hatten, öffnete Cat die erste Keksdose.

Sadie hielt gebannt den Atem an. Aus Angst, dass die Prachtstücke durch den Transport aneinanderreiben und die empfindliche Verzierung Schaden nehmen könnte, hatte sie jedes einzelne Plätzchen mit einem Klecks Zuckerguss an dem darunterliegenden Pergamentpapier festgeklebt. Allerdings war sie sich nicht sicher, ob die Vorsichtsmaßnahme ausgereicht hatte, um sie die Kollision mit dem Rosenkohl-Mann unbeschadet überstehen zu lassen.

Cat sagte keinen Ton, während sie jeden einzelnen Keks musterte.

Sadies Handflächen wurden feucht und begannen zu jucken. War dies der Moment ihres ersten geschäftlichen Streits?

Doch als Cat endlich aufsah und Sadies Blick suchte, lächelte sie. »Hat dir schon mal jemand gesagt, wie absolut genial du bist?«

Sadie stieß erleichtert den Atem aus. Bei Cats Lob waren ihre Wangen ganz warm geworden. »Heute noch nicht.«

»Du bist genial!« Cat klatschte begeistert in die Hände. »Genauso hatte ich sie mir vorgestellt – von höchster

Qualität, ungewöhnlich und absolut begehrenswert. Ich liebe sie, und unsere Kunden werden es genauso tun. Toll gemacht!«

»Gute Teamarbeit, würde ich sagen. Wenn du nicht so eine perfekte Grundlage für den Zuckerguss geschaffen hättest, wäre ich niemals in der Lage gewesen, sie so zu verzieren.«

»Ich kann es kaum erwarten, die Fotos zu sehen«, sagte Cat und hielt vorsichtig einen silber-pinkfarbenen Schmetterling auf dunklem Schokoladenteig in die Höhe. Dann neigte sie ihn leicht zur Seite, bis die zarten Flügel das Licht der Deckenleuchten einfingen. »Die Website wird absolut umwerfend.«

Sadie nahm einen Schluck von dem Espresso, den Cat ihr gemacht hatte, und hätte beinahe vor Befriedigung aufgestöhnt, als die köstlich bittere Flüssigkeit ihre Kehle hinabrann. »Dann gehst du auf jeden Fall heute noch damit zum Fotografen?«

Cat nickte. »Das ist der Plan. Ich habe dir doch von dem Freund erzählt, der mir angeboten hat, sein Studio zu benutzen, solange ich nicht allzu lange brauche. Außerdem hoffe ich, dass er mir ein paar Tipps geben kann. Die wenigen Dinge, die ich über Food-Fotografie weiß, passen auf einen Bierdeckel.«

»Wenn du willst, komme ich mit«, bot Sadie an. »Ich habe das ein oder andere über Bildkomposition gelernt.«

»Super«, rief Cat begeistert, doch im nächsten Moment machte sie ein zweifelndes Gesicht. »Aber wolltest du heute nicht eigentlich die Schaufenster bemalen? Ich glaube, das ist wichtig, um die Leute neugierig auf unsere kleine Keksbäckerei zu machen.«

»Stimmt. Okay, dann mache ich das. Und wenn noch Zeit bleibt, bevor ich Lissy abholen muss, drehe ich vielleicht eine Runde über den Platz, um mir die anderen Geschäfte anzusehen.« Und um zu schauen, ob ich nicht noch einen gut aussehenden Fremden finde, mit dem ich zusammenstoßen könnte, fügte Sadie in Gedanken hinzu, bevor sie sich schnell zusammenriss. Hatte sie nicht erst gestern zu Cat gesagt, dass sie keine Zeit hatte, sich Tagträumen über irgendwelche Männer hinzugeben?

Cat griff in ihre Hosentasche und zog eine Visitenkarte daraus hervor. »Wo du gerade davon sprichst – hast du Samstagabend schon was vor?«

»Äh, nein«, antwortete Sadie, noch immer damit beschäftigt, den Gedanken an den Fremden mit den haselnussbraunen Augen in die hinterste Ecke ihres Gehirns zu verbannen. »Wieso, gibt es eine weitere dringende Ladung Kekse zu verzieren?«

»Nein.« Cat hielt ihr die Karte hin. »Die anderen Ladenbesitzer aus Castle Court treffen sich am Samstagabend nach der Sperrstunde auf ein paar Drinks, und wir sind eingeladen. Lust, hinzugehen?«

Sadie überlegte schnell. Das kommende Wochenende sollte Lissy eigentlich bei Daniel verbringen, aber in den vergangenen Monaten war er alles andere als verlässlich gewesen, was die Verabredungen mit seiner Tochter anging. Deswegen blieb sie mit ihrer Abendplanung vorsichtig.

»Theoretisch ja. Und du?« Eine vollkommen überflüssige Frage. Natürlich hatte Cat Lust. Sie liebte es, neue Leute kennenzulernen, und sie ging gerne aus.

»Ich denke, es wäre gut, sich dort blicken zu lassen und ein paar Kontakte zu knüpfen«, sagte Cat langsam. »Jaren meinte auch, dass es nicht schaden kann, gleich zu Anfang das Eis zu brechen.«

»Aha, daher weht also der Wind«, sagte Sadie und hob vielsagend eine Augenbraue. »Ich habe mich schon gefragt, woher du von dem Treffen weißt.«

»Ich habe ihn gestern Abend vor der Tür getroffen, als ich gerade nach Hause gehen wollte«, erklärte Cat in neutralem Ton. »Da hat er es erwähnt.«

Sadie verkniff sich ein wissendes Grinsen. »Dann wäre es natürlich extrem unhöflich, die Einladung auszuschlagen. Immerhin hat er uns *persönlich* gebeten, zu kommen.«

»Das dachte ich mir auch«, beeilte sich Cat zu sagen. »Und außerdem ist es wirklich eine gute Gelegenheit, den Rest der Castle-Court-Gemeinschaft kennenzulernen.«

»Du meinst, die Konkurrenz abzuchecken?«, erkundigte sich Sadie unschuldig.

Cat schenkte ihr ein entwaffnendes Lächeln. »Genau. Aber vor allem möchte ich herausfinden, ob die Cocktails bei Seb's genauso gut schmecken, wie sie sich anhören. Außerdem waren wir ewig nicht mehr zusammen unterwegs. Es wird uns guttun, mal wieder rauszukommen.«

»Mhm«, murmelte Sadie und machte sich in Gedanken eine Notiz, am Samstag auf jeden Fall bei Wasser zu bleiben. Das Letzte, was sie gebrauchen konnten, war, dass sie zu viel tranken und gleich in der ersten Woche zum Klatschthema Nummer eins von Castle Court wurden. Schnell wechselte sie das Thema, bevor Cat ihre Entschlossenheit mit einer Aufzählung der Drinks von Seb's Karte ins Wanken bringen konnte. »Also, was soll ich auf die Schaufenster malen?«

Kapitel drei

Nachdem Cat losgezogen war, um die Plätzchen zu fotografieren, ging Sadie zum Schreibwarenladen von Castle Court hinüber und sandte ein Stoßgebet zum Himmel, dass sie dort Glasmalfarbe vorrätig hatten. Wie sich herausstellte, war ihre Sorge jedoch vollkommen unbegründet. Der Laden war gut sortiert und hatte alle Utensilien, die sie für das Fensterbild brauchte.

Sie gönnte sich einen Moment, um die große Auswahl wunderschöner Skizzenblöcke zu betrachten und mit dem Finger über die Zeichenstifte in allen Farben des Regenbogens zu fahren, bevor sie sich mit dem Versprechen an sich selbst, bald einmal wiederzukommen, zwang, nach den Materialien Ausschau zu halten, die sie wirklich benötigte.

Zurück bei Smart Cookies begann Sadie sofort mit dem Bemalen der Schaufenster. Cat und sie hatten sich darauf verständigt, dass sie eine Auswahl der Plätzchen zeigen wollten, die sie im Angebot haben würden, jedoch ohne zu viele Details der geplanten Designs preiszugeben. Am Ende hatten sie sich auf ein Lebkuchen-Thema geeinigt: Kinder, die Schmetterlingen hinterherjagen, Familien beim Picknick mit einem Baby im Kinderwagen, während ein paar Hunde durchs Gras stromern und Vögel über den Himmel ziehen. Sadie hatte außerdem vorgeschlagen, mit einigen schneebedeckten Dächern und geschmückten Weihnachtsbäumen hier und da auch auf die bevorstehenden Festtage anzuspielen.

Ein paar Stunden später betrachtete sie zufrieden ihr Werk. Während die Glasmalfarbe trocknete, unternahm sie einen Spaziergang über den Platz. Die Wettervorhersage hatte Schnee versprochen, was Lissy bereits in freudige Aufregung versetzt hatte. Bisher ließ die weiße Pracht noch auf sich warten, aber Sadie würde sich nicht wundern, wenn schon bald die ein oder andere Flocke vom Himmel fiel. Es herrschte diese ganz bestimmte eisige Stille, die häufig vor dem ersten Schnee zu spüren war, und seit dem Morgen war das Thermometer noch nicht über den Gefrierpunkt hinaus geklettert.

Ihr Atem stieg in kleinen Wolken auf, als sie an den Läden auf dem obersten Stockwerk entlangschlenderte, in Schaufenster spähte und die festlichen Dekorationen bewunderte. Sie war eindeutig im Gourmet-Himmel gelandet, entschied sie, als sie an einem trendigen Bioladen und einem altmodischen Süßwarengeschäft vorbeikam, bei dem Lissy die Augen übergegangen wären. Vor Weihnachten musste sie unbedingt ihre Süßigkeitenvorräte hier aufstocken.

Doch es gab nicht nur Lebensmittelgeschäfte. In einer

Ecke befand sich eine Dessous-Boutique, von der sich Sadie nicht vorstellen konnte, dort jemals etwas einzukaufen. Daneben lag ein Geschäft für Designer-Handtaschen, von dem sie sich definitiv würde fernhalten müssen, wenn sie am Ende des Monats nicht all ihr Geld für vollkommen unnötige, aber dafür umso begehrenswertere Stücke verschleudert haben wollte. Und dann war da noch das Seb's. Ganz am Ende der ersten Etage gelegen, bot die Bar einen Blick über den gesamten Platz.

Sadie nahm sich einen Moment, um die Karte zu studieren, von der Cat so geschwärmt hatte. Sie musste zugeben, dass die Drinks wirklich gut klangen. Selbst die nichtalkoholischen, was nicht selbstverständlich war.

Die Plätze am Fenster eignen sich hervorragend, um Leute zu gucken, dachte Sadie, während sie der Versuchung widerstand, hineinzugehen. Ein andermal, entschied sie. In den kommenden Monaten würde es genug Gelegenheiten geben vorbeizuschauen.

Auf der ersten Ebene, die ebenfalls rund um Castle Court führte, gab es einen Juwelier, eine Maßschneiderei für Anzüge, die Daniel geliebt hätte, ein Delikatessen- und ein Käsegeschäft, aus dem es verführerisch duftete. Und auf Höhe des Platzes bewunderte Sadie die glänzenden und mit Sicherheit köstlichen Kreationen im Schaufenster von Elin's Chocolaterie und der Patisserie Cherie.

Alle Geschäfte waren von einer gewissen zurückhaltenden Eleganz, entschied Sadie, während sie in der Schlange bei Cherie anstand, um Eclairs mit Himbeeren und weißer Schokolade zu kaufen. Besser als jemals zuvor verstand sie, warum Cat so hartnäckig darauf bestanden hatte, dass Castle Court der einzig richtige Ort für die Eröffnung von Smart Cookies war, auch wenn ihr der Mietpreis noch immer Tränen in die Augen trieb. Von Hand verzierte Plätzchen waren ein kleines Luxusprodukt, das perfekt in die Nachbarschaft der bereits existierenden Läden passte. Während sie die fröhliche, aber ziemlich einfache Dekoration in den Fenstern des Let's Go Dutch betrachtete, entschied sie, Cat vorzuschlagen, auch eine Produktlinie mit Leckereien zu entwerfen, die für kleineres Geld zu haben waren. Immerhin konnte sich nicht jeder Mensch eine ganze Schachtel mit kunstvoll gestalteten Keksen für dreißig Pfund leisten. Und sie sollten einen Vorrat an Probierexemplaren an der Kasse bereithalten, die sie den Kindern zustecken konnten. Vielleicht war es sogar möglich, eine Kooperation mit dem Zoo von Chester einzugehen. Individuell gestaltete Kekse in der Form bestimmter Zootiere, die über den Souvenirshop verkauft wurden. Die Spielräume, die sich ihnen mit ihrem Produkt boten, waren noch lange nicht ausgeschöpft, entschied Sadie und eilte mit den Eclairs zurück in den Laden, um ihre Ideen sofort aufzuschreiben.

Als sie die Keksbäckerei betrat, wartete Cat bereits auf sie. Sie stand hinter der Kassentheke über ihren Laptop gebeugt und starrte mit nachdenklich gerunzelter Stirn auf den Bildschirm.

»Gibt es ein Problem?«, erkundigte sich Sadie.

»Nein, ganz im Gegenteil. Ich bewundere gerade unsere Website«, antwortete Cat und drehte den Laptop so, dass Sadie ebenfalls etwas erkennen konnte. »Sieht gut aus, oder?«

Die Homepage war im selben Blau- und Golddesign gehalten, das Sadie für ihren Laden entworfen hatte, und sie spürte ein freudiges Flattern im Bauch, als sie die Fotografien der Kekse sah, die sie verziert hatte. Sie hatte das kreative Arbeiten wirklich vermisst. Das war ihr sofort klar geworden, als sie angefangen hatten, an der Idee zu Smart Cookies zu feilen.

»Das ging aber schnell.«

Cat zuckte mit den Schultern. »Der Fotograf hat die Bilder direkt an den Webdesigner geschickt, und der hat sie sofort auf die Seite hochgeladen. Bisher sind wir allerdings noch nicht online. Falls dir also irgendetwas nicht gefällt, können wir es noch ganz leicht ändern.«

Sadie griff nach der Maus und klickte sich durch die Homepage, die übersichtlich aufgebaut war. Keine Seite war mehr als wenige Klicks von der Hauptseite entfernt, das Layout war sowohl intuitiv als auch logisch aufgebaut und das Design ansprechend. Sie konnten durchaus darauf hoffen, dass die Website zu vielen Online-Bestellungen führen würde.

»Sieht gut aus.« Sadie ließ die Maus los und schob sie Cat hin.

»Prima. Dann muss der Webdesigner jetzt nur noch den Warenkorb und das Zahlungssystem anlegen, und wir können loslegen.« Sie sah auf. »Und, was hast du so getrieben? Das Schaufenster ist übrigens großartig geworden.«

»Ich fühle mich ziemlich eingerostet«, gab Sadie zu und wurde rot. »Besser bekomme ich es im Moment noch nicht hin.«

Cat hob tadelnd eine Augenbraue. »Wenn du das als ›eingerostet‹ bezeichnest, kann ich nicht erwarten, das Ergebnis zu sehen, wenn du wieder voll da bist.« Sie schüttelte den Kopf. »Du musst endlich anfangen, auf deine Talente zu vertrauen.«

Sadie senkte den Blick und starrte auf ihre Füße in der Hoffnung, ihre Freundin würde die Tränen, die in ihren Augenwinkeln lauerten, nicht bemerken. Es war leicht für Cat, so etwas zu sagen, immerhin hatte sie in ihrem Leben niemals an sich gezweifelt. Ganz im Gegenteil, seit ihrem Abschluss als Jahrgangsbeste am College für Gastronomie, der ihr gleich zu einem Job als Hilfsköchin in einem von Londons In-Restaurants verholfen hatte, schien sie ein vom Glück verwöhntes Leben geführt zu haben. Und auch wenn Cat es im letzten Jahr ebenfalls nicht leicht gehabt hatte, ihrem Selbstbewusstsein schien es nicht geschadet zu haben. Sie würde niemals nachvollziehen können, wie minderwertig Sadie sich gefühlt hatte, nachdem sie hinter Daniels Affäre gekommen war; die Angst, dass sie selbst für ihren eigenen Ehemann zu langweilig und farblos geworden war. Doch die Wahrheit war, dass ihr Selbstbewusstsein schon lange vor seiner Affäre begonnen hatte, sich langsam, aber sicher in Luft aufzulösen. In ihrer Beziehung zu Daniel hatte sie sich immer kleiner, bedeutungsloser und weniger selbstsicher gefühlt, bis sie nur noch ein Schatten der Frau gewesen war, die Cat zu Beginn ihrer Freundschaft kennengelernt hatte. Erst nachdem ihre Ehe gescheitert war, hatte Sadie gemerkt, wie sehr sie sich verändert hatte, und der Weg zurück zu der Person, die sie vor Daniel gewesen war, war nicht so einfach, wie sie erwartet hatte. Trotzdem wusste sie, dass Cat recht hatte – sie verfügte über ein sehr ausgeprägtes künstlerisches Gespür, und die bemalten Schaufenster waren toll geworden. Sie musste sich selbst wirklich mehr zutrauen.

»Okay«, sagte sie und sah mit einem dünnen Lächeln auf. »Ich werde es versuchen.«

»Gut.« Cat nickte, offenbar vorerst zufriedengestellt. Dann griff sie unter den Tresen und zog eine blassrosafarbene Schachtel mit einer Schleife darum hervor. »Auf dem Rückweg habe ich bei der Patisserie vorbeigeschaut. Schließlich müssen wir herausfinden, was unsere Konkurrenz so im Angebot hat.«

Mit einem Grinsen hielt Sadie die Schachtel mit den Eclairs in die Höhe. »Zwei Dumme, ein Gedanke. Ich stelle den Wasserkocher an.«

Sadie hatte mit Daniel verabredet, dass er Lissy am Samstagmorgen um zehn Uhr abholen sollte, und das kleine Mädchen hüpfte vor Aufregung auf und ab, während sie auf ihn wartete. Normalerweise bestand Sadie darauf, Lissy bei ihrem Vater vorbeizubringen, da sie ihren Ex so weit wie nur möglich von ihrem neuen Zuhause fernhalten wollte. Aber am vergangenen Abend war es wieder einmal spät geworden, weil sie weitere Plätzchen verziert hatte, deswegen war es nur vernünftig, dass sie sein Angebot, Lissy bei ihr abzuholen, angenommen hatte. Nur dieses eine Mal, redete sie sich selbst ein, während sie mit einem Scheuerschwamm die Küchenoberflächen bearbeitete, die von einer dicken, klebrigen Schicht Zuckerguss überzogen waren.

»Probierst du ein neues Make-up aus?«, war die erste Frage, die Daniel ihr stellte, als sie ihm die Tür öffnete und er in den chaotischen Flur ihres kleinen Cottages trat.

Irritiert runzelte sie die Stirn. Es war Jahre her, dass er in irgendeiner Weise ihr Aussehen wahrgenommen, geschweige denn kommentiert hatte. »Nein. Warum?«

Er streckte einen Finger aus und strich ihr damit über die Nasenspitze. »Du hast Puderreste im Gesicht.«

Sadies Wangen wurden heiß, als sie einen Blick in den Spiegel im Flur warf. Ihre Nase und Stirn waren mit feinem Puderzuckerstaub bedeckt. Das Zeug hatte es sogar bis in ihre kupferroten Locken geschafft.

Verärgert, dass er sie so sah, rieb sie sich mit dem Ärmel über das Gesicht. »Sorry, ich habe den ganzen Morgen gearbeitet.« Als Daniel sie mit einem merkwürdigen Blick musterte, revidierte sie ihre Aussage jedoch rasch. »Nur als Lissy ferngesehen hat. Ich hatte sie natürlich die ganze Zeit über im Auge.«

»Entspann dich. Ich mache dir keine Vorwürfe«, sagte

Daniel. »So wie ich Cat kenne, setzt sie dich bestimmt ganz schön unter Druck. Um ehrlich zu sein, bin ich sogar ein wenig überrascht, dass sie nicht hier ist, um deine Arbeit zu überwachen.«

Er hatte einen vollkommen neutralen Ton angeschlagen, aber Sadie ließ sich davon nicht täuschen. Daniel und ihre beste Freundin waren nie besonders gut miteinander ausgekommen. Cat war es von Anfang an ein Dorn im Auge gewesen, dass Daniel sie scheinbar zu einem Leben zwischen Haushalt und Mutterschaft verdonnerte, und er wiederum hatte nicht viel von Cats Bemühungen gehalten, seine Frau aus ihrem gemütlichen und glücklichen Zuhause zu locken. Allerdings musste Sadie Cat zugutehalten, dass sie sie niemals mit einem »Ich habe es dir doch gesagt« genervt hatte, nachdem Daniels Affäre ans Licht gekommen war. Obwohl sich Sadie sicher war, dass sie es garantiert mehr als einmal gedacht hatte.

»Cat ist fürs Backen zuständig, nicht für die Dekoration«, sagte Sadie kühl. »Und nur fürs Protokoll, bisher ist sie mit meiner Arbeit sehr zufrieden.«

Daniel hob entschuldigend die Hände. »Ich habe nichts anderes erwartet. Aber du hast gerade viel um die Ohren. Wenn du mehr Zeit zum Arbeiten brauchst, nehme ich Lissy gerne öfter. Du musst mir nur Bescheid geben.«

Sadie spürte einen Anflug von Wut in sich aufsteigen. Es war nicht das erste Mal, dass er andeutete, dass sie mit dem Leben als alleinerziehende Mutter überfordert war. »Das wird nicht nötig sein. Ich bin sehr wohl in der Lage …«

»Daddy!« Lissy stürzte in den Flur und schlang die Arme um Daniels Knie.

»Hey, meine Prinzessin«, begrüßte er sie und hob sie hoch.

Angewidert kräuselte Lissy die Nase. »Ich bin keine Prinzessin. Ich bin eine Dinosaurier-Trainerin und rette die Welt vor den bösen Fleischfressern.«

Ihr Vater lachte. »Entschuldige, mein Fehler. Bist du denn bereit, deine furchtlosen Kämpfer mit zu mir zu nehmen? Im Garten sitzt ein ausgehungerter Raubvogel, der einen Streit nach dem anderen in den Rosensträuchern anzettelt.«

Lissys helles Lachen hallte durch den Flur, während sie mit den Beinen strampelte, damit ihr Dad sie herunterließ. »Na los, Daddy. Worauf warten wir?« Sie flitzte hinüber ins Wohnzimmer, aus dem kurz darauf lautes Klackern und dumpfes Poltern zu hören waren.

»Ich hoffe, dir ist klar, was du gerade angerichtet hast«, sagte Sadie und verzog das Gesicht. »Jetzt packt sie jeden Dinosaurier ein, den sie besitzt.«

»Solange es sie glücklich macht«, sagte Daniel, während er Lissy hinterhersah.

Sadie musterte verstohlen sein Profil. Er sah noch immer gut aus. Die dunklen Haare waren kurz geschnitten und ordentlich frisiert, und seine Haut vom Golfspielen in wärmeren Klimazonen leicht gebräunt. Sie bemerkte die feinen Lachfältchen, die sich in die Haut um seine blauen Augen gegraben hatten. Waren sie schon immer dort gewesen? Humor war keine Eigenschaft, die sie mit Daniel verband. Er war immer wahnsinnig ernst gewesen und ein wahrer Workaholic. Sadie spürte einen traurigen Stich in der Herzgegend. Vielleicht war sie der Grund dafür gewesen, dass er nie gelacht hatte. Ohne sie war er ganz offensichtlich glücklicher.

Daniel fing ihren Blick auf.

Verlegen, dass er sie dabei ertappt hatte, wie sie ihn anstarrte, räusperte sich Sadie. »Ich hole ihre Tasche.«

Es brauchte drei Anläufe, um Lissy aus der Tür zu bekommen. Jedes Mal, wenn sie gerade den Fuß über die Schwelle gesetzt hatte, fiel ihr ein weiteres überlebensnotwendiges Teil ihres Dinosaurier-Kampf-Equipments ein. Doch schließlich schien sie überzeugt, alles eingepackt zu haben, was sie benötigte, und ließ sich von Sadie in ihre Jacke helfen.

Während sie den Kiesweg hinunter neben Daniel auf seinen schicken Mercedes zuhüpfte, drehte er sich noch einmal zu Sadie um. »Ich weiß, dass du denkst, dass ich mich in Dinge einmische, die mich nichts angehen, aber was ich eben gesagt habe, war ernst gemeint. Ich kümmere mich sehr gerne mehr um Lissy, wenn ich dir damit helfen kann. Sich selbstständig zu machen, ist hart, und ich möchte nicht, dass du dich vollkommen fertigmachst, indem du versuchst, alles allein zu regeln, wenn es gar nicht nötig ist.«

Sadie schüttelte den Kopf. »Daniel …«

»Ich verfolge keinen geheimen Plan, und ich versuche

auch nicht, mich irgendwie einzuschmeicheln.« Seine Stimme wurde weicher. »Denk einfach darüber nach, okay?«

Er klang so vernünftig, dass Sadie nichts anderes übrig blieb, als zu nicken. Aber genau so war Daniel: vernünftig und bedacht, der personifizierte Charme, während er einen insgeheim in die Ecke manövrierte.

»Okay«, stimmte Sadie widerwillig zu. »Ich werde darüber nachdenken.«

Daniel griff nach ihrer Hand und drückte sie leicht. »Gut. Dann sehen wir uns morgen Abend. Arbeite nicht zu viel.«

Sadie bemühte sich, die Schuldgefühle beiseitezuschieben, die sie beim Gedanken an die Party am Abend überkamen. Es ging ums Geschäft, nicht um ihr persönliches Vergnügen. Sie wollten ihre Nachbarn in Castle Court kennenlernen, ihr Netzwerk ausbauen. Dinge, die Smart Cookies in der Zukunft zugutekommen würden. Und abgesehen davon, würde Daniel gar nicht erfahren, dass sie an dem Abend nicht über Reihen von Plätzchen hängen würde, um sie zu verzieren.

»Ich gebe mir Mühe«, antwortete sie schließlich und winkte Lissy noch einmal zu.

Okay, das wäre geklärt, dachte sie, nachdem sie die Tür geschlossen hatte und ins Wohnzimmer hinüberging, wo der Boden von Spielzeug übersät war. Aber was soll ich bloß anziehen?

Kapitel vier

Das Problem daran, wenn man praktisch den ganzen Tag arbeitet und dabei eine weiße Kochuniform trägt, dachte Cat, ist, dass die Auswahl an privater Kleidung eher überschaubar ist – auch wenn man drei Jahre in der Modehauptstadt der Welt verbracht hat. Nachdem sie ein paar Minuten nachdenklich in den Kleiderschrank in ihrem Schlafzimmer gestarrt hatte, schnappte sie sich ihre Handtasche und beschloss, einkaufen zu gehen.

Eines musste man Chester lassen, wenn es ums Shoppen ging, kam hier niemand zu kurz. In The Rows gab es zahlreiche Geschäfte, von den gängigen Modeketten bis hin zu verrückten kleinen Boutiquen. Das Problem war also weniger die Auswahl an sich, als dass Cat nicht so richtig wusste, was sie überhaupt zur Party bei Seb's tragen sollte. Etwas Elegantes oder doch lieber ein legeres Outfit? Die Geschäfte waren eindeutig auf die festliche Jahreszeit eingestellt. Die Schaufenster und Kleiderstangen waren mit Pailletten und Glitzer in Rot, Grün und Gold behängt – Kleider und Röcke für Weihnachtsfeiern, von denen sich Cat sicher war, dass sie sich darin für einen zwanglosen Abend overdressed fühlen würde.

Nachdem sie sich mehr als eine Stunde durch die Massen an Weihnachtseinkäufern geschlagen hatte, gab sie auf und rief Sadie an. »Ich brauche deinen Rat. Was ziehst du heute Abend an?«

»Enge Jeans und ein Top in Roségold«, antwortete Sadie, ohne lange zu überlegen, was Cat vermuten ließ, dass sie ihr Outfit seit dem Moment geplant hatte, als sie ihr von der Party erzählt hatte. »Wo bist du?«

»In einem Coffeeshop auf der Northgate Street«, gab Cat kleinlaut zu. »Hier sitze ich und verstecke mich vor meiner jämmerlichen Unwissenheit in Sachen Modefragen.«

Sadie lachte. »Cat Garcia, du weißt, dass du gut aussiehst, egal, was du trägst. Hast du denn wenigstens eine ungefähre Vorstellung, wonach du suchst?«

»Absolut überhaupt keine.« Cat seufzte. »Und außerdem ist es nicht besonders hilfreich, dass sich im Moment alles um Weihnachten dreht.«

»Warum schaust du dich nicht mal in den etwas ruhigeren Straßen um? In der Godstall Lane, gleich gegenüber der Kathedrale, da gibt es ein paar sehr hübsche Boutiquen. Vielleicht findest du ja da was.«

Cat trank einen Schluck Espresso und seufzte noch einmal. »Vielleicht. Kann ich mir nicht einfach was von dir leihen?«

»Doch, klar«, sagte Sadie, noch immer amüsiert über

die absolute Hilflosigkeit ihrer Freundin in Sachen Mode. »Soll ich ein paar Tops mitbringen? Ich gehe mal davon aus, dass du wenigstens eine akzeptable Jeans im Schrank hast.«

»Jepp«, antwortete Cat trocken. »Die habe ich. Um wie viel Uhr fährst du in die Stadt? Hast du Lust, irgendwo was zu essen, bevor wir zu Seb's gehen?«

»Gerne. Ich versuche um halb neun da zu sein, okay?«

»Perfekt. Wenn du willst, kannst du heute in meinem Gästezimmer übernachten.«

Sadie zögerte einen Moment, bevor sie antwortete. »Wahrscheinlich eher nicht. Da sind noch jede Menge Kekse, die auf ihre Glasur warten. Und für die brauche ich eine ruhige Hand. Wahrscheinlich ist es am besten, wenn ich nach der Party nach Hause fahre, dann kann ich am Sonntagmorgen früh anfangen, bevor Lissy nach Hause kommt.« Sadie machte erneut eine kurze Pause, als würde sie befürchten, dass Cat ihr deswegen böse sein könnte. »Das nächste Mal übernachte ich bei dir. Versprochen.«

Cat musste lachen. »Wir sind keine neun mehr, Sadie. Natürlich ist das okay. Klingt alles total vernünftig.«

»Oder langweilig«, murmelte Sadie. »Aber für das Verzieren brauche ich wirklich meine Ruhe und einen klaren Kopf. Sorry.«

Sie klingt zerknirscht, bedauernd und wild entschlossen, es wiedergutzumachen. Das ist es, was acht Jahre Ehe mit Daniel aus ihr gemacht haben, dachte Cat wütend, aber sie behielt ihre Gedanken für sich.

»Ehrlich, es war nur eine Idee. Vergiss es einfach.«

Nachdem sie aufgelegt hatten, trank Cat ihren Kaffee aus und dachte dabei über Daniel nach. Sie hatte ihn nie ausstehen können, und vor allem hatte sie die Version von Sadie nicht gemocht, die die Ehe mit ihm aus ihr gemacht hatte. Deswegen hatten sie und Daniel instinktiv immer einen weiten Bogen umeinander gemacht. Als Sadie ihr dann während eines tränenreichen Telefonats von seinem Betrug erzählt hatte, hatte ihre Meinung von ihm einen neuen Tiefpunkt erreicht. So wie Cat das sah, war Sadie umso besser dran, je eher sie über ihn hinwegkam.

Mit ein bisschen Glück wird Castle Court nicht nur in beruflicher, sondern auch in romantischer Hinsicht mit neuen Möglichkeiten für Sadie aufwarten, dachte Cat, trank den letzten Schluck Kaffee und stand auf. Und mit noch ein bisschen mehr Glück wird es dasselbe für mich tun.

Auch wenn es bereits halb elf war, als Cat und Sadie das Seb's betraten, war die Bar immer noch gut besucht. Kondenswasser lief an den Innenseiten der Fenster hinunter, und das Gelächter der Gäste mischte sich mit einem dumpfen Bass, der den Boden unter ihren Füßen zum Vibrieren brachte.

»Bist du dir sicher, dass sie heute Abend gemeint haben?«, murmelte Sadie, als Cat die Tür aufstieß und sie von einer Wolke feuchter, zimtgeschwängerter Luft eingehüllt wurden.

Cat blieb stehen und sah sich in der Bar nach einem

Gesicht um, das ihr bekannt vorkam. Sie war sich sicher, dass sie sich nicht im Datum geirrt hatte. Jaren hatte definitiv Samstag gesagt.

»Vielleicht sind wir zu früh dran«, murmelte sie. Dann räusperte sie sich und fügte lauter hinzu: »Na los, besorgen wir uns erst mal einen Drink.«

Sie waren gerade dabei, sich einen Weg durch die Menge in Richtung der zerkratzten Theke aus Edelstahl zu bahnen, als jemand nach ihnen rief. Sie wandten sich gleichzeitig um und entdeckten Jaren, der ihnen von der anderen Seite des Raums zuwinkte. Er stand am Ende eines rechteckigen Tischs mit einem »Reserviert«-Schild in der Mitte.

»Cat, Sadie! Hier drüben.«

Es saßen bereits einige Leute um den Tisch herum, wie Cat bemerkte, während sie auf Jaren zugingen. Waren das die anderen Ladeninhaber, die darauf warteten, dass die übrigen Gäste aufbrachen, damit sie unter sich waren? Sie tat ihr Bestes, sich jedes Gesicht genau einzuprägen, um sich nicht zu blamieren, wenn sie einem von ihnen in den kommenden Tagen in Castle Court über den Weg lief.

Jaren winkte ihnen noch immer zu und strahlte über das ganze Gesicht, als sie sich näherten. »Willkommen bei Seb's!«, brüllte er, als sie sich auf zwei leere Stühle fallen ließen. Überschwänglich breitete er die Arme aus. »Alle mal herhören! Das sind Cat und Sadie. Sagt Hallo!«

Ein Chor aus Stimmen begrüßte die beiden.

Möglichst diskret musterte Cat die Leute, die um den

Tisch versammelt saßen. Eine zierliche Blondine mit einem kaum hörbaren Akzent stellte sich als Elin vor. Ihr gehörte die Chocolaterie. Sie wirkte sehr freundlich, saß aber so nah bei Jaren, dass sie genauso gut auf seinem Schoß hätte Platz nehmen können. Cat überlegte, ob die beiden eventuell ein Paar waren, auch wenn sie vor ein paar Tagen bei ihrem zufälligen Treffen mit dem Niederländer den Verdacht gehabt hatte, dass er mit ihr flirtete. Vielleicht habe ich die ganze Situation aber auch einfach falsch verstanden, dachte sie mit einem Anflug von Enttäuschung.

Eine ältere, äußerst glamourös wirkende dunkelhaarige Frau, die ebenfalls am Tisch saß, schien weniger begeistert, Cat und Sadie kennenzulernen. Ihr Name war Cherie, und sie verzog missbilligend die Lippen, als Jaren sie vorstellte.

»Oh, ich war heute in Ihrem Laden«, platzte Sadie beinahe im selben Augenblick heraus wie Cat. »Ihre Kuchen sind umwerfend.«

Die Frau verzog keine Miene. »Ich nehme an, dass Sie sich mein Angebot angesehen haben, um auszukundschaften, welche Ideen Sie für Ihr eigenes Geschäft stehlen können«, bemerkte sie pikiert.

Cat blinzelte irritiert, und als sie zu Sadie hinüberblickte, sah sie, dass diese vor Staunen die Augen aufgerissen hatte.

Jarens Lächeln wurde ein wenig dünner. »Komm schon, Cherie, wir haben doch schon darüber gesprochen. Sadie und Cat werden keine Patisserie oder etwas Ähnliches eröffnen. Sie verkaufen Kekse, schon vergessen?«

Cheries Gesichtsausdruck verriet, dass sie ihm kein Wort glaubte. In ihren Augen blitzte kaum verhohlener Zorn, als sie die Lippen zu einer noch dünneren Linie zusammenpresste.

»Wie schön, Sie kennenzulernen«, sagte Sadie höflich, während Cat dem Blick ihrer Freundin auswich aus Angst, sonst loskichern zu müssen. »Ihre Kuchen waren köstlich, vielen Dank. Aber ich bin mir sicher, dass wir sie viel zu schnell aufgegessen haben, um Ihre Geheimnisse zu stehlen.«

Jaren hustete verlegen und wandte sich eilig zwei schick gekleideten Männern Mitte zwanzig zu, die am Ende des Tisches saßen. »Wo wir gerade vom Stehlen sprechen – ihr solltet aufpassen, nichts von Wert herumliegen zu lassen, solange sich diese beiden Kerle in der Nähe aufhalten. Sie sind fanatische Sammler. Was nicht schwer zu erkennen ist, wenn man sich ihre Ladenfront ansieht.«

»Erwischt«, bestätigte einer der Männer freundlich. In seiner Stimme schwang ein unverkennbarer amerikanischer Akzent mit. »Ich heiße Andrew, und das hier ist Earl. Wir führen den Bus Stop Diner im Erdgeschoss.«

Earl nickte und schob seine Brille hoch. »Ich vermute mal, dass er euch bereits aufgefallen ist – der Teil mit der großen gelben Busfront ist ziemlich schwer zu übersehen.«

Cat grinste, die beiden waren ihr auf Anhieb sympathisch.

Neugierig beugte sich Sadie vor. »Ich hoffe, ich trete

mit meiner Frage in kein Fettnäpfchen. Ist das ein Teil von einem echten Bus oder eine Kopie?«

Andrew verzog übertrieben das Gesicht, als hätte ihn Sadies Frage schwer getroffen. »Eine Kopie? Beleidigen Sie uns nicht, Ma'am.«

»Zu hundert Prozent echt«, fügte Earl hinzu. »Von einem amerikanischen Schulparkplatz gestohlen und per Schiff über den großen Teich hertransportiert.«

»Die Kinder können jetzt leider nicht mehr in die Schule gehen, und die braven Leute von Chester haben ihren Spaß daran. Man könnte also sagen, dass am Ende alle davon profitiert haben.«

Sadie lachte. »Wie habt ihr das Ding auf den Platz bekommen?«, erkundigte sie sich kichernd. »Es ist doch viel zu groß, um durch die schmale Gasse zu passen.«

Andrew und Earl wechselten einen kurzen Blick, bevor Earl sich verschwörerisch zu Cat und Sadie vorbeugte. »Ihr müsst mir versprechen, keiner Menschenseele davon zu erzählen. Erst recht nicht den Behörden.«

Cats Neugier war geweckt. Sie nickte eifrig. »Unsere Lippen sind versiegelt.«

»Wir haben ihn mithilfe der USS Enterprise hergebeamt«, erklärte Earl mit todernster Miene.

Andrew schüttelte den Kopf. »Glaubt dem Trottel kein Wort. In Wahrheit hat unser Haus-Elf die ganze harte Arbeit für uns übernommen.«

Cat grinste. »Sehr beeindruckend. Meiner bekommt nicht mal eine ordentliche Tasse Tee hin.«

»Wenn wir unseren Elf nicht gehabt hätten und auf herkömmliche Mittel angewiesen gewesen wären«, fügte Andrew hinzu und tippte sich an die Nase, »hätten wir das Ding vermutlich in unserem Garten auseinandergebaut und in Einzelteilen hertransportiert.«

Earl nippte an seinem Drink. »Und dann hätten wir es auf dem Platz Stück für Stück wieder zusammengesetzt. Aber es ist nun mal ein absoluter Kundenmagnet, die Leute lieben ihn.«

Cat spähte durch eines der Fenster zu der hell erleuchteten Busfront hinüber. Es gab absolut keine Anzeichen, dass sie auseinandergebaut und wieder zusammengesetzt worden war. Beinahe war sie versucht, tatsächlich daran zu glauben, dass in diesem Fall ein wenig Magie mit im Spiel gewesen war. »Wow, da habt ihr euch wirklich ganz schön ins Zeug gelegt.«

»Was soll ich sagen?« Earl zuckte mit den Schultern und breitete in einer bescheidenen Geste die Hände aus. »Wir sind Marketing-Genies, oder zumindest ist unser Haus-Elf eins.«

Alle brachen in fröhliches Gelächter aus, und Cat machte sich gleichzeitig in Gedanken eine Notiz, sich noch einmal intensiver mit den beiden Amerikanern zu unterhalten. Vielleicht hatten sie ein paar Tipps für sie und Sadie auf Lager, wie sie Smart Cookies promoten konnten. Die zweite Notiz, die sie sich machte, galt Cherie. Sie würde ihr, so gut es eben möglich war, aus dem Weg gehen. Seit sie die Bar betreten hatten, starrte die Frau sie so feindselig an, als wünschte sie sich, sie würden auf der Stelle in Rauch aufgehen.

»Okay, wen kann ich euch noch vorstellen?« Jaren sah sich um. »Ach ja, der Typ hinter der Theke, der die Flaschen herumwirbelt, als wäre er eine New Yorker Bartender-Legende, ist Seb. Sobald er damit fertig ist, euch zu beeindrucken, kommt er sicherlich auch rüber, um Hi zu sagen.«

Cat folgte seinem Blick zu dem blonden Mann Mitte dreißig mit den markanten Gesichtszügen, der, umgeben von einer schmachtenden weiblichen Fangemeinde, die Flaschen schwang und Cocktails mixte. Er war alles andere als umwerfend gut aussehend – Jaren war im klassischen Sinn sehr viel attraktiver als er –, aber selbst aus der Entfernung konnte Cat erkennen, dass er ein unerschütterliches Selbstbewusstsein und einen Charme ausstrahlte, der erahnen ließ, dass er es gewohnt war, viel Aufmerksamkeit zu bekommen. Und falls Jaren tatsächlich bereits vergeben war, würde sich Seb vielleicht als genau die Ablenkung herausstellen, die sie nötig hatte.

»Das wären alle, die heute hier sind«, riss Jaren Cat aus ihren Gedanken. Genau in dem Moment, in dem Seb sie dabei ertappte, wie sie ihn anstarrte. Schnell wandte sie den Blick ab und konzentrierte sich wieder auf den Holländer. »Greg kommt noch vorbei, sobald das Bistro geschlossen hat. Bis dahin werden auch die restlichen Nachzügler eintreffen, und dann geht die Party erst richtig los.«

»Bis dahin müsst ihr allerdings nicht mit euren Drinks

warten«, sagte Elin und schob eine Cocktailkarte über den Tisch. »Sucht euch was möglichst Exotisches aus. Seb freut sich, wenn er ein bisschen angeben kann.«

»Das glaube ich sofort«, murmelte Cat, allerdings so leise, dass nur Sadie sie hören konnte. Dann sah sie in die Karte und wartete, bis sich die anderen um den Tisch herum wieder ihren Gesprächen widmeten, bevor sie einen weiteren Blick Richtung Bar riskierte.

Ein wenig amüsiert, aber kein bisschen überrascht stellte sie fest, dass Seb sie noch immer fixierte. Einen Moment lang sahen sie sich prüfend in die Augen.

Sadie entging der Blickkontakt nicht. »Hey, halt dich zurück«, flüsterte sie, während sie über Cats Schulter die Karte studierte. »Heute Abend geht es ums Geschäft, nicht ums Vergnügen, schon vergessen?«

Cat beobachtete Seb dabei, wie er eine hellblaue Flüssigkeit in einen Shaker füllte und eine Handvoll Eis dazugab. »Was spricht dagegen, beides miteinander zu verbinden? Immerhin sind wir alle erwachsen. Hast du schon jemanden entdeckt, der dir gefällt?«

»Nein«, antwortete Sadie wie aus der Pistole geschossen, und Cat meinte, einen leicht verärgerten Unterton aus ihrer Stimme herauszuhören. »Und selbst wenn, würde ich mich jetzt nicht darauf konzentrieren. War die Verbindung aus Geschäftlichem und Vergnügen nicht einer der Gründe, aus denen du Paris verlassen hast?«

Cat musste tief Luft holen, um Sadie keine patzige Antwort zu geben. Sie liebte ihre beste Freundin wirklich sehr, aber manchmal wünschte sie sich, sie wäre nicht so verkrampft. Außerdem hatte sie keine Ahnung, was der wahre Grund für ihre Flucht aus Paris gewesen war. Absolut keine Ahnung.

»Ich bin gegangen, weil ich wegen dem Stress und der Überarbeitung einen Nervenzusammenbruch hatte. Mit Vergnügen hatte das absolut nichts zu tun.«

Sadie wurde rot. »Ich weiß, entschuldige. Es ist nur … Ich möchte nicht, dass wir unsere Chance hier verspielen. Das ist alles.«

»Das möchte ich genauso wenig«, lenkte Cat ein und zwang sich zu einem schiefen Lächeln. »Aber es wird doch trotzdem erlaubt sein, sich ein wenig umzugucken, oder?«

»Ja«, gab Sadie zu und warf einen Blick zu Seb hinüber. »Und ich muss zugeben, dass ich dich durchaus verstehe. Er weiß eindeutig einiges mit seinen Händen anzustellen.«

»Ausgezeichnet beobachtet«, kommentierte Cat mit einem Grinsen und sah zu Jaren, der in eine Unterhaltung mit Elin vertieft war. »Sieht so aus, als könnte Castle Court mit ein paar Extraleistungen aufwarten. Schade, dass Earl und Andrew ganz offensichtlich schon vergeben sind. Ich mag es, wenn mich ein Mann zum Lachen bringen kann.«

Sadie runzelte die Stirn. »Meinst du …«

»Auf jeden Fall«, sagte Cat im Brustton der Überzeugung. »Sie sind definitiv ein Paar. Hast du die Chemie zwischen den beiden etwa nicht bemerkt?«

»Oh.« Sadie sah zwischen den zwei Amerikanern hin und her. »Nein, das ist mir komplett entgangen.«

»Glaub mir, die beiden haben nur Augen füreinander. Wollen wir uns jetzt ein bisschen unters Volk mischen?«

Sadie nickte. »Dafür sind wir schließlich hier. Ich übernehme die Harry-Potter-Fans, und du umgarnst Elin.«

Cat tat ihr Bestes, das Gelächter, das von der Bar zu ihnen hinüberschallte, zu ignorieren – offensichtlich war Seb ebenso witzig wie talentiert – und wartete auf eine passende Gelegenheit, sich in Elins und Jarens Unterhaltung einzuklinken.

»Bist du Schweizerin?«, nutzte Cat schließlich eine kurze Gesprächspause zwischen den beiden.

Die blonde Frau nickte, wobei ihr akkurat geschnittener Bob im Licht glänzte. »Ja. Ich bin in Genf geboren, lebe inzwischen aber schon seit sieben Jahren hier.« Sie musterte Cats dunkle Locken und ihren olivfarbenen Teint. »Und du?«

»Spanischer Vater, englische Mutter. Niemand nimmt mir ab, dass ich in Chester geboren und aufgewachsen bin, aber so ist es. Meine Eltern leben inzwischen in Kastilien.«

Elin warf Jaren einen Blick zu. »Dann passt du gut zu Castle Court. Der ganze Platz ist ein einziger Schmelztiegel aller möglicher Nationen. Greg kommt aus Marseille, und Seb ist Südafrikaner.«

»Wirklich?«, fragte Cat und machte sich gleichzeitig eine weitere mentale Notiz zu Seb: interessanter Background. »Andererseits ist das wahrscheinlich gar nicht so verwunderlich. Immerhin ist Essen eines der ältesten Mittel, Menschen zusammenzubringen. Und Castle Court ist definitiv ein Gourmet-Paradies.«

»Stimmt«, sagte Jaren mit einem Lächeln. »Und was hat dich hierher verschlagen? Mal abgesehen von deiner Liebe für gutes Essen, meine ich.«

Cat zögerte. Eigentlich hatte sie nicht zu viel über die Gründe sagen wollen, die dazu geführt hatten, dass sie ihre Karriere an den Nagel gehängt hatte. Andererseits wollte sie, dass die anderen Ladeninhaber sie ernst nahmen. Sie sollten wissen, dass sie ab sofort noch jemanden in ihrer Mitte hatten, der etwas von Essen verstand. Also zwang sie sich zu einem Lächeln und antwortete: »Ich war drei Jahre lang Chefköchin im La Perle in Paris. Aber irgendwann wollte ich ein wenig kürzertreten, und Sadie und ich hatten immer diesen Traum von einem eigenen Geschäft. Es schien einfach die perfekte Gelegenheit für uns beide zu sein.«

Elin riss vor Erstaunen die Augen auf, und Jaren stieß einen anerkennenden Pfiff aus. »Du hast die Küche des La Perle geleitet? Das ist ein Restaurant mit Michelin-Stern, eines der bekanntesten der Welt.«

»Um genau zu sein, hat es sogar zwei Sterne. Und wir waren drauf und dran, uns den dritten zu angeln«, erklärte Cat mit einem bescheidenen Schulterzucken. »Aber alle schönen Dinge müssen auch mal ein Ende finden. Für mich war es einfach Zeit, neue Wege zu gehen.«

Jarens Miene drückte Bewunderung aus. »La Perles Verlust ist unser Gewinn, so viel ist klar.«

Cat war sich nicht sicher, ob sie es sich nur einbildete, aber sie meinte, dass Elins Augen bei Jarens Bemerkung ein klein wenig schmaler wurden. »Kekse sind auf jeden Fall sehr viel leichter herzustellen als Cordon bleu«, spielte sie sein Kompliment rasch herunter. »Der schwerste Teil ist das Verzieren, und das übernimmt Sadie. Sie ist das wahre Talent von uns beiden, nicht ich.«

Ihr selbstironischer Kommentar schien zu wirken. Elin lächelte wieder. »Hört sich für mich so an, als wärt ihr ein absolut perfektes Team. Ich freue mich schon drauf, eure Kekse zu probieren.«

»Allerdings wäre es besser, wenn du Cherie verschweigst, wo du gearbeitet hast«, riet Jaren ihr mit gesenkter Stimme. »Bevor ihr den Laden gemietet habt, hatte sie ein Auge darauf geworfen, und seitdem ist sie vollkommen paranoid. Sie hat Angst, dass ihr die Kundschaft wegläuft und stattdessen scharenweise in euren Laden strömt. Dabei ist in Castle Court genug Platz für beide Geschäfte. Immerhin verkauft ihr ganz unterschiedliche Produkte.«

Cat sah zu der dunkelhaarigen Frau hinüber, die mit einer Wucht auf dem Display ihres Handys herumtippte, die jede Menge aufgestaute Wut vermuten ließ. »Es tut mir leid, dass sie wegen des Ladens enttäuscht ist, aber sie muss sich wirklich keine Gedanken machen, dass sich unsere Produkte irgendwie überschneiden könnten. Die Kuchen, die Sadie und ich heute in der Patisserie gekauft haben, waren erstklassig. Smart Cookies ist keine Konkurrenz für die Patisserie Cherie.«

Elin seufzte. »Als ich die Chocolaterie eröffnet habe, hat sie sich genauso angestellt. Sie hat mir vorgeworfen, ihr die Kunden wegzuschnappen. Ich bin mir sicher, dass sie früher oder später auch mit euch warm wird.« Sie verzog amüsiert die Lippen. »Es hat gerade mal fünf Jahre gedauert, bis sie mich statt mit offener Feindseligkeit jeden Morgen mit einem Nicken begrüßt hat.«

Ein Schatten fiel auf den Tisch. Als Cat aufsah, bemerkte sie Seb, der auf sie hinabblickte.

»Hi, ich bin Seb de Jager. Nett, dich kennenzulernen.«

»Cat Garcia«, antwortete sie. »Freut mich auch. Ich habe schon viel von dir gehört.«

Seb hob fragend eine Augenbraue und sah zu Jaren hinüber. »Von dem Typ? Glaub ihm kein Wort. Er ist nur eifersüchtig, weil alle schönen Frauen hier nur mit mir abhängen wollen.«

Als er Elin zuzwinkerte, wurde sie rot und sah schnell weg. Cat fragte sich, ob die beiden eventuell eine gemeinsame Vergangenheit hatten. Es hätte sie nicht überrascht. Essen und Romantik waren seit jeher untrennbar miteinander verbunden, und gastronomische Berufe wurden mit viel Leidenschaft ausgeübt, vor allem in einem Mikrokosmos wie Castle Court.

Jaren schüttelte mitleidig den Kopf. »Wann begreifst du endlich, dass sie sich nur mit dir unterhalten, weil du ihnen leidtust, Seb?«

Der Bar-Inhaber grinste und wandte sich wieder Cat zu. »Schon was entdeckt, was dir gefällt?«

Cat war klar, dass er die Cocktailkarte meinte, aber die Doppeldeutigkeit hinter seinen Worten war trotzdem nicht zu überhören. »Vielleicht«, sagte sie leichthin. »Ich hatte noch keine Gelegenheit, genauer hinzusehen.«

Er fixierte sie mit einem intensiven Blick aus seinen grünen Augen. »Lass dir Zeit, ich bin nicht in Eile.«

Cat hatte keine Ahnung, wie lange sie sich noch angestarrt hätten, wenn in diesem Moment nicht die Tür zur Bar aufgestoßen worden wäre.

Seb runzelte die Stirn und drehte sich um. »Wir haben geschlossen.«

Ein in einen Dufflecoat gehüllter Mann mit Bart und einer Strickmütze steckte seinen Kopf zur Tür herein. »Selbst für mich?«

Seb grinste. »Adam! Für dich habe ich immer geöffnet.« Dann ging er zu ihm hinüber und umarmte ihn kräftig.

»Adam Tucker«, fügte Elin, die Cats neugierigen Gesichtsausdruck bemerkt hatte, erklärend hinzu. »Er versorgt die Hälfte aller Läden in Castle Court mit Honig.«

»Oh«, sagte Cat überrascht, während sie den Mann dabei beobachtete, wie er seinen Mantel auszog und an den Ständer hinter der Tür hängte. »Arbeitet er für einen Großhändler?«

Jaren schüttelte den Kopf. »Er ist Bienenzüchter. Allerdings ruhen seine Bienen zu dieser Jahreszeit, deswegen baut er nebenher noch Gemüse an.«

Cat runzelte die Stirn. »Ist das nicht auch eher ein Saisonjob?«

»Das darfst du nicht mich fragen«, sagte Jaren mit einem Schulterzucken. »Ich weiß nur, wenn ich im Dezember Spargel brauche, wende ich mich an Adam.«

Cat betrachtete den Neuankömmling mit neu erwachtem Interesse. Die Wahrscheinlichkeit, dass sie Spargel für die Keksbäckerei brauchen würden, war relativ gering, aber mit Honig sah es schon anders aus. Sie verfeinerte ihren Plätzchenteig damit, und regionale Produkte verwendete sie besonders gerne. »Klingt nach einem Mann, den man kennen sollte.«

Als hätte Seb sie gehört, kam er in diesem Moment mit Adam im Schlepptau zu Cat zurück. »Sorry, dass ich einfach abgehauen bin. Dein erster Drink geht aufs Haus. Als Wiedergutmachung.«

Cat schüttelte den Kopf. »Nicht nötig.« Sie nahm die Cocktailkarte in die Hand und studierte sie einen Augenblick lang. »Ich glaube, ich habe Lust auf etwas Unkompliziertes. Würdest du mir einen simplen Bombay Sapphire mit Tonic mixen, oder ist das zu langweilig für dich?«

Seb verzog angesichts ihrer kleinen Spitze keine Miene. »Single?«

»Sehe ich so aus?« Cat drohte ihm missbilligend mit dem Finger. »Double.«

Er hob eine Augenbraue. »So hatte ich das nicht gemeint.«

Nicht schlecht gekontert, dachte Cat mit einem verstohlenen Grinsen.

Er betrachtete sie noch eine Sekunde länger, bevor er sich halb zu dem Bienenzüchter umdrehte. »Darf ich dir Adam Tucker vorstellen? Adam, Cat Garcia. Sie ist die neue Mieterin des Ladens im Erdgeschoss.«

»Hi«, sagte Cat, und Adam lächelte höflich. »Du musst unbedingt auch meine Geschäftspartnerin Sadie kennenlernen.« Während Seb sich abwandte, um zur Bar zu gehen und Cats Drink zu mixen, tippte Cat Sadie auf die Schulter. »Hier ist jemand, den ich dir vorstellen möchte.«

Sadie entschuldigte sich bei Earl und Andrew, drehte sich herum und sah mit fragendem Blick auf. Als sie Adam erkannte, riss sie überrascht die Augen auf. »Oh, du bist das.«

»Hallo«, sagte er und lächelte.

Irritiert sah Cat zwischen den beiden hin und her. »Ihr kennt euch?«

Sadie nickte. »Wir … äh … Wir sind vor ein paar Tagen zusammengestoßen.«

»Jepp«, bestätigte Adam. »Ich habe meinen Rosenkohl fallen lassen.«

»Und ich habe ihm beim Aufsammeln geholfen«, fügte Sadie hinzu. »Wie hat er geschmeckt?«

»Gut. Wie schon gesagt, die Dinger sind robust. Ich habe sie zusammen mit Pancetta in Butter angebraten.«

Interessiert verfolgte Cat die Unterhaltung der beiden. Weder das Glitzern in Sadies Augen, wenn sie Adam ansah, noch sein bewundernder Blick entgingen ihr. Entspannt lehnte sie sich zurück, während in ihrem Kopf ihr Plan immer mehr Gestalt annahm. »Adam ist Bienenzüchter und versorgt viele Geschäfte in Castle Court mit Honig«, erklärte sie Sadie mit unschuldigem Augenaufschlag. »Ziemliches Glück für uns, würde ich sagen. Für unseren Plätzchenteig brauchen wir noch einen guten Honiglieferanten. Wenn Adam also nichts gegen einen weiteren Kunden einzuwenden hat, sehen wir ihn bald vielleicht öfter.«

Zufrieden stellte Cat fest, dass Adam keine Sekunde den Blick von Sadie löste, als er antwortete: »Von mir aus gerne.«

Kapitel fünf

Autsch!

Cat hatte ein Auge geöffnet, schloss es jedoch gleich wieder, als ihr ein scharfer Schmerz durch den Schädel schoss. »Autsch, autsch, autsch!«

»Ich habe dich vor dem letzten Tequila gewarnt«, meldete sich eine Stimme zu Wort.

Cat fuhr erschrocken zusammen. Der Schmerz in ihrem Kopf war vergessen. Neben ihrem Bett stand Sadie mit einer Tasse Tee in der Hand. »Wie spät ist es?«, krächzte sie und schirmte die Augen schützend mit einer Hand gegen die Helligkeit ab.

»Halb zehn. Ich mache mich gleich auf den Weg nach Hause, um die nächste Fuhre Plätzchen fertigzustellen. Brauchst du noch was?«

»Abgesehen von einem neuen Schädel?«, knurrte Cat. »Wie lange waren wir gestern unterwegs?«

»Bis halb vier. Und ehrlich gesagt bin ich nicht besonders überrascht, dass du dich an nichts erinnerst. Ich glaube nicht, dass ich dich schon jemals so viel habe trinken sehen.« Für einen kurzen Moment befürchtete Cat, dass ihre beste Freundin ihr deswegen böse war, doch eine Sekunde später verzog sie die Lippen zu einem widerwilligen Grinsen.

»Das ist alles nur Sebs Schuld«, sagte Cat anklagend. »Warum musste er auch einen hervorragenden Cocktail nach dem anderen mixen? Es wäre ziemlich unhöflich gewesen, die alle stehen zu lassen.«

»Und trotzdem habe *ich* es aus irgendeinem Grund geschafft zu überleben, ohne ihn zutiefst zu kränken«, wandte Sadie ein. »Allerdings würde ich sagen, dass wir es an einem einzigen Abend fertiggebracht haben, das Eis mit unseren Castle-Court-Nachbarn zu brechen. Allerdings nicht sehr schwer, wenn man mindestens die Hälfte von ihnen geküsst hat.«

Cat setzte sich auf. »Ich habe niemanden geküsst.«

Sadie grinste. »Nein, hast du nicht. Aber ich glaube, Seb hätte nichts gegen ein wenig Knutscherei einzuwenden gehabt. Ihr beide habt ausgesehen, als würden zwischen euch ganz schön die Funken sprühen.«

Behutsam ließ Cat den Kopf zurück aufs Kopfkissen sinken. Sie erinnerte sich daran, sich mit Seb unterhalten zu haben. Außerdem hatte sie viel gelacht. Sie hatten definitiv miteinander geflirtet. Aber eine Grenze hatte sie nicht überschritten … oder doch?

»Und was ist mit dir und Adam?«, konterte sie. »Ihr konntet euch ja kaum aneinander sattsehen.«

Sadies Wangen färbten sich rosa. »Ich mag ihn. Er ist

nett. Aber wir haben uns einfach nur gut verstanden, mehr nicht. Versuch nicht, das Thema zu wechseln.«

»Ich bin zu verkatert für diese Unterhaltung«, murmelte Cat und schloss die Augen. »Kannst du dich nicht auf andere Weise nützlich machen? Zum Beispiel, indem du mir Frühstück ans Bett bringst?«

»Hast du etwa deine Verabredung vergessen?«, fragte Sadie mit einem Unterton in der Stimme, der Cat viel zu triumphierend klang. »Du wolltest mit Seb brunchen gehen. Darum habe ich dich geweckt. Damit du nicht zu spät kommst.«

Cat riss die Augen auf, als eine verschwommene Erinnerung ihre Gedanken kreuzte. »Scheiße, du hast recht. Wir wollen dieses neue Chicken-and-Waffle-House an der Watergate ausprobieren.« Sie rieb sich mit einer Hand über das Gesicht. »Warum hast du mich nicht früher geweckt?«

»Auf deinem Nachttisch steht Vitamin C und eine Packung Ibuprofen. Du hast weniger als eine Stunde«, rief Sadie, schon halb aus der Tür. »Hinterher erwarte ich einen vollständigen Bericht. Und tu nichts, was ich nicht auch tun würde.«

Seb wartete bereits vor dem Restaurant, als Cat mit fünf Minuten Verspätung ankam. Als sie schwer atmend vor ihm stehen blieb, kondensierte ihr Atem in der kalten Morgenluft zu kleinen Wölkchen.

»Ich dachte schon, du würdest mich versetzen«, sagte

Seb zur Begrüßung und lächelte. Seine Augen waren hinter einer Sonnenbrille versteckt.

»Entschuldige.« Cat kniff die Augen gegen das helle Wintersonnenlicht zusammen. »Ich habe länger gebraucht, als ich dachte, um mich wieder wie ein Mensch zu fühlen. Nie wieder rühre ich einen Cocktail von dir an.«

Er grinste. »Um ehrlich zu sein, bist du nicht die erste Person, die das sagt. Na komm, was du brauchst, sind Eiweiß und Kohlehydrate.«

Für einen Sonntagmorgen war das Restaurant gut besucht. Allerdings entging Cat nicht, dass eine ungewöhnlich hohe Anzahl von Gästen mit Sonnenbrillen vertreten war – was sie darauf schließen ließ, dass sie nicht die Einzige hier mit einem Kater war.

Seb dagegen sah vollkommen frisch aus, stellte Cat beinahe ein wenig verärgert fest. Offensichtlich hatte er selbst keine seiner Kreationen angerührt.

»Also«, sagte er, nachdem sie an einem Ecktisch Platz genommen hatten, »was hältst du von der Castle-Court-Crew?«

Cat durchforstete ihr Gehirn nach Erinnerungen an den vergangenen Abend. Andrew und Earl waren genauso amüsant, wie sie von Anfang an vermutete hatte. Und Elin hatte sich merklich entspannt, nachdem sie festgestellt hatte, dass Cat und Seb miteinander flirteten – was wiederum Cats Verdacht bestätigte, dass sie Interesse an Jaren hatte. Ob Jaren selbst etwas davon ahnte, stand dagegen auf einem anderen Blatt. Das Gespräch mit Greg, dem Inhaber des Bistros, hatte sie schnell abgeblockt, als er anfing, sie über ihre Zeit im La Perle auszuquetschen. Danach hatte er vor allem mit Cherie in einer Ecke gesessen, und sie hatte gespürt, wie die beiden ihr abwechselnd feindselige Blicke zuwarfen. Und Seb … na ja, der hatte sich als äußerst aufmerksamer Gastgeber erwiesen. Ihr Flirt mit ihm hatte ihr gefallen, was vermutlich der Hauptgrund war, aus dem sie ihm nun gegenübersaß. Insgesamt kam sie zu dem Schluss, dass ihre Nachbarn in Castle Court ein netter, unterhaltsamer Haufen waren – mit ein oder zwei Ausnahmen.

»Ganz ehrlich?«, sagte sie. »Ich mag sie. Jaren hat uns erzählt, dass es sich ein wenig anfühlt, als würden alle zu einer Familie gehören, und ich verstehe jetzt, warum. Aber es ist wahrscheinlich auch nicht verwunderlich, dass es eine Person gibt, mit der ich mich nicht wirklich gut verstanden habe.«

»Cherie.«

»Cherie«, bestätigte Cat. »Elin hat erzählt, dass es bei ihr auch eine ganze Weile gedauert hat, bis sie mit ihr warm geworden ist, deswegen versuche ich, es nicht persönlich zu nehmen. Aber gestern Abend hatte ich ein paarmal das Gefühl, dass sie mich regelrecht mit ihren Blicken durchbohrt. Ich verstehe ja, dass sie sich um ihren Laden sorgt, aber Smart Cookies ist absolut keine Bedrohung für sie.«

Seb legte den Kopf schief und sah sie an. »Gib ihr Zeit. Manchen Menschen fällt es leichter, mit Veränderungen umzugehen als anderen. Und ich glaube, dass die Beziehung mit Greg nicht zwingend das ist, was sie braucht. Sie wiegeln sich gegenseitig auf.«

»Verstehe«, sagte Cat, als sie daran dachte, wie Cherie und Greg die Köpfe zusammengesteckt hatten. »Auch wenn …«

»Auch wenn Cherie kein schlechter Mensch ist«, beendete Seb den Satz für sie. »Greg ist vermutlich der Schlimmere von den beiden.«

Cat rieb sich über die Stirn, während sie darüber nachdachte. »Bist du dir sicher? Bei meinen Kopfschmerzen fange ich nämlich langsam an zu glauben, dass Cherie eine Voodoo-Puppe von mir angefertigt hat, in die sie gerade eine Stecknadel nach der nächsten bohrt.«

Er lachte. »Ich fürchte, die Einzigen, die du dafür verantwortlich machen kannst, heißen Wodka und Gin.« Mit einem mitleidigen Lächeln reichte er ihr die Speisekarte. »Glücklicherweise kenne ich das perfekte Gegenmittel.«

Obwohl beinahe jeder Tisch im Restaurant besetzt war, dauerte es nicht lange, bis ihre Bestellung gebracht wurde.

Seb hatte recht, nach den ersten Bissen der preisverdächtigen Mischung aus frittiertem Hühnchen und Waffeln mit Ahornsirup ging es Cat sofort besser, und sie überließ Seb das Reden, während sie sich über ihren Teller hermachte.

Er erzählte ihr, dass er in Port Elizabeth aufgewachsen und schließlich in einem der Mansardenapartments im Dachgeschoss der Gebäude rund um Castle Court gelandet war. »Eine stürmische Romanze mit einem Model aus Chester«, erklärte er und verzog dabei das Gesicht, als täte ihm etwas weh. »Ich habe alles aufgegeben, um mit ihr herzuziehen. Dann hat sie einen Footballspieler aus der Premier League kennengelernt und mich von einem auf den anderen Tag sitzen lassen. Aber zu dem Zeitpunkt hatte mich die Stadt schon in ihren Bann gezogen, also bin ich geblieben.«

Sie erfuhr, dass er siebenunddreißig war, drei Schwestern und eine Ex-Frau hatte, mehrere Jahre in verschiedenen New Yorker Bars gearbeitet hatte, um dort von den Besten zu lernen, und dass er Sellerie hasste. So sehr, dass er sogar eine eigene Variante der Bloody Mary erfunden hatte, um jede Berührung mit dem »bösen Gemüse« zu vermeiden. Auf den ersten Blick war er vor allem witzig und charismatisch, aber Cat war sich sicher, dass unter seiner Oberfläche mehr schlummerte, als er bisher preisgegeben hatte. Er schien sein gutes Aussehen und seinen Charme vor allem dazu zu nutzen, niemanden zu nah an sich heranzulassen.

»Jetzt bist du dran«, sagte er, als Cat die letzten Tropfen Ahornsirup mit einem Stück Waffel von ihrem Teller gewischt hatte. »Erzähl mir von dir.«

»Da gibt es nicht viel zu erzählen«, sagte Cat mit einem Schulterzucken. »Collegeabschluss in Gastronomie, eine Reihe Jobs in London, um die ersten Stufen auf der Karriereleiter zu erklimmen, einige Reisen, um mein kulinarisches Wissen zu erweitern, dann La Perle. Und jetzt bin ich hier.«

Seb starrte sie an. »Das ist alles? Keine verhängnisvollen Karriereentscheidungen, keine einschneidenden Liebschaften, die dir zwar das Herz gebrochen, dich aber gleichzeitig auch mehr gelehrt haben, als du dir jemals hättest träumen lassen? Keine verrückten Glücksmomente, auf die tiefste Verzweiflung folgte?«

Cat trank einen Schluck Wasser, um seinem ungläubigen Blick auszuweichen. »Das habe ich nicht gesagt«, murmelte sie leise.

Sein Grinsen verschwand. »Du möchtest nicht darüber sprechen.«

»Nicht wirklich«, sagte sie und sah auf. »Ich war sehr lange mit meinem Job verheiratet. Macht mich das zu einem langweiligen Menschen?«

Er schenkte ihr ein reuevolles Lächeln. »Nein. Es ist vermutlich unkomplizierter, als mit einem Menschen verheiratet zu sein. Und billiger, wenn man sich scheiden lässt.«

Cat entging nicht, dass er sie mit seiner flapsigen Bemerkung zum Lachen bringen wollte. »Danke.«

Er zuckte mit den Schultern und griff nach der Speisekarte. »Erwähn es niemand anderem gegenüber. Und jetzt was ganz anderes: Meinst du, dein Kater kommt damit klar, wenn wir uns ein Dessert teilen, oder sollen wir uns das fürs nächste Mal aufsparen?«

»Fürs nächste Mal?«, wiederholte Cat und musste angesichts seiner forschen Art lächeln. »Es wird ein nächstes Mal geben?«

Seb sah sie mit einem warmen Ausdruck in den Augen an. »Viele nächste Male. Meinst du nicht?«

Cat spürte, wie das leichte Kribbeln in ihrem Magen, das sie bereits am Abend zuvor in seiner Gegenwart empfunden hatte, zu einem sehnsüchtigen Ziehen wurde. »Ich hoffe es.«

Der Montagmorgen war grau und vernebelt. Nachdem sie Lissy zur Schule gebracht hatte, machte sich Sadie auf den Weg nach Chester. Der nur mäßig vorankriechende Verkehr kam ihr noch langsamer vor als gewöhnlich. Cat stand bereits seit Stunden im Laden, um frische Kekse zu backen, damit sie abkühlen konnten, bevor Sadie sie verzierte. Heute spielte es deswegen keine große Rolle, dass die Fahrt so viel Zeit in Anspruch nahm, doch wenn Smart Cookies erst einmal eröffnet hatte, war das eine ganz andere Sache. Cat konnte nicht gleichzeitig in der Küche stehen und Kunden bedienen. Deswegen musste Sadie unbedingt einen Weg finden, jeden Morgen pünktlich um halb zehn im Geschäft zu sein. Das Problem dabei war nur, dass Lissys Unterricht erst um Viertel nach acht begann, eine kleine Verzögerung auf dem Weg in die Stadt, und schon wäre sie zu spät dran. Sie fragte sich, ob es nicht besser wäre, eine Aushilfe einzustellen, vor allem in der Vorweihnachtszeit.

Kurz nach zehn trat sie durch die Ladentür, mit rotem Gesicht und abgehetzt nach dem Eiertanz über die glatten Gehwege vom Wagen bis nach Castle Court. Es spielte keine Rolle, wie häufig Cat ihr versicherte, dass alles in Ordnung sei, sie fühlte sich trotzdem den ganzen Morgen unwohl und rastlos. Selbst das Verzieren der Kekse ging ihr nicht so leicht von der Hand wie sonst, obwohl sie die Tätigkeit, nachdem sie inzwischen Übung darin hatte, eigentlich als beruhigend empfand. Irgendwann begann sie stattdessen die Regale zu befüllen.

Um kurz nach zwölf kam Cat aus der Küche. »Na komm«, sagte sie und reichte Sadie ihren Mantel und ihre Handtasche, »ich lade dich auf einen Pfannkuchen ein.«

Das Let's Go Dutch war um die Mittagszeit gut besucht. Jaren begrüßte sie mit einem warmherzigen Lächeln und besorgte ihnen einen Tisch am Fenster, damit sie sich einen Eindruck verschaffen konnten, wie sich die Kunden über den Platz bewegten und woran sie interessiert waren.

»Er ist so aufmerksam«, bemerkte Sadie, während sie Jaren dabei beobachtete, wie er sich ein paar Tische weiter persönlich davon überzeugte, dass seine Gäste zufrieden waren. »Findest du nicht?«

Cat starrte aus dem Schaufenster zu Seb's Bar hinauf. »Hm?«

»Jaren ist so aufmerksam«, wiederholte Sadie, während sie ihre Freundin musterte. »Er und Andrew wollen zusammen in dem großen gelben Schulbus durchbrennen.«

»Gut«, gab Cat abwesend zurück. »Großartige Idee.«

Sadie verschränkte die Arme vor der Brust. »Bist du nur mit mir hergekommen, um Seb auszuspionieren?«

»Was?« Cat machte ein schuldbewusstes Gesicht. »Nein,

natürlich nicht. Ich hatte das Gefühl, dass du mal rausmusstest aus dem Laden, das ist alles. Und außerdem bin ich gespannt, was Jaren so auf seiner Karte stehen hat. Aber wenn du lieber woanders hingehen möchtest, können wir das auch tun.«

»Natürlich können wir das nicht«, sagte Sadie. »Was soll denn Jaren denken?«

»Was soll ich worüber denken?« Jaren war mit einem kleinen Tablet in der Hand an ihren Tisch zurückgekehrt.

»Pfannkuchen mit Nutella«, sagte Cat, ohne auch nur eine Sekunde zu zögern. »Die sind in Frankreich unglaublich angesagt, aber ich bin mir selbst nicht so sicher, was ich davon halten soll. Deswegen wollte ich dich nach deiner Meinung fragen.«

Sadie wünschte, der Erdboden würde sich auftun, um sie zu verschlucken. Garantiert durchschaute er Cats Lüge.

Doch Jaren schüttelte langsam den Kopf, als würde er ernsthaft über Cats Frage nachdenken. »Wenn du mich außerhalb meines Restaurants fragen würdest«, flüsterte er, »würde ich dir sagen, dass Nutella und Pfannkuchen nicht mal in einem Atemzug zusammen genannt werden sollten. Aber da die Kombi eine der beliebtesten auf unserer Karte ist, lautet meine offizielle Antwort: eine himmlische Verbindung!«

Sadie lachte. »Und was würdest du jemandem empfehlen, der nur einmal im Jahr Pfannkuchen isst, und zwar mit Zitrone und Sirup?«

Nachdenklich musterte er sie einen Augenblick. »Dir

würde ich den Pfannkuchen mit cremigem Spinat und Ricotta empfehlen, und dazu *bitterballen*. Eine Art kleine Frikadellen mit Senfsoße.« Er wandte sich an Cat. »Und für dich vielleicht ein Pfannkuchen mit Räucherlachs, grünen Bohnen und Zitronen-Dill-Dressing mit *kaasballen* als Beilage?«

Sadie warf ihrer Freundin einen fragenden Blick zu.

»Klingt lecker«, sagte Cat und nickte.

Nachdem Jaren ihre Bestellung eingetippt hatte, verschwand er Richtung Küche.

»Wahrscheinlich will er seine Küchencrew vorwarnen, dass sie eine Sterneköchin zu beeindrucken haben«, bemerkte Sadie scherzhaft, doch sie wusste, dass dies der Wahrheit vermutlich näherkam, als sie beide bereit gewesen wären zuzugeben.

Die Ladenbesitzer in Castle Court, die ebenfalls etwas mit Gastronomie zu tun hatten, schienen, sobald sie von Cats Vergangenheit erfuhren, beinahe ein wenig eingeschüchtert – alle bis auf Greg und Cherie, die sich ihnen gegenüber nach wie vor eher distanziert gaben. Cat hätte vermutlich betont, dass in der Gastronomie ein wenig Ehrfurcht und Respekt nicht schaden konnten, aber Sadie war sich da nicht so sicher.

»Glaubst du, dass wir uns mit der Ladeneröffnung ein bisschen übernommen haben?«, fragte sie plötzlich. »Vielleicht wäre es besser gewesen, wenn wir zuerst den ein oder anderen Kurs in Betriebslehre belegt hätten, um zu lernen, wie man ein Geschäft richtig aufzieht.«

Cat runzelte die Stirn. »Was meinst du mit richtig? Was haben wir denn bisher nicht richtig gemacht?«

»Es fühlt sich nur ein wenig überstürzt an, das ist alles.« Sadie bereute bereits, das Thema überhaupt angesprochen zu haben.

»Wir beschäftigen uns schon eine ganze Weile damit, Sadie«, gab Cat zurück. Die Falten auf ihrer Stirn schienen noch tiefer geworden zu sein. »Und langsam fügt sich alles zusammen. Ich bin mir nicht ganz sicher, ob ich verstehe, was wir deiner Ansicht nach anders hätten machen sollen.«

Sadie zögerte. Cat hatte nicht ganz unrecht; langsam, aber sicher schienen sich die vielen losen Enden ihres Geschäftsmodells zu einem großen Ganzen zu verbinden. Trotzdem ließen sie die Zweifel nicht los. »Vielleicht hätten wir mit einem Onlineshop anfangen sollen.« Nervös kaute sie auf ihrer Unterlippe. »Klein anfangen und dann langsam wachsen.«

»Worum geht es hier wirklich?«, verlangte Cat zu wissen und starrte Sadie herausfordernd an. »Komm schon, spuck's aus!«

Mit klopfendem Herzen berichtete Sadie von ihrer Sorge, es morgens nicht rechtzeitig in den Laden zu schaffen. »Und was, wenn Lissy krank ist und ich gar nicht kommen kann? Wie sollst du das dann alles allein stemmen?«

»Wir stellen jemanden ein«, sagte Cat, während sie Sadie ansah, als wäre ihr auf einmal ein zweiter Kopf gewachsen. »Ich hätte eigentlich damit gewartet, bis wir die Eröffnung hinter uns haben, aber wenn du dich dann besser fühlst, können wir auch sofort anfangen, nach Personal zu suchen. Wenn ich eins in den vergangenen Jahren gelernt habe, dann dass man niemals alles allein schaffen kann.«

Sadie fiel vor Erleichterung ein Stein vom Herzen. Sie war davon ausgegangen, dass Cat ihren Vorschlag abschmettern würde, dabei hatten sie schon die ganze Zeit über in dieselbe Richtung gedacht.

»Super«, sagte sie schwach, genau in dem Moment, als Jaren mit ihrem Essen auftauchte.

»Bitte schön! Die besten holländischen Pfannkuchen auf dieser Seite des Ärmelkanals«, verkündete er, bevor er die Teller vor ihnen abstellte, von denen ein köstlicher Duft aufstieg.

Cat grinste. »Bedienst du alle deine Kunden persönlich?«

Jaren erwiderte ihr Grinsen. »Nein. Nur die ganz besonders Wichtigen.« Er machte eine Geste in Richtung der dampfenden Teller. »Und jetzt lasst es euch schmecken.«

Nachdem er verschwunden war, stieß Sadie ein verträumtes Seufzen aus. »Männer, die kochen können, habe ich schon immer bewundert.«

Cat nahm ihr Besteck zur Hand. »Glaub mir, irgendwann verliert das auch seinen Reiz. Aber Elin scheint derselben Meinung zu sein wie du. Ich glaube, sie ist ein bisschen in Jaren verknallt.«

Sadie aß einen Bissen und schloss für eine Sekunde genießerisch die Augen, bevor sie antwortete. »Stimmt. Allerdings bin ich mir nicht sicher, ob er auch auf sie steht. Am Samstagabend hat er mir erzählt, dass er definitiv Single ist.« Sie hielt eine Sekunde inne. »Irgendwie hatte ich den Eindruck, dass Seb und Elin auch mal was miteinander hatten.«

»Ich auch. Aber Seb gibt auch ganz offen zu, dass er seit seiner Scheidung nichts hat anbrennen lassen.«

»Versprich mir einfach, vorsichtig zu sein«, sagte Sadie. »Du willst doch ganz bestimmt nicht nur als eine weitere seiner Eroberungen enden.«

Cats Gesichtsausdruck ließ darauf schließen, dass ihr das ganz im Gegenteil überhaupt nichts ausmachen würde, aber sie sagte nichts weiter dazu.

Ein paar Minuten aßen sie schweigend. Sadie konnte kaum glauben, wie gut ihr der Pfannkuchen schmeckte; vielleicht würde sie versuchen, Lissy ebenfalls von herzhaften Pancakes zu überzeugen. Um sie herum sah sie in nichts als zufriedene Gesichter. Jarens Restaurant war erfolgreich, und jetzt wusste sie auch, warum.

Sie entdeckte ihn in einer Ecke, von wo aus er nervös ihren Tisch im Auge behielt. Er sah aus wie ein Vater, der aufgeregt den ersten Schultag seines Kindes mitverfolgt.

»Schau jetzt nicht hin, aber Jaren starrt dich an.«

Cat seufzte. »Ich hätte das La Perle nicht erwähnen sollen. Jetzt glaubt er, dass ich ihn bewerte, obwohl ich eigentlich nur in Ruhe zu Mittag essen will.«

Sadie sah abermals zu ihm hinüber und schüttelte den Kopf. Irgendetwas an Jarens Gesichtsausdruck ließ sie vermuten, dass es um etwas ganz anderes ging. Sie wollte gerade den Mund öffnen, um Cat aufzuklären, als ihre Freundin den Blick wieder aus dem Fenster zu Seb's hinaufrichtete.

Sadie schloss den Mund. Welche Gefühle auch immer Jaren für Cat hatte oder nicht, jetzt war nicht der richtige Zeitpunkt, sie zu erwähnen. Nicht wenn Cat so deutliches Interesse an jemand anderem zeigte.

Sie konzentrierte sich wieder auf ihren Pfannkuchen, tauschte ein paar Fleischbällchen von ihrem Teller mit einigen Mozzarellakugeln von Cats und verbannte ihre Bedenken bezüglich ihrer Freundin und Seb in den hintersten Winkel ihres Gehirns. Am Ende des Tages ging sie das Liebesleben ihrer Freundin ganz einfach nichts an.

Kapitel sechs

Kaum dass Cat sich versah, stand das nächste Wochenende vor der Tür. Zwei Wochen vor der Eröffnung von Smart Cookies schienen ihre Tage zu einer endlosen Aneinanderreihung aus Backen, Keksen und Papierkram zu verschwimmen. Dank Sadies Einsatz wuchsen ihre Lagerbestände täglich an, und der Laden sah immer mehr so aus, wie sie ihn sich vorgestellt hatten. Trotzdem wachte sie regelmäßig in kalten Schweiß gebadet in den frühen Morgenstunden auf und machte sich Sorgen, was sie alles vergessen haben könnte.

Sadie war dieses Wochenende mit Lissy zu Hause und würde auch nicht in die Stadt kommen. Cat hatte sich eigentlich ebenfalls zwei freie Tage gönnen wollen, doch den ganzen Samstag war sie rastlos durch die Wohnung getigert, unfähig, sich auf irgendetwas zu konzentrieren. Kurz vor Mittag war sie dann zum Laden gefahren, um sich eine Stunde lang um die Bestellung für die Verpackungen zu kümmern, in denen sie die Kekse verschicken würden, wenn sie online geordert wurden. Sechs Stunden später war sie noch immer dort. Immerhin gab es nun vier weitere Bleche Plätzchen, die Sadie am Montagmorgen würde verzieren können, und sie hatte eine Stellenanzeige für eine Aushilfskraft verfasst, die sie ins Schaufenster hängte.

Während sie die Treppe ins Erdgeschoss hinaufstieg, versuchte sie, ihre verkrampften Schultern ein wenig zu lockern. Sie sah sich um. Überall im Laden fanden sich Hinweise auf Sadies künstlerisches Talent; die Regale bogen sich unter Mustern für die Keks-Kollektionen, die sie zusammen entworfen hatten und denen Sadie mithilfe ihrer künstlerischen Fähigkeiten Leben eingehaucht hatte. In einem Ausstellungskasten aus Plexiglas war eine komplette Krippenszene nachgestellt, komplett mit Eseln, Schäfern und einer winzigen Krippe. Und neben der Tür stand der Weihnachtsbaum, der darauf wartete, mit essbaren Kugeln geschmückt zu werden. Es würde überwältigend aussehen, wenn erst einmal alles an seinem Platz war, dachte Cat, als sie das Aushilfsgesuch ins Schaufenster hängte und die Menschen beobachtete, die durch die kalte Winterluft liefen. Alles war unter Kontrolle. Warum konnte sie sich also nicht entspannen?

Es fühlte sich an wie eine Rückkehr zu ihren letzten Monaten in Paris, als sie sich wieder und wieder eingeredet hatte, alles sei gut, obwohl es das nicht gewesen war. Bei Weitem nicht. Deswegen traute sie sich auch jetzt nicht selbst über den Weg. Beinahe hätte sie laut gelacht. Wäre sie nicht so tragisch gewesen, hätte die ganze Situation beinahe schon etwas Komisches an sich gehabt.

Sie überlegte, nach Hause zu fahren, doch die Vorstellung, einen langen Abend allein vor dem Fernseher zu verbringen, deprimierte sie noch mehr. Es war noch zu früh, um etwas essen zu gehen, aber nicht für einen Drink.

Kurz darauf fand sich Cat im Seb's wieder, ohne sich erinnern zu können, bewusst die Entscheidung getroffen zu haben, dorthin zu gehen.

Als sie durch die Tür schlüpfte, sah Seb überrascht auf, bevor sich ein Lächeln auf seinem Gesicht abzeichnete. »Hey, was für ein Glanz in meiner bescheidenen Hütte.«

Sie kletterte auf einen der Barhocker vor dem Tresen. »Was kannst du mir empfehlen, Mr. Star-Barkeeper?«

Seb hob eine Augenbraue. »Als Aperitif?«

Cat schüttelte den Kopf. »Als Gedankenbremse.«

»Verstehe«, sagte Seb und griff nach einer Flasche. »Was hältst du von Jack Daniel's?«

»Klingt nach jemandem, mit dem ich mich verdammt schnell anfreunden könnte.«

Seb nickte und machte sich an die Arbeit. »Kein guter Tag?«, erkundigte er sich, während er einen großzügigen Schluck Whisky in einen Cocktailshaker goss.

Cat verzog das Gesicht. »Denkst du auch manchmal darüber nach, wie viel Teller du gleichzeitig zu balancieren versuchst und was passieren würde, wenn du einfach damit aufhörst?«

»Manchmal.« Er nahm eine Flasche mit Sirup und füllte einen kleinen Messbecher voll in den Shaker, bevor er drei Tropfen Angostura Bitter und Eis hinzugab. »Willst du denn einfach aufhören?«

»Nein. Aber ich habe es schon mal getan. Alle Teller sind runtergekracht und haben mich beinahe mitgerissen. Aber das ist heute nicht mein Problem.«

Er sah auf. »Nicht?«

Sie seufzte. »Mein Problem ist, dass ich nicht mehr weiß, wo meine ganzen Teller sind. Und das ist mindestens genauso schlimm, wie mit dem Balancieren aufzuhören.«

Mit einem Lächeln hob Seb den Cocktailshaker und schüttelte ihn ein paarmal kräftig. »Klingt ganz danach, als müsstest du einfach mal einen Gang runterschalten und dich entspannen«, sagte er und goss den Cocktail in ein Glas.

»Deswegen bin ich hier und bitte um einen Drink, der mir dabei hilft, meine Gedanken abzustellen.«

Mit einem scharfen Messer schälte er einen langen, hauchdünnen Streifen Orangenschale von einer Frucht ab, bevor er sein Feuerzeug zückte. Eine helle Flamme lief an der dünnen Schale entlang und setzte einen starken Duft nach Orange frei, der Cat das Wasser im Mund zusammenlaufen ließ. Dann warf Seb die Schale in das Glas und schob es über den Tresen. »Hier, probier das.«

Cat hielt das Glas einen Moment gegen das Licht und beobachtete fasziniert, wie die dunkelgelbe Flüssigkeit durch die Orangenschale einen goldenen, bernsteinfarbenen Ton annahm. Dann setzte sie es an die Lippen und leerte es in einem Zug.

Seb musterte sie einen Moment, bevor er die Wangen aufblies und grinste. »Noch mal das Gleiche?«

Elin kam um kurz nach sieben und schlug vor, gemeinsam etwas essen zu gehen.

Cat war sich nicht ganz sicher, ob Seb sie herbestellt hatte oder ob sie, wie sie selbst, einfach nur einen Drink nehmen wollte, aber das spielte eigentlich auch keine Rolle. Sie einigten sich darauf, sich ein Restaurant außerhalb von Castle Court zu suchen.

»Erzähl mir von dir und Jaren«, forderte Cat Elin auf, kaum dass sie vor einer Reihe Körbchen mit dampfenden Dim Sums saßen.

Elin hob einen der Bastdeckel an und nahm sich einen Dumpling. »Da gibt es nicht viel zu erzählen. Wir sind Freunde. Das ist alles.« Sie sah Cat in die Augen. »Erzähl mir von dir und Seb.«

Cat lächelte. »Genau wie bei dir und Jaren: Es gibt nichts zu erzählen.«

»Noch nicht«, korrigierte Elin sie. »Ich habe den Ausdruck in Sebs Augen gesehen. Glaub mir, wenn es nach ihm geht, werdet ihr mehr als Freunde.«

»Ach ja?« Cat nippte an ihrem Jasmintee. »Klingt, als hätte da schon jemand Erfahrungen gesammelt.«

Elin zuckte mit den Schultern. »Das ist lange her. Ich gehe davon aus, dass es nach mir jede Menge anderer Frauen gab. Wir waren auf ein paar Dates, haben eine Nacht miteinander verbracht und schnell festgestellt, dass wir besser dran sind, wenn wir einfach Freunde bleiben.«

Cat nickte. Das war so ziemlich genau das, was sie vermutet hatte. »Und du glaubst, er will das Gleiche von mir?«

»Es passt in sein Muster«, sagte Elin vorsichtig. »Aber ich kann mich natürlich auch irren. Könnte genauso gut sein, dass er auf mehr aus ist. Ich bin Expertin, wenn es um Schokolade geht. Seb de Jager ist mir ebenso ein Rätsel wie dir.«

»Zu Sebs Glück bin ich derzeit sehr offen für Ablenkungen aller Art.«

Mit einem Grinsen hob Elin ihre Bierflasche und stieß mit Cat an. »Klingt ganz so, als würdet ihr beide bekommen, was ihr wollt. Prost!«

Als sie in Seb's Bar zurückkehrten, hatte die sich bereits deutlich gefüllt. Es hatte angefangen zu schneien – puderzuckerfeine Flocken fielen vom schwarzen Himmel –, und es wirkte ganz so, als hätten sämtliche Samstagnachtschwärmer rund um Castle Court beschlossen, Zuflucht vor der winterlichen Kälte bei Seb's zu suchen.

Cat blieb neben Elin in der Tür stehen. Beim Anblick der vollen Bar überlegte sie, nach Hause zu gehen, doch im selben Moment entdeckte Seb sie und gestikulierte in Richtung eines unbesetzten Tisches gleich neben der Bar, auf dem ein »Reserviert«-Schild stand.

Cat hatte ihren Kater vom vergangenen Wochenende noch nicht vergessen, deswegen entschied sie sich nach dem ersten Cocktail für Wasser; wie auch immer der Rest des Abends – und die Nacht – verlaufen würde, sie hatte den festen Vorsatz, sich daran zu erinnern.

Nach ein paar weiteren Drinks wurde Elin immer lockerer, und Cat stellte mit Erstaunen fest, dass sich hinter ihrer Coolness eine gehörige Portion scharfsinniger Humor verbarg. Als sie begann, Gregs aufgeblasene Art und Cheries knausrigen Geiz im Detail zu beschreiben, bog Cat sich vor Lachen.

»Im Ernst, wenn sich zwei ewig mürrische Seelen verdient haben, dann die beiden.«

Unwillkürlich sah Cat Cheries arroganten Gesichtsausdruck und Gregs massigen Halbglatzen-Kopf vor sich. »Um ehrlich zu sein, hätte ich das auf den ersten Blick nie gedacht. Wie lange sind sie schon zusammen?«

»Seit etwa einem Jahr.« Elin grinste verschmitzt. »Ich weiß, was du meinst, sie sind wirklich ein seltsames Paar. Aber Castle Court hat eine ganz bestimmte Wirkung auf Menschen – dieser Platz bringt Leute zusammen.«

Zu dem Zeitpunkt, als Seb die letzten Gäste aus der Bar scheuchte, hatte Cat eine herzliche Zuneigung zu Elin entwickelt und fühlte sich seit Tagen zum ersten Mal ein wenig besser.

»Noch einen Drink?«, erkundigte sich Seb, nachdem er die Tür abgeschlossen und das Schild darin von »Geöffnet« auf »Geschlossen« gedreht hatte.

»Für mich nicht«, sagte Elin und stand auf. »Ihr habt ja noch euch beide, und mein Bett ruft nach mir.« Sie zwinkerte Cat zu, bevor sie Seb auf dem Weg zur Tür noch etwas ins Ohr flüsterte. »Gute Nacht, Cat«, rief sie. »Und viel Spaß!«

Seb schloss die Tür hinter ihr und wandte sich zu Cat um. »Da waren es nur noch zwei.«

Cat sah Elin hinterher, die den überdachten Gang entlanglief. »Hat es aufgehört zu schneien?«

Seb ging ein wenig in die Knie, um aus dem Fenster zu sehen. »Inzwischen ist es nur noch Eisregen. Es besteht definitiv keine Gefahr, dass wir heute Nacht eingeschneit werden.«

Cat hätte nicht sagen können, ob er eher erleichtert oder enttäuscht klang.

»Sollten wir Elin nicht besser ein Taxi rufen?«, fragte sie, als ihre Ladennachbarin nach rechts abbog und auf der Treppe aus ihrem Sichtfeld verschwand. »Es ist schon nach elf.«

Er schüttelte den Kopf. »Elin wohnt auch in einer der Mansardenwohnungen, zwei Türen neben mir. Fast genau über unseren Köpfen. Ich gehe davon aus, dass sie es gefahrlos bis in ihr Apartment schaffen wird.«

»Ja, natürlich«, sagte Cat, die auf einmal einen Anflug von Nervosität spürte. Nun, da sie allein mit Seb war, wusste sie nicht mehr so richtig, was sie eigentlich erwartet hatte. »Hast du eben was von einem Drink gesagt?«

»Hab ich. Aber vorher muss ich wissen, wie schnell du ihn vorhast zu trinken. Wenn du ihn genauso runterstürzt wie die vorherigen beiden heute Abend, schenke ich dir lieber einen Shot ein.«

Cat lachte. »Klingt gut.«

Er ging hinter die Bar, nahm zwei Schnapsgläser und die Flasche Jack Daniel's und setzte sich neben sie. »Also«, begann er, während er ihnen beiden einen Whisky einschenkte, »wie klappt es inzwischen mit den Tellern?«

»Viel besser.« Cat nippte an ihrem Glas. »Ich glaube, inzwischen habe ich sie alle wieder unter Kontrolle, auch die, die ich vergessen hatte.«

Seb stürzte den Schnaps hinunter und schenkte sich einen zweiten ein. »Freut mich zu hören. Ehrlich gesagt will ich nämlich nicht, dass sie hier runterfallen, ich kann mir sehr viel interessantere Dinge vorstellen, die wir miteinander anfangen können, als zusammen Porzellanscherben aufzufegen.«

»Ach ja?« Cat sah ihm forschend in die Augen. »Und das wäre?«

Er musterte sie einen Moment, als versuchte er ihre Stimmung einzuschätzen, dann beugte er sich ein wenig vor. »Das hier zum Beispiel«, flüsterte er und fuhr mit den Lippen sacht über ihre.

Dort, wo er sie berührt hatte, stand ihr Mund augenblicklich in Flammen, und ihre Unsicherheit war verflogen. Sie wollte Seb. Sie legte eine Hand in seinen Nacken, zog ihn zu sich heran und schloss die Augen, um sich dem Moment hinzugeben.

Als sie ihre Lippen wieder voneinander lösten, waren sie beide außer Atem. Ein dunkler Schleier hatte sich über Sebs meeresgrüne Augen gelegt.

»Wollen wir woandershin gehen?«, fragte er, und Cat nickte.

Mit einem Handgriff löschte Seb das Licht in der Bar, bevor er Cat durch die Hintertür der kleinen Küche eine kurze Treppe zu den Wohnungen hinaufführte, die direkt unter dem Dachboden hoch über dem Platz lagen.

Zu einem anderen Zeitpunkt hätte Cat vermutlich ein paar Minuten damit verbracht, sich in dem schummrig beleuchteten Apartment umzusehen und seinen schrulligen Charme zu bewundern, aber in diesem Augenblick forderte Seb ihre ganze Aufmerksamkeit. Ihre Finger schoben sich wie von selbst in seine Haare, während sie küssend ins Schlafzimmer stolperten. Als Nächstes fummelte sie an den Knöpfen seines Hemdes und seiner Jeans herum und unterstrich jede Berührung mit kleinen, drängenden Küssen.

»Okay?«, fragte Seb leise.

Cat sah zu ihm auf. Ihr war klar, dass er ihr die Chance geben wollte, abzubrechen, falls sie es sich anders überlegt hatte. Bevor sich der Boden unter ihren Füßen auftat. Für den Bruchteil einer Sekunde war sie versucht. Doch dann fiel ihr wieder ein, dass es Monate – um genau zu sein länger als ein Jahr – her war, dass sie sich so lebendig gefühlt hatte wie in diesem Augenblick.

Sie nickte und streckte die Hand aus, um zärtlich seine Wange zu berühren. »Okay.«

In dem Moment, in dem Sadie Cat am Montagmorgen sah, wusste sie, dass etwas anders war.

Ihre Freundin stand über die Arbeitsplatte in der Küche im Untergeschoss gebeugt, hielt eine Ausstechform in der Hand und summte.

»Guten Morgen.« Cat verzog die Lippen zu einem warmen Lächeln. »Hattest du ein schönes Wochenende?«

Sadie gab sich alle Mühe, nicht allzu besorgt zu wirken. »Wenn ich mir dich so ansehe, offensichtlich nicht so schön wie deins. Gibt es da etwas, das ich wissen sollte, oder freust du dich einfach nur so über deine Arbeit?«

Cat räusperte sich. »Äh … vielleicht ein wenig von beidem?«

»Ich will jedes Detail hören!«, verlangte Sadie. »Nein, warte noch eine Sekunde. Zuerst brauche ich einen Kaffee.«

Wie immer kostete es sie einige Minuten, die Kaffeepads zu finden, und Sadie nutzte die Zeit, um im Kopf die verschiedenen Optionen durchzugehen. Es musste um einen Mann gehen. Cats Miene sprach Bände. Selbst wenn man noch so perfekte Kekse hinbekam, zauberten die einem auf keinen Fall so ein überirdisches Lächeln ins Gesicht. Die Frage war nur, welcher Mann: Jaren oder Seb? Natürlich bestand auch noch eine – sehr geringe – Wahrscheinlichkeit, dass es sich um einen Fremden handelte, sinnierte Sadie, während sie darauf wartete, dass ihr Kaffee durchlief. Aber Cat war nicht wirklich der Typ für One-Night-Stands. Andererseits gab es für alles ein erstes Mal.

Sadie stellte die Kaffeetasse auf den Küchenblock, setzte sich auf einen der Barstühle davor und legte die Hände um die warme Tasse. »Jetzt. Erzähl!«

»Irgendwie war ich am Samstag nicht gut drauf«, begann Cat, wobei sie es vermied, Sadie in die Augen zu sehen. »Auf einmal war mir alles zu viel. Ich hatte das Gefühl, dass etwas katastrophal schieflaufen und es meine Schuld sein würde.«

Sadie rutschte unruhig auf ihrem Stuhl hin und her. Wenn man bedachte, wie Cats Karriere in Paris geendet hatte, waren ihre Sorgen nur allzu verständlich, doch es war das erste Mal, dass sie das offen zugab.

»Okay …«

»Deswegen wollte ich mich irgendwie ablenken, auf andere Gedanken kommen. Also bin ich zu Seb's gegangen.«

Sadie tat ihr Bestes, einen möglichst neutralen Gesichtsausdruck beizubehalten, obwohl sie ein wenig enttäuscht war, Sebs Namen zu hören. Sie hatte auf Jaren gehofft.

»Gegen sieben ist Elin aufgetaucht, und wir sind zusammen etwas essen gegangen. Danach sind wir zurück in die Bar.« Cat schenkte Sadie ein schiefes Grinsen. »Du wärst stolz auf mich gewesen: Ich war Mrs. Vernünftig und habe bald nur noch Wasser getrunken.«

»Ich bin begeistert«, sagte Sadie und musste ebenfalls grinsen. »Vielleicht sogar beeindruckt.«

»Ich vermute mal, du kannst dir ungefähr denken, was als Nächstes passiert ist. Seb hat die letzten Gäste rausgescheucht, dann hat sich Elin verabschiedet und wir waren allein.«

»Und?«, fragte Sadie, auch wenn sie natürlich wusste, was jetzt kam.

»Und wir haben nicht besonders viel geschlafen, waren zusammen in einem Pub an der Stadtmauer Mittagessen, und gestern Nacht war ich dann bei mir zu Hause. In meinem Bett. Allein.«

Sadie unterdrückte ein Seufzen. Am liebsten hätte sie Cat gewarnt. Seb schien ein netter und unterhaltsamer Kerl zu sein, aber definitiv kein Beziehungs-Material. Alles, was sie bisher über ihn gehört hatte, ließ darauf schließen, dass er eher für kurzlebige Affären zu haben war. Doch Cat wirkte so zufrieden und glücklich, dass sie es nicht über sich brachte, die Seifenblase, in der sie sich befand, zum Platzen zu bringen. Mal ganz abgesehen davon, dass sie wirklich nicht die Richtige war, um andere in Liebesdingen zu beraten. Immerhin hatte ihre eigene Ehe mit Untreue und Betrug geendet.

»Und wie geht es dir heute?«, fragte sie Cat stattdessen, auch wenn ihr glücklicher Gesichtsausdruck eigentlich jede weitere Nachfrage überflüssig machte.

»Besser. Als hätten wir alles unter Kontrolle und könnten das hier wirklich auf die Beine stellen.«

Sadie tippte sich mit dem Zeigefinger an die Schläfe. »Und diese Erkenntnis ist dir nach einer einzigen Nacht mit Seb gekommen? Er muss wirklich gut sein.«

Cat lachte. »Das ist er. Aber ich glaube eher, dass es eine

Kombination von mehreren Dingen war. Zum einen ein Perspektivwechsel, was meine Sicht auf das Leben an sich angeht, und zum anderen eine spontane Anerkennung gegenseitiger körperlicher Anziehung. Aber«, sie hielt eine Hand hoch, als Sadie den Mund öffnete, um etwas einzuwenden, »ich bin nicht dumm. Mir ist klar, dass Seb keine langfristige Lösung ist. Für das ein oder andere Vergnügen eignet er sich allerdings ziemlich gut.«

Sadie lagen mindestens eine Million Warnungen auf der Zunge, doch sie schluckte sie alle herunter. »Dann bist du glücklich?«

»Ich bin glücklich«, bestätigte Cat leise.

»Gut, das ist alles, was mich interessiert.« Sadie stand auf, um ihre Freundin in eine Umarmung zu schließen.

Kapitel sieben

Als Adam am Mittwochmorgen an die Ladentür der Keksbäckerei klopfte, versuchte sich Sadie ihre Überraschung und die gleichzeitige Freude über seinen unerwarteten Besuch so wenig wie möglich anmerken zu lassen.

»Hi«, sagte sie, nachdem sie die Tür aufgeschlossen hatte, und schickte gleichzeitig ein stummes Stoßgebet zum Himmel, dass sie weniger atemlos klang, als sie sich fühlte. »Was führt dich her?«

Als er die Papiertüte in seiner Hand hochhielt, klimperte es. »Honig«, erklärte er. »Cat hat gesagt, dass sie welchen für euren Keksteig kaufen möchte. Hier wäre er also.«

Sadie nahm die Tüte und warf einen Blick hinein. Mehrere Gläser mit einer kristallklaren bernsteinfarbenen Flüssigkeit befanden sich darin. »Großartig, vielen Dank, dass du extra vorbeigekommen bist. Was schulden wir dir?«

Adam verzog entschuldigend das Gesicht. »Fünfundvierzig Pfund. Ich weiß, das klingt nach einem ziemlich hohen Preis, aber der Honig hat Bio-Premium-Qualität. Glaub mir, im Supermarkt ist er noch sehr viel teurer.«

»Da bin ich mir sicher«, sagte Sadie. Sie fand es sympathisch, dass es ihn offenbar verlegen machte, für etwas Geld zu verlangen, das einen hohen Wert hatte. »Meine Handtasche steht in der Küche. Eine Sekunde, ich hole sie.«

Auf der Treppe nach unten kam Sadie ein Gedanke. Sie wusste kaum etwas über Adam, einmal abgesehen davon, dass er auf einem Hof lebte, wo er Gemüse zog und Bienen hielt, und sie war neugierig. Eine Freundin hatte er bisher nicht erwähnt, und Seb hatte Cat erzählt, dass er glaube, Adam sei Single. Allerdings konnte sie sich nicht sicher sein, solange sie ihn nicht gefragt hatte. Vielleicht war es an der Zeit, dass sie sich ein Beispiel an Cat nahm und sich um das bemühte, was sie wollte …

Sie holte tief Luft und drehte sich zu Adam um. »Ich wollte gerade Tee machen. Hast du Zeit für eine Tasse?«

»Klar. Sehr gerne«, sagte er mit einem Lächeln. »Aber ich warne dich, hier drin riecht es so gut, dass du mich vielleicht nie wieder loswirst.«

Sadie lachte. »Ich weiß, was du meinst. Na los, ich zeig dir alles.«

Sie tranken drei Becher Tee zusammen und unterhielten sich beinahe ohne Pausen. Irgendwann erzählte ihr Adam, wie er sich in die Imkerei verliebt hatte, nachdem er vom Vormieter seines Cottages am Rande von Waverton Village seinen ersten Bienenstock geerbt hatte.

»Im Ernst?«, fragte Sadie und starrte ihn ungläubig an. »Du lebst auf der Waverton Farm? Die liegt nicht mal zwei Kilometer von meinem Haus entfernt.«

Er lachte laut. »Du machst Witze. Wo wohnst du genau, in Waverton?«

»Nein, in Rowtown. In der Rowtown Lane. Wir sind sozusagen Nachbarn.«

Darüber hinaus erfuhr Sadie, dass er vierunddreißig und Single war.

Als sie sich das letzte Mal unterhalten hatten, war sie mit Details über ihr Privatleben zurückhaltend gewesen – sie hatte lediglich erwähnt, dass sie eine kleine Tochter hatte –, doch nun sah sie keinen Grund mehr, ihm etwas zu verschweigen. Sie berichtete Adam von Daniels Affäre und dem neuen Leben, das sie sich mit Lissy aufbaute.

»Und jetzt eröffnest du dein eigenes Geschäft mit Cat«, sagte er und musterte sie bewundernd. »Klingt ganz so, als würde dich jede neue Herausforderung noch stärker machen.«

»Zumindest hoffe ich es«, gab Sadie zurück. »Auch wenn die Eröffnung von Smart Cookies ganz schön anstrengend ist. Ich hätte mir niemals vorstellen können, dass es so lange dauert, bis alles fertig ist. Wir haben den Laden bisher noch nicht mal eröffnet und suchen schon nach Aushilfen.«

»Ich habe den Zettel gesehen«, sagte Adam und fügte zögerlich hinzu: »Um genau zu sein, wollte ich dich schon darauf ansprechen.«

»Ach ja?« Sadie war nicht entgangen, dass sich seine Ohren an den Rändern vor Verlegenheit rot gefärbt hatten.

»Der Obst- und Gemüseanbau ist saisonal begrenzt, beziehungsweise ist im Winter einfach nicht so viel zu tun. Im Moment ziehe ich nur Rosenkohl und andere Kohlsorten. Dasselbe gilt für die Imkerei. Die Stöcke brauchen ihre Honigreserven, um durch die kälteren Monate zu kommen.« Er hielt einen Moment inne. Seine Wangen waren noch rosiger geworden. »Was bedeutet, dass ich zurzeit nicht besonders viel zu tun habe. Deswegen habe ich mich gefragt, ob ihr …«

»Ob wir dich einstellen?«, beendete Sadie den Satz für ihn. Sie biss sich auf die Lippe. »Ich weiß nicht. Eigentlich suchen wir eher nach jemandem mit Verkaufserfahrung.«

Adam nickte. »Verstehe.«

Sadie musterte ihn aufmerksam und versuchte, ihn sich hinter dem Tresen im Erdgeschoss vorzustellen. Bei den Horden an Kundinnen, die in der Weihnachtszeit die Geschäfte in Chester auf der Suche nach dem perfekten Geschenk für ihre Liebsten stürmen würden, wäre er definitiv ein Pluspunkt. Und ihr selbst würde es die Gelegenheit verschaffen, ihn besser kennenzulernen …

»Wenn ich genauer darüber nachdenke, war ich immer der Meinung, dass Enthusiasmus und Engagement in vielen Situationen mindestens genauso viel wert ist wie Erfahrung. Ich muss erst noch mit Cat sprechen, aber mal rein hypothetisch gesprochen: Wann könntest du anfangen?«

Als Adam lächelte, wurde Sadie ganz warm. »Wie wäre es mit morgen?«

Den Großteil des Mittwochabends verbrachte Cat damit, bei Seb's einen Cocktail nach dem anderen zu trinken – allerdings nur die alkoholfreien. Nachdem er die Bar abgeschlossen hatte, mixte er ihnen beiden einen Schlummertrunk, und sie machten es sich auf dem Ledersofa im hinteren Teil gemütlich.

»Ich habe gehört, dass ihr Adam eingestellt habt«, sagte Seb, als sich Cat an ihn kuschelte.

»Nicht meine Idee, sondern Sadies«, antwortete Cat gleichmütig.

»Und was hältst du davon?«

Cat zuckte mit den Schultern. »Wir waren uns vorher schon einig, dass wir im Laden Unterstützung brauchen. Solange er schnell lernt und seinen Teil dazu beiträgt, dass das Geschäft läuft, habe ich nichts gegen ihn einzuwenden.« Sie überlegte einen Moment. »Und natürlich, solange er mir seinen Honig zum Freundschaftspreis verkauft.«

Seb lachte. »Hey, ich warne dich, heims bloß nicht die ganzen Vorräte ein. Sonst machst du dich hier sehr unbeliebt. Wir anderen wollen auch was von dem Honig abhaben.« Er hielt einen Moment inne. »Wo wir gerade von Beliebtheit sprechen – es gibt da etwas, das du wissen solltest. Greg und Cherie führen gerade eine Art Hetzkampagne gegen dich.«

Cat runzelte die Stirn. »Wie meinst du das?«

Er rückte ein Stück von ihr ab, um ihr in die Augen sehen zu können. »Sie behaupten, dass du uns gegenüber nicht ehrlich gewesen bist. Dass du nicht diejenige bist, für die du dich ausgibst. Stimmt das?«

Beinahe hätte Cat ihr Glas fallen lassen. »Wie bitte?«

Jetzt war es an Seb, mit den Schultern zu zucken. »Im Moment sind es nur Gerüchte. Niemand nimmt die beiden ernst.«

Sie starrte ihn an, während in ihrem Inneren Wut und Verwirrung um die Oberhand kämpften. »Ich kapiere nicht mal richtig, was damit gemeint sein soll. Natürlich bin ich, wer ich bin. Warum sollte ich lügen?«

»Keine Ahnung.« Seb breitete in einer hilflosen Geste die Arme aus. »Ich gebe nur weiter, was mir Andrew und Earl erzählt haben. Greg und Cherie sind nicht so dumm, dass sie mit ihren Verdächtigungen direkt zu mir kommen würden.«

Cat versteifte sich. »Verdächtigungen? Was meinst du damit?«

Seb trank einen Schluck und seufzte. »Ich glaube, sie versuchen deine berufliche Qualifikation infrage zu stellen. Mehr Details kenne ich nicht. Vielleicht fragst du am besten bei den Jungs vom Diner nach.«

Wütend kniff Cat die Augen zusammen. »Oder ich stürme das Bistro und die Patisserie und lasse mich direkt von den Personen aufklären, die diesen Dreck verbreiten.« Fassungslos schüttelte sie den Kopf. »Ich habe bisher kaum drei Sätze mit den beiden gewechselt. Was ist ihr Problem?«

»Keine Ahnung, aber sie scheinen es nur mit dir zu haben. Sadies Name ist nicht gefallen.«

»Großartig«, murmelte Cat und ließ sich gegen die Rückenlehne des Sofas fallen. »Einfach großartig.«

Seb legte ihr einen Arm um die Schultern. »Wie gesagt, keiner schenkt den zweien besonders viel Aufmerksamkeit. Ich wollte einfach nur, dass du Bescheid weißt, das ist alles.«

Ihr Versuch, ein Lächeln zustande zu bringen, scheiterte kläglich. »Ich weiß. Danke.«

»Vielleicht hast du recht. Vielleicht solltest du sie direkt mit der ganzen Geschichte konfrontieren, um rauszufinden, wo genau das Problem liegt.«

»Glaub mir, das werde ich«, knurrte Cat mit einem grimmigen Lächeln. »Gleich morgen früh.«

Als Cat am frühen Donnerstagmorgen die Patisserie betrat, wirkte Cherie alles andere als überrascht.

»Was wollen Sie?«, fragte sie, die Lippen zu einem gezwungenen Lächeln verzogen.

»Ich denke, das wissen Sie«, antwortete Cat ebenso kühl.

Cherie nickte knapp, bevor sie die Aushilfe ansah, die hinter dem Tresen stand. »Hol dir einen Kaffee, Keris.«

Die junge Frau sah überrascht auf, stellte jedoch keine Fragen. »Ja, Cherie.«

Die Ladenbesitzerin wartete, bis Keris verschwunden war, dann wandte sie sich wieder an Cat. »Na los, jetzt können Sie mir sagen, warum Sie hier sind.«

»Wie ich höre, streuen Sie einige ziemlich üble Verleumdungen über mich«, sagte Cat ohne weitere Umschweife.

Cherie verschränkte die Arme vor der Brust. »Es handelt sich nur dann um Verleumdungen, wenn sie nicht der Wahrheit entsprechen.«

»Wirklich? Sie erzählen also allen, ich sei nicht diejenige, für die ich mich ausgebe. Richtig?«

Cherie schwieg.

»Und Sie behaupten, ich lüge, was meine berufliche Qualifikation angeht. Stimmt das auch?« Cat wurde immer wütender. »Ich kann Ihnen nämlich versichern, dass ich es nicht getan habe. Und ich bin im Besitz von mehreren gerahmten Zertifikaten, die das belegen. Die können Sie sich gerne ansehen.«

Ein Anflug von Unsicherheit huschte über Cheries Miene. »Machen Sie sich nicht lächerlich«, stieß sie hervor.

Cat explodierte. »Ich bin nicht diejenige, die sich hier lächerlich macht, das sind Sie. Was ist Ihr Problem, Cherie? Wollten Sie unseren Laden haben? Geht es darum?«

Cheries Miene wurde hart. »Mein Problem ist, dass ich finde, dass die Menschen die Wahrheit über die Leute kennen sollten, die ihnen Lebensmittel verkaufen; vor allem dann, wenn diese Leute behaupten, irgendeine feine Chefköchin aus Paris zu sein. Mein Problem ist, dass Sie nicht das Recht haben, sich eine Köchin zu nennen.«

Cat starrte sie wutentbrannt an. »Ich habe keine Ahnung, wovon Sie da sprechen. Sind Sie irgendwie krank oder so? Denn ich kann Ihnen versichern, dass ich Chefköchin in Paris gewesen bin. Wollen Sie meine Referenzen sehen?«

Cherie erlaubte sich ein schmallippiges Lächeln. »Nicht nötig. Darum kümmert sich Greg schon. Und jetzt verschwinden Sie aus meinem Laden, bevor ich die Polizei rufe und Sie wegen Belästigung festnehmen lasse.«

Als Cat von ihrem Streit mit Cherie berichtete, starrte Sadie sie mit offenem Mund an. »Das hat sie nicht wirklich gesagt.«

»Ich weiß, es ist kaum zu glauben«, sagte Cat mit einem zynischen Lachen und lehnte sich mit dem Rücken an den Küchentisch. »Ein weiteres Highlight war, als sie mir über den Platz gefolgt ist, um mich darüber aufzuklären, dass sie vorhat, mich zu ruinieren. Ich glaube ernsthaft, dass sie nicht ganz richtig im Kopf ist.«

»Das erklärt auf jeden Fall den Blick, den sie mir gestern Morgen zugeworfen hat«, sagte Sadie, der Cheries mürrischer Gesichtsausdruck, mit dem sie Sadies »Guten Morgen« quittiert hatte, noch deutlich vor Augen stand. »Das … ist einfach nur seltsam.«

Cat fuhr sich mit einer Hand durch die Locken und warf einen Blick in Richtung Treppe. Im Erdgeschoss war Adam damit beschäftigt, den Tannenbaum mit Dutzenden Keks-Weihnachtskugeln zu dekorieren. »Die Sache ist«, sagte sie mit gesenkter Stimme, »selbst wenn Cherie glaubt, irgendwas darüber zu wissen, was im La Perle passiert ist, hat sie es mit Sicherheit falsch verstanden. Niemand, der den Grund kennt, aus dem ich gegangen bin, kann auch nur im Entferntesten glauben, dass es meine Schuld war.«

Sadie schüttelte den Kopf. »Du bist zusammengebrochen, weil du vollkommen überarbeitet und gestresst warst«, sagte sie sanft. »Das war definitiv nicht deine Schuld.«

Cat zögerte. Das war nicht der einzige Grund, aus dem sie das La Perle verlassen hatte. Aber sie war sich nicht sicher, ob sie bereit war, Sadie – oder irgendjemand anderen – einzuweihen. »Ich weiß«, sagte sie mit einem Seufzen. »Wie es aussieht, werde ich als Nächstes Greg mit der Sache konfrontieren müssen.«

Sadie riss alarmiert die Augen auf. »Du solltest nicht allein zu ihm gehen. Nimm Seb oder Adam mit.«

»Ich brauche keine Unterstützung«, wehrte Cat ab. »Greg wird schon nicht gewalttätig werden.«

»Trotzdem«, beteuerte Sadie, »versprich mir, dass du nicht allein gehst. Abgesehen von allem anderen, brauche ich dich heil und in einem Stück für das Bewerbungsgespräch mit der Frau, die unsere zweite Aushilfe werden soll.«

Cat seufzte. »Okay, ich verspreche es. Vielleicht kann Seb heute Nachmittag irgendwann eine Pause einlegen und mitkommen.«

Sie warteten die geschäftige Mittagszeit ab, bevor sie Greg in seinem Bistro aufsuchten.

Noch immer saßen viele der Gäste im La Clé d'Argent bei Schokolade und Kaffee zusammen. Als Cat und Seb das Restaurant betraten, stand Greg hinter einem hohen

Sekretär in der Nähe der Tür und blätterte in einem Kalender.

»Hallo, Greg«, begrüßte ihn Cat kühl und laut genug, dass auch die Gäste, die in der Nähe saßen, sie hören konnten. »Ich gehe davon aus, dass Sie mich bereits erwartet haben.«

Seine schwammigen Hängebacken schienen vor Verachtung zu zittern, als er sie ansah. »Nicht hier, bitte«, zischte er. »Oder fehlt es Ihnen sogar am simpelsten Geschäftsverständnis? Aber was sage ich da? Immerhin waren Sie im La Perle ja lediglich hinter den Kulissen tätig, nicht wahr?«

Die Ironie seines Statements hatte Cat beinahe laut auflachen lassen.

Seb dagegen schien vor Zorn zu beben. »Pass auf, was du sagst, Greg. Es gibt keinen Grund, unhöflich zu werden.«

»Du wirst schon noch herausfinden, dass es den sehr wohl gibt«, antwortete Greg und schnippte mit den Fingern. »Hier lang.«

Cat tauschte einen Blick mit Seb, bevor sie dem Restaurantbesitzer in sein Büro folgten.

Greg schloss die Tür hinter ihnen und starrte sie finster an. »Und?«

»Habe ich Sie in irgendeiner Art beleidigt?«, fragte Cat. Als sie sich bei der After-Hour-Party zum ersten Mal begegnet waren, hatte er sich ihr gegenüber noch ganz anders benommen.

Greg grinste. »Wie kommen Sie darauf?«

»Lass die Spielchen«, sagte Seb, ohne sich große Mühe zu geben, seine Verärgerung zu verbergen. »Ich habe aufgehört zu zählen, wie viele Leute mich inzwischen auf deine kleine Schmierenkampagne gegen Cat angesprochen haben. Was ist dein Problem, Greg?«

»Sie hat dich schon um den Finger gewickelt, nicht wahr?«, fragte Greg und legte den Kopf ein wenig schief. »Das ist ihre Masche. Nimm dir den Rat von jemandem zu Herzen, der es wissen muss.«

Cat stieß ein ungläubiges Lachen aus. »Der was weiß? Ich habe ganz ehrlich absolut keine Ahnung, wovon Sie sprechen. Wir kennen uns gerade mal seit ein paar Tagen.«

»In der Branche bleibt nichts lange geheim«, gab Greg zurück. »Ich muss Sie nicht kennen, um alles über Sie zu wissen.«

»Sie sprechen in Rätseln«, sagte Cat aufgebracht. »Cherie hat behauptet, dass ich nicht das Recht habe, mich als Köchin zu bezeichnen. Sie meint, dass ich meine Qualifikationen gefälscht habe. Versuchen Sie mir das damit zu sagen?«

Greg schenkte ihr ein aalglattes Lächeln. »Ich habe absolut keine Zweifel, dass Sie in den vergangenen Jahren jede Menge Dinge gefälscht haben, aber ich bin bereit einzuräumen, dass Sie einen Abschluss in Gastronomie gemacht haben. Ihre Behauptung, dass Sie gut genug sein könnten, eine Küche wie die des La Perle zu führen, ist dagegen eher – wie soll ich sagen – umstritten.«

»Spuck's aus!«, knurrte Seb.

»Das kann er nicht«, sagte Cat mit Verachtung in der Stimme. »Weil es nicht stimmt. Ich habe mir den Arsch aufgerissen, um es an die Spitze der Gastronomiebranche zu schaffen. Man wird nicht zur Chefköchin eines Sternerestaurants, wenn man nicht zu den Besten der Besten gehört. Es gibt nichts, was Sie sagen könnten, das etwas daran ändern würde.«

Ein boshaftes Funkeln trat in Gregs Augen. »Interessante Wortwahl. Ich habe absolut keine Zweifel, dass Sie sich ›den Arsch aufgerissen‹ haben. Ganz im Gegenteil kenne ich viele Leute, die Ihnen da zustimmen würden.«

Cat starrte ihn einen Moment an, bevor sie betont gelassen mit den Schultern zuckte. »Ich habe keine Zeit für diesen Quatsch. Werden Sie Ihre Hetzkampagne einstellen?«

»Nein«, sagte Greg scharf. Es klang wie ein Peitschenhieb. »Ich mag keine Lügner, und ganz besonders wenig kann ich die unter ihnen leiden, deren Lügen das Leben meiner Freunde zerstören. Seien Sie sich also versichert, Cat Garcia, dass ich nicht ruhen werde, bis ich Ihren Betrug ans Tageslicht gezerrt habe.«

Außer sich vor Wut, die Lippen zu einer dünnen weißen Linie zusammengepresst, wandte Cat sich ab und stürmte aus dem Büro. Erst nachdem sie das Restaurant verlassen und sich unter die Einkäufer auf dem Platz gemischt hatten, wandte sie sich zu Seb um. »Was meint er damit, dass ich das Leben seiner Freunde zerstört haben soll? Ist er der Ansicht, dass ich Cherie etwas angetan habe?«

Seb hob hilflos die Schultern. »Frag mich nicht. Es ist kein Geheimnis, dass sie gerne euren Laden gehabt hätte, aber das kann nicht die Erklärung für diese ganze Geschichte sein. Ich habe absolut keine Ahnung, was hier los ist.«

»Ich auch nicht.« Cat kniff sich in die Nasenwurzel, als sie spürte, wie der Kopfschmerz hinter ihren Schläfen zu pochen begann. »Es ergibt einfach keinen Sinn.«

»Wahrscheinlich können wir nur hoffen, dass sie ihre Unfreundlichkeit irgendwann selbst anfängt zu langweilen. Und falls nicht …« Er blieb stehen und warf ihr einen vielsagenden Blick zu.

»Was dann?«

Er zog sie an sich und gab ihr einen Kuss auf die Stirn. »Und falls nicht, bekommen sie es mit mir und einigen der anderen Ladenbesitzer hier zu tun. Elin zum Beispiel ist eine wahre Naturgewalt, wenn sie erst mal richtig in Fahrt ist.«

Als Cat versuchte, sich die Chocolaterie-Besitzerin als wütende Furie vorzustellen, scheiterte sie kläglich. Sie seufzte. »Hoffen wir einfach, dass es nicht so weit kommt.«

Am Donnerstag und Freitag waren Cat und Sadie vollkommen in ihre Arbeit vertieft, um alles rechtzeitig für die Ladeneröffnung am Samstag fertig zu bekommen. Seb hatte mit den anderen Geschäftsinhabern gesprochen und konnte berichten, dass Cherie und Greg anscheinend Ruhe gegeben hatten. Und nachdem Cat ihre Freundin über den Showdown mit Greg in seinem Büro in Kenntnis gesetzt hatte, beschlossen sie, das bizarre Verhalten der beiden zu ignorieren und die Vorfälle in den hintersten Winkel ihres Gedächtnisses zu verbannen. Es gab wichtigere Dinge, um die sie sich kümmern mussten.

»Ein bisschen weiter links«, wies Cat am späten Freitagnachmittag Adam an, der auf einer Leiter balancierte, um eine Wimpelkette an der Decke zu befestigen. »Nein, das ist zu weit. Ein bisschen nach rechts. Ja, da. Perfekt!«

Adam drückte die Reißzwecke in die Decke und stieg von der Leiter, um das Endergebnis zu bewundern. »Schön«, sagte er, als er sich im Laden umsah. »Falsch. Nicht nur schön. Es sieht großartig aus.«

Sadie lächelte. »Ja, nicht wahr? Und ich glaube nicht, dass wir es ohne deine Hilfe geschafft hätten, Adam.«

Als er rot wurde, warf Cat ihrer Freundin einen unverhohlen amüsierten Blick zu.

»Ach was«, murmelte Adam. »Ich habe nichts weiter gemacht, als Regale einzuräumen.«

»Was mir die Zeit gegeben hat, die letzten Kekse zu verzieren, damit sie bis morgen früh getrocknet sind«, bemerkte Sadie.

»Und ich konnte mit der Bearbeitung der Bestellungen anfangen, die über die Website reingekommen sind«, fügte Cat hinzu. »Danke also von uns beiden. Ich glaube, jetzt sind wir bereit loszulegen.«

Sadie warf einen Blick auf die Uhr, dankbar, dass Daniel die Möglichkeit gehabt hatte, einzuspringen und Lissy von der Schule abzuholen. In den letzten Wochen hatte er ihr immer wieder seine Hilfe angeboten, und irgendwann hatte sie nachgegeben. Allerdings wollte sie sich nicht zu sehr auf ihn verlassen; sie wusste nicht, wie lange er so zuverlässig sein würde, und sie wollte nicht, dass sich Lissy daran gewöhnte, so viel Zeit mit ihrem Vater zu verbringen, wenn er sie vielleicht schon bald wieder enttäuschte.

»Ich sollte langsam los«, sagte sie widerwillig zu Cat. »Oder gibt es noch was für mich zu tun?«

»Nein. Geh nach Hause und früh ins Bett. Und du auch, Adam. Mit ein bisschen Glück wird hier morgen jede Menge los sein.«

Sadie warf einen Blick zu Adam hinüber. »Wie kommst du nach Hause?«, fragte sie, obwohl sie genau wusste, dass er normalerweise den Bus nahm, der allerdings nur in sehr großen Abständen fuhr. »Kann ich dich vielleicht mitnehmen?«

Er schüttelte den Kopf. »Nein, danke. Ich möchte nicht, dass du einen Umweg fährst.«

Sie lächelte. »Stimmt, ich bräuchte mindestens ganze fünf Minuten länger nach Hause. Sei nicht albern. Na los, ich fahre dich.«

Als er noch immer zögerte, verdrehte Cat genervt die Augen. »Tu uns allen den Gefallen und nimm das Angebot an, Adam.«

Mit einem Seitenblick auf Sadie nickte er schließlich. »Okay. Danke.«

Sadie spürte, wie ihr bei dem Gedanken, ganze dreißig

Minuten allein mit ihm in ihrem Wagen zu verbringen, ganz warm vor Freude wurde. »Super«, sagte sie in der Hoffnung, dass sich ihre Begeisterung nicht allzu deutlich in ihrer Miene abzeichnete. »Mein Auto steht in der Victory Street, in dem Parkhaus unter Cats Wohnung. Hol deine Jacke, dann können wir los.«

Als sie beide bereit waren zu gehen, ließ Sadie Adam auf den von Lichterketten beleuchteten Platz hinaustreten, während sie selbst noch einen Moment neben Cat stehen blieb, um sich in ihrem Laden umzusehen.

»Wir haben es geschafft«, sagte sie mit einem ungläubigen Lachen.

»Das haben wir«, bestätigte Cat. »Und jetzt beginnt der harte Teil der Arbeit.«

Sadie stieß langsam den Atem aus. »Sieht ganz danach aus. Wann kommt die neue Aushilfe?«

»Ich habe sie für acht Uhr dreißig herbestellt. Genug Zeit, um ihr alles zu zeigen, bevor es losgeht.«

»Ich hoffe, es kommt auch wirklich jemand«, sagte Sadie und biss sich nervös in die Unterlippe.

»Ich auch«, sagte Cat und drückte ihr aufmunternd die Schulter. »Sonst müssen wir uns für den Rest unseres Lebens von diesen Keksen ernähren.«

Kapitel acht

Die Autofahrt ging dieses Mal schneller vorbei, als Sadie erwartet hätte. Es hatte weder Stau gegeben noch geregnet. Viel zu früh bog sie in die Einfahrt zu Adams Cottage in Waverton ein.

»Vielen Dank fürs Mitnehmen«, sagte er, als Sadie die Handbremse anzog. »Du hast mir mindestens anderthalb Stunden erspart, in denen ich frierend an der Bushaltestelle rumgestanden hätte.«

Sie lächelte. »Keine Ursache. Ich kann dich gerne häufiger mit zur Arbeit nehmen. Ruf einfach an.«

Adam nickte. »Danke, ich komme bestimmt darauf zurück.« Er machte eine Pause und sah sie verlegen an. »Ich würde dich ja reinbitten, aber als ich heute Morgen los bin, habe ich nicht wirklich mit Besuch gerechnet. Da drin sieht es alles andere als ordentlich aus.«

Sadie lachte. »Mach dir deswegen keinen Kopf, ich muss sowieso gleich wieder los, um Lissy abzuholen.« Ihr Magen schlug einen Purzelbaum, als sie zu ihm hinübersah. »Aber vielleicht ein andermal?«

Als er lächelte, erschienen feine Fältchen um seine haselnussbraunen Augen. »Das würde mich freuen.« Er öffnete die Tür und stieg aus, beugte sich jedoch noch einmal hinunter, um zu ihr in den Wagen zu sehen. »Bis morgen dann.«

Sadie nickte. »Bis morgen.«

Er schlug die Autotür zu, und sie sah ihm nach, wie er den kurzen Weg zu seinem Cottage hinauflief. Erst als ihr auf einmal der Gedanke kam, dass ihr Verhalten durchaus an das einer Stalkerin erinnern könnte, legte sie den Gang ein und machte sich auf den Weg nach Christleton.

»Du kommst spät«, sagte Daniel, als er ihr die Tür öffnete. »Alles in Ordnung?«

Sadie musterte ihn argwöhnisch, doch weder hatte er vorwurfsvoll geklungen, noch erkannte sie Verärgerung in seiner Miene, nur Neugier und Sorge.

»Alles bestens. Es gab nur ziemlich viel Verkehr«, flunkerte sie. »Du kennst das ja. Wie geht es Lissy?«

»Prima. Ihre Lehrerin hat gesagt, dass sie auf dem Spielplatz hingefallen ist, aber wir haben ein Dino-Pflaster draufgeklebt, und seitdem ist die Welt wieder in Ordnung.«

Als sich ein Lächeln auf seinem Gesicht ausbreitete, konnte Sadie nicht anders, als es zu erwidern, während sie darüber staunte, dass er tatsächlich Pflaster zu Hause hatte – und dann auch noch welche mit Dinosauriern drauf.

»Okay«, sagte sie. »Vielen Dank auf jeden Fall, dass du sie abgeholt hast.«

»Kein Problem. Sie hat Fischstäbchen mit Reis gegessen und ein bisschen Tee getrunken. Ist das in Ordnung?«

»Ja«, sagte Sadie, inzwischen noch verwunderter. »Danke.«

»Du musst dich nicht für jede Kleinigkeit bei mir bedanken, Sadie«, erwiderte er, während er einen Punkt irgendwo hinter ihr fixierte, »Lissy ist genauso mein Kind wie deins. Ich tue nur das, was eine Million anderer Dads jeden Tag machen.«

Sadie wählte ihre nächsten Worte mit Bedacht. »Ja, schon, aber früher hast du diese Dinge nie getan, Daniel. Deswegen bin ich einfach ein wenig überrascht.«

Er warf einen Blick über die Schulter ins Haus, wo Sadie Lissy mit dem Rücken zur Tür am Esstisch sitzen sah. »Hast du vielleicht eine Minute?« Er wandte sich wieder Sadie zu. »Es gibt da schon länger etwas, das ich dir sagen möchte.«

Sadie war sich sicher, dass ihr Herz einen Schlag aussetzte. Das letzte Mal, als Daniel eine Unterhaltung auf diese Weise begonnen hatte, hatte er ihr von seiner Affäre erzählt. Worum ging es diesmal? Wollte er eine möglichst schnelle und unkomplizierte Scheidung, damit er diese andere Frau heiraten konnte?

»Wenn es nicht zu lange dauert«, sagte sie und hörte selbst, wie angespannt sie klang.

Er wandte sich ab und ging ihr voraus durch den Flur

ins Wohnzimmer. »Setz dich doch bitte. Es dauert auch wirklich nicht lange.«

Sadie tat, was er sagte, während sie versuchte, ihr immer wilder klopfendes Herz zu ignorieren. Was auch immer er ihr mitzuteilen hatte, es konnte nicht halb so niederschmetternd sein wie beim letzten Mal, beruhigte sie sich selbst. So sehr würde er sie nie wieder verletzen können.

»Ich habe in den letzten Wochen viel nachgedacht«, begann er, während er sich nervös neben sie auf das Sofa sinken ließ. »Je mehr Zeit ich mit Lissy verbringe, desto mehr wird mir klar, was ich vermisse, seit ihr zwei ausgezogen seid. Ich möchte ein Teil ihres Lebens sein, Sadie.«

»Daniel …«

Er hielt beide Hände in die Höhe. »Lass mich zuerst ausreden. Ich habe dir bisher nichts davon gesagt, weil ich nicht wusste, wie du darauf reagieren würdest, aber ich habe die Sache mit Emma beendet. Es war sowieso nie eine ernsthafte Beziehung, sondern eher so etwas wie ein Hilfeschrei, und irgendwann war das Ganze erledigt.« Er holte tief Luft. »So verrückt es klingen mag, auch nur darüber nachzudenken, aber ein Teil von mir hofft, dass wir beide vielleicht noch eine Chance zusammen haben. Du weißt schon, irgendwann.«

Es fühlte sich an, als hätte jemand einen Eimer Eiswasser über Sadie ausgegossen. Das war das Letzte, was sie erwartet hatte.

»Am besten sagst du jetzt gar nichts dazu«, bat er sie. »Mir ist klar, dass ich dich damit total überrumple. Denk einfach darüber nach. Und wenn du zu der Entscheidung kommst, dass es keinen Weg zurück gibt, dann werde ich das akzeptieren. So oder so möchte ich eine größere Rolle in Lissys Leben spielen. Ich möchte für sie da sein, auch wenn ich es nicht für dich sein kann.«

»Das ist nicht fair«, murmelte Sadie, während sie gegen das Bedürfnis ankämpfte, ihr Gesicht in den Händen zu vergraben. »Was ist verdammt noch mal in dich gefahren?«

Er ließ den Kopf hängen. »Es tut mir leid. Aber ich kann nichts gegen meine Gefühle tun. Es ist fast so, als wäre ich aus einer Trance aufgewacht und würde jetzt erst sehen, was für ein Idiot ich gewesen bin.«

Sie starrte ihn wütend an.

»Denk einfach nur darüber nach«, sagte er noch einmal. »Das ist alles, worum ich dich bitte.«

Es gibt nichts, worüber ich nachdenken müsste, dachte Sadie. Er war derjenige, der sie betrogen hatte. Er war derjenige, der ihre Ehe auf dem Gewissen hatte. Aber durch seinen Betrug hatte er ihr auch die Augen dafür geöffnet, wie ihr Leben noch aussehen, wer sie ohne ihn sein könnte. Wenn sie zu ihm zurückkehrte, würde sie dann nicht auch automatisch ihre neu gewonnene Unabhängigkeit aufgeben? Und natürlich musste sie auch Lissys Gefühle berücksichtigen. Ihre Tochter hatte sich gerade erst an ihr neues Leben gewöhnt. Würde sie eine weitere Veränderung nicht vollkommen durcheinanderbringen?

Sadie seufzte. Auf einmal hatte sie das Gefühl, dass ein unendliches Gewicht auf ihren Schultern lastete. Hatte sie überhaupt eine andere Wahl, als über das, was er gesagt hatte, nachzudenken?

»Okay, ich werde es mir durch den Kopf gehen lassen.«

Erleichtert atmete er aus. »Danke.« Mit einem hoffnungsvollen Gesichtsausdruck sprang er auf die Füße. »Dann lass uns mal die Verletzte holen.«

Als Sadie wieder im Auto saß, stellte sie mit einem Blick auf ihr Handy fest, dass Adam ihr eine Nachricht geschickt hatte.

Noch mal vielen Dank fürs Mitnehmen. Wenn es dir nichts ausmacht: Würdest du mich morgen früh mit in die Stadt nehmen?

Sadie seufzte und warf einen Blick durch den Rückspiegel zu Lissy. Das würde bedeuten, dass sie, nachdem sie Lissy morgen bei Daniel abgeliefert hatte, noch einmal die ganze Strecke zurückfahren musste, um Adam einzusammeln. Aber es würde ihm ohne Frage jede Menge Zeit sparen, und sie hätte lügen müssen zu behaupten, dass die Vorstellung, mehr Zeit mit ihm zu verbringen, ihr nicht gefiel.

Sie überlegte noch ein paar Sekunden hin und her, bis sie sich schließlich geschlagen gab und eine Antwort tippte:

Klar. Wir sehen uns um acht!

Falls es Cat aufgefallen war, dass Sadie und Adam zum selben Zeitpunkt den Laden betraten, ließ sie es sich nicht anmerken. »Ich habe schon Tee gemacht«, rief sie ihnen zu, als sie ihre Mäntel aufhängten. »Wenn ihr Kaffee wollt, müsst ihr euch selbst darum kümmern.«

Um kurz vor halb neun klingelte die Ladentür erneut, und ihre neue Aushilfe, Clare, betrat das Geschäft.

Sadie führte sie herum, zeigte ihr, wo was zu finden war und erklärte, wie die Kasse funktionierte. »Und zu guter Letzt: Vergiss niemals, den Leuten einen der kleinen Kekse zum Probieren mitzugeben«, sagte sie mit einer Geste in Richtung der mundgerecht großen Plätzchen, die in Zellophan verpackt auf dem Tresen lagen. »Mit ein bisschen Glück können sie nicht widerstehen, welche zu kaufen, wenn sie sie erst einmal probiert haben.«

Um kurz vor zehn erschien die Bürgermeisterin, um Smart Cookies offiziell für eröffnet zu erklären. In der Zwischenzeit hatte sich eine kleine Menschentraube vor dem Laden gebildet, um zuzusehen, wie Sadie mithilfe einer silbernen Schere schwungvoll das blau-goldene Band durchtrennte. Sie grinste, als die umstehenden Zuschauer jubelten. Im Hintergrund entdeckte sie Andrew und Earl, die ihnen genauso applaudierten wie Elin, Jaren und Seb, die in der ersten Reihe standen. Cherie und Greg waren nirgendwo zu sehen, eine Tatsache, die Sadie mit Leichtigkeit verkraften konnte. Die Bürgermeisterin posierte für einige Bilder mit Sadie und Cat, und sie schien äußerst erfreut, als die beiden ihr ihren persönlichen Smart-Cookies-Präsentkorb überreichten. Den ganzen Tag über schien die Kasse nicht stillzustehen, und ein Kunde nach dem anderen verfiel Sadies und Cats liebevollen Keks-Kreationen.

Es wurde bereits dunkel, und der Kundenstrom ließ langsam nach, als Sadie Greg und Cherie zielstrebig über den Platz auf ihren Laden zustreben sah.

»Adam«, rief sie, so ruhig und neutral wie möglich, »würdest du mir einen Gefallen tun und zum Let's Go Dutch und zum Bus Stop rübergehen, um Jaren, Andrew und Earl zu bitten, sofort zu uns rüberzukommen?« Sie senkte die Stimme und bedachte ihn mit einem eindringlichen Blick. »Es handelt sich um einen Notfall.«

Adam ließ sich nicht zweimal bitten. Kaum, dass er zwischen den Weihnachtseinkäufern auf dem Platz verschwunden war, sprang Sadie die Treppe ins Untergeschoss hinunter, wo Cat gerade einigen Kunden erzählte, wie die Idee zu Smart Cookies entstanden war.

»Ich fürchte, ich muss Sie an dieser Stelle unterbrechen«, sagte Sadie mit einem entschuldigenden Lächeln an ihre Kunden gewandt. »An der Kasse im Erdgeschoss wird Clare Sie mit einigen Kostproben versorgen.«

Cat warf ihr einen irritierten Blick zu, sagte jedoch nichts.

»Wir bekommen Ärger«, murmelte Sadie. »Ich habe gerade Greg und Cherie über den Platz kommen sehen, und ihre Mienen verheißen nichts Gutes.«

Cat stieß ein wütendes Knurren aus. »Großartig. Einfach nur großartig.« Dann straffte sie die Schultern. »Okay, lass uns die Sache hinter uns bringen. Wie heißt es so schön? Es gibt keine schlechte Presse, oder?«

»Genau«, bestätigte Sadie, selbstbewusster, als sie sich in Wahrheit fühlte.

In diesem Moment kam Clare die Stufen hinab und blieb auf halber Treppe stehen. »Äh … da sind ein Mann und eine Frau, die nach dir fragen, Cat. Und sie sehen alles andere als freundlich aus.«

»Danke, Clare«, rief Cat ihr zu und warf Sadie einen vielsagenden Blick zu. »Showtime.«

Greg und Cherie warteten vor dem Laden auf sie, vermutlich weil sie sich dort die meisten Zuschauer erhofften. Mit verschränkten Armen starrten sie Sadie und Cat entgegen. In ihren Mienen spiegelte sich unverhohlene Verachtung.

»Da ist sie ja, unsere verehrte Betrügerin«, rief Greg und deutete mit ausgestrecktem Arm auf Cat, sodass sich einige Einkäufer verwirrt umsahen und mit neugierigen Gesichtern stehen blieben. »Cat Garcia, meine Damen und Herren, die furchtbarste Chefköchin, die das La Perle jemals auszuhalten hatte.«

Cat verzog das Gesicht. »Oh bitte, nicht das schon wieder.«

»Kaufen Sie auf keinen Fall bei Smart Cookies«, rief Cherie, laut genug, dass weitere Passanten die Köpfe nach ihnen umwandten. »Wer weiß, was Sie sich sonst einfangen.«

Vor Wut zog sich Sadies Magen zusammen. »Mit unserem Laden ist alles in Ordnung«, konterte sie und versuchte dabei mit so vielen der umstehenden Leute Blickkontakt herzustellen wie möglich. »Bitte, kommen Sie doch herein und überzeugen Sie sich selbst.«

»Es würde mich wirklich einmal interessieren, warum Sie statt in einem anderen Michelin-Restaurant in einer winzigen, nichtssagenden Keksbäckerei in Chester arbeiten, wenn Sie angeblich eine solche Weltklasse-Köchin sind.« Gregs laute, spöttische Stimme hallte über den inzwischen totenstillen Platz.

»Sadie und ich träumen seit unserer Kindheit davon, unseren eigenen Laden aufzumachen«, gab Cat ruhig zurück. »Ich hatte in meinem Leben genug Achtzehnstundentage. Es war für uns beide der richtige Zeitpunkt, um Smart Cookies zu eröffnen. Ich habe gekündigt und bin zurück nach Chester gezogen. So sieht es aus. Mal ganz abgesehen davon, dass ich Ihnen keine Erklärung schuldig bin.«

Unter der Zuschauermenge erhob sich Gemurmel. Im selben Moment sah Sadie, wie sich Adam in Begleitung von Jaren, Earl und Andrew einen Weg durch die Menge bahnte.

Als Greg zu spüren schien, dass die Sympathien zu Cats Gunsten die Seiten wechselten, änderte er seine Strategie. »Aber es gibt einen ganz bestimmten Grund, aus dem Sie Ihr eigenes Geschäft eröffnet haben, anstatt sich bei einem anderen Restaurant zu bewerben, habe ich recht?«, sagte er mit einem höhnischen Grinsen. »Einen Grund, den niemand erfahren soll.«

Cat starrte ihn an. »Ich habe keine Ahnung, wovon Sie da re…«

Greg unterbrach sie, bevor sie den Satz beenden konnte.

»Sie haben das La Perle nicht freiwillig verlassen«, brüllte er wütend. »Sie wurden gefeuert. Stimmt's?«

Cat starrte ihn finster an. »Das stimmt nicht«, zischte sie. »Ich habe gekündigt, weil ich kurz vor einem Burn-out stand. Ich wurde nicht gefeuert.«

Greg schnaubte spöttisch. »Dann sind Sie halt gegangen, bevor man Sie dazu gezwungen hat. Wie auch immer es gewesen ist, niemand dort hat Ihren Abgang bedauert.«

Sadie spürte, wie Cat neben ihr vor Zorn bebte. »Gehen Sie nach Hause, Greg«, rief sie und rückte näher an ihre Freundin heran. »Sie haben keine Ahnung, wovon Sie da sprechen.«

»Ach, wirklich?« Greg verzog verächtlich die Lippen. »Ich weiß mehr, als Sie ahnen. Sie hat es geschafft, beinahe jeden hier mit ihrem Superköchinnen-Gehabe zu beeindrucken. Jeden, bis auf mich und Cherie. Ich habe sie von Anfang an durchschaut. Sie ist eine Betrügerin, die unter dem Druck zusammengebrochen ist, nachdem sie sich bis an die Spitze hochgeschlafen hatte.«

Ein einstimmiges Keuchen ging durch die Menge, abgelöst von leisem Gemurmel, als sich Cats Wangen rot färbten.

»Ich weiß nicht, von wem Sie Ihre Informationen erhalten haben, Greg, aber ich kann Ihnen versichern, dass die Person lügt.«

»Es ist die Wahrheit«, rief Greg triumphierend und drehte sich dabei einmal um die eigene Achse. »Ich kenne Leute, die dort arbeiten. Sie hatte eine Affäre mit dem Besitzer, deswegen hat sie den Job bekommen. Sehen Sie sie an: Die Schuld steht ihr ins Gesicht geschrieben.«

Als Sadie Cat einen Blick zuwarf, wurde ihr klar, dass etwas an Gregs Behauptung dran sein musste. »Cat?«

»Es stimmt nicht«, flüsterte Cat zurück, blickte jedoch beschämt zu Boden. »Zumindest nicht ganz. Es tut mir leid, ich wollte nicht, dass du auf diese Weise davon erfährst.« Dann richtete sie sich auf, warf die Haare über die Schultern zurück und wandte sich voller Verachtung an Greg. »Sie wollen wissen, was wirklich passiert ist? Bitte schön. Die Wahrheit ist, dass ich das La Perle tatsächlich nicht freiwillig verlassen habe. Aber der Grund war nicht, dass ich eine Affäre mit jemandem hatte.« Sie ließ den Blick über die umstehenden Menschen wandern. »Ich war gezwungen, meinen Job aufzugeben, weil ich *keine* Affäre haben wollte, und die Person, die versucht hat, mich zu verführen, ein Nein als Antwort nicht akzeptiert hat.«

Wütendes Gemurmel setzte ein.

Greg wirkte, als hätte ihm jemand die Luft herausgelassen. Hastig beugte er sich hinab, um der inzwischen kreidebleich gewordenen Cherie etwas ins Ohr zu flüstern.

»Und bevor Sie mich fragen, um wen es sich dabei gehandelt hat, sparen Sie sich den Atem. Als ich gegangen bin, habe ich eine Verschwiegenheitserklärung unterzeichnet, die Teil meines äußerst großzügigen Abfindungs-Pakets war«, fuhr Cat fort und bedachte Greg mit einem letzten abschätzigen Blick. »Wie es aussieht, hatte Ihre sogenannte

›Quelle‹ keine Ahnung, wovon sie spricht. Genauso wenig wie Sie.«

In diesem Moment trat Seb vor und zog Cat in eine feste Umarmung, bevor er sich an die umstehenden Leute wandte. »Die Show ist vorbei«, rief er laut. »Und wenn Sie auch nur den kleinsten Funken Mitgefühl in sich tragen, schlage ich vor, dass Sie jetzt zu Smart Cookies rübergehen und den Laden leer kaufen. Das ist das Mindeste, was Sie für Cat tun können, nachdem sie gezwungen wurde, diese Geschichte in aller Öffentlichkeit zu erzählen.« Er wartete, bis sich die Passanten verstreut hatten, bevor er auf Greg und Cherie zutrat. »Und was euch beide angeht: Wagt es ja nicht, jemals wieder einen Schritt über die Schwelle meiner Bar zu setzen. Ihr habt Hausverbot.«

»Dasselbe gilt für den Bus Stop«, fügte Earl mit angewiderter Miene hinzu.

»Und das Let's Go Dutch«, sagte Jaren.

Elin schüttelte beinahe mitleidig den Kopf, während sie Greg ins Visier nahm. »Erwarte nicht, dass ich dir auch nur eine weitere Praline für deine Dessert-Karte liefere. Unser Deal ist hiermit beendet.«

»Komm«, sagte Seb und schlang einen Arm um Cats Schultern, »sehen wir zu, dass wir dich von diesem Platz runterkriegen. Ich weiß ja nicht, wie es dir geht, aber ich könnte jetzt einen Drink vertragen.«

Kapitel neun

Es kostete Cat mehrere Tage, bis sie den Vorfall einigermaßen überwunden hatte, und erst nach beinahe einer Woche hatte sie nicht mehr das Gefühl, ständig angestarrt zu werden.

Sadie dagegen ließ die Tatsache nicht los, dass sie selbst nichts von der Wahrheit geahnt hatte. »Ich habe mir immer gedacht, dass hinter deiner Kündigung noch etwas anderes steckt, aber ich bin davon ausgegangen, dass es dir peinlich war, die Kontrolle verloren zu haben. Warum hast du es mir nicht erzählt?«

Cat seufzte. »Weil ich es nicht durfte. Ich habe eine Verschwiegenheitserklärung unterschrieben, schon vergessen?«

»Trotzdem. Die Vorstellung, dass du mit alledem allein warst, macht mich ganz verrückt.«

»Ich war nicht ganz allein. Ich hatte eine sehr gute französische Anwältin an meiner Seite, für deren Honorar am Ende François de Beauvoir aufkommen musste«, bemerkte Cat trocken.

Sadie musterte sie. »War er der Typ? Der Sohn des Besitzers?«

Cat nickte. »Wie du dir sicher vorstellen kannst, hat er zuerst alles geleugnet. Aber ich hatte Glück, dass einer meiner Souschefs beobachtet hat, wie er versucht hat, mich zu küssen. Und der war Gott sei Dank mutig genug, den Mund aufzumachen, als er gemerkt hat, dass ich mich wehre.« Sie hielt inne und schüttelte angewidert den Kopf. »Wie sich hinterher herausgestellt hat, war ich nicht die Erste, die François versucht hat, unter Druck zu setzen, aber hoffentlich die Letzte. Ich habe ihn eine ordentliche Stange Geld gekostet.«

»Das liegt jetzt alles hinter dir.« Tröstend drückte Sadie Cats Hand.

»Das dachte ich auch. Aber wie es aussieht, hatte François noch einen Trumpf gegen mich in der Hand. Um ehrlich zu sein, würde es mich nicht wundern, wenn er und Greg befreundet sind. Zumindest würde das erklären, warum Greg mich so hasst und behauptet, dass ich das Leben seiner Freunde zerstört habe. Ich dachte zuerst, er meint Cherie, aber wahrscheinlich hat er über François gesprochen.«

»Das würde Sinn ergeben. Auch wenn er offensichtlich keine Ahnung hat, was wirklich passiert ist. So oder so gehe ich davon aus, dass er uns keinen Ärger mehr machen wird. Jaren hat mir erzählt, dass er sich zurzeit sehr bedeckt hält und den anderen Ladenbesitzern rund um Castle Court aus dem Weg geht. Allerdings solltest du keine Entschuldigung erwarten. Wie ich gehört habe, ist er gerade vor allem damit beschäftigt, die Sache mit Cherie wieder geradezubiegen. Sie ist stinksauer, dass er sie mit all diesen Falschinformationen versorgt hat.«

Cat verschränkte die Arme. »Ich glaube eher, dass sie wütend ist, weil ihr alberner Plan nicht aufgegangen ist. Aber eine Entschuldigung brauche ich sowieso nicht. Mir genügt es schon, wenn mir die beiden in Zukunft nicht mehr in die Quere kommen.«

Die Neuigkeit über die Eröffnung von Smart Cookies hatte sich innerhalb kürzester Zeit wie ein Lauffeuer verbreitet, und Sadie und Cat hatten alle Hände voll damit zu tun, das Adventsgeschäft zu stemmen, während der Dezember nur so vorüberflog. Die essbaren Weihnachtskugeln an ihrem Tannenbaum wurden im *Stylist* gezeigt, und *The One Show* schickte ein Kamerateam, um Aufnahmen im Laden zu machen; vor allem Sadies Krippenszene hatte die Aufmerksamkeit der Fernsehsendung erregt.

Ohne es wirklich zu beabsichtigen, musste Sadie feststellen, dass sie sich in Bezug auf Lissy immer mehr auf Daniels Hilfe verließ. Irgendwann hatte er sogar angefangen, sie nach der Arbeit mit einem warmen Abendessen zu versorgen, und er weigerte sich, sie ohne die vorbereitete Tupperbox fahren zu lassen. Cat dagegen war notgedrungen gezwungen, die Sache mit Seb vorerst ruhen zu lassen. Bereits nach ein paar Tagen hatte sie ihm erschöpft erklärt, dass sie es abends nur mit Mühe schaffte, sich die Zähne zu putzen, um anschließend mit letzter Kraft ins Bett zu fallen. Für alles andere fehlte ihr einfach die Energie. Es schien ihm jedoch nichts auszumachen; die Wochen vor Weihnachten waren für alle Ladenbesitzer rund um den Platz eine anstrengende Zeit.

»Es ist wirklich toll, dass Daniel so oft mit der Betreuung von Lissy aushilft«, sagte Cat, als sie wieder einmal bereits am frühen Morgen nebeneinander in der Küche der Keksbäckerei standen. »Bist du dir sicher, dass er nicht von irgendwelchen Aliens entführt und durch eine neue, nettere Version ersetzt worden ist?«

Sadie zögerte. Sie hatte Cat nie von ihrer Unterhaltung mit Daniel erzählt; vor allem deswegen nicht, weil die Ereignisse am Eröffnungstag alles andere ziemlich in den Schatten gestellt hatten, aber auch, weil sie wusste, wie ihre beste Freundin darauf reagieren würde. Doch Daniels Worte hatten sich in ihr Gedächtnis eingenistet und hielten sie selbst dann noch wach, wenn sie nach einem langen Tag im Geschäft eigentlich vor Müdigkeit kaum noch stehen konnte. Und so langsam hatte sie das Gefühl, dass es sie von innen heraus auffressen würde, wenn sie nicht bald mit jemandem darüber sprach.

»Er wünscht sich eine zweite Chance«, sagte sie schließlich ganz unverblümt.

Zu Sadies Überraschung sah Cat kein bisschen schockiert aus, sondern nickte nur. »So was habe ich mir schon gedacht. Nachdem er sich so verändert hat, ist es nicht besonders schwer zu erraten, was in seinem Kopf vorgeht.«

Sie sah Sadie einen Moment nachdenklich an. »Und, was denkst du darüber?«

Sadie seufzte. »Es gibt Zeiten, in denen ich glaube, dass es so viel leichter wäre«, gab sie zu. »Aber um ehrlich zu sein, hatte ich bisher noch nicht wirklich die Gelegenheit, darüber nachzudenken. Solange im Laden so wahnsinnig viel los ist, ist es einfacher, die Frage zu verdrängen. Ich denke, du weißt, wovon ich spreche …«

Cat verzog das Gesicht. »Mhm … Aber ich erinnere mich auch noch sehr gut, wie du dich gefühlt hast, als du noch mit Daniel zusammen warst, und was er dir angetan hat. Und falls du dich dafür entscheiden solltest, ihm eine zweite Chance zu geben, hat er eine Menge wiedergutzumachen. Du musst ihn hart dafür arbeiten lassen.« Sie hielt inne und warf einen vielsagenden Blick die Treppe hinauf. »Oder du lässt es bleiben. Immerhin hast du inzwischen andere Optionen …«

Sie redet von Adam, dachte Sadie, und senkte schnell den Kopf, damit Cat die Röte nicht bemerkte, die ihr in die Wangen gestiegen war. Seit der Ladeneröffnung war er ihnen eine verlässliche Hilfe gewesen, hatte mit Freude alles erledigt, worum sie ihn gebeten hatten, und eine Menge Dinge darüber hinaus. Mehr als einmal hatte Sadie sich dabei erwischt, wie sie sein Talent im Umgang mit Kunden bewunderte, und die flirtenden Blicke, die ihm ihre Kundschaft zuwarf, zeugten davon, dass sie nicht die einzige Frau war, die seinem unbefangenen Charme erlag. Aber es ging um mehr als reine körperliche Anziehungskraft, entschied Sadie. Es gab kaum etwas an ihm, das ihr nicht gefiel, von seiner Liebe zur Natur bis hin zu seinem leisen, selbstironischen Humor. Wenn sie ganz ehrlich mit sich selbst war, waren die zwanzigminütigen Autofahrten mit ihm in die Stadt und zurück mittlerweile ein Highlight in ihrem Tagesablauf. Es fiel ihr unglaublich leicht, sich mit ihm zu unterhalten, und sie hatten viele Dinge gemeinsam. Inzwischen hatte sie den Überblick verloren, wie viele Fahrten sie miteinander verbracht hatten, in denen sie aus dem Lachen gar nicht mehr herausgekommen waren. Doch so schön es war, Adam besser kennenzulernen, spielte Daniel noch immer eine große Rolle in ihrem Leben, und seine Beteuerungen, dass er an eine gemeinsame Zukunft mit ihr glaubte, brachten ihre Gefühlswelt vollkommen durcheinander. Zurzeit sah sie keine andere Möglichkeit, mit ihren widerstreitenden Empfindungen umzugehen, als sie zu verdrängen und sich auf die Arbeit zu konzentrieren. Nach Weihnachten, redete sie sich ein, denke ich darüber nach.

Irgendwie gelang es Sadie, die diversen Advents- und Weihnachtsfeiern in Lissys Schule mit ihrer Arbeit zu jonglieren, ohne das Gefühl zu haben, als Mutter vollkommen zu versagen, doch sie war trotzdem froh, als zwei Tage vor Weihnachten die Ferien begannen. Bereits vor Monaten hatte sie Daniels Bitte nachgegeben, Lissy Weihnachten bei ihm feiern zu lassen, da sie davon ausgegangen war, dass er ohnehin in letzter Minute einen Kurzurlaub an irgendeinen exotischen Ort, in einem alles andere als kinderfreundlichen Hotel mit seiner neuen Freundin buchen würde. Doch er hatte es geschafft, sie mit seiner neu gefundenen Rolle als Vater zu überraschen, und nun sah sie sich mit der Aussicht konfrontiert, Weihnachten allein feiern zu müssen. Und da sie Daniel keinen weiteren zusätzlichen Tag mit ihrer Tochter gönnte, packte sie am ersten Ferientag eine Tasche mit Spielen für Lissy und erklärte ihr, dass sie Mummy bei der Arbeit zusehen dürfe.

Adam spielte die ganze Fahrt über *Ich sehe was, was du nicht siehst* mit ihr, anstatt sich mit Sadie zu unterhalten. Eine Tatsache, die Sadie nichts ausmachte. Es war vielmehr so, dass ihr beinahe das Herz schmolz, als sie feststellte, wie gut sich die beiden verstanden.

Im Laden war Lissy der unangefochtene Stargast.

»Wow«, sagte Elin, als sie mit einem Lolli in Form eines Schokoladen-Schneemanns für Sadies kleine Tochter hereinkam, »sie sieht aus wie eine Mini-Ausgabe von dir.«

Sadie lachte. »Selbst wenn sie aussieht wie ich, sobald es darum geht, ihren Kopf durchzusetzen, kommt sie definitiv mehr nach ihrem Vater.«

Cat sah auf und bedachte Sadie mit einem rätselhaften Blick, bevor sie sich wieder auf die Arbeit konzentrierte.

Lissy setzte sich an einen der langen Tische im Untergeschoss, breitete ihre Malsachen aus, spielte mit alten Spritzbeuteln, die Sadie nicht mehr brauchte, und genoss die Aufmerksamkeit, die ihr die Mitarbeiter von Smart Cookies schenkten.

Der Tag lief gut – bis eine Last-minute-Bestellung von einem Luxushotel im Zentrum von Chester eintraf.

»Wie viel Lebkuchenmänner wollen die?«, keuchte Sadie entsetzt, als Clare ihr die ausgedruckte E-Mail zeigte.

»Vierhundertfünfzig«, wiederholte Clare. »Bis morgen.«

Cat krempelte die Ärmel hoch und bedachte Sadie mit einem entschlossenen Blick. »Okay, das schaffen wir. Du kannst die Lebkuchenmänner verzieren, die wir auf Lager haben, ich backe in der Zeit Nachschub.«

Sadie stürzte sich in die Arbeit, bis sie irgendwann bemerkte, dass Lissy nicht mehr länger an dem Tisch saß, an dem sie die ganze Zeit über gemalt hatte. »Lissy?«, rief sie und runzelte die Stirn. »Wo bist du?«

Cat sah auf. »Vielleicht ist sie aufs Klo gegangen.«

Sadie legte den Spritzbeutel mit dem roten Zuckerguss beiseite und sah nach. Doch auch im Waschraum war Lissy nirgendwo zu sehen.

Mit einem unguten Gefühl stürzte Sadie die Treppe hinauf. »Hast du Lissy gesehen?«, fragte sie Adam leise, nachdem er seinen Kunden fertig bedient hatte.

Er schüttelte den Kopf. »Ist sie nicht unten?«

»Nein.« Sadie sah sich um. Langsam stieg Panik in ihr auf. »Ist sie irgendwann raufgekommen? Hast du sie rausgehen sehen?«

Cat war ihr inzwischen gefolgt. Sie wirkte angespannt. »Unter einem der Tische hat sie sich auch nicht versteckt. Wir teilen uns auf und suchen den Platz ab. Falls sie wirklich draußen ist, kann sie nicht weit gekommen sein.«

Sadie zwang sich, ruhig zu atmen, und ließ den Blick über den Platz schweifen, auf dem es von Menschen nur so wimmelte. Es war zwei Tage vor Weihnachten, und die ganze Stadt schien unterwegs zu sein, um letzte Einkäufe zu erledigen. Zwischen den vielen Passanten eine einzelne Person auszumachen, war so gut wie unmöglich, vor allem, wenn es sich dabei um eine Fünfjährige handelte.

»Bitte, bitte, mach, dass ihr nichts passiert ist«, murmelte Sadie vor sich hin, während sie sich einen Weg durch die Menge bahnte und mit den Tränen kämpfte. »Bitte, mach, dass wir sie finden.« Doch es war hoffnungslos, wie sie schon bald mit Entsetzen feststellte. Ein- oder zweimal erhaschte sie einen Blick auf einen rotbraunen Haarschopf, doch jedes Mal stellte es sich als ein anderes Kind heraus. Verzweifelt schluchzend kletterte Sadie schließlich vor einem Café auf einen Stuhl und begann, über den Platz zu rufen. »Lissy! Lissy, wo bist du?«

Die Passanten starrten sie an, als wäre sie verrückt geworden.

»Bitte.« Inzwischen weinte sie. »Ich habe meine Tochter verloren. Sie trägt eine blaue Jacke und hat rote Haare, so wie ich. Bitte helfen Sie mir, sie zu finden.«

Inzwischen hatte sie die Aufmerksamkeit der meisten Einkäufer auf dem Platz erregt, und die Leute begannen, sich umzusehen. Und gerade in dem Moment, als Sadie glaubte, das letzte bisschen Selbstbeherrschung zu verlieren, das ihr noch geblieben war, hallte ein Ruf über die Menge hinweg.

»Hier! Sie ist hier!«

Sadie sprang von dem Stuhl und bahnte sich einen Weg über den Platz, ohne Rücksicht darauf zu nehmen, wen sie mit angewinkelten Ellbogen beiseitestieß, um zu Lissy zu gelangen. Als sie den Punkt erreichte, von dem der Ruf gekommen war, traute sie sich kaum hinzusehen. Was, wenn sie es nicht ist, dachte sie außer sich vor Angst.

Doch sie war es. Sie stand dort unter der von Hunderten kleiner Lichter erleuchteten Eiche und hielt Adams Hand.

Kaum, dass sie ihre Mutter sah, brach sie in Tränen aus. »Mummy! Ich hatte solche Angst, Mummy.«

Sadie schloss ihre Tochter in die Arme und drückte sie so fest an sich, wie sie konnte, während sie ihr einen Kuss nach dem anderen auf die Locken drückte. »Alles gut, mein Schatz«, flüsterte sie, während ihr selbst die Tränen über die Wangen liefen. »Jetzt ist wieder alles gut, mein Engel.« Sie sah zu Adam auf, so überwältigt von Dankbarkeit, dass sie kaum ein Wort herausbrachte. Ihre Lippen formten ein stummes »Danke«.

»Gern geschehen«, sagte er mit einem sanften Lächeln. »Sehr gern geschehen.«

»Bist du dir sicher, dass du nicht lieber nach Hause fahren willst?«, fragte Cat Sadie zum fünften Mal. »Ihr seid beide total durch den Wind.«

Sie saßen an einem der langen Tische im Untergeschoss. Lissy klammerte sich an Sadies Arm und ließ sie nur los, um einen Happen von dem Schokoladen-Pfannkuchen zu essen, den Jaren ihnen vorbeigebracht hatte und der größer war als ihr Kopf.

»Nein.« Zärtlich strich Sadie ihrer Tochter über die Haare. »Wir müssen noch Hunderte Lebkuchenmänner fertigstellen. Ich kann jetzt unmöglich gehen.«

»Dann nimm welche mit nach Hause. Du kannst sie verzieren, sobald Lissy im Bett ist, und sie morgen mitbringen. Glaub mir, wir können dich für ein paar Stunden entbehren.«

Stur schüttelte Sadie den Kopf. »So bekommen wir den Auftrag niemals rechtzeitig fertig.« Doch als sie versuchte aufzustehen, hielt Lissy sie fest.

»Sieh es endlich ein, Sadie«, sagte Cat sanft, »heute Nachmittag kommst du so oder so nicht zum Arbeiten.«

In diesem Moment streckte Clare den Kopf über die Brüstung der Treppe. »Ich war schon immer ziemlich gut in Kunst. Wenn mir jemand zeigt, wie man mit einem Spritzbeutel umgeht, könnte ich versuchen, Sadies Design zu kopieren.« Sie hielt inne und machte ein verlegenes Gesicht. »Damit will ich auf keinen Fall sagen, dass die Plätzchen auch nur annähernd so perfekt werden wie Sadies, aber ich denke, es würde ausreichen.«

Als Sadie zu ihr hinaufsah, konnte sie einen Blick auf Adams Beine hinter der Theke erhaschen. »Ich muss Adam mitnehmen …«

Cat stieß ein verärgertes Knurren aus. »Er ist schon groß, Sadie, er kann den Bus nehmen. Und jetzt geh endlich. Solange ihr uns im Weg rumsitzt, bekommen wir überhaupt nichts erledigt.« Sie lächelte, um ihrer Freundin zu verstehen zu geben, dass sie nur Spaß machte. »Wir sehen uns morgen früh.«

Sadie gab sich geschlagen. »Okay, ich bin ja schon weg.«

Erst als sie die erschöpfte Lissy am Abend zudeckte, trafen Sadie die Ereignisse des Tages mit voller emotionaler Wucht. Sie kniete neben dem Bett ihrer schlafenden Tochter und strich ihr über den Kopf, während sie leise weinte. Anschließend saß sie am Küchentisch, umgeben von Lebkuchenmännern und Puderzucker, und starrte ins Nichts, während sie noch einmal den Moment durchlebte, in dem sie Lissy nirgendwo in der Menge hatte entdecken können.

Schließlich gab sie es auf, so zu tun, als würde sie es schaffen, zu arbeiten, und schickte Daniel eine Nachricht:

Könntest du Lissy morgen nehmen? Ich muss in den Laden.

Seine Antwort kam keine Minute später.

Natürlich. Bei dir oder bei mir?

Sadie seufzte. Wenn sich Lissy am nächsten Tag noch genauso verhielt wie an diesem, würde sie sich kaum aus ihrer vertrauten Umgebung herausbewegen wollen.

Bei mir. Kannst du um acht hier sein?

Bis morgen.

Sadie ging ins Bett, lag jedoch noch Stunden wach. Zumindest hatte sie das Gefühl, dass es sich um Stunden handelte. Schließlich fiel sie in einen traumlosen Schlaf, der nur kurz unterbrochen wurde, als Lissy zu ihr ins Bett krabbelte und sich an sie kuschelte.

Die Vorbereitungen für Lissys erstes Weihnachten ohne sie fielen Sadie noch schwerer, als sie bereits befürchtet hatte.

Als Daniel an Heiligabend um kurz vor acht bei ihr klingelte, runzelte er beim Anblick ihrer Miene die Stirn. »Hey, mach doch mal ein fröhliches Gesicht«, sagte er, als sie ihn hereinließ, »immerhin ist Weihnachten.«

Sadie tat ihr Bestes, sich ein Lächeln abzuringen. Sie hatte bereits beschlossen, ihm nichts von den Ereignissen des Vortags zu erzählen; oder zumindest erst dann, wenn sie genug Zeit hatte, um es ihm richtig zu erklären.

»Am besten, ihr geht es heute möglichst ruhig an«, sagte sie zu Daniel mit einer Kopfbewegung in Richtung Lissy, die zusammengerollt auf dem Sofa lag und einen Dinosaurier-Zeichentrickfilm ansah. »Sie ist heute Nacht ein paarmal wach geworden.«

»Klar, kein Problem. Ist denn alles in Ordnung?«

»Alles bestens«, sagte sie schnell. »Kein Grund zur Sorge.«

Sadies Laune besserte sich ein wenig, nachdem Adam zu ihr ins Auto gestiegen war. Er bestritt den Großteil ihrer Unterhaltung, indem er ihr von einem Streit zwischen zwei Kunden erzählte, die beide auf das letzte Engel-Plätzchen bestanden hatten und sich dabei beinahe an die Gurgel gegangen wären – womit er bewusst die Frage umschiffte, wie es Sadie ging.

Als sie im Geschäft ankam, schloss Cat sie in eine lange Umarmung, bevor sie ihr einen Schubs in Richtung Küche verpasste, wo Reihe um Reihe Lebkuchenmänner auf sie warteten. »Verzieren«, war alles, was sie sagte.

Sadie verließ die Küche den ganzen Tag nicht, schrieb jedoch immer wieder Nachrichten an Daniel.

Besucher kamen und gingen: Elin brachte ein kuscheliges wolliges Mammut für Lissy vorbei, und Andrew und Earl hatten etwas aufgetrieben, das aussah wie der weltgrößte Spiel-Schulbus der Welt, und es in mehrere Lagen Dinosaurier-Geschenkpapier eingewickelt. Jaren versorgte sie mit *stroopwafels* – süßen Waffeln, die man auf einen Becher mit einem heißen Getränk legte, damit der Karamellkern in ihrem Inneren schmolz – und einem Paar Holzschuhen. Seb hatte nichts für Lissy besorgt, dafür aber eine Flasche für Sadie unter dem Arm, in der sich selbst gemixter Cosmopolitan befand. Auf dem Label stand: *Gott weiß, dass du es dir verdient hast.* Wieder und wieder bedankte sich Sadie und vergrub mehr als einmal das Gesicht in den Händen, weil die Freundlichkeit ihrer Nachbarn sie schier überwältigte.

Nachdem sie die riesige Lebkuchenmänner-Bestellung abgeliefert, die letzten eiligen Kunden bedient und endlich die Tür der Keksbäckerei hinter sich abgeschlossen hatten, standen Sadie, Cat, Adam und Clare zwischen den abgeräumten Regalen und sahen sich an.

»Wir haben es vollbracht«, sagte Cat mit vor Verwunderung weit aufgerissenen Augen. »Ich kann kaum glauben, dass wir es tatsächlich geschafft haben, aber so ist es.«

»Vielen Dank«, sagte Sadie an Adam und Clare gewandt.

»Und da Worte in diesem Fall einfach nicht ausreichen, findet ihr hinter der Kasse ein kleines Geschenk, mit dem wir euch zeigen möchten, wie dankbar wir euch sind. Außerdem bekommt ihr beide einen kleinen Bonus zu eurem Gehalt. Ohne euch hätten wir diesen Monat unmöglich überstanden.«

»Und denkt dran, am 27. Dezember ab halb zehn geht es weiter«, warf Cat mit erhobenen Augenbrauen ein. »Chester verlangt nach Silvester-Plätzchen, und wir werden das einzige Geschäft sein, wo die Leute sie bekommen können.«

Adam und Clare nickten.

»Und vergesst Sebs Silvesterparty nicht«, fuhr Cat fort. »Freunde und Familie sind auch eingeladen. Seb hat uns allen eine legendäre Nacht versprochen.«

Adam warf Sadie einen fragenden Blick zu, die in schallendes Gelächter ausbrach. »Lass mich raten, du brauchst eine Mitfahrgelegenheit.«

Cat hob erneut die Augenbrauen. »Ich gehe mal davon aus, dass bei mir das ein oder andere Bett leer bleiben wird«, sagte sie mit unschuldigem Augenaufschlag. »Das heißt, niemand muss sich mehr hinters Steuer setzen.«

Sadie war zu verlegen, um Adam anzusehen, vor allem nachdem sie Clare dabei erwischte, wie sie ein Lächeln hinter vorgehaltener Hand versteckte. Nicht zum ersten Mal wünschte sie sich, ihre Freundin wäre weniger direkt. Sie war sich beinahe sicher, dass Adam die Anspielung hinter Cats Worten verstanden hatte. Doch als sie endlich den Mut aufbrachte und ihm einen raschen Seitenblick zuwarf, sah er genauso aus wie immer.

Als Sadie sich zum Gehen wandte, hielt Cat sie am Arm zurück. »Es bleibt bei morgen, oder? Um halb eins bei Seb.«

Sadie schüttelte den Kopf. »Ich wäre doch nur das dritte Rad am Wagen. Am besten ich bleibe einfach zu Hause.«

»Auf keinen Fall«, erwiderte Cat. »Ich lasse dich den ersten Weihnachtstag garantiert nicht allein verbringen.«

Sadie gab nach. »Okay. Halb eins in der Bar.«

Die Fahrt aus der Stadt dauerte länger als sonst, aber Sadie machte die Verspätung nichts aus. Die Radiosender spielten Weihnachtslieder in Endlosschleife, und sie und Adam sangen abwechselnd die altbekannten Hits mit und unterhielten sich. Als sie Rowtown erreichten, begann es zu schneien. Winzige Flocken tanzten durch die Luft und landeten auf der Windschutzscheibe, wo sie zu Regentropfen schmolzen.

Als Sadie in die Einfahrt zu Adams Cottage abbog, bedachte er sie mit einem nachdenklichen Blick. »Ich habe aufgeräumt. Möchtest du auf einen Kaffee mit reinkommen?«

Sadie starrte in die taumelnden Flocken hinaus – sie war hin- und hergerissen zwischen der Versuchung, Adams Einladung anzunehmen, und ihrem Wunsch, nach Hause zu Lissy zu kommen. Sie warf einen gequälten Blick auf die Uhr am Armaturenbrett und seufzte. »Heute geht es nicht. Tut mir leid.«

Das folgende Schweigen zwischen ihnen zog sich unangenehm in die Länge. Schließlich wandte sich Sadie auf ihrem Sitz um und griff nach einer in Geschenkpapier gewickelten Kiste auf dem Rücksitz, die exakt dieselbe Größe hatte wie die Geschenkkartons, die sie bei Smart Cookies verwendeten. »Frohe Weihnachten. Du kannst dir vermutlich denken, was drin ist. Selbst meine Eltern haben dieses Jahr welche bekommen.«

Adam lächelte. »Ob du es glaubst oder nicht, bisher habe ich noch kein einziges eurer Plätzchen probiert. Vielen Dank also, ich werde ganz sicher jeden Bissen genießen.« Dann zog er ein zerknittertes Paket aus seiner Tasche, das große Ähnlichkeit mit einem Honigglas hatte. »Dir auch frohe Weihnachten.«

Sie schüttelte den Kopf, während sich ein warmes Gefühl der Freude in ihrem Bauch ausbreitete. »Das wäre wirklich nicht nötig gewesen.«

Er zuckte mit den Schultern. »Freu dich nicht zu früh. Ich fürchte, mein Geschenk ist genauso wenig eine Überraschung wie deins.«

Sadie tippte sich mit dem Zeigefinger an die Schläfe. »Es ist der Gedanke, der zählt«, sagte sie und beugte sich zu ihm hinüber, um ihm einen Kuss auf die Wange zu geben.

Einen Herzschlag lang bewegte sich keiner von ihnen. Dann drehte Adam langsam den Kopf, bis er ihr in die Augen sehen konnte.

Sadie spürte, wie sich ihr Puls beschleunigte, als sie sich

innerlich darauf vorbereitete, die kurze Distanz zwischen ihnen zu überwinden. Und dann, mit einem gedämpften Laut, der beinahe wie ein Keuchen klang, beugte sie sich vor und küsste ihn.

Der Kuss dauerte nur wenige Sekunden, doch die reichten aus.

»Bist du dir sicher, dass du nicht noch mit reinkommen möchtest?«, murmelte Adam, als sie die Augen öffnete. »Nicht mal eine Minute?«

Sadie seufzte erneut. »Ganz sicher. Aber uns bleibt immer noch Mittwoch. Wir könnten früher Schluss machen«, sagte sie mit einem Augenzwinkern, »ich kenne die Chefin.«

Lachend öffnete er die Autotür und stieg aus. »Ich werde dich daran erinnern.«

»Frohe Weihnachten«, rief Sadie ihm nach, als er sich bereits umgedreht hatte und zur Haustür hinauflief. »Bis nächste Woche!«

Für den Rest der Fahrt drehte sie das Radio auf volle Lautstärke und sang ausgelassen mit. Doch ihre gute Laune endete abrupt, als sie die Haustür aufschloss und den Ausdruck auf Daniels Gesicht sah.

»Ich denke, wir müssen uns unterhalten«, sagte er grimmig und mit einem bedeutungsvollen Blick in Lissys Richtung. »Meinst du nicht?«

Kapitel zehn

Der erste Weihnachtsfeiertag in Sadies Cottage begann in aller Stille. Kein aufgeregtes Quietschen von Lissy, die um eine unmögliche Uhrzeit aus dem Bett sprang, um den aus allen Nähten platzenden Weihnachtsstrumpf zu inspizieren. Kein Tapsen kleiner Füße, die sich auf den Weg in Sadies Schlafzimmer machten, wo Lissy vor den Augen ihrer Mutter alle Geschenke aufriss, die sie in den vergangenen Tagen so sorgfältig verpackt hatte. Um genau zu sein, war kein einziges Geräusch zu hören.

Ein paar Minuten lag Sadie wach im Bett und lauschte der ungewohnten Stille. Draußen war es noch dunkel, und der Tag schien sich trotz ihrer Einladung zum Lunch mit Cat und Seb unendlich lang und leer vor ihr zu erstrecken. An jedem anderen Tag hätte sie den Luxus, nichts zu tun zu haben, für niemanden kochen und keinem hinterherräumen zu müssen, in vollen Zügen genossen, doch die Erinnerung daran, wie sie Lissy aus den Augen verloren hatte, war noch viel zu frisch. Einmal ganz abgesehen davon, dass nur einmal im Jahr Weihnachten war und sie die Abwesenheit ihrer Tochter mit jeder Sekunde deutlicher spürte.

Als Lissy am Vorabend erfahren hatte, dass Sadie nicht mit zu Daniel fahren würde, damit sie zu dritt Weihnachten feiern konnten, hatte sie geweint, und keine noch so eindringliche Beteuerung, dass sie sich ja am 26. Dezember wiedersehen würden, hatte sie beruhigen können. Erst spät am Abend hatte Daniel ihr eine Nachricht geschickt, dass Lissy vollkommen erschöpft ins Bett gefallen sei, und der Gedanke an ihre traurige Tochter hatte Sadie die ganze Nacht lang gequält.

Genauso wird es ab sofort jedes Jahr sein, dachte sie, während die Stille von Minute zu Minute schwerer auf ihr zu lasten schien. Jedes zweite Weihnachten würde sie allein verbringen, während Lissy sie vermisste und gleichzeitig versuchte, eine schöne Zeit mit Daniel zu haben. Jedes zweite Weihnachten würde eher einem drohenden Unheil gleichkommen als etwas, auf das sie sich freuen konnte.

Aber so muss es nicht sein, flüsterte eine Stimme in ihrem Kopf.

Daniel hatte ihr eine andere Möglichkeit eröffnet, eine Möglichkeit, die verhinderte, dass Lissy sich zwischen ihren Eltern aufteilen musste. Wenn sie sie ergriff und alles dafür tat, um die Schäden, die ihre Ehe genommen hatte, zu reparieren, würde sie an keinem weiteren Weihnachtsabend das Schluchzen ihrer Tochter hören und sie an keinem weiteren Feiertag vermissen müssen.

Am vorangegangenen Abend hatten Sadie und Daniel lange miteinander gesprochen, leise, damit ihre Tochter sich keine Gedanken machte. Daniel war wütend gewesen, weil Lissy in Gefahr gewesen war, aber vor allem traurig, dass er es von ihr statt von Sadie erfahren hatte. Seine Worte hallten noch immer in ihren Ohren wider: *Du kommst nicht damit klar, Sadie. Ich komme nicht damit klar. Und noch viel wichtiger ist, dass Lissy wegen uns leidet. Wir waren mal glücklich miteinander. Meinst du nicht, wir könnten es wieder werden? Um Lissys genau wie um unserer selbst willen?*

Sadie stand auf und stieg die Treppe ins Erdgeschoss hinunter, wo sie ihr Bestes gab, den Stapel ungeöffneter Geschenke unter dem Weihnachtsbaum zu ignorieren. Ihr Baum fiel dieses Jahr sehr viel bescheidener aus als der, den Lissy ihrem Vater geholfen hatte zu schmücken.

»Daddy musste mich hochheben, damit ich den Stern auf die Spitze setzen konnte«, hatte sie Sadie atemlos vor Aufregung erklärt, als sie sie eine Woche vor den Feiertagen bei Daniel abgeholt hatte. »Ist der Weihnachtsbaum nicht superschön?«

Und Sadie hatte sich gezwungen gesehen, ihrer Tochter zuzustimmen, wie so häufig in letzter Zeit hatte Daniel sie ein weiteres Mal überrascht.

Die meisten Geschenke unter dem Baum in Sadies Wohnzimmer waren für Lissy: einige von Cat und ein paar von Sadie, die sie Daniel nicht mitgegeben hatte, damit sie sie gemeinsam mit Lissy am zweiten Weihnachtsfeiertag bei sich zu Hause öffnen konnte. Doch auf dem größten Geschenk stand Sadies Name. Sie hatte keine Ahnung, was sich darin befand. Cat hatte sich geweigert, ihr auch nur den kleinsten Hinweis zu geben. Und dann war da noch das kleine, das ihr Adam am Vorabend im Auto in die Hand gedrückt hatte. Der Anblick versetzte ihr einen kleinen Stich ins Herz; wenn sie sich entschied, Daniel eine zweite Chance zu geben, würde es keine weiteren zaghaften Küsse zwischen ihr und Adam geben. Sie würde ihre Beziehung streng beruflich halten müssen, wenn sie die täglichen Fahrten zur und von der Arbeit überleben wollte. Jedes Mal aufs Neue würde sie der Versuchung widerstehen müssen, eine Einladung auf einen Kaffee in seinem Cottage anzunehmen.

Als sie einen Blick aus dem Küchenfenster warf, konnte sie im Dämmerlicht erkennen, dass die Landschaft unter einer dünnen Schneedecke verschwunden war. Lissy würde begeistert sein, wenn sie aufwachte und die weiße Puderzuckerschicht entdeckte, die den Tag in eine schimmernde, zauberhafte Magie hüllte. Eine Frische, die auf neue Anfänge hinzudeuten schien. Doch über alledem lag, genau wie im Haus, absolute Stille.

Wäre es wirklich so schlimm, wieder neben Daniel aufzuwachen, wenn das gleichzeitig bedeutet, Lissy an Weihnachten bei mir zu haben, überlegte sie. Natürlich wäre es das nicht.

Aber was ist mit Adam, meldete sich ihr Herz zu Wort. Und was mit dir?

Am Ende habe ich kaum eine Wahl, dachte Sadie, während sie den Morgenmantel enger um ihren Körper zog. Adam würde Verständnis dafür haben, dass Lissy für sie an erster Stelle stand – genau wie Cat, auch wenn sie die Entscheidung nicht gutheißen würde. Und Daniel hatte ihr in den vergangenen Wochen tatsächlich eine andere Seite gezeigt. Er hatte sich große Mühe gegeben und ihr bewiesen, dass er sich Gedanken um ihre Tochter und sie machte. Sie waren nicht immer unglücklich gewesen, und vielleicht würden sie – nach einer Weile – wieder einen Weg finden, sich zu lieben. In der Zwischenzeit gab es immerhin Lissy, die sie zusammenhalten würde.

In Castle Court wachte Cat mit dem Duft von gebratenem Speck in der Nase auf. Sie streckte sich und sah zur beleuchteten Decke von Sebs Mansardenwohnung hinauf, während sie überlegte, ob sie aufstehen sollte. Doch wenn sie es tat, würden sie vielleicht nicht wieder zurück ins Bett finden, um sich unter den Laken aneinanderzukuscheln. Also blieb sie liegen und wartete darauf, dass Seb mit dem Frühstück zu ihr kam.

Cat fragte sich, ob Sadie ebenfalls schon wach war und wie sie mit dem ersten Weihnachtsmorgen allein zu Hause klarkam. Als sie nach ihrem Handy griff, um ihr zu schreiben, stellte sie fest, dass ihre Freundin ihr zuvorgekommen war. Lächelnd klickte sie Sadies Nachricht an.

Ich verbringe den Tag bei Daniel. Sei mir nicht böse – ich vermisse Lissy einfach zu sehr. Erkläre dir alles, wenn wir uns sehen. Frohe Weihnachten XX

Mit einem frustrierten Knurren ließ Cat ihr Handy auf die Bettdecke fallen. Sie hatte geahnt, dass so etwas passieren würde, von dem Moment an, in dem Sadie ihr erzählt hatte, dass diese Ratte von Daniel plötzlich entschieden hatte, sich zum verdammten Vater des Jahres aufzuschwingen. Warum hatte sich Sadie nicht sofort von ihm scheiden lassen? Immerhin waren die Gründe für die Trennung triftig genug gewesen.

Ein paar Sekunden später schwang die Tür zum Schlafzimmer auf, und Seb erschien mit einem voll beladenen Tablett, auf dem mehrere Teller und zwei dampfende Becher mit Tee standen.

»Frohe Weihnachten«, sagte er und stellte das Tablett auf dem Nachttisch ab. »Über Nacht sind mindestens zwei Zentimeter Schnee gefallen. Vielleicht reicht es sogar für eine Schneeballschlacht …«

»Nein, danke«, sagte Cat gedehnt und stieß im nächsten Moment ein schrilles Quietschen aus, als Seb zurück zu ihr ins Bett sprang. »Deine Füße sind eiskalt.«

Er beugte sich zu ihr hinunter, um sie zu küssen. »Dafür sind meine Lippen warm.«

Cat tat ihr Bestes, alles um sich herum zu vergessen, doch der Gedanke an Sadie ließ sie nicht los.

Nach ein paar Sekunden löste sich Seb von ihr und musterte sie aufmerksam. »Du bist nicht richtig bei der Sache. Was ist los?«

Ohne einen weiteren Kommentar zeigte Cat ihm Sadies Nachricht.

»Aha.« Er ließ sich in die Kissen zurücksinken. »Na ja, ich kann nicht gerade behaupten, dass mich das überrascht.«

»Ich auch nicht«, gab Cat zu. »Und das ist es, was mich am meisten aufregt. Ich bin mir zu achtundneunzig Prozent sicher, dass sie in Adam verschossen ist, aber Daniel hat es irgendwie geschafft, sie davon zu überzeugen, ihm eine zweite Chance zu geben.«

»Du kannst ihr keine Vorschriften machen, wie sie ihr Leben zu leben hat«, merkte Seb an. »Ganz egal, wie viel dir auch daran liegt, sie zu beschützen.«

»Das ist mir auch klar«, sagte Cat und seufzte. »Ich wünschte einfach nur, sie würde Daniel auf dieselbe Art sehen wie ich. Um ehrlich zu sein, bin ich eigentlich davon ausgegangen, dass sie ihn inzwischen durchschaut hat.«

Seb schlang einen Arm um ihre Taille und zog sie an sich. »Gib ihr Zeit. Weihnachten hatte schon immer merkwürdige Dinge mit den Menschen angestellt. Vielleicht hat sie es sich an Neujahr schon wieder anders überlegt.«

Cat warf einen besorgten Blick auf ihr Handy. Sie kannte Sadie gut genug, um zwischen den Zeilen lesen zu können. »Vielleicht. Immerhin steht ja noch deine Party an, und zu der ist Daniel nicht eingeladen. Wer weiß, was passiert, wenn die Uhr zwölf schlägt.«

Er drückte ihr einen Kuss in den Nacken. »Genau. Und in der Zwischenzeit habe ich vor, mich mit den Dingen zu beschäftigen, die Weihnachten mit mir anstellt. Und ich glaube, dafür benötige ich deine Hilfe.«

Widerwillig verdrängte Cat den Gedanken an Sadie in den hintersten Winkel ihres Kopfes. Im Moment konnte sie ohnehin wenig tun. Bis zum zweiten Weihnachtsfeiertag, entschied sie, würde schon nichts Weltbewegendes passieren.

Sie sah Seb tief in die Augen. »Stimmt, du brauchst tatsächlich meine Hilfe«, erklärte sie und verzog die Lippen zu einem verführerischen Lächeln. »Bei der Vernichtung dieses Bacon-Sandwichs.«

Die Fahrt zu Daniel dauerte trotz des Schnees keine zehn Minuten.

Sadie parkte in der Einfahrt und zog den Haustürschlüssel aus ihrer Handtasche, den sie für Notfälle behalten hatte. Natürlich war es möglich, dass Daniel irgendwann die Schlösser hatte austauschen lassen, allerdings glaubte sie nicht ernsthaft, dass ihm so etwas jemals in den Sinn kommen könnte. Und tatsächlich, der Schlüssel ließ sich problemlos ins Schloss schieben und drehen.

Im Flur streifte sie die Stiefel ab und schlich anschließend in Richtung Küche.

»Sadie?« Daniel stand am oberen Ende der Treppe. Er trug einen Bademantel und wirkte gleichzeitig misstrauisch und überrascht. »Was machst du denn hier?«

Sadie holte tief Luft. »Ich habe nachgedacht … über das, was du gesagt hast. Und dabei ist mir klar geworden, dass du recht hast, Lissy steht an erster Stelle. Wenn du es also noch mal versuchen willst …« Sie hielt inne und holte abermals tief Luft. »Wenn du uns wirklich noch einmal eine Chance geben willst, dann möchte ich das auch.«

Augenblicklich hellte sich Daniels Miene auf. Hastig nahm er die ersten Stufen, blieb jedoch abrupt stehen, als Sadie eine Hand hob, um ihn aufzuhalten.

»Ich habe nicht vor, irgendetwas zu überstürzen. Wir werden das Ganze langsam angehen. Lissy und ich wohnen vorerst weiter im Cottage, aber wenn es gut läuft, kannst du vielleicht ab und zu bei uns übernachten oder ich hier.«

»Was immer du möchtest«, sagte Daniel. Seine Stimme zitterte ein wenig. »Wir machen alles so, wie du es dir wünschst. Ich will einfach nur, dass wir wieder eine Familie sind. Du, Lissy und ich.«

Sadie schluckte. »Das … Das möchte ich auch.«

Als er diesmal Anstalten machte, zu ihr hinunterzukommen, wusste sie, dass sie ihn nicht mehr aufhalten konnte. Er würde sie in die Arme schließen.

Doch im selben Moment wurde im ersten Stock eine Tür geöffnet, und kurz darauf war das Tapsen kleiner Füße auf dem Teppich zu hören, das Sadie an diesem Morgen so sehr vermisst hatte.

»Mummy!«, rief Lissy, während sie die Treppe hinunterstürzte, und die Freude in ihrer Stimme vertrieb den letzten Zweifel, den Sadie vielleicht noch in Bezug auf ihre Entscheidung gehabt hatte. »Ich wusste nicht, dass du kommst. Daddy hat gesagt …«

Sadie schlang die Arme um ihre Tochter und schloss die Augen, als sie tief ihren warmen Schlafduft einatmete.

»Ich weiß, aber ich bin zufällig dem Weihnachtsmann über den Weg gelaufen, und er hat mir angeboten, mich mitzunehmen. Ich wollte dich überraschen.«

Lissy löste sich aus ihrer Umarmung und sah mit weit aufgerissenen Augen zu ihrer Mutter auf. »Du bist auf seinem Schlitten mitgefahren? Im Schnee?«

Sadie nickte, kreuzte angesichts ihrer gut gemeinten Lüge jedoch lieber schnell zwei Finger hinter Lissys Rücken. »Das bin ich. Überrascht dich das etwa?«

»Ja. Hat er denn auch dran gedacht, Geschenke vorbeizubringen?«

Sadie lachte. »Bestimmt. Sollen wir zusammen unter dem Weihnachtsbaum nachsehen?«

»Au ja!«, kreischte Lissy, bevor sie den Flur in Richtung Wohnzimmer hinunterrannte.

Sadie wollte ihr folgen, doch Daniel bekam sie am Arm zu fassen und drehte sie zu sich um. Bevor sie etwas sagen konnte, hatte er sie an sich gezogen und ihr einen flüchtigen, aber bestimmten Kuss auf die Lippen gedrückt.

»Ich liebe dich. Ich habe nie aufgehört, dich zu lieben. Das weißt du, oder?«

Sadie zögerte, bevor sie langsam nickte. Solange er nicht erwartete, dass sie dasselbe für ihn empfand, konnte sie damit leben. »Ja.«

Er ließ sie los und warf einen Blick in Richtung Haustür. »Wahrscheinlich sollte ich besser schnell dein Auto in die Garage fahren, bevor Lissy es sieht und herausfindet, dass du eventuell ein kleines bisschen geflunkert hast.«

Ein begeistertes Quietschen aus dem Wohnzimmer gefolgt von Papierrascheln verriet ihnen, dass sich Lissy bereits kopfüber in die Geschenke unter dem Baum gestürzt hatte.

»Daran habe ich gar nicht gedacht«, gab Sadie zu. »Wärst du so lieb?«

»Klar. Alles, was du dir wünschst.«

»Sooo viele Geschenke«, rief Lissy begeistert. »Das ist das allerbeste Weihnachten, das es jemals gab.«

»Da kann ich nicht widersprechen«, sagte Daniel, an Sadie gewandt. »Unter dem Baum liegt auch eine Kleinigkeit für dich. Ich habe es für den Fall besorgt, dass … na ja, du weißt schon.« Sadie öffnete den Mund, um etwas zu entgegnen, doch Daniel ließ sie nicht zu Wort kommen. »Es macht nichts, dass du nichts für mich hast. Jetzt, wo du hier bist, habe ich alles, was ich mir wünsche.«

Sie musterte ihn schweigend, überrascht zu sehen, dass seine Augen feucht schimmerten. »Ich …«

Er schüttelte den Kopf, als ob er sein Glück nicht fassen könne, und lächelte. »Frohe Weihnachten, Sadie.«

Für einen Moment schien die Zeit stillzustehen – bis ein weiterer schriller Begeisterungsschrei aus dem Wohnzimmer ertönte.

Sadie holte tief Luft und brachte ein Lächeln zustande. »Frohe Weihnachten, Daniel.«

Valentinstag in der kleinen Keksbäckerei

Kapitel elf

Es war kaum zu leugnen, rund um Castle Court lag Liebe in der Luft.

Sadie Smart ging an der riesigen Eiche vorbei, die in der Mitte des Platzes stand und über die umliegenden Geschäfte und Restaurants zu wachen schien wie ein König über sein winterliches Reich. Die ersten Strahlen der Februarsonne schoben sich langsam über die Dächer rund um Castle Court, doch der Großteil des Platzes lag noch im Schatten. Allerdings waren die meisten Schaufenster beleuchtet, sodass Sadie auch ohne Sonnenlicht die Kreativität ihrer Geschäftsnachbarn bewundern konnte.

Elin hatte sich mit glänzenden Pralinen in Herzform, die auf einem Bett aus dunkelviolettem Samt ruhten, ganz der Romantik verschrieben. Das Schaufenster der Patisserie Cherie war mit Dutzenden Herzen bemalt und präsentierte dahinter eine Reihe kleiner Köstlichkeiten, die jedem Passanten das Wasser im Mund zusammenlaufen ließen. Das Let's Go Dutch warb mit einem Plakat für seine aktuelle Spezialität – einen Pfannkuchen mit weißer

Schokolade und einer Soße aus frischen Himbeeren. Und selbst die riesige gelbe Busfront des Bus Stop Diners war in ein Liebesnest verwandelt worden. Andrew und Earl hatten ihre Speisekarte dem Anlass angepasst und ihren Bus außerdem mit einer kitschigen rosaroten Lichterkette geschmückt, die zu der passte, die um den Stamm und die Äste der Eiche gewickelt war.

Der heilige Valentin wäre entzückt, schoss es Sadie durch den Kopf, während sie vorsichtig über das frostüberzogene Kopfsteinpflaster ging. Und vielleicht würde sich die magische Atmosphäre auch positiv auf ihr eigenes kompliziertes Liebesleben auswirken. Sie spürte, wie sie bei dem Gedanken automatisch skeptisch die Lippen verzog, doch wie immer heiterte sie der Anblick des Schaufensters von Smart Cookies augenblicklich auf.

Wie alle anderen Geschäfte rund um den Platz setzten auch sie ganz auf Romantik – mit einer Nachbildung der Stadt der Liebe. In ihrem Schaufenster glänzte ein goldgesprenkelter Eiffelturm neben dem Arc de Triomphe, der sich über eine glitzernde Champs-Élysées spannte. Auf der rechten Seite ragte Notre-Dame in die Höhe. An der Promenade der Seine tummelten sich Pudel in Pastelltönen und schwarze Katzen unter zierlich geformten Laternen und grünen Bäumen. Im Inneren des Ladens türmten sich auf den Regalen kleine Dosen und Boxen mit Plätzchen im Stadt-der-Liebe-Design, die Sadie entworfen hatte. Es hatte Cat mehr als eine schlaflose Nacht gekostet, die Kekse so zu formen, dass Sadie sie mithilfe bunten Zuckergusses in eine perfekte Miniaturausgabe der Pariser Sehenswürdigkeiten verwandeln konnte. Aber die harte Arbeit zahlte sich aus. Bis zum Valentinstag war es keine Woche mehr, und die Verkaufszahlen sprachen für sich.

Sadie sonnte sich für einen Moment im Schein ihrer eigenen Kreativität, dann schob sie den Schlüssel ins Schloss und betrat das Geschäft. Wie üblich wurde sie vom warmen Geruch nach Vanille und Zucker empfangen. Cat stand bereits in der Küche und arbeitete die Online-Bestellungen ab, die niemals abzureißen schienen.

»Guten Morgen«, rief Sadie und blieb kurz stehen, um ein paar Ausstellungsstücke auf einem der Tische zurechtzurücken, bevor sie die Treppe ins Untergeschoss hinunterstieg. »Alles unter Kontrolle?«

Cat sah auf. Ihre langen dunklen Locken waren zu einem strengen Pferdeschwanz zurückgebunden, wodurch sie deutlich jünger wirkte als zweiunddreißig. Ihre Nasenspitze war mehlbestäubt.

»Hey, hier ist so weit alles klar.« Sie hielt kurz inne und schüttelte den Kopf. »Außer du zählst eine speziell geschmacklose Bestellung für einen personalisierten Keks mit der Aufschrift ›Leck den hier wie meinen …‹«

»Noch so einer?«, unterbrach Sadie sie hastig. »Mal im Ernst, was ist mit den Leuten los?«

»Es gibt eben solche und solche«, entgegnete Cat und zuckte nur mit den Schultern. »Aber keine Sorge, ich habe zurückgeschrieben, dass wir in diesem Fall leider nicht behilflich sein können. Du musst also gar nicht erst rot werden.« Damit wandte sie sich ab und versenkte die Ausstechform in dem buttrig-blassen Teig auf der Arbeitsfläche.

Sadie fragte sich, ob sie sich die unausgesprochene Kritik hinter den Worten ihrer Freundin nur einbildete. Cat war schon immer sehr viel weniger prüde gewesen als sie selbst, aber sie konnte doch nicht ernsthaft in Erwägung ziehen, Bestellungen anzunehmen, die an Pornografie grenzten. »Es geht nicht nur darum, mir die Schamesröte zu ersparen …«

»Natürlich nicht«, fiel Cat ihr ins Wort, ohne aufzusehen. »So etwas passt nicht zu unserer Marke. Und außerdem ist so ein Spruch alles andere als stilvoll.«

Sadie schenkte ihr ein erleichtertes Lächeln. »Da hast du absolut recht.« Sie warf einen Blick auf die To-do-Liste auf der Tafel an der Wand. »Hast du den Prosecco für die Junggesellinnenparty heute Abend bestellt?«

Ihr erstes Weihnachten in Castle Court war wunderbar und gleichzeitig unglaublich anstrengend gewesen, vor allem, da sie ihre Keksbäckerei gerade erst eröffnet hatten. Im Januar war es dann ruhiger geworden, was Sadie die Möglichkeit gegeben hatte, ihren Plan in die Tat umzusetzen, Workshops und Geburtstagspartys anzubieten. Zunächst hatte es wenig Interesse gegeben, doch langsam, aber sicher kamen immer mehr Anmeldungen herein. Die Party am Abend – ein Junggesellinnenabschied – sollte um halb sieben beginnen.

»Hab ich. Was hat Daniel dazu gesagt, dass es bei dir heute Abend später wird?«

Sadie zögerte mit ihrer Antwort. Sie und Daniel lebten immer noch getrennt, teilten die Kinderbetreuung jedoch untereinander auf. Offenbar hatte Daniel nichts dagegen einzuwenden, Lissy nach ihrer Schul-AG abzuholen, um bis zum Abend auf sie aufzupassen. Aber Sadie hasste es, sich auf ihn verlassen zu müssen. Es fiel ihr noch immer schwer zu glauben, dass er nicht irgendwann wieder in alte Muster verfallen würde: Vater sein, wenn es ihm in den Kram passte, aber bloß nicht zu viel mit der Realität zu tun haben, immerhin konnte sich jederzeit etwas Spannenderes ergeben. Bisher war nichts in der Art passiert, rief sich Sadie zum hundertsten Mal in Erinnerung. Ganz im Gegenteil, Daniel schien die Extra-Zeit, die er mit Lissy verbrachte, sehr zu genießen.

Wahrscheinlich mache ich mir einfach mal wieder zu viele Gedanken, entschied sie, bevor sie an Cat gewandt sagte: »Nichts. Ich glaube, er freut sich, dass unser Laden so gut läuft.«

Cat sah auf und musterte sie mit einem Gesichtsausdruck, den Sadie nicht richtig deuten konnte. »Gut. Ich habe die Plätzchen für später in einen Korb gepackt und hier in den Schrank gestellt. Zwölf Gäste, oder?«

»Ja. Die Braut, ihre Mutter und Schwiegermutter, die Brautjungfern – zumindest die erwachsenen – und ein paar Freundinnen. Ich glaube, sie werden einen Riesenspaß haben.«

»Auf jeden Fall. Ich bin schon gespannt, was du morgen zu berichten hast.«

Sadie sah sie überrascht an. »Morgen? Du bist gar nicht dabei?«

Cat schüttelte den Kopf. »Kleine Planänderung. Seb hat mich zum Essen eingeladen. Aber keine Sorge, du wirst nicht allein sein. Adam vertritt mich.«

»Oh!«, rief Sadie, bevor sie es verhindern konnte. »Aber …« Sie brach ab, als sie spürte, wie sie rot wurde.

Ihre Beziehung zu Adam hatte sich vor Weihnachten langsam in eine Romanze verwandelt, doch seitdem sie beschlossen hatte, Daniel eine zweite Chance zu geben, hatte sie es zu keinen weiteren Annäherungen kommen lassen. Cat machte allerdings kein Geheimnis daraus, dass sie Adam lieber an Sadies Seite sehen würde, und es hätte sie nicht gewundert, wenn ihre Freundin nach wie vor versuchte, sie einander wieder näherzubringen.

»Aber was?«, fragte Cat und hob fragend eine Augenbraue. »Du kannst die Party unmöglich alleine schmeißen, und ich wette, dass Adam bei unseren Junggesellinnen besonders gut ankommen wird.«

Und genau da liegt ein weiteres Problem, dachte Sadie, auch wenn sie es Cat gegenüber niemals zugegeben hätte. Was, wenn sich eine der Gäste im beschwipsten Zustand an Adam ranmachte? Oder er sogar auf den Flirt einging? Sie wäre gezwungen, danebenzustehen und zuzusehen in dem Wissen, dass es nichts gab, was sie dagegen tun konnte.

»Wahrscheinlich hast du recht«, sagte sie und versuchte,

dabei möglichst neutral zu klingen. »Mir wäre es nur lieber gewesen, du hättest das mit mir abgesprochen. Vielleicht wäre Clare die bessere Wahl gewesen. Sie ist wirklich gut im Verzieren.«

In den vergangenen Wochen hatte Clare ihr künstlerisches Talent für die detaillierten Designs unter Beweis gestellt, die mittlerweile zu ihrem Markenzeichen geworden waren. Inzwischen verließ sich Sadie voll und ganz auf ihre Unterstützung, um die vielen Bestellungen, die sie jeden Tag erreichten, rechtzeitig fertig zu bekommen. Adam dagegen konnte mit seinem natürlichen Charme punkten, und Sadie war vollkommen klar, dass sein Lächeln und die Grübchen eine ganz besondere Wirkung auf ihre weiblichen Kunden hatten.

»Clare hat heute ihren freien Tag«, bemerkte Cat. »Außerdem bist du diejenige, die den Mädels das Verzieren beibringt. Adam ist nur als Unterstützung dabei.«

Sadie seufzte. Es gab wenig, was sie dagegen einwenden konnte.

»Vielleicht nimmst du heute Abend nach der Party zur Abwechslung mal wieder den Umweg nach Hause«, schlug Cat unschuldig vor. »Ich meine, um die Staus auf der direkten Strecke zu umgehen.«

Sadie bedachte ihre Freundin mit einem strengen Blick. Wenn sie noch eine Bestätigung gebraucht hatte, dass Cat versuchte, sie zu verkuppeln, dann hatte sie sie ihr gerade geliefert. »Vor neun kommen wir hier nicht raus. Da gibt's keine Staus mehr.«

Cat schüttelte den Kopf. »Dir fehlt es eindeutig an Fantasie. Wie oft hat Daniel dich angelogen, als er seine Affäre hatte?«

»Drei Dinge«, sagte Sadie gepresst. »Erstens habe ich keine Affäre. Und zweitens hasse ich es zu lügen. Und … und drittens …« Mühsam versuchte sie den Kloß herunterzuwürgen, der sich in ihrem Hals gebildet hatte. »Und drittens habe ich sehr wohl Fantasie.«

Doch Cat zeigte sich vollkommen unbeeindruckt. »Du arbeitest zu viel, Sadie. Wann hast du dir das letzte Mal Zeit für dich genommen und dich ein bisschen gehen lassen?« Als Sadie den Mund öffnete, hielt sie eine Hand in die Höhe, um sie davon abzuhalten, sie zu unterbrechen. »Hör zu, ich weiß, dass du Adam magst. Und er mag dich. Ihr seid Freunde. Es gibt also keinen Grund, aus dem ihr auf der Fahrt nach Hause nicht einen Stopp bei einem gemütlichen kleinen Pub einlegen könntet, um euch nach einem anstrengenden Tag ein wenig zu unterhalten. Als *Freunde.*«

Das Problem lag darin, dass eins zum anderen führen könnte oder zumindest dazu, dass Sadie sich ein weiteres Treffen wünschte, und bevor sie sich versah, würde es kompliziert werden. Vielleicht war es also gar nicht so schlecht, wenn Adam mit einer der Junggesellinnen flirtete – immerhin würde Cat dann endlich aufhören, sie zu etwas zu verführen, das nur in einer Katastrophe enden konnte.

»Ich bin durchaus in der Lage, mir meine Freunde selbst auszusuchen, vielen Dank«, sagte sie und wandte sich dem

Schrank zu, in dem sie die Utensilien zum Verzieren der Plätzchen aufbewahrte.

Einen Moment lang herrschte Stille, bevor Cat sagte: »Du darfst glücklich sein. Wenn du dich bei dem Gedanken, Daniel eine zweite Chance zu geben, nicht wohlfühlst, dann solltest du es auch nicht tun.«

»Ich fühle mich aber wohl«, fuhr Sadie sie an. »Und selbst wenn nicht, Lissys Glück ist wichtiger als meins.«

»Lissy ist glücklich, wenn du glücklich bist«, sagte Cat fest. »Benutz sie nicht als Ausrede, nur weil du Angst hast, dass dir ein weiterer Mann das Herz brechen könnte.«

Wütend starrte Sadie sie an. »Wenn du Adam so gerne magst, warum gehst du dann nicht mit ihm aus? Hör verdammt noch mal auf, mir vorzuschreiben, wie ich mein Leben zu leben habe, okay?« Sadie bereute ihre Worte, kaum dass sie ihren Mund verlassen hatten, doch da war es bereits zu spät. Cats Miene wurde hart.

»Alles klar. Die Nachricht ist angekommen. Laut und deutlich.«

»Cat …«

»Schon okay, du hast recht«, sagte Cat, während sie die Ausstechform mit mehr Kraft als nötig in den Teig drückte. »Es geht mich nichts an.«

Eisiges Schweigen legte sich über die Küche.

Sadie starrte Cat noch einen Moment länger an, bevor sie begann, den ersten Zuckerguss anzurühren. Cat hat eine Grenze überschritten, dachte sie, während sie die weiche weiße Zuckermasse mit mehr Kraft umrührte als normalerweise. Es ging sie tatsächlich nichts an. Aber das bedeutete nicht, dass sie in gewisser Weise nicht trotzdem recht hatte. Es war tatsächlich ziemlich lange her, dass Sadie etwas unternommen hatte, das nichts mit ihrem Geschäft, Lissy oder Daniel zu tun hatte. Und auch wenn ein Drink mit Adam alles andere als angemessen war, wurde es Zeit, dass sie etwas für sich selbst tat. Denn Cat hatte noch mit einer anderen Sache recht: Wenn sie ganz tief in sich hineinhorchte, das wusste Sadie, würde sie feststellen, dass sie alles andere als glücklich war.

Als Adam im Geschäft eintraf, war Cat gerade unterwegs, um ein paar Besorgungen zu machen, sodass Sadie ein peinlicher vielsagender Blick von ihrer Freundin erspart blieb. Und da der Kundenstrom nicht abriss, hatten Sadie und Adam gerade einmal Zeit für eine rasche Begrüßung, bevor er sich eine Schürze umband und sich hinter die Kasse stellte.

Als Cat zurückkam, nickte sie Adam kurz zu und verschwand ohne ein weiteres Wort an Sadie die Treppe hinunter.

Ein paar Stunden später siegte Adams Neugier. »Hast du dich mit Cat gestritten?«, erkundigte er sich leise bei Sadie.

Sadie hielt kurz in der Bewegung inne, bevor sie weiter die Regale auffüllte, die sich im Laufe des Tages bereits deutlich geleert hatten. »Nein. Warum?«

Er zuckte mit den Schultern. »Ich habe es noch nie erlebt, dass ihr länger als eine Stunde kein Wort miteinander wechselt. Und heute habt ihr euch den ganzen Nachmittag über angeschwiegen.«

Sadie gab sich Mühe, keine schuldbewusste Miene zu machen. »Ach so … Das liegt bestimmt nur daran, dass so viel zu tun ist.«

»Wirklich?« Adam runzelte skeptisch die Stirn. »Sie hat sich den ganzen Tag nicht hier oben blicken lassen, und du bist kein einziges Mal runtergegangen. Mal ganz abgesehen von dem finsteren Gesicht, das du machst. Es fühlt sich ein bisschen so an, als wäre die Treppe eine Art Niemandsland zwischen zwei verfeindeten Lagern.«

Ich hätte wissen müssen, dass ihm die eisige Stimmung zwischen uns nicht entgeht, dachte Sadie, während sie sich innerlich krümmte. Was sollte sie jetzt machen? Immerhin konnte sie ihm schlecht sagen, worum es bei ihrem Streit ging. Es blieb ihr also nichts anderes übrig, als das zu tun, was sie den ganzen Morgen versucht hatte zu vermeiden. Sie musste ihm eine Lüge auftischen.

»Wir sind uns einfach bei einer Sache in Bezug auf den Laden nicht ganz einig«, murmelte sie und gab sich Mühe, dabei einen entspannteren Gesichtsausdruck aufzusetzen. »Keine Sorge, da kommen wir schnell drüber weg.«

»Verstehe«, sagte Adam und nickte nachdenklich, während er mit einem Finger auf das Kassendisplay tippte. Dann räusperte er sich. »Ich habe einen ganz trockenen Hals. Möchtest du auch einen Tee?«

Sadie lächelte. »Ja, gerne.«

Adam schenkte ihr einen reuevollen Blick. »Dummerweise ist gerade die Kassensoftware abgestürzt, und ich muss das System noch mal neu hochfahren. Würde es dir was ausmachen, schnell den Tee zu machen?«

Sadie musste lachen. Der Wasserkocher stand in der Küche im Untergeschoss, was bedeutete, dass sie und Cat zwangsläufig miteinander reden würden. »Bist du schon lange als Friedensbeauftragter der UN unterwegs?«, fragte sie trocken, während sie sich bereits der Treppe zuwandte.

»Seit ungefähr neunzig Sekunden«, antwortete er mit einem Grinsen. »Lass dir Zeit.«

Cat war gerade damit beschäftigt, die Arbeitsfläche sauber zu wischen, als Sadie auf der untersten Treppenstufe stehen blieb. Sie holte tief Luft. »Ich mache Tee. Falls du auch einen möchtest.«

Einen Moment lang befürchtete sie, Cat würde ablehnen, doch dann sah sie auf und nickte. »Okay.«

Während Sadie Wasser aufstellte und die Teebeutel von einem der Regale nahm, überlegte sie fieberhaft, wie sie die merkwürdige Stille brechen könnte, die sich nach Cats knapper Antwort zwischen ihnen ausgebreitet hatte.

Doch als sie nach der Kühlschranktür griff, legte ihr Cat eine Hand auf den Arm. »Es tut mir leid.«

Die Anspannung, von der Sadie noch nicht einmal klar gewesen war, dass sie sie die ganze Zeit über mit sich herumgetragen hatte, löste sich. Erleichtert drehte sie sich zu Cat um. »Und mir tut es auch leid. Ich weiß, dass du mir nur helfen möchtest.«

»Nur dass ich nicht besonders gut darin bin«, erwiderte

Cat mit einem schiefen Lächeln. Dann breitete sie die Arme aus. »Sollen wir das Ganze mit einer Umarmung hinter uns lassen?«

Nach ein paar Sekunden lösten sie sich wieder voneinander. Da sie die Diskussion, die zu ihrem Streit geführt hatte, auf keinen Fall ein zweites Mal ins Rollen bringen wollte, durchforstete Sadie ihr Gehirn nach einem möglichst neutralen Thema.

»Wo gehst du heute Abend mit Seb hin?«

»In ein Restaurant am Kanal. Seb hat gehört, dass die Cocktails dort gut sein sollen, deswegen wollte er den Laden mal ausprobieren.«

Sadie nickte. Die Restaurantwahl der beiden überraschte sie nicht. Seb war dafür bekannt, die Konkurrenz in Chester mit Adleraugen im Blick zu behalten. Auch wenn er sich eigentlich keine Sorgen machen musste; Castle Court war eine der bekanntesten und beliebtesten Food-Locations der Stadt, und seine Bar war gut besucht. Doch Sadie wusste, dass er ein heiß begehrter Bartender gewesen war, bevor er sich in Chester niedergelassen hatte. Und man wurde nicht zu einem der Besten der Besten, indem man sich zurücklehnte und entspannte.

»Und was ist mit dir?«, fragte Sadie mit hochgezogenen Augenbrauen. »Wirst du deine professionelle Kochmütze tragen?«

Cat lachte. »Nein. Ich bin nur an den Cocktails interessiert. Abgesehen davon hat Seb mir erzählt, dass der Restaurantbesitzer ein Freund von Greg ist. Wenn das stimmt, würde es mich nicht wundern, wenn man mir dort irgendein unerwünschtes Extra ins Essen mischt.«

»Oder du bist positiv überrascht, weil der Typ gar nicht für Gregs Team spielt.«

Cat tippte sich mit einem Finger an die Schläfe. »Kann schon sein, aber ich glaube, ich werde zuerst mal meine Fühler ausstrecken, indem ich genau hinsehe, was mir in den Drink gemischt wird. Das Essen spar ich mir fürs nächste Mal auf.«

Als Sadie zehn Minuten später wieder die Treppe ins Erdgeschoss hinaufstieg, verzog Adam keine Miene.

»Danke«, sagte er, als sie ihm eine dampfende Tasse Tee in die Hand drückte. Ein Dutzend Lachfältchen grub sich in die Haut um seine Augen. »Ist der Frieden wiederhergestellt?«

»Das ist er«, gab Sadie mit einem widerwilligen Lächeln zu. »Danke.«

Er nippte an seinem Tee. »Bedank dich nicht bei mir, sondern beim Tee.«

Ihr Lächeln wurde breiter. »Aber es war deine Idee.«

»Das hättet ihr auch ohne mich hinbekommen. Ich habe den Prozess nur zum Wohle des Stocks beschleunigt.«

Sadie starrte ihn verständnislos an. »Des Stocks?«

»In einem Bienenstock arbeitet jede Biene für das Wohl der Gemeinschaft«, erklärte Adam. »Es ist im Interesse jeder einzelnen Biene, dass alles rundläuft. Tatsächlich ist es sogar so, dass sich die Arbeitsbienen zum Wohle aller zu Tode schuften.«

Endlich fiel bei Sadie der Groschen. Beinahe hätte sie vergessen, dass Adam selbst Bienenzüchter war. Seit er die Lagerbestände aus dem letzten Sommer abverkauft hatte, waren bereits einige Wochen vergangen.

»Okay, aber so weit müssen die Arbeiter in unserem Stock nicht gehen«, erwiderte sie fröhlich. »Ich bin dir trotzdem sehr dankbar, dass du heute Abend länger bleibst, um mich bei der Junggesellinnenparty zu unterstützen.«

Adam winkte verlegen ab. »Kein Problem. Ich würde dich doch niemals im Stich lassen.« Er verschränkte die Finger und bog sie nach außen, als würde er sie dehnen. »Abgesehen davon warte ich schon die ganze Zeit auf eine Gelegenheit, mein Können unter Beweis zu stellen. Wer weiß, was für unentdeckte Talente noch in mir schlummern.«

»Ja, wer weiß«, stimmte Sadie ihm mit einem amüsierten Grinsen zu. »Ich werde dir alles beibringen, was ich kann.«

Er sah ihr tief in die Augen. »Ich glaube, das würde mir gefallen.«

Unwillkürlich musste Sadie an Cats Vorschlag mit dem Pub denken.

Kapitel zwölf

Von dem Moment an, als die Junggesellinnentruppe den Laden betrat, war Sadie klar, dass sie alle Hände voll zu tun haben würden. Sie hatte angenommen, dass Smart Cookies die erste Station der zwölf Frauen war, doch da zumindest ein paar der Teilnehmer bereits einen leicht schwankenden Gang hatten, ging sie davon aus, dass die Party bereits vor einiger Zeit begonnen hatte. Und der Atem der großen blonden Frau Anfang dreißig in teuren Designerklamotten, die offensichtlich das Kommando über die Truppe hatte, roch unverkennbar nach Wacholder.

»Sorry, dass wir ein bisschen spät dran sind«, sagte sie zu Sadie. Das Lallen in ihrer Stimme war nicht zu überhören. »Irgendwie sind wir im letzten Pub aufgehalten worden. Die Leute haben uns einen Drink nach dem anderen spendiert.«

Sadie ließ möglichst unauffällig den Blick über die Gruppe schweifen, um sich zu vergewissern, dass keine der Frauen allzu betrunken war. Die Braut war nicht schwer auszumachen. Sie trug einen weißen Schleier, auf dem in leuchtend pinken Buchstaben »Braut« stand. Zwei der Frauen waren deutlich älter als die anderen, Sadie nahm an, dass es sich dabei um die Mutter und Schwiegermutter der Braut handelte. Eine von den beiden sah sich interessiert im Laden um, während die andere Adam fixierte. Allerdings schlief die Konkurrenz nicht. Auch einigen der jüngeren Junggesellinnen schien er bereits aufgefallen zu sein.

Sadie schluckte das Seufzen, das in ihrer Kehle aufstieg, herunter und zwang sich zu einem professionellen Lächeln. Es standen ihnen zwei lange Stunden bevor. »Kein Problem«, beruhigte sie die blonde Frau. »Sie können Ihre Jacken bei Adam abgeben. Dann nehme ich Sie mit nach unten und zeige Ihnen alles.«

»Ich würde ihm liebend gerne mehr geben als nur meine Jacke«, sagte eine dunkelhaarige Frau mit kokettem Lächeln, während sie sich aus ihrem pflaumenfarbenen Mantel schälte. »Na, wie wär's, Adam?«

Adam hustete verlegen und warf Sadie einen Hilfe suchenden Blick zu. Seine Wangen standen in Flammen. »Ich … äh …«

»Ich fürchte, Adam steht heute Abend nicht auf der Karte, Ladys«, rief Sadie beschwingt. »Aber macht euch keine Sorgen, dafür haben wir jede Menge anderen Spaß für euch geplant.«

Die dunkelhaarige Frau zwinkerte Adam zu. »Das werden wir ja sehen.«

Adam brachte ein verlegenes Grinsen zustande, während ihm der Rest der Junggesellinnen Jacken und Mäntel in die Hand drückte und einen unanständigen Witz nach dem anderen riss.

Sadie winkte der Gruppe zu und wandte sich ab, um die Treppe hinunterzugehen. Als sie an Adam vorbeikam, fasste er sie kurz am Arm.

»Lass mich bloß nicht mit denen allein, okay?«, raunte er ihr zu.

Sadie sah zu ihm auf. Ihm stand noch immer die Panik ins Gesicht geschrieben, und ihr war klar, dass der Satz kein Scherz von ihm war. Als hinter ihr schrilles Gelächter zu hören war, drehte sie sich um und sah, wie die zukünftige Braut mit einer aufblasbaren Männerpuppe rang, sodass die Präsentationstische um sie herum bedenklich wackelten. »Glaub mir, das werde ich nicht«, antwortete sie Adam mit finsterer Miene.

Als endlich alle im Untergeschoss angekommen waren und an einem der langen Tische saßen, verteilte Sadie gestärkte weiße Schürzen und Namenssticker. Wie sich herausstellte, hieß die Braut Elle, ihre Mutter Lois und die dunkelhaarige Frau, die sich gleich zu Anfang an Adam rangemacht hatte, Melinda. Mr. Aufblasbar erhielt ebenfalls einen Sticker mit der Aufschrift Roger, und Sadie hegte bereits die Befürchtung, dass er zum Ende des Events in klebrigen Zuckerguss gehüllt sein würde.

Sie zwang sich zu einem beschwingten Lächeln. »Bevor wir anfangen, hat irgendjemand Lust auf etwas Warmes? Wir haben Tee, Kaffee und heiße Schokolade im Angebot.«

Die Anführerin der Brautjungfern – Kate – runzelte die Stirn. »Ich dachte, hier gibt's was Prickelndes. Ich bin mir sicher, dass auf der Website was von Prosecco stand.«

So viel zu dem Versuch, sie auszunüchtern, dachte Sadie.

»Ja, klar. Ich wollte euch nur die Wahl überlassen. Adam, wärst du so nett?«

Adam verschwand in der Küche, und einen Moment später hörte Sadie das Klirren von Gläsern, gefolgt von einem gedämpften Ploppen, als er den Korken aus der Flasche zog.

»Hört sich an, als würde da jemand in Partystimmung kommen«, rief Melinda und verrenkte sich beinahe den Hals in dem Versuch, einen Blick auf Adam zu erhaschen. »Sag Bescheid, wenn du Hilfe brauchst, Adam.«

Sadie räusperte sich und setzte sich ans Kopfende des Tisches. »Wie ihr sehen werdet, habe ich einige verschiedene Zuckerguss-Farben vorbereitet. Wir brauchen für jedes Plätzchen zwei verschiedene Arten von Zuckerguss. Einen, um die Form vorzugeben, und einen zum Ausfüllen.« Sie griff in die Kiste, die vor ihr auf dem Tisch stand, und gab die erste Runde Kekse aus. Es handelte sich um ein einfaches Quadrat. »Das wird ein Ehe-Führerschein für unsere zukünftige Braut.« Sie wählte eine Spritztüte mit weißem Zuckerguss aus und umrandete damit das Plätzchen, wobei sie der Gruppe ihre Technik erklärte. »Und jetzt seid ihr dran.«

Das Geschnatter verstummte, während die Frauen versuchten nachzumachen, was Sadie ihnen gezeigt hatte.

Sie stieß ein erleichtertes Seufzen aus, vielleicht würde der Abend doch nicht so wild werden, wie sie zuerst befürchtet hatte. »Okay, prima. Die lassen wir jetzt erst mal ein paar Minuten trocknen. In der Zeit machen wir mit den nächsten Keksen weiter – ein Hoch auf das zukünftige Ehepaar.« Sie nahm ein rundes Plätzchen und rahmte es mit einer geschwungenen Linie ein.

»Wenn das wirklich so einfach ist, wie es aussieht, könnte ich dir ein paar davon als Gastgeschenke machen«, sagte Lois zu ihrer Tochter.

»Die bekommt ihr sicherlich hin«, ermutigte Sadie sie, während Adam vor jedem der Gäste ein Glas Prosecco abstellte.

Nachdem alle ihre Kekse mit einer Wellenlinie umrandet hatten, zeigte Sadie den Frauen, wie sie den Ehe-Führerschein mit fuchsiarotem Zuckerguss ausfüllen konnten.

Melinda war die Einzige, die sich für das Geschehen am Tisch überhaupt nicht zu interessieren schien. Sadie ertappte sie mehr als einmal dabei, wie sie einen Blick zu Adam hinüberwarf. Sie hatte ihr Glas bereits nach ein paar Minuten ausgetrunken und hob es an, um Adams Aufmerksamkeit zu erregen. »Wie wäre es mit Nachschub?«

Adam sah unsicher zu Sadie hinüber, die ihm kaum merklich zunickte. Das Letzte, was sie gebrauchen konnten, war eine beleidigte Melinda, die eine große Szene machte und damit allen anderen den Abend verdarb.

Nachdem auch die runden Kekse ausgefüllt waren, nahm Sadie eine Spritztüte mit rotem Zuckerguss in die

Hand, in die sie vorne ein winziges Loch geschnitten hatte. »Jetzt fügen wir noch die Initialen des Brautpaars hinzu. Buchstaben sind gar nicht so leicht zu schreiben, deswegen empfehle ich euch, erst mal auf dem Backpapier zu üben.«

Sie war nicht überrascht, als Melinda ihren eigenen Namen neben Adams schrieb. »Siehst du?«, sagte die dunkelhaarige Frau mit einem Augenzwinkern in Adams Richtung. »Wir beide geben ein süßes Pärchen ab.«

Er rang sich ein unverbindliches Lächeln ab und senkte schnell den Blick.

Das wird das letzte Mal sein, dass er sich freiwillig bereit erklärt, bei so etwas auszuhelfen, dachte Sadie. Und wer konnte es ihm verübeln? Melinda hegte mit ihren wenig subtilen Flirtangriffen ganz sicher keine bösen Absichten, aber es war nicht zu übersehen, dass Adam sich mehr als unwohl fühlte. Sadie war froh, als sie beim letzten Design für den Abend angelangt waren. Ein Selbstporträt jeder der teilnehmenden Frauen in ihrem Kleid für die Hochzeit.

Melinda wandte sich zu Roger um. »Mir ist aufgefallen, dass dir untenrum was fehlt«, säuselte sie und griff nach einem Spritzbeutel mit rosafarbenem Zuckerguss. »Vielleicht kann ich dir da aushelfen.«

»Das würde ich an deiner Stelle lieber lassen«, bemerkte Sadie. »Die Plätzchen, die ihr bemalt habt, kommen zum Trocknen in den Backofen. Ich fürchte, dort würde Roger schmelzen.«

Melinda sah auf. »Habt ihr keinen Fön?«

»Nein, bisher haben wir noch keinen gebraucht«, gab Sadie trocken zurück.

»Dann bleibt er eben feucht«, sagte Melinda und kniff die Augen zusammen.

Sadie zuckte mit den Schultern. »Das überlasse ich euch. Allerdings muss ich dich warnen, dass er am Ende des Abends vermutlich ziemlich klebrig sein wird.«

»Kein Problem.« Melinda sah sich in der Runde um. »Was meint ihr, soll ich Roger einen großen, dicken …«

»Das ist eine bescheuerte Idee, Melinda«, unterbrach Elle sie. »Keine von uns hat Lust, von oben bis unten mit Zuckerguss vollgeschmiert zu sein.«

»Wir könnten dich dazu zwingen, ihn abzulecken«, sagte Melinda stur, noch nicht bereit, ihre vermeintlich großartige Idee aufzugeben. »Was ist das bitte für ein Junggesellinnenabschied, wenn wir nicht ein bisschen Spaß haben?«

Lois drohte ihr scherzhaft mit dem Finger. »Jetzt mal ehrlich, du bist vollkommen verrückt. Hier leckt niemand irgendetwas von irgendjemandem ab. Leg Roger weg und sieh zu, dass du deinen Keks fertig bekommst.«

Nachdem die Frauen alle Plätzchen verziert hatten, platzierten Sadie und Adam sie auf Backblechen und schoben sie zum Trocknen in den Ofen. Adam füllte die Prosecco-Gläser auf und holte die Kanapees, die Cat am Nachmittag vorbereitet hatte. Sadie bot an, ein paar Fotos zu machen, woraufhin Melinda versuchte, Adam zu überreden, mit ihr zu posieren, doch er entschuldigte sich schnell, um nach den Keksen zu sehen.

»Sie ist auf jeden Fall wild entschlossen«, raunte Sadie ihm zu, als er an ihr vorbei in die Küche flüchtete.

Er warf ihr einen gequälten Blick zu. »So könnte man es auch ausdrücken.«

Endlich war es Zeit für die Gruppe zu gehen. Während Sadie die Kekse behutsam in mehrere Geschenkdosen stapelte, fragte sie sich besorgt, wie viele der sorgfältig bemalten Plätzchen den Abend tatsächlich überleben würden. Ganz zum Schluss packte sie einen separaten Karton, in dem sie Elle einen personalisierten Keks mit ihrem Namen und dem ihres zukünftigen Ehemanns überreichte.

Melinda gab sich noch immer Mühe, Adams Aufmerksamkeit auf sich zu lenken, und startete einen letzten Flirtversuch, indem sie ihn einlud, sie zum nächsten Event des Abends zu begleiten. »Du könntest unser Ehren-Junggeselle sein«, sagte sie und hakte sich bei ihm unter.

Adam befreite sich aus ihrem Griff und trat hastig einen Schritt zurück. Sein Gesichtsausdruck wirkte beinahe schon panisch. »Nein, danke.«

»Ich fürchte, Adam und ich haben noch zu tun«, sagte Sadie betont locker, bemüht, sich ihre Verärgerung nicht anmerken zu lassen.

Melindas Augen wurden immer größer, als sie zwischen den beiden hin- und hersah. »Oh … Ihr seid ein Paar? Das war mir nicht klar.«

»Nein, da ist …«, begann Adam, doch Sadie erkannte die Chance, Melinda endlich zum Schweigen zu bringen, und unterbrach ihn.

»Na ja, eigentlich hängen wir das nicht gerne an die große Glocke«, sagte sie und nahm Adams Hand. »Wir halten Berufs- und Privatleben streng getrennt.«

Als Melinda sich zu ihr vorbeugte, streifte Sadie ihr strenger Alkohol-Atem. »Ach wirklich?«, sagte sie leise. »An deiner Stelle würde ich da überhaupt nichts trennen.«

Es gab absolut nichts, was Sadie hätte sagen können, das sie und Adam nicht in größte Verlegenheit gebracht hätte, also begnügte sie sich mit einem – so hoffte sie jedenfalls – vielsagenden Lächeln und einer Floskel. »Noch einen schönen Abend, Melinda.«

Erst nachdem sie die Ladentür abgeschlossen und das Schild auf »Geschlossen« gedreht hatte, erlaubte sich Sadie, einen tiefen Seufzer der Erleichterung auszustoßen.

»Okay«, sagte sie und lehnte sich mit dem Rücken gegen die Glastür, um Adam anzusehen, »das wäre geschafft.«

Adam fuhr sich mit einer Hand über das Gesicht und lachte unsicher. »Hättest du gedacht, dass sie so …«

»So unverschämt sein würden?«, beendete Sadie die Frage für ihn.

»Ich wollte eigentlich betrunken sagen, aber unverschämt trifft es auch ziemlich gut.«

Sadie schüttelte den Kopf. »Ehrlich gesagt bin ich davon ausgegangen, dass eine Junggesellinnentruppe, die einen Kurs bei uns bucht, weiß, was sie hier erwartet.« Sie machte eine kurze Pause. »Und um fair zu bleiben, die meisten von ihnen waren ja wirklich in Ordnung. Gott sei Dank.«

Er warf ihr einen unsicheren Blick zu. »Hast du vor, in Zukunft mehr solcher Partys zu veranstalten?«

»Keine Sorge, bei der nächsten bitte ich dich nicht noch mal um deine Hilfe«, sagte Sadie mit einem mitleidigen Lächeln. »Und jetzt lass uns schnell sauber machen und zusehen, dass wir hier rauskommen.«

Sie arbeiteten Seite an Seite, spülten die Gläser und entsorgten die Zuckerguss-Reste. Sadie wischte die Tische sauber, während Adam die leeren Flaschen einsammelte.

Er hielt eine von ihnen in die Höhe. »Kannst du glauben, dass sie insgesamt *acht* von denen getrunken haben?«

Sadie lachte. »Auf jeden Fall haben sie dafür gesorgt, dass wir jetzt auf dem Trockenen sitzen. Eine weitere Lehre fürs nächste Mal: genug Prosecco auf Lager haben.«

»Schade, dass nichts mehr übrig ist«, sagte Adam, während er die Flaschen in einen leeren Karton stellte. »Ich könnte ein Glas vertragen.«

Sadie schoss wieder einmal Cats Vorschlag mit dem Pub durch den Kopf, doch sie schob ihn energisch beiseite. Das Letzte, was Adam heute gebrauchen konnte, war, sich verpflichtet zu fühlen, mit seiner Chefin etwas trinken zu gehen. »Tut mir leid. Ich wünschte, wir hätten irgendwas hier, immerhin schulde ich dir mindestens einen Drink.«

»Was für ein Quatsch, du hast doch nichts falsch gemacht. Ganz im Gegenteil, du warst großartig. Die Mädels hatten richtig viel Spaß – von Melinda mal abgesehen, aber ich glaube, die war einfach auf der falschen Party. Sie hat jeden Moment damit gerechnet, dass ein nackter Butler oder Magic Mike in der Küche auftaucht.«

Bei seinen Worten bemerkte Sadie, dass sie sich plötzlich ausmalte, wie Adam wohl nackt aussehen würde. Mit einem energischen Blinzeln versuchte sie das Bild zu vertreiben und schickte ein stummes Stoßgebet zum Himmel, dass sie nicht halb so erregt aussah, wie sie sich fühlte. »Solange sie uns keine schlechte Bewertung auf der Website hinterlässt …«

Es war kurz nach neun, als sie alles aufgeräumt und geputzt hatten, und mit einem Mal spürte Sadie den langen Tag in jedem Knochen. Als sie den Mund zu einem herzhaften Gähnen öffnete, machte Adam es ihr keine Sekunde später nach.

»Definitiv Zeit, nach Hause zu fahren«, bemerkte Sadie, als sie sich angrinsten.

Wie sie bereits vermutet hatte, war um diese Zeit auf den Straßen kaum etwas los. Wie immer unterhielten sie sich ununterbrochen, bis Sadie das verheißungsvolle Leuchten des Eingangsschilds zum Cheshire Cat Pub am Rand der Straße sah. Wenn sie doch einfach davor parken und hineingehen könnten. An einem kalten Februarabend wie diesem würde drinnen ganz sicher ein Feuer im Kamin prasseln, und mit ein bisschen Glück wären vielleicht sogar zwei Ledersessel direkt davor frei.

Sie musste unbewusst langsam gefahren sein, denn auf einmal hielt Adam mitten im Satz inne und sah sie fragend an. »Ich wäre für einen Drink zu haben.«

Sadie warf einen Blick auf die Digitalanzeige am Armaturenbrett. 21.17 Uhr. Lissy schlief schon seit mindestens zwei Stunden, und Daniel schnarchte vermutlich bei laufendem Fernseher auf dem Sofa. Es gab keinen Grund, sich zu beeilen. Sie konnte sich leicht eine halbe Stunde mit Adam stehlen. Die Versuchung war groß …

Widerwillig schüttelte sie den Kopf und gab sanft Gas. »Ich kann nicht. Tut mir leid.«

Adam schenkte ihr ein schiefes Lächeln. »Ich verstehe.«

Auf einmal fühlte es sich an, als würde die Luft im Auto vor ungesagten Worten summen. Sie erinnerte sich noch gut an seinen Gesichtsausdruck, als sie ihm steif und in abgehackten Sätzen, von denen sich keiner richtig anfühlte, erklärt hatte, dass sie und Daniel es noch einmal miteinander versuchen würden. Auch damals hatte er geschwiegen, doch sein Blick hatte mehr gesagt als tausend Worte. Das Schweigen an diesem Abend war dagegen aufgeladener, und Sadie war sowohl erleichtert als auch enttäuscht, als sie in die Auffahrt zu Adams Cottage am Rande von Waverton Farm bog.

»Nacht«, sagte Adam, als er ausstieg. »Bis morgen.«

»Gute Nacht. Und danke noch mal.«

Ohne sich noch einmal umzudrehen, ging er den Weg zur Haustür hinauf, während Sadie gegen den plötzlichen Drang ankämpfte, ihm hinterherzurufen.

Hastig drückte sie das Gaspedal durch und lenkte den Wagen zurück auf die Straße. Daniel wartete auf sie, schlafend oder nicht. Lissy und Daniel. Ihre Familie.

Kapitel dreizehn

Cat konnte nicht schlafen. Ein paar Minuten lag sie wach, lauschte Sebs tiefen, ruhigen Atemzügen und versuchte, sich nicht zu bewegen – es war vollkommen überflüssig, dass sie beide um 3.16 Uhr in der Nacht wach lagen. Zumindest solange es keinen guten Grund dafür gab. Und den gab es definitiv nicht. Im Gegenteil: Ihr Job brachte es mit sich, dass sie bereits am frühen Morgen in der Küche von Smart Cookies stand, um zu backen, was bedeutete, dass sie häufig schon um zehn Uhr abends zu gähnen begann. Als sie und Seb sich um kurz vor elf vom Restaurant am Kanal auf den Weg nach Hause gemacht hatten, war sie auf jeden Fall müde genug gewesen.

Das Restaurant selbst war nicht das Problem. Der Besuch war deutlich angenehmer gewesen als erwartet. Sie begann sich langsam an die Tatsache zu gewöhnen, dass Seb so etwas wie eine lokale Berühmtheit war. Wo sie auch hingingen, liefen sie einer Horde zumeist weiblicher Fans in die Arme. Cat störte sich nicht an den Augenaufschlägen und offensichtlichen Flirtversuchen, solange

Seb hinter der Bar stand – es war Teil seiner Rolle, die er als Bartender spielte –, aber es ärgerte sie, wenn sie miteinander ausgingen und seine Verehrerinnen so taten, als wäre sie gar nicht da. Obwohl Seb die Annäherungsversuche freundlich, aber deutlich abgewiesen hatte, hatten sich zwei Frauen davon nicht entmutigen lassen und immer wieder Blicke zu ihm herübergeworfen, was Cat dazu veranlasste, ihn zu fragen, ob er sich sicher fühlte, solange sie auf der Toilette war. Doch nichts davon war der Grund für ihre Schlaflosigkeit, entschied Cat, während sie an Sebs Decke starrte.

Schließlich schluckte sie ein frustriertes Seufzen hinunter, schwang die Beine aus dem Bett und stand auf. Vielleicht half ihr eine Tasse warme Milch.

Die Küche in Sebs Mansardenwohnung unter dem Dach war winzig klein. Nicht zum ersten Mal fragte sich Cat, wie er es schaffte, dort irgendetwas zu kochen.

»Sie hat alles, was ich brauche«, hatte er beteuert, als Cat zum ersten Mal Zweifel geäußert hatte, dass er in dem winzigen Raum etwas anderes als Toast zustande bringen könne. »Klein, aber fein.«

Cat machte ein wenig Milch warm und trug den Becher anschließend in das vollgestopfte Wohnzimmer, in dem ein kleines Fenster mit einem davor eingelassenen Sitz, den Seb mit einem Dutzend Kissen gepolstert hatte, den Blick aus der Vogelperspektive auf den Platz freigab.

Als sie in den Himmel hinaufsah, erschien er ihr zunächst tiefschwarz, doch nach ein paar Minuten stellte sie fest, dass sich hinter der Dunkelheit ein wunderschönes Indigoblau verbarg. Die Nacht war sternenklar, und sie meinte beinahe, die klirrende Kälte zu spüren, die draußen herrschte. Die Temperaturen würden am Morgen wieder deutlich unter null liegen, vermutete sie und kuschelte sich tiefer in Sebs Fleece-Bademantel. Sie würde das Haus verlassen, bevor sich der frostige Nebel verzogen hatte, um für die Bestellungen, die täglich hereinkamen, vorzubacken.

Ihr fiel der Junggesellinnenabschied wieder ein, um den sich Sadie und Adam am Vorabend hatten kümmern müssen, und sie fragte sich, wie die Veranstaltung gelaufen war. Sie war sich sicher, dass Sadie alles im Griff gehabt und sich gut um ihre Kunden gekümmert hatte, ganz egal wie sehr die Party nach den ersten Gläsern Prosecco ausgeartet war. Und vielleicht hatte die Zeit, die sie mit Adam verbrachte, ihr dabei geholfen einzusehen, dass eine Wiederbelebung der Beziehung mit Daniel nicht das Richtige war. Auch wenn Sadie glaubte, dass Lissy ihren Vater brauchte.

Cat war nicht entgangen, wie sehr ihre Freundin bei ihrer gemeinsamen Anstrengung, Smart Cookies aus der Taufe zu heben, aufgeblüht war. Sie wollte unbedingt verhindern, dass Sadies neu gefundenes Selbstbewusstsein wieder in der Versenkung verschwand. Und solange Daniel nicht eine Hundertachtziggradwende vollzogen hatte, standen die Chancen ziemlich gut, dass er sich die Sadie zurückwünschte, die sie einmal gewesen war: eine sehr viel zurückhaltendere, leisere und weniger selbstsichere Version ihrer selbst. Eine Ehefrau, die jederzeit bereit war, ihre eigenen Wünsche und Bedürfnisse zugunsten ihrer Familie zurückzustellen.

Cat stützte das Kinn auf die angezogenen Knie und vergrub die nackten Zehen unter einem der Kissen, während sie nachdenklich an ihrer Milch nippte. Es war nicht so, dass Sadie weniger motiviert wirkte, aber schon jetzt merkte sie eindeutig, dass Daniel Druck auf sie ausübte, um ihm mehr Zeit in ihrem Leben einzuräumen. Was bedeutete, dass sie ihr Arbeitspensum bereits zurückgefahren hatte und sich immer mehr auf Clares Hilfe verließ. Solange niemand krank wurde und keine Katastrophe wie eine Kündigung eintrat, war das weiter kein Problem, doch wenn Cat in den Jahren der Sechzehnstundentage als Chefköchin eines gelernt hatte, dann, dass man sich nie zu sehr auf sein Personal verlassen sollte. Es war wichtig, immer einen Notfallplan in der Hinterhand zu haben, und vielleicht war es an der Zeit, dass Smart Cookies wuchs. Nicht nur im Hinblick auf weitere Mitarbeiter im Laden, sondern auch in der Küche. Es war keine Option, dass sie sich in ihrem eigenen Laden bis zum nächsten Burn-out kaputtschuftete, wie sie es bereits in Paris getan hatte. Dort hatte sie immerhin die Möglichkeit gehabt zu kündigen, bei ihrem Geschäft mit Sadie war das nicht möglich. Sie hatten beide eine Menge Geld in die Keksbäckerei gesteckt. Es stand viel auf dem Spiel. Mehr Angestellte bedeuteten auch höhere Ausgaben, doch die Investition würde sich hoffentlich auszahlen, wenn ihr Geschäft weiter wuchs.

Cat rieb sich müde die Stirn. In mancher Hinsicht war es sehr viel einfacher gewesen, eine Restaurantküche zu führen, selbst eine, die dem dritten Michelin-Stern hinterherjagte. Seit der Eröffnung von Smart Cookies fühlte sich die Verantwortung, die auf ihren Schultern lastete, sehr viel persönlicher an – sie hatte mehr zu verlieren als ihren Ruf. Zu akzeptieren, dass sie und Sadie die ganze Arbeit nicht allein stemmen konnten, war ein erster Schritt in die richtige Richtung, um sicherzustellen, dass ihr Traum von Erfolg gekrönt wurde.

Als Cat leise Schritte hörte, riss sie sich vom Anblick des Sternenhimmels los und drehte sich genau in dem Moment um, als Seb die Tür öffnete.

Hinreißend verschlafen starrte er sie an. »Was ist los?«

»Entschuldige, habe ich dich geweckt? Ich habe versucht, ganz leise zu sein, aber ich konnte nicht einschlafen, deswegen habe ich mir eine heiße Milch gemacht.«

Er rieb sich das stoppelige Kinn. »Und? Funktioniert es?«

Cat verzog das Gesicht. »Nicht wirklich.«

»Dann komm zurück ins Bett. Ich kenne sehr viel bessere Methoden, um dich müde zu machen.«

Cat musste grinsen, als er anzüglich mit den Augenbrauen wackelte. »Ach ja, und was sind das für Methoden?«

Seb schüttelte den Kopf. »Die kann ich dir nur zeigen, wenn du mitkommst.«

Cat stellte den halb vollen Becher mit Milch beiseite, tapste auf ihn zu und drückte ihm einen zärtlichen Kuss auf die Lippen. »Ich habe absolut keine Vorstellung, von was du redest.«

»Wie gesagt, ich kann es dir nur im Bett zeigen.« Er machte eine einladende Geste in Richtung der zerwühlten Laken. »Nach dir.«

Inzwischen noch wacher als zuvor, schlüpfte Cat zurück ins Schlafzimmer und unter die noch warme Decke.

»Leg dich auf den Rücken«, wies Seb sie an. »Und mach die Augen zu.«

Mit einem erwartungsvollen Schaudern folgte Cat seiner Aufforderung. Sie hörte, wie er sich bewegte, und spannte automatisch die Muskeln an, während sie darauf wartete, dass er sie berührte. Doch statt eines Kusses oder einer intimen Berührung fuhr er federleicht mit dem Zeigefinger über ihren Nasenrücken.

Cat öffnete die Augen und sah ihn verwirrt an.

»Augen zu«, sagte er leise, aber bestimmt. »Entspann dich und lass es einfach geschehen.«

Es dauerte ein paar Sekunden, bis sie sich auf die ungewohnte Situation eingelassen hatte, aber von da an wirkte die Berührung seltsam beruhigend auf sie. Mit jedem langsamen, sachten Streicheln wich die Anspannung weiter aus ihren Muskeln, bis sich ihre Glieder gleichzeitig schwer und absolut schwerelos anfühlten. Als Seb sich neben sie legte, öffnete sie für den Bruchteil einer Sekunde die Augen, doch er hielt nicht in seiner Bewegung inne, und sie stieß ein leises, zufriedenes Seufzen aus, als der Schlaf sie endlich übermannte.

»Ich habe eine Idee«, verkündete Cat, als Sadie am nächsten Morgen den Laden betrat.

Ihre Freundin sah sie alarmiert an. »Wird sie mir gefallen?«

»Vielleicht nicht sofort«, gab Cat zu, »aber das bedeutet nicht, dass sie nicht gut ist.«

Sadie schwang sich auf die Arbeitsplatte und ließ die Beine baumeln. »Dann lass mal hören.«

Cat erzählte ihr von den Gedanken, die ihr in der Nacht durch den Kopf gegangen waren.

»Gute Idee«, sagte Sadie, nachdem Cat fertig war, »und wir könnten definitiv mehr Hilfe gebrauchen. Allerdings lautet die wirkliche Frage: Können wir sie uns leisten?«

»Ich habe mal ein wenig rumgerechnet, und wenn das Geschäft so wächst wie bisher, ist eine weitere Vollzeitstelle drin.«

Ihre Freundin machte ein skeptisches Gesicht. »Und was, wenn nicht? Ich weiß nicht, Cat, das hört sich nach einem ziemlich hohen Risiko an. Sollten wir nicht erst mal alles so lassen, wie es gerade ist? Clare und Adam sind beide motiviert und engagiert. Vielleicht reichen die beiden als Hilfe vorerst aus.«

»Vielleicht, aber ich bin trotzdem der Meinung, dass wir weiter in die Zukunft planen sollten. Was passiert, wenn plötzlich noch mehr Bestellungen reinkommen? Können wir die Produktion überhaupt noch steigern? Ich meine, ohne uns selbst dabei totzuarbeiten.«

»Nein.«

»Und was ist, wenn eine von uns krank wird?«, fuhr Cat fort. »Selbst bei einer schweren Erkältung würden wir sofort mit der Produktion hinterherhinken. Dann geht es ganz schnell, dass wir nicht mehr liefern können. So eine Katastrophe kann jederzeit eintreffen, und wir sollten darauf vorbereitet sein.«

Sadie starrte sie mit einer Mischung aus Belustigung und Skepsis an. »Und ich dachte immer, ich sei in unserem Team für die Dramatik zuständig.«

Cat zuckte mit den Schultern. »Ich bin Köchin und damit mindestens genauso zartbesaitet wie du. Aber jetzt mal ernsthaft, wir müssen *jetzt* überlegen, wie wir mit solchen Situationen umgehen, und nicht erst dann, wenn es zu spät ist.«

»Okay«, gab Sadie nach. »Und was genau hast du dir vorgestellt?«

Cat nahm sich einen Moment Zeit, um ihre Gedanken zu ordnen, bevor sie antwortete. Sie musste das Ganze auf die richtige Art und Weise angehen. »Zunächst mal habe ich mich gefragt, ob Adam eventuell Interesse hätte, seine Fähigkeiten unter Beweis zu stellen.«

Sadie stieß ein trockenes Lachen aus. »Gestern Abend hat er ein ähnliches Angebot bekommen.«

Cat hob eine Augenbraue. »Nur eins?«

Sadie gab Cat eine Kurzzusammenfassung der Junggesellinnenparty, inklusive Adams Verlegenheit nach Melindas Annäherungsversuchen. »Ich glaube also nicht, dass er großes Interesse daran hat, bei weiteren Abendveranstaltungen auszuhelfen«, beendete sie ihren Bericht.

»Kann ich mir vorstellen«, sagte Cat. »Aber ich hatte mich auch eher gefragt, ob er eventuell Spaß daran haben könnte, in die Produktion einzusteigen. Backen und verzieren.«

»Oh!« Sadies Miene wechselte von überrascht zu skeptisch. »Willst du ihm wirklich dein geheimes Rezept anvertrauen? Und du bist unglaublich schlecht, wenn es ums Delegieren in der Küche geht.«

»Das stimmt überhaupt nicht«, widersprach Cat und dachte an die winzige Küche in Sebs Mansardenwohnung. »Köche müssen ständig delegieren. Und ich würde Adam ja auch nicht einfach das Rezept in die Hand drücken und ihm sagen, dass er loslegen soll. Genauso wenig, wie du von ihm erwarten würdest, auf der Stelle Instagramverdächtige Designs zu produzieren, sobald er einmal einen Spritzbeutel berührt. Er braucht natürlich Unterricht und viel Übung, genau wie Clare.«

Sadie machte ein nachdenkliches Gesicht, bevor sie auf einmal misstrauisch die Augen zusammenkniff. »Ist das etwa nur ein weiterer deiner Tricks, mich und Adam zu verkuppeln? Falls ja …«

Cat kreuzte die Finger unter dem Tisch und sah Sadie mit unschuldiger Miene an. »Nein, natürlich nicht. Ich dachte einfach nur, dass ein wenig Training nicht schaden kann. Außerdem würde das bedeuten, dass wir einen weiteren Mitarbeiter für den Verkauf einstellen könnten, der Adam nach und nach hinter der Kasse ersetzt. Was meinst du?«

»Er hat tatsächlich schon mal erwähnt, dass er es gerne mal mit dem Verzieren ausprobieren würde. Vielleicht hat er aber auch nur einen Witz gemacht …«

Cat musterte sie aufmerksam. »Aber jetzt mal ganz theoretisch, wärst du mit dem Plan so einverstanden?«

Nach einem kurzen Moment der Stille tippte sich Sadie mit einem Finger an die Schläfe. »Ja, theoretisch schon.«

»Super«, sagte Cat, während sie sich im Stillen für ihre gelungene Verhandlungstaktik auf die Schulter klopfte. »Möchtest du ihn fragen oder soll ich?«

»Ich frage ihn. Nach seiner Begegnung mit der wilden Melinda wird er sich vermutlich mit großer Begeisterung für eine Weile im Keller verstecken.«

»Okay«, sagte Cat, der die leichte Röte, die Sadie bei ihren Worten in die Wangen gestiegen war, nicht entging, »dann wäre ja alles geklärt.«

Cat bestand darauf, dass Sadie mit Adam einen Kaffee irgendwo außerhalb von Castle Court trinken ging, um ihm von ihrer Idee zu erzählen. »Neutraler Boden ist bei solchen Gesprächen das A und O«, sagte sie fest, als Sadie versuchte zu widersprechen. »Hier gibt es keinen Platz, an dem ihr euch einigermaßen ungestört unterhalten könnt, zumindest nicht, solange der Laden geöffnet ist. Probiert doch mal das neue Café am Dom aus.« Damit scheuchte sie Sadie mit einer Handbewegung aus der Küche und wandte sich wieder ihrer neuen Kreation für einen Schokoteig zu, aus dem Notre-Dame-Plätzchen werden sollten.

So viel musste sie Sadie lassen – sie hatte ein unglaublich feines Gespür dafür, was ihre Kunden suchten und gerne kauften. Die Designs aus ihrer Stadt-der-Liebe-Kollektion gingen weg wie die sprichwörtlichen warmen Semmeln, und es waren noch immer fünf Tage bis zum Valentinstag, was bedeutete, dass die Last-minute-Käufe der verzweifelten Ehemänner und Freunde noch anstanden. Und die Aussichten, dass sie das Paris-Thema auch im Frühling und Sommer noch weiter vermarkten konnten, waren gut. Auch wenn sich im Februar alles um die Liebe drehte, die Stadt und somit auch ihre Keks-Designs waren zeitlos.

Cat war so in ihre Arbeit vertieft, dass sie erst aufmerkte, als sie die tiefe, fröhliche Stimme des Postboten hörte, der im Erdgeschoss ein paar Worte mit Clare wechselte. Allerdings achtete sie nicht genau darauf, worüber sie sich unterhielten, dafür musste sie sich viel zu sehr konzentrieren, dass die Schokokekse, die sie gerade im Ofen hatte, nicht verbrannten. Ihre dunkelbraune Farbe machte es besonders schwer zu erkennen, wann genau sie fertig gebacken waren, und nur eine Minute zu lang im Ofen konnte bedeuten, dass sie das gesamte Blech wegwerfen musste. Erst als Sadie und Adam mit geröteten Wangen – von denen Cat vermutete, dass sie nur wenig mit der frostigen Kälte draußen zu tun hatten – hereinkamen, dachte sie wieder daran, die Post durchzugehen, die Clare wie immer unter der Kasse deponiert hatte.

»Und«, fragte sie Sadie leise, als sie wieder nach unten gegangen waren, »was hat Adam gesagt?«

»Dass er sich freuen würde. Allerdings hat er mich auch daran erinnert, dass sein Job bei uns zeitlich begrenzt ist. Sobald es wärmer wird, muss er sich wieder mehr um seinen Garten kümmern.«

»Aber der nächste Winter kommt bestimmt, und dann kann er wieder mehr für uns arbeiten. Ich denke, es lohnt sich herauszufinden, ob er Talent hat, damit er uns in der Adventszeit unterstützen kann, meinst du nicht auch?«

»Natürlich hat er Talent«, sagte Sadie mit einem Anflug von Empörung in der Stimme.

Cat verkniff sich ein Grinsen. »Lass uns einfach mal sehen, wie es läuft«, sagte sie und begann die Post durchzublättern. Es handelte sich hauptsächlich um Rechnungen und Werbung, aber ein Umschlag mit einer französischen Briefmarke erregte ihre Aufmerksamkeit. Der Brief war an sie adressiert.

»Von wem ist der?«, fragte Sadie, der Cats irritierter Gesichtsausdruck nicht entgangen war.

»Keine Ahnung.« Cat drehte den Brief herum und riss ihn auf. Als sie den Briefkopf las, entfuhr ihr ein überraschtes Keuchen. *Martin et Moreau*. Das Anwaltsbüro ihres ehemaligen Chefs in Paris. Nachdem sie den Inhalt des Schreibens überflogen hatte, stieß sie ein verächtliches Schnauben aus. »Wollt ihr mich verschaukeln?«

»Was ist los?«, fragte Sadie alarmiert.

Cat las den Brief noch einmal, diesmal sorgfältiger, und

versuchte dabei das Gefühl der Beklommenheit und Wut, das augenblicklich in ihr aufstieg, zurückzudrängen. »Eine Absichtserklärung von François de Beauvoir. Darin steht, dass er mich wegen Verstoßes gegen die Verschwiegenheitserklärung, die ich unterschrieben habe, nachdem ich aus dem La Perle weg bin, verklagen wird.«

Kapitel vierzehn

Sadie wurde blass. »Er will dich verklagen? Aber du hast doch nicht gegen die Vereinbarung verstoßen, oder?«

Cat hob den Brief. »Nein, aber diesem Schreiben nach habe ich am 2. Dezember an einem öffentlichen Ort vor mehr als hundert Personen die Details hinter meiner Kündigung ausgeplaudert.«

»Im Dezember?«, wiederholte Sadie. »Aber François kann doch unmöglich von dem Streit zwischen dir und Greg erfahren haben.«

Cat starrte Sadie an, während sich ein ätzendes Gefühl in ihrem Magen ausbreitete. »Greg hat ihm davon erzählt. Sie sind doch so großartige Freunde, erinnerst du dich? Er ist der Grund dafür, dass Greg es auf mich abgesehen hat.«

»Aber du hast keine Details preisgegeben«, sagte Sadie und schüttelte den Kopf. »Ganz im Gegenteil, du hast sehr bewusst keine Namen genannt und auch nicht genauer beschrieben, was passiert ist. Damit kann François unmöglich durchkommen.«

»Ich gehe nicht davon aus, dass François an den Fakten interessiert ist«, sagte Cat und rieb sich die Stirn. »Er wird sich an dem orientieren, was Greg ihm erzählt hat, und wer weiß schon, wie sehr diese giftige Kröte die Wahrheit verdreht? Gerade hätte ich große Lust, zu ihm rüberzugehen, um ihn zu fragen, welches Spiel er da verdammt noch mal genau spielt.«

»Tu es nicht. Wir sollten uns erst mal setzen und das Ganze durchgehen. Ich koche uns einen Tee.«

»Mit Tee allein werden wir das Problem nicht lösen«, murmelte Cat.

»Nein, natürlich nicht«, sagte Sadie beschwichtigend, »aber wie heißt es so schön? Einen Schritt nach dem anderen.«

Cat las noch einmal das Schreiben. Darin wurde sie aufgefordert, am 13. Februar zu einer Anhörung in der Pariser Kanzlei von François' Anwälten zu erscheinen. Dort hatte sie die Möglichkeit, Gegenbeweise zu ihrer Anklage vorzubringen. Aber was für Beweise hatte sie schon in der Hand? Am Ende stand ihr Wort gegen Gregs. Außer …

»Für mich keinen Tee«, rief sie Sadie zu und griff nach ihrer Jacke. »Ich trinke einen, wenn ich zurück bin.«

Sadie hielt mit dem Wasserkocher in der Hand inne und starrte ihre Freundin an. »Wo willst du hin?«

»Beweise sammeln«, antwortete Cat mit einem grimmigen Lächeln.

Auf dem Platz war es ruhig. Die Temperaturen lagen nur knapp über null, und Cat begann zu zittern, als sie unter der blau-goldenen Markise von Smart Cookies stehen blieb, um sich zu überlegen, welchem ihrer benachbarten Ladenbesitzer sie zuerst einen Besuch abstatten sollte. Sie waren alle dabei gewesen, als Greg und sie aneinandergeraten waren, und Zeuge des aggressiven Verhaltens geworden, das er ihr gegenüber an den Tag gelegt hatte. Und sie waren allesamt auf ihrer Seite. Na ja, zumindest fast alle. Cherie hatte sie und Sadie von Anfang an nicht gemocht, und Cat war nicht überrascht, dass sie Greg den Rücken stärkte. Nachdem die anderen Ladenbesitzer ihrem Ärger über Gregs Verhalten Luft gemacht hatten, schien sie zwar in gewisser Weise Reue zu empfinden, entschuldigt hatte sie sich jedoch nicht. Doch das hatte Cat auch nicht erwartet. Sie versuchte, jeden Kontakt zu ihr zu vermeiden, was in gewisser Hinsicht sehr schade war, weil ihre Kuchen wirklich himmlisch schmeckten.

Cats Blick blieb an dem orange-grünen Ladenschild des Let's Go Dutch hängen. In Jarens Pfannkuchenrestaurant schien gerade nicht viel los zu sein, für die Mittagsgäste war es noch zu früh. Ob Jaren Zeit hatte, mit ihr zu reden? Oder sollte sie es zuerst bei Andrew und Earl im Bus Stop Diner probieren? Sie konnte nur hoffen, dass sie bereit waren, ihr zu helfen.

Nachdem sie den Blick ein weiteres Mal nachdenklich über den Platz hatte schweifen lassen, entschied sie, bei Elin anzufangen. Vielleicht würde sie der himmlische Duft nach Schokolade ein wenig aufheitern, selbst wenn ihr Besuch erfolglos bleiben würde.

Als Cat die Chocolaterie betrat, war sie ein wenig überrascht, Seb dort zu sehen. Er lehnte an der gläsernen Theke und unterhielt sich angeregt mit Elin.

Die beiden sahen auf, als Cat hereinkam.

»Hey«, begrüßte sie Seb und kam auf sie zu, um ihr einen Kuss zu geben. »Was für eine unerwartete und schöne Überraschung, dich hier zu sehen.«

»Gleichfalls. Eigentlich bin ich hergekommen, um mit Elin zu sprechen, aber es ist gut, dass du auch hier bist – deine Hilfe brauche ich genauso wie ihre.«

Elin hob eine helle Augenbraue. »Hilfe? Wobei?«

Cat zog den Brief aus ihrer Jackentasche. »Hierbei.«

Elin und Seb blickten ihr von beiden Seiten über die Schulter, um das Schreiben zu lesen.

Seb sah aus, als wäre er am liebsten auf etwas – oder jemanden – losgegangen. »Was für ein Arsch«, polterte er los. »Warum kann er dich nicht einfach in Ruhe lassen?«

Elin bedachte Cat mit einem mitleidigen Blick. »Weil sie sich nicht alles gefallen lässt. Ich kenne diesen François nicht, aber die Art Mann umso besser. Typen wie er glauben, dass sie reich und wichtig genug sind, um sich alles erlauben zu können. Und sie hassen es, wenn sie nicht bekommen, was sie wollen.«

»Sie hat recht«, bestätigte Cat. »Nur dass in diesem Fall noch hinzukommt, dass ich ihn blamiert habe. Sein Vater – Robert de Beauvoir – ist derjenige, der hinter den Kulissen des La Perle das Regiment führt. Er muss mitbekommen haben, wie sich sein Sohn benimmt.«

»Vielleicht ist er genauso wie er«, überlegte Elin. »Der Apfel fällt bekanntermaßen nicht weit vom Stamm.«

Cat dachte einen Augenblick darüber nach. Sie hatte schon lange bevor sie angefangen hatte, für François zu arbeiten, Gerüchte über ihn gehört. Die gehobene Gastronomieszene war relativ überschaubar, und Klatsch und Tratsch verbreiteten sich schnell, vor allem über Restaurantbesitzer und Spitzenköche. Doch bis sie selbst gewagt hatte, sich zur Wehr zu setzen, hatte niemand direkte Anschuldigungen gegen ihn erhoben. Inzwischen war ihr klar, warum. Jede Frau, die er belästigt hatte, war mit Geld zum Schweigen gebracht worden, genau wie sie selbst. Und viele unter ihnen hatte es mit Sicherheit ihre Karriere gekostet. Elin hatte recht, man brauchte nicht besonders viel Fantasie, um sich vorstellen zu können, dass Robert de Beauvoir aus demselben Holz geschnitzt war wie sein Sohn.

»Vielleicht«, sagte Cat laut. »Ich habe ihn nur bei ein oder zwei Gelegenheiten getroffen.«

»Und was willst du jetzt machen?«, fragte Seb. »Mal abgesehen davon, François den Arschtritt zu verpassen, den er verdient hat?«

Cat holte tief Luft. »Darum bin ich hier. Wie ihr in dem Schreiben gelesen habt, muss ich nächste Woche zu der Anhörung, um meine Gegenbeweise vorzubringen. Und da François' einziger Zeuge Greg ist, wollte ich euch bitten, dass ihr eure Version der Ereignisse schildert. Mithilfe eurer Aussagen kann ich die Klage eventuell abschmettern.«

»Natürlich«, sagte Elin sofort. »Ich helfe dir, wo ich kann.«

Seb legte einen Arm um Cats Schultern. »Wir stehen das durch. Mach dir keine Sorgen.«

Cat lächelte. »Danke.«

Elin hatte sich erneut über den Brief gebeugt. »Ich hoffe, du hast selbst auch einen guten Anwalt an der Hand, Cat. Irgendwie habe ich das Gefühl, dass du einen brauchen wirst.«

»Ich werde die Kanzlei beauftragen, die damals die Vereinbarung verhandelt hat. Immerhin sind die schon in dem Fall drin.«

»Gib einfach Bescheid, was wir tun können«, sagte Seb. »Und falls du jemanden zum Arschtritteverteilen brauchst, erweise ich dir gerne den Gefallen.«

Cat schüttelte den Kopf. »Verführerisches Angebot, aber wenn irgendjemand François in den Hintern tritt, dann bin ich das. Gleich nachdem ich ihn auch offiziell in seine Schranken verwiesen habe.«

Seb grinste. »Das nenne ich die richtige Einstellung. Auf sie mit Gebrüll!«

Als sie den Platz überquerte, widerstand Cat der Versuchung, durch das Schaufenster ins Innere der Patisserie Cherie zu spähen, und hielt ihren Blick stattdessen starr geradeaus gerichtet. Sie wusste nicht, ob Cherie sich im Klaren darüber war, dass Greg einen weiteren Angriff auf sie gestartet hatte, und es hätte sie auch nichts weniger interessieren können.

Jaren stand hinter der Bar im Let's Go Dutch. Als er sie entdeckte, lächelte er und winkte ihr zu, und wieder einmal war Cat vollkommen überwältigt von der Tatsache, wie umwerfend attraktiv er war. Die dunklen Haare fielen ihm in ungebändigten Locken in die Stirn, und ihr stand unwillkürlich ein Bild vor Augen, wie er mit undurchdringlichem Gesichtsausdruck von einer Plakatwand für irgendein Männerparfum herabstarrte. Abgesehen davon, dass sie ihn noch nie ein finsteres Gesicht hatte machen sehen – bisher hatte er noch in jeder Situation sein breites, entspanntes Grinsen gezeigt.

»Hey«, rief er ihr entgegen, als sie im Slalom um die Tische herum auf ihn zukam. »Bist du für ein frühes Mittagessen hier?«

»Ich wünschte, es wäre so«, sagte Cat mit einem bedauernden Blick auf die Karte mit den Spezialitäten des Tages hinter der Bar. »Ich wollte mit dir sprechen. Hast du kurz Zeit für mich?«

Jaren sah auf die Uhr und verzog das Gesicht. »Nicht wirklich. Einer meiner Kellner fällt heute aus, und gleich beginnt das Mittagsgeschäft. Danach sieht es besser aus, wenn dir das hilft?«

»Ja, das wäre toll«, sagte Cat. »Es wird auch nicht lange dauern.«

Er breitete die Arme aus. »Ich habe den Abend frei. Zumindest solange sich nicht noch jemand krankmeldet.«

»Dann würde ich nach Ladenschluss vorbeikommen, so gegen sechs. Passt dir das?«

»Perfekt«, sagte er und schenkte ihr ein weiteres strahlendes Lächeln. »Wir können ja einen Kaffee trinken gehen oder so.«

Cat erwiderte sein Lächeln. »Klingt gut. Bis später.«

Ihre letzte Station war der Bus Stop Diner. Sie trat durch die Doppeltür gleich neben der knallgelben Motorhaube und fragte eine Kellnerin nach Andrew und Earl.

»Hi, Cat«, begrüßte sie Earl mit einem strahlenden Lächeln. »Andrew ist ausgezogen, um eine weit entfernte Galaxie zu retten, aber ich bin hier. Was kann ich für dich tun?«

Cat konnte nicht anders, sie musste grinsen. Die beiden New Yorker hatten exakt den gleichen Humor. Sie konnten so unglaublich komisch sein, dass Sadie und sie bereits mehr als einmal einstimmig erklärt hatten, dass die beiden ihre eigene Sitcom bekommen sollten. Doch ihre Miene wurde schnell ernst, als ihr wieder einfiel, warum sie bei ihm war. »Ich brauche eure Hilfe.«

Earl musterte sie prüfend, bevor er hinter sich deutete. »Ja, klar. Lass uns ins Büro gehen. Möchtest du etwas trinken? Tee, Kaffee, Bananenmilchshake mit Schwips?«

Cat schüttelte den Kopf. »Nein, vielen Dank. Aber auf den Milchshake komme ich garantiert bei einer anderen Gelegenheit zurück.«

Nachdem Earl die Tür zum Büro hinter ihnen geschlossen hatte und sie beide saßen, erklärte Cat ihm ihre Situation.

Von Sekunde zu Sekunde verdüsterte sich seine Miene

mehr. »Natürlich unterstützen wir dich. Wenn du willst, können wir uns auch mal unter sechs Augen mit dieser Ratte von Greg unterhalten.«

»Danke, aber ich glaube, es ist besser, wenn er so wenig wie möglich davon mitbekommt, was wir vorhaben«, sagte Cat. »Ich will ihm auf keinen Fall mehr Munition liefern, die er an François weitergeben kann.«

»Wahrscheinlich hast du recht«, knurrte Earl. »Ich kann einfach nicht glauben, wie viel Pech du hast, hier ausgerechnet auf einen Typ zu treffen, der mit dem Kerl, der dich belästigt hat, befreundet ist.« Er schenkte ihr ein schiefes Lächeln. »Aber du musstest deinen Laden von allen Gourmetmeilen auf der Welt natürlich ausgerechnet auf dieser eröffnen.«

»Du sagst es.« Cat seufzte. »Andererseits kennt François jede Menge Leute. Vermutlich war es unvermeidbar, dass ich früher oder später einem seiner Kumpels über den Weg laufe.«

»Greg ist ein Arsch«, bemerkte Earl verächtlich. »Er und dieser François haben sich gegenseitig eindeutig verdient. Lass uns einfach wissen, was wir tun sollen. Wir freuen uns schon drauf, diesen Depp darüber aufzuklären, was hier im Dezember wirklich passiert ist.«

»Danke.« Cat beugte sich vor, um ihn am Arm zu berühren. »Das bedeutet mir sehr viel.«

Sadie sah aus, als würde sie jeden Moment vor Neugier platzen, als Cat zwanzig Minuten später in den Laden zurückkam. »Ich hab schon angefangen, mir Sorgen zu machen«, sagte sie vorwurfsvoll. »Ist alles in Ordnung?«

»Ja. Ich hab mich bei Elin, Seb und den Jungs vom Bus Stop versichert, dass ich mich auf ihre Unterstützung gegen François' Klage verlassen kann.«

»Und?«

»Elin und Earl sind an Bord, mit Jaren spreche ich später.«

Sadie lächelte. »Natürlich möchten dir alle helfen. Niemand mag Arschlöcher.«

»Trotzdem, das bedeutet, dass ich mindestens einmal nach Paris fliegen muss«, sagte Cat mit gerunzelter Stirn. »Ich denke, die meisten Dinge kann ich mit meiner Anwältin übers Telefon besprechen, und die Zeugenaussagen werde ich ihr mailen. Aber bei dem Anhörungstermin muss ich auf jeden Fall persönlich erscheinen.«

»Ich komme mit«, sagte Sadie, ohne zu zögern.

»Das geht nicht. Du musst dafür sorgen, dass der Laden läuft. Ich glaube auch nicht, dass Seb mitkommen kann. Die Anhörung findet am Tag vor dem Valentinstag statt. Da wird in der Bar einiges los sein.«

Sadie sackte in sich zusammen. »Aber du solltest nicht allein dort hinfahren müssen.«

»Ich muss«, sagte Cat fest. »Mach dir wegen der Lagerbestände keine Sorgen, ich backe genug Kekse auf Vorrat. Wahrscheinlich ist das genau der richtige Zeitpunkt, um Adam die Rezepte beizubringen. Nur für den Fall, dass ich aufgehalten werde.«

Sadie nickte. »Das erinnert mich daran, dass eben eine Last-minute-Bestellung für Gastgeschenke für eine Hochzeit reingekommen ist. Der ursprüngliche Lieferant ist offenbar abgesprungen. Es werden zweihundert personalisierte Herz-Plätzchen gebraucht – bis zum Valentinstag, wie du dir wahrscheinlich schon gedacht hast.«

Cat stieß ein frustriertes Knurren aus. »Natürlich, was auch sonst. Hast du den Auftrag schon angenommen?«

Sadie verzog das Gesicht. »Zumindest habe ich ihn nicht abgelehnt. Aber die zweihundert Kekse in vier Tagen fertig zu bekommen, ist eine ganz schöne Mammutaufgabe, vor allem wenn du nicht hier bist. Das Problem ist, dass es sich nicht um irgendeine Braut handelt, sondern um Charlotte Dennis.«

Der Name kam Cat vage bekannt vor. »Ist das die, die diesen Fußballer heiratet?«

»Genau die. Die Hochzeit wird ein Riesenthema in der *Hello!* und diesen ganzen anderen Klatschmagazinen sein. Wahrscheinlich ziemlich gute PR für uns, aber wir müssen den Auftrag trotzdem nicht annehmen.«

»Bist du verrückt geworden?« Cat riss die Augen auf. »Natürlich nehmen wir ihn an. Das ist eine Wahnsinnschance für uns. Irgendwie bekommen wir das schon hin.«

»Ich hab mir schon gedacht, dass du so was in der Richtung sagst.« Sadie verzog die Lippen zu einem verschmitzten Grinsen. »Okay, dann kümmere ich mich jetzt wieder um Charlottes Kekse.« Sie machte Anstalten aufzustehen, hielt jedoch in der Bewegung inne, um Cat eine Hand auf den Arm zu legen. »Bist du dir auch wirklich sicher, dass es dir gut geht? Diese François-Geschichte weckt doch bestimmt alle möglichen unangenehmen Erinnerungen.«

Cat sah sie mit schief gelegtem Kopf an. »Es geht mir gut. Ich kann nicht gerade behaupten, dass ich mich auf ein Wiedersehen mit François freue, aber ich erscheine immerhin nicht mit leeren Händen.« Sie rang sich ein gequältes Lächeln ab. »Ich werde meine innere Amazone heraufbeschwören.«

»Und er wird sich fragen, von welcher Urgewalt er da gerade niedergewalzt wurde«, sagte Sadie entschlossen. »Aber du hast hoffentlich nicht vor, Greg mit der Sache zu konfrontieren, oder?«

Beim Anblick von Sadies ängstlichem Gesichtsausdruck spürte Cat erneut die Wut in sich hochkochen. Wie konnten Greg und François es wagen, ihnen das anzutun? »Keine Sorge«, versicherte sie ihrer Freundin, »bis die Sache ausgestanden ist, werde ich mich von ihm fernhalten. Doch nach allem, was Seb und Earl dazu zu sagen hatten, wird er sich danach vor Arschtritten nicht mehr retten können.«

Sadie presste die Lippen zu einer schmalen Linie zusammen. »Ich bin dabei.« Dann warf sie einen Blick zur Treppe. »Soll ich Adam Bescheid geben, dass seine Ausbildung noch heute beginnt?«

Cat straffte die Schultern. »Schick ihn runter. Es gibt nichts Besseres, als seinen Frust an einem Stück Teig auszulassen, außerdem ist es billiger als eine Therapie. Gut, dass wir jede Menge Kekse zu backen haben.«

Kapitel fünfzehn

»Verdammt noch mal, Sadie, hier sieht's aus wie nach einer Explosion in einer Keks-Fabrik.«

Es war früh am Freitagabend und Daniel stand in Sadies Küche und bestaunte fassungslos das Meer aus roten Herzen. »Hast du schon mal was von Work-Life-Balance gehört?«

»Ein Last-minute-Auftrag. Für die Hochzeit von Manchesters Star-Stürmer«, erklärte sie, während sie konzentriert ein Herz mit einer Reihe winziger Zuckerguss-Punkte einrahmte.

»Eine ganz große Nummer also«, bemerkte Daniel und klang beinahe beeindruckt.

Sadie sah auf. »Ja, so was in der Art. Danke, dass du Lissy heute Abend nimmst.«

Daniel betrachtete sie ruhig aus seinen blauen Augen. »Kein Problem. Du weißt doch, dass ich gerne aushelfe.« Er zögerte einen Moment, bevor er fortfuhr: »Du weißt schon, dass die Küche bei mir zu Hause um einiges größer ist.«

Sadie hob die Augenbrauen. »Weiß ich, immerhin hab ich mal da gewohnt. Erinnerst du dich?«

»Was bedeutet, dass du diesen ganzen Kram zusammenpacken und bei mir arbeiten kannst. Wir könnten uns später was zu essen bestellen.«

Sie runzelte die Stirn. »Ich habe dich gebeten, Lissy mit zu dir zu nehmen, damit ich ungestört arbeiten kann. Ich habe keine Zeit zum Essen.«

»Aber du hast doch bestimmt auch irgendwann Hunger«, insistierte er. »Ich verspreche auch, dich nicht zu stören. Komm schon, was sagst du?«

Sadie trat unsicher von einem Fuß auf den anderen. Es war gar keine so schlechte Idee, und die Versuchung zuzustimmen war groß, wäre da nicht ein winzig kleines Problem gewesen. Sie hatte Adam gebeten, zum Plätzchenverzieren vorbeizukommen. Und aus irgendeinem Grund war sie sich ziemlich sicher, dass Daniel etwas gegen ein Abendessen zu dritt einzuwenden hatte …

Sie holte tief Luft. »Später kommt noch eine unserer Aushilfen vorbei. Es wäre also nicht nur ich, und …«

»Sag ihr, dass sie direkt zu mir kommen soll«, fiel Daniel ihr ins Wort. »Wie gesagt, ich werde euch nicht stören.«

»Ja, aber die Sache ist die«, begann Sadie und fragte sich, ob die ganze Situation noch merkwürdiger werden konnte, »es ist keine …«

Das Klingeln der Haustür schnitt ihr das Wort ab.

Panik stieg in Sadie auf. Das konnte noch nicht Adam

sein, oder doch? Eigentlich sollte er erst in einer Stunde hier sein.

Daniel war bereits auf dem Weg in den Flur. »Mach ruhig weiter. Ich sehe nach, wer geklingelt hat.«

»Nein, äh … schon gut, ich … äh …«, stotterte Sadie, ließ den Spritzbeutel fallen und sprang auf.

Doch es war zu spät, Daniel hatte bereits die Haustür erreicht.

Als sie das gedämpfte Gemurmel zweier tiefer Stimmen hörte, hoffte sie inständig, dass es nur ein Lieferant war, der ein Päckchen für die Nachbarn bei ihr abgeben wollte. Doch als Daniel zurück in die Küche kam, konnte sie an seiner Miene ablesen, dass dem nicht so war.

Und tatsächlich, hinter ihm schlurfte ein verlegen wirkender Adam herein, der unsicher seine Wollmütze zwischen den Fingern knetete. »Ich vermute mal, dass du meine Nachricht noch nicht gelesen hast«, sagte er mit roten Wangen.

Sadie hob hilflos die klebrigen Hände. »Ich hab die ganze Zeit gearbeitet.«

»Entschuldige, ich hätte mir denken können, dass du bis zu den Ellbogen im Zuckerguss steckst. Eigentlich hab ich dir auch nur geschrieben, dass wir so früh wie möglich loslegen sollten.«

»Und jetzt sind Sie hier«, bemerkte Daniel trocken. »Feuer und Flamme, gleich durchzustarten.«

Sadie warf Daniel einen kurzen Blick zu. Seine Worte klangen unschuldig, und vielleicht hatte er auch gar nicht die Absicht gehabt, etwas damit anzudeuten. Doch der Daniel, der sie betrogen hatte, war niemals um eine subtile Andeutung verlegen gewesen, und sie war sich alles andere als sicher, ob er sich in dieser Hinsicht tatsächlich geändert hatte.

»Das ist Adam, unsere Aushilfe, von der ich dir gerade erzählt habe«, sagte sie so ruhig wie möglich. »Adam, das ist mein Mann, Daniel.«

Während sie die beiden Männer dabei beobachtete, wie sie sich die Hände schüttelten, spürte sie Schuldgefühle in sich aufsteigen. Immer wieder hatte sie sich selbst davon zu überzeugen versucht, dass Adam nichts weiter als ein Mitarbeiter war – ein Kollege –, doch sie fühlte sich noch immer zu ihm hingezogen. Der einzige Weg, auf dem sie ihn vielleicht vergessen konnte, bestand darin, ihn nicht mehr zu sehen, und das war unmöglich.

»Dann stehe ich euch am besten nicht weiter im Weg rum«, sagte Daniel. »Ich möchte auf keinen Fall dafür verantwortlich gemacht werden, die Hochzeit des Jahres ruiniert zu haben.«

Sadie rang sich ein schwaches Lächeln ab. »Danke. Gehst du morgen mit Lissy zum Schwimmen oder soll ich sie vorher abholen?«

Daniels Blick zuckte zu Adam. »Könntest du sie abholen? Ich muss morgen ziemlich früh im Büro sein.«

»Natürlich«, sagte Sadie und wartete darauf, dass Daniel ins Wohnzimmer hinübergehen würde, um Lissy einzusammeln, die dort am Tisch saß und malte, doch er bewegte sich keinen Zentimeter von der Stelle. »Ich hole schnell ihre Tasche.« Damit verschwand sie die Treppe hinauf und ließ die beiden Männer in peinlich betretenem Schweigen zurück.

Es dauerte länger als erwartet, bis sie Lissys Sachen zusammengesucht hatte, nicht zuletzt, weil ihre Tochter darauf bestand, Travis, den Triceratops, mitzunehmen, sich aber nicht erinnern konnte, wo sie ihn zuletzt gesehen hatte. Als Sadie das Plüschtier doch noch am Ende von Lissys Bett entdeckte, waren mindestens fünf Minuten verstrichen.

Sadie schnappte sich Lissys Jacke und ging eilig die Treppe hinunter in die Küche.

Das Gesicht ihrer Tochter hellte sich augenblicklich auf, als sie Adam sah. »Hallo! Wie geht es deinen Bienen?«

»Gut. Aber sie zittern immer noch, nehme ich an.«

Lissy runzelte die Stirn. »Warum, ist ihnen kalt?«

»Hoffentlich nicht. Über den Winter haben die Bienen nur eine einzige Aufgabe zu erledigen: Sie müssen dafür sorgen, dass es ihrer Königin gut geht und dass ihr nichts passiert. Deswegen kuscheln sie sich ganz eng an sie und flattern mit den Flügeln, wodurch sie zittern. Diese Bewegung hält die Königin warm. Innerhalb des Bienenstocks bewegen sie sich die ganze Zeit über, damit keine von ihnen friert, und sie essen den Honig, den sie gemacht haben, als die Sonne geschienen hat.«

Daniel starrte ihn an. »Sind Sie etwa Bienenzüchter *und* Verkaufsassistent?«

Sadie zuckte zusammen. Lissy war die Betonung des letzten Wortes vermutlich nicht aufgefallen, Adam dagegen war Daniels abfälliger Tonfall mit Sicherheit nicht entgangen. Doch er ließ sich nichts anmerken.

»Um genau zu sein, baue ich Obst und Gemüse an, habe mich aber in die Imkerei verguckt. Und ich arbeite nur so lange bei Smart Cookies, bis es bei meinen Obst- und Gemüsebeeten wieder mehr zu tun gibt.«

»Er ist uns eine riesige Hilfe«, sagte Sadie, die das Gefühl hatte, Adam verteidigen zu müssen. »Ohne Adam und Clare hätten wir das Weihnachtsgeschäft kaum bewältigen können.«

»Und manchmal fahren mich Adam und Mummy zusammen zur Schule«, warf Lissy ein und strahlte Adam an.

Die darauffolgende Stille schien vor Spannung zu vibrieren.

»Adam wohnt nicht weit weg. Gleich hier die Straße runter«, beeilte sich Sadie zu erklären. »Auf der Waverton Farm. Er hat kein Auto, und der Bus fährt so unregelmäßig, dass es einfach Sinn macht, ab und zu zusammen zu fahren.«

Daniel sah aufmerksam zwischen Adam und Sadie hin und her. »Verstehe.«

Sadie wusste nicht, was sie noch sagen sollte. Wenn sie weitere Erklärungen nachschob, würde es so wirken, als hätte sie etwas zu verbergen. Und wenn sie schwieg, konnte Daniel auf die Idee kommen, den Verdacht, den er mit beinahe hundertprozentiger Sicherheit hegte, laut auszusprechen. Und das würde eine Unterhaltung nach sich ziehen, die Sadie um jeden Preis vermeiden wollte – zumindest solange Lissy und Adam anwesend waren. Sie hatte keine Zweifel, dass Daniel sie auf all das ansprechen würde, sobald sie unter sich waren.

»Und außerdem spart es uns allen natürlich Geld«, klammerte sich Sadie an den letzten Strohhalm. »Adam beteiligt sich an den Kosten für den Sprit.«

Was keine Lüge war, zumindest nicht im strengen Sinn. Adam hatte ihr mehrfach angeboten, sich an den Benzinkosten zu beteiligen, aber Sadie war bisher noch nicht dazu gekommen auszurechnen, wie hoch sein Anteil ausfiel.

»Natürlich«, sagte Daniel, »das leuchtet ein.«

Adam öffnete den Mund, um etwas zu sagen, doch Sadie kam ihm zuvor. »Wie dem auch sei, wir sollten uns jetzt wirklich an die Arbeit machen. Diese Plätzchen werden sich kaum von selbst verzieren«, sagte sie und wand sich gleichzeitig innerlich bei ihrem lahmen Versuch, das Thema zu wechseln.

Doch Daniel begriff. »Wir sind schon weg. Na los, Lissy, dann wollen wir mal sehen, ob Travis in seinem Kampf gegen Ted, den T-Rex, eine Chance hat.«

Lissy nickte enthusiastisch. Ihre Dinosaurier-Phase hielt nach wie vor an, und sie brauchte kaum eine Ermunterung, mit einem ihrer vielen Exemplare zu spielen. »Natürlich kann er ihn schlagen, Daddy. Travis kann *alles*.«

Daniel streckte die Hand aus und zerzauste ihr das rotbraune Haar. »Klingt nach einem Dinosaurier, der mir gefallen könnte. Gib Mummy einen Abschiedskuss.«

Lissy schlang die Arme um Sadies Taille und drückte sie fest.

Daniel schüttelte abermals Adams Hand, sah dabei jedoch Sadie an. »Viel Erfolg mit dem Auftrag. Wir sehen uns morgen früh.«

»Danke«, erwiderte Sadie. »Bis morgen.«

An der Tür wandte sich Daniel noch einmal zu Sadie um, während Lissy zusammen mit Travis den Weg zum Auto hinunterhüpfte und dabei knurrende Laute ausstieß. »Du hättest mir ruhig sagen können, dass du noch jemanden erwartest«, bemerkte er mit gesenkter Stimme.

»Ehrlich gesagt habe ich damit gerechnet, dass ihr beide nicht mehr hier seid, wenn er kommt«, gab Sadie zurück, wobei sie sich nur allzu bewusst war, wie lahm ihre Ausrede klang. »Entschuldige.«

Daniel schnaubte verärgert. »Und dass er immer bei euch mitfährt, hättest du ruhig auch mal erwähnen können. Ich habe ein Recht darauf zu wissen, mit wem unsere Tochter ihre Zeit verbringt.«

Dummerweise kann ich ihm da kaum widersprechen, dachte Sadie bei sich.

»Ja, ich weiß, es tut mir leid.«

»Okay.« Daniel warf einen Blick über die Schulter zu Lissy, die mit ihrem Dinosaurier inzwischen die kahlen Zweige der Büsche attackierte. »Entschuldigung angenommen. Und ich habe es ernst gemeint, als ich dir eben viel Erfolg mit dem Auftrag gewünscht habe.«

»Danke.« Sadie seufzte. »Wir können die guten Wünsche dringend gebrauchen.«

Daniel musterte sie aufmerksam, bevor er zögerlich hinzufügte: »Ich wollte dich noch nach dem Valentinstag fragen. Möchtest du etwas unternehmen? Wir könnten einen Babysitter organisieren und essen gehen.«

Sadie blinzelte irritiert. Daniel hatte nie eine große Sache aus dem Valentinstag gemacht. Das höchste der Gefühle war bisher ein Blumenstrauß von der Tankstelle gewesen, und selbst den hatte es nicht mehr gegeben, nachdem seine Affäre mit Emma begonnen hatte. Das hier war unerforschtes Gebiet und definitiv ein Meilenstein auf dem Weg zurück zu einer Beziehung.

»Äh … okay.«

»Großartig.« Sein erleichtertes Lächeln erinnerte Sadie an das vor vielen Jahren, als er sie das erste Mal um ein Date gebeten hatte. »Ich habe mir schon ein paar Babysitter-Agenturen in Chester rausgesucht. Ich würde einfach mal anfragen, in Ordnung?«

Offensichtlich machte er sich schon länger Gedanken über den Abend. »Okay«, sagte Sadie, diesmal deutlich überzeugter. »Obwohl wir wahrscheinlich ziemlich spät dran sind.«

»Ansonsten koche ich uns was. Ich verspreche dir, dass du keinen Finger rühren musst.«

Noch etwas, das sich geändert hat, dachte Sadie. Vor

einem Jahr hätte sie geschworen, dass Daniel nicht einmal wusste, wo in der Küche er eine Pfanne finden konnte. Doch seit er allein lebte, hatte er offenbar gelernt zu kochen, und es kam immer wieder vor, dass er etwas für sie vorbereitet hatte, wenn sie Lissy abends bei ihm abholte.

Als Sadie zurück in die Küche kam, war Adam bis über beide Ohren rot angelaufen.

»Ich hab dich reingeritten. Entschuldige.«

»Nein, hast du nicht«, erwiderte Sadie so überzeugend wie möglich. »Es ist alles in Ordnung.«

Adam wirkte alles andere als überzeugt. »Aber …«

Sadie nahm einen tiefen, beruhigenden Atemzug. »Adam, ich habe gesagt, dass alles in Ordnung ist. Möchtest du jetzt vielleicht etwas trinken? Ich weiß nicht, wie es dir geht, aber ich könnte eine Tasse Tee vertragen.«

Oder auch etwas Stärkeres, überlegte sie, sprach den Gedanken jedoch nicht laut aus. Sie musste daran denken, dass es an diesem Abend zu hundert Prozent um die Arbeit ging, und wenn sie Alkohol tranken, würde das alles nur noch schwerer machen.

»Okay«, sagte sie, nachdem sich Adam neben sie an den Küchentisch gesetzt hatte. Vor ihnen standen zwei dampfende Becher Tee – mit genügend Sicherheitsabstand zu den kostbaren Keksen, die sie zu verzieren hatten. »Du hast mir dabei schon Hunderte Male über die Schulter geschaut, ich gehe also davon aus, dass ich dir nicht mehr viel zum Grundprinzip erklären muss.«

Er nickte. »Wie fängt man am besten an? Dass ich das letzte Mal etwas Künstlerisches fabriziert habe, war vermutlich in der Grundschule.«

Sadie lächelte. »Solange du eine ruhige Hand hast, musst du dir keine Gedanken machen. Wie wäre es, wenn ich mich um den eher schwierigen Rahmen kümmere und du anschließend das Innere ausfüllst? Dann kann ich zum Schluss die Namen des glücklichen Paars draufschreiben.«

»Alles klar.«

Sie arbeiteten genauso gut zusammen, wie Sadie vermutet hatte. Adam war hoch konzentriert, er bewegte die Hände langsam und fließend, ganz ähnlich wie bei seinen Bienen, vermutete Sadie. Nachdem sie das erste Backblech mit roten Herzen gefüllt hatten, stand Sadie auf, um es in den Ofen zu schieben.

»Das war für den Anfang doch gar nicht so schlecht«, sagte Adam, während er sich streckte. »Wie viele haben wir noch vor uns?«

»Hundertvierundachtzig«, gab Sadie fröhlich zurück. »Wenn wir hier fertig sind, wirst du die Namen Charlotte und Sonny nicht mehr hören können.«

»Ehrlich gesagt geht es mir jetzt schon ein bisschen so«, gab er zu. »Komisch, dass Worte irgendwann falsch geschrieben aussehen, je häufiger man sie liest, oder?«

Sadie lachte. »Ja, stimmt. Aber ich habe gelernt, mit dem Druck umzugehen.« Sie griff nach dem Spritzbeutel, der den zähflüssigeren Zuckerguss enthielt. »Bereit für die zweite Runde?«

Adam trank einen Schluck Tee und schnalzte mit der Zunge. »Immer her damit.«

Um halb zehn hatten sie fünfundsiebzig perfekt verzierte Plätzchen vorzuweisen und drei, die Adam mit ein wenig zu viel Enthusiasmus ausgefüllt hatte, sodass der Zuckerguss über den Rand gelaufen war.

Sadie lehnte sich zurück und streckte sich, bis ihre Wirbelsäule knackte. »Autsch. Ich denke, für heute sollten wir Schluss machen.«

Adam nickte. »Ich hätte niemals geglaubt, dass ich irgendwann mal keinen Zucker mehr riechen kann. Aber heute Abend hängt er mir definitiv zum Hals raus.«

Sadie lachte. »Und in deinem Bart.«

Als er sein Gesicht berührte, schmierte er sich nur noch mehr von der klebrigen Masse in die blonden Haare, die sein Kinn und seine Wangen bedeckten. »Das Zeug ist schlimmer als Honig.«

»Warte.« Sadie befeuchtete ein Stück Küchenrolle. »Lass mich das machen.«

Er schien kaum zu atmen, als sie vorsichtig den Zuckerguss aus seinem Bart und von seinen Wangen wischte. Dabei konzentrierte sie sich voll und ganz auf das feuchte Stück Papier in ihrer Hand; sie wagte es nicht, ihm in die Augen zu sehen, und hoffte, dass er das heftige Klopfen ihres Herzens nicht bemerkte.

»Danke«, sagte er mit rauer Stimme, als sie die Hand sinken ließ.

»War mir ein Vergnügen«, murmelte sie und fragte sich

gleichzeitig, ob er ahnte, wie viel Wahrheit in ihren Worten steckte.

Genau das ist der Grund, aus dem ich mich von ihm fernhalten muss, dachte sie und rückte schnell ein Stück von Adam ab. Die Anziehungskraft, die er im Dezember auf sie ausgeübt hatte, war noch immer da, schlummerte unter der Oberfläche, jederzeit bereit, auszubrechen.

Sadie griff nach einem Karton und begann, die fertigen Plätzchen zwischen Schichten aus Wellpappe hineinzustapeln. »Morgen arbeite ich von zu Hause. Im Laden wird keine Zeit für den Auftrag bleiben«, sagte sie, während sie daran dachte, wie viel rund um Castle Court schon in einer normalen Woche los war – vom Tag vor dem Valentinstag einmal ganz abgesehen. »Und du wirst wahrscheinlich alle Hände voll damit zu tun haben, Chesters Turteltauben auf der Suche nach dem perfekten Geschenk zu unterstützen.«

Er senkte den Kopf. »Stimmt. Aber morgen Abend habe ich noch nichts vor. Es würde mir wirklich nichts ausmachen, noch mal herzukommen, um dir zu helfen.«

Sadie zögerte, während sie überlegte, wie Daniel darauf reagieren würde und ob sie darauf vertrauen konnte, dass sie sich wie eine professionelle Chefin verhielt. Doch schließlich schüttelte sie ihre Zweifel ab. Der Auftrag war wichtig, und sie wollte die Braut auf keinen Fall enttäuschen. Das Wichtigste war, dass sie die Bestellung rechtzeitig fertig bekamen.

»Lissy muss vorher im Bett sein. Wenn sie weiß, dass

du noch vorbeikommst, geht sie niemals schlafen. Vielleicht könntest du dich dann auch mal an den Details versuchen.«

Adam schüttelte den Kopf. »Ich glaube nicht, dass …«

»Erst zeige ich dir, wie es geht, und du kannst ein bisschen üben«, unterbrach Sadie seinen Protest. »Irgendwann musst du es so oder so lernen.«

»Okay. Allerdings könnte ich mir gut vorstellen, dass du deine Meinung noch einmal änderst, wenn du siehst, wie schlecht ich im Zeichnen bin. Ich habe wirklich absolut kein künstlerisches Talent.«

»Du glaubst nicht, wie viele Menschen das von sich behaupten. Und die meisten von ihnen irren sich. Alles, was man braucht, ist ein bisschen Selbstvertrauen.«

Adam lächelte. »Ja, natürlich, Miss.«

Sadie griff nach einem Küchentuch und schlug damit nach ihm. »Vorsicht, sonst lasse ich dich nachsitzen. Schreibe hundertmal in Zuckerschrift: ›*Ich darf die Lehrerin nicht aufziehen.*‹«

»Ja, Miss. Natürlich, Miss.« Seine braunen Augen blitzten. »Entschuldigen Sie, Miss.«

Sadie musste kichern, und Adam stimmte in ihr Lachen ein.

»Das hat Spaß gemacht«, sagte Adam, nachdem sie sich wieder beruhigt hatten. »Danke.«

»Alles Teil deiner Ausbildung zum professionellen Keks-Künstler. Vielen Dank für deine Hilfe.«

»War mir ein großes Vergnügen«, gab Adam zurück und

begegnete ihrem Blick. Ein langes Schweigen breitete sich zwischen ihnen aus, während sie einander in die Augen sahen, dann schien sich Adam innerlich einen Ruck zu geben. »Ich sollte jetzt besser gehen. Vielen Dank noch mal für den Unterricht.«

»Gern geschehen«, sagte sie leise. »Bis morgen.«

Kapitel sechzehn

Als Cat die Ladentür zu Smart Cookies hinter sich abschloss, schlenderten gerade die ersten After-Work-Gäste auf den Platz. Die Temperaturen waren noch einmal gefallen, und eigentlich war es viel zu kalt, um draußen etwas zu essen, trotzdem hatte sich vor dem Pop-up-Crêpe-Stand eine kleine Schlange gebildet, und einige besonders hartgesottene Raucher standen mit ihren glühenden Zigaretten zitternd unter der großen Eiche.

Cat warf einen Blick auf die Uhr, bevor sie zu den beschlagenen Scheiben des Let's Go Dutch hinübersah. Mit ein bisschen Glück hatte Jaren jetzt Zeit, und sie konnten sich einen ruhigen Ort suchen, um sich zu unterhalten. Danach würde sie zusehen, dass sie schnell nach Hause kam, um für die kommenden Tage vorzubacken. Es gab eine Menge zu tun.

Sie hatte den Platz bereits zur Hälfte überquert, als jemand ihren Namen rief. Als sie sich umsah, entdeckte sie Cherie, die auf sie zueilte. Am liebsten hätte Cat sich wieder abgewandt, doch der Ausdruck auf dem Gesicht der älteren Frau war so entschlossen, dass sie ahnte, dass sie ohnehin keine Chance hatte, ihr zu entkommen.

»Hallo, Cherie«, sagte sie mit versteinerter Miene. »Haben Sie mich gerufen?«

»Es geht um Greg und diese Geschichte mit dem La Perle«, kam Cherie direkt zur Sache. »Ich werde Sie auch nicht lange aufhalten.«

Cat stieß ein ungeduldiges Seufzen aus. »Dazu habe ich nichts zu sagen.«

Cherie hob eine Hand. »Hören Sie, ich wollte nur, dass Sie wissen, dass ich keine Ahnung hatte, dass Greg François irgendwelche Märchen erzählt. Und wofür auch immer es gut sein mag«, sie warf einen Blick zu den hell erleuchteten Fenstern des La Clé d'Argent hinüber, »ich würde jederzeit bestätigen, dass Sie sich im Dezember in keiner Weise diffamierend geäußert haben.«

Cat gelang es nicht, das überraschte Keuchen, das ihr unwillkürlich über die Lippen kam, zu unterdrücken. Das Letzte, was sie von Cherie erwartet hatte, war Unterstützung. »Das sind ja ganz neue Töne.«

Cherie reckte das Kinn. »Ich … Ich habe mich in Bezug auf Sie geirrt«, sagte sie steif. »Und wenn ich einen Fehler gemacht habe, dann bin ich auch bereit, ihn zuzugeben.«

Sie starrten sich ein paar Sekunden lang an, dann nickte Cat mit ungläubigem Gesichtsausdruck. »Danke. Das weiß ich zu schätzen.«

»Lassen Sie es mich wissen, wenn ich irgendetwas tun kann. Ich bin nicht so gut vernetzt wie Greg, aber über meinen verstorbenen Ehemann habe ich dennoch ein oder zwei Freunde in gewissen Positionen.«

Cat war versucht nachzufragen, um wen es sich dabei handelte, doch dafür hatte sie jetzt keine Zeit. Jaren würde sonst noch denken, sie hätte ihn vergessen. »Ich gebe Ihnen Bescheid«, versprach sie. »Und … danke noch mal.«

Cheries überhebliche Züge wurden ein wenig weicher. »Es ist das Mindeste, was ich tun kann. Gute Nacht, Cat.« Dann wandte sie sich auf dem Absatz um und ging davon.

Während Cat ihr nachsah, fragte sie sich, ob sie sich die ganze Unterhaltung nur eingebildet hatte. Natürlich bestand die Möglichkeit, dass Cherie zur Doppelagentin mutiert war, um ihr Vertrauen zu gewinnen und wichtige Informationen an Greg weiterzugeben, aber sie glaubte nicht wirklich daran. Cherie mochte hochnäsig und wenig zugänglich sein, aber sie wirkte aufrichtig bestürzt über das, was Greg getan hatte.

Wenn ich das Sadie erzähle, dachte Cat, während sie auf das Pfannkuchenrestaurant zuging, wird sie ihren Ohren nicht trauen.

»Wow«, sagte Jaren, als sie die Menschenmengen auf der Eastgate Street hinter sich ließen, um sich eine ruhigere Bar im Inneren der alten Stadtmauer zu suchen. »Das hätte ich nicht erwartet. Ist ein bisschen wie in einem von diesen Filmen, in denen der alte Krieger plötzlich zur

Vernunft kommt und für den jungen Anwärter auf den Thron kämpft.«

Cat grinste. »So weit würde ich nicht gehen. Vermutlich hat sie einfach nur eingesehen, dass es um Gregs Team ziemlich einsam geworden ist.«

Jaren musterte sie von der Seite. »Vielleicht … Ich glaube nicht, dass irgendjemand sie zur letzten After-Work-Party eingeladen hat.«

»Eigentlich ist es mir egal, was für Gründe sie hat, ihre Meinung zu ändern, solange sie aufhört, Sadie und mir Ärger zu machen.«

Das Pub war winzig und wirkte ein wenig schmuddelig, doch es war warm und, genau wie Jaren vorhergesagt hatte, nicht so überfüllt wie viele andere.

»Ein verstecktes Juwel«, erklärte Jaren und winkte dem Bartender fröhlich zu. »Für die Hipster nicht trendy genug, und weit genug vom Stadtzentrum entfernt, um vor den Freitagabend-Massen sicher zu sein. Die Stammgäste hüten diesen Geheimtipp wie einen Schatz.«

»Und woher kennst du den Laden?«

Er lächelte. »Ich wohne gleich um die Ecke.«

Cat war überrascht. Sie wusste nicht viel über Jaren, außer dass er aus den Niederlanden kam und eine Leidenschaft für Essen pflegte, die ihrer eigenen verdammt nahe kam, doch sie hatte sich nie Gedanken darüber gemacht, wo er wohnen könnte. Seb und Elin hatten ihre Mansardenwohnungen in Castle Court, Sadie und Adam lebten in einem von den Dörfern östlich der Stadt, und sie wusste, dass sich Andrew und Earl ein brandneues Apartment in einem der umgebauten Komplexe teilten, die den Kanal säumten, das ihrer eigenen Wohnung ähnelte. Doch Jarens genauere Lebensumstände waren bislang ein Mysterium für sie. Es war definitiv an der Zeit, mehr über ihn herauszufinden.

Sie bestellten sich einen Kaffee und setzten sich an einen Tisch neben dem Fenster.

»Also«, begann Jaren und beugte sich mit einem neugierigen Blitzen in den Augen vor. »Worum geht es bei dieser ganzen Geschichte?«

Cat erzählte ihm von dem Schreiben aus Paris und ihren Gesprächen mit den anderen Ladeninhabern in Castle Court. Nachdem sie ihren Bericht beendet hatte, schnipste Jaren mit den Fingern.

»Darum hat Cherie die Seiten gewechselt. Sie hat endlich kapiert, was für ein mieses Schwein Greg ist.«

»Ich hoffe es«, murmelte Cat. »Und was ist mit dir? Würdest du eine Aussage zu dem Tag im Dezember schreiben?«

»Ja, natürlich«, sagte Jaren und breitete die Arme aus. »Es wundert mich, dass du überhaupt glaubst, fragen zu müssen.«

»Danke. Alle sind so unglaublich nett.«

Er zuckte mit den Schultern. »Als wir uns das erste Mal begegnet sind, habe ich euch erzählt, dass wir in Castle Court wie eine große Familie sind. Wir passen aufeinander auf.« Er machte eine Pause, um einen Schluck von seinem Kaffee zu trinken. »Alle bis auf Greg. Er ist der fiese Cousin, den niemand mag.«

Cat lächelte. »Castle Court ist definitiv das perfekte Zuhause für unsere kleine Keksbäckerei.«

Jaren ließ sich auf seinen Stuhl zurücksinken und fixierte Cat mit seinen dunklen Augen. »Und für dich?«

»Ja, ich denke auch für mich«, antwortete sie aufrichtig. »Aber genug von mir. Wie lange wohnst du schon hier?«

»Drei Jahre. Davor habe ich in einem niederländischen Pfannkuchenrestaurant in London gearbeitet. Man könnte mich also durchaus als echten Pfannkuchen-Experten bezeichnen.«

»Wow«, sagte Cat, ohne eine Miene zu verziehen. »Klingt nach einem echt harten Job.«

Jaren schüttelte traurig den Kopf. »Und niemand erkennt es an.«

»Hast du eigentlich keine Angst vor der Konkurrenz direkt vor deiner Tür? Ich meine diesen Crêpe-Stand.«

Wieder breitete er die Arme aus. »Sie sind Französisch, wir Holländisch – in Castle Court ist genug Platz für beides.«

Jaren wechselte das Thema und fragte Cat nach ihrer Freundschaft zu Sadie. »Und ihr seid schon seit der Schule beste Freundinnen?«

»Ja. Auch wenn es nicht immer leicht ist, wenn sich zwei Leben in so unterschiedliche Richtungen entwickeln wie unsere. Ich bin herumgereist, und Sadie hat Daniel geheiratet. Bei Lissys Geburt war ich gerade in Thailand unterwegs und hab gelernt, wie man Pad Thai und Rotes Curry zubereitet. Und die letzten dreieinhalb Jahre habe ich in Paris gewohnt und im La Perle gearbeitet.«

»Ich bin der festen Überzeugung, dass enge Freunde immer wieder da anknüpfen können, wo sie beim letzten Mal aufgehört haben – selbst wenn sie sich lange nicht gesehen haben«, bemerkte Jaren mit einem Lächeln. »Und wie läuft es mit Seb? Macht er dich glücklich?«

»Ja. Mir ist klar, dass es einige Leute skeptisch sehen, wenn man mit jemandem zusammen ist, der sozusagen fast ein Arbeitskollege ist, aber wir haben beide so viel zu tun, dass wir uns noch nicht satthaben.«

Jaren nickte. »Seit du aufgetaucht bist, hat er sich verändert. Er wirkt viel ruhiger und beständiger.«

Sie hob die Augenbrauen. »Du meinst, weniger wie ein Aufreißer.«

»Das auch«, gab er zu. »Und warum sollte er jemand anderen haben wollen, wenn er dich hat?«

Cat spürte, wie sie rot wurde. »Und was ist mit dir?«, drehte sie den Spieß um. »Hast du jemanden im Auge?«

Er dachte einen Augenblick über ihre Frage nach, bevor er antwortete. »Ich habe jemanden im Auge«, sagte er schließlich.

»Wusste ich's doch!«, platzte Cat heraus und beugte sich neugierig vor. »Es ist Elin, oder?«

Jaren ließ sich erneut Zeit mit der Antwort und trank einen Schluck Kaffee. »Sie ist eine sehr attraktive Frau, allerdings bin ich mir nicht ganz sicher, ob ich ihr Typ bin.«

»Spinnst du?« Cat starrte ihn fassungslos an. »Sie ist definitiv interessiert.«

»Ach ja?« Er hob eine Augenbraue. »Und woher weißt du das so genau?«

»Sie hat es mir erzählt. Wenn du bisher also auf eine Art grünes Licht gewartet hast: Bitte schön, es leuchtet. Und es ist auch noch der perfekte Zeitpunkt. Du könntest ihr einen Valentinsgruß schicken. Ich backe dir auch gerne einen, wenn du möchtest.«

Er dachte einen Moment darüber nach. »Das wäre nett. Meine Küche zu Hause ist ziemlich klein.«

Cat grinste. »Kleiner als Sebs kann sie kaum sein. Die Apartments unter dem Dach sind winzig. Seine Küche sieht eher aus wie eine Kombüse.«

»Aha.« Jaren verzog die Lippen zu einem Grinsen. »Und meine *ist* eine Kombüse. Ich wohne auf einem Hausboot, das am Kanal vertäut ist.«

»Nein!« Cat blieb vor Überraschung der Mund offen stehen. »Das klingt toll!«

»Ist es auch. Zumindest meistens. Im Sommer ist es ehrlich gesagt sehr viel angenehmer als im Winter. Aber es ist robust und gemütlich, wenn der Holzofen erst mal angefeuert ist.«

Sofort hatte Cat ein Bild von Jaren vor Augen, wie er mit einem Bier in der Hand bei Sonnenuntergang auf Deck seines in leuchtenden Farben gestrichenen Kahns saß. »Wow. Ich bin aufrichtig beeindruckt.«

»Du kannst es dir gerne mal ansehen, wenn du magst.«

»Wirklich? Wann?«

Jaren zuckte mit den Schultern. »Hast du heute Abend noch was vor?«

Vom Pub bis zum Kanal waren es keine fünf Minuten zu Fuß. Jaren führte Cat den Trampelpfad entlang, der an den Hausbooten vorbeiführte, und deutete dabei immer wieder auf die Boote seiner Nachbarn.

»Das da liegt nur vorübergehend hier«, sagte er und zeigte auf ein großes schwarz-weißes Hausboot. »Hier machen viele Urlauber halt.«

Cat ließ den Blick über die vertäuten Boote gleiten und sog die friedliche Atmosphäre, die der warme Schein der Lampen verbreitete, die in einigen Fenstern brannten, in sich auf. »Ich kann gut verstehen, warum.«

Kurz darauf blieb Jaren neben einem wunderschönen Boot in Grün und Orange stehen, das sorgfältig an einem schwarzen Metallpfosten vertäut war. An einer Ecke des Daches hing eine Laterne, die ihren flackernden Lichtschein auf das schwarze Deck warf. »Und das ist meins. Darf ich vorstellen: Cat, das ist Anika.«

Cat streckte eine Hand aus, um über das glatt lackierte Holz zu streichen. »Freut mich sehr, dich kennenzulernen, Anika«, sagte sie ernst. »Was für ein schöner Name.«

Jaren räusperte sich. »Ich habe sie nach meiner Mutter benannt. Sie ist gestorben, als ich zehn war.«

»Das tut mir leid«, sagte Cat leise. »Es muss schlimm für dich gewesen sein.«

»Das war es. Aber das Leben geht weiter. Anschließend

ist meine Großmutter zusammen mit ihren großartigen Pfannkuchenrezepten eingezogen, und der Rest ist – wie sagt man so schön – Geschichte.« Er streckte ihr eine Hand entgegen. »Möchtest du an Bord kommen?«

»Auf jeden Fall.« Cat legte ihre Hand in seine.

Jaren stieg ihr voraus eine steile, schmale Treppe hinunter, die vor einer Tür endete. Er drehte den Schlüssel im Schloss und öffnete sie, bevor er das Licht einschaltete.

Im Inneren war das Boot sogar noch charmanter. Zwei Tischleuchten erhellten ein kleines Wohnzimmer, das mit bunt zusammengewürfelten Möbeln eingerichtet war. An einer Wand stand ein Holzofen.

Cat sah sich erstaunt um. »Wunderschön«, seufzte sie. »Wirklich wunder-, wunderschön.«

»Ich bezweifle, dass du dasselbe über die Küche sagen wirst«, kommentierte er trocken und führte sie zu einer Tür auf der gegenüberliegenden Seite des Wohnzimmers.

Er hatte nicht untertrieben, befand Cat, als sie den Blick über den winzigen Ofen und das Spülbecken wandern ließ, das kaum groß genug schien, um eine Pfanne darin abzuwaschen.

»Stößt du dir hier nicht dauernd den Kopf an?«, fragte sie und betrachtete skeptisch die niedrige Decke. Jaren musste mindestens einen Meter fünfundachtzig groß sein.

»Früher schon«, gab er zu. »Inzwischen habe ich mich dran gewöhnt.«

Cat entdeckte eine weitere Tür, ganz am Ende des Boots.

»Das Bad«, erklärte Jaren, der ihrem Blick gefolgt war. »Komplett mit Dusche.«

Cat runzelte irritiert die Stirn. »Und wo schläfst du?«

Jaren lachte. »Das Schlafzimmer hast du schon gesehen. Das Sofa lässt sich ausklappen.«

»Oh!« Cat kam sich dumm vor, nicht von selbst darauf gekommen zu sein. »Ja, natürlich.« Sie sah sich noch einmal um. »Kein Fernseher?«

»Kein Fernseher«, bestätigte er. »Ich habe ein Tablet, auf dem ich manchmal Netflix schaue, aber meistens lese ich.« Er machte eine vage Geste, und erst jetzt entdeckte Cat das tief hängende Regal, das vor Taschenbüchern beinahe überquoll.

»Dir ist schon klar, dass viele Leute von einem Zuhause wie diesem träumen, oder?«

Jaren strahlte. »Freut mich, dass es dir gefällt.«

Sie erwiderte sein Lächeln, und einen Moment standen sie sich schweigend gegenüber – bis Cats Handy zu vibrieren begann. Sie zog es aus der Tasche und warf einen Blick auf das Display. Es war Seb.

»Entschuldige«, sagte sie zu Jaren, bevor sie ihm den Rücken zuwandte, um den Anruf entgegenzunehmen. »Hi Seb, alles in Ordnung?«

»Bist du zu Hause?«

Cat sah zu Jaren hinüber. »Nein, aber auf dem Weg dorthin. Warum?«

»Dreh um und komm zurück«, sagte Seb verbissen, »jemand hat Farbbomben gegen das Schaufenster der Keksbäckerei geworfen.«

»Was für eine Sauerei«, sagte Cat, während sie entsetzt die dicken Schlieren schwarzer Farbe betrachtete, mit denen das Schaufenster von Smart Cookies beschmiert worden war. »Das gibt's doch nicht!«

Seb schüttelte den Kopf. »Ein Versehen war das bestimmt nicht. Und ich denke, wir müssen nicht besonders lange überlegen, bis uns jemand einfällt, der so was tun würde.«

»Wie soll ich das wieder runterkriegen?«

»Kommt drauf an, was für eine Farbe es ist«, bemerkte Jaren. »Wasserbasierte Farben lassen sich leicht abwaschen. Lack ist viel schwieriger wegzubekommen.«

»Das lässt sich leicht rausfinden.« Seb hatte sich bereits halb abgewandt. »Ich hole schnell einen Eimer Wasser und einen Lappen aus meiner Wohnung.«

Cat sah ihn fragend an. »Die Bar platzt heute doch bestimmt aus allen Nähten. Lass mich den Eimer holen. Dann kannst du zu deinen Kunden zurück.«

Sebs erleichterter Gesichtsausdruck sagte mehr als tausend Worte. »Ich lasse dich wirklich nur ungern mit dieser Sauerei allein.«

»Sie ist nicht allein.« Jaren trat einen Schritt vor. »Ich helfe ihr. Und es muss auch keiner von euch bis in den zweiten Stock hoch, um Wasser zu holen. In meinem Laden gibt es ja auch welches.«

Seb sah immer noch nicht ganz überzeugt aus.

Cat berührte seinen Arm. »Na los, geh schon. Ich komme klar.«

Mit einem widerwilligen Nicken gab Seb nach. »Aber sobald ihr hier fertig seid, kommt ihr in der Bar vorbei, okay? Ich gebe euch einen Drink aus.«

Zehn Minuten später standen Cat und Jaren mit zwei Eimern und Schwämmen bewaffnet wieder vor dem geschwärzten Schaufenster von Smart Cookies.

»Lass uns in einer Ecke anfangen«, schlug Jaren vor. »Wenn sich die Farbe nicht einfach so abwaschen lässt, müssen wir uns was anderes überlegen.«

»Wenn sie nicht abgeht, rufe ich Sadie an. Sie kennt sich mit Farbe aus.« Damit tunkte Cat ihren Schwamm in den Eimer mit kaltem Wasser. Mit angehaltenem Atem drückte sie ihn auf die Scheibe. Zu ihrer Erleichterung begann die Farbe sich sofort aufzulösen und in schmutzigdunklen Bächen die Scheibe und den blassblauen Fensterrahmen hinunterzurinnen.

»Sehr gut«, sagte Jaren und trat neben sie. »Na los, das sollte nicht lange dauern.«

Es kostete sie dreißig Minuten harte Arbeit, um die Scheibe sauber zu bekommen. Immer wieder blieben Passanten stehen, und irgendwann kam Andrew mit einer Trittleiter aus dem Bus Stop, damit sie auch in die oberen Ecken kamen.

Als Cat und Jaren schließlich einen Schritt zurücktraten, um das Resultat ihrer Arbeit zu begutachten, hörten sie auf einmal eine vertraute spöttische Stimme hinter sich. »O nein, gab es etwa einen Unfall? Oder hasst Sie da jemand fast so sehr, wie ich es tue?«

Cat wirbelte herum und starrte in Gregs amüsiertes Gesicht. »Als wüssten Sie nicht genau, was hier passiert ist.«

Er verzog die Lippen zwischen den schwammigen Hängebacken zu einem unschuldigen Lächeln. »Woher? Ich war bei einem Treffen des Stadtrats am anderen Ende von Chester.«

»Lügner«, zischte Cat mit zusammengekniffenen Augen.

»Ich kann Ihnen versichern, dass ich die Wahrheit sage«, konterte Greg. »Der Termin hat um halb sechs angefangen und ist vor fünfzehn Minuten zu Ende gegangen. An Ihrer Stelle wäre ich mit meinen Anschuldigungen ein wenig vorsichtiger, Cat.«

»Dann haben Sie eben jemanden bezahlt. So oder so läuft es auf dasselbe hinaus: einen feigen Angriff.«

Greg lachte. »Wie Sie meinen. Es wird nicht leicht werden, das zu beweisen, und ich bin mir sicher, dass Sie Besseres mit Ihrer Zeit anzufangen wissen. Gibt es da nicht bald eine Gerichtsanhörung, auf die Sie sich vorbereiten sollten?«

Cat ballte die Hände zu Fäusten und zählte stumm bis zehn. »Nein, ich muss an einem Termin teilnehmen. Diese Sache wird auf keinen Fall noch einmal vor Gericht gehen. Ihr Wort steht gegen meins.«

»Oder Ihr Wort gegen eine Aufnahme«, korrigierte er sie. »Es ist wirklich erstaunlich, was man mit Smartphones heutzutage alles anstellen kann.«

Cat schwieg überrascht. Natürlich war es möglich, dass Greg ihren Streit aufgezeichnet hatte, aber würde die Aufnahme eine andere Geschichte erzählen als die, an die sie und ihre Freunde sich erinnerten? Es schien kaum möglich, dass sie sich allesamt irrten.

»Sie haben sich das falsche Team ausgesucht, Greg.« Sie funkelte ihn wütend an. »Sooft Sie es auch leugnen, François ist schuldig.«

Ein triumphierender Ausdruck huschte über Gregs Züge. »Das wird sich noch herausstellen.« Mit einem mitleidigen Blick sah er zu Jaren. »Kehr ihr niemals den Rücken zu. Sie mag vielleicht hübsch sein, aber sobald du auch nur eine Sekunde nicht hinschaust, wird sie dir ein Messer zwischen die Schultern rammen.«

Jaren starrte ihn wütend an. »Wenn ich deinen Rat will, frage ich dich danach.«

Greg schüttelte kichernd den Kopf. »Dann behaupte hinterher aber nicht, dass ich dich nicht gewarnt hätte.« Damit drehte er sich auf dem Absatz um und verschwand Richtung Bistro.

Wütend schleuderte Jaren den geschwärzten Schwamm in einen der Eimer. »Was für ein Idiot. Jede Wette, dass er was mit der Sache hier zu tun hat.«

Cat nickte. Sie war so außer sich vor Zorn, dass sie kein Wort herausbrachte. Doch Greg hatte recht, sie konnte ihm nichts beweisen. Er war viel zu clever, um irgendwelche Spuren zu hinterlassen.

»Komm.« Jaren machte eine Kopfbewegung in Richtung der hell erleuchteten Fenster des Let's Go Dutch. »Wir bringen die Eimer zurück und gehen anschließend zu Seb. Ich denke, wir haben uns einen Drink verdient, meinst du nicht auch?«

»Und wie. Aber diesmal gebe ich einen aus. Vielen Dank für deine Hilfe!«

Jaren winkte ab. »Wie gesagt, wir passen hier aufeinander auf. Du musst dich nicht bei mir bedanken.«

In diesem Moment empfand Cat eine solch große Dankbarkeit, dass sie beinahe in Tränen ausgebrochen wäre. Verlegen senkte sie den Kopf. »Trotzdem, ich bezahle, okay?«

Jaren lächelte. »Ich denke, damit kann ich leben.«

Kapitel siebzehn

Sadie war schockiert, als Cat sie am Samstagmorgen anrief und berichtete, was am Abend zuvor passiert war. »Das ist ja schrecklich. Soll ich in den Laden kommen? Kann ich was tun?«

»Nein, die größte Sauerei ist beseitigt. Zumindest die Scheiben sind wieder sauber. Unsere hübschen blauen Fensterrahmen sehen dagegen etwas angegraut aus.«

Beinahe wäre Sadie eine ganze Reihe an Flüchen herausgerutscht, doch im letzten Moment erinnerte sie sich, dass Lissy gleich neben ihr am Küchentisch saß und malte. »Wir lassen die Rahmen neu streichen.«

»Aber erst nach dem Termin. Seb hat mir versprochen nachzusehen, ob die Überwachungskameras irgendwas Brauchbares aufgezeichnet haben; allerdings mache ich mir keine großen Hoffnungen.«

»Und niemand hat was gesehen?«

»Nein, niemand. Es muss wahnsinnig schnell gegangen sein. Als Andrew und Earl aus dem Diner gekommen sind, war der Täter schon über alle Berge.«

Sadie kaute nachdenklich auf ihrer Unterlippe. »Und du bist dir wirklich sicher, dass ich nichts tun kann?«

»Ganz sicher. Konzentrier du dich darauf, die Gastgeschenke für die Hochzeit fertig zu bekommen. Wir sehen uns Montag.«

Den Rest des Tages konnte Sadie sich nur schwer auf die Arbeit konzentrieren. Sie musste ständig an diese Farbattacke denken. Als Adam am Abend vorbeikam, quetschte sie ihn nach weiteren Details aus, doch er wusste nicht mehr über die Sache, als Cat ihr bereits erzählt hatte. Der ganze Stress verursachte ihr Kopfschmerzen, und sie war ungewöhnlich gereizt.

Nach einer Stunde, die sie schweigend nebeneinanderher gearbeitet hatten, reichte es Sadie. »Tut mir leid, Adam, aber ich glaube, wir sollten Schluss machen. Ich bin heute Abend keine besonders angenehme Gesellschaft.«

»Das ist doch verständlich.« Adam hielt ein fertig verziertes Plätzchen in die Höhe. »Schau mal, das ist gar nicht so übel geworden, oder? Ich könnte eine Ladung Kekse mitnehmen und bei mir zu Hause fertig machen.«

Sadie zögerte. War er inzwischen gut genug, um ohne ihre Hilfe zurechtzukommen? Andererseits musste die Bestellung am Dienstag raus, und es warteten immer noch über hundert Plätzchen auf ihre Verzierung – ganz abgesehen von denen, die sie für den Laden brauchten.

»Okay. Aber lass dir Zeit.«

Er nickte. »Keine Sorge, das mache ich.«

Sie schenkte ihm ein erschöpftes Lächeln. »Tut mir leid,

dass ich den ganzen Abend so schlecht drauf war. Diese Geschichte mit Greg regt mich wahnsinnig auf.«

»Ruh dich aus«, sagte Adam mitfühlend. »Ich komme morgen vorbei, um nach dir zu sehen.«

Nachdem Sadie die Haustür hinter ihm geschlossen hatte, lehnte sie die Stirn gegen das kühle Holz. Sie hatte niemals erwartet, dass es einfach sein würde, ihr eigenes Geschäft zu führen, aber musste es wirklich gleich so kompliziert werden?

Am Montagmorgen fühlte sich Sadie schon sehr viel besser. Die Plätzchen für die Hochzeit waren dank Adams und Clares Einsatz rechtzeitig fertig geworden. Cat berichtete, dass das Wochenendgeschäft gut gelaufen war und die Schäden am Fensterrahmen nicht ganz so schlimm ausfielen, wie sie zuerst befürchtet hatte. Außerdem tauchte die Sonne Castle Court in ein gleißendes Licht, das sie auch ihre letzten Sorgen vergessen ließ. Und selbst als Cat ihren Bericht über Daniels Reaktion auf Adam mit einem Stirnrunzeln quittierte, konnte das ihrer Laune nichts anhaben.

»Um ehrlich zu sein, finde ich nicht, dass es Daniel irgendetwas angeht«, bemerkte Cat, nachdem Sadie ihr alles erzählt hatte. »Seb weiß auch nicht über jede Minute meines Lebens Bescheid, die ich nicht mit ihm verbringe, und er erwartet ganz sicher nicht, dass ich mich dafür entschuldige, meinen Job zu machen.«

»Ich glaube, er war einfach nur überrascht. Und er hat recht, ich hätte es ihm sagen sollen.«

Cat musterte sie aus zusammengekniffenen Augen. »Und wie findest du die Idee von einem Valentinsdinner?«

Sadie holte tief Luft. Die Wahrheit war, dass sie nicht so genau wusste, was sie von der Aussicht auf einen romantischen Abend – und das würde er mit an Sicherheit grenzender Wahrscheinlichkeit werden – halten sollte. Seit sie zugestimmt hatte, ihm eine zweite Chance zu geben, hatte er sich mit körperlichen Annäherungsversuchen zurückgehalten. Bisher hatte es nicht mehr zwischen ihnen gegeben als eine etwas linkische Umarmung. Doch sie wusste, dass er mehr wollte.

»Für den Valentinstag haben wir keinen Babysitter mehr bekommen. Deswegen gehen wir stattdessen heute Abend aus.«

»Damit hast du meine Frage nicht beantwortet«, stellte Cat trocken fest. »Wie fühlst du dich damit?«

Sadie überlegte kurz, bevor sie sich Hals über Kopf ins kalte Wasser stürzte. »Ganz okay. Ich freue mich darauf, mich mit ihm zu unterhalten – ungestört und auf neutralem Boden.«

Cat hob skeptisch eine Augenbraue. Sie wirkte alles andere als überzeugt.

»Wirklich.«

»Wenn du meinst«, murmelte Cat.

»Und wie geht es dir? Ich meine, in Bezug auf den Termin morgen.«

Cat stieß langsam den Atem aus. »Ganz okay, denke ich. Ich habe die Zeugenaussagen vorab an meine Anwältin in Paris geschickt. Wir treffen uns bei ihr in der Kanzlei, bevor wir zusammen zu Martin et Moreau gehen. Und hier habe ich alles vorbereitet, was in meiner Macht steht, also … Ich denke, ich bin bereit.«

Sadie schenkte ihrer Freundin ein aufmunterndes Lächeln. »Gut. Du wirst diesem François einen Denkzettel verpassen, den er nicht so schnell vergisst.«

»Hoffentlich.« Cat sah zu den Kartons hinüber, in denen die Gastgeschenke für die Hochzeit verstaut waren. »Dann lass uns die jetzt verpacken, damit sie gleich morgen früh rauskommen, okay?«

Sie arbeiteten schweigend. Sadie war sich beinahe sicher, dass Cat in Gedanken bei der anstehenden Anhörung war. Sie selbst dagegen wälzte noch immer Cats Frage in ihrem Kopf hin und her. Wie fühlte sie sich bei dem Gedanken, mit Daniel auszugehen?

»Sadie, hast du die Plätzchen nach dem Aushärten noch mal überprüft?«

Der seltsame Tonfall, der in Cats Stimme mitschwang, ließ Sadie alarmiert aufblicken. »Wie bitte? Ja, natürlich. Warum?«

»Weil auf den meisten ›Sonny‹ mit ›o‹ steht. Aber es gibt auch einige, wo der Name mit ›u‹ geschrieben ist.«

Sadie spürte, wie ihr augenblicklich sämtliches Blut aus dem Gesicht wich. »Das ist unmöglich. Ich habe die meisten selbst verziert, und den Rest haben Adam und Clare gemacht.« Erst jetzt erinnerte sie sich, dass sie die Kiste mit den Keksen, die Adam mit nach Hause genommen hatte, hinterher nicht mehr überprüft hatte. Hatte er sich nicht noch darüber beschwert, dass die Namen nach einer Weile merkwürdig aussahen? »Lass mich mal sehen.«

Es kostete Sadie nur wenige Sekunden, um festzustellen, dass Cat sich nicht getäuscht hatte: Eine nicht unerhebliche Anzahl der Kekse war mit dem falschen Namen versehen.

»Kannst du die irgendwie retten?«

Sadie schüttelte den Kopf. »Das würde es nur schlimmer machen. Wir müssen noch mal ganz neue Kekse verzieren.«

»Das geht nicht.« In Cats Miene spiegelten sich Unglaube und Wut. »Ich fahre in ein paar Stunden nach Paris, vorher kann ich unmöglich noch neue Plätzchen backen. Und du musst ab vier die Geburtstagsparty betreuen.«

»Haben wir denn gar keine Ersatzexemplare übrig?«, fragte Sadie mit einem Blick auf die Uhr. Es würde knapp werden, aber wenn die Kekse bereits gebacken und abgekühlt waren, konnte sie bis zu der Party noch ein paar verzieren.

»Nein. Die sind alle aufgebraucht.« Frustriert starrte Cat auf die Kartons hinunter. »Wie konnte das passieren?«

Sadie kreuzte die Finger hinter dem Rücken. »Keine Ahnung. Aber spielt das jetzt überhaupt noch eine Rolle? Das Wichtigste ist, dass wir das Problem irgendwie lösen. Kann Adam das Backen übernehmen?«

Cat stieß ein kurzes, hohles Lachen aus. »Nein. Ich denke nicht, dass ich im Moment irgendjemandem außer mir selbst vertraue.«

»Okay.« Sadie versuchte den Stich, den die Worte ihrer Freundin ihr verpasst hatten, zu ignorieren. »Erst mal sollten wir rausfinden, wie viele Kekse tatsächlich falsch beschriftet sind. Dann sehen wir weiter.«

Die folgende Stille schien von wütender Anspannung aufgeladen zu sein. Schließlich nickte Cat und griff nach dem nächstbesten Karton. »Okay.«

Zuerst war Sadie noch optimistisch, die Anzahl der falsch beschrifteten Plätzchen war relativ klein. Es würde nicht mehr als ein paar Stunden dauern, neue zu backen und auskühlen zu lassen, damit sie sie verzieren konnten und rechtzeitig für die Hochzeit fertig bekamen. Kein Problem.

Dann öffnete Cat den letzten Karton. Jeder Keks darin war falsch beschriftet.

»Einundsechzig«, stellte Cat fest, nachdem sie noch einmal nachgezählt hatte. »Einundsechzig Sunnys.«

Sadie stöhnte. »Verdammt. Und jetzt?«

Mit einem wütenden Schnauben zog Cat ihr Handy aus der Tasche. »Jetzt sehe ich nach, ob ich meinen Flug umbuchen kann, und du versuchst, die Party zu canceln.«

»Ich kann unmöglich die Geburtstagsfeier eines Kindes absagen«, protestierte Sadie entsetzt. »Das Mädchen wäre todtraurig und ihre Mutter vermutlich stinksauer. Kannst du dir vorstellen, was für schlechte Publicity das für uns bedeuten würde?«

»Bei den Hochzeitskeksen steht mehr auf dem Spiel«, gab Cat zurück, während sie auf dem Display ihres Handys herumtippte. »Wie willst du jemals mit dem Verzieren fertig werden, wenn du bis halb sechs mit der Party beschäftigt bist?«

Jetzt war es an Sadie, nach ihrem Telefon zu greifen. »Ich mache sie heute Abend fertig. Daniel weiß, wie wichtig dieser Auftrag für uns ist. Er wird es verstehen.«

Nachdem sie Daniel die Nachricht überbracht hatte, schwieg er einige Sekunden. »Wie es aussieht, bleibt uns kaum was anderes übrig«, sagte er schließlich auf ihren Vorschlag hin, ihre Verabredung zu verschieben.

»Spielt es denn wirklich eine so große Rolle, wann wir zusammen essen gehen?«, fragte Sadie in dem Bewusstsein, dass Cat ihr aufmerksam zuhörte.

»Nein, wahrscheinlich nicht.« Ein frustrierter Unterton schwang in seiner Stimme mit. »Aber manchmal ist es schwer, sich nicht zurückgesetzt zu fühlen.«

Sie dachte an all die Abende, an denen er sie angerufen und ihr gesagt hatte, dass er länger im Büro bleiben müsse. Wieder und wieder hatte er sie mit ihrer kleinen Tochter allein zu Hause sitzen lassen. Doch sie sagte nichts.

Mit einem Seufzen gab Daniel schließlich nach. »Soll ich Lissy abholen?«

»Nein. Ich hole sie von der Tagesmutter ab und mache mich an die Arbeit, sobald sie im Bett ist. Ich sollte nicht mehr als ein paar Stunden brauchen. Um zehn bin ich fertig.«

»Okay. Ich sage bei der Agentur Bescheid, dass wir den Babysitter nicht mehr brauchen.«

Als Sadie auflegte, telefonierte Cat gerade mit der Airline. Offensichtlich konnte sie ihren Flug umbuchen.

»Alles geklärt?«, fragte Sadie, nachdem Cat aufgelegt hatte.

Cat nickte. »Und bei dir?«

»Alles klar. Er war nicht gerade glücklich, aber wir verschieben die Verabredung einfach.«

»Und was ist mit dir?« Cat musterte sie aufmerksam. »Wie fühlst du dich dabei, dass ihr euer Date verschieben müsst?«

»Es lässt sich nicht ändern«, sagte Sadie mit einem Schulterzucken, von dem sie hoffte, dass es Cat davon abhalten würde, weitere Fragen zu stellen.

»Stimmt. Aber wenn ich raten müsste, würde ich sagen, dass du erleichtert bist.«

Sadie mied ihren Blick und konzentrierte sich stattdessen darauf, die Kekse mit den falsch geschriebenen Namen beiseitezuräumen. »Nein, natürlich nicht. Ich bin einfach nur froh, dass Daniel keinen großen Aufstand deswegen gemacht hat, das ist alles.«

»Mhm.« Cat wirkte alles andere als überzeugt. Sie zog eine Schublade auf und nahm eine Schürze heraus. »Ich muss um Viertel vor sechs in Manchester am Flughafen sein. Uns bleiben genau eineinhalb Stunden, um siebzig Plätzchen zu backen.«

Sadie spürte Übelkeit in sich aufsteigen. »Reicht das?«

Cat nahm die Edelstahlschüssel aus dem Mixer. »Das werden wir jetzt herausfinden.«

Es war beinahe zehn Uhr, als Sadie den Spritzbeutel mit dem weißen Zuckerguss beiseitelegte und müde auf die Reihen glänzender Kekse hinabblickte. Sie hatte sich regelrecht paranoid gefühlt, als sie während des Verzierens immer und immer wieder die Namen überprüft hatte. Doch diesmal war sie sich sicher, sie jedes Mal richtig geschrieben zu haben.

Als sie die verspannten Muskeln in ihrem Rücken streckte, fiel ihr Blick auf ihr Handy. Daniel hatte ihr ein paar Minuten zuvor eine Nachricht geschickt.

Wie läuft's?

Geschafft, antwortete sie. *Jetzt müssen sie nur noch in den Ofen zum Trocknen.*

Nachdem sie die Bleche in den vorgeheizten Backofen geschoben und den Timer auf dreißig Minuten eingestellt hatte, klingelte es an der Tür. Mit einem Stirnrunzeln durchquerte sie den Flur und warf einen Blick durch den Spion.

Vor der Tür stand Daniel.

Die Falten auf Sadies Stirn vertieften sich noch einmal, als sie ihm öffnete. »Was …«

Er unterbrach sie, indem er beide Hände hob. In der einen hielt er eine braune Papiertüte, in der anderen eine Flasche Chardonnay. »Ich habe Chicken Bhuna und Prawn Madras mitgebracht. Was magst du lieber?«

Sadie konnte nicht anders, sie musste lächeln, als sie einen Schritt beiseitetrat, um ihn reinzulassen. »Wann hab ich mich je für Madras entschieden?«

»Es gibt für alles ein erstes Mal«, bemerkte Daniel, als er an ihr vorbei in die Küche ging. Neben dem Esstisch blieb er stehen und drehte sich zu ihr um. »Gut, dass du pünktlich fertig geworden bist. Sonst hätte ich alles allein essen müssen.«

Mit einem Lachen nahm Sadie zwei Teller vom Regal über der Arbeitsfläche. »Erzähl mir jetzt nicht, dass du die ganze Zeit vor meiner Tür gewartet und auf die Uhr gestarrt hast.«

»Doch, natürlich. In meinem Auto riecht es wie in einem indischen Restaurant, und der Boden ist voller Papadam-Krümel.«

Sadies Magen begann augenblicklich zu knurren, als ihr der Geruch der pikanten Gewürze in die Nase stieg, nachdem sie die Deckel von den Boxen genommen hatte. »Danke«, sagte sie aufrichtig, denn sie freute sich tatsächlich sehr über seine aufmerksame Geste.

»Kein Problem. Ich hab mir gedacht, dass du noch nichts gegessen hast.«

Nachdem Sadie die leeren Spritzbeutel und Backofengitter weggeräumt hatte, setzten sie sich zum Essen an den Küchentisch.

Das Curry schmeckte göttlich – Daniel hatte sich extra die Mühe gemacht, zu ihrem Lieblingsrestaurant zu fahren –, und nicht zum ersten Mal an diesem Abend empfand sie unendliche Dankbarkeit. Außerdem war er bester Laune, versuchte sie ständig zum Lachen zu bringen und schenkte ihr nach, sobald ihr Weinglas leer war. Richtig entspannen konnte sie sich jedoch erst, nachdem sie die Plätzchen aus dem Ofen geholt und zum Auskühlen auf die Arbeitsfläche gestellt hatte.

»Hast du was von Cat gehört?«, erkundigte sich Daniel, als sie sich mit ihren Weingläsern in der Hand einen Weg durch das von Spielsachen übersäte Wohnzimmer bis zum Sofa bahnten.

Sadie warf einen Blick auf ihr Handy. »Sie schreibt, dass sie gerade durch die Passkontrolle durch ist.«

Daniel ließ sich neben sie auf die Couch fallen. »Und wie geht es ihr?«

»Sie ist gut vorbereitet. Was nicht heißt, dass es ihr leichtfällt. Ich habe das Gefühl, dass es sie mehr mitnimmt, als sie zugibt.«

Daniel nippte an seinem Wein. »Glaubst du, dieser François wird einen Rückzieher machen?«

Sadie seufzte. »Cats Anwältin geht davon aus. Vieles hängt davon ab, ob sie die Zeugenaussagen akzeptieren, die Cat zusammengetragen hat. Ich kann ehrlich gesagt immer noch nicht richtig glauben, dass Cherie die Seiten gewechselt hat.«

»Klingt ganz so, als hätte da jemand plötzlich Gewissensbisse bekommen«, bemerkte Daniel. »Ganz im Gegensatz zu diesem Greg.«

Danach drehte sich ihre Unterhaltung um andere Themen. Die Weinflasche leerte sich, und Sadie fiel auf, dass sie immer häufiger lachte. Es ist mitten in der Woche, und ich bin angetrunken, dachte sie, während sie über einen weiteren Witz von Daniel kicherte. Sie musterte ihn aus dem Augenwinkel. Bildete sie es sich nur ein oder waren seine Augen blauer geworden? Die silbernen Haare an seinen Schläfen waren definitiv neu. Es überraschte sie, dass er sie nicht hatte färben lassen.

In diesem Moment bemerkte sie, dass er sie mit einem fragenden Ausdruck im Gesicht ansah. »Was ist?«

»Ich habe gerade gesagt, dass ich jetzt wohl besser gehen sollte.«

Sadie war überrascht, dass sie einen Anflug von Enttäuschung empfand. Sie warf einen Blick auf die Uhr. »Oh! Ja, wahrscheinlich hast du recht.«

Er stand auf und streckte ihr eine Hand hin, um sie ebenfalls auf die Beine zu ziehen. Dann ging er ihr voraus in die Küche, um die fast leere Weinflasche auf den Tisch zu stellen und seinen Mantel zu holen.

»Das hat Spaß gemacht«, sagte er an der Tür. »Nicht ganz das romantische Abendessen, das ich geplant hatte, aber trotzdem sehr schön.«

Bei dem Wort »Romantik« spürte Sadie ein Ziehen in der Magengegend, sie hatte mit ihrer Vermutung recht gehabt. Aber er hatte ihr nicht im Weg gestanden, als sie die Verabredung abgesagt hatte, sondern sich ganz im Gegenteil Mühe gegeben, es ihr so angenehm wie möglich zu machen. Es verwirrte sie, dass das Ziehen in ihrem Magen alles andere als unangenehm war. Wenn sie sich nicht vollkommen täuschte, fühlte sie sich tatsächlich wieder zu ihm hingezogen.

Unwillkürlich machte sie einen Schritt auf ihn zu. »Ja, es war wirklich ein schöner Abend. Danke.«

Er schenkte ihr ein zärtliches Lächeln und gab ihr einen flüchtigen Kuss auf die Stirn. »Jederzeit gerne. Schlaf schön, Sadie.«

Das letzte Mal, dass er sie auf die Stirn geküsst hatte, erinnerte sich Sadie auf einmal, war lange vor Lissys Geburt gewesen. Sie hatte mit einer starken Erkältung im Bett gelegen und sich kaum rühren können. Damals ist er auch mitfühlend gewesen, dachte sie, mitfühlend und geduldig. Er gab ihr den nötigen Raum, wenn sie ihn brauchte, genau wie der Daniel, der er einmal gewesen war.

Er wandte sich ab und trat aus dem Haus.

Sadie griff nach seinem Ärmel. »Warte …«

Überrascht sah er sie an, dann begriff er. Zärtlich strich er ihr über die Wange. »Ja?«

Mit klopfendem Herzen sah sie ihn an. Wenn sie das hier jetzt tat, gab es kein Zurück mehr. War sie sich wirklich sicher, dass es das war, was sie wollte?

»Ich …«, flüsterte sie unsicher. »Musst du wirklich gehen?«

Er strich ihr über die Haare, während er sie aufmerksam musterte. »Nein.«

Sadie holte zitternd Luft. Er überließ die Entscheidung ihr, gab ihr die Möglichkeit, ihre Meinung zu ändern.

»Dann bleib.«

Seine Augen schienen eine Nuance dunkler zu werden.

»Bist du dir sicher? Ich möchte dich zu nichts drängen. Ich warte. So lange wie nötig.«

Sie spürte, wie sich ihr Herz bei seinen Worten zusammenzog. Sie wollte nicht warten.

»Ich bin mir sicher.«

Daniels Hand, die eben noch über ihre Haare gestrichen hatte, lag auf einmal auf ihrem unteren Rücken, die andere hatte er an ihre Wange geschmiegt. Langsam beugte er sich zu ihr hinunter, um sie zu küssen.

Der Kuss dauerte nur wenige Sekunden. Dann zog Daniel sich ein paar Zentimeter zurück, als versuchte er sich zu überzeugen, dass alles okay war. Als wartete er auf ein Zeichen von ihr, dass sie mehr wollte.

Es war lange her, dass er sie auf diese Weise geküsst hatte – sanft und voller Zärtlichkeit. Dies war der Mann, den sie geliebt hatte, bevor alles furchtbar schiefgelaufen war. Konnte sie sich wieder in ihn verlieben?

Behutsam strich sie mit einem Finger über seine Lippen. Er küsste die Spitze, ohne den Blick von ihr abzuwenden, in den Augen die stumme Frage, ob sie sich wirklich sicher war.

Sie nickte. Dann nahm sie seine Hand und zog ihn zurück ins Haus.

Kapitel achtzehn

»Irgendwie wirkst du heute verändert.«

Sadie hielt den Blick an diesem Dienstagmorgen starr geradeaus auf die Straße gerichtet und hoffte inständig, dass Adam nicht merken würde, wie ihr bei seiner Bemerkung die Hitze in die Wangen stieg. Sie und Daniel hatten verschlafen. Lissy hatte sie geweckt, als sie zu ihnen ins Schlafzimmer gekommen war und wissen wollte, warum Daddy in Mummys Bett schlief. Der Morgen war dann ziemlich chaotisch verlaufen, Sadie hätte sich nicht gewundert, wenn sie ihre Unterwäsche vergessen hätte. Und dann hatte Daniel sie auch noch mit einem leidenschaftlichen Kuss verabschiedet.

»Findest du?« Unsicher fuhr sie sich durch die Haare aus Angst, sie könnten noch verstrubbelt sein.

»Definitiv.« Adam runzelte nachdenklich die Stirn. »Du wirkst irgendwie … glücklicher.«

»Mummy hat alle Kekse für die Hochzeit fertig verziert«, meldete sich Lissy von der Rückbank. »Vielleicht ist sie deswegen so glücklich.«

Adam warf ihr einen irritierten Blick von der Seite zu. »Ich dachte, das hätten wir am Wochenende erledigt.«

Sadie verzog das Gesicht. »Hatten wir – und dann auch wieder nicht. Leider waren nicht alle … äh … hübsch genug, um sie auszuliefern.«

Er schwieg einige Sekunden. »Du meinst meine, oder?«

»Nein!«, widersprach Sadie hastig. Sie konnte die Niedergeschlagenheit in seiner Stimme kaum ertragen. »Es war nicht deine Schuld …« Sie holte tief Luft, bevor sie entschlossen hinzufügte: »Ich habe den Namen des Bräutigams falsch geschrieben. Als es drauf ankam, habe ich zu unkonzentriert gearbeitet.«

»Nett, dass du das sagst«, murmelte Adam. Er hatte den Blick aus dem Fenster gerichtet. »Aber du bist viel zu professionell, um so einen Fehler zu machen.«

»Bin ich nicht«, widersprach Sadie in der Hoffnung, überzeugend genug zu klingen. »Glaub mir, ich mache genauso Fehler wie alle anderen auch. Und der hier geht eindeutig auf meine Kappe. Aber wir haben ihn Gott sei Dank bemerkt, bevor die Bestellung rausgegangen ist, und ich habe letzte Nacht die entsprechenden Plätzchen ersetzt.«

Adam starrte noch immer aus dem Fenster.

Sadie unterdrückte ein Seufzen. Die Wahrheit war, dass Adam den Fehler begangen hatte, aber was spielte das jetzt noch für eine Rolle? Immerhin war noch einmal alles gut gegangen. Doch das konnte sie ihm nicht sagen, also schwiegen sie die nächsten Minuten und lauschten dem

Radio, bis Sadie auf den Parkplatz vor Lissys Schule abbog.

»Da wären wir«, sagte sie und drehte sich mit einem strahlenden Lächeln zu ihrer Tochter um. »Zeit, auszusteigen und Spaß zu haben.«

»Adam hat recht, du lachst heute so viel«, bemerkte Lissy. »Ist das, weil du letzte Nacht mit Daddy gekuschelt hast?«

Sadie war sich sicher, im nächsten Moment vor Verlegenheit im Boden versinken zu müssen. Sie wagte es nicht, Adam anzusehen. »Ja, so was in der Art. Und jetzt ab mit dir, sonst kommst du noch zu spät.« Mit flammenden Wangen stieg sie aus dem Wagen und fummelte ungeschickt an Lissys Anschnallgurt herum, bis sie ihn endlich gelöst hatte und mit ihrer Tochter das Schulgelände betrat.

Als sie zurück zum Auto kam, waren ihre Wangen abgekühlt, allerdings fühlte sie sich kein bisschen weniger verlegen.

»Okay«, sagte sie, nachdem sie den Motor gestartet hatte, und zuckte unwillkürlich zusammen, als sie ihren übertrieben fröhlichen Tonfall hörte. Schnell drehte sie das Radio auf. »Oh, ich liebe diesen Song.«

Adam schwieg und sah wieder aus dem Fenster. Erst als die Musik verstummte und ein Werbejingle gespielt wurde, öffnete er den Mund. »Du und Daniel also …«

Sadie zögerte einen Moment in der Hoffnung, einen Weg zu finden, ihm die Neuigkeiten schonend beizubringen. Doch das Kind war bereits in den Brunnen gefallen. »Ja«, sagte sie schließlich.

Er nickte und brachte sogar ein Lächeln zustande. »Freut mich für dich.«

Sadie öffnete den Mund, um etwas zu erwidern – irgendetwas –, schloss ihn jedoch unverrichteter Dinge wieder. Was konnte sie schon groß sagen, du wirst sicher bald auch die Richtige für dich finden?

Adam starrte auf seine Füße. »Lissy scheint auf jeden Fall begeistert zu sein.«

Die Schamesröte war in Sadies Wangen zurückgekehrt. »Um ehrlich zu sein, war sie das heute Morgen zuerst gar nicht. Als sie zu mir ins Bett krabbeln wollte und dort jemand anderen entdeckt hat, war sie ziemlich verwirrt.«

»Das kann ich mir vorstellen.« Jetzt war es an ihm, rot zu werden. Er wandte den Kopf wieder Richtung Fenster. »Aber du weißt schon, was ich meine.«

Das anschließende Schweigen hing wie eine dicke, undurchdringliche Wolke zwischen ihnen. Es fühlte sich beinahe so an, als wäre eine unsichtbare Wand zwischen ihnen hochgezogen worden, von der sie nicht wussten, wie sie sie überwinden sollten.

Sadie konzentrierte sich auf die Straße; ein Auto war liegen geblieben und der Verkehr kroch im Schneckentempo voran. Sie konnte es kaum erwarten, dass die Fahrt endlich vorüber war. Als sie aus dem Augenwinkel zu Adam hinübersah, wäre sie beim Anblick seiner versteinerten Miene beinahe in Tränen ausgebrochen.

»Wenn Lissy nicht wäre …« Sie brach mitten im Satz ab und schüttelte den Kopf. »Du bist wirklich ein toller Mann, Adam. Ich hoffe, dass wir trotzdem Freunde bleiben können.«

Er blies die Wangen auf und ließ langsam den Atem entweichen. »Um ehrlich zu sein, hat ein Teil von mir die ganze Zeit gehofft, dass ihr zwei nur den Schein wahrt. Für Lissy. Inzwischen ist mir klar, dass ich mich geirrt habe.« Er lächelte wehmütig. »Ich freue mich, dass du glücklich bist.«

»Danke.«

Langsam löste sich der Stau vor ihnen auf, und Sadie konnte wieder Gas geben. Den Rest der Fahrt lauschten sie schweigend dem Radio.

Nachdem Sadie den Wagen im Parkhaus abgestellt hatte, drehte sich Adam zu ihr um. »Ich muss noch was erledigen. Wir sehen uns gleich im Laden, okay?«

Sie nickte und sah ihm nach, als er auf den Treppenaufgang zulief. Es war nicht ihre Absicht gewesen, ihn zu verletzen. Die Wahrheit war, dass ihr bis zu dem Moment, in dem Daniel sie am Vorabend geküsst hatte, nicht klar gewesen war, was sie wirklich wollte. Und ab dem Zeitpunkt hatte sie die Sehnsucht danach, gehalten und geliebt zu werden, wie eine Welle mitgerissen. Als sie mitten in der Nacht in seinen Armen aufgewacht war, hatte sie sich gefragt, ob es ein Fehler gewesen war. Doch jetzt war es zu spät für Reue. Nach Lissys unerwartetem Besuch im Schlafzimmer war an ihrer Entscheidung nichts mehr zu rütteln.

In Paris herrschte graues Nieselwetter.

Cat starrte aus dem Fenster ihres Hotelzimmers in den schicken, von Bäumen gesäumten Innenhof und nicht einmal das muntere Blubbern des Springbrunnens in seiner Mitte konnte sie aufheitern.

Das St. Marc war ein wunderschönes Hotel im Art-déco-Stil am Boulevard des Italiens, und es deprimierte sie, dass sie seinen Charme nicht richtig genießen konnte. Doch der anstehende Termin bei Martin et Moreau beherrschte ihre Gedanken und erstickte jegliche Begeisterung für alles Schöne, das Paris zu bieten hatte, im Keim.

Simone Collignon, Cats Anwältin, stand auf, als Cat kurze Zeit später ihr Büro betrat. »Wie schön, Sie wiederzusehen«, sagte sie zur Begrüßung und küsste Cat auf beide Wangen. »Auch wenn ich mir natürlich wünschen würde, dass die Umstände andere wären.«

Anschließend gingen sie die Zeugenaussagen und das Schreiben von François' Anwälten durch. Simone war sich sicher, dass sie einen Rückzieher machen würden, sobald sie die Beweise sahen, die Cat zusammengetragen hatte.

»Andererseits kommt es auch ein wenig darauf an, welches Ziel sie verfolgen«, erklärte sie, während sie die Papiere in eine Mappe schob, die sie in ihrer Aktentasche verstaute. »François de Beauvoir gefällt es nicht, wenn man seine Macht oder seine Autorität untergräbt. Es kann genauso gut sein, dass es ihm nur darum geht, seine Muskeln spielen zu lassen, um Sie daran zu erinnern, wer er ist.«

Cat verzog das Gesicht. »Glauben Sie mir, das habe ich

nicht vergessen. Und ich befürchte, ich werde es auch niemals tun.«

Simone nickte verständnisvoll. »Ich weiß. Es ist wichtig, dass wir ihn daran erinnern, dass Sie sich nicht schikanieren lassen.«

Die Räumlichkeiten der Anwaltskanzlei Martin et Moreau lagen am prächtigen Place Vendôme. Cat gab sich große Mühe, nicht eingeschüchtert zu wirken, als sie in der prunkvollen Lobby mit den meterhohen Decken saß und die tadellos gekleidete Rezeptionistin mit dem vollkommen unbeteiligten Gesichtsausdruck musterte, die ohne Pause auf ihre Computertastatur einhieb. Bitte, lass dies das letzte Mal sein, dass ich hierherkommen muss, flehte sie stumm.

Um Punkt elf Uhr vibrierte das Telefon auf dem Schreibtisch der Empfangsdame. Sie nahm den Hörer ab, lauschte einen Moment schweigend und wandte sich anschließend mit einem schmallippigen Lächeln an Cat und Simone. »Monsieur Moreau ist jetzt bereit, Sie zu empfangen.« Sie stand auf und wartete, dass die beiden es ihr gleichtaten. »Hier entlang, bitte.« Sie führte sie bis vor eine eichenvertäfelte Tür und klopfte, bevor sie die Klinke hinunterdrückte und die beiden mit einer ungeduldigen Handbewegung hineinscheuchte.

Cat schluckte schwer, als sie den großen, mit rotem Teppichboden ausgelegten Raum betrat.

Hinter dem ausladenden Schreibtisch aus Mahagoni saß Pierre Moreau. Seine weißen Haare waren ordentlich frisiert, und er hatte eine ebenso strenge wie undurchdringliche Miene aufgesetzt. Neben ihm stand François de Beauvoir, genauso gut gekleidet und mit demselben arroganten Gesichtsausdruck, wie Cat ihn in Erinnerung hatte. Allerdings stellte sie – beinahe amüsiert – fest, dass auch an ihm das Alter nicht spurlos vorüberging. Sein teures Jackett spannte deutlich über dem Bauch.

Hinter François entdeckte Cat Greg Valois. Als er ihrem Blick begegnete, verzog er die Lippen zu einem verächtlichen Grinsen, doch sie gab sich alle Mühe, ihre Miene möglichst ausdruckslos zu halten. Stattdessen rang sie sich ein höfliches Lächeln ab, als sie Simone weiter in den Raum folgte.

»*Bonjour Messieurs*«, sagte Simone und streckte den Männern nacheinander zur Begrüßung die Hand entgegen. »Ich gehe davon aus, dass dieser Termin nicht zu viel der wertvollen Zeit meiner Klientin in Anspruch nehmen wird.«

Cat setzte sich, ohne irgendwelche Hände zu schütteln. Allein beim Gedanken, François zu berühren, drehte sich ihr der Magen um.

Pierre Moreau richtete seinen eiskalten Blick auf Cat. »Das hängt vielmehr von Mademoiselle Garcia als von uns ab. Ist sie bereit zuzugeben, gegen die Verschwiegenheitserklärung, die sie unterschrieben hat, verstoßen zu haben?«

Simone quittierte seine Frage mit einem milden Lächeln. »Kommen Sie schon, Pierre. Meine Klientin hat nichts falsch gemacht.«

»Das werden wir ja sehen«, erwiderte Pierre. »Aber wo bleiben meine Manieren? Darf ich Ihnen etwas zu trinken anbieten?«

Simone bat um einen Kaffee, Cat lehnte ab. Sich im selben Raum wie François zu befinden, brachte sie vollkommen durcheinander. Sie erinnerte sich daran, wie er sich in der leeren Küche des La Perle an sie gepresst und sich selbst nach mehreren wütenden Aufforderungen von ihr geweigert hatte, sie gehen zu lassen. In den darauffolgenden Tagen hatten sie die Bilder nicht mehr losgelassen, und noch immer versetzte sie die Vorstellung, was passiert wäre, hätte nicht einer der Kellner die Küche betreten und François gestört, in Panik. Die Albträume verfolgten sie bis heute.

Pierre Moreau räusperte sich. »Also, wie wir Ihnen bereits im Vorfeld in unserem Schreiben mitgeteilt haben, wird Ihnen, Mademoiselle Garcia, zur Last gelegt, am 2. Dezember des vergangenen Jahres gegen die von Ihnen unterzeichnete Verschwiegenheitserklärung verstoßen zu haben. Sie haben die Anschuldigungen gegen meinen Klienten in der Anwesenheit einer großen Gruppe von Menschen laut wiedergegeben und damit die Ehre meines Klienten diffamiert.« Er machte eine Pause und sah Cat in die Augen. »Dies ist ein klarer Verstoß gegen Ihre Vereinbarung mit Monsieur de Beauvoir, und wir bestehen auf die Zahlung der dort festgelegten Strafsumme, die, wie Sie wissen, bei 75 000 Euro liegt.«

Cat hatte das Gefühl, dass ihr der Boden unter den Füßen weggezogen wurde. Einen solchen Betrag würde sie niemals aufbringen können.

Atme, redete sie sich selbst gut zu, als Simone ihr einen aufmunternden Blick zuwarf. Atme einfach …

»Und auf welcher Grundlage werden diese Anschuldigungen vorgebracht?«, erkundigte sich Simone kühl.

Pierre deutete auf Greg. »Monsieur Valois besitzt ein erfolgreiches Bistro, das in unmittelbarer Nachbarschaft zu Mademoiselle Garcias Ladengeschäft liegt. Er war anwesend, als sie die entsprechenden Aussagen getroffen hat.«

Cat öffnete den Mund, um etwas zu erwidern, doch Simone war schneller. »Wenn ich das richtig verstanden habe, war Monsieur Valois mehr als anwesend – er war der Initiator des Streits. Meine Klientin war gezwungen, sich zu verteidigen, nachdem Monsieur Valois ihre berufliche Qualifikation infrage gestellt hatte.« Sie bedachte Greg mit einem durchdringenden Blick. »Ich kann nur annehmen, dass er neidisch auf ihre beispiellose Karriere ist.«

Greg stieß ein abfälliges Schnauben aus. »Ich kann Ihnen versichern, dass dies ganz bestimmt nicht der Fall ist.«

Pierre warf ihm einen warnenden Blick zu, bevor er die Fingerspitzen seiner gespreizten Hände auf dem Schreibtisch zusammenlegte und sich wieder an Simone wandte. »Wie auch immer die Umstände des Vorfalls genau ausgesehen haben mögen, Ihre Klientin hat gegen die Auflagen der Vereinbarung verstoßen und ist somit haftbar. Ich habe eine eidesstattliche Zeugenaussage von Monsieur Valois, einem hochgeschätzten Ehrenbürger der Stadt

Chester, die den exakten Wortlaut von Mademoiselle Garcias Äußerungen wiedergibt. Darüber hinaus bin ich im Besitz einer Audioaufnahme, in der sie Bezug auf meinen Klienten hinsichtlich des Grundes nimmt, aus dem sie das La Perle verlassen hat, und erklärt, dass er sich ihr gegenüber unangemessen verhalten habe.«

In diesem Moment hatte Cat genug. »Weil er sich unangemessen verhalten *hat*«, schleuderte sie dem Anwalt entgegen. »Ich nehme nicht an, dass Sie einer außergerichtlichen Einigung zugestimmt hätten, wären Sie auch nur im Mindesten von seiner Unschuld überzeugt.« Als sie zu François hinübersah und das grausame Lächeln bemerkte, das seine Lippen umspielte, wünschte sie sich augenblicklich, den Mund gehalten zu haben. Er genoss das hier. Als wäre er die Katze und sie die Maus, mit der er spielte.

»Die Fakten den ursprünglichen Fall betreffend stehen hier und heute nicht zur Debatte«, sagte Simone fest. »Aber um das noch einmal in aller Deutlichkeit festzuhalten: Ihr Klient hat Mademoiselle Garcia an ihrem Arbeitsplatz sexuell belästigt, wodurch sie sich zur Kündigung gezwungen sah. Die Verschwiegenheitserklärung wurde von beiden Parteien unterschrieben, und meine Klientin würde niemals gegen dieselbe verstoßen, außer man würde sie in dieser Hinsicht extrem provozieren –, was Monsieur Valois' Intention war, als er laut verkündet hat, dass er ein Freund Ihres Mandanten sei.« Sie griff in ihre Aktentasche und zog eine Mappe daraus hervor. »Hier drin befinden sich sieben Zeugenaussagen von weiteren Ladeninhabern, die zu dem Zeitpunkt, zu dem meine Klientin angeblich gegen besagte Verschwiegenheitserklärung verstoßen haben soll, anwesend waren. Sie alle bestätigen, dass meine Klientin zu keinem Zeitpunkt den Namen Ihres Mandanten genannt hat, noch jemals angedeutet hat, dass sie von ihm sexuell belästigt wurde. Darüber hinaus haben die Zeugen die Anschuldigungen, die Monsieur Valois gegen meine Klientin erhoben hat, um sie dazu zu provozieren, sich zu verteidigen, in ihren Aussagen wiedergegeben.« Simone legte die Mappe vor Pierre auf den Schreibtisch.

Er schlug sie auf und las schweigend jede Zeugenaussage, bevor er sie François reichte. Dieser überflog sie ebenfalls und gab sie anschließend mit erhobenen Augenbrauen an Greg weiter.

Als Greg ihr einen wütenden Blick zuwarf, meinte Cat für einen Moment, einen Anflug von Panik in seinen Augen aufflackern zu sehen. Cherie, schoss es ihr durch den Kopf. Er hatte nicht erwartet, ihren Namen ebenfalls unter den Zeugenaussagen zu lesen.

Pierre hob den Kopf. »Ich werde mich zuerst mit meinem Klienten besprechen. Aber um das gleich vorwegzunehmen, ich sehe angesichts dieser Aussagen keinen Grund, unsere Anschuldigungen zurückzuziehen.« Er bedachte Cat mit einem reservierten Blick. »Bereiten Sie sich darauf vor, uns vor Gericht wiederzusehen, Mademoiselle Garcia.«

Cat spürte Panik in sich aufsteigen, ihr wurde schwindelig. »Aber …«

Simone berührte sie warnend am Arm. »Das ist wirklich sehr bedauerlich, Messieurs, aber anscheinend unumgänglich. *Au revoir.*« Damit wandte sie sich ab und bedeutete Cat, ihr zu folgen. Auf dem Weg zur Tür hielt sie sie weiter am Arm fest, um sie daran zu erinnern, sich nicht weiter zu der Sache zu äußern. »So weit wird es nicht kommen«, flüsterte sie Cat zu. »Gönnen Sie François nicht die Genugtuung, Sie verängstigt zu sehen.«

Sie hat recht, entschied Cat, und straffte die Schultern.

Doch es spielte keine Rolle, wie oft Simone betonte, dass sie François nicht vor Gericht gegenübertreten musste – sie konnte die Angst, kurz davorzustehen, alles zu verlieren, einfach nicht abschütteln.

Auf dem Weg zum Flughafen versuchte Cat, Seb anzurufen, erreichte aber nur die Mailbox. Abgesehen von Sadie war er der Einzige, mit dem sie reden konnte, und sie wollte um jeden Preis vermeiden, dass sich ihre beste Freundin noch mehr Sorgen machte. Sollte François sie tatsächlich vor Gericht zerren und auch noch gewinnen, würde das mit an Sicherheit grenzender Wahrscheinlichkeit das Aus für Smart Cookies bedeuten. Gedanken an Lissy wirbelten ihr durch den Kopf, als sie sich auf ihrem Fensterplatz im Flugzeug zurücksinken ließ. Sadie hatte unglaublich hart gearbeitet, um die Keksbäckerei eröffnen zu können, und eine Menge dafür geopfert. Wie sollten sie und Lissy zurechtkommen, wenn ihr Geschäft den Bach runterging?

Als sie in Manchester landete, hatte Simone ihr bereits

eine lange E-Mail geschickt. Ihre Anwältin war der festen Überzeugung, dass François nur versuchte, sie einzuschüchtern. Pierre Moreau war nicht dumm, ihm musste klar sein, dass ein hohes Risiko bestand, dass die Details des Falls an die Öffentlichkeit gerieten, wenn er erst mal vor Gericht landete. Trotzdem fühlte Cat sich elend. Noch immer spürte sie François' Blick auf sich, als Pierre seine letzte Spitze in ihre Richtung geschossen hatte, und sie war sich sicher, dass er ihren schockierten Anblick genossen hatte. Simone hatte recht, er versuchte sie zu schikanieren. Doch das bedeutete nicht, dass sie keinen Grund hatte, Angst zu haben.

Nachdem sie die Passkontrolle hinter sich gelassen und ein Taxi gefunden hatte, herrschte bereits dichter Feierabendverkehr, die Straßen rund um Manchester waren allesamt verstopft. Noch einmal versuchte sie, Seb anzurufen, doch auch dieses Mal sprang nur die Mailbox an. Mit einem irritierten Stirnrunzeln tippte sie eine Nachricht an ihn mit der Bitte, sie zurückzurufen.

Als sie sich schließlich wieder in der Sicherheit ihrer eigenen vier Wände befand, verriegelte sie die Tür und duschte so lange, bis das warme Wasser aufgebraucht war. Anschließend ging sie ins Bett, und entgegen ihrer Sorge, vor Unruhe nicht schlafen zu können, fiel sie innerhalb weniger Minuten erschöpft in einen traumlosen Schlaf.

Kapitel neunzehn

Als Cat am Valentinsmorgen aufwachte, blieb sie noch ein paar Minuten im Bett liegen und versuchte, den nötigen Mut aufzubringen, um aufzustehen. Zum ersten Mal, seit sie ihre Keksbäckerei eröffnet hatten, sträubte sich alles in ihr dagegen, Castle Court zu betreten, und selbst der Gedanke daran, zu backen hatte nicht den üblichen beruhigenden Effekt.

Mit einem Blick auf ihr Handy stellte sie fest, dass sie einen Anruf von Seb verpasst hatte. Sie musste bereits geschlafen haben, als er um halb zwölf versucht hatte, sie zu erreichen. Vielleicht sollte sie kurz bei ihm vorbeisehen, bevor sie in den Laden ging; er würde wissen, wie er sie aufmuntern konnte.

Es war noch dunkel, als sie die Einkaufsstraßen von The Rows entlangging. Die Eastgate Street lag still und verlassen vor ihr. Das Pflaster war von silbrig glänzendem Frost überzogen, und der Atem stand ihr in weißen Wölkchen vor dem Gesicht, als sie in die kleine überdachte Gasse abbog, die auf den Platz führte. Statt unter den dicken Ästen der Eiche hindurchzugehen, nahm sie die Treppe, die zu den Mansardenwohnungen hinaufführte, und klopfte so laut an Sebs Tür, wie sie konnte.

Nach dem vierten Klopfen nahm sie an, dass er nicht zu Hause war. Zwar hatte er einen tiefen Schlaf, vor allem wenn er am Abend zuvor etwas getrunken hatte, aber aus dem Inneren der Wohnung war nicht der leiseste Mucks zu hören.

Sie wollte gerade gehen, als sie hörte, wie der Schlüssel im Schloss gedreht wurde. Im nächsten Augenblick blickte sie in sein verschlafenes Gesicht.

»Cat!« Seine Augenbrauen schossen in die Höhe. »Was machst du hier?«

»Ich wollte dich überraschen«, antwortete sie mit einem Lächeln. »Hast du Zeit für eine Tasse Tee?«

Er trat einen Schritt zurück, um sie hereinzulassen. Erst jetzt bemerkte sie, dass er lediglich eine Boxershorts trug.

»Ich mache Tee. Du musst doch frieren.«

»Nur ein bisschen«, sagte er trocken. »Ich bin in einer Minute wieder bei dir, okay?«

Er verschwand im Schlafzimmer. Kurz darauf hörte Cat, wie er eine Kommodenschublade aufzog.

Sie beeilte sich, den Wasserkocher anzuwerfen, und als Seb angezogen ins Wohnzimmer kam, hielt sie bereits zwei dampfende Becher mit Tee in der Hand.

»Dir ist schon klar, dass es noch nicht mal sechs ist, oder?«

»Tut mir leid, aber ich wollte dich unbedingt sehen. Schönen Valentinstag!«

Er kam auf sie zu und gab ihr einen Kuss. »Dir auch. Entschuldige, dass ich deine Anrufe gestern verpasst habe. In der Bar war die Hölle los. Ehrlich gesagt habe ich einen kleinen Kater.«

Cat verbarg ihr Grinsen hinter der Teetasse – das erklärte seinen schlechten Atem. »Ist nicht schlimm. Ich bin zu Hause sofort ins Bett gefallen.«

Er studierte sie einen Moment lang. »Und, wie ist es gelaufen?«

Sie seufzte. Ihr Lächeln war verschwunden. »Es war schrecklich.«

Während sie Seb von dem Termin berichtete, wurde seine Miene immer finsterer. »Ich schwöre dir, wenn ich Greg das nächste Mal sehe, kann ich für nichts garantieren. Ich bin mir hundertprozentig sicher, dass er hinter dem Angriff auf euer Schaufenster steckt, und jetzt das. Was ist sein verdammtes Problem?«

Cat hob hilflos die Hände. »Ich habe keine Ahnung. Alles, was ich weiß, ist, dass er und François ziemlich dicke Freunde sind. Sie halten zusammen wie Pech und Schwefel.«

»Aber deine Anwältin scheint optimistisch zu sein, dass sie nichts gegen dich in der Hand haben.«

»Sie ist der Ansicht, dass es François nur um ein Machtspiel geht. Aber ich kapiere einfach nicht, was Greg davon hat. Er muss wissen, dass sich inzwischen sogar Cherie gegen ihn gewandt hat.«

»Soll ich ihn fragen?«, knurrte Seb. »Ich bin mir sicher,

dass Earl und Jaren ihn sich sicher auch gerne vornehmen.«

Cat schüttelte den Kopf. »Das würde ihm nur noch mehr Munition gegen mich liefern. Simone hat mir aufgetragen, die Füße stillzuhalten und so zu tun, als sei nichts geschehen.« Sie seufzte. »Klingt einfacher, als es ist.«

Seb legte einen Arm um ihre Schultern und zog sie an sich. »Möchtest du heute Abend bei mir übernachten? Immerhin ist Valentinstag.«

So hatte sie wenigstens etwas, worauf sie sich freuen konnte, entschied Cat. Seb gelang es immer, sie abzulenken.

»Okay, ich komme, kurz bevor du schließt, in die Bar.«

»Dann haben wir ein Date.« Er grinste. »Und solltest du jetzt nicht besser in deine Küche verschwinden und backen?«

Cat trank ihren Tee aus. »Jaja. Wer rastet, der rostet.«

Seb schenkte ihr ein aufmunterndes Lächeln, bevor er sie mit einem Klaps auf den Hintern Richtung Tür scheuchte. »Genau.«

Cat war gerade dabei, die Schubladen unterhalb der Regale mit Kartons voller herzförmiger Valentinskekse zu füllen, als Sadie den Laden betrat. Sie war blass und fühlte sich abgespannt und müde.

»Morgen.«

Sadie ließ ihre Handtasche und den Mantel hinter der

Kasse auf den Boden fallen und sah Cat in die Augen. »Ich sehe schon … Wie schlimm ist es?«

»Kommt drauf an, wen du fragst«, antwortete Cat mit einem kaum hörbaren Seufzen. »Simone macht sich keine Sorgen.«

»Aber du schon?«

Cat nickte. »François ist mächtig und reich, und er will seinen Kopf durchsetzen. Sein Ziel ist es, an mir ein Exempel zu statuieren, damit keiner mehr auf die Idee kommt, sich gegen ihn zur Wehr zu setzen.«

Sadie drückte ihre Hand. »Nur noch mehr Grund zu kämpfen. Und solange Simone sich keine Sorgen macht …«

»Das sagt sie zu mir. Ich bin mir nicht ganz sicher, ob sie nicht nur versucht, mir ein besseres Gefühl zu geben.«

Sadie hob die Augenbrauen. »Sie ist keine Psychologin, sondern deine Anwältin. Ich bin mir sicher, dass sie ihre Einschätzung allein aufgrund rechtlicher Grundlagen trifft.«

Cat schüttelte den Kopf. »Du hättest ihn sehen sollen, Sadie. Er hat mir ins Gesicht gelacht, als wäre ich nur irgendeine unbedeutende Fliege, die er jederzeit zerquetschen kann, wenn ihm danach ist.«

»Das wird die Genugtuung, wenn du gegen ihn gewinnst, nur umso größer machen«, sagte Sadie entschieden. »Komm schon, ich erkenne dich gar nicht wieder. Du bist stark.«

»Bin ich nicht.«

»Doch, bist du«, insistierte Sadie und registrierte mit Erleichterung den Anflug eines Lächelns im Gesicht ihrer Freundin. »Erinnerst du dich daran, wie Archie Lemmon in der Achten versucht hat, meine Tasche zu klauen? Du hast ihm ein blaues Auge verpasst.«

Cat grinste. »Ich erinnere mich vor allem an den Ärger, den ich deswegen einstecken musste. Meine Mum hätte beinahe einen Herzinfarkt bekommen, als der Anruf von der Schule kam.«

»Aber danach hat nie mehr jemand versucht, mir was zu klauen. In dem Fall hast du das Exempel statuiert – und die Schule zu einem besseren Ort für mich gemacht.«

»Kann schon sein«, sagte Cat zweifelnd.

»Und das Gleiche hast du im La Perle getan. Du hast allen Frauen, die dort arbeiten, gezeigt, dass sie sich nicht mit dem Verhalten von Männern wie François abfinden müssen. Ab sofort wird er es sich zweimal überlegen, bevor er jemanden belästigt.«

Cat seufzte. »Ich weiß nicht … Hoffentlich. Immerhin geht es vor allem darum. Aber ich habe Angst, dass er vor Gericht Recht bekommt.«

»Das wird er nicht. Und ich werde die ganze Zeit über nicht von deiner Seite weichen. Genauso wenig wie Seb und die anderen. Du bist nicht allein.«

»Danke.« Hektisch versuchte Cat, die Tränen wegzublinzeln, die in ihren Augenwinkeln schimmerten. »Und, wie ist es hier gelaufen, während ich weg war? Bitte sag mir, dass wir den Auftrag für Charlotte Dennis rechtzeitig fertig bekommen haben.«

»Haben wir. Ihre Hochzeitsplanerin war ganz entzückt. Sie meinte, dass die Kekse exakt Charlottes Wünschen entsprechen würden und sie dafür sorgt, dass sie in der Fotoreihe für die Zeitschriften mit dabei sind.«

»Das ist großartig. Gut gemacht. Gibt's sonst noch was, das ich wissen muss?«

Sadie zögerte, unsicher, ob sie ihre Wiedervereinigung mit Daniel erwähnen sollte. Adam war seitdem deutlich schweigsamer als sonst und hatte am Vortag den Bus nach Hause genommen, anstatt nach der Arbeit bei ihr mitzufahren. Doch sie wollte Cat nicht mit diesen Dingen belasten – immerhin hatte sie gerade genug eigene Sorgen. Das Thema kann warten, entschied Sadie.

»Nein, nichts.«

Den ganzen Vormittag über wimmelte es im Laden von aufgeregten, verliebten Kunden.

Auch Jaren kam vorbei, um seinen personalisierten Keks, ein Valentinsgruß für Elin, abzuholen und um Cat zu fragen, wie ihr Termin gelaufen war. Während sie ihm die Details schilderte, verfinsterte sich seine Miene. »Gib mir Bescheid, wenn ich irgendetwas tun kann«, sagte er, nachdem sie mit ihrem Bericht fertig war. »Und vielen Dank für das Valentinsgeschenk. Ich hoffe, die Empfängerin weiß die Zeit und Mühe, die darin stecken, zu schätzen.«

»Hast du schon was von Seb bekommen?«, erkundigte

sich Sadie mit gedämpfter Stimme, nachdem Jaren gegangen war.

»Nein, aber ich habe ihn letzte Woche in Elins Chocolaterie erwischt. Es ist also kein großes Geheimnis, was er ausgesucht hat«, sagte Cat und warf anschließend einen Blick auf Adam, der gerade damit beschäftigt war, ein Herz für einen Teenager mit hoffnungsvollem Gesichtsausdruck zu verpacken. »Und du? Hast du irgendwelche Karten oder Geschenke mit mysteriösem Absender erhalten?«

Sadie versuchte den Gedanken an die Karte, die ihr Daniel am Morgen heimlich in die Handtasche geschoben hatte, zu verdrängen. »Nein, und ich erwarte auch keine. Also hör auf zu bohren.«

»Man wird ja wohl noch fragen dürfen«, sagte Cat und hob mit einem verschmitzten Grinsen beide Arme, als würde sie sich ergeben.

Anscheinend hat sie bisher nicht bemerkt, dass Adam es kaum über sich bringt, mich anzusehen, dachte Sadie mit einem erleichterten Seufzen. Doch es entging ihr auch nicht, dass zwischen Cat und Adam den ganzen Tag dicke Luft herrschte, und um Viertel nach elf beschloss sie, dass es ihr reichte.

»Komm, ich lade dich zum Mittagessen ein«, sagte sie und reichte Cat ihren Mantel. »Du hast dringend eine Aufmunterung nötig. Und zwar eine, die mit Avocados und Chilisoße zu tun hat.«

Auf dem Rückweg lief ihnen auf der Watergate Street Elin über den Weg. Sadie hob die Hand, um ihr zuzuwinken, aber die blonde Frau senkte den Kopf, als würde sie die beiden nicht bemerken, und bog eilig in eine schmale Seitenstraße ab.

Die beiden Freundinnen starrten ihr hinterher.

»Anscheinend hat sie uns nicht gesehen.«

Sadie schürzte die Lippen. »Anscheinend.«

»Vielleicht ist sie gerade unterwegs, um eine Valentinskarte für Jaren zu kaufen«, überlegte Cat und zwinkerte Sadie zu. »Das würde einiges erklären und mich außerdem sehr glücklich machen.«

Sadie hob die Augenbrauen. »Schon mal drüber nachgedacht, dein Glück als Kupplerin zu versuchen?« Sie grinste. »Und jetzt komm, wir sollten langsam zurück. Clare und Adam brauchen auch mal eine Pause.«

Clare musste bereits nach ihren Chefinnen Ausschau gehalten haben, denn sie erwartete sie an der Ladentür. »Zwei Sachen«, sagte sie leise. »Adam ist nach Hause gegangen, weil er sich nicht gut gefühlt hat, und drin wartet irgendein komischer Typ auf Cat.«

»Adam ist krank?«, fragte Sadie besorgt.

»Kopfschmerzen«, erklärte Clare. »Nichts Ernstes, nehme ich an.«

»Gut«, sagte Cat erleichtert. »Und warum meinst du, der Typ, der auf mich wartet, sei ›komisch‹?«

Clare blies die Wangen auf. »Ich weiß auch nicht. Er ist Franzose, glaube ich, und sieht ziemlich reich aus.«

Cat und Sadie tauschten einen alarmierten Blick.

»Ich hab ihn unten an einen Tisch gesetzt und ihm einen Kaffee gebracht. Ich hoffe, das war okay«, sagte Clare nervös.

»Ja, natürlich«, beruhigte sie Sadie. »Wir gehen runter und fragen ihn, was er will. Zusammen«, fügte sie schnell hinzu, bevor Cat etwas einwerfen konnte.

»Danke«, sagte Cat mit einem unsicheren Lächeln. »Ich glaube nicht, dass ich es schaffe, mich ihm allein zu stellen.«

»Ich gehe vor«, entschied Sadie und straffte die Schultern, bevor sie mit einem eisigen Lächeln auf den Lippen die Treppe hinunterstieg.

Ihr erster Gedanke war, dass François de Beauvoir älter aussah, als sie angenommen hatte. Er trug die dichten silbernen Haare aus der gebräunten Stirn gekämmt, was ihm das Aussehen eines betagten Filmstars verlieh; neben ihm an der Tischplatte lehnte ein teuer wirkender Gehstock.

Als er Sadie und Cat die Treppe hinunterkommen sah, stand er auf. »Madame Smart.«

Sadie runzelte die Stirn. »Entschuldigung, aber kennen wir uns?«

Cat war auf halber Treppe stehen geblieben und starrte den Mann an. »Monsieur de Beauvoir.«

Der Mann sah auf. Als er Cat erkannte, weiteten sich seine Augen. »*Bonjour*, Mademoiselle Garcia. Bitte entschuldigen Sie, dass ich hier einfach so reinplatze, Madame Smart. Wie Ihre Freundin bereits richtig festgestellt hat, ist mein Name Robert de Beauvoir. Ich bin hier, um mit Ihnen über meinen Sohn François zu sprechen.«

Sadie sah sich zu Cat um, die leichenblass geworden war, bevor sie sich wieder an ihren unerwarteten Gast wandte. »Wenn Sie hergekommen sind, um sie noch weiter einzuschüchtern, dann …«

Robert de Beauvoir hob eine Hand, um sie zu unterbrechen. »Das ist nicht meine Absicht. Ganz im Gegenteil, ich bin hier, um mich bei Mademoiselle Garcia zu entschuldigen. Das Verhalten meines Sohnes ist mir erst vor Kurzem angetragen worden, und es ist in keiner Weise zu entschuldigen. Ich wollte Sie wissen lassen, dass ich gewisse Schritte eingeleitet habe, um sicherzustellen, dass er Sie nicht länger belästigen wird.«

»Es ist Ihnen angetragen worden?«, fragte Cat fassungslos. »Das heißt, Sie wussten nichts von alledem?«

Ein Anflug von Schamesröte stieg dem Mann in die Wangen. »Mir war immer klar, dass er gerne flirtet, ja. Aber ich hätte nie gedacht, dass er sich seinen Angestellten aufdrängt. Und vor allem war mir nicht bewusst, dass Sie das La Perle verlassen mussten, weil Sie sich gegen ihn zur Wehr gesetzt haben. Ich war damals sehr enttäuscht zu hören, als Sie gekündigt haben, aber François sagte mir, dass Sie die Stelle aus persönlichen Gründen aufgaben.«

Cat starrte ihn noch immer vollkommen fassungslos an. »Sie wussten nichts davon? Aber die Verschwiegenheitserklärung … Die Vereinbarung wurde von *Ihren* Anwälten verhandelt.«

Robert schüttelte den Kopf. »Mein Anwalt ist Jacques Martin. Pierre Moreau kümmert sich allein um François' Angelegenheiten. Ich versichere Ihnen, dass ich von der Vereinbarung absolut nichts wusste. Und das wäre immer noch so, wenn mich nicht eine gemeinsame Freundin von uns aufgeklärt hätte.«

Jetzt war es an Sadie, ungläubig die Augen aufzureißen. »Eine gemeinsame Freundin? Wen meinen Sie?«

»Die Witwe eines lieben Freundes. Sie führt hier in Castle Court eine Patisserie. Ihr Name ist Cherie Louboutin.«

Auf einmal hatte Cat das Gefühl, sich nicht mehr darauf verlassen zu können, dass ihre Beine sie trugen. Schwach lehnte sie sich gegen das Treppengeländer. »Ich glaube, ich muss mich setzen.«

»Okay, noch mal zum Mitschreiben«, sagte Sadie, nachdem sie sich an einen der langen Tische gesetzt hatten. »Cherie war diejenige, die Sie über François aufgeklärt hat?«

Robert senkte den Kopf. »Sie hat mich angerufen, um mir mitzuteilen, dass er Ihnen mit rechtlichen Schritten droht. Dadurch habe ich erst von der ganzen Geschichte erfahren. Außerdem hat sie zugegeben, dass sie selbst nicht ganz unschuldig an der Sache ist. Wir kennen uns bereits seit vielen Jahren, und ich nehme an, dass sie sich einfach nicht vorstellen konnte, dass François zu solchen Dingen fähig ist. Deswegen ist sie davon ausgegangen, dass Sie lügen, Mademoiselle.«

»Das erklärt natürlich so einiges«, murmelte Sadie.

Cat nickte. »Was meinten Sie damit, dass Sie Schritte gegen François in die Wege geleitet haben? Er und sein Anwalt klangen verdammt ernst, als sie ihre Absicht erklärt haben, mich vor Gericht zu zerren.«

In Roberts Miene spiegelten sich Bedauern und Abscheu. »Es betrübt mich sehr zu hören, dass mein Sohn – neben den anderen Fehlern, die er im Leben bereits gemacht hat – auch noch jemand ist, der offensichtlich Gefallen daran findet, andere zu schikanieren. Ich kann mich nur noch einmal für ihn entschuldigen und Ihnen versichern, dass er nichts weiter gegen Sie unternehmen wird. Ich habe François von allen seinen Aufgaben das La Perle betreffend entbunden, und Sie werden in den nächsten Tagen ein Schreiben von Martin et Moreau erhalten, in denen man Ihnen bestätigen wird, dass mein Sohn sämtliche Anschuldigungen gegen Sie fallen lässt.«

Sadie traute ihren Ohren nicht, und Cat sah aus, als würde sie jeden Moment in Tränen ausbrechen.

»Danke«, sagte Cat mit zittriger Stimme.

»Danken Sie nicht mir, sondern Cherie. Dafür, dass sie mich darüber aufgeklärt hat, was vor sich geht.«

»Glauben Sie uns, das werden wir«, versicherte ihm Sadie.

Er hob die Tasse an die Lippen und trank seinen Kaffee aus. »Ich möchte Sie nicht länger aufhalten. Und wenn Sie jemals nach Paris zurückkehren und auf der Suche nach einem Job sein sollten, dann hoffe ich, dass Sie sich an das La Perle erinnern werden.« Er lächelte. »Wir würden uns sehr freuen, Sie wieder bei uns begrüßen zu dürfen.«

»Ich werde daran denken«, sagte Cat.

Am oberen Treppenabsatz blieb Robert stehen, um die Paris-Dekoration zu bewundern. »*Très jolie*«, bemerkte er. »Ich nehme zwei für meine Enkelkinder mit.«

Sadie packte die Plätzchen in eine Papiertüte und winkte ab, als Robert bezahlen wollte. »Ein Geschenk.«

Er schüttelte den Kopf. »Ich fürchte, ich muss darauf bestehen. Ich erinnere mich noch sehr gut, wie es ist, wenn man ein Geschäft neu eröffnet. Wenn jeder einzelne Verkauf zählt.«

»Dann danke ich Ihnen sehr«, sagte Sadie, als ihr klar wurde, dass er sich nicht davon abbringen lassen würde.

Er schob die Quittung in sein Portemonnaie. »Und jetzt muss ich noch bei dieser exzellenten Patisserie Cherie vorbeigehen. Wenn ich mich nicht täusche, gibt es dort die besten Macarons diesseits des Kanals. *Au revoir*, Mademoiselle Garcia. Madame Smart.« Er nickte ihnen zu, dann wandte er sich ab und verließ den Laden.

»Ist … Ist das gerade wirklich passiert?«, stotterte Cat nach ein paar Sekunden. »Hat dieser Mann gerade dafür gesorgt, dass sich all meine Sorgen in Luft auflösen?«

»Sieht ganz so aus«, bestätigte Sadie. »Und wenn es stimmt, was er sagt, dann schulden wir Cherie einen ziemlich großen Cocktail.«

»Vielleicht sogar zwei«, räumte Cat ein, bevor ihr Blick auf Clare fiel, die sie verwirrt anstarrte. »Wir erklären dir später alles. Warum gehst du jetzt nicht erst mal in die Mittagspause?«

In der nächsten Stunde riss der Kundenstrom nicht ab, und Cat und Sadie hatten alle Hände voll zu tun, bis Clare aus der Mittagspause zurückkam. Erst dann hatten sie die Möglichkeit, sich wieder zu unterhalten.

»Ich frage mich, was mit Adam los ist«, wunderte sich Cat. »Kam er dir heute Morgen schon krank vor?«

»Nein«, sagte Sadie vorsichtig. »Aber …«

»Meinst du, er hat geahnt, dass ich vorhabe, ihn auf die Hochzeitskekse anzusprechen?«, fiel Cat ihr ins Wort.

Sadie verkniff sich ein Stöhnen. Das Letzte, was Adam brauchte, war eine unnötige Belehrung von Cat. »Was das angeht … Inzwischen bin ich mir zu hundert Prozent sicher, dass es mein Fehler war«, wiederholte sie die Lüge, die sie bereits am Tag zuvor Adam aufgetischt hatte. »Ich war müde und habe mich nicht richtig konzentriert. Es tut mir leid.«

Cat wirkte nicht überzeugt. »Das sieht dir überhaupt nicht ähnlich.«

»Wie gesagt, ich war müde«, wiederholte Sadie und versuchte dabei so überzeugend wie möglich zu klingen. »Gott sei Dank ist ja noch mal alles gut gegangen.«

»Mhm … Okay, vielleicht könntest du ihm kurz eine Nachricht schicken und fragen, ob alles in Ordnung ist. Und versuch rauszufinden, wann er wieder einsatzfähig ist.«

»Okay, ich rede mit ihm«, murmelte Sadie und wollte sich abwenden.

Doch im selben Moment hob Cat eine Hand, um sie

aufzuhalten. Verwirrt sah sie auf ihr Handy. »Warte, ich habe gerade eine Mail von Adam bekommen.«

»Ach ja?« Sadie schluckte. »Und was schreibt er?«

»Er hat gekündigt. Fristlos.«

Sadie hatte das Gefühl, von einem Laster überrollt worden zu sein. »Hat er einen Grund genannt?«

»Nein. Er schreibt nur, dass es ihm leidtut, dass er uns damit Umstände macht.« Sie kniff die Augen zusammen, während sie auf das Display starrte. »Das ist irgendwie seltsam. Verstehst du, was mit ihm los ist?«

Sadie zögerte mit ihrer Antwort. Adam hatte doch sicherlich nicht wegen ihr und Daniel gekündigt. Andererseits, warum hätte er es sonst tun sollen?

»Ich rufe ihn an«, verkündete Cat und tippte bereits auf ihrem Handy herum. »Da steckt mehr dahinter.«

»Nein, warte«, rief Sadie.

Langsam ließ Cat das Telefon sinken und sah ihre Freundin an.

»Komm mit runter, dann erkläre ich es dir.«

Cat hörte aufmerksam zu, während Sadie ihr die ganze Geschichte erzählte.

»Ich bin mir nicht sicher, ob ich dich umbringen oder dir doch eher gratulieren sollte«, sagte Cat, während sie fassungslos den Kopf schüttelte. »Ich meine, ich bin natürlich ziemlich enttäuscht, dass Adam gekündigt hat, aber du kannst natürlich nicht den Rest deines Lebens damit verbringen, ihm etwas vorzumachen.« Sie sah Sadie ernst in die Augen. »Bist du glücklich? Ich meine, mit Daniel?«

»Ich glaube schon. Er hat sich verändert, Cat.«

Cat schwieg einen Moment, dann lächelte sie. »In dem Fall freue ich mich für dich.«

Sadie spürte, wie ihr ein Riesengewicht von den Schultern genommen wurde. Bis zu diesem Moment war ihr gar nicht klar gewesen, wie sehr sie sich davor gefürchtet hatte, Cat davon zu erzählen. »Danke.«

»Mach dir wegen Adam keine Gedanken, er wird darüber hinwegkommen.«

Das würde er, so viel wusste auch Sadie. Sein Stolz war verletzt und vielleicht sogar auch sein Herz, aber mit der Zeit würde beides heilen, und vielleicht konnten sie dann auch wieder Freunde sein. »Es tut mir leid.«

Cat seufzte. »Das sollte es nicht. Wir müssen jetzt einfach nur *zwei* neue Mitarbeiter statt einem suchen. Und wir sollten überprüfen, ob sie das Abc beherrschen, bevor wir sie auf die Spritzbeutel loslassen.«

Kapitel zwanzig

»Augen zu!«, befahl Cat, als sie Cherie nach Ladenschluss am Donnerstagabend zu Seb's führte. »Und nicht blinzeln!«

Sadie stieß die Tür auf. Die Bar war leer.

»Okay, jetzt kannst du gucken.«

Cherie öffnete die Augen – genau in dem Moment, als die anderen Ladeninhaber aus Castle Court aus ihren Verstecken hervorsprangen.

»Überraschung!«

Andrew und Earl ließen zwei gigantische Konfettikanonen explodieren, Seb entfaltete einen Banner vor der Bar, auf dem »Vielen Dank, Cherie!« stand, und Jaren durchschnitt die Kordel an einem Netz, das mit Ballons gefüllt war, die in der nächsten Sekunde auf Cherie niedertaumelten.

Cherie stand wie vom Donner gerührt mitten in der Bar. In ihrer Miene spiegelten sich Überraschung und Freude.

»Ein kleines Dankeschön von uns«, erklärte Cat und

überreichte ihr eine Keks-Nachbildung der Patisserie Cherie.

Seb stellte ein Cocktailglas auf die Theke. »Der hier ist ab sofort auf meiner Karte zu finden. Möchtest du den ersten Cherie-Tini probieren?«

»Und drüben im Bus Stop gibt es eine neue Eiskreation«, warf Andrew ein und hielt das Foto von einem riesigen Eisbecher hoch. »Der Cherry Cherie kann es kaum erwarten, dich kennenzulernen.«

Elin trat einen Schritt auf Cherie zu, in der Hand hielt sie eine kleine quadratische Box mit Schokolade. »Das sind meine neuen Cherie-Pralinen – weiße Schokolade und eingelegte Kirschen zu deinen Ehren.«

Jaren grinste. »Und da ich mich von den anderen Anwesenden sicherlich nicht in den Schatten stellen lasse, gibt's im Let's Go Dutch ab sofort einen Pfannkuchen à la Cherie.«

Eine dicke Träne löste sich aus Cheries Augenwinkel und lief ihre Wange hinab, gefolgt von einer zweiten und dritten.

»Hier«, sagte Cat sanft und reichte ihr ein Taschentuch. »Ich weiß, das ist ziemlich viel auf einmal, aber wir wollten dir alle zeigen, wie dankbar wir dafür sind, was du für mich getan hast.«

»Ich habe einfach nur das getan, was ich für das Richtige halte«, sagte Cherie mit gedämpfter Stimme, da sie sich noch immer das Taschentuch an die Nase drückte. »Früher war er ein so charmanter kleiner Junge … Aber nachdem ich die Wahrheit erfahren hatte, musste ich einschreiten.«

»Danke«, sagte Cat und warf anschließend grinsend einen Blick zu Seb hinüber. »Und jetzt solltest du zu Seb gehen und seine neueste Kreation probieren, sonst stirbt er noch vor Ungeduld.«

Nachdem Cherie an die Theke getreten war, ging Cat zu Sadie hinüber.

»Von denen wird Seb noch eine ganze Weile welche in deinen Haaren finden«, bemerkte Sadie und zupfte ihrer Freundin mehrere silberne Konfettischnipsel aus den dunklen Locken.

»Das war Cheries Gesichtsausdruck wert.«

»Wo wir gerade von Gesichtsausdrücken sprechen.« Sadie warf einen Blick zu Elin hinüber, die sich mit Jaren unterhielt. »Was ist mit Elin los?«

Cat sah sie verwirrt an. »Was meinst du?«

»Ist dir gar nicht aufgefallen, wie seltsam sie uns angesehen hat, als wir reingekommen sind?«

»Nein.« Cat runzelte die Stirn und tippte sich nachdenklich ans Kinn. »Hast du ihren Namen auf dem Valentinsherz, das wir für Jaren gemacht haben, richtig geschrieben?«

»Ha, ha.« Sadie boxte sie gespielt empört gegen den Arm.

Im selben Moment hielt Seb ihnen ein Tablett voller Cocktails unter die Nase. »Solange ihr kein Glas in der Hand habt, könnt ihr auch nicht anstoßen«, verkündete er.

»Greg ist noch nicht wiederaufgetaucht, oder?«, fragte

Cat, nachdem sie sich bedient hatten und Seb zu den anderen Gästen weitergegangen war.

»Seit Montag scheint ihn niemand mehr gesehen zu haben«, antwortete Sadie. »Allerdings vermisst ihn auch niemand. Nicht mal sein Personal.«

Cat zögerte einen Augenblick, bevor sie vorsichtig sagte: »Und Adam habe ich auch nicht mehr gesehen. Hat er auf deine Einladung geantwortet?«

»Nein.«

»Mach dir deswegen keine Vorwürfe. Wie gesagt, er wird drüber hinwegkommen.«

Sadie machte ein wehmütiges Gesicht, als wollte sie noch etwas erwidern, doch in diesem Augenblick schlug Seb mit einem Löffel gegen sein Glas.

»Ladys und Gentlemen, ich würde gerne einen Toast auf unseren Ehrengast aussprechen. Auf die sagenhafte Cherie Louboutin!«

»Auf die sagenhafte Cherie Louboutin!«, schmetterten alle anderen im Chor.

»Eine Rede!«, rief Jaren.

Cherie hob eine Hand. »Ich bin nicht besonders gut darin, Reden zu halten, aber ich möchte euch allen für diese Ehre danken. Mein verstorbener Mann hat immer gesagt, dass es schwer ist, eine Gemeinschaft wie die unsere zu finden, und ich kann ihm da nur zustimmen. Auf die wunderbare Castle-Court-Familie!«

Noch einmal hoben alle ihre Gläser, und dieses Mal stieß Cat mit Sadie an.

»Auf uns und darauf, dass wir diese stürmischen Zeiten so heldenhaft gemeistert haben. Hoffen wir mal, dass die nächsten Monate etwas ruhiger werden.«

Sadie nahm sich einen Moment, um die vielen Höhen und Tiefen der vergangenen Tage noch einmal Revue passieren zu lassen, bevor sie ihre beste Freundin anstrahlte. »Darauf trinke ich gerne.«

Frühlingsträume in der kleinen Keksbäckerei

Kapitel einundzwanzig

»Bist du dir sicher, dass das eine gute Idee ist?«, murmelte Cat, während sich die Gruppe Sechsjähriger lachend ein Wettrennen zwischen den Beinen der Kunden und den runden Tischen mit den fragilen Ausstellungsstücken lieferte.

Sadie, die hinter dem gläsernen Kassentresen stand, grinste. »Ganz sicher«, sagte sie mit einer diskreten Kopfbewegung in Richtung der beiden Frauen, die mit den Kindern hereingekommen waren. Beide hielten eine Geschenkbox aus ihrer Osterkollektion in der Hand, während sie die in leuchtenden Farben verzierten Plätzchen im Eier-Design bewunderten, die an mehreren Deko-Miniaturbäumen hingen. »Solange die Kinder damit beschäftigt sind, den nächsten Hinweis zu finden, kaufen die Mütter weiter ein.«

Cat war nicht überzeugt. Ihr war klar, dass einige andere Läden rund um Castle Court an Chesters Ostereier-Jagd teilnahmen, doch deren Produkte waren bei Weitem nicht so zerbrechlich wie ihre Kekse.

In einer Woche war bereits Ostern, die Stadt platzte vor Einkäufern beinahe aus allen Nähten, und auch rund um Castle Court wimmelte es trotz des stürmischen und verregneten Wetters nur so von Passanten. Eine Reportage in *Good Housekeeping* hatte nicht nur ihr Onlinegeschäft noch einmal beflügelt, sondern auch für noch mehr Kundschaft vor Ort gesorgt. Da war es fraglich, ob sie tatsächlich auf noch weitere verkaufsfördernde Maßnahmen angewiesen waren.

Cat seufzte. »Ich verspreche dir, es wird keine zwei Minuten mehr dauern, bis sie einen der Tische umrennen. Dann können wir die Ausstellungsstücke nur noch in den Müll werfen.«

Sadie lachte. »Hey, was ist mit dir los? Bist du plötzlich zum Oster-Grinch mutiert? Lächle doch mal.«

»Mhm«, murmelte Cat, während sie sich bemühte, die Falte, die sich tief zwischen ihre Brauen gegraben hatte, zu glätten. Mit einem Blick zu dem Tisch, auf dem die Dosen mit den Ostereier-Keksen im Miniaturformat standen, stellte sie fest, dass inzwischen schon einige verkauft worden waren. »Wahrscheinlich hast du recht.«

In diesem Moment stieß der Junge mit dem sandblonden Haar, der die Jagd anführte, ein Triumphgeheul aus und stürzte sich auf das Pappkarton-Ei, das Sadie in der Nähe der Ladentür an die Wand gehängt hatte. »Gefunden!«

Das einzige Mädchen in der Gruppe warf einen eifrigen Blick über seine Schulter, um die pastellgrüne Karte zu entziffern, die auf dem Ei klebte. »Was steht drauf?«

»Hey, ich hab's zuerst gesehen«, beschwerte sich der Junge und riss das Papp-Ei an sich. »Da steht: *Der König des Platzes bewacht den nächsten Hinweis. Hier werdet ihr ihn nicht finden. Versucht es im ersten Stock.*«

Wie von der Tarantel gestochen stürzten die Kinder Richtung Ladentür, sodass einige Kunden hastig beiseitetreten mussten, um nicht überrannt zu werden.

»Nicht so schnell«, rief ihnen eine der beiden Mütter hinterher. »Wir müssen erst noch bezahlen.«

Die Bemerkung wurde mit einem kollektiven Stöhnen quittiert, doch sie blieben stehen.

»Keine Angst, mir ist zu Ohren gekommen, dass der Osterhase genug Preise für alle versteckt hat. Ihr müsst nur weiter den Hinweisen folgen«, beruhigte Sadie sie mit einem freundlichen Lächeln, während die beiden Mütter mit ihren Einkäufen zur Kasse kamen.

»Ich wünschte, der Osterhase könnte auch was gegen den Regen tun«, murmelte eine der beiden mit einem Blick aus dem Schaufenster. »Ich habe das Gefühl, dass es die ganze Woche lang noch nicht eine Minute aufgehört hat zu schütten.«

»Laut Wetterbericht wird es bald besser«, sagte Sadie aufmunternd. »Allerdings haben sie gesagt, dass sich dieses Tief Miranda vorher noch mal richtig austoben wird.«

Cat beobachtete die Kinder, die inzwischen gebannt den Miniaturbauernhof betrachteten, den Sadie entworfen hatte. »Wir haben ein Do-it-yourself-Osterpaket im

Angebot«, sagte sie zu den beiden Frauen. »Darin befindet sich alles, was Sie benötigen, um Ihr eigenes Keks-Meisterwerk herzustellen. Und heute bekommen Sie bei unserem Spezialangebot drei Sets zum Preis von zwei. Vielleicht können Sie sich damit eine ruhige Stunde an einem weiteren verregneten Nachmittag verschaffen.«

Die beiden Mütter sahen interessiert auf.

»Ich nehme drei«, sagte die eine mit einem dankbaren Lächeln. »Alles, was die kleinen Racker davon abhält, zu Hause die Wände hochzugehen.«

»Ich nehme auch drei«, erklärte die andere Frau. »Vielleicht probiere ich es selbst auch mal. Aber so schön wie Ihre werden sie garantiert nicht.«

»Sadie ist eine wahre Deko-Künstlerin«, erklärte Cat. »Sie ist die reinste Virtuosin mit dem Spritzbeutel.«

»Okay, so weit würde ich mich vielleicht nicht aus dem Fenster lehnen«, bemerkte Sadie, deren Wangen sich bei Cats Kompliment rosig gefärbt hatten. »Ich hoffe, den Kindern macht das Verzieren Spaß. Es wird sie auf jeden Fall eine Weile beschäftigen. Meine Tochter ist fünf, und sie liebt es, ihre eigenen Designs zu entwerfen.«

»Und sie zu essen, nehme ich an«, erwiderte eine der beiden Mütter grinsend.

Cat hörte zu, als die drei begannen, sich über Tipps zur Beschäftigung von Kindern bei Regenwetter auszutauschen. Seit Sadie Lissy ein paarmal mit zur Arbeit gebracht hatte, waren alle Ladenbesitzer rund um Castle Court vollkommen von der Fünfjährigen verzaubert. Allerdings gab es keinerlei Zweifel, dass sie auch ziemlich anstrengend sein konnte. Noch immer wurde Cat ein wenig schlecht, wenn sie an den Nachmittag dachte, an dem Lissy auf dem Platz verloren gegangen war. Inzwischen hatte Sadie eine Tagesmutter engagiert, die vor allem in den Schulferien bei Lissys Betreuung aushalf; an den Samstagen war sie meistens bei Daniel.

So wenig Cat Daniel ausstehen konnte, musste sie zugeben, dass er sich wirklich verändert hatte, seit er und Sadie beschlossen hatten, ihrer Ehe eine zweite Chance zu geben. Und sosehr Cat Lissy auch liebte, die Keksbäckerei war einfach kein geeigneter Aufenthaltsort für eine Fünfjährige, erst recht nicht, wenn so viel los war wie jetzt in der Woche vor Ostern. Noch mehr Trubel herrschte nur in Elins Chocolaterie. In den letzten Tagen hatte die Schweizerin jedes Mal, wenn Cat ihr begegnet war, ein wenig erschöpfter gewirkt.

»Vielen Dank für Ihren Einkauf«, sagte Sadie und reichte den beiden Frauen jeweils eine der schönen Papiertüten mit dem blau-goldenen Smart-Cookies-Logo. »Viel Spaß damit! Und falls Sie Bilder Ihrer Kreationen in einem sozialen Netzwerk hochladen, freuen wir uns über einen Hinweis auf Smart Cookies.«

»Fröhliche Osterjagd!«, rief Cat den Kindern hinterher, die bereits halb aus der Tür waren.

Kaum, dass sie gegangen waren, drängte die nächste aufgeregte – und nasse – Gruppe in den Laden, ihre Mütter im Schlepptau.

»Siehst du?«, raunte Sadie ihrer Freundin zufrieden zu. »Ich habe dir doch versprochen, dass es sich lohnt, einen Hinweis bei uns zu verstecken.«

»Kann sein, dass du recht hast, aber wenn ich die Präsentationstische schwanken sehe, stehe ich jedes Mal kurz vor einem Herzanfall. Ich glaube, ich gehe besser runter und mache uns einen Tee. Was hältst du davon?«

Sadie lachte. »Tee schadet nie.«

»Genau«, bestätigte Cat und machte sich auf den Weg die Treppe hinunter ins Untergeschoss.

Als sie die Küche betrat, atmete sie erleichtert auf. Sie hatte niemals etwas anderes tun wollen, als zu kochen und zu backen. Von ihren Arbeitsutensilien umgeben zu sein, hatte jedes Mal eine beruhigende Wirkung auf sie. Doch diese Küche war noch einmal etwas ganz Besonderes – nicht nur, weil sie und Sadie alles in ihr gemeinsames Geschäft gesteckt hatten, sondern auch weil sie schon so viele ruhige, friedvolle Morgen hier verbracht hatte, an denen sie ein Tablett Plätzchen nach dem anderen aus dem Ofen zog.

An diesem Tag war die Küche allerdings nicht leer. Delilah stand an der Arbeitsfläche und rollte summend Teig aus. Als Cat herunterkam, drehte sie sich zu ihr um.

»Lust auf einen Tee?«, erkundigte sich Cat bei ihrer grauhaarigen Mitarbeiterin.

Delilah klopfte die Hände an ihrer blau-goldenen Schürze ab. »Immer. Ich stelle Wasser auf.«

»Nein, lass dich nicht stören«, sagte Cat mit einem Blick

auf den goldenen Teig auf der Arbeitsfläche. »Sieht so aus, als wäre der gleich fertig.«

»Ja. Das wird der Nachschub an Lämmern und Küken. Außerdem habe ich noch einen Teig für Ostereier vorbereitet, die ich vor der Mittagspause fertig machen will.«

Als Cat schnüffelnd die Nase reckte, nahm sie den leicht süßlichen Duft nach Zimt wahr. »Sind das Gewürzplätzchen, die du gerade im Ofen hast?«

Die ältere Frau nickte. »Ich habe mit den Kreuzen für das Ostersonntags-Mahl des Bischofs angefangen. Seine Haushälterin hat gesagt, dass sie die Lieferung spätestens kommenden Samstag brauchen.«

Nicht zum ersten Mal dankte Cat stumm dem hilfreichen Engel, der dafür gesorgt hatte, dass Delilah sich auf ihre Stellenausschreibung gemeldet hatte. Die mollige pensionierte Schulköchin mit den strahlenden Augen hatte sich so schnell eingearbeitet, dass Cat das Gefühl hatte, sie sei schon immer Teil des Smart-Cookies-Team gewesen. Sie war fröhlich und gleichzeitig beinahe schon unheimlich effizient – exakt die Person, die Cat sich für ihre Küche gewünscht hatte. Delilah wusste alles übers Backen, was wichtig war.

»Ich habe keine Ahnung, wie ich ohne dich zurechtkommen sollte, Delilah«, sagte Cat mit einem Lächeln. »Danke.«

»Ach was«, murmelte Delilah, strahlte jedoch angesichts des Kompliments übers ganze Gesicht. »Wenn Clare und Sadie es schaffen, alle Kekse bis Donnerstag zu verzieren, kann ich sie auf dem Weg nach Hause beim Bischof vorbeibringen. Das ist gar kein Problem.«

»Dann mache ich dir jetzt aber wenigstens einen Tee«, sagte Cat und schob sich an Delilah vorbei, um den Wasserkocher anzustellen.

Als sie mit zwei dampfenden Bechern in der Hand wieder im Erdgeschoss stand, fiel ihr Blick als Erstes auf Clare, die sich einen Weg durch die Kundenmengen bahnte. In der Hand hielt sie einen ramponierten Regenschirm.

»Es regnet also immer noch«, stellte Cat fest, während sie mitleidig den Blick von Clares zerzauster Frisur hinab zu ihren durchnässten Schuhen wandern ließ.

Als ihre Kollegin auf sie zutrat, rutschte sie auf der nassen Fläche aus und konnte sich gerade noch an einem der Tische festhalten, um nicht bäuchlings auf dem Boden zu landen. »Ein kleines bisschen, ja. Auf der Bridge Street hätte mich der Wind fast von den Füßen geweht. Keine Ahnung, wer diese Miranda ist, aber eins kann ich dir sagen: Sie ist ganz schön wild, und sie meint es ernst.«

Cat hielt ihr einen der beiden Teebecher hin. »Hier, trink den. Ich mache gleich noch einen.«

Nachdem Cat einen weiteren Tee aufgebrüht hatte, war der Regen noch stärker geworden und der Laden quoll vor Passanten, die in der Keksbäckerei Schutz vor dem Unwetter suchten, beinahe über.

Cat versuchte gar nicht erst, sich zu Sadie durchzuquetschen, die hinter der Kasse stand. Stattdessen blickte sie aus dem beschlagenen Schaufenster, in dem Sadie eine

Szene aus dem Film *Unten am Fluss* dekoriert hatte, in den Regen, der sich in tiefen Pfützen auf dem Platz sammelte. Inzwischen hatte sich eine Art reißender Strom gebildet, der über das Pflaster auf die Gullydeckel zurauschte, wo er blubbernd zwischen den Metallstreben verschwand. Der Unheil verkündende Himmel war in ein dunkles Schiefergrau mit vereinzelten bernsteinfarbenen Schlieren getaucht, und die tief hängenden Äste der großen Eiche in der Mitte des Platzes wurden hin- und hergeworfen, als bestünden sie aus Papier und nicht aus Holz. Sturm Miranda sammelte eindeutig noch einmal all seine Kräfte.

In diesem Moment trat Sadie mit ängstlichem Gesichtsausdruck neben Cat. »Sieh dir mal diese Pfützen an. Das Wasser fällt schneller vom Himmel, als es die Gullys schlucken können.«

Mit wachsendem Unbehagen ließ Cat den Blick über die Sturzbäche wandern, die von den Dächern der Gebäude und den Ladenmarkisen auf das Pflaster stürzten. Wenn der Regen nicht langsam nachließ, war es gar nicht mehr so unwahrscheinlich, dass Castle Court überschwemmt wurde.

»Ich gehe mal nicht davon aus, dass wir irgendwo im Keller einen Geheimvorrat an Sandsäcken bunkern, oder?«

Sadie starrte sie an. »Nein. Glaubst du, wir werden welche brauchen?«

»Ich hoffe nicht«, antwortete Cat und unterdrückte ein Seufzen. »Aber vielleicht sollten wir die Kunden trotzdem lieber nach Hause schicken. Nur für den Fall der Fälle …

Wenn es weiter so regnet, werden sie so oder so nass – egal ob sie drin oder draußen stehen. Überleg doch mal, was hier für eine Panik ausbrechen könnte, wenn plötzlich Wasser unter der Tür durchläuft.«

»Glaubst du denn wirklich …« Sadie sah mit gerunzelter Stirn aus dem Fenster.

»Keine Ahnung. Aber Vorsicht ist besser als Nachsicht, meinst du nicht auch?«

Sadies Miene schwankte zwischen Zweifel und Unglaube. Doch schließlich nickte sie. »Du hast recht.« Sie räusperte sich. »Meine Damen und Herren, es tut mir leid, Ihnen das antun zu müssen, aber wie Sie selbst sehen, ist Castle Court bereits zu einem großen Teil überschwemmt. Ich fürchte, wir müssen den Laden schließen, zumindest vorübergehend. Eine reine Vorsichtsmaßnahme.«

Unter den Kunden erhob sich leises Gemurmel und unwilliges Stöhnen.

Cat spürte, wie sie sich unwillkürlich versteifte, als ihnen der Unmut der Einkäufer entgegenschlug. »Es tut uns wirklich sehr leid«, pflichtete sie Sadie bei, »aber wir müssen Sie bitten, zu gehen. Wenn Sie noch etwas mitnehmen möchten, dann begeben Sie sich bitte jetzt gleich zur Kasse. Vielen Dank für Ihre Kooperation.«

Die Kunden, die bereits Tüten und Geschenkkartons mit Keksen in den Händen hielten, reihten sich in der Schlange vor dem Tresen im hinteren Teil des Ladens ein, wo Clare kassierte. Die übrigen machten sich auf den Weg zur Tür.

»Sehen Sie! Es ist schon zu spät«, rief auf einmal jemand laut.

Ein Mann in einem nassen Mantel deutete aufgeregt auf die Türschwelle, unter der tatsächlich ein stetiger Strom Wasser hindurchfloss und die kleine Fußmatte durchtränkte.

Cats Herz setzte einen Schlag aus. Was sollten sie jetzt tun? Wenn sie die Tür aufmachten, um die Kunden rauszulassen, würde noch mehr Wasser eindringen. Andererseits, was blieb ihnen sonst übrig?

Sadie fasste sie am Arm. »Wir sollten uns auf das Schlimmste gefasst machen.«

Cat nickte abwesend, die ganze Situation erschien ihr vollkommen irreal. »Wir müssen alles, was sich in der Nähe des Fußbodens befindet, auf den oberen Regalen verstauen«, sagte sie wie ferngesteuert. »Dann können wir die Ladentür aufmachen und alle rauslassen.« Und das Wasser rein, fügte sie in Gedanken hinzu.

Neben Cat hatte Sadie bereits die ersten Schubladen aufgerissen, die sich unter den Präsentationstischen befanden, und damit begonnen, die Packungen und Tüten mit Keksen herauszunehmen.

Eine junge Frau, die in ihrer Nähe stand, streckte die Hände aus. »Wo sollen die hin?«

»Auf den Tresen neben der Kasse«, antwortete Sadie dankbar.

Die Frau nahm die Packungen und gab sie an den nächsten Kunden weiter, sodass sich eine Art Arbeitskette bildete. Nun begannen auch andere Kunden aktiv zu werden, zogen Schubladen auf und gaben die Kartons und Tüten mit Plätzchen weiter, um sie neben der Kasse aufzustapeln.

Als Cat sich davon überzeugt hatte, dass zumindest für die kommenden Minuten alles unter Kontrolle war, stürzte sie zur Treppe. »Ich schaue nach, was ich in der Küche tun kann«, rief sie Sadie zu. Bei der Vorstellung, dass ihr kostbarer Arbeitsplatz im Regenwasser unterging, drehte sich ihr der Magen um.

Als Cat die Treppe hinunterkam, sah Delilah auf. »Was ist los?«

»Wir haben ein Riesenproblem.«

Nachdem sie aufmerksam Cats Schilderung der Situation gelauscht hatte, spitzte Delilah nachdenklich die Lippen, bevor sie sagte: »In der Schule, in der ich früher gearbeitet habe, ist mal was Ähnliches passiert. Zuerst solltest du den Strom abstellen, am besten gleich über den Hauptschalter, das ist am sichersten. Anschließend musst du dir überlegen, was auf jeden Fall gerettet werden soll und was zurückbleiben muss.«

»Ich kümmere mich um den Strom. Schnapp du dir in der Zeit so viel, wie du tragen kannst, und schaff es nach oben.«

Einen Moment lang glaubte Cat, Delilah würde etwas einwenden, doch dann nickte die grauhaarige Frau. »Ich packe so viele Kekse zusammen, wie ich kann.«

Nachdem Cat den Hauptschalter umgelegt hatte und in die Küche zurückkam, war Delilah verschwunden. Im schummrigen Tageslicht, das vom Erdgeschoss nach unten fiel, riss Cat die Wachsdecken von den langen Holztischen und warf sie über die Standmixer. Die Maschinen waren zu schwer, um sie nach oben zu tragen, doch vielleicht konnten die Tischdecken sie vor dem schlimmsten Schaden bewahren. Anschließend öffnete sie eine der Schubladen und warf eine Handvoll der Ausstechformen, die sie am häufigsten verwendete, in eine Tasche. Als sie die Treppe ins Erdgeschoss hinauflief, flüsterte sie eine leise Entschuldigung in Richtung ihrer Küche, dafür, dass sie sie in dieser schweren Stunde allein zurückließ.

Sadie und die Kunden hatten in der Zwischenzeit ganze Arbeit geleistet. Auf dem Kassentresen türmte sich Kekspackung auf Kekspackung, und Clare tat ihr Bestes, mehr Platz zu schaffen.

»Ich glaube nicht, dass wir noch mehr unterbringen können«, seufzte Sadie, während sie wehmütig den Blick durch den Laden schweifen ließ.

»Wir haben sowieso keine Zeit mehr«, sagte Cat tonlos und deutete mit dem Kinn Richtung Ladentür, unter der immer mehr Wasser hindurchströmte. »Okay, alle mal herhören«, rief sie dann laut, »jetzt wird es nass.«

Die Kunden drängten sich so weit wie möglich im hinteren Teil des Ladens zusammen.

Mit zusammengebissenen Zähnen ging Cat auf die Ladentür zu und ignorierte dabei so gut es ging das platschende Geräusch, das ihre Schuhe auf dem Boden machten. Eine durchtränkte Fußmatte war so ziemlich das

Geringste, worum sie sich Sorgen machen mussten, wenn sie die Tür öffnete, so viel stand fest. Nachdem sie ein weiteres Mal tief Luft geholt hatte, umfasste sie den Knauf und zog die Tür auf.

Obwohl sie darauf vorbereitet gewesen war, stieß Cat einen leisen Schrei aus, als das Wasser in einem Schwall herein und gegen ihre Schienbeine schwappte. Hinter sich hörte sie die Kunden aufgeregt miteinander reden und weiter zurückweichen, als sich das Wasser schnell über das gesamte Erdgeschoss verteilte.

Cat wartete darauf, dass der Strom nachließ oder zumindest langsamer fließen würde, doch das tat er nicht. Gurgelnd ergoss er sich über den Rand der Treppe und ins Untergeschoss.

»Okay, alle raus!«, schrie sie und gestikulierte in Richtung Tür. »Bitte machen Sie schnell, aber seien Sie dabei vorsichtig.«

Delilah trat vor und begann, die Leute Richtung Ausgang zu führen.

Bevor die Menschenmenge ihr die Sicht nahm, fiel Cats Blick auf das Paar leuchtend pinkfarbener Gummistiefel an ihren Füßen, die unter der blau-goldenen Schürze hervorblitzten. Für den Bruchteil einer Sekunde fragte sie sich, wo ihre Mitarbeiterin die so schnell hergezaubert hatte, doch jetzt war keine Zeit, sich darüber Gedanken zu machen.

»Bitte entschuldigen Sie vielmals«, rief Cat den Kunden zu, die an ihr vorbei und auf den stürmischen Platz hinausstapften. »Wir hoffen sehr, dass wir morgen schon wieder ganz normal öffnen können.«

In diesem Moment erschien Clare. »Ich frage mal rum, ob es irgendwo Sandsäcke gibt. Wir können unmöglich die Einzigen in Castle Court sein, die Probleme mit dem Wasser haben.«

Eine Sturmböe ließ die Tür in den Angeln hin- und herschwingen, als Cat den Blick über die Ladenfronten wandern ließ. »Wir sind die Einzigen auf dieser Seite des Platzes, die ein Untergeschoss haben, aber auch sie werden sicher jeden Sandsack nutzen, der ihnen zur Verfügung steht, um auf Nummer sicher zu gehen.« Ihr Blick blieb an den beiden Gebäuden hängen, die genau gegenüber der Keksbäckerei lagen. Auch dort rauschte der Regen gegen die Fensterscheiben, doch die Wassermassen auf dem Pflaster schienen eher von den Fundamenten wegzufließen, als ob der Platz ein mit dem bloßen Auge nicht zu erkennendes Gefälle aufweisen würde. »Lass es uns zuerst beim Bus Stop oder im Let's Go Dutch versuchen. Falls sie Sandsäcke haben, werden sie sie vermutlich nicht so dringend brauchen wie wir.«

Nachdem der letzte Kunde ihren Laden verlassen hatte, versuchte Cat die Tür wieder zu schließen, doch das Holz schien sich verzogen zu haben.

»Die Tür oder der Rahmen müssen durch das Wasser aufgequollen sein«, sagte Sadie, die Cat zu Hilfe kam.

Eine Weile mühten sie sich zusammen ab, gaben es jedoch schon bald auf.

»Großartig«, sagte Cat sarkastisch, während sie versuchte, dem Drang zu widerstehen, der Tür einen frustrierten Tritt zu verpassen. »Genau das, was uns mitten in einer Sturzflut noch gefehlt hat: eine Barriere, die keine ist.«

Besorgt streckte Delilah den Kopf nach draußen und blickte in die Wolken hinauf. »Am besten seht ihr gar nicht hin. Die Schleusen da oben scheinen sich noch einmal weiter geöffnet zu haben.«

Cat presste wütend die Lippen aufeinander. Delilah hatte recht, vom Himmel kamen mittlerweile regelrechte Sturzbäche, und der Wind war zu einem ohrenbetäubenden Brüllen angeschwollen. »Beeil dich, Clare«, murmelte sie leise vor sich hin.

Doch ihre Mitarbeiterin kehrte kurz darauf mit leeren Händen zurück. »Keine Sandsäcke. Nirgendwo«, berichtete sie keuchend. »Ich hab sogar bei den Geschäften im ersten Stock nachgefragt, aber alle haben mir dasselbe gesagt: Niemand hat mit so viel Regen gerechnet, deswegen hat die Stadt auch keine Säcke ausgegeben.«

»Wurden noch mehr Läden geflutet?«, erkundigte sich Sadie.

»Ein paar der Geschäfte auf unserer Seite haben Probleme.« Clare verzog das Gesicht. »In der Patisserie haben sie die Tür so gut es geht mit Handtüchern abgedichtet, aber uns scheint es am schlimmsten erwischt zu haben.«

»Wie es aussieht, befinden wir uns am tiefsten Punkt von Castle Court«, bemerkte Sadie frustriert.

Clare nickte. »Sieht ganz danach aus. Jaren hat mir den

Tipp gegeben, die Lücken um die Tür mit zerknülltem Papier abzudichten.«

»Im Moment haben wir nur eine riesengroße Lücke, und zwar genau in der Mitte«, bemerkte Cat bitter. »Die Tür lässt sich nicht mehr schließen.«

»Ich weiß nicht, was wir sonst machen sollen«, sagte Clare hilflos. »Tut mir leid.«

Cat tat ihre Entschuldigung mit einer Handbewegung ab. »Das ist doch nicht deine Schuld. Wir müssen einfach darauf hoffen, dass der Sturm bald nachlässt.«

Beinahe gleichzeitig hoben sie die Köpfe, um in den wolkenverhangenen Himmel hinaufzublicken.

»Na los«, sagte Cat, als die nächste kleine Welle über ihre Füße schwappte. »Irgendwie müssen wir es schaffen, diese Tür zuzubekommen, sonst haben wir keine Chance.«

Sadie seufzte zweifelnd. »Um ehrlich zu sein, glaube ich, dass wir so oder so keine Chance haben.«

»Das werden wir ja sehen«, wandte Cat ein, noch nicht bereit, ihren Optimismus aufzugeben. »Wir müssen uns alle auf diese Seite stellen und gleichzeitig drücken.«

Mit vereinten Kräften gelang es den vier Frauen, die Tür wieder zu schließen, auch wenn Cat die Befürchtung hatte, sie könnte jeden Moment aus den Angeln springen.

»Äh … meinst du nicht, dass wir uns eher auf der anderen Seite befinden sollten?«, fragte Sadie unsicher, als das Wasser durch die Ritzen unter und an den Seiten der Tür zu dringen begann.

»Ich glaube nicht, dass uns hier drin viel passieren kann«, erwiderte Cat. »Um unsere Lagerbestände mache ich mir mehr Sorgen. Selbst wenn sie nicht direkt mit dem Wasser in Berührung kommen, wird die feuchte Luft ausreichen, um die Plätzchen aufzuweichen. Wir sollten es mit Jarens Vorschlag versuchen und die Ritzen in der Tür mit Papier verstopfen.«

»Unten haben wir meterweise Küchenrolle«, sagte Delilah. »Ich hole sie.«

»Nein, lass mich das machen«, warf Cat ein. »Die Treppe ist nass und garantiert rutschig.«

Vorsichtig setzte Cat einen Fuß nach dem anderen auf die gefährlich glitschigen Stufen, während sie sich gleichzeitig am Geländer festklammerte für den Fall, dass sie den Halt verlor. Im Untergeschoss stellte sie erleichtert fest, dass der Boden zwar nass, aber noch nicht überflutet war. Außerdem konnte sie keine Stelle entdecken, an der es von der Decke tropfte. Noch nicht.

Hastig riss sie einen der Küchenschränke auf und holte so viele Packungen Küchenrolle heraus, wie sie auf einmal tragen konnte.

Sie wollte sich gerade wieder auf den Weg nach oben machen, als sie einen lauten Knall hörte, gefolgt von dem Klirren von Glas. Kurz darauf stieß jemand einen schrillen Schrei aus, der innerhalb von Sekundenbruchteilen in gurgelndem Rauschen unterging.

»Pass auf, Cat!«, rief Sadie.

Cat riss den Kopf hoch – nur um in der nächsten Sekunde einen Bach schmutziges Wasser die Treppe herunterstürzen zu sehen. Sie stolperte rückwärts, drückte sich mit dem Rücken gegen die Wand und riss die Küchenrolle hoch, als ihre Knie umspült wurden. Durch den Fall aus dem ersten Stock hat das Wasser eine unglaubliche Wucht, dachte Cat verzweifelt, während sie mit dem Gleichgewicht kämpfte. Im nächsten Moment spürte sie die kalten Tropfen auf ihrem Kopf. Als sie den Blick an die Decke richtete, sah sie weitere Sturzbäche die Treppe hinunterschwappen und immer breiter werdende Rinnsale, die sich ihren Weg durch den Fußboden im Erdgeschoss gebahnt hatten und nun durch die Decke ins Untergeschoss flossen. Dicke Tropfen klatschten auf die Tische, die Arbeitsflächen in der Küche und rannen von dort auf den Boden, wo sie die Flut weiter ansteigen ließen.

Cat wurde übel. Es würde sie sehr viel mehr als einige Tage kosten, dieses Chaos wieder zu beseitigen.

Mit hängenden Schultern wartete sie ab, bis der Sturzbach aus dem Erdgeschoss zu einem langsam fließenden Rinnsal verebbt war, bevor sie die Treppe hinaufstapfte.

»Alle raus!«, kommandiert sie oben. »Solange es nicht aufhört zu regnen, können wir hier nichts ausrichten.«

In diesem Augenblick erschien Jaren in der Tür. Die dunklen Haare klebten ihm an der Stirn und auf den Wangen. »Alle so weit okay?«, fragte er, während er die gezackten Überreste der Fensterscheibe, die sich einmal in der Tür befunden hatte, musterte. »Ich habe von drüben gesehen, was passiert ist.«

»Es ist niemand verletzt«, sagte Cat knapp, »der Laden allerdings schon.«

Jaren riss entsetzt die Augen auf, als er sah, dass das Wasser noch immer in einem steten Strom die Treppe ins Untergeschoss hinunterfloss. »Das ist nicht zu übersehen.«

»Wir sollten hier raus«, sagte Sadie mit einem Blick auf die gestapelten Kekspackungen auf dem Kassentresen. »Am besten nimmt einfach jeder so viele Kartons und Tüten, wie er tragen kann. Vielleicht haben es ein paar Kekse überlebt. Bestimmt finden wir jemanden, bei dem wir sie erst mal lagern können.«

»Bringt sie rüber ins Let's Go Dutch«, bot Jaren sofort an. »Moment, ich hole Hilfe. Es geht schneller, wenn wir eine Kette bilden.«

Cat scheuchte die anderen auf den verlassenen Platz hinaus. Eine Minute später war Jaren zurück, im Schlepptau seine Mitarbeiter und wie es aussah eine ganze Reihe seiner Gäste. Einige von ihnen hielten Regenschirme in den Händen, andere hatten sich die Kapuzen ihrer Jacken über den Kopf gezogen.

Verärgert dachte Cat bei ihrem Anblick daran, dass sie ihre eigenen Mäntel im Laden vergessen hatten. Vor allem um Delilah machte sie sich Sorgen, es konnte nicht gut für die ältere Frau sein, so lange ohne Schutz dem Wetter ausgeliefert zu sein. Und auch ihre Handtaschen mit Schlüsseln, Handys und Portemonnaies befanden sich noch in der Küche. Es gab keine andere Möglichkeit, sie musste noch einmal zurück, um die Sachen zu holen.

»Sadie, kümmere du dich um die Plätzchen-Rettung«, rief Cat ihrer Freundin zu, als Andrew und Earl aus dem Bus Stop kamen, um ihnen ebenfalls zu Hilfe zu eilen. »Ich geh noch mal rein und hole unsere Sachen raus, bevor das Wasser noch höher steigt.«

Ohne Sadies Antwort abzuwarten, hastete Cat zurück in den Laden. Auf der letzten Stufe der Treppe ins Untergeschoss stieß sie ein entsetztes Keuchen aus. Das Wasser stand inzwischen kniehoch; die Stühle, die um die Holztische angeordnet gewesen waren, trieben zwischen Ausstechformen und Spritzbeuteln durch den Raum. Der Regen floss inzwischen in Strömen von der Decke, und der ehemals weiße Putz hatte sich schmutzig grau verfärbt.

Nachdem sie einmal tief Luft geholt hatte, stürzte sie sich ins Wasser. Sie keuchte auf, als die Kälte in ihre Unterschenkel biss. Langsam watete sie auf das Regal zu, das im obersten Fach ihre persönlichen Gegenstände beherbergte und das noch über dem Wasser lag.

Alle vier Handtaschen waren trocken. Cat schlang sich zwei über jede Schulter, bevor sie sich dem hohen Schrank zuwandte, in dem sie während der Arbeit ihre Jacken und Mäntel aufbewahrten. Mit einem Blick darauf wurde ihr klar, dass es nicht leicht werden würde, ihn zu öffnen, die Tür reichte bis zum Boden. Sie würde sie gegen den Druck des Wassers pressen müssen, um an ihre Jacken heranzukommen.

Cat wappnete sich innerlich, packte den Türgriff und zog. Die Tür bewegte sich nicht. Sie zog noch einmal daran, wild entschlossen, sie aufzubekommen, bis sie ein kleines bisschen nachgab. Schließlich schaffte sie es, einen Arm durch den Spalt zu quetschen. Mit den Fingerspitzen bekam sie einen Fetzen Stoff zu fassen, doch kaum, dass sie die ganze Hand darum gekrallt hatte, hörte sie über ihrem Kopf ein unheilvolles Knirschen und Knacken. Als sie den Blick zur Decke richtete, sah sie, wie sich der Putz zu einer riesigen runden Blase nach unten wölbte.

Und dann zerplatzte die Blase.

Cat riss den freien Arm über den Kopf. Im nächsten Moment wurde es um sie herum dunkel.

Kapitel zweiundzwanzig

»Cat!«

Die Stimme schien gleichzeitig von weit her und von ganz nah zu kommen. Cat schüttelte müde den schweren Kopf und wimmerte im nächsten Moment auf, als ein scharfer Schmerz durch ihren Schädel jagte. Ihr war eiskalt. Ihr Oberkörper wurde gegen den Schrank gedrückt, in dem noch immer ihr Arm feststeckte, und das Wasser reichte ihr inzwischen bis zur Brust. Überall um sie herum schwammen Bruchstücke von dem Deckenstück, das sich gelöst hatte. Als sie nach oben sah, konnte sie das gedämpfte Tageslicht sehen, das zusammen mit dem Wasser durch das riesige Loch in der Decke fiel.

Am Fuße der Treppe erschien eine Gestalt.

Als Cat versuchte aufzustehen, rutschte sie aus und schluckte Wasser. »Hier drüben!« Sie hustete und spuckte mit einem Schaudern die Putzbrösel aus, die sie zusammen mit dem Wasser geschluckt hatte.

Die Gestalt wandte sich um und begann, auf Cat zuzuwaten. »Wo bist du? Hast du dich verletzt?«

Cat kniff die Augen zusammen, um im Halbdunkel etwas erkennen zu können. »Ich glaube, ich habe mir den Kopf angestoßen. Auf jeden Fall tut es weh.«

Im nächsten Moment tauchte Jarens besorgtes Gesicht vor ihr auf. »Verdammt!«, rief er entsetzt. »Du siehst ja schrecklich aus.«

Beinahe hätte Cat laut gelacht. Mit zitternden Händen berührte sie die Stelle an ihrem Kopf, von wo der Schmerz auszugehen schien. Ihre Finger waren blutverschmiert. »Ich fühl mich nicht besonders gut«, gab sie zu. »Ich habe Putz gegessen.«

Jaren verzog keine Miene. »Wie viele Finger halte ich hoch?«

Cat starrte auf seine Hand. »Drei. Nein, vier.«

Er schüttelte den Kopf. »Wir müssen dich sofort ins Krankenhaus bringen.« Er warf einen besorgten Blick nach oben. »Kannst du laufen? Ich traue dieser Decke keinen Schritt über den Weg.«

Vorsichtig versuchte Cat ihre Beine zu bewegen. Sie waren taub vor Kälte, schienen ansonsten aber funktionstüchtig zu sein. »Ich glaube schon. Aber mein Arm steckt im Schrank fest.«

»Den sollte ich rausbekommen«, sagte Jaren, während er die hohe Holztür musterte. »Allerdings sitzt du in einem ziemlich seltsamen Winkel zum Schrank, dein Arm ist ganz verdreht. Ist er auch verletzt?«

Sie versuchte, die Finger zu bewegen. »Vielleicht.« In ihrem Kopf schien sich auf einmal alles zu drehen. Jarens

Gesicht verschwamm vor ihren Augen. Entschlossen und mit letzter Kraft ballte sie die freie Hand zur Faust, um sich darauf zu konzentrieren, bei Bewusstsein zu bleiben. »Ich spüre kaum noch was.«

»Wir dürfen auf keinen Fall riskieren, länger als nötig hier drin zu bleiben«, sagte Jaren fest. »Ich mache jetzt die Tür auf.«

Im nächsten Augenblick spürte Cat, wie das Holz nachgab. Dann glitt ihr Arm aus dem Spalt und landete mit einem Platschen im Wasser. Als in derselben Sekunde schwarze Punkte hinter ihren Lidern zu tanzen begannen und kurz darauf von einem undurchdringlichen grauen Nebel ersetzt wurden, klammerte sie sich an Jaren fest. »Ich glaube, ich verliere …«, murmelte sie, als er aufstand und sie mit sich zog, um sie hochzunehmen.

»Ich hab dich«, sagte er, als sie zum zweiten Mal an diesem Tag das Bewusstsein verlor.

Als Cat aufwachte, lag sie in einem Krankenwagen und trug eine Sauerstoffmaske. Ein freundliches Gesicht beugte sich über sie.

»Da sind Sie ja wieder«, begrüßte sie die Sanitäterin fröhlich. »Versuchen Sie sich so wenig wie möglich zu bewegen. Sie sind jetzt in Sicherheit.«

Als Cat den Blick langsam zur Seite wandern ließ, entdeckte sie Sadie, die sie besorgt musterte.

»Gott sei Dank, du bist aufgewacht!«

Die Sanitäterin hob die Sauerstoffmaske an, damit Cat

sprechen konnte. »Das bin ich«, sagte sie langsam. »Was ist passiert?«

Die Sorgenfalten auf Sadies Stirn vertieften sich. »Der Laden ist überflutet worden, erinnerst du dich? Als du im Untergeschoss warst, ist ein Teil der Decke runtergekommen.«

Cat schloss die Augen und versuchte die Puzzleteile an die richtige Stelle zu setzen. Es war dunkel gewesen und kalt. Und sie hatte geblutet.

»Ich habe mir den Kopf angehauen«, murmelte sie.

»Stimmt«, bestätigte die Sanitäterin. »Sie haben eine ziemlich heftige Wunde, und außerdem glauben wir, dass Sie gefallen sein könnten, deswegen haben wir Ihnen als reine Vorsichtsmaßnahme eine Halskrause angelegt. Die gute Nachricht ist, dass ich auf den ersten Blick keine Knochenbrüche feststellen konnte. Im Krankenhaus wird sich das hoffentlich bestätigen.«

Das erklärte den seltsamen Druck, den sie um den Hals und unter ihrem Kinn spürte.

»Ich bin übrigens Nina, und mein Kollege Doug fährt«, erklärte die Sanitäterin. »Meinen Sie, Sie können mir jetzt ein paar Fragen beantworten? Nichts Kompliziertes. Keine Sorge, nicht so wie bei Trivial Pursuit.«

»Okay«, antwortete Cat mit einem kurzen Blick in Sadies besorgtes Gesicht.

»Gut. Zuerst untersuche ich noch mit einer Stableuchte Ihre Augen, und danach fangen wir an.«

Cat versuchte, nicht zusammenzuzucken, als Nina mit

dem hellen Lichtstrahl zuerst in ihr eines und dann in ihr anderes Auge leuchtete.

Offensichtlich zufrieden, schob sie die Stableuchte zurück in die Tasche an ihrem Kittel. »In Ordnung, können Sie mir sagen, welchen Wochentag wir heute haben?«

»Samstag«, antwortete Cat nach kurzem Zögern. Es war doch Samstag, oder? Der letzte vor Ostern …

»Gut. Und welches Jahr?«

»2018«, antwortete Cat, inzwischen sicherer geworden.

Auch dieses Mal schien Nina zufrieden zu sein. »Und zu guter Letzt: Ich weiß, wir leben in unsicheren Zeiten, aber wie heißt unser derzeitiger Premierminister?«

Cat brachte ein müdes Lächeln zustande, als sie die Antwort gab. »Allerdings könnte es sein, dass ich Ihnen einen anderen Namen nennen müsste, wenn Sie mich in einer Woche noch mal fragen.«

Die Sanitäterin grinste, während sie Cats Blutdruck maß. »Auf jeden Fall macht es unseren Job nicht gerade leichter – manchmal ist es wirklich schwer einzuschätzen, ob ein Patient verwirrt oder politisch gerade nicht auf dem neuesten Stand ist.«

»Kann ich mir vorstellen«, bemerkte Sadie trocken.

In diesem Moment blitzte ein Gedanke in Cats Kopf auf. Ängstlich sah sie Sadie an. »Die Taschen …«

»… wurden gerettet«, gab ihre Freundin zurück. »Sie sind ein bisschen nass geworden, aber das ist auch schon alles. Allerdings kann ich immer noch nicht glauben, dass du deswegen extra noch mal zurückgegangen bist.

Was ist verdammt noch mal in dich gefahren?« Ihre Augen füllten sich mit Tränen. »Ich habe mich zu Tode erschrocken, als die Decke eingestürzt ist und du noch drin warst.«

»Es tut mir leid«, murmelte Cat. Ihr war ebenfalls zum Heulen zumute. »Ich dachte einfach nur, dass wir vielleicht unsere Sachen brauchen.«

»Machen Sie sich deswegen keine Vorwürfe«, sagte Nina beruhigend. »Jetzt ist ja alles in Ordnung. Und mit ein bisschen Glück können wir bald schon bestätigen, dass Sie tatsächlich keine schlimmeren Verletzungen erlitten haben.«

Sadie versuchte zu lächeln. »Hoffentlich.«

Einen Moment lang lag Cat ruhig da und lauschte dem Trommeln des Regens auf dem Dach des Krankenwagens, während langsam ihre Erinnerungen zurückkehrten. »Was ist mit der Keksbäckerei? Es regnet ja immer noch.«

Sadie zögerte einen Moment, bevor sie antwortete: »Nein, es hat aufgehört.« Sie wechselte einen raschen Blick mit der Sanitäterin. »Darüber reden wir später. Wenn es dir wieder besser geht.«

»Das klingt nicht gut.« Cat verzog das Gesicht.

»Ist es auch nicht«, gab Sadie zu. »Aber darüber solltest du dir jetzt gerade keine Gedanken machen. Es ist nichts passiert, was wir nicht wieder hinkriegen könnten.«

»Und die Lagerbestände?«

»Liegen sicher und trocken unter diversen Dächern rund um den Platz.« Ein bewundernder Ausdruck trat auf

Sadies Gesicht. »Du hättest mal sehen sollen, wie Earl und Andrew die Streitkräfte im Griff hatten. Die beiden sind ein tolles Team. Irgendwann standen drei Menschenketten auf dem Platz und haben Kisten und Dosen zu den verschiedenen Läden weitergereicht.«

Ein Lächeln breitete sich auf Cats Gesicht aus. »Großartig.«

»Das war es wirklich. Ich habe Clare und Delilah gebeten zu überprüfen, was eventuell noch aus dem Laden zu retten ist. Sie werden sich um alles kümmern.«

»Sie brauchen die Unterlagen von der Versicherung, und …« Cat versuchte sich aufzusetzen.

Sofort legte ihr Nina sanft eine Hand auf die Brust, damit sie sich wieder hinlegte. »Nichts da. Entspannen Sie sich einfach.«

»Seb holt die Unterlagen aus deiner Wohnung. Eigentlich wollte er auch mit ins Krankenhaus fahren. Du hättest mal seinen Gesichtsausdruck sehen sollen, als Jaren mit dir auf dem Arm die Treppe hochkam …«

Ein Schaudern ging durch Cats Körper, halb aus Verlegenheit und halb bei der Erinnerung an die Kälte und Angst, die sie gespürt hatte. »Jaren … natürlich. Ich habe mich noch nicht mal bei ihm bedankt.«

»Du warst bewusstlos«, bemerkte Sadie trocken, »ich denke, er wird dir verzeihen.«

»In Ordnung, das reicht jetzt erst mal«, meldete sich Nina zu Wort und stülpte Cat vorsichtig wieder die Sauerstoffmaske über Nase und Mund, während sie sie prüfend musterte. »Wir sind gleich im Krankenhaus. Bis dahin sollten Sie sich noch ein wenig ausruhen.«

Das wird mir nicht schwerfallen, dachte Cat. Sie hatte das Gefühl, zehn Runden Zirkeltraining hinter sich zu haben. Ihr Arm war nicht mehr taub, tat dafür aber umso mehr weh, und ihre Beine fühlten sich immer noch eiskalt an, obwohl sie in mehrere Decken gepackt worden war. Erst in diesem Moment fiel ihr auf, dass sie darunter nichts anhatte. Langsam ließ sie den Blick durch das Innere des Krankenwagens wandern, um ihre Jeans und den Pullover zu suchen.

»Was ist los?«, fragte Sadie.

Cat hob einen bleischweren Arm, um die Sauerstoffmaske anzuheben. »Meine Anziehsachen …«

»Die musste ich leider von Ihnen runterschneiden«, erklärte Nina. »Sie waren klitschnass, und Ihre Körpertemperatur war bedenklich niedrig.«

»Bin ich etwa nackt?«, quietschte Cat.

»Die Unterwäsche ist Ihnen geblieben, obwohl die natürlich auch noch feucht ist. Außerdem habe ich Ihnen ein Krankenhaushemd angezogen. Sie müssen also nicht gleich rot werden«, sagte Nina in vollkommen neutralem Tonfall. »Nicht gerade der letzte modische Schrei, aber immerhin trocken.«

»Ich bringe dir später frische Sachen in die Klinik«, beeilte sich Sadie ihr zu versichern. »Oder Seb. Du musst uns nur sagen, was du brauchst. Das ist überhaupt kein Problem.«

Der Krankenwagen wurde langsamer.

»Wir sind da«, ertönte eine männliche Stimme aus dem Führerhäuschen.

»Danke«, rief Nina zurück, bevor sie sich an Cat wandte. »Sobald Sie drin sind, überlassen wir Sie den erfahrenen Händen des Notaufnahme-Teams. Die Kollegen werden noch einige Tests durchführen und wahrscheinlich auch ein CT machen.«

Cat versuchte den Kopf zu schütteln. Sie mochte ein wenig angeschlagen sein und die ein oder andere Schürfwunde haben, aber sie brauchte kein verdammtes CT. Doch ein strenger Blick von Sadie erstickte ihren Protest im Keim.

»Wag es ja nicht zu widersprechen«, ermahnte sie ihre Freundin ernst.

Eine Minute später hielt der Krankenwagen, und die rückwärtigen Türen wurden geöffnet. Ein Sanitäter streckte den Kopf ins Innere. »Hi, ich bin Doug. Dann sehen wir mal zu, dass wir Sie hier rauskriegen, was?«

Sadie kletterte zuerst von der Ladefläche und blieb neben dem Wagen stehen, während Nina und Doug die Trage herausholten, auf der Cat lag. Cat verlor ihre Freundin aus den Augen, als die beiden Sanitäter sie durch eine große Doppeltür ins Innere der Klinik schoben.

»Ich bin hier«, ertönte Sadies Stimme von irgendwo hinter ihr. »Keine Sorge, ich bleibe bei dir.« Während Nina und Doug mit der Schwester sprachen, die am Empfang in der Notaufnahme stand, trat sie neben Cat. »Wie geht es dir?«

Cat widerstand dem Bedürfnis, ihren schmerzenden Kopf zu berühren. »Ging schon mal besser.« Sie verstummte, als die Erinnerung an die herabstürzende Decke zurückkam. »Ich vermute mal, dasselbe könnte man über Smart Cookies sagen.«

Sadie bedachte sie mit einem verärgerten Blick. »Würdest du endlich aufhören, dir Gedanken um den Laden zu machen? Das Einzige, was jetzt wichtig ist, bist du.«

In diesem Moment wandte sich Nina wieder zu ihnen um. »Wir überlassen Sie jetzt Rishi. Sie wird sich um alles Weitere kümmern.«

Doug nickte Cat zu. »Alles Gute.«

»Danke.« Cat brachte ein erschöpftes Lächeln zustande. »Und Ihnen auch vielen Dank, Nina. Sobald ich wieder auf den Beinen bin, schicke ich Ihnen eine große Packung Kekse.«

»Nicht nötig«, sagte Nina und klopfte sich auf den Bauch. »Die Pfunde setzen sich bei mir sofort fest.«

Doug grinste. »Schicken Sie trotzdem gerne welche – ich esse Ninas.«

Die beiden Sanitäter hoben noch einmal die Hand zum Abschied, bevor sie sich Richtung Ausgang wandten.

»Okay«, sagte die Schwester hinter dem Empfang und bedachte Cat mit einem prüfenden Blick. »Wie Nina schon erwähnt hat, ich bin Rishi. Ich brauche nur noch ein paar Informationen von Ihnen, dann werden wir Sie gründlich untersuchen, okay?«

Die nächsten Stunden zogen wie in Trance an Cat vorbei. Mehr Stablampen, mit denen ihr in die Augen geleuchtet wurde, mehr Fragen zu Wochentag, Monat und Jahr, auch wenn die Leute, die sie stellten, immer wieder andere waren. Irgendwann – nach Röntgenbildern, diversen Scans und Untersuchungen durch verschiedene Ärzte – schien das medizinische Fachpersonal überzeugt, dass sie keine lebensbedrohlichen Verletzungen erlitten hatte. Der Wunde an ihrem Kopf hatte sie eine Gehirnerschütterung zu verdanken, und ihr Arm war ziemlich gequetscht worden, aber ihre Wirbelsäule und alle weiteren Knochen waren intakt und unverletzt. Nachdem die Kopfwunde verbunden war, setzte man sie in einen Rollstuhl und schob sie in ein Zimmer, in dem sie die Nacht verbringen sollte.

»Zur Beobachtung«, erklärte die anwesende Ärztin mit einem müden Lächeln, während sie etwas auf das Klemmbrett am Fußende von Cats Bett kritzelte. »Wenn alles gut aussieht, können Sie wahrscheinlich schon morgen nach Hause.«

Cat versuchte sich aufzusetzen. »Ich muss hierbleiben?«

»Ja!«, sagte Sadie streng. »Dann muss ich mir wenigstens keine Sorgen machen, dass du gleich die nächste Dummheit anstellst.«

Cat öffnete den Mund, um zu erklären, warum ihr die Rettung ihrer Handtaschen und Mäntel so wichtig erschienen war, doch im selben Moment wurde sie von einer Welle der Erschöpfung überrollt. Als ob die Aufregung und die Schmerzen erst jetzt richtig bei ihr ankommen würden. »Okay«, murmelte sie stattdessen nur. »Aber du musst mich auf dem Laufenden halten, Sadie. Keine Ausreden. Ich will alles wissen.«

»Versprochen. Solange du mir dein Wort gibst, dich auszuruhen.«

Cat ließ den Kopf auf das kühle Kissen sinken und erlaubte sich, ihre schweren Lider zu schließen. »Ich denke, das bekomme ich hin.«

Zu dem Zeitpunkt, als Sadie ihre friedlich schlafende Freundin den wachsamen Augen der Nachtschwester überließ, war es bereits dunkel geworden.

Auf dem Parkplatz zog sie ihr Handy aus der Tasche und schickte eine Nachricht an Daniel: *Alles okay?*

Kurz darauf leuchtete das Display ihres Telefons auf, und Daniels Name wurde angezeigt.

»Hey«, sagte Sadie. »Ich wollte nicht anrufen, falls du Lissy gerade ihre Gutenachtgeschichte vorliest.«

»Noch nicht. Sie wollte auf dich warten.«

Sadie unterdrückte ein Stöhnen. »Ich habe keine Ahnung, wann ich nach Hause komme. Ich bin gerade erst aus dem Krankenhaus raus. Lissy sollte nicht so lange wach …«

»Beruhig dich«, unterbrach Daniel sie sanft. »Ich habe ihr schon erklärt, dass du heute erst sehr spät kommst. Wir trinken gerade noch einen Ausnahme-Kakao, und danach geht sie ins Bett. Das hat sie versprochen. Nicht wahr, Mäuschen?«

»Ja, Mummy«, ertönte Lissys aufgeregte Stimme aus dem Hintergrund.

Sadie beneidete Daniel nicht gerade darum, dass er derjenige war, der dafür sorgen musste, dass sich ihre Tochter an ihr Versprechen hielt. Vor allem, weil sein Ausnahme-Kakao normalerweise Marshmallows und Smarties enthielt – der Zuckerrausch würde es noch schwerer machen, Lissy zum Schlafen zu bewegen.

»Braves Mädchen«, sagte Sadie, um einen zärtlichen und ermutigenden Tonfall bemüht. »Wir sehen uns morgen früh, und dann kuscheln wir ganz lange.«

»Wie sieht es bei euch aus?«, erkundigte sich Daniel vorsichtig.

»Besser als gedacht«, antwortete Sadie möglichst vage, um Lissy, die wahrscheinlich noch zuhörte, nicht zu ängstigen. »Allerdings habe ich keine Ahnung, wie es um die Keksbäckerei steht. Ich fahre jetzt gleich rüber. Ich will mir noch genauer anschauen, was noch zu retten ist.«

»Immerhin hat es inzwischen aufgehört zu regnen.«

Sadie sah zum dunklen Himmel hinauf. Der Wind war schwächer geworden, aber die dicken Wolken gefielen ihr ganz und gar nicht. Sie vermutete, dass es nicht lange trocken bleiben würde.

»Ja, immerhin«, sagte sie. »Hör zu, ich habe keine Ahnung, wie lange ich noch zu tun habe. Warte also nicht auf mich.«

Eine kurze Stille trat ein, bevor Daniel sagte: »Kein Problem, aber bleib nicht länger als unbedingt nötig. Morgen früh wird es dort noch genauso aussehen wie jetzt, beziehungsweise vielleicht sogar ein wenig besser.«

Sadie musste daran denken, wie das Wasser ins Untergeschoss gelaufen war. Einen Moment lang schloss sie die Augen. »Das bezweifle ich.«

»Trotzdem. Pass auf dich auf. Und iss was. Soll ich was kochen?«

Ihr war klar, dass er sich nur Sorgen um sie machte, doch das Letzte, worum sie sich jetzt Gedanken machen wollte, war Essen. Dafür war sie viel zu sehr mit der Vorstellung davon beschäftigt, welches Ausmaß der Zerstörung sie in Castle Court erwartete.

»Nein, danke«, antwortete sie und fuhr sich mit einer Hand über das Gesicht. »Wenn ich dazu komme, hole ich mir später was. Vielleicht einen Burger im Diner. Bitte entschuldige, dass ich deine Pläne für den Abend so durcheinanderwerfen musste. Kannst du die Verabredung verschieben?«

»Ja, kein Problem«, sagte Daniel leichthin. »Immerhin wollte ich nur auf einen Drink mit einem alten Freund gehen. Nichts Wichtiges.«

Dankbar verzog Sadie die Lippen zu einem Lächeln. Zu wissen, dass Lissy in guten Händen war, befreite sie immerhin von einer ihrer Sorgen. »Ich mache es wieder gut«, versprach sie Daniel.

»Nicht nötig«, sagte er zärtlich. »Sieh einfach nur zu, dass du gut nach Hause kommst.«

»Mach ich. Gib Lissy einen Gutenachtkuss von mir.«

Nachdem sie aufgelegt hatte, wählte Sadie Clares Nummer.

Die Erleichterung in ihrer Stimme war nicht zu überhören, als Sadie ihr berichtete, dass Cat keine schlimmeren Verletzungen davongetragen hatte. »Das sind mal gute Nachrichten. Seb wird genauso erleichtert sein wie ich. Und Jaren. Und alle anderen.«

»Als ich gegangen bin, hat sie schon geschlafen. Die Ärztin hat gesagt, dass sie morgen vielleicht wieder nach Hause kann«, fügte Sadie hinzu. »Ich komme jetzt zurück. Wie läuft es bei euch?«

»Ganz okay«, sagte Clare vorsichtig. »Seb hat die Versicherungsunterlagen gefunden, und ich habe bei der Servicehotline angerufen. Sie schicken jemanden, der die Tür vernagelt, damit der Laden über Nacht zumindest provisorisch verschlossen ist. Morgen kommt dann ein Gutachter, der den Schaden einschätzt.«

Sadie schluckte. »Wie schlimm sieht es aus?«

Clare zögerte eine Sekunde, bevor sie antwortete: »Schwer zu sagen. Der Strom ist ausgefallen, und der Notfalldienst hat uns nicht reingelassen. Tut mir leid, Sadie, aber ich fürchte vor morgen früh wissen wir gar nichts.«

»Okay«, sagte sie langsam, während sie die Informationen, die Clare ihr gegeben hatte, sacken ließ. Solange sie mit Cat im Krankenhaus gewesen war, hatte sie nicht zugelassen, dass sie der Gedanke an Smart Cookies von ihrer Freundin ablenkte. Als sie jetzt an die Ereignisse des Tages zurückdachte, erschien ihr das Ganze wie ein schlechter

Traum. Sie musste das Ausmaß der Katastrophe mit eigenen Augen sehen, bevor sie glauben konnte, dass sie tatsächlich eingetreten war.

»Ich komme trotzdem vorbei. Kannst du noch so lange dortbleiben, bis ich da bin?«

»Ja, natürlich. Jaren hat mir einen Fensterplatz im Let's Go Dutch besorgt, damit ich alles im Blick habe, und Earl leistet mir Gesellschaft. Du musst dich also nicht beeilen.«

Sadie wusste genau, welchen Tisch sie meinte – denjenigen, von dem man perfekte Sicht auf das Schaufenster der Keksbäckerei hatte. Sie stellte sich den warmen Gastraum des Restaurants vor, in dem es köstlich nach Essen duftete und der bei dem Wetter vor Gästen vermutlich beinahe überquoll. Es war alles andere als selbstverständlich, dass Jaren an einem Samstagabend einen Fensterplatz opferte oder dass Earl seinen Kompagnon im Bus Stop Diner allein ließ, damit Clare Gesellschaft hatte. Sadie war ihnen beiden unendlich dankbar, und sie musste sich unbedingt überlegen, wie sie sich bei Jaren erkenntlich zeigen konnte. Immerhin hatte er ihrer besten Freundin das Leben gerettet.

»Grüß Earl von mir«, sagte sie zu Clare. »Ich komme so schnell wie möglich.«

Erst nachdem sie aufgelegt hatte und sich Richtung Parkplatz wandte, fiel Sadie wieder ein, dass sie nicht mit dem eigenen Auto gekommen war. Einen Moment lang stand sie einfach nur da und starrte ins Nichts, während sie überlegte, wie sie am besten nach Castle Court zurückkam.

Nach einigen Minuten sprang ihr überlastetes Gehirn quietschend wieder an und sie zog erneut das Handy aus der Tasche. Wenn sie hier kein Taxi bekam, gab es immer noch den Bus. Und falls der nicht fuhr, würde sie eben laufen.

Kapitel dreiundzwanzig

Als Sadie das Pfannkuchenrestaurant betrat, blickten ihr bereits die besorgten Gesichter ihrer Freunde entgegen. Clare und Jaren standen neben der Bar, statt Earl leistete ihnen Seb Gesellschaft.

Kaum dass Sadie über die Schwelle getreten war, kam Jaren auf sie zugerannt. »Hier lang«, sagte er und führte sie zu einem freien Platz. »Kann ich dir etwas bringen? Kaffee? Eine heiße Schokolade?«

Seb verzog verächtlich das Gesicht. »Was sie braucht, ist ein anständiger Drink.«

»Heiße Schokolade klingt genau richtig«, sagte Sadie und bedachte Jaren mit einem dankbaren Blick. »Vielen Dank.«

»Wie geht es dir?«, erkundigte sich Clare mitfühlend.

Sadie widerstand dem Drang, einen Blick aus dem Fenster zu Smart Cookies hinüberzuwerfen. »So weit okay. Wenn ich eine Nacht geschlafen habe, bin ich wiederhergestellt. Aber der Laden …«

»Wird morgen früh noch stehen«, beendete Seb den

Satz für sie und schenkte ihr ein aufmunterndes Lächeln. »Versuch bis dahin einfach nicht darüber nachzudenken.«

Nun sah Sadie doch über den Platz; zwischen den hell erleuchteten Läden links und rechts wirkte die Keksbäckerei wie ein schwarzes Loch. Sofern ihre Nachbarn ebenfalls mit den Wassermassen zu kämpfen gehabt hatten, waren sie immerhin nicht gezwungen gewesen, den Strom abzustellen. Auf den zweiten Blick stellte Sadie jedoch schnell fest, dass auch einige der anderen Geschäfte in Mitleidenschaft gezogen worden waren. Die Markise der Patisserie Cherie hing in Fetzen, und durch das Schaufenster des Bio-Supermarkts zog sich ein langer Riss.

»Ich glaube nicht, dass mir das gelingt«, flüsterte Sadie mit gebrochener Stimme.

»Hier.« Jaren stellte einen riesigen Becher und einen Teller mit dünnen Keksen vor ihr ab. »Das hilft. Und vergiss nicht, dass wir einen großen Teil eurer Lagerbestände retten konnten. Der Laden wird vielleicht die ein oder andere Schönheitskorrektur benötigen, bis er wieder normal läuft, aber es ist noch lange nicht alles verloren. Außerdem werden wir euch unterstützen, wo es geht.«

Sein freundliches Lächeln sorgte dafür, dass Sadies Tränen schnell trockneten. »Danke«, sagte sie leise und brach eine Ecke von einem der Kekse ab. »Ich weiß nicht, was passiert wäre, wenn du heute nicht so schnell zur Stelle gewesen wärst.«

Er schüttelte abwehrend den Kopf. »Das ist doch selbstverständlich. Jeder von euch hätte dasselbe getan.«

Sadie biss in den hauchdünnen Keks und ließ sich den Geschmack nach Ingwer und Zimt genüsslich auf der Zunge zergehen. »Wahrscheinlich hast du recht, aber darum geht es nicht. Deine schnelle Reaktion und dein Mut haben Cat das Leben gerettet. Du bist ein Held, Jaren.«

»Das stimmt«, beteuerte Clare, während sie Jaren mit unverhohlener Bewunderung ansah. »Wie du die Treppe runtergerannt bist, nachdem die Decke eingestürzt ist – das war wie die Szene aus einem Film.«

Jaren winkte abermals ab. »Es ging alles so wahnsinnig schnell«, sagte er mit einem unsicheren Blick auf Seb. »Und überhaupt, das Einzige, was zählt, ist, dass Cat nicht ernsthaft verletzt wurde und auf dem Weg der Besserung ist.«

»Dank dir«, insistierte Clare grinsend. »Du bist Castle Courts Antwort auf Superman. Elin kann sich wirklich glücklich schätzen.«

Seb räusperte sich. »Haben die Ärzte gesagt, wann Cat wieder nach Hause kann?«

»Sie wollten sich heute Abend noch nicht festlegen«, antwortete Sadie, während sie an einem weiteren Stück Keks knabberte. »Sie möchten sie noch eine Weile unter Beobachtung behalten, um sicherzugehen, dass die Kopfwunde tatsächlich harmlos ist.«

»Wahrscheinlich ist es am besten, wenn sie danach fürs Erste bei mir wohnt«, sagte Seb. »Sie wird jemanden brauchen, der sich um sie kümmert, und ich denke, für den Job bin ich am geeignetsten.«

Sadie hob erstaunt eine Augenbraue. Bildete sie sich das nur ein oder hatte sie gerade einen eifersüchtigen Unterton aus Sebs Worten herausgehört? Fühlte er sich etwa von Jarens Rettungsaktion bedroht?

»Ich denke, das kann Cat am besten selbst beurteilen«, bemerkte sie diplomatisch. »Aber es ist sehr lieb von dir, dass du dir Gedanken darum machst, Seb.«

Er nickte, und Sadie stellte erleichtert fest, dass er sich deutlich entspannte. Allerdings wagte sie es nicht, Jaren anzusehen. Hatte er Sebs subtile Anspielung ebenfalls bemerkt?

»Solange Cat noch im Krankenhaus ist, braucht sie frische Anziehsachen«, sagte Sadie, nachdem sie den Rest des Spekulatius vernichtet und einen großen Schluck heiße Schokolade getrunken hatte. »Und ihre Zahnbürste und so was. Hast du den Schlüssel zu ihrem Apartment dabei, Seb? Dann kann ich morgen kurz vorbeigehen und ihr ein paar Sachen zusammensuchen.«

»Du hast genug mit eurem Laden zu tun«, erwiderte Seb. »Schreib mir doch einfach eine Liste, dann kümmere ich mich darum. Ich wollte sie sowieso besuchen.«

Sadie war zu erschöpft, um länger mit ihm zu diskutieren. »Lass uns das alles morgen früh besprechen. Dann weiß ich vielleicht auch schon mehr darüber, wie lange sie noch im Krankenhaus bleiben muss.« Sie unterdrückte ein Gähnen. »Tut mir leid, Jaren, so lecker die Schokolade ist, ich glaube nicht, dass ich es schaffe, sie auszutrinken. Ich muss dringend nach Hause, sonst lege ich gleich hier meinen Kopf auf den Tisch.«

Er lächelte. »Kein Problem. Ich mache dir morgen eine neue.«

Clare musterte sie prüfend. »Ich bringe dich zum Auto.«

»Nicht nötig«, lehnte Sadie das Angebot ihrer Mitarbeiterin ab. »Es sind keine zehn Minuten zu Fuß. Und die Fahrt dauert um diese Zeit auch nicht so lange wie im Berufsverkehr.«

»Clare hat recht«, mischte Seb sich ein. »Ich kann dich bringen.«

»Du musst dich um deine Bar kümmern«, erklärte Sadie. »Es ist Samstagabend, du hast Besseres zu tun, als den Babysitter für mich zu spielen. Und dasselbe gilt für dich, Jaren«, fügte sie schnell hinzu, bevor der Besitzer des Pfannkuchenrestaurants den Mund öffnen konnte. »Du wirst hier gebraucht.« Mit einem entschlossenen Blick in die Runde stand sie auf. »Vielen Dank, dass ihr euch alle so viele Gedanken um mich macht, aber ich komme zurecht. Ganz ehrlich. Vielen Dank noch einmal für deine Hilfe, Clare. Sobald ich mehr darüber weiß, wie es weitergeht, sage ich dir Bescheid.« Sie sah Jaren und Seb an. »Euch beiden möchte ich auch noch einmal danken. Und falls ihr Earl und Andrew seht, richtet ihnen bitte aus, dass ich ihre Unterstützung sehr zu schätzen weiß. Ihr alle wart mal wieder großartig.« Sadie hob die Hand zu einem abschließenden Gruß und wandte sich dann Richtung Tür.

Noch immer blies ein kalter Wind. Die Äste der Eiche bogen sich ächzend und knackend unter den kräftigen Böen. Einen Moment lang war Sadie versucht, den Platz zu überqueren und ihre Nase an das Schaufenster von Smart Cookies zu drücken. Doch die Dunkelheit hielt sie davon ab – es gab dort nichts zu sehen. Zumindest nichts Gutes.

Nach einem kurzen Zögern wandte sie sich ab und ging mit schnellen Schritten auf die kleine Passage zu, die vom Platz auf die Straße führte. Seb hatte recht: Was auch immer sie in ihrem Laden erwartete, am nächsten Morgen würde es dort noch genauso aussehen wie jetzt.

Der Sonntagmorgen begann klar und strahlend. Kein Lüftchen bewegte sich mehr, und der Regen, der sie am Vortag ins Chaos gestürzt hatte, schien nur noch eine böse Erinnerung zu sein.

Einige Minuten lag Sadie vollkommen still im Bett, spürte dem Gewicht von Daniels Arm nach, der quer über ihrem Bauch lag, und genoss die Wärme, die von seinem Körper ausging. Nachdem sie am Vorabend nach Hause gekommen war, hatte sie eine gute halbe Stunde unter der Dusche verbracht und das heiße Wasser die Kälte aus ihren Knochen vertreiben lassen. Doch tief drin fror sie noch immer. Mit Entsetzen dachte sie daran, wie sich Cat gefühlt haben musste, als sie verletzt und eingeklemmt im Wasser aus ihrer Ohnmacht aufgewacht war. Gott sei Dank ist Jaren so schnell zur Stelle gewesen, dachte sie mit einem Schaudern.

»Hey«, murmelte Daniel neben ihr. »Wie spät ist es?«

Sadie warf einen Blick auf den Wecker auf ihrem Nachttisch. »Kurz nach sieben.«

Daniel drückte sie an sich. »Dann schlaf noch ein bisschen. Lissy ist bestimmt noch nicht wach. Sie hat gestern Abend ewig gebraucht, um einzuschlafen.«

Kein Wunder nach dem Zuckerschock, dachte Sadie, sagte aber nichts.

»Ich muss in den Laden. Gestern Abend war es zu dunkel, um irgendetwas zu erkennen, und ich möchte mir so schnell wie möglich einen Überblick verschaffen, wie schlimm die Schäden tatsächlich sind.«

Daniel öffnete die Augen. »Du frühstückst aber noch mit uns, oder? Ich wollte gestern am Telefon nichts sagen, aber Lissy hat dich ganz schön vermisst.«

»Natürlich frühstücke ich mit euch.« Bei der Vorstellung, ihre Tochter einen weiteren langen Tag nicht zu sehen, zog sich ihr Herz schmerzhaft zusammen. »Aber den Rest des Tages werde ich vermutlich in Castle Court verbringen. Ich kann nichts daran ändern.«

Daniels Miene verfinsterte sich. »Mir ist klar, dass es sich um einen Notfall handelt, aber deine Tochter braucht dich auch.«

Sadie spürte die vertrauten Schuldgefühle in sich aufsteigen. »Ich weiß. Und ich werde so schnell es geht nach Hause kommen. In der Zwischenzeit könntet ihr beide doch was unternehmen. Sie freut sich bestimmt darüber, mal wieder in den Zoo zu gehen.«

»In Ordnung.« Daniel zog seinen Arm zurück und setzte sich abrupt auf. Dann ließ er mit einem Seufzen die angespannten Schultern sinken und sah auf Sadie hinab. »Ich weiß, dass du genug Probleme hast, auch ohne, dass ich dir deswegen noch Vorwürfe mache. Es ist nur …«

»Es ist schwierig«, fiel Sadie ihm ins Wort und schwang die Beine aus dem Bett. »Glaub mir, wenn das jemand weiß, dann ich.«

»Ich schiebe schon mal ein paar Scheiben Brot in den Toaster«, wechselte Daniel das Thema, während er in seinen Bademantel schlüpfte. »Du kannst sie in der Zeit wecken.«

»Mummy«, murmelte Lissy, als sie die Augen öffnete und durch das Gewirr aus rotbraunen Locken zu Sadie aufsah. »Du bist zu Hause.«

»Das bin ich«, bestätigte Sadie und zog ihre verschlafene Tochter in die Arme. »Hast du was Schönes geträumt?«

Lissy überlegte einen Moment, bevor sie antwortete. »Ich habe Hunger.«

Sadie lachte. »Du hast immer Hunger. Daddy macht Toast. Sollen wir runtergehen und nachsehen, ob er schon fertig ist?«

Von einer Sekunde auf die andere hellwach, strampelte Lissy die Laken von ihren Beinen und nickte. »Ja! Darf ich Marmelade auf meinen Toast haben?«

»Ich glaube, wir haben keine da. Aber im Schrank steht bestimmt noch Marmite.«

»Bei Daddy darf ich immer Marmelade essen«, grummelte Lissy, während Sadie ihr half, den Bademantel über ihren Dinosaurier-Schlafanzug zu ziehen.

»Und bei mir nicht – außer zu besonderen Anlässen«, erwiderte Sadie fröhlich. »Keine Sorge, nur noch dreizehn Jahre, bis du erwachsen bist und essen kannst, was du willst.«

Die Vorstellung, dass sie irgendwann selbst darüber würde entscheiden können, was sie zum Frühstück aß, ließ Lissy für einen Moment in erstauntes Schweigen versinken. Erst als sie und Sadie am Fuß der Treppe im Erdgeschoss angelangt waren, fand sie ihre Stimme wieder. »Daddy hat gesagt, dass Tante Cat sich gestern wehgetan hat. Musste sie ins Krankenhaus?«

»Ja, aber sie ist nicht schlimm verletzt«, versicherte Sadie ihr. »Ich besuche sie heute, und vielleicht erlaubt ihr der Doktor dann sogar, schon wieder nach Hause zu fahren.«

Die Falten auf Lissys Stirn vertieften sich. »Und Daddy hat auch gesagt, dass euer Laden überschwemmt wurde. Stimmt das?«

»Ja, das stimmt leider«, antwortete Sadie, während sie gleichzeitig überlegte, wie viele Details sie ihrer Tochter zumuten konnte. »Es hat einfach zu viel geregnet. Das Wasser ist unter der Ladentür durchgelaufen und die Treppen runter bis in den Keller.«

Als sie die Küche betraten, spürte Sadie einen Anflug von Verärgerung beim Anblick des dick mit roter Marmelade bestrichenen Toasts, der auf dem Teller an Lissys Platz lag.

»Hat der Regen Tante Cat wehgetan?«, fragte Lissy weiter und schob sich auf ihren Stuhl am Küchentisch. »Ist sie untergegangen?«

Sadie starrte ihre Tochter an. »Nein, sie hat sich den Kopf angeschlagen. Aber wie ich eben gesagt habe, es geht ihr schon wieder viel besser.« Sie wandte sich zu Daniel um und hob die Augenbrauen. »Manche Informationen sollte man besser für sich behalten.«

Er hob abwehrend die Hände. »Hey, das ist nicht meine Schuld. Ich habe nur erwähnt, dass der Laden unter Wasser stand.«

Lissy biss von ihrem Toast ab. »In der Schule haben wir einen Film über eine Meerjungfrau gesehen«, nuschelte sie, den Mund voller Brot und Marmelade. »Der Prinz ist ins Wasser gefallen und untergegangen, und die Meerjungfrau hat ihn gerettet.«

»Stimmt, ich erinnere mich an den Film«, sagte Sadie erleichtert. »Aber keine Sorge, gestern waren weder Prinzen noch Meerjungfrauen in die Sache verwickelt. Ich muss heute wieder in den Laden, um rauszufinden, wie wir all den Regen wieder aus dem Keller rausbekommen.«

»Und wir fahren in den Zoo«, warf Daniel ein. »Vielleicht können wir uns dann später mit Mummy treffen, um zusammen etwas zu essen.«

Lissy kaute einen Moment schweigend, bevor sie Sadie ernst ansah. »Pass auf, dass du keiner Meereshexe über den

Weg läufst, Mummy. Wenn du willst, leihe ich dir meinen Triceratops, damit er dich beschützt.«

Sadie unterdrückte ein Lachen. »Das wäre toll. Vielen Dank, mein Schatz.«

»Und was ist mit uns?«, fragte Daniel besorgt. »Wer beschützt uns vor den Löwen und Tigern und Bären im Zoo?«

Lissy seufzte schwer. »Wir nehmen den T-Rex. Im Ernst, Daddy, manchmal bist du wirklich ziemlich dumm.«

Sadie grinste. »Was würden wir bloß ohne dich machen, mein Schatz?«

Lissy winkte ab. »Wahrscheinlich würden euch die Tiger oder Haie fressen.«

Und diesmal konnte Sadie ihr Lachen nicht länger zurückhalten.

Gerade als Sadie das Haus verließ, klingelte ihr Handy. Die Versicherung wollte wissen, wann sie jemanden vorbeischicken konnten, um den Schaden im Laden zu begutachten. Wie sich herausstellte, hatte Cat zusätzlich zu ihrer normalen Versicherung einen Premium-Notfall-Service abgeschlossen. Trotzdem war Sadie überrascht, dass bereits ein Mann in einem schwarzen Nadelstreifenanzug vor ihrem Laden auf sie wartete, als sie Castle Court erreichte.

»Mrs. Smart?«, erkundigte er sich, als sie auf ihn zutrat. »Ich bin George Whittaker von der Sun Hill Versicherungsgesellschaft.«

»Sie sind aber schnell«, sagte Sadie mit einem Blick auf das Klemmbrett in seiner Hand. »Wurden Sie hergebeamt?«

Er lachte. »Nein, ich wohne gleich um die Ecke.«

Sie ergriff seine ausgestreckte Hand. »Es freut mich, Sie kennenzulernen. Na ja, zumindest irgendwie.«

Der Mann schien kein bisschen gekränkt. »Keine Sorge, das bekomme ich häufiger zu hören. Ich lerne die meisten Menschen unter eher unerfreulichen Umständen kennen. Aber ich hoffe, dass wir diese Sache für alle Beteiligten so schmerzlos wie möglich über die Bühne bekommen.«

»Das wäre wirklich großartig.« Sadie machte eine vage Handbewegung in Richtung der trostlos wirkenden Ladenfront und gab sich alle Mühe, den traurigen aufgequollenen und zerbrochenen Keks-Häschen, die im Schaufenster lagen, keine Beachtung zu schenken. »Es tut mir sehr leid, Sie ausgerechnet an einem Sonntag herbemühen zu müssen. Aber wie Sie selbst sehen, herrscht da drin ziemliches Chaos.«

»Das Wetter interessiert sich nicht dafür, welcher Wochentag gerade ist, und es kann alle möglichen Katastrophen verursachen«, sagte Mr. Whittaker mitfühlend. »Und nachdem sich das Wasser wieder zurückgezogen hat, sieht es meist nicht viel besser aus. Sind die Gas- und Elektroleitungen abgeschaltet? Vorher können wir den Laden aus Sicherheitsgründen nicht betreten.«

Sadie nickte. »Wir haben beides abgestellt, als das Wasser angefangen hat, unter der Tür durchzulaufen.«

George Whittaker musterte die robusten Holzbalken, mit denen am Abend zuvor die Tür vernagelt worden war. »Ich habe mit dem Schreiner telefoniert und ihn gebeten herzukommen, um die Tür zu öffnen. Er sollte jede Minute hier sein.«

Als Sadie den Blick über den Platz wandern ließ, sah sie in einem der Fenster des Let's Go Dutch Jaren stehen, der ihr winkte und anschließend eine Geste machte, ob sie etwas zu trinken wollten.

»Möchten Sie vielleicht einen Kaffee, während wir warten?«, erkundigte sich Sadie.

Mr. Whittakers Miene hellte sich auf. »Gerne. Mit Milch, aber ohne Zucker, bitte.«

Als Sadie Jarens Fragen beantwortet hatte und wieder auf den Platz hinaustrat, sah sie, dass in der Zwischenzeit der Schreiner eingetroffen war. Mit wenigen sicheren Handgriffen entfernte er die Holzbalken. Nachdem er die aufgequollene Tür aufgezogen und sich umgesehen hatte, warf er einen skeptischen Blick auf Sadies Converse. »Ich hoffe, Sie haben Gummistiefel dabei. Da drin sieht es ziemlich nass aus.«

Sadie deutete auf die Tasche über ihrer Schulter. »Hab ich.« Dann sah sie den Gutachter an. »Wir können uns drüben im Pfannkuchenrestaurant umziehen. Jaren würde es sicherlich nichts ausmachen.«

Der Schreiner zuckte mit den Schultern. »Tun Sie das. In der Zwischenzeit nehme ich schon mal die Maße für die neue Tür.«

Fünf Minuten später standen Sadie und Mr. Whittaker auf der Schwelle zu Smart Cookies. Während er den Blick über die Wände, von denen sich teilweise die Farbe gelöst hatte, und den vollgesogenen Holzboden bis hin zum Kassencomputer hinter dem Tresen gleiten ließ, machte sich der Gutachter Notizen.

Sadie gab sich Mühe, nicht in Tränen auszubrechen. Wo sie auch hinsah, herrschte Verwüstung. All die harte Arbeit, die sie und Cat in den Laden gesteckt hatten, war zerstört worden. Die Präsentationstische waren leer, einmal abgesehen von der langen Wimpelkette, die sich aus ihrer Verankerung gelöst hatte und schlaff über den aufgequollenen Tischplatten hing. Das Aquarium, in dem sie aus Keksen eine Alice-im-Wunderland-Landschaft dekoriert hatten, lag umgekippt auf dem Boden, die Plätzchen darin waren zu einer undefinierbaren beigen Teigmasse zermatscht. Und ihr stieg ein modrig-feuchter Geruch in die Nase.

»Wir sollten nicht zu weit reingehen«, sagte George Whittaker. »Um ehrlich zu sein, bin ich mir nicht sicher, ob wir den Dielen hier noch über den Weg trauen können. Im Untergeschoss ist die Decke runtergekommen, oder?«

»Ja. Meine Partnerin hat sich zu dem Zeitpunkt dort unten aufgehalten. Sie wurde am Kopf verletzt.«

Sofern der Gutachter überrascht war, zeigte er es nicht. »Ich hoffe, sie wurde nicht allzu schwer verletzt«, sagte er mit einem kurzen Blick auf sein Klemmbrett. »Handelt es sich bei Ihrer Partnerin um Miss Garcia?«

Sadie nickte. »Ja, genau. Gott sei Dank ist sie schon wieder auf dem Weg der Besserung. Jaren, der Besitzer des Pfannkuchenrestaurants, hat sie gerettet.«

Trotz seines professionellen Auftretens wirkte Mr. Whittaker eine Sekunde lang aufrichtig beeindruckt. »Klingt dramatisch. Ich muss mir einen Überblick über die Situation im Untergeschoss verschaffen. Bitte bleiben Sie so lange hier oben.«

Vorsichtig bahnte er sich einen Weg in Richtung Treppe. Als er einen Fuß auf die erste Stufe setzte und sie laut knarzte, hoffte Sadie inständig, dass sie keine weitere Rettungsaktion in die Wege leiten musste. Doch schon wenige Minuten später stand der Gutachter unversehrt wieder neben ihr.

»Unten steht das Wasser noch immer ziemlich hoch«, erläuterte er, während er ein paar Notizen auf sein Klemmbrett kritzelte. »Ich werde eine Firma damit beauftragen, es abzupumpen. Das Unternehmen wird auch die Luftentfeuchter bereitstellen, die uns dabei helfen, den gesamten Laden wieder trocken zu bekommen. Danach werden wir uns einen besseren Überblick verschaffen können, welche Maßnahmen ergriffen werden müssen, um Ihr Geschäft in einen Zustand zu versetzen, in dem Sie den Betrieb wieder aufnehmen können.«

Sadie biss sich nervös auf die Unterlippe. Das alles klang nach einem langwierigen Prozess. »Was glauben Sie, wie lange das alles dauern wird?«

Mr. Whittaker schüttelte den Kopf. »Das ist in diesem Stadium schwer zu sagen. Vermutlich eine Woche, bis alles trocken ist, und zwei weitere, um die Schäden zu beheben. Ich würde schätzen, dass Sie in etwa einem Monat den Laden wieder eröffnen können.«

»Ein Monat?« Sadie sah ihn entsetzt an. Sie fühlte sich, als hätte ihr jemand einen Schlag in den Magen versetzt. »Wir können auf keinen Fall einen Monat lang schließen.«

»Das Ganze hängt natürlich vor allem vom Wetter ab«, räumte George Whittaker ein. »Wenn ein paar Tage am Stück die Sonne scheint, dann wird es mit dem Trocknen schneller gehen. Allerdings ist es unerlässlich, dass der Laden wirklich trocken ist, bevor sie das Geschäft wieder aufnehmen, vor allem, weil sie mit Lebensmitteln handeln. Schimmel und Mehltau stellen ein ernsthaftes Gesundheits- und Sicherheitsrisiko dar.«

George Whittaker redete weiter, doch Sadie fiel es schwer, sich auf seine Worte zu konzentrieren. Ein ganzer Monat, in dem sie ihren Laden weder zum Backen noch zum Verzieren nutzen konnten, würde sie ruinieren. Sie hatten sich seit ihrer Eröffnung einen ordentlichen Kundenstamm erarbeitet, und das Geschäft lief gut, doch wenn sie so lange schließen mussten, wäre all das verloren. Noch schlimmer war allerdings, dass sie die Online-Bestellungen nicht länger bedienen konnten. Das Geschäft im Internet war viel zu schnelllebig, sodass sich die Kunden dort sicher schon bald nach einem anderen Lieferanten umsahen. Es war ein Desaster. Ein absolutes Desaster.

»Mrs. Smart?« Mr. Whittaker musterte sie irritiert. »Geht es Ihnen gut? Sie sind auf einmal so blass.«

Sadie zwang sich zu einer Reaktion. »Würden Sie mich einen Moment entschuldigen?«, sagte sie ausdruckslos. »Ich glaube, ich muss mich setzen.«

Kapitel vierundzwanzig

»*Ein* Monat?« Jaren riss ungläubig die Augen auf, als Sadie ihm die Neuigkeit überbrachte. »Das ist hart.«

»Schlimmer als das«, murmelte Sadie, während sie düster in die Teetasse starrte, die er vor ihr auf den Tisch gestellt hatte. »Es bedeutet das Ende von Smart Cookies.«

»Das wird nicht passieren«, sagte Jaren fest. »Cat und du, ihr habt zu hart gearbeitet, um euch durch so etwas alles kaputtmachen zu lassen. Die Keksbäckerei ist euer Traum!«

Ein Traum, der sich gerade in einen Albtraum verwandelte, wollte Sadie bemerken, behielt den Gedanken jedoch für sich. »Wir dürfen nur Kekse verkaufen, die an einem Ort hergestellt wurden, der von den Behörden inspiziert und abgenommen wurde«, erklärte sie stattdessen. »Wir haben eine Produktionserlaubnis für Cats Küche und für meine. Ich habe sogar die Küche in Daniels Haus zertifizieren lassen, für den Fall, dass ich mich irgendwann entscheide, wieder dort einzuziehen. Aber ich habe absolut keine Ahnung, wie wir die Produktion an drei verschiedenen Orten organisieren sollen, vor allem wenn gleichzeitig noch jemand hier vor Ort sein muss, um die Reparaturarbeiten zu beaufsichtigen.«

Jaren pustete sich eine dunkle Locke aus der Stirn. »Ich verstehe.«

»Wir wissen ja nicht mal, wie lange es dauern wird, bis Cat wieder richtig auf dem Damm ist. Vielleicht sollten wir einen Hinweis auf unserer Website posten – unsere Kunden warnen, dass es derzeit zu Lieferengpässen kommen kann.«

»Das wäre eine Möglichkeit«, sagte Jaren, klang jedoch alles andere als überzeugt von der Idee. »An deiner Stelle würde ich aber erst mal die aktuellen Lagerbestände prüfen. Wir konnten ziemlich viele Kekse vor dem Wasser retten. Wir haben sie zwischen meinem Lagerraum und dem des Bus Stop Diners aufgeteilt.« Er hob eine Hand, als Sadie zu einer Erwiderung ansetzen wollte. »Lass mich zuerst ausreden. Natürlich ist es gerade schwer zu sagen, wann Cat sich vollständig erholt hat, andererseits wissen wir beide sehr genau, dass es ihr schon ernsthaft schlecht gehen muss, um sie von der nächsten Küche fernzuhalten. Und bis es so weit ist, kann Delilah das Backen übernehmen und Clare das Verzieren. Die beiden sind natürlich keine Experten wie du und Cat, aber immerhin haben sie von den Besten gelernt.«

Sadie ignorierte das Kompliment. »Aber sie brauchen eine Küche, in der sie arbeiten können«, wandte sie ein. »Ihre eigenen dürfen sie nicht benutzen.«

»Ihre eigenen nicht, aber deine und Cats. Sie könnten sogar hier, bei mir, backen.«

Sadie hätte beinahe laut gelacht. »Ich weiß, wie es in deiner Küche zugeht, sobald der Laden voll ist. Das würde niemals funktionieren.«

»Tagsüber wahrscheinlich nicht, da hast du recht«, gab Jaren zu, während er sich nachdenklich über die kurzen Stoppeln an seinem Kinn fuhr. »Aber vielleicht am frühen Morgen. Cat fängt doch häufig selbst schon vor Sonnenaufgang an, die ersten Kekse zu backen. Ihr könnt sehr gerne hier arbeiten, bevor meine Mitarbeiter eintreffen.«

Sadie starrte ihn an. Die Lösung war alles andere als ideal, aber durchaus einen zweiten Gedanken wert. »Clare und Delilah könnten vorerst bei mir zu Hause mit der Produktion weitermachen. Und sobald es Cat wieder besser geht, würden wir dann deine Küche nutzen.« Ein Lächeln zerrte an ihren Mundwinkeln. »Keine schlechte Idee, Jaren.«

Er grinste. »Freut mich, dass ich helfen konnte. Hoffentlich schaffen es die beiden so, alle Online-Bestellungen abzuwickeln, dann müsst ihr diese Kunden auf jeden Fall schon mal nicht enttäuschen. Allerdings weiß ich nicht, was ihr mit denen anstellen sollt, die lieber persönlich im Laden vorbeischauen.«

»Ein Monat ist eine lange Zeit.« Der Anflug von Optimismus, den Sadie gerade noch gespürt hatte, löste sich sofort wieder in Luft auf. »Wenn wir so lange dichtmachen, wäre es danach wieder so, als würden wir ganz von vorne beginnen. Außer …« Sie ließ den Satz in der Luft hängen, während sie nachdenklich auf den kopfsteingepflasterten Platz blickte. Im Sommer würden dort jede Menge Tische und Stühle stehen, damit die Gäste der umliegenden Restaurants draußen essen konnten. Doch um diese Jahreszeit war er leer. »Ich frage mich, ob wir eine Erlaubnis bekommen …«

Jaren begriff, noch bevor sie ihren Gedanken zu Ende ausgesprochen hatte. »Ein Pop-up-Shop?«

Sadie nickte. »Wir könnten einen hübschen Stand oder Wagen aufstellen lassen.«

»Gute Idee!« Jarens Gesicht hellte sich augenblicklich vor Begeisterung auf. »Im Sommer steht manchmal ein Kaffeestand auf dem Platz oder ein Eiswagen. Warum also keine Kekse im Frühling? Ich bin mir sicher, dass die Verwaltung von Castle Court unter den gegebenen Umständen nichts dagegen einzuwenden hat.«

»Dabei würde natürlich viel vom Wetter abhängen«, bemerkte Sadie. »Ehrlich gesagt bin ich nicht besonders scharf darauf, in einem offenen Wagen zu stehen, wenn es noch mal so stürmt und regnet.«

»Ihr könntet jeden Tag aufs Neue entscheiden, ob ihr öffnet oder nicht – je nach Wetterlage.« Jaren breitete die Arme aus. »Was habt ihr zu verlieren?«

Eine Frage, die Sadie lieber nicht beantworten wollte. Doch sie spürte, wie ihr Optimismus trotz der Misere, in der sie steckten, langsam wieder zurückkehrte. Vielleicht war die Lage doch nicht so aussichtslos, wie sie zuerst befürchtet hatte. »Danke, Jaren. Du bist brillant.«

Jaren lächelte und senkte verlegen den Kopf. »Ich tue nur, was jeder der anderen Ladenbesitzer hier auch getan hätte. Wir passen aufeinander auf, schon vergessen?«

Sadie erwiderte sein Lächeln. Es war nicht das erste Mal, dass er sie an den Zusammenhalt der Geschäftsinhaber in Castle Court erinnerte, doch niemals hatte sie das Gefühl gehabt, dass es mehr zutraf als in ihrer jetzigen Situation. »Trotzdem, danke. Auch in Cats Namen.«

»Hast du schon was von ihr gehört?« Jarens Lächeln war verschwunden, und er wirkte besorgt. »Wie war die Nacht?«

Sadie verzog das Gesicht. »Ich glaube nicht, dass die Ärzte ihr schon die offizielle Erlaubnis gegeben haben, das Krankenhaus zu verlassen, aber nachdem ich heute Morgen eine Nachricht auf der Mailbox hatte, nach der ihre Zimmernachbarin schnarcht wie ein Wasserbüffel, nehme ich an, dass sie auf dem Wege der Besserung ist. Sobald ich alles mit dem Gutachter von der Versicherung durchgesprochen habe, fahre ich zu ihr.«

»Wo du ihn gerade erwähnst, ist das nicht der Typ?« Jaren deutete auf eine Gestalt, die vor dem Fenster direkt neben der Eingangstür zum Pfannkuchenrestaurant stand.

»Ja, stimmt, das ist er. Dann gehe ich mal besser zu ihm.« Sadie leerte ihre Tasse und stand auf. »Danke noch mal, Jaren.«

Er grinste. »Kein Wort mehr davon.«

Als Sadie um kurz nach zwölf im Krankenhaus eintraf, saß Cat bereits fertig angezogen auf der Kante ihres Bettes. Sie war noch immer ziemlich blass und trug einen Verband um den Kopf, doch ihre kaum verhohlene Ungeduld verriet Sadie, dass sich ihre beste Freundin schon sehr viel besser fühlte.

»Seb hat dich anscheinend gefunden«, sagte sie, nachdem Cat ihr erklärt hatte, dass sie noch die Visite des Chefarztes abwarten mussten, bevor sie gehen konnte. »Hat er dir alles mitgebracht?«

»Überraschenderweise ja. Zahnbürste, Deo, Unterwäsche und sogar ein Paar zueinander passender Socken – was bei meinem Strumpf-Sammelsurium eine echte Leistung ist.«

Sadie wusste sehr genau, was sie meinte. Cat hatte noch nie besonders viel Wert auf zueinanderpassende Socken gelegt, was bedeutete, dass die entsprechende Schublade in ihrer Kommode ein wildes Durcheinander an Mustern und Farben bot. Es musste Seb einige Zeit gekostet haben, ein passendes Paar zu finden.

»Ich bin beeindruckt. Das ist wahre Liebe.«

»Ach was«, tat Cat ihre Bemerkung ab, konnte jedoch nicht verhindern, dass ihre Wangen einen zarten Rosaton annahmen. »Wie sieht's im Laden aus?«

»Alles unter Kontrolle«, sagte Sadie schnell. »Darüber können wir uns unterhalten, wenn du wieder ganz auf dem Damm bist.«

Cat sah sie verärgert an. »Laut Röntgenuntersuchung

bin ich wieder auf dem Damm. Na los, spuck's aus. Wie schlimm ist es?«

Sadie schluckte ein Seufzen hinunter. Das Problem war, dass Cat sich so oder so nicht ausruhen würde –, ob sie nun die Wahrheit kannte oder nicht. Also räusperte sie sich und berichtete.

Nachdem sie Cat alles erzählt hatte, herrschte einige Sekunden Stille.

»Ein Pop-up-Shop?«, fragte Cat schließlich nach.

»Nur eine Idee«, sagte Sadie schnell. »Es hängt vor allem davon ab, ob du glaubst, dass die vorübergehende Küchen-Lösung funktioniert.«

Cat stieß ein Schnauben aus. »Es muss funktionieren. Anders können wir das Geschäft unmöglich am Laufen halten, solange der Laden renoviert wird. Hast du schon mit Delilah und Clare gesprochen?«

»Nein. Ich wollte erst mit dir reden.«

»Und wie sieht der Laden gerade aus?«

»Es wurde eine provisorische Tür eingebaut. Irgendwann heute Nachmittag kommt dann die Spezialfirma, die das Wasser abpumpt und die Luftentfeuchter installiert. Mit der Renovierung kann erst begonnen werden, wenn alle Räume trocken sind.«

Cat machte ein nachdenkliches Gesicht. »Als Erstes müssen wir überprüfen, wie viel von unseren Lagerbeständen tatsächlich noch zum Verkauf taugt. Damit ich besser einschätzen kann, wie viel wir bis wann nachproduzieren müssen, um die verlorene Zeit reinzuholen, und …«

»Moment mal.« Sadie hob eine Hand, um sie zu unterbrechen. »Als Erstes musst du dich ausruhen. Alles andere kann warten.«

»Nein, kann es nicht«, beharrte Cat. »Unsere Kekse sind über ganz Castle Court verteilt. Ich muss wissen, was wir auf Lager haben, um einschätzen zu können, was wir brauchen.«

Sadie holte tief Luft und bedachte ihre Freundin mit einem geduldigen Blick. »Darf ich dich daran erinnern, dass dich vor nicht mal vierundzwanzig Stunden ein Stück Deckenputz bewusstlos geschlagen hat? Das Letzte, was du jetzt gerade tun musst, ist in die nächste Küche zu rennen, um einen Backwettbewerb gegen dich selbst zu gewinnen.«

»Aber …«

»Kein Aber, Cat«, schnitt Sadie ihr streng das Wort ab. »Delilah und ich können den Lagerbestand genauso gut prüfen wie du. Und falls wir Hilfe brauchen, fragen wir Andrew oder Earl. Du fährst nach Hause. Oder zu Seb. Hat er dir nicht angeboten, zu ihm zu kommen?«

Cat senkte den Blick. »Vielleicht. Und vielleicht habe ich abgelehnt.«

»Cat!« Sadie warf verzweifelt die Hände in die Luft. »Ich bin mir sicher, dass es besser wäre, wenn du erst mal nicht allein bist. Wenigstens die nächsten vierundzwanzig Stunden noch nicht. Ich schreibe ihm, dass du es dir anders überlegt hast.«

»Ich brauche keine Krankenschwester«, murmelte Cat.

»Doch, brauchst du«, erwiderte Sadie, die bereits ihr Handy aus der Tasche gezogen hatte. »Und wenn du es schon nicht für dich selbst tust, dann wenigstens für mich, okay? Es gibt genug Dinge, um die ich mich kümmern muss, da will ich mir nicht auch noch um dich Sorgen machen.«

Cat stöhnte leise, gab jedoch nach. »Okay, verstanden, ich gehe zu Seb.« Dann warf sie einen Blick auf die Uhr und anschließend zur Tür. »Für den Fall, dass die mich jemals hier rauslassen.«

»Du bist nicht die einzige Patientin in diesem Krankenhaus«, bemerkte Sadie trocken, wandte sich aber dennoch der Tür zu. »Trotzdem versuche ich mal rauszubekommen, wann es weitergeht, in Ordnung?«

Zwei Stunden später durchquerte Cat die schmale Passage, die auf den Platz führte.

Vor ihrem Laden wartete Seb zusammen mit Elin, Jaren, Andrew und Earl. Als sie Cat entdeckten, begannen sie zu klatschen und zu pfeifen.

»Willkommen zurück«, begrüßte sie Seb mit einem schiefen Grinsen, bevor er sie in eine sanfte Umarmung zog.

Die anderen Ladenbesitzer wiederholten seine Worte. Alle lächelten, doch Cat entging nicht, wie besorgt sie aussahen.

»Danke«, sagte sie und löste sich von Seb. »Ich hatte gar kein Begrüßungskomitee erwartet.«

Andrew riss in gespieltem Entsetzen die Augen auf. »Nicht? Wow, du musst dir deinen Kopf doch stärker angehauen haben, als wir zuerst gedacht haben.«

Cat verzog verlegen das Gesicht. »Entschuldigt … Vermutlich hätte ich damit rechnen müssen.«

»Hättest du«, bekräftigte Earl mit einem breiten Grinsen. »Schön, dass wir dich in einem Stück zurückhaben.«

Cat erwiderte sein Lächeln, bevor sie allen Mut zusammennahm und sich dem Laden zuwandte.

Das Wasser hatte seinen Tribut gefordert. Der blaue Fassadenanstrich warf Blasen und löste sich an vielen Stellen. Die leeren Schaufenster wirkten düster und verlassen. Von dem Charme, den sie noch vor gerade mal vierundzwanzig Stunden ausgestrahlt hatten, war nichts mehr übrig. Und auch die Markise sah mitgenommen aus. Ein langer Riss zog sich über ihre gesamte Länge. Keines der anderen Geschäfte rund um den Platz schien dermaßen in Mitleidenschaft gezogen worden zu sein wie Smart Cookies.

Als sich Cats Augen mit Tränen füllten, senkte sie den Blick hastig auf den Boden und blinzelte; sie wollte vor den anderen auf keinen Fall Schwäche zeigen.

»Schon okay«, murmelte Sadie sanft. »Ich hätte auch fast geweint.«

Jaren trat einen Schritt vor. »Du siehst auf jeden Fall um einiges gesünder aus als bei unserer letzten Begegnung, Cat.«

Dankbar für die Ablenkung sah Cat auf. »Ich habe

schon gehört, was du für mich getan hast. Danke, dass du mich aus meinem Schlamassel gerettet hast.«

»Das war ein Unfall, keine Blödheit«, widersprach Jaren und tat ihr Kompliment mit einem bescheidenen Schulterzucken ab. »Und ich habe nur gemacht, was jeder andere in meiner Situation auch getan hätte.«

»Sag das nicht«, warf Andrew mit einem Grinsen ein und hob einen seiner Füße, die in Converse steckten. »Ich würde niemals riskieren, dass diese Babys hier nass werden. Nicht mal für Earl.«

»Er liebt mich eben wirklich«, bemerkte Earl gelassen.

Jaren grinste. »Okay, dann war es wohl doch gut, dass ich gerade in der Nähe war«, sagte er trocken, bevor er sich mit einem Lächeln an Cat wandte. »Ich bin einfach nur froh, dass es dir gut geht.«

Seb räusperte sich vernehmlich und schlang einen Arm um Cats Schultern. »Wir sollten zusehen, dass du ins Warme kommst«, sagte er und drückte ihr einen Kuss auf die Wange. »Sadie hat mir strikte Anweisungen gegeben, dich sofort ins Bett zu stecken und mit Hühnersuppe zu füttern. Ob du willst oder nicht.«

Als Sadie rot wurde, musste Cat lachen. Sie kannte ihre beste Freundin gut genug, um sich sicher sein zu können, dass dies ihre exakten Worte gewesen waren. Doch im nächsten Moment stürmten wie aus dem Nichts die Erinnerungen an den vergangenen Tag auf sie ein, und sie wurde ernst. Sie meinte beinahe zu spüren, wie kalt das Wasser gewesen war und wie es sich angefühlt hatte, als sie das Stück Putz am Kopf erwischte. Und sie erinnerte sich an Jarens Stimme, wie er nach ihr gerufen hatte, und an die Angst in seinen Augen, als er sie fand. Bei dem Gedanken daran lief ihr ein kalter Schauer den Rücken hinab. Vielleicht waren Hühnersuppe und ein warmes Bett doch keine so schlechte Idee.

»Du musst mich nicht mit Samthandschuhen anfassen«, murmelte sie dennoch so mürrisch wie möglich. »Es geht mir gut.«

Sadie und Seb wechselten einen wissenden Blick. »Darüber kannst du dich auch noch morgen früh beschweren«, sagte Sadie streng.

Als sie gemeinsam mit Seb die Treppe ansteuerte, begegnete Cat noch einmal Jarens Blick. Es gab so viel mehr, was sie ihm sagen wollte. Er hatte ihr das Leben gerettet, und ein schlichtes »Danke« schien bei Weitem nicht auszureichen.

Er schenkte ihr ein beruhigendes Lächeln. »Wir sehen uns morgen.«

Sie nickte. »Ja. Und danke noch mal. Für alles.«

»Gern geschehen. Ruh dich aus, Cat.«

Sie wandte sich ab und stützte sich widerwillig auf Seb, während sie neben ihm die Stufen hinaufstieg. Doch als sie sich an den Berg aus Kissen lehnte, den Seb auf seinem Bett für sie aufgebaut hatte, war es nicht Jaren, an den sie dachte, sondern Elin. Die Schweizerin hatte die ganze Zeit über kein einziges Wort an Cat gerichtet, auch wenn sie gelächelt und den ein oder anderen Satz mit den übrigen Ladenbesitzern gewechselt hatte. Und ganz am Schluss hatte Cat das Gefühl gehabt, dass sie hinter ihrem freundlichen Gesichtsausdruck noch etwas anderes verbarg. Elin hatte eifersüchtig gewirkt. Die Beziehung zwischen Jaren und Elin war noch frisch – vielleicht zu frisch, als dass die Aufmerksamkeit, die er Cat durch die Rettung geschenkt hatte, sie nicht schmerzte. Cat hoffte, dass sie sich irrte. Wie Jaren richtig festgestellt hatte, hätte jeder andere in seiner Situation dasselbe getan, und sie wollte auf keinen Fall, dass die Aktion zu Spannungen zwischen ihm und Elin führte.

Cat schloss die Augen, auf einmal vollkommen erschöpft von den emotionalen und physischen Anstrengungen der letzten vierundzwanzig Stunden. Vielleicht würde sie ganz einfach mit Elin sprechen, sobald es ihr wieder ein wenig besser ging. Oder die ganze Sache erledigte sich bis dahin von selbst.

Kapitel fünfundzwanzig

Die nächsten Tage gingen im Rufen der Handwerker und ihrer noch lauteren Maschinen unter. Das Trockenlegen des Untergeschosses hatte fast einen ganzen Tag in Anspruch genommen. Mithilfe langer Gummirohre war das Wasser aus dem Keller ins Freie befördert und in die Kanalisation abgeleitet worden. Smart Cookies war dafür weiträumig abgesperrt worden, ein Prozedere, das zahlreiche neugierige Passanten angelockt hatte. Zwar hatte Sadie ein Schild im Schaufenster angebracht, das darauf hinwies, was vor sich ging, doch die Schrift war auf die Entfernung kaum zu entziffern.

Nachdem das Wasser abgepumpt worden war, wurden die Luftentfeuchter installiert. Zum selben Zeitpunkt waren im Erdgeschoss die beschädigten Dielen entfernt worden, und der Gutachter war noch einmal vorbeigekommen, um sich die Schäden an Boden und Treppe anzusehen.

Cat hatte sich einverstanden erklärt, sich auch noch den gesamten Montag lang auszuruhen, aber am Dienstag hielt sie nichts mehr im Bett. Über eine Stunde verbrachte sie damit, ungeduldig vor dem Laden auf und ab zu tigern und den Handwerkern bei der Arbeit zuzusehen, bevor sie zu dem Schluss kam, dass es hier nicht viel für sie zu tun gab, zumal Sadie alles unter Kontrolle zu haben schien. Stattdessen inspizierte sie die geretteten Keks-Bestände, mit dem Ergebnis, dass nur etwa die Hälfte davon unbeschädigt war.

»Was bedeutet, dass ich mich schnell ans Backen machen muss«, erklärte sie Sadie. »Wenn du mich brauchst: Ich bin in der Küche.«

»Übernimm dich nicht gleich«, ermahnte Sadie sie.

»Keine Sorge, ich habe einen Plan«, sagte Cat mit einem Anflug von Verärgerung. »Delilah kommt vorbei. Sie bereitet den Teig vor, und ich steche aus. Das Schwerste, was ich heute heben werde, ist eine Ausstechform, okay?«

Sadie musste grinsen. »Okay. Ich sehe später bei euch rein, was schon zum Verzieren bereit ist.«

Das Wetter hielt sich erfreulicherweise an die Vorhersage, und die meiste Zeit schien die Sonne. Je näher das Osterwochenende heranrückte, desto wärmer und frühlingshafter wurden die Tage. Nach einer Reihe von E-Mails erhielt Sadie die Erlaubnis vom Castle-Court-Management, einen Pop-up-Shop auf dem Platz zu betreiben. Man hatte ihr sogar eine Lagerfläche im Erdgeschoss angeboten, wo sie den Wagen über Nacht unterbringen konnten. Andrew und Earl hatten auf verschlungenen Wegen einen kleinen Verkaufswagen organisiert, und sie verbrachte den Großteil des Dienstagmorgens damit, ihn in den blau-goldenen Smart-Cookies-Farben anzustreichen. Die Markise war weiß, aber gemeinsam mit Clare befestigte sie breite Streifen blauen Stoffs daran, sodass sie zum Rest des Wagens passte. Am frühen Mittwochmorgen banden sie Dutzende blaue und goldene Ballons an den Seiten fest, bevor sie schließlich zurücktraten und ihr Meisterwerk bewunderten.

»Nicht schlecht«, murmelte Sadie, während sie den Wagen kritisch musterte.

»Ich finde, er ist absolut umwerfend geworden«, erklärte Clare. »Unsere Kunden werden ihn lieben.«

Sadie warf einen Blick in den klaren blauen Himmel. »Wenn sich das Wetter hält, kommen wir damit vielleicht gerade so über die Runden. Na los, dann bestücken wir unseren hübschen kleinen Freund mal.«

Der Verkaufswagen verfügte an der Rückseite über eine Reihe Schubladen, die sie mit so vielen Keksdosen wie möglich befüllten. Muster der Frühlingskollektion legten sie auf der Verkaufstheke aus.

Alles andere als ideal, dachte Sadie, aber definitiv besser als nichts.

»Wir werden ziemlich viel zwischen dem Stand, dem Pfannkuchenrestaurant und dem Bus Stop hin- und herlaufen müssen«, sagte Sadie, während sie nachdenklich auf ihrer Unterlippe kaute.

Clare tippte auf die Uhr an ihrem Handgelenk. »Damit hab ich die zehntausend Schritte locker drin. Das heißt, keine Fitnessstudiobesuche mehr vor Ostern.«

»Ich frage mich nur, wo wir die personalisierten Plätzchen verzieren sollen«, sagte Sadie beunruhigt. Seit ihr Verkaufsstand kurz vor der Eröffnung stand, war ihr Optimismus verflogen und sie sah nur noch Probleme.

»Wir notieren, was sich die Kunden wünschen, und schlagen ihnen dann vor, sich eine Runde auf dem Platz umzusehen, während einer von uns die Kekse bei Jaren in der Küche verziert«, erklärte Clare. »Und falls mal jemand in Eile sein sollte, machen wir eben schneller. Entspann dich, Sadie, es wird schon alles gut gehen.«

»Es *muss* gut gehen«, murmelte Sadie ein wenig verlegen, da ihr durchaus bewusst war, dass sie diejenige hätte sein sollen, die Optimismus versprühte. »Wir können uns während der Renovierung nicht noch mehr finanzielle Einbußen leisten.«

»Ich mache schnell ein paar Fotos für die sozialen Netzwerke«, schlug Clare vor. »Und vielleicht bringt ja auch eine der Lokalzeitungen was über uns.«

Daran hätte ich selbst denken müssen, dachte Sadie. Und vielleicht hätte ich es auch getan, wenn ich nicht die ganze Zeit damit beschäftigt gewesen wäre, in Gedanken eine Katastrophe nach der nächsten heraufzubeschwören.

»Gute Idee«, sagte sie zu Clare. »Warte kurz hier, ich hole Cat.«

Immerhin schien ihr Plan, Jarens Küche zu bestimmten Zeiten zum Backen zu nutzen, aufzugehen – einmal abgesehen von ein paar kleineren Territorialkämpfen zwischen Delilah und Jarens Chefkoch zu Beginn. Doch nachdem sich alle an die neue Situation gewöhnt und solange sie die Küche um halb neun morgens geräumt hatten, schien es keine weiteren Probleme zu geben.

Auf dem Weg zur Küche winkte Sadie Jaren zu. »Ich hole nur schnell Cat ab.«

»Immer der Nase nach«, antwortete er mit einem Grinsen. »Wenn ihr eine Möglichkeit findet, die Kunden mithilfe von Plätzchenduft auf den Platz zu locken, würden eure Verkäufe durch die Decke gehen.«

Cat zog gerade ein Blech mit Schokoladenkeksen aus dem Backofen, als Sadie die Küche betrat. »Hast du eine Minute? Der Verkaufswagen ist fertig, und Clare will ein paar Fotos machen, um sie zu posten.«

Cat stellte das Blech vorsichtig auf der Arbeitsfläche ab und knotete ihre Schürze auf. »Super Idee«, sagte sie und löste das Haarband, mit dem sie bei der Arbeit ihre schwarzen Locken aus dem Gesicht hielt. »Könntest du das Blech bitte zum Auskühlen in den Tablettwagen stellen, Delilah?«

Die ältere Frau sah von dem Teig auf, den sie gerade ausrollte. »Ja, natürlich, ich kümmere mich darum.«

Cat folgte Sadie aus der Küche. »Und, wie sieht er aus?«, fragte sie neugierig. »Hat er alles, was wir brauchen?«

Sadie verzog das Gesicht. »Nicht wirklich, aber wir kommen schon klar. Wie läuft's bei dir? Benehmen sich Jarens Öfen auch ordentlich?«

»Sie sind großartig.« Ihr Gesicht hellte sich augenblicklich vor Begeisterung auf. »Ich hatte ganz vergessen, wie es ist, in einer großen Küche zu arbeiten. So viel Platz … Da komme ich beinahe in Versuchung, dem La Perle ein wenig nachzutrauern.«

»Es könnte der richtige Zeitpunkt sein, um alles ein wenig umzugestalten …«

»In einer Küche von der Größe einer Briefmarke lässt sich nicht viel umgestalten«, sagte Cat amüsiert. »Mach dir keine Gedanken, sie ist vielleicht klein, dafür aber perfekt eingerichtet. Immerhin habe ich sie selbst entworfen, schon vergessen?«

»Ich weiß, aber …«

»Kein Aber«, sagte Cat streng. »Wenn die Renovierung abgeschlossen ist, werde ich mit größter Begeisterung in mein altes Reich zurückkehren. Bis dahin darf ich mich einfach nicht zu sehr daran gewöhnen, mich so auszubreiten.«

Als sie auf den Platz traten und Cat den Verkaufsstand sah, blieb sie wie angewurzelt stehen. Der frische Anstrich blitzte in der Sonne, und die blauen und goldenen Ballons tanzten in einer leichten Brise.

»Er ist absolut umwerfend geworden, Sadie. Das hast du toll hinbekommen.«

Sadie spürte, wie ihr vor Freude die Hitze in die Wangen stieg. »Danke. Clare und ich haben unser Bestes gegeben.«

»Im Ernst, er ist unglaublich hübsch«, schwärmte Cat und klatschte vor Begeisterung in die Hände. »Die Leute werden ihn lieben.«

»Ein Grund mehr, ganz viele Fotos zu posten«, mischte sich Clare ein und winkte den beiden ungeduldig zu, sich in Pose zu werfen. »Sagt mal Ke-eks!«

Nachdem Clare zufrieden mit der Auswahl der Bilder war, warf Cat einen Blick auf die Uhr. »Schon acht. Ich sollte besser schnell zurück in die Küche und Delilah aus der Schusslinie bringen, bevor Jarens Küchenpersonal eintrudelt«, sagte sie mit einem Grinsen, das jedoch einem besorgten Stirnrunzeln wich, als sie Sadie musterte. »Du siehst müde aus. Bist du dir sicher, dass du fit genug bist, heute Abend die letzten Kreuze für den Bischof zu verzieren?«

Sadie widerstand der Versuchung, sich die Augen zu reiben. Sie war am vergangenen Abend erst spät ins Bett gekommen, da sie noch lange gearbeitet hatte, war sich aber sicher gewesen, ihren fahlen Teint und die dunklen Augenringe hinter genug Make-up und Concealer verborgen zu haben. Beim nächsten Mal musste sie eindeutig dicker auftragen.

»Das schaffe ich schon.«

Cat sah alles andere als überzeugt aus. »Unterstützt Daniel dich auch? Passt er auf, dass du genug isst?«

»Ich bin durchaus in der Lage, mich selbst zu ernähren«, sagte Sadie, inzwischen leicht verärgert. »Und auch dazu, mich um Lissy zu kümmern.«

»Hey, Moment mal.« Cat trat einen Schritt zurück und sah sie alarmiert an. »Ich habe gar nichts über Lissy gesagt. Natürlich bist du in der Lage, dich um sie zu kümmern.

Ich wollte damit nur andeuten, dass du die Tendenz hast, dich in deiner Arbeit zu verlieren und darüber häufig vergisst zu essen.«

Sadie holte tief Luft und ließ den Atem dann langsam entweichen. Natürlich würde Cat niemals annehmen, dass sie ihre Tochter vernachlässigte, und man musste auch kein Genie sein, um dahinterzukommen, warum sie bei dem Thema so überreagierte. Daniel. Bisher hatte er zwar nichts gesagt, doch der stumme Vorwurf in seinem Blick, als sie das Cottage am Morgen wieder einmal um halb sieben verlassen hatte, war unmöglich zu ignorieren gewesen. Und er hatte damit nicht mal unrecht, sie arbeitete tatsächlich zu viel. Aber was für eine Wahl hatte sie? Ein Tag Pause war zurzeit nicht drin, sonst würden sie untergehen.

»Entschuldige.« Sadie brachte ein müdes Lächeln zustande. »Vielleicht bin ich wirklich ein wenig kaputt.«

Clare hob die Hand. »Ich kann die Bestellung des Bischofs gerne übernehmen, wenn du dir mal einen Abend freinehmen möchtest.«

Sadie schüttelte entschieden den Kopf. »Das ist lieb von dir, danke, aber ich könnte mich unmöglich entspannen, wenn du in meiner Küche arbeitest, während ich vor dem Fernseher hänge. Wir halten uns an den ursprünglichen Plan: Du kümmerst dich um den Nachschub für die Osterkollektion, und ich mache die Kreuze fertig.«

Cat musterte sie noch immer skeptisch. »Bist du dir sicher?«

»Ja. Und jetzt an die Arbeit. Solltest du nicht längst

wieder in der Küche sein? Das Letzte, was wir gerade gebrauchen können, ist ein weiterer Territorialkampf zwischen Delilah und Jarens Chefkoch Meik.«

»Um Gottes willen!« Cat schüttelte sich übertrieben vor Entsetzen. »Wir sehen uns später.«

Die ersten Einkäufer trudelten um kurz nach neun auf dem Platz ein. Einige musterten den neuen Verkaufsstand neugierig aus der Entfernung, und andere kamen sogar herüber, um sich kurz mit Sadie und Clare zu unterhalten, nachdem sie an der blau-goldenen Farbgebung erkannt hatten, dass es sich um einen Ableger von Smart Cookies handelte.

Zu Sadies großer Freude schienen ihre Kunden sie in jeder erdenklichen Weise unterstützen zu wollen, und auch die anderen Ladenbesitzer trugen ihren Teil dazu bei, dass der erste Verkaufstag gelungen starten konnte. Andrew und Earl schienen jedem ihrer Gäste zu erzählen, dass man unbedingt bei ihnen vorbeischauen müsse, und bereits um die Mittagszeit hatte sich Sadies Sorge, ihr Pop-up-Shop könnte sich als Fehlinvestition herausstellen, in Luft aufgelöst. Cat hatte recht gehabt, die Leute *liebten* ihren kleinen Wagen.

»Sie sollten den Stand auf jeden Fall weiterbetreiben, auch wenn Ihr Laden wieder regulär geöffnet hat«, riet eine ihrer Stammkundinnen, die sich gar nicht an dem blau-goldenen Muster, in dem Sadie den Stand angestrichen hatte, sattsehen konnte. »Vielleicht irgendwo in den Einkaufsstraßen außerhalb des Platzes.«

Die Gebäude und Straßen der Chester Rows stammten noch aus dem Mittelalter und bestanden größtenteils aus überdachten Bürgersteigen und charmanten Häusern mit spitzen Giebeldächern. Die Architektur war einzigartig, und Sadie konnte sich bildlich vorstellen, wie gut sich ihr hübscher kleiner Verkaufsstand vor dem Hintergrund aus schwarz-weißem Fachwerk machen würde.

»Ja, vielleicht sollten wir das tatsächlich«, sagte Sadie an die Kundin gewandt und schob schnell noch einen zusätzlichen Keks in die Tüte, in der sie bereits ihre Einkäufe verstaut hatte. »Vielen Dank für den schönen Vorschlag.«

Die Verkäufe zogen über den Tag an, und Sadie und Clare schafften es gerade so, den Wünschen an personalisierten Plätzchen nachzukommen. Als der Kundenstrom gegen halb sechs langsam nachließ, schmerzten ihre Füße von der vielen Hin- und Herlauferei.

»Kannst du dir vorstellen, was hier erst am Ostersamstag los sein wird?« Clare sah leicht besorgt aus.

»Wir müssen einfach alles geben«, sagte Sadie, während sie die Muster von der Theke räumte. »Mehr können wir nicht tun.«

Als Sadie ihren Wagen vor dem Haus der Tagesmutter parkte, kämpften in ihrem Inneren die unterschiedlichsten Gefühle miteinander. Einerseits freute sie sich, Lissy abzuholen und noch etwas Zeit mit ihrer Tochter zu verbringen, bevor sie ins Bett musste, andererseits bedeutete das auch, Daniel gegenüberzutreten. Sie ließ den Blick über die Kartons und Kisten gleiten, die sich auf der Rückbank und im Fußraum stapelten; er würde alles andere als glücklich darüber sein, dass sie mal wieder einen Haufen Arbeit mit nach Hause brachte. Doch sie tat ihr Bestes, die düsteren Gedanken in die hinterste Ecke ihres Kopfes zu verbannen, als sie durch den Vorgarten auf die Haustür zuging. Lissy würde – wie immer – dafür sorgen, dass sie sich gleich besser fühlte.

»Mummy!«, rief Lissy, als Sadie das Wohnzimmer betrat, und stürzte sich in ihre ausgebreiteten Arme.

»Hallo, mein Schatz«, murmelte Sadie und vergrub ihre Nase in den weichen Locken ihrer Tochter. »Hattest du einen schönen Tag?«

»Ja.« Lissy löste sich von ihr. Sie strahlte über das ganze Gesicht. »Rate mal, wen wir auf dem Weg von der Schule getroffen haben? Da kommst du nie drauf!«

Sadie runzelte übertrieben angestrengt die Stirn. »Hmmmm, lass mich mal überlegen … den Osterhasen?«

Lissy schüttelte lachend den Kopf. »Nein. Rate noch mal!«

»Den Assistenten des Osterhasen?«

»Nein!« Lissy sprang aufgeregt von einem Fuß auf den anderen. »Du errätst es sowieso nie. Wir haben Adam gesehen.«

»Oh.« Sadies Kehle fühlte sich auf einmal unglaublich trocken an. Lissy hatte recht, auf Adam wäre sie tatsächlich niemals gekommen. »Hat er dich auch gesehen?«

Lissy grinste von einem Ohr zum anderen. »Ja. Er ist

extra stehen geblieben, um mit uns zu reden. Ich hab ihn gefragt, wie es seinen Bienen geht, und er hat gesagt, dass es ihnen gut geht. Und er hat gefragt, wie es dir geht, und ich habe ihm von der Überflutung erzählt, und er hat gesagt, dass sich das sehr unheimlich anhört.«

»Das war es auch«, murmelte Sadie abwesend, während sie den neugierigen Blick der Tagesmutter auf sich spürte; es war nicht zu übersehen, dass sie sich fragte, um wen genau es sich bei Adam handelte. »Er hat bei uns im Laden gearbeitet, aber schon vor einer Weile gekündigt«, fügte sie erklärend hinzu.

»Und er hat auch gesagt, dass du Bescheid geben sollst, wenn du Honig möchtest. Du sollst einfach fragen«, plapperte Lissy weiter. »Die Bienen sind aus dem Winterschlaf aufgewacht und summen wie verrückt, sagt er.«

Sadie musste lächeln. Lissys Begeisterung für alles, was mit Bienenzucht zu tun hatte, war eines der besten Dinge, die ihre Freundschaft mit Adam hervorgebracht hatte. »Das freut mich. Ich sage Cat Bescheid. Sie braucht den Honig schließlich für ihren Plätzchenteig.«

Schließlich verabschiedeten sie sich von der Tagesmutter und gingen zum Auto. Lissy redete die ganze Zeit über wie ein Wasserfall und schaffte es, Sadie mit ihren Dutzenden Fragen von der bevorstehenden Begegnung mit Daniel abzulenken.

Vielleicht ist Daniel gar nicht da, dachte Sadie hoffnungsvoll, als sie den Schlüssel ins Schloss steckte. Vielleicht verbringt er den Abend bei sich zu Hause.

Die leisen Hintergrundgeräusche des laufenden Fernsehers machten ihre Hoffnungen zunichte. Und kaum, dass sie die Haustür hinter sich und Lissy zugezogen hatte, erschien Daniel im Flur.

»Hi«, begrüßte er sie und ging in die Knie, um Lissy zu umarmen. »Wie geht es meinen beiden Lieblingsmädchen?«

»Ganz gut«, antwortete Sadie und wandte sich rasch der Küche zu, um die Kartons mit Keksen, die sie bereits mit reingebracht hatte, abzustellen. »Und wie war dein Tag?«

»Langweilig.« Er folgte ihr mit Lissy auf dem Arm in die Küche. »Aber gerade ist er schon sehr viel schöner geworden.«

Sadie konnte in seinen Augen nichts mehr von dem Vorwurf erkennen, den sie am Morgen zu sehen geglaubt hatte. »Oh … gut.« Sie stellte die Kartons auf dem Küchentisch ab, sodass er sie unmöglich ignorieren konnte. »Sollen wir heute Abend was zu essen bestellen? Ich muss noch einen Auftrag für den Laden fertig machen, und ich glaube nicht, dass ich noch genug Energie habe, was zu kochen.«

Daniel wirkte eher mitleidig als verärgert. »Ich hatte mir schon so was in der Art gedacht, deswegen habe ich auf dem Weg nach Hause eingekauft. Was hältst du von Chili con Carne?«

Sadie musterte ihn skeptisch. Sie traute seiner guten Laune noch nicht ganz über den Weg. »Klingt super.«

»Gut.« Daniel kitzelte Lissy am Bauch, bis sie kicherte. »Dann sehe ich mal zu, dass dieses kleine Ding in die

Badewanne und anschließend ins Bett kommt. Danach kümmere ich mich ums Essen.«

»Aber erst nach meiner Gutenachtgeschichte«, erinnerte ihn Lissy streng. »Teggs Stego ist gerade dabei, den T-Rex-Roboter zu besiegen, weißt du noch?«

»Klar weiß ich das noch«, sagte Daniel lachend. Dann stellte er Lissy auf die Füße. »Lauf schon mal hoch und schlag die richtige Seite auf, damit wir gleich im Bett weiterlesen können.«

Wie ein geölter Blitz verschwand Lissy die schmale Treppe hinauf.

»Ich kann das Baden übernehmen«, bot Sadie ihm an.

Daniel deutete auf die Kartons. »Du musst arbeiten. Ich gehe mal davon aus, dass noch mehr davon im Auto stehen …«

»Stimmt«, gab Sadie zu.

Er schenkte ihr ein verständnisvolles Lächeln. »Ich mache Lissy fertig und bringe sie ins Bett. Das ist kein Problem, wirklich. Ich bin schon ganz gespannt, was Teggs und seine Crew als Nächstes erleben.«

Sadie merkte, wie die Anspannung, die sie auf der Fahrt gespürt hatte, mit einem Mal von ihr abfiel. Wenn Daniel so verständnisvoll war wie in diesem Moment, dann machte das alles leichter. »Danke.«

»Du musst dich nicht bedanken.« Er nickte mit dem Kopf in Richtung Haustür. »Soll ich die übrigen Kartons reinholen?«

»Nicht nötig, ich …«

»Ich hole sie, entspann dich, Sadie.« Er schenkte ihr sein typisches Daniel-Grinsen. »Und falls du zufällig vorhast, den Wasserkocher anzuwerfen, würde ich zu einer Tasse nicht Nein sagen. Wie ein T-Rex-Roboter zu röcheln macht ganz schön durstig.« Damit ließ er sie in der Küche allein, um Lissy ein Bad einzulassen und sie anschließend warm und mit rosigen Wangen nach unten zu bringen, um Gute Nacht zu sagen.

Sadie versuchte die Stimme in ihrem Hinterkopf zum Schweigen zu bringen, die ihr unablässig einflüsterte, dass sie diejenige sein sollte, die Lissy aus den *Astrosaurus-Abenteuern* vorlas. Daniel war ihr Vater, und es tat den beiden gut, ein wenig mehr Zeit miteinander zu verbringen, gerade jetzt, wo es ihm ernst damit zu sein schien, wieder eine größere Rolle in ihrem Leben zu spielen. Und es handelte sich lediglich um einen Abend. Sobald die Renovierung von Smart Cookies abgeschlossen war, würde alles wieder seinen gewohnten Gang gehen.

Sadie zwang sich dazu, sich auf ihre Arbeit zu konzentrieren und eine Reihe perfekter Zuckerguss-Kreuze nach der anderen herzustellen. Selbst als Daniel anfing, das Abendessen vorzubereiten, kam er ihr nicht in die Quere. Um genau zu sein, wurde sie sich seiner Anwesenheit erst dann richtig bewusst, als der Duft nach gebratenem Hackfleisch und Zwiebeln durch die Küche zog. Überrascht stellte sie fest, wie ihr bei dem Geruch das Wasser im Mund zusammenlief. Noch vor wenigen Monaten hätte sie geschworen, dass Daniel eine Pfanne nicht von einem Topf unterscheiden konnte, doch in dem einen Jahr, seitdem sie nun getrennt waren, hatte er sich verändert.

»Essen ist fertig«, verkündete er ein paar Minuten später. Er hielt ein Tablett in den Händen. »Ich dachte, wir essen auf dem Sofa, der Küchentisch wird ja offensichtlich anderweitig benötigt.«

Es dauerte eine Sekunde, bis Sadie realisierte, dass es sich bei seinem Kommentar um keinen Seitenhieb handelte; und das, obwohl der Tisch in den vergangenen Monaten häufiger mit Keksen und Backblechen bedeckt gewesen war als mit Essgeschirr. Wenn sie genauer darüber nachdachte, konnte sie sich gar nicht erinnern, wann sie zuletzt daran gegessen hatte.

»Danke«, sagte sie, stand auf und nahm Daniel das Tablett ab.

»Lecker«, bemerkte Sadie, nachdem sie es sich auf dem Sofa bequem gemacht und den ersten Löffel gegessen hatten. »Vielleicht hatte Cat doch recht.«

»Wie meinst du das?«, fragte Daniel.

Sadie winkte ab. »Sie hat mich gefragt, ob du dich auch ordentlich um mich kümmerst und dafür sorgst, dass ich genug esse. Ich habe ihr erklärt, dass ich sehr wohl in der Lage bin, für mich selbst zu kochen.«

»Bist du ja auch. Immerhin hast du die letzten Jahre ständig für mich gekocht. Ich habe einfach das Gefühl, dass es das Mindeste ist, was ich tun kann, um mich dafür zu revanchieren.«

»Danke«, sagte Sadie aufrichtig. »Ich weiß deine Hilfe

in letzter Zeit wirklich sehr zu schätzen. Mir ist klar, dass die Situation alles andere als unkompliziert ist, und es wirkt irgendwie so, als würde ich ständig von einer Katastrophe in die nächste schlittern. Aber so wird es nicht immer sein.«

»Ich weiß«, sagte er und fügte mit einem trockenen Lachen hinzu: »Und nur fürs Protokoll: Ich finde, dass du ganz wunderbar schlitterst.«

Sadie musste ebenfalls lachen. »Danke. Finde ich auch.«

Anschließend aßen sie ein paar Minuten schweigend, bis Daniel Sadie einen Blick von der Seite zuwarf.

»Ich wollte dich noch etwas fragen.«

»Und was?«

Er räusperte sich. »Ende Mai bin ich zu einer Taufe eingeladen. Eine kleine Zeremonie im Dom für das Kind eines Partners in meiner Firma. Ich habe mich gefragt, ob du und Lissy … Natürlich nur, wenn du willst … Ob ihr vielleicht mit mir hingehen würdet.«

Sadie kaute mechanisch weiter, obwohl das Essen auf einmal nach gar nichts mehr schmeckte. Das letzte Mal, als sie mit Daniel an einer Veranstaltung einer seiner Kollegen teilgenommen hatte, waren sie noch ein Paar gewesen. Zwar waren sie nach wie vor verheiratet, aber jeder in seiner Firma hatte von der Trennung erfahren. Genau wie jeder von Daniels Affäre wusste. War sie schon bereit, sich all diesen Menschen zu stellen?

»Ich bin mir nicht ganz sicher«, sagte sie vorsichtig. »Wann genau ist die Taufe?«

»Ich muss noch mal nachsehen.« Er musterte sie aufmerksam. »Aber ich kann mich erinnern, dass es der letzte Sonntag im Mai ist. Hast du da schon was vor?«

Sadie schüttelte den Kopf, während sie gleichzeitig versuchte, den plötzlichen Anflug von Nervosität zu unterdrücken, der sie bei seiner Einladung ergriffen hatte. Und ganz abgesehen von ihren Gefühlen konnte sie derzeit unmöglich sagen, was in der kommenden Woche, geschweige denn im kommenden Monat an Terminen anstand. »Trotzdem … Ich weiß nicht so recht. Wird … wird Emma da sein?«

Er antwortete, ohne den Blick zu senken. »Nein. Sie hat gekündigt. Ich glaube, sie arbeitet inzwischen in Manchester.«

Sadie war erleichtert. Das machte die ganze Sache zumindest etwas leichter. Zu wissen, dass sie nicht der Frau begegnen musste, mit der Daniel sie betrogen hatte, war immerhin etwas. Trotzdem waren da noch all seine anderen Kollegen.

»Ist es okay, wenn ich erst mal darüber nachdenke? Vielleicht bis morgen …«

»Natürlich. Nimm dir so viel Zeit, wie du brauchst. Ich glaube, dass es eine wirklich schöne Feier wird, und wir müssen auch gar nicht lange bleiben. Ich dachte einfach nur, dass es nett wäre, mal wieder etwas zusammen zu unternehmen. So wie früher.«

Sadie nickte, mied jedoch seinen Blick. Stattdessen konzentrierte sie sich darauf, einen Happen Reis mit Chili auf ihre Gabel zu schieben. »Eine nette Idee.« Sie hielt einen Moment inne. »Danke, dass du mich gefragt hast.«

Um seine Augen erschienen kleine Lachfältchen, als es ihm endlich gelang, ihren Blick aufzufangen. »Danke, dass du Vielleicht gesagt hast.«

Kapitel sechsundzwanzig

Kurz vor Mitternacht verkündete Cats Handy mit einem Vibrieren, dass sie eine neue Nachricht erhalten hatte.

Sie warf einen kurzen Blick zu dem fahlen Schein auf dem Nachttisch, bevor sie wieder an die dunkle Decke sah, um der Versuchung zu widerstehen, nachzusehen, von wem sie kam. Irgendwo hatte sie mal gelesen, dass das blaue Displaylicht es dem Gehirn erschwerte, zur Ruhe zu kommen. Etwas, das sie definitiv nicht gebrauchen konnte. Seit sie ins Bett gegangen war, schienen die Gedanken in ihrem Gehirn ohnehin Karussell zu fahren – es brauchte definitiv keine weitere Stimulation. Andererseits, was würde es groß ändern? Seb kam jede Minute aus der Bar nach Hause und würde sie sehr viel mehr vom Schlaf abhalten als ein rascher Blick auf ihr Telefon. Und vielleicht war es ja wichtig …

Cat lächelte erleichtert, als sie sah, dass die Nachricht von Sadie stammte.

Die Kreuze sind fertig! X

Super! Und jetzt geh schlafen! X

Cat legte das Handy zurück auf den Nachttisch und lauschte, ob sie eventuell Sebs Schritte auf der Treppe hörte. Überrascht zuckte sie zusammen, als ihr Telefon noch einmal vibrierte.

PS: Lissy ist Adam über den Weg gelaufen. Er hat frischen Honig. Richte Seb aus, dass er schnell eine Bestellung aufgeben soll, wenn er ein paar Gläser abbekommen möchte. X

Seb wird mit Sicherheit was von dem Honig wollen, dachte Cat, während sie ein schnelles Dankeschön an Sadie schickte. Er benutzte ihn für einige seiner beliebtesten Cocktails, und Adams Bienen produzierten beste Qualität. Seb beschwerte sich schon seit Monaten, dass seine Vorräte langsam zur Neige gingen.

In diesem Augenblick hörte sie, wie ein Schlüssel ins Schloss geschoben wurde. Rasch drückte sie auf Senden, bevor sie das Handy beiseitelegte und die Nachttischlampe einschaltete. Sie konnte ihm die Nachricht genauso gut sofort überbringen, bevor sie es über die geschäftigen Osterfeiertage wieder vergaß.

In dem Moment, als er das Schlafzimmer betrat, war Cat klar, dass er keine gute Laune hatte. Seine Schultern wirkten angespannt, und seine Miene war verschlossen.

»Langer Abend?«, fragte sie zärtlich, als er seine Schuhe von den Füßen streifte und in eine Ecke kickte.

»So ähnlich«, knurrte er.

Cat setzte sich auf und schlang die Arme um die angezogenen Knie. »Möchtest du darüber reden?«

»Nein.«

Er wandte sich ab und begann, sich auszuziehen.

Cat runzelte irritiert die Stirn. Es war nicht ungewöhnlich, dass Seb nach einem Abend, in der die Bar mal wieder aus allen Nähten geplatzt war, keine gute Laune hatte, aber normalerweise sprach er mit ihr darüber.

»Kann ich was tun?«

»Nein.«

Jetzt war Cat tatsächlich beunruhigt. Jeder Ladenbesitzer in Castle Court hatte immer wieder mit schwierigen Kunden und Mitarbeiterproblemen zu kämpfen, aber normalerweise war Seb in der Lage, darüber zu lachen, und es geschah nur selten, dass er seine Sorgen mit nach Hause nahm. Was auch immer geschehen war, es musste gravierend sein, anders konnte sie sich seine schlechte Laune nicht erklären.

Sie wartete ein paar Sekunden in der Hoffnung, dass er ihr doch noch erzählen würde, worum es ging, doch er hielt ihr weiter den Rücken zugekehrt und riss sich mit wütenden, ruckartigen Bewegungen die Socken von den Füßen.

»Ich habe Neuigkeiten, die dich vielleicht aufmuntern«, versuchte sie es schließlich noch einmal. »Sadie hat mir gerade geschrieben, dass Adam frischen Honig hat, falls du interessiert bist.«

Bildete sie es sich nur ein oder hatte er sich gerade noch mehr versteift?

»Ich habe einen neuen Lieferanten.«

»Ich weiß«, sagte Cat geduldig, »aber die Qualität ist

nicht dieselbe, oder? Ich bin mir sicher, dass Adam dir ein paar Gläser vorbeibringt, wenn du dich bei ihm mel…«

Seb stieß ein freudloses Lachen aus und drehte sich zu ihr um. »Mein Laden ist nicht das La Perle, Cat. Ich glaube nicht, dass sich einer meiner Kunden jemals darüber beschweren wird, dass der eine Tropfen Honig in seinem Gold Rush nicht bio ist.«

Getroffen lehnte sie sich zurück. Seb hatte schon immer großen Wert darauf gelegt, für seine Drinks nur die besten und frischesten Zutaten zu verwenden. Sein Perfektionismus war eine der Eigenschaften gewesen, wegen der sie sich sofort zu ihm hingezogen gefühlt hatte.

»Nein, aber …«

»Und abgesehen davon hat Adam mehr als deutlich gemacht, dass er nicht gerade mein größter Fan ist«, unterbrach er sie. »Ich denke also nicht, dass er sich große Mühe geben wird, ausgerechnet mich mit den ersten Gläsern Honig der neuen Saison zu versorgen.«

»Das klingt so gar nicht nach Adam«, sagte Cat irritiert. Soweit sie sich erinnern konnte, waren die beiden schon lange enge Freunde. »Habt ihr euch gestritten?«

Seb schüttelte den Kopf. »Vergiss es einfach, okay?«

Cat verschränkte trotzig die Arme. »Nein. Nicht, solange du mir nicht erzählst, was los ist.«

»Es gibt nichts zu erzählen«, sagte er ausdruckslos.

Sie starrte ihn fassungslos an. Woher kam das alles plötzlich?

»Hat es was mit Sadie und mir zu tun? Denn wenn es so sein sollte, dann …«

»Hat es nicht.« Er stieg zu ihr ins Bett und drehte sich mit dem Rücken zu ihr auf die Seite. »Lass es also gut sein und mach das Licht aus.«

Frustriert betrachtete Cat einen Moment lang seine hochgezogenen Schultern. Dann schaltete sie das Licht aus und ließ sich beleidigt in die Kissen fallen. Die nächsten Minuten starrte sie an die dunkle Decke, bis ihr Sebs leises Schnarchen verriet, dass er eingeschlafen war. Das Geräusch machte sie noch wütender. Wie konnte es sein, dass er so leicht in den Schlaf fand, noch dazu, wenn er offensichtlich so schlechter Laune war, und sie einfach kein Auge zubekam, obwohl sie es so ziemlich mit jedem Trick versucht hatte? Es war nicht fair. Und jetzt musste sie ihm auch noch beim Schnarchen zuhören. Als würde man sie mit Füßen treten, obwohl sie bereits verwundet am Boden lag.

Mit einem Seufzen drehte sie sich auf die Seite und schloss die Augen, um stumm die Zutaten für die berühmte Paella ihrer Mutter aufzuzählen. Zumindest würde sie so nicht wieder und wieder den Streit mit Seb durchgehen, und vielleicht half die Erinnerung an gemeinsame Kochabende mit ihrer Familie ja sogar dabei, das Gedankenkarussell in ihrem Kopf anzuhalten – allerdings nur, solange sie sich nicht vorstellte, wie ihre Mutter über Sebs Verhalten verächtlich die Nase rümpfen würde. Irgendetwas schien ihn zu beschäftigen, und das Letzte, was sie in solch einer Situation noch brauchte, war einer der hitzigen Kommentare ihrer Mutter. Worum auch immer es ging, Seb würde es ihr erzählen, wenn er so weit war.

»Was hat er gesagt?«

Es war Donnerstagmorgen, und Sadie war gerade damit beschäftigt, ihren kleinen Verkaufsstand mit frischer Ware zu bestücken. Bei Cats Worten hielt sie jedoch abrupt inne und starrte sie fassungslos an.

»Ich weiß.« Cat zuckte ratlos mit den Schultern. »Keine Ahnung, was mit ihm los ist.«

»Adam verehrt Seb geradezu. Das hat er mir selbst mal bei einer After-Hour-Party in der Bar erzählt.« Sie hob entsetzt die Augenbrauen. »Das Ganze hat aber nichts damit zu tun, dass Daniel und ich wieder zusammen sind, oder?«

»Nein«, antwortete Cat schnell. Sie wollte unbedingt vermeiden, dass Sadie sich erneut Vorwürfe machte, dass es zwischen ihr und Adam nicht geklappt hatte. »Ich habe Seb gefragt, ob es was mit dir und mir zu tun hat. Anscheinend nicht. Ich kann mir einfach nicht vorstellen, worüber sie sich so gestritten haben könnten.«

Sadie nahm einen Karton mit Keksen von der Theke und verstaute sie in einer der Schubladen. »Ich könnte Adam fragen«, schlug sie vorsichtig vor. »Ich fahre später einfach bei ihm vorbei, um Honig zu kaufen.«

Cat tat ihr Bestes, um das Grinsen, das sich in ihre

Mundwinkel stehlen wollte, zu unterdrücken. Sie hatte die stille Hoffnung, dass Sadie irgendwann doch noch merken würde, dass sie mit Daniel nur ihre Zeit verschwendete, und ihrer aufkeimenden Beziehung mit Adam noch einmal eine Chance gab. Aber Cat kannte ihre Freundin gut genug, um zu wissen, dass es nichts brachte, ihr einen Schubs in die richtige Richtung zu geben. Sie musste von selbst darauf kommen.

»Gute Idee«, sagte Cat. »Ich könnte auf jeden Fall ein paar Gläser für das neue Premium-Rezept gebrauchen, an dem ich rumbastle.«

Sadie sah überrascht auf. »Du arbeitest an einem neuen Rezept?«

»Ich habe gerade erst angefangen«, wandte Cat rasch ein. »Du weißt doch, dass ich immer wieder versuche, meine Rezepte zu verbessern.«

Sadie nickte. »Das bedeutet also, je früher ich dir den Honig besorge, desto besser?«

»Exakt.« Cat kreuzte die Finger hinter dem Rücken. »Vielleicht könntest du heute sogar ein bisschen früher Schluss machen und den Honig besorgen, bevor du Lissy abholst.«

»Dann wäre Lissy allerdings ziemlich enttäuscht.« Sadie grinste. »Ich glaube, sie hofft immer noch darauf, irgendwann die Bienen dabei beobachten zu dürfen, wie sie ihren Honig persönlich in kleine Gläser abfüllen.«

»Nimm sie beim nächsten Mal mit«, schlug Cat vor. »Wahrscheinlich wäre es keine gute Idee, wenn du Adam vor ihr nach seinem Streit mit Seb fragst, oder? Vielleicht ist er in finstere Machenschaften verstrickt.«

Sadie musste lachen. »Von allen Menschen, die ich kenne, ist Adam glaube ich die Person, die am wenigsten wahrscheinlich in finstere Machenschaften verstrickt ist. Aber du hast vermutlich recht, vor Lissy würde er sicherlich nichts über seinen Streit mit Seb erzählen.«

»Natürlich habe ich recht«, sagte Cat und ballte die Hände zu Fäusten, um sich davon abzuhalten, in begeistertes Kichern auszubrechen. »So könnt ihr beide euch ganz entspannt unterhalten, und den Honig bringst du einfach morgen mit zur Arbeit.«

»Okay. Mal sehen, was ich rausfinden kann. Ich sage dir Bescheid.«

Cats gute Laune verschwand augenblicklich, als ihr Sebs versteinerte Miene vom Abend zuvor wieder einfiel. »Ja, bitte tu das.«

»Sadie!« Adam strahlte über das ganze Gesicht, als er die Tür seines Cottages öffnete und erkannte, wer ihn da besuchte. »Was für eine schöne Überraschung.«

Die hellbraunen Haare standen ihm wirr vom Kopf ab, und er war bereits leicht gebräunt, doch ansonsten sah er ganz genauso aus, wie Sadie ihn in Erinnerung hatte.

Sie schluckte den Kloß, der sich vor Nervosität in ihrem Hals festgesetzt hatte, herunter und brachte ein Lächeln zustande. »Hallo, Adam. Ich hoffe, es macht dir nichts aus, dass ich einfach so vorbeikomme. Lissy hat mir erzählt, dass ihr euch getroffen habt, und ich wollte wissen, ob ich vielleicht ein paar Gläser Honig kaufen kann.«

Seine haselnussbraunen Augen weiteten sich. »Ja, natürlich, gerne!« Er warf einen raschen Blick über die Schulter, bevor er sie wieder ansah. »Möchtest du … äh … möchtest du hier warten, oder hast du Zeit, reinzukommen?« Es war nicht das erste Mal, dass er sie zu sich einlud.

Sadie holte tief Luft und versuchte, das heftige Klopfen ihres Herzens zu ignorieren, als sie ihn anlächelte und sagte: »Ich habe Zeit.«

»Schön.« Er trat einen Schritt zurück. »Komm rein. Und bitte entschuldige das Chaos, ich habe nicht damit gerechnet, dass heute noch jemand vorbeikommt.«

Beinahe hätte Sadie laut gelacht. Inzwischen war sein Hinweis darauf, dass er nicht aufgeräumt hatte, schon zu einer Art Running Gag zwischen ihnen geworden. »Keine Sorge, ich bin mir sicher, dass ich in meinem Leben schon Schlimmeres gesehen habe.«

Von außen wirkte das Haus wie eines der typischen Bauern-Cottages mit weiß gekalkten Wänden, kleinen Fenstern und einem grauen schiefergedeckten Dach. Um die Haustür rankte sich Blauregen mit dicken begrünten Ästen. Sadie machte sich eine mentale Notiz, im Mai mit einem Skizzenbuch herzukommen, um ihn in voller Blüte festzuhalten. Und auch im Inneren waren die Räume genauso klein und die Decke so niedrig, wie sie es erwartet hatte.

Als Adam sie ins Wohnzimmer führte, überraschte sie, wie ordentlich alles aussah. Der Holzboden glänzte gepflegt, die Bücher standen in ordentlichen Reihen im Regal, und auf dem Kaminsims war keine Spur von hastig aufgerissenen Briefumschlägen und Speisekarten vom Lieferservice zu sehen wie bei ihr zu Hause. Nach Adams verlegenem Kommentar hatte sie erwartet, dass sie mindestens das Chaos-Stadium einer studentischen Junggesellenbude vorfinden würde.

»Es ist wunderschön«, sagte sie bewundernd, während sie den Blick durch den Raum wandern ließ. »Allerdings will ich nicht wissen, was für dich sauber und ordentlich bedeutet, wenn du das hier für unaufgeräumt hältst.«

»Hier drin sieht es ganz in Ordnung aus, aber warte, bis du das Schlafzimmer siehst.« Noch bevor er den Satz beendet hatte, verzog er entsetzt das Gesicht. Die Schamesröte stieg ihm bis in die Ohrspitzen. »Äh … Damit meine ich natürlich nicht, dass ich von dir erwarte, dass du dort reingehst«, beeilte er sich zu erklären. »Schließlich gibt es dafür gar keinen Grund.«

Da es Sadie leidtat, wie sehr er sich selbst in Verlegenheit gebracht hatte, versuchte sie rasch, das Thema zu wechseln. »Hast du eben was von Tee gesagt?«

»Hab ich nicht, aber es klingt nach einer verdammt guten Idee.« Damit verschwand er durch eine Tür, von der Sadie vermutete, dass sie in die Küche führte. Kurz darauf hörte sie das Summen eines Wasserkessels und das leise Klimpern von Besteck.

Neugierig trat Sadie auf eines der Bücherregale zu. Es gab eine ganze Reihe Fachliteratur über Bienenzucht und

Imkerei, was sie nicht weiter verwunderte, doch daneben fanden sich auch jede Menge Romane von Iain M. Banks über Terry Pratchett bis hin zu Ursula K. Le Guin.

Als Adam einige Minuten später zurückkehrte, erwischte er sie dabei, wie sie mit einem Finger über die Buchrücken fuhr.

»Ich wusste gar nicht, dass du so ein Bücherwurm bist«, bemerkte sie, als er ihr eine dampfende Tasse reichte.

»Woher auch?«, sagte er mit einem Schulterzucken. »Solche Sachen findet man doch meistens erst raus, wenn man das Zuhause von jemandem gesehen hat, oder?«

»Stimmt«, gab Sadie zu und dachte an ihr eigenes Wohnzimmer mit den vollgepackten Bücherregalen. Lissy und sie hatten ebenfalls eine ordentliche Sammlung zusammengetragen. »Ich finde es schön, dass du gerne liest.«

»Und ich finde es schön, dass du es schön findest. Ich hatte mir schon so was in der Art gedacht.«

Einen Moment standen sie sich schweigend gegenüber und lächelten sich an. Dann räusperte Adam sich. »Äh … Wie viel Honig wolltest du denn gerne mitnehmen?«

»Auf jeden Fall ein paar Gläser. Cat ist gerade dabei, ein neues Rezept zu entwickeln.«

Er nickte. »Die Bienen waren fleißig, und meine Frühlingsernte ist bisher ziemlich ergiebig. Auf den umliegenden Wiesen gibt es jetzt schon viele Blumen. Die Bienen lieben das Zeug, das hier wächst.«

Sadie warf einen Blick aus dem Fenster. »Deine Bienenstöcke stehen im Garten, oder?«

Adam nickte wieder. »Ja. Ich würde sie dir gerne zeigen, aber wegen der Wärme herrscht da draußen heute ganz schön viel Verkehr.«

Sadie runzelte fragend die Stirn. »Verkehr?«

»Bienen-Verkehr«, präzisierte er. »Man kann sich den Bereich vor dem Stock als eine Art Hauptstraße vorstellen, an der sich alle Bienen, die vom Stock weg oder darauf zufliegen, entlangbewegen. Wenn ihnen dabei etwas in die Quere kommt, verbreitet sich die Nachricht in Windeseile, und dann kann es sein, dass das Volk zu dem Schluss kommt, dass es angegriffen wird. Und darauf willst du es nicht ankommen lassen, glaub mir.«

»Kann ich mir vorstellen«, sagte Sadie, während sie sich gleichzeitig insgeheim fragte, ob sie Lissys Begeisterung für Bienen schnellstmöglich im Keim ersticken sollte. »Wirst du häufig gestochen?«

»Zu Beginn ja, da hatte ich noch nicht den nötigen Respekt. Inzwischen bin ich klüger, ziehe die richtigen Sachen an und bewege mich in der Nähe der Bienenstöcke so, dass ich möglichst wenig Unruhe verursache.« Er machte eine kurze Pause, bevor er hinzufügte: »Ich habe jede Menge Ersatzausrüstung, wenn du dir die Stöcke irgendwann mal aus der Nähe ansehen möchtest.«

Sadie wusste, wie ernst es Adam mit der Imkerei war und dass er nicht jeden einfach so in die Nähe seiner Bienen ließ. »Das würde ich gerne mal tun. Lissy wäre auf jeden Fall tief beeindruckt.«

Adam grinste. »Wahrscheinlich. Das Wichtigste bei

der Imkerei ist, dass man immer ruhig bleibt. Ich bin mir ziemlich sicher, dass sie es spüren, sobald man in Panik gerät. Aber solange man sich ganz langsam bewegt und die richtigen Umgangsregeln befolgt, gibt es eigentlich keine Probleme. Wenn man es genauer betrachtet, ist die Bienenzucht eine ziemlich entspannte, beinahe schon meditative Beschäftigung.«

Sein Enthusiasmus macht ihn attraktiv, dachte Sadie, bevor sie schnell ihre Nase in der Teetasse vergrub. Sie hätte ihm einen ganzen Nachmittag dabei zuhören können, wie er von seinen Bienen erzählte. Doch der Honig war nur einer der Gründe, aus denen sie ihn zu Hause besuchte, da gab es noch eine andere Sache, die sie ansprechen musste.

»Hast du Seb in letzter Zeit mal gesehen?«, fragte sie so unbefangen wie möglich.

Sofort verdüsterte sich Adams Miene. »Nein.«

Sadie entging nicht, wie er wütend die Lippen zusammenpresste. Genauso musste Seb reagiert haben, als Cat mit ihm über Adam gesprochen hatte. Sie fragte sich, was zwischen den beiden vorgefallen war.

»Schade«, bemerkte sie vorsichtig. »Ich hoffe, das hat nichts mit deiner Entscheidung zu tun, Smart Cookies zu verlassen.«

Adam spannte den Kiefer an, und es dauerte einige Sekunden, bevor er sagte: »Nein, es hat nichts mit dir zu tun, Sadie. Wenn du es unbedingt wissen willst, Seb und ich haben uns gestritten, weil …« Er ließ den Satz in der Luft hängen und wandte sich abrupt ab.

»Weil?«, hakte Sadie ungeduldig nach.

Er warf ihr einen Blick über die Schulter zu. »Es ist nicht wichtig. Vergiss es einfach.«

Sadie machte einen vorsichtigen Schritt auf ihn zu. »Natürlich ist es wichtig. Zumindest wichtig genug, dass ihr beide euch deswegen gestritten habt.«

»Es geht mich nichts an«, sagte Adam leise.

»Was geht dich nichts an?«, fragte Sadie.

Adam schwieg eine Zeit lang, bevor er ergeben seufzte. »Es geht um Cat.«

Sadie hatte das Gefühl, als ob sich der Boden unter ihren Füßen auftun würde. Das hatte sie nicht kommen sehen. »Was ist denn mit ihr?«

Er schüttelte den Kopf. »Der Grund, aus dem Seb und ich uns gestritten haben, hat etwas mit ihr zu tun.«

Eine düstere Vorahnung ergriff von Sadie Besitz. »Was genau meinst du?«

Adam wich ihrem Blick aus.

»Adam! Was hat das Ganze mit Cat zu tun?«

Er ließ die Schultern hängen, als würde er sich geschlagen geben. »Ich hätte dir schon längst davon erzählen sollen. Aber ich wusste einfach nicht, wie.«

Sadie holte tief Luft, um sich davon abzuhalten, ihn anzuschreien. »*Wovon* erzählen sollen?«

Wieder seufzte Adam. »Du solltest dich vielleicht besser hinsetzen.«

Sadie wagte es kaum zu atmen, als sie seinen Rat befolgte und sich langsam auf das Sofa sinken ließ.

Adam setzte sich auf den abgewetzten Sessel ihr gegenüber.

»Schieß los!«

»Ich fürchte, es gibt keine schonende Art, es auszudrücken, also komme ich besser gleich zum Punkt: Seb hat Cat betrogen. Mit Elin.«

Sadie stieß ein entsetztes Keuchen aus. »Nein!«

»Es ist passiert, als sie in Paris war. Seb und Elin waren betrunken, dann hat eins zum anderen geführt … Ich habe Seb ins Gewissen geredet, Cat zu gestehen, was passiert ist, aber er war der Meinung, dass es besser wäre, wenn sie es niemals erfährt. Ich denke immer noch, dass Cat ein Recht auf die Wahrheit hat. Deswegen haben Seb und ich uns gestritten.«

Sadie starrte ihn schockiert an. Was auch immer sie erwartet hatte, das war es nicht gewesen. Doch auf einmal schienen sich die versprengten Puzzleteile ineinanderzufügen. Cat war sich sicher gewesen, dass Elin sich ihr gegenüber merkwürdig verhielt – sie war in den vergangenen Wochen seltsam kühl und abweisend gewesen, und es hatte mehrere Situationen gegeben, in denen Cat das Gefühl gehabt hatte, dass Elin sie mied. Seb dagegen war genauso gewesen wie immer. Zumindest fast.

»Ich kann es einfach nicht glauben«, murmelte Sadie fassungslos. »Das würde er doch niemals tun. Und Elin auch nicht. Woher weißt du überhaupt … Hast du die beiden zusammen gesehen?«

»Ich habe zufällig beobachtet, wie Elin am frühen Valentinsmorgen aus Sebs Apartment gekommen ist. Und ich denke nicht, dass sie sich bei ihm eine Tüte Zucker geliehen hat.«

Sadie kniff nachdenklich die Augen zusammen, während sie in ihrer Erinnerung kramte. »Das war, als du dich mitten am Tag krankgemeldet hast. Anschließend hast du gekündigt.«

Adam wich ihrem Blick aus. »Cat hatte wegen der Geschichte in Paris schon genug Probleme, ich wollte ihr nicht noch mehr schlechte Nachrichten überbringen.« Er hielt einen Moment inne, seine Miene drückte Verlegenheit aus. »Und du hattest dich gerade entschieden, es noch mal mit Daniel zu versuchen, das hat mich selbst auch nicht gerade in Hochstimmung versetzt. Es schien die einfachste Lösung zu sein.«

»Du bist nicht geflüchtet«, protestierte Sadie. Adams Worte stellten ihre Gefühlswelt komplett auf den Kopf. Unter ihren Beschützerinstinkt gegenüber Cat mischte sich Mitleid für Adams Lage, und dann war da noch eine andere Empfindung, die sie nicht richtig einzuordnen wusste.

»Lieb von dir, das zu sagen, aber genau das habe ich getan«, unterbrach Adam ihre Gedanken. »Anschließend wusste ich einfach nicht, wie ich die ganze Sache wieder geradebiegen sollte. Mir war klar, dass Cat und du wegen meiner plötzlichen Kündigung vermutlich nicht besonders gut auf mich zu sprechen seid. Also habe ich Seb erklärt, was ich von ihm halte, und danach mein Bestes getan, Castle Court und dich und alles, was etwas damit zu tun hat, zu vergessen.«

Er sah so verletzlich aus, dass Sadie ihn am liebsten in den Arm genommen hätte. Nichts von alledem war seine Schuld. Er war ins Kreuzfeuer zweier Paare geraten, und sie konnte es ihm kaum verübeln, daraufhin so schnell wie möglich das Weite gesucht zu haben.

Während sie seine reuevolle Miene studierte, fiel ihr noch etwas ein. »Das muss ungefähr um dieselbe Zeit passiert sein, als Elin und Jaren zusammengekommen sind. Weiß er Bescheid?«

»Ich glaube nicht. Jaren ist ein ziemlich direkter Typ, er würde so etwas nicht für sich behalten. Vor allem nicht vor dem Hintergrund, wie gut er sich mit Cat versteht. Ich bin mir ziemlich sicher, dass ich der Einzige bin, der was von der Sache weiß. Abgesehen von Elin und Seb natürlich.« Er ließ sich gegen die Lehne sinken und stieß frustriert den Atem aus. »Und jetzt auch du.«

»Du hättest mich ruhig früher einweihen können«, sagte Sadie und bereute im selben Moment, dass es ihr nicht gelungen war, den leichten Tadel aus ihrer Stimme herauszuhalten. »Ich weiß, dass Seb und du Freunde seid, aber ich dachte, das wären wir auch.«

Adam senkte den Blick. »Es tut mir leid. Ich habe wirklich oft darüber nachgedacht, es dir zu erzählen.«

Er klang so zerknirscht, dass Sadie sich augenblicklich noch schlechter fühlte. »Nein, mir tut es leid. Es ist nicht deine Schuld.« Mit einem Seufzen richtete sie den Blick an die Decke. »Was für eine verfahrene Situation. Dir ist hoffentlich klar, dass ich Cat davon erzählen muss.«

»Ja. Was glaubst du, wie sie reagieren wird?«

Sadie stieß ein freudloses Lachen aus. »Ich bin mir ziemlich sicher, dass sie ihn umbringen will. Zumindest im ersten Moment. Aber sie ist nicht so tough, wie sie oft wirkt. Es wird sie verletzen, und es ist gerade sowieso schon keine leichte Zeit für sie. Um ehrlich zu sein, habe ich keine Ahnung, wie sie reagieren wird, aber in Sebs Schuhen möchte ich auf jeden Fall nicht stecken.« Sie dachte einen Augenblick nach, bevor sie hinzufügte: »Oder in Elins.«

Adam starrte in seine Teetasse, als könnte er dort die Lösung für all die Probleme finden, mit denen sie es gerade zu tun hatten. »Ich hole dir den Honig«, sagte er schließlich, stellte die Tasse auf den kleinen Beistelltisch neben dem Sessel und stand entschlossen auf.

Sadies Herz schien eine Tonne zu wiegen, als sie ihm nachsah, wie er das Wohnzimmer verließ. Aus irgendeinem Grund schien es nie einfach zu sein, sobald sie und Adam in eine Sache involviert waren. Irgendetwas stand ihrer Freundschaft immer im Weg. Als wären sie verflucht.

Als Sadie an der Tür die Honiggläser bezahlen wollte, lehnte Adam – was typisch für ihn war – ab. »Nein, das kann ich nicht annehmen. Nicht in dieser Situation.«

»Nimm das Geld«, insistierte sie. »Und stell mir eine Quittung aus. Es ist eine Betriebsausgabe.«

»Betrachte den Honig als Geschenk. Eine Wiedergutmachung für die schlechte Nachricht, die ich dir überbringen musste.«

Sadie starrte auf die Papiertüte mit den vier Gläsern bernsteinfarbener Flüssigkeit hinab. »Ich fürchte, es braucht ein wenig mehr als Honig, um die Sache wieder ins Lot zu bringen. Aber nichts davon ist deine Schuld, du bist nur der Bote.«

»Ich wünschte, die Rolle wäre mir erspart geblieben.«

»Das kann ich verstehen.« Sie sah zu ihm auf. »Danke, dass du es mir erzählt hast.«

Er nickte. »Mach's gut, Sadie.«

Es kostete Sadie beinahe all ihre Willenskraft, um sich von Adam abzuwenden. Ihn zu sehen, hatte sie daran erinnert, wie sehr sie seine Gesellschaft vermisste. Die Sache mit Daniel schien ihn tiefer getroffen zu haben, als sie zum damaligen Zeitpunkt geglaubt hatte, und Sebs Verhalten hatte die ganze Situation noch unerträglicher für ihn gemacht. Es war kein Wunder, dass er sich vorerst zurückgezogen hatte, um seine Wunden zu lecken. Und es würde sie nicht wundern, wenn es noch eine ganze Weile dauerte, bevor sie ihre Freundschaft wieder aufnehmen konnten – falls es dafür nicht ohnehin schon zu spät war. Ein Gedanke, der Sadie einen Stich mitten ins Herz versetzte.

Sie hatte den Vorgarten bereits zur Hälfte durchquert, als sie genug Mut gesammelt hatte, alle Umsicht in den Wind zu schießen. Abrupt blieb sie stehen und drehte sich noch einmal zu ihm um. »Wahrscheinlich bist du nicht besonders scharf darauf, aber sobald die Renovierungsarbeiten abgeschlossen sind, werden wir eine kleine Feier zur Wiedereröffnung von Smart Cookies veranstalten. Es würde uns sehr freuen, wenn du kommst – als ehemaliger Mitarbeiter und als Freund.«

Sein Gesichtsausdruck war nicht zu deuten, während er sie einige Sekunden musterte, bevor er fragte: »Wird Seb da sein?«

»Die Wahrscheinlichkeit, dass Cat ihm bis dahin mit seinem eigenen Cocktailshaker den Schädel eingehauen hat, ist ziemlich groß. Ich denke also eher nicht.« Sadie verzog die Lippen zu einem vorsichtigen Grinsen. »Ich schicke dir das Datum, sobald wir einen Termin haben, in Ordnung?«

Er brachte ein leises Lächeln zustande, das Sadie Hoffnung gab. »Tu das.«

Kapitel siebenundzwanzig

»Ich glaube es nicht.« Cat starrte Sadie an, die auf der Kante des Sofas saß, das eine Wand in Cats kleinem Wohnzimmer einnahm. Sie konnte selbst hören, wie schrill und anklagend ihr Ton war. »Das würde Seb niemals tun.«

Sadie warf einen raschen Blick auf Lissy, die auf dem Teppich saß und mit ihren Dinosauriern spielte. »Ich weiß, es ist wirklich nur schwer zu glauben«, stimmte sie ihr leise zu. »Aber es passt einfach alles zusammen. Und warum sollte Adam sich so was ausdenken? Er hat keinen Grund, dich und Seb auseinanderbringen zu wollen.«

Cats Augen begannen zu brennen, als sie mit aller Gewalt die Tränen zurückdrängte. »Ich weiß es nicht. Vielleicht will er sich an dir rächen.«

Sadie sah sie voller Mitleid an. »Indem er *dich* verletzt? Ich glaube auch nicht, dass er besonders nachtragend ist. Es tut mir wirklich leid, Cat, aber ich bin mir sicher, dass er die Wahrheit gesagt hat.«

Cat presste die Lippen aufeinander. Wenn sie ganz ehrlich mit sich war, hatte sie schon seit einer Weile geahnt, dass irgendetwas mit Seb nicht stimmte. Was sie allerdings nicht erwartet hatte, war, dass er sie betrog. Zumindest nicht mit Elin. Ihr war durchaus bewusst, dass Seb einen großen weiblichen Fanclub hatte und dass er die Aufmerksamkeit, die er bekam, genoss; aber die Tatsache, dass er ausgerechnet mit einer Frau ins Bett hatte steigen müssen, die Cat als eine Freundin betrachtete, verletzte sie beinahe noch mehr als der Betrug an sich.

Sie stützte den Kopf in die Hände. »Dieses Arschloch. Ich wusste, dass es irgendwann passieren würde.«

Sadie warf erneut einen nervösen Blick in Lissys Richtung, doch sie war viel zu vertieft in ihr Spiel, um der Unterhaltung der Erwachsenen auch nur die geringste Beachtung zu schenken. Sie rückte dichter an Cat heran und legte ihr einen Arm um die Schultern. »Es tut mir leid. Und was auch immer das jetzt noch wert ist: Ich war der festen Überzeugung, dass er einer von den Guten ist.«

Cat stieß ein freudloses Lachen aus. »Von den Guten? Bist du dir sicher, dass es die wirklich gibt? Langsam glaube ich, die sind pure Fiktion.« Sie schüttelte den Kopf. »Und dann auch noch ausgerechnet am Valentinstag. Er wusste, dass ich keine leichte Zeit in Paris haben würde.« Wütend sah sie auf. »Glaubst du, es war eine spontane Aktion? Oder hat er das Ganze geplant und nur darauf gewartet, dass ich das Land verlasse?«

»Bestimmt nicht«, murmelte Sadie. »Nach allem, was Adam mir erzählt hat, waren sie betrunken. Ein Fehler, ja, aber ich glaube nicht, dass sie es geplant hatten.«

Cat konnte ihre Tränen nicht länger zurückhalten. »Es spielt sowieso keine Rolle«, schluchzte sie, »das Ergebnis ist dasselbe. Verdammte Scheiße!« Verzweifelt vergrub sie das Gesicht an Sadies Schulter, damit Lissy nicht bemerkte, dass sie weinte.

Einzelne Bilder zuckten durch Cats Erinnerung. Blicke, die Seb und Elin sich zugeworfen hatten und die sie für vollkommen nichtssagend gehalten hatte; die Momente, in denen sie sich gefragt hatte, warum Elin sauer auf sie war; Sebs wütender Ausbruch gestern Abend. Seit sie die Wahrheit kannte, ergab jede einzelne dieser Situationen plötzlich Sinn.

Langsam versiegten die Tränen, auch wenn der Schmerz blieb. Dankbar nahm Cat das Taschentuch entgegen, das Sadie ihr hinhielt, und tupfte sich die Wangen trocken. Sie fühlte sich verletzt und gleichzeitig unendlich dumm, weil sie nichts gemerkt hatte.

In diesem Moment berührte eine kleine Hand ihren Arm. »Du darfst ruhig weinen, Tante Cat«, sagte Lissy ernst. »Mummy sagt, dass die Tränen die Traurigkeit wegspülen, damit man wieder glücklich sein kann.«

Sie klang so aufrichtig und ernst, dass Cat sich zusammenreißen musste, nicht sofort wieder loszuheulen. Sie tat ihr Bestes, ein Lächeln zustande zu bringen, und drückte dem kleinen Mädchen die Hand. »Und damit hat sie recht. Ich bin mir sicher, dass es mir bald schon wieder besser geht.«

Lissy streckte ihr ihren geliebten Triceratops entgegen.

»Du darfst dir Travis ausleihen. Er ist wirklich gut im Umarmen, wenn dich die Stacheln nicht stören.«

»Danke«, sagte Cat, und diesmal musste sie sich nicht mehr zu einem Lächeln zwingen, ihre Mundwinkel bogen sich von ganz allein nach oben. »Wenn ich eine Umarmung brauche, weiß ich jetzt genau, zu wem ich kommen muss.«

Cat und Sadie tranken eine Tasse Tee nach der anderen und unterhielten sich, bis es Zeit für Lissy wurde, ins Bett zu gehen. Als Cat ihre Freundin dabei erwischte, wie sie verstohlen einen Blick auf die Uhr warf, sagte sie ihr, sie solle ruhig nach Hause gehen.

»Ich lasse dich aber nur ungern allein«, beteuerte Sadie, obwohl Lissy gerade den Mund zu einem herzhaften Gähnen aufriss. »Was wirst du jetzt machen?«

»Einen Voodoo-Lebkuchenmann von Seb backen, den ich mit Nadeln traktieren kann«, antwortete Cat trocken, bevor sie den Blick aus dem Fenster richtete, das auf den Kanal hinauszeigte. »Und hinterher werfe ich ihn vielleicht noch ins Wasser.«

»Im Ernst«, sagte Sadie, auch wenn sich die Sorgenfalten auf ihrer Stirn bei Cats Worten immerhin ein wenig geglättet hatten. »Bist du dir sicher, dass es okay ist, wenn wir jetzt gehen? Ich kann Daniel bitten, auf Lissy aufzupassen. Dann komme ich später wieder, und wir können das Ganze noch mal richtig durchsprechen – mit einer Flasche Wein und jeder Menge Nadeln.«

Einen Moment lang war Cat versucht, das Angebot anzunehmen. Aber Sadie hatte bereits ein schlechtes Gewissen, weil sie ihre Tochter in letzter Zeit so wenig sah, und sie würde den Teufel tun, Daniel die passende Munition an die Hand zu geben.

»Mach dir keine Sorgen«, versicherte sie ihrer Freundin, »ich werde auch keine Voodoo-Puppe backen, versprochen. Wachs ist sehr viel effizienter.«

»Versprich mir einfach nur, dass du nicht mehr heute Abend mit ihm redest«, sagte Sadie. Sie war aufgestanden und griff nach Lissys Hand. »Schlaf erst mal eine Nacht darüber.«

»Mach ich«, sagte Cat mit hinter dem Rücken überkreuzten Fingern. »Wir sehen uns morgen.«

Nachdem Sadie und Lissy gegangen waren, schien die Einsamkeit wie eine gewaltige Welle über Cat zusammenzuschlagen. Während sie mit leerem Blick auf den schwarzen Bildschirm ihres Fernsehers starrte, ging sie in Gedanken noch einmal durch, was Sadie ihr erzählt hatte. Hätte sie etwas ahnen müssen? Hatte es Anzeichen gegeben, die sie übersehen hatte? Sie wusste es nicht. Je länger sie darüber nachdachte, desto wütender wurde sie, bis sie es schließlich nicht mehr aushielt. Abrupt sprang sie auf, riss den Mantel vom Haken und schnappte sich ihren Schlüssel. Es gab nur eine Person, die ihr die Antworten liefern konnte, die sie brauchte.

Cat dachte darüber nach, Seb in der Bar mit der ganzen Geschichte zu konfrontieren. Das Problem dabei war nur, dass sie selbst in Castle Court arbeitete. Sie musste den Menschen, die hier Geschäfte besaßen und zum Einkaufen und Essen herkamen, jeden Tag ins Gesicht sehen. Was wiederum bedeutete, dass eine öffentliche Bloßstellung – so verlockend sie auch sein mochte – keine gute Idee war. Stattdessen entschied sie sich, den Ersatzschlüssel zu benutzen, den er ihr für seine Wohnung überlassen hatte. Sie würde dort warten, bis er nach Hause kam.

Der Schock, der Seb ins Gesicht geschrieben stand, nachdem er seine Tür aufgeschlossen hatte und sie sah, hätte Cat beinahe eine gewisse Befriedigung verschafft, wäre ihr nicht gleichzeitig das Adrenalin ins Blut geschossen. Erleichtert stellte sie fest, dass er nicht in Begleitung war. Adam hatte zwar gesagt, dass es sich bei Elins und Sebs Nacht um einen One-Night-Stand gehandelt hatte, doch Cat war sich nicht sicher, ob sie nicht trotzdem die Beherrschung verloren hätte, wäre Elin hinter ihm in das kleine Wohnzimmer getreten.

»Cat«, begrüßte er sie, nachdem er den ersten Schock überwunden hatte. »Ich wusste gar nicht, dass du heute Abend vorbeikommen wolltest.«

»Ich wollte dich überraschen.«

Als er ihren ausdruckslosen Ton hörte, legte er den Kopf schief und runzelte fragend die Stirn. »Ist alles in Ordnung?«

Cat schluckte schwer. Sie hatte sich selbst geschworen, sich während der Auseinandersetzung mit Seb kühl und ungerührt zu geben, doch ihr Körper sah das ganz offensichtlich anders – ihre Stimme klang belegt und heiser. Entschlossen, sich nicht anmerken zu lassen, wie verletzt sie war, schüttelte sie den Kopf. »Du kannst dir das Theater sparen, ich weiß über dich und Elin Bescheid.«

Als ob jemand einen Schalter umgelegt hätte, wurde Seb von einer Sekunde auf die andere leichenblass. »Was?«

»Denk nicht mal dran, es abzustreiten«, fuhr Cat fort, um einen möglichst distanzierten Ton bemüht. »Sadie hat mit Adam gesprochen. Er hat ihr alles erzählt.«

Er senkte den Blick schuldbewusst auf den Boden. »Cat, ich …«

Das war der Tropfen, der das Fass zum Überlaufen brachte. »Wie konntest du nur?«, schrie sie ihn an. »Und dann auch noch ausgerechnet mit Elin. Warum bist du nicht mit irgendeiner Fremden ins Bett gestiegen, die mir nicht ständig über den Weg läuft?«

Seb ließ die Schultern hängen. »Es ist nicht so, wie du denkst. Es ist einfach so passiert. Ein Unfall.«

Cat sprang wütend auf, die Hände zu Fäusten geballt. »Oh, nur ein Unfall? Dann ist es natürlich was anderes. Dann ist es selbstverständlich gar kein Problem.« Die letzten Worte kamen ihr so schrill über die Lippen, dass sie sich sicher war, dass der gesamte Platz sie gehört hatte. Ihr Herz klopfte wie wild, als sie Seb anstarrte. Es war nicht zu übersehen, dass er aufrichtige Reue empfand.

»Beruhig dich, Cat. Können wir nicht vernünftig darüber sprechen?«

»Vernünftig?« Cat spürte, wie der Zorn, den sie empfand, erneut überzukochen drohte. »Nein, wir können *nicht* vernünftig darüber sprechen. *Vernünftig* wäre es gewesen, sich nicht mit seiner Ex zu betrinken, um anschließend mit ihr ins Bett zu springen, Seb. Ich denke, es ist ein bisschen spät, den Moralischen zu geben.«

Müde fuhr er sich mit einer Hand über das Gesicht und seufzte. »Was willst du von mir hören? Ich habe zu viel getrunken und einen Fehler gemacht. Wir beide haben einen Fehler gemacht. Elin hat sich am nächsten Morgen wahnsinnig geschämt, vor allem, nachdem du hier aufgetaucht bist, bevor sie weg war. Sie wollte …«

Auf einmal schien sich der Raum um Cat herum in schwindelerregender Geschwindigkeit zu drehen, und in ihren Ohren setzte ein Rauschen ein. »Wie bitte?«, flüsterte sie. Das Rauschen wurde zu einem Dröhnen. »Was hast du da gerade gesagt? Sie war noch hier, als ich vorbeigekommen bin? Sie war hier, als ich dir mein Herz über François und die ganze Geschichte in Paris ausgeschüttet habe?«

Seb öffnete den Mund, schloss ihn aber gleich wieder. »Ja«, bestätigte er schließlich. »Im Schlafzimmer.«

Wie ferngesteuert zuckte Cats Blick zu seiner Schlafzimmertür. Sie stieß ein zynisches Lachen aus. »Ich glaub's einfach nicht. Wo genau? Hat sie sich im verdammten Wandschrank versteckt?«

»So war das nicht. Wie du darüber sprichst, klingt es wahnsinnig schäbig.«

Ein weiteres ungläubiges Lachen löste sich aus ihrer

Kehle. »Tut mir leid, dir das so deutlich sagen zu müssen, aber du hast mich betrogen. Es *ist* schäbig.«

»Ich weiß.« Er ließ den Kopf hängen. »Und es hat mich seitdem beinahe aufgefressen. Genau wie Elin, vor allem, nachdem sie mit Jaren zusammengekommen ist. Wir sind uns einig, dass es absolut nichts zu bedeuten hatte, dass es ein Fehler war und wir es einfach vergessen wollen. Ich wusste, dass du so reagierst, wenn du es rausfindest.« Er seufzte wieder, den Blick starr auf seine Füße gerichtet. »Ich wusste, dass du verletzt sein würdest.«

»Natürlich bin ich verletzt«, rief sie. »Ich habe dir vertraut, Seb, und sieh, was du angerichtet hast.« Beim Anblick seiner traurigen Gestalt spürte Cat, wie ihre Wut ein wenig abebbte und durch einen überraschenden Anflug von Mitleid abgelöst wurde. Entschieden versuchte sie das Gefühl beiseitezuschieben und den Zorn, den sie noch vor wenigen Sekunden empfunden hatte, wieder heraufzubeschwören; sie wollte nicht, dass er ihr leidtat. Er verdiente ihr Mitgefühl nicht.

»Hat es dir etwas bedeutet?«

Seb riss den Kopf hoch. »Natürlich nicht. Du warst nicht da. Ich habe dich vermisst, und Elin war genauso einsam wie ich. Es wäre niemals passiert, wenn du nicht nach Paris gefahren wärst.«

Es dauerte einen Moment, bevor sie begriff, was er damit andeutete. »Dann ist es also meine Schuld«, sagte sie langsam. »Meinst du das damit?«

»Nein!« Er machte ein frustriertes Gesicht. »Natürlich

war es nicht deine Schuld. Niemand trägt die Schuld daran. Es ist einfach passiert. Ich weiß, dass du verletzt bist, aber das muss dir doch klar sein.«

Cat zwang sich, einmal tief Luft zu holen, um sich zu beruhigen, bevor sie antwortete: »Ich sage dir, was mir klar ist: dass du jemand bist, der nicht bereit ist, Verantwortung für sein Handeln zu übernehmen.« Als er den Mund öffnete, um etwas zu erwidern, hielt sie eine Hand hoch, um ihn daran zu hindern. »Was ich sage, stimmt. Du versuchst alle Schuld von dir zu weisen. Ich war nicht da, Elin war einsam … Vielleicht ist es langsam an der Zeit, dass *du* dir klar darüber wirst, dass die einzige Person, die in der Nacht jemanden betrogen hat, du warst, Seb.« Mit zitternden Händen und tränenverschleiertem Blick griff sie nach ihrem Mantel und legte den Schlüssel zu seiner Wohnung auf den kleinen Beistelltisch neben dem Sessel, in dem sie gesessen hatte. »Den lasse ich hier. Ich werde ihn nicht mehr brauchen.«

»Cat, warte …« Er sah sie flehend an. »Geh nicht einfach so. Bleib, damit wir darüber reden können.«

»Es gibt nichts mehr zu sagen.« Ihre Stimme brach bei den letzten Worten. Rasch schob sie sich an ihm vorbei und ging auf die Wohnungstür zu. »Es ist aus.«

Halb erwartete sie, dass er ihr widersprechen würde, doch stattdessen wich er ihrem Blick aus und wandte sich ab. »Okay. Wenn es das ist, was du willst.«

Cat konnte die Tränen nicht länger zurückhalten. »Natürlich ist es nicht das, was ich will, aber du lässt mir keine andere Wahl, Seb. Es war in dem Moment vorbei, als du dich entschieden hast, mit einer anderen zu schlafen.«

Cat riss die Tür auf und stolperte auf die überdachte Veranda hinaus, die um den gesamten Platz herumführte. Trotzig wischte sie sich mit einer Hand über die Augen, bevor sie Richtung Treppe lief. Als sie an Elins Apartment vorbeikam, glaubte sie zu sehen, wie sich die Jalousien bewegten – als ob jemand dahinter gestanden und sie beobachtet hätte. Cat blieb nicht stehen. Seb und Elin konnten ab sofort tun und lassen, was sie wollten. Das alles ging sie nichts mehr an.

Kapitel achtundzwanzig

Als ihr Wecker um sechs Uhr am nächsten Morgen losschrillte, überlegte Cat, einfach im Bett zu bleiben. Ihre Augen fühlten sich geschwollen an und brannten, und sie war sich sicher, dass ihr Gesicht fleckig und aufgequollen von all den Tränen war, die sie abends noch vergossen hatte. Beim Gedanken daran, sich nach Castle Court zu schleppen, wurde ihr übel. Doch sie sollte verdammt sein, wenn sie zuließ, dass Seb oder Elin sie davon abhielten, ihr Geschäft zu führen. Mal ganz abgesehen von allem anderen, konnte sie Sadie nicht einfach so hängen lassen. Nicht ausgerechnet am Karfreitag. Minutenlang stand sie unter der Dusche, bis das warme Wasser das Gefühl der Übelkeit in den Abfluss gespült hatte, und zwang sich anschließend dazu, sich anzuziehen.

Chesters Straßen lagen, wie nicht anders zu erwarten an einem Feiertag, ruhig und verlassen vor ihr, und Cat spürte, wie das Gefühl der Nervosität langsam nachließ. Sie ging nicht davon aus, dass Seb sie in irgendeiner Art behelligen würde – von seiner grundsätzlichen Anwesenheit in Castle Court einmal abgesehen –, und nach allem, was er über Elin gesagt hatte, schämte sie sich offenbar zu sehr, um Cat anzusprechen.

Entschlossen holte sie mehrmals hintereinander tief Luft und ließ den Atem anschließend langsam und kontrolliert entweichen. Wenn sie es schaffte, sich bis Ladenschluss aufs Backen zu konzentrieren, konnte sie das als Sieg für sich verbuchen.

Auch auf dem Platz war es still, niemand war zu sehen. Mit gesenktem Blick hastete Cat über das Kopfsteinpflaster auf das Let's Go Dutch zu, hämmerte den Sicherheitscode in die Schaltfläche neben der Tür und schlüpfte hindurch. Die kühle, aufgeräumte Atmosphäre in Jarens Küche empfing sie wie ein alter Freund und beruhigte ihre angespannten Nerven. Delilah hatte sich freigenommen, um den Tag mit ihren Enkeln zu verbringen, und Jaren würde vermutlich frühestens in einer Stunde auftauchen.

Cat schlang sich eine Schürze um und schaltete den Backofen ein, bevor sie alle Utensilien und Zutaten zusammensuchte, die sie brauchte. Die Zubereitung des Plätzchenteigs, den sie für ihre Zwecke perfektioniert hatte, war ihr so in Fleisch und Blut übergegangen, dass sie ihn mit geschlossenen Augen hätte rühren können. Trotzdem ging sie immer wieder aufs Neue so sorgfältig vor, als probierte sie ihn zum ersten Mal aus, und variierte nur, indem sie ab und zu einen Löffel von Adams Honig hinzugab.

Als Jaren kam, zog bereits der süße Duft nach Vanille und Schokolade durch die Küche. Er blieb auf der Türschwelle stehen und schnupperte übertrieben, bevor er Cat anlächelte. »Den Geruch wird man niemals leid, oder?«

Bei seinem Anblick ging ein Ziehen durch Cats Magen. Wusste er von Elin und Seb? Es konnte natürlich sein, dass Elin es ihm gestanden hatte. Vielleicht haben sie sogar zusammen darüber gelacht, dachte Cat, und quälte sich selbst einige weitere Sekunden mit der Vorstellung, bevor sie sich daran erinnerte, dass das hier immer noch Jaren war. Er hätte niemals darüber gelacht, dass jemand anderem wehgetan worden war.

»Fällt mir schon gar nicht mehr auf.« Ihr entging selbst nicht, wie kurz angebunden und steif sie klang.

»Oh … Okay, ja klar, natürlich nicht …« Sein Lächeln verblasste, während er sie irritiert ansah. »Ist alles in Ordnung?«

Sie sah ihm fest in die Augen. »Alles bestens.«

Er legte den Kopf schief und musterte sie. »Wirklich? Du wirkst nämlich nicht so. Hat es was mit Smart Cookies zu tun?«

»Nein. Wie gesagt, alles ist bestens.« Zu ihrem Entsetzen brach ihre Stimme bei den letzten Worten. Bevor sie etwas dagegen tun konnte, füllten sich ihre Augen mit Tränen, die ihre Wangen hinabliefen und auf die Arbeitsoberfläche aus Edelstahl tropften.

Es dauerte keine Sekunde, und Jaren war bei ihr. Ohne ein Wort zu verlieren, schlang er die Arme um sie, hielt sie fest und murmelte beruhigende Worte in ihr Haar, während sie an seiner Brust schluchzte.

Nach einer Weile, die Cat wie eine Ewigkeit erschien, löste sie sich von ihm. Ihre Tränen waren versiegt, und sie hatte das Gefühl, sich wieder einigermaßen unter Kontrolle zu haben. »Danke.« Durch feuchte Wimpern sah sie zu ihm auf.

Er hob eine dunkle Augenbraue. »Gern geschehen. Erzählst du mir jetzt auch, was los ist?« Und als er merkte, dass sie noch immer zögerte, fügte er hinzu: »Du musst natürlich nicht, aber ich kann dir versprechen, dass ich ein ziemlich guter Zuhörer bin.«

Cat schüttelte abwehrend den Kopf. »Es ist nichts.«

Er betrachtete sie ernst. »Das stimmt nicht.«

Das Problem war, dass ein Teil von Cat ihm am liebsten ihr ganzes Herz ausgeschüttet hätte. Aber das war nicht möglich. Es war schlimm genug, dass sie selbst verletzt worden war – gab es wirklich einen Grund, Jarens Beziehung mit Elin für etwas aufs Spiel zu setzen, das passiert war, noch bevor die beiden ein Paar geworden waren?

»Seb und ich haben uns getrennt«, sagte sie schließlich, nachdem sie einige Sekunden länger mit ihrem Gewissen gerungen hatte. »Und wie nur schwer zu übersehen ist, geht es mir damit nicht besonders gut.«

»Das tut mir leid. Kein Wunder, dass du in Tränen ausgebrochen bist. Ihr beiden habt so glücklich gewirkt. Was ist denn passiert? Oder willst du nicht darüber reden?«

Cat vermied es, ihm in die Augen zu sehen. »Ich war

glücklich. Seb nicht, wie sich herausgestellt hat. Deswegen hat er sich nach was anderem umgesehen.«

Vorsichtig musterte sie Jaren aus dem Augenwinkel. Wenn er die Wahrheit kannte, würde sie es an seiner Reaktion ablesen können. Aber seine Miene drückte nichts weiter als Abscheu aus.

»Dann ist er ein absoluter Idiot. Ein … ein … *klootzak.*«

Cat hatte keine Ahnung, was das Wort bedeutete, aber sie war sich sicher, dass es nicht als Kompliment gemeint war. Und noch viel wichtiger war, dass Jaren offensichtlich keinen Schimmer hatte, mit wem Seb sie betrogen hatte. Sollte sie ihn aufklären? Ihn verletzen, so wie sie verletzt worden war?

Cat riss ein Stück von der Küchenrolle ab, die vor ihr auf der Arbeitsfläche stand, und wischte sich die Wangen trocken. »Er hat sich tausendmal entschuldigt und behauptet, dass es absolut nichts bedeutet hat. Aber das ist hinterher immer leicht gesagt, nicht wahr?«

Jaren machte ein finsteres Gesicht. »Du verdienst etwas Besseres. Ich meine, jeder weiß, dass er ein ziemlicher Frauenheld ist, aber ich bin wirklich davon ausgegangen, dass er sich verändert hat, seit er mit dir zusammen ist. Ich kann einfach nicht glauben, dass er tatsächlich so bescheuert ist.«

»Ich auch nicht«, gab Cat mit einem Seufzen zu. »Aber wie es aussieht, ist er es.«

»Wahrscheinlich eine von den Frauen, die regelmäßig in

der Bar rumhängen und versuchen, ihn auf sich aufmerksam zu machen.«

Cat hielt den Atem an. Sie hatte zwei Möglichkeiten: Entweder sie gab vor, nicht zu wissen, wer es gewesen war, oder sie sagte die Wahrheit und gefährdete damit Jarens Beziehung. Wenn sie daran dachte, wie er gerade auf Sebs Untreue reagiert hatte, glaubte sie nicht, dass er besonders glücklich über Elins Verwicklung in die ganze Sache sein würde. Aber war sie die Richtige, um ihn einzuweihen?

Nervös kaute sie auf der Unterlippe, während sie mit ihrem Gewissen rang. Schließlich stieß sie heftig den Atem aus. »Wahrscheinlich«, sagte sie und sah Jaren dabei fest in die Augen. »Ich kenne keine Details.«

Jaren seufzte. »Seb ist ein Idiot. Du wirst über ihn hinwegkommen und jemand Besseren kennenlernen. Und Seb wird als einsamer alter Mann sterben, der auf seine alten Tage niemanden zum Reden haben wird – außer vielleicht seinen Cocktailshaker.«

Das Bild war so absurd, dass Cat unwillkürlich grinsen musste.

»Siehst du«, sagte Jaren, während er sie mit einem hoffnungsvollen Ausdruck in den Augen betrachtete, »du fühlst dich schon besser.«

Als Sadie auf der Suche nach Cat um kurz nach halb neun ins Pfannkuchenrestaurant kam, saß ihre Freundin zusammen mit Jaren bei einer Tasse Kaffee und sah sehr viel besser aus, als sie erwartet hatte.

»Guten Morgen«, begrüßte sie die beiden vorsichtig, während sie überlegte, ob Jaren wusste, was vorgefallen war. »Wie fühlst du dich?«, fügte sie an Cat gewandt hinzu.

»Als ob ich gerade mit meinem hinterhältigen, betrügerischen Freund Schluss gemacht hätte«, antwortete Cat und verzog das Gesicht. »Aber abgesehen davon ganz gut. Jaren hat es geschafft, mich aufzumuntern.«

Sadie sah zwischen den beiden hin und her. »Tatsächlich? Das ist gut.«

»Wir haben Pläne geschmiedet, wie Cat sich rächen könnte«, sagte Jaren grinsend. »Mein Vorschlag war, überall in der Bar verfaulte Shrimps zu verstecken. An Orten, an denen er niemals danach suchen würde.«

»Und ich habe überlegt, ob ich nicht eine grandiose Bar direkt neben seiner eröffne, um ihm all seine Kunden zu stehlen.«

»Verstehe.« Sadie musterte Jaren. »Und wie geht es dir mit der ganzen Sache?«

Cat warf ihr einen warnenden Blick zu. »Natürlich ist er stellvertretend für mich wütend.«

Sadie nickte. Dann hatte Jaren also keinen Schimmer, dass Elin eine Mitschuld an Cats Unglück trug. »Tut mir leid, wenn ich eure Rache-Party so abrupt unterbrechen muss, aber gleich kommen die Leute von der Abrissfirma, um die beschädigten Möbel und das kaputte Equipment abzuholen. Gibt es was, das du gerne behalten möchtest?«

Bei dem Gedanken an den Schaden, den die Überschwemmung in ihrem Laden angerichtet hatte, wurde

Cat von einem Schauder gepackt. »Nein. Ich habe schon eine Liste mit den Sachen gemacht, die wir ersetzen müssen. Die Versicherung hat gesagt, dass sie alle Kosten übernimmt.«

»Könntest du dann kurz den Verkaufsstand fertig machen, während ich mich um den Papierkram kümmere? Clare kommt erst gegen neun.« Sadie musterte ihre Freundin aufmerksam. »Natürlich nur, wenn du dich danach fühlst.«

Cat stand auf. »Es geht mir gut. Wirklich. Danke für den Kaffee, Jaren.«

»War mir ein Vergnügen. Du weißt, wo du mich findest, wenn dir nach Reden zumute ist. Und nur für den Hinterkopf: Ich habe da einen Typ an der Hand, der dich mit so vielen fauligen Shrimps versorgen kann, wie du brauchst.«

Cat lachte. »Ich werd's mir merken.«

Sadie lächelte Jaren zum Abschied zu, bevor sie sich abwandte und Cat voraus auf die Tür zuging. Erst als sie den Platz bereits zur Hälfte überquert hatten, warf sie ihrer Freundin einen fragenden Blick zu. »Du hast es ihm nicht erzählt?«

Cat seufzte. »Ich hab's einfach nicht übers Herz gebracht.«

»Dir ist aber schon klar, dass er es früher oder später sowieso erfährt.«

»Ja. Aber nicht von mir. Ich … Ich möchte Elin die Chance geben, es ihm selbst zu sagen.«

Sadie schüttelte ungläubig den Kopf, während sie sich fragte, ob Cat vielleicht unbewusst Angst davor hatte, dass Jaren ihr die Schuld an der ganzen Sache geben könnte. Doch wie auch immer ihre Beweggründe aussahen, Cats Großmut machte sie sprachlos. »Du bist ein sehr viel besserer Mensch als ich. An deiner Stelle hätten mich keine zehn Pferde davon abgehalten, Jaren einzuweihen.«

Cat lächelte. »Das stimmt nicht. Ich kann mich noch gut erinnern, mit wie viel Würde du die Nachricht aufgenommen hast, dass Daniel eine Affäre hat. Ich habe von der Besten gelernt …«

Beinahe hätte Sadie laut gelacht. Cat hatte nicht gesehen, wie sie sich von einer Sekunde auf die andere in ein heulendes Häuflein Elend verwandelt hatte, als Daniel ihr von seinem Betrug erzählt hatte. Doch nachdem der erste Schock vorüber war, hatte sie sich immer bemüht, fair zu bleiben – was vermutlich den Grundstein dafür gelegt hatte, dass sie es nach über einem Jahr Trennung noch einmal miteinander versuchten. Inzwischen hatte sie die ganze Sache hinter sich gelassen, nicht nur um Lissys willen, sondern auch für sich selbst und alle Menschen, die ihr nahestanden.

»Du hast aber nicht vor, Seb zu vergeben, oder?«

»Nein, der Zug ist definitiv abgefahren. Das habe ich ihm gestern Abend klar und deutlich gesagt.«

Dann ist sie also doch noch zu ihm gegangen, dachte Sadie. Allerdings konnte sie nicht behaupten, dass sie das überraschte.

»Gut. Ich hoffe, du hast ihm ordentlich die Hölle heißgemacht.«

»Ich hab's versucht«, sagte Cat und zog eine der Schubladen des Verkaufsstands auf. »Allerdings bin ich mir nicht ganz sicher, ob er glaubt, etwas falsch gemacht zu haben. Und solange er das nicht kapiert, ist er ohnehin nicht in der Lage, eine ernsthafte Beziehung zu führen. So oder so bin ich also besser ohne ihn dran, denke ich.«

»Gut«, sagte Sadie noch einmal und griff nach der Hand ihrer Freundin, um sie zu drücken. »Ich weiß, das ist nur ein schwacher Trost, aber ich bin mir absolut sicher, dass du ihn schon bald vergessen hast. Und ich würde ziemlich viel darauf setzen, dass es nicht mehr lange dauert, bis du den Richtigen für dich triffst.«

Cat verdrehte genervt die Augen. »So was in der Art hat Jaren auch schon gesagt.«

Sadie erwiderte Cats Grinsen mit einem unschuldigen Augenaufschlag. »Ach wirklich?«

Der Kundenstrom riss nicht ab, und so verging der Vormittag wie im Flug. Cat teilte ihre Zeit zwischen dem Verkaufsstand und der Küche auf, wo sie Clare dabei half, die personalisierten Bestellungen abzuarbeiten, während Sadie vollauf damit beschäftigt war, als Ansprechpartnerin für die Handwerker bereitzustehen, die in ihrem Laden die Renovierung vorantrieben. Es war so viel los, dass es Cat leichtfiel, Sebs Bar und das Schaufenster zu Elins Chocolaterie zu ignorieren, und nach Ladenschluss konnte sie in Sadies und Clares Gesichtern die gleiche Erschöpfung erkennen, die sie selbst empfand.

»Wow!« Sadie starrte in die beinahe leeren Schubladen ihres Pop-up-Shops. »Ich hoffe, du hast heute Morgen fleißig gebacken, Cat. Wenn das heute nur der Anfang des Ostergeschäfts war, dann brauchen wir morgen mindestens das Doppelte an Ware.«

Cat seufzte. »Ich fürchte, unsere Bestände werden nicht ausreichen. Zumindest dann nicht, wenn wir die Online-Bestellungen dazuzählen. Damit weiß ich zumindest, wo ich den heutigen Abend verbringen werde.« Für den Bruchteil einer Sekunde zuckte ihr Blick an der Hauswand hinauf zur Tür von Seb's Bar. »Gut, dass ich ohnehin nichts anderes vorhabe.«

Sadie musterte sie besorgt. »Dann bleibt aber immer noch die Frage, wann ich die ganzen Kekse verzieren soll.«

»Wir könnten morgen ganz früh anfangen und zusammen in Jarens Küche arbeiten«, schlug Clare vor.

»Und wo sollen wir sie trocknen? Jaren hat sicherlich nichts dagegen, wenn wir bis zum Eintreffen seiner Crew bei ihm arbeiten, aber er wäre bestimmt nicht sehr begeistert, wenn seine Küche dann immer noch einem Hasenstall gleicht«, stellte Sadie fest. Sie dachte einen Moment nach, dann schnipste sie mit den Fingern. »Wir veranstalten eine Back-Party bei mir zu Hause. Cat, du backst so viele Kekse wie möglich in deiner Küche vor und bringst sie dann zu mir rüber. So können Clare und ich mit dem Verzieren anfangen, während du für Nachschub sorgst.«

Cat öffnete den Mund, um ihr zu widersprechen, schloss ihn jedoch sofort wieder, ohne ein Wort zu verlieren. Die Aussicht, stundenlang allein in ihrer Küche zu stehen, war alles andere als verlockend, selbst wenn sie damit beschäftigt wäre, Hunderte Plätzchen zu backen. »Okay. Um wie viel Uhr?«

»Halb acht? Bist du dabei, Clare?«

»Klar. Ich helfe, wo ich kann. Wenn du magst, kann ich dich auch abholen, Cat.«

Cat schenkte ihr ein dankbares Lächeln. »Das wäre super.« Sie wollte Clare gerade eine Uhrzeit vorschlagen, als ein schmaler Schatten auf den Verkaufswagen fiel. Sie drehte sich um und entdeckte Elin, die ein paar Schritte entfernt hinter ihnen stehen geblieben war.

»Hättest du eine Sekunde für mich, Cat? Bitte.« Ihre Stimme klang ruhig, der nervöse Unterton darin war jedoch nicht zu überhören.

Cat spürte, wie sich Sadie neben ihr augenblicklich versteifte. Ihre Freundin bebte vor Zorn. »Nein, eigentlich nicht«, zischte sie, noch bevor Cat den Mund öffnen konnte, um zu antworten. »Wir sind gerade ziemlich beschäftigt.«

Beruhigend legte Cat ihr eine Hand auf den Arm. »Schon okay. Dieses Gespräch lässt sich kaum vermeiden. Je eher wir es hinter uns bringen, desto besser.«

»Sicher?«, fragte Sadie. Sie sah geradezu bestürzt aus. »Du hast es gerade erst erfahren.«

Womit Sadie recht hatte. Zum hundertsten Mal wünschte sich Cat, Seb hätte einfach mit irgendeiner Fremden geschlafen, mit jemandem, den sie nicht kannte und niemals kennenlernen musste. Doch da die Dinge nun mal so lagen, wie sie es taten, konnte sie es genauso gut schnell hinter sich bringen. Je eher sie und Elin die Situation zwischen sich klärten, desto schneller würde es ihr gelingen, die Beziehung mit Seb und alles, was damit zusammenhing, hinter sich zu lassen. Auf das Gefühl, mit dem sie an diesem Morgen zur Arbeit gekommen war, konnte sie in Zukunft auf jeden Fall getrost verzichten.

Sie nickte Sadie zu. »Ich bin mir sicher.«

Sadie musterte Elin mit einem abfälligen Blick, sprach jedoch nicht laut aus, was sie ganz offensichtlich über sie dachte. »Wie du meinst.«

Clare sah vollkommen verwirrt aus, als Cat sich zu ihr umdrehte. »Kannst du mich um sieben abholen? Du hast meine Adresse, oder?«

»Volunteer Street«, antwortete Cat. »Alles klar, dann bis später.«

Die Hand noch immer beruhigend auf Sadies Arm, wandte Cat sich wieder Elin zu und sah ihr fest in die Augen. »Bei dir oder bei mir?«

»Bei mir sind wir schneller«, antwortete Elin.

»Okay.« Cat verzog keine Miene. »Lass uns gehen.«

Cat war froh, als sie feststellte, dass Elin ihr voraus in den Laden ging und nicht zu sich nach Hause. Nachdem sie die Tür hinter ihnen geschlossen hatte, wartete Cat darauf, dass die Schweizerin als Erste das Wort ergriff. Auf keinen Fall wollte sie es ihr zu leicht machen.

Allerdings schien für Elin die ganze Situation ohnehin alles andere als leicht zu sein. Sie sah erschöpft und traurig aus, und ihr normalerweise so makelloses Make-up konnte den müden Ausdruck um ihre Augen nicht verbergen. Selbst ihr blonder Bob schien mit aller Macht zu rebellieren, die glatten Haare wirkten an den Enden struppig und stumpf. Es war nicht zu übersehen, dass sie in der vergangenen Nacht nicht viel Schlaf bekommen hatte.

Elin holte tief Luft, bevor sie sagte: »Es tut mir leid.«

Cat reagierte nicht, sondern hielt an ihrer versteinerten Miene fest, während Elin den Blick auf den Boden richtete.

»Ich weiß, dass Seb dir alles erzählt hat, auch dass wir beide betrunken waren, aber das ist keine Entschuldigung. Wir wussten, dass es nicht richtig ist, und es tut mir leid, dass wir dir wehgetan haben. Keiner von uns beiden wollte das.«

Cat grub die Fingernägel in die Handflächen. Aber immerhin versuchte Elin nicht, die Schuld von sich zu weisen, so wie Seb es getan hatte. »Ihr habt mich verletzt«, sagte sie leise. »Ich fühle mich von euch beiden betrogen.«

In Elins blauen Augen blitzte für den Bruchteil einer Sekunde etwas auf, bevor sie den Blick schnell wieder auf den Boden richtete. »Ich weiß. Und wenn ich die Zeit zurückdrehen könnte, würde ich es sofort tun. Du hast keine Ahnung, wie elend ich mich gefühlt habe, als ich mit angehört habe, wie du Seb von deinem schrecklichen Termin in Paris erzählt hast, während ich wusste, dass wir dir noch etwas viel Schlimmeres angetan haben.« Sie verzog reuevoll das Gesicht. »Ich wollte es dir erzählen, aber Seb hat es mir ausgeredet. Er meinte, das würdest du nicht verkraften.«

»Wie bitte?« Cat stieß ein trockenes Lachen aus. »Ich bin kein Porzellanpüppchen, Elin. Und wenn du mir sofort alles gebeichtet hättest, wäre ich zwar verletzt gewesen, aber nicht so sehr wie jetzt, wo ich weiß, dass mich zwei Menschen, denen ich vertraut habe, wochenlang angelogen haben.«

»Ich weiß«, flüsterte Elin. »Es tut mir so leid.«

Stille breitete sich zwischen ihnen aus, und irgendwann begann Elin zu weinen.

Als sich der inzwischen nur allzu vertraute Druck auch hinter Cats Augen aufzubauen begann, blinzelte sie heftig, um die Tränen zurückzuhalten. »Ich habe Jaren nichts gesagt.«

Elin riss den Kopf hoch, um sie anzusehen. »Was?«

»Er weiß, dass Seb mich betrogen hat, aber nicht mit wem. Wie du dir vorstellen kannst, ist er ziemlich wütend auf ihn. Und obwohl es passiert ist, bevor ihr zusammengekommen seid, glaube ich nicht, dass er besonders begeistert sein wird, wenn er herausfindet, dass du diejenige bist, mit der er fremdgegangen ist.« Cat hielt inne und sah Elin fest in die Augen. »An deiner Stelle würde ich es ihm also lieber selbst erzählen, statt zu riskieren, dass er es von jemand anderem erfährt. So kannst du eure Beziehung vielleicht retten.«

Elin schüttelte ungläubig den Kopf. »Danke. Auch wenn ich es kaum verdient habe.«

»Stimmt. Aber ich tue das nicht für dich, sondern für ihn.«

Elin nickte, Tränen liefen über ihre Wangen. »Ich weiß. Und du glaubst gar nicht, wie leid mir das alles tut.«

Es bestand kein Zweifel, dass sie es aufrichtig meinte, wurde Cat in diesem Moment klar. Das Bedauern stand ihr ins Gesicht geschrieben. Doch sie erkannte noch etwas anderes in ihren Zügen, eine tiefe Traurigkeit, von der sie sich nicht sicher war, ob sie sie richtig interpretierte.

»Seb hat behauptet, dass euer One-Night-Stand nichts bedeutet hat. Stimmt das?«

»Ja«, sagte Elin fest, aber Cat war das kurze Zögern, bevor sie geantwortet hatte, nicht entgangen. Es verriet ihr alles, was sie wissen musste.

Cat seufzte und schüttelte mitfühlend den Kopf. »Er wird dir das Herz brechen, ich hoffe, das weißt du.«

Elin straffte die Schultern. »Ich weiß, aber man sucht sich nun mal nicht aus, in wen man sich verliebt.«

Cat musste an die abwertenden Worte denken, die Seb am Abend zuvor in den Mund genommen hatte. »Wenn du wirklich so fühlst, musst du es Jaren erzählen. Sofort. Warte nicht, bis es noch einmal passiert.« Der gequälte Blick, mit dem Elin sie ansah, erinnerte Cat daran, dass sie vor dieser ganzen Geschichte Freundinnen gewesen waren. Etwas sanfter fügte sie hinzu: »Du weißt, dass du es ihm schuldig bist.«

»Ja.« Elin ließ die Schultern hängen. »Du hast recht. Danke.«

»Du musst dich nicht bedanken. Es ihm zu erzählen, ist nicht der leichteste Weg, aus der Sache rauszukommen. Danach wirst du dich noch schrecklicher fühlen. Aber wenigstens muss er es dann nicht von jemand anderem erfahren.« Sie wandte sich ab, drehte sich auf halbem Weg zur Tür jedoch noch einmal zu Elin um. »Ich glaube nicht, dass wir wieder Freundinnen werden, aber ich wünsche dir trotzdem Glück, falls du dich wirklich für Seb entscheiden solltest. Er ist nicht der Mann, für den ich ihn gehalten habe.«

Ohne eine Antwort von Elin abzuwarten, schlüpfte sie hinaus auf den Platz und zwang ihre Füße, sich auf die große alte Eiche in seiner Mitte zuzubewegen. Tränen brannten in ihren Augen und liefen ihr wenige Sekunden später die Wangen hinab. »Genug geheult«, ermahnte sie sich selbst, als sie unter den dicht belaubten Ästen hindurchging, und wischte sich mit dem Ärmel ihres Sweatshirts das Gesicht trocken. »Wegen Seb de Jager werde ich keine einzige Träne mehr vergießen.«

Kapitel neunundzwanzig

Falls das überhaupt möglich war, verlief der Ostersamstag noch chaotischer als der Karfreitag. Sadie war mehr als froh, als sie den letzten Verkauf in die Kasse eintippte und anschließend den Verkaufsstand abschloss. Sie hatten bereits besprochen, dass sie Ostersonntag und den darauffolgenden Montag geschlossen haben würden.

»Wir haben uns definitiv zwei freie Tage verdient«, sagte Cat mit einem zufriedenen Blick auf die wenigen verbleibenden Kekspackungen. »Und abgesehen davon: Was können wir schon groß verkaufen? Es ist so gut wie nichts mehr da.«

»Vielleicht sollten wir gleich eine ganze Woche Urlaub nehmen«, schlug Sadie vor, während sie Cat mit beinahe mütterlicher Sorge musterte. »Du brauchst dringend ein wenig Erholung. Es ist gerade mal eine Woche her, dass du mit einer Gehirnerschütterung im Krankenhaus lagst, mal ganz abgesehen von der Geschichte, die dich danach zu Hause erwartet hat. Und ich könnte die Zeit gut gebrauchen, um mich auf die Reparaturarbeiten im

Laden zu konzentrieren. Am Dienstag kommt der neue Putz drauf, und Ende der Woche werden die Möbel geliefert.«

Cat nickte. »Wirklich gerne mache ich nicht eine ganze Woche zu, aber immerhin würde uns das die Möglichkeit geben, unsere Vorräte aufzustocken, sodass wir rechtzeitig zur Wiedereröffnung genug Lagerbestand haben.« Sie schlug sich mit einer Hand auf die Stirn. »Das habe ich ganz vergessen. Wir müssen noch Einladungen für das Event verschicken.«

Sadie musste sofort an Adam denken, und auch wenn Cat unmöglich ihre Gedanken lesen konnte, wurde sie rot. »Gute Idee. Zuerst sollten unsere Stammkunden welche bekommen, und natürlich die Ladenbesitzer in Castle Court, die uns geholfen haben.«

Cat warf einen Blick zu Elins hell erleuchtetem Schaufenster hinüber. »Vielleicht nicht an alle.«

Sadie versuchte die Wut, die jedes Mal in ihr aufstieg, wenn sie an Seb und Elin erinnert wurde, zu verdrängen. Plötzlich kam ihr ein Gedanke. Empfand Cat dasselbe, wenn sie an Daniel dachte? Auf jeden Fall würde das ihre Abneigung gegen ihn erklären, die sie Sadie gegenüber nie wirklich verbergen konnte, sosehr sie sich in letzter Zeit auch darum bemühte. Bis jetzt hatte Sadie den Zorn, der in ihrer Freundin zu brodeln schien, nie richtig nachvollziehen können.

Rasch schob sie die Gedanken beiseite und schenkte Cat ein aufmunterndes Lächeln. »Nein, nicht alle.« Sie sah zur Ladenfront des Let's Go Dutch hinüber. »Hast du was von Jaren gehört?«

»Nein, allerdings weiß ich natürlich auch nicht, wann Elin vorhat, mit ihm zu reden. Vielleicht wartet sie noch auf den richtigen Augenblick.«

Sadie schnaubte. »Den gibt es nicht. Nicht, wenn man vorhat, seinem Freund zu eröffnen, dass man in einen anderen Mann verliebt ist.«

»Ich gehe morgen mal zu Jaren rüber. Dann können wir zusammen im Selbstmitleid baden.«

Als Sadie ihren niedergeschlagenen Gesichtsausdruck sah, zog sie Cat fest in die Arme. »Ihr braucht beide ein wenig Zeit, um eure Wunden heilen zu lassen, aber ich bin mir sicher, dass es schon bald wieder bergauf geht.«

»Ich weiß«, antwortete Cat mit einem Seufzen. »Ich wünschte nur, ich könnte ganz einfach bis zu dem Zeitpunkt vorspulen.«

Die Woche verging im geschäftigen Treiben zwischen frischem Anstrich und Bohrmaschinengeheul. Sadie teilte ihre Zeit zwischen Baustelle und Küche auf, wo sie ein Blech Kekse nach dem nächsten verzierte, die Cat und Delilah Tag für Tag frisch backten.

»Ich dachte, du wolltest dich ausruhen«, bemerkte Daniel eines Morgens, als Sadie – das Handy zwischen Schulter und Ohr geklemmt –, eine weitere Schüssel mit Zuckerguss anrührte. »Meine Vorstellung von Urlaub sieht irgendwie anders aus.«

Sie verzog das Gesicht zu einer zynischen Grimasse, bevor sie sich wieder auf ihr Telefongespräch konzentrierte. »Nein, ich habe Weiß gesagt. Weiß mit einer Nuance Pfirsich, nicht umgekehrt.«

Am Samstagmorgen waren die Renovierungsarbeiten so gut wie abgeschlossen. Die Küche im Untergeschoss erstrahlte in frischem Glanz, und die Decke war neu verputzt. Die Bodendielen im Erdgeschoss waren ersetzt und die Präsentationstische repariert worden. Die Wände hatten einen neuen Anstrich erhalten, und der Geruch nach Farbe hing noch immer schwer in der Luft.

»Keine Sorge«, beruhigte Cat Sadie, die wie wild die Ladentür auf- und zuzog, um den Raum zu lüften. »Der Duft nach frisch gebackenen Keksen überdeckt normalerweise alles andere.«

Clare und Delilah waren ebenfalls früh aufgestanden, um dabei zu helfen, die Regale und Tische zu befüllen, und bereits um die Mittagszeit war sich Sadie sicher, dass sich alles an seinem Platz befand.

Sie warf einen Blick zu Cat hinüber, die dabei war, eine Reihe hoher Sektflöten mit Prosecco zu füllen. »Bereit?«

Cat sah auf und lächelte. »Bereit.«

Sadie durchquerte den Verkaufsraum und zog die Ladentür auf. »Herzlich willkommen bei Smart Cookies«, begrüßte sie ihre Kunden und Gäste, die sich bereits auf dem Platz versammelt hatten. »Wir haben offiziell wiedereröffnet. Und zur Feier des Tages gibt es zwanzig Prozent auf alles!«

Applaus und einzelne Jubelrufe waren zu hören.

Delilah trat neben sie, einen großen Teller mit kleinen Schokoladenkeksen in der Hand. »Ich gehe mal mit denen rum.«

Cat kam ihr mit einem Tablett Drinks hinterher. »Ich folge dir unauffällig.«

»Plätzchen und Prosecco – wer könnte bei der Kombi widerstehen?«, sagte Sadie und griff nach einem Sektglas. »Vergesst bloß nicht, euch selbst auch zu bedienen. Wir haben alle hart gearbeitet, um wieder an diesem Punkt anzugelangen.«

Sadie nippte an ihrem Getränk, während sie den Blick über die kleine Menschenansammlung wandern ließ. Offensichtlich waren viele ihrer Einladung gefolgt, und es schienen ständig neue Kunden hinzuzustoßen. Es freute sie, ein paar Meter entfernt Adam zu entdecken, der sich mit einer ihrer Stammkundinnen unterhielt. Er war immer schon beliebt gewesen – fast ein wenig zu beliebt für Sadies Geschmack, vor allem bei der weiblichen Kundschaft –, und er schien nichts von seinem Charme eingebüßt zu haben. Offensichtlich erinnerten sich noch viele an ihn.

»Das hast du großartig hingekriegt, Sadie.« Als sie sich umdrehte, stand Earl vor ihr. Bewundernd sah er sich um. »Wenn ich daran denke, wie es hier nach der Überschwemmung ausgesehen hat …«

»Ich weiß. Die Handwerker haben wirklich alles gegeben.«

Er sah sie an. »Falsch. *Du* hast alles gegeben. Du und Cat natürlich. Es ist wirklich beeindruckend, wie ihr es geschafft habt, das Geschäft ohne eigene Küche und Laden am Laufen zu halten. Im Ernst, Andrew und ich haben den größten Respekt vor eurer Leistung, und wir sind nicht die Einzigen, die ihr beeindruckt habt.« Mit einer Handbewegung schloss er die Menschenmenge ein, die sich vor dem Laden versammelt hatte. »Sieh dir mal an, wie viele Kunden ihr zusammengetrommelt habt. Castle Court liebt die Keksbäckerei, genau wie wir dich und Cat lieben.«

Sadie spürte, wie sie gleichzeitig vor Stolz und Freude über sein Kompliment rot wurde. »Danke, Earl. Du hast keine Ahnung, wie viel mir das bedeutet.«

Er schüttelte noch einmal fassungslos den Kopf. »Ihr hattet es in letzter Zeit wirklich alles andere als leicht, aber ihr habt es geschafft, jede Hürde, die man euch in den Weg gestellt hat, zu überwinden. Ich hoffe, ihr wisst, dass ihr in den letzten Monaten sehr viele Freunde auf diesem Platz gefunden habt.«

Sadie widerstand der Versuchung, einen Blick zum zweiten Stock hinaufzuwerfen. »Das tun wir, danke.«

»Wenn wir euch noch irgendwie unterstützen können, sagt Bescheid«, fügte Earl hinzu, bevor er sich einen Keks von dem Teller schnappte, den Delilah an ihnen vorbeitrug. »Ihr dürft uns auch gerne in Keks-Währung bezahlen.«

»Klingt nach einem guten Deal für uns«, sagte Sadie grinsend.

Earl senkte die Stimme. »Außerdem habe ich bald vielleicht noch einen sehr speziellen Auftrag für euch. Kannst du ein Geheimnis für dich behalten?«

Neugierig beugte Sadie sich zu ihm vor und flüsterte: »Klar. Schieß los!«

Als der Kundenstrom langsam nachließ, schwirrte Sadie der Kopf von den vielen Glückwünschen und freundlichen Worten für sie und das ganze Smart-Cookies-Team. Erschöpft, aber glücklich begann sie die leeren Sektflöten einzusammeln.

Adam stand unter der großen Eiche und beobachtete sie. Als sie seinem Blick begegnete, winkte er ihr zu.

»Du bist gekommen«, stellte sie fest, als sie vor ihm stand.

Kleine Lachfältchen gruben sich in die Haut um seine Augen. »Bin ich.« Er hielt einen Moment inne und sah sich um. »Sind Daniel und Lissy gar nicht da?«

»Nein. Ich wusste schon, dass ich keine Zeit für sie haben würde. Und um ehrlich zu sein, haben die beiden von Plätzchen inzwischen erst mal die Nase voll, nachdem ich so viel zu Hause fertig gemacht habe.«

Adam nickte verständnisvoll. »Trotzdem ist es schade, dass sie nicht miterleben, wie sich deine harte Arbeit auszahlt. Der Laden sieht aus wie neu.«

Sadie brachte ein erschöpftes Lächeln zustande. »Ich gebe zu, die letzten Wochen waren ziemlich hart.« Sie warf einen Blick zu Cat hinüber, die sich mit Jaren unterhielt. »Aber wir haben es überlebt.«

Als Adam ihrem Blick folgte, wurde seine Miene ernst. »Wie geht es ihr?«

»Besser. Sie wird den Kummer überwinden. Es hilft ihr sehr, so viele Freunde um sich zu haben.«

»Das ist das Schöne an Castle Court«, bestätigte Adam, »man ist von vielen netten Menschen umgeben.« Er warf einen Blick zu Seb's Bar hinauf. »Meistens zumindest.«

»Außerdem glaube ich, dass es ihr geholfen hat zu wissen, dass sie mit ihrem Kummer nicht allein ist.« Sadie machte eine unauffällige Kopfbewegung in Jarens Richtung.

»Ah … Ich habe mich schon gefragt, ob sie es ihm erzählt hat.«

Sadie zuckte mit den Schultern. »Sie hat es Elin überlassen, ihm die Nachricht zu überbringen. Aber nach allem, was Cat mir berichtet hat, hat Jaren es besser weggesteckt als erwartet.«

»Um ehrlich zu sein, war ich mir nie sicher, ob er die Beziehung zu Elin wirklich wollte«, sagte Adam leise. »Im Gegenteil, ich bin mir sogar ziemlich sicher, dass er eigentlich jemand anderen ins Herz geschlossen hat.«

Einen Moment lang standen Adam und Sadie schweigend nebeneinander und beobachteten, wie Cat über etwas lachte, das Jaren gesagt hatte.

»So was in der Art hab ich mir auch schon gedacht.« Ein Grinsen zerrte an Sadies Mundwinkeln. »Ich gehe davon aus, dass die beiden ihren Liebeskummer schon bald überwunden haben.«

»Und wie geht es dir?« Adam musterte sie aufmerksam. »Bist du glücklich?«

Ihr Herz machte einen kleinen Satz, als sie zu ihm aufsah. »So glücklich, wie ich es sein kann«, antwortete sie nach kurzem Zögern. »Auf jeden Fall sehr viel glücklicher, seit wir wieder Freunde sind. Das sind wir doch, oder?«

Er lächelte. »Ja. Ich denke, das kann man so sagen.«

Während der Party hatte Sadie irgendwann den Überblick verloren, wie viele Sektgläser sie irgendwo abgestellt hatte, ohne auch nur einen Schluck daraus getrunken zu haben. Als sie endlich die Ruhe fand, sich nach dem letzten, das sie in der Hand gehalten hatte, umzusehen, stellte sie fest, dass Delilah es gerade ins Spülbecken leerte.

»Entschuldige!«, rief Delilah entsetzt, als Sadie enttäuscht das leere Glas in den Händen drehte. »Ich dachte, einer der Gäste hätte es stehen lassen.«

»Und die letzte Flasche ist auch leer«, stellte Clare nüchtern fest. »Ich kann nicht glauben, dass du keinen einzigen Schluck abbekommen hast.«

In diesem Moment erschien Cat auf der Treppe. »Keine Angst, ich habe vorgesorgt.« Sie durchquerte den Raum, schob sich an Delilah vorbei und öffnete einen der hohen Kühlschränke, die bis zur Decke reichten, um eine Flasche Champagner herauszuholen. »Die habe ich extra zurückbehalten. Delilah, wärst du so lieb, ein paar Gläser zu holen? Es wird Zeit, dass wir uns selbst feiern.«

»Auf uns!«, rief Sadie, als alle vier Frauen ein Sektglas

mit prickelndem goldenem Inhalt in der Hand hielten. »Auf das Smart-Cookies-Team!«

»Auf uns!«, wiederholten die drei anderen im Chor, bevor sie miteinander anstießen.

»Danke, dass ihr das alles mit uns durchgestanden habt«, sagte Cat ernst an Delilah und Clare gewandt. »Ohne euch hätten wir es nicht geschafft.«

»War mir ein Vergnügen«, sagte Delilah grinsend, und Clare nickte zustimmend. »Und ich dachte, im Rentenalter wird alles leichter.«

Sehr viel später standen Sadie und Cat nebeneinander vor dem Schaufenster und sahen auf den Platz hinaus, auf dem nur noch einige wenige Restaurantgäste unterwegs waren.

»Ich kann immer noch nicht glauben, dass wir es tatsächlich geschafft haben«, sagte Sadie irgendwann und warf einen Blick über die Schulter auf die renovierte Verkaufsfläche.

»Ich schon«, erwiderte Cat grinsend. »Schließlich hatten wir die beste Projektmanagerin an der Hand, die ich jemals kennenlernen durfte.«

Sadie winkte verlegen ab. »Hör auf! Ich hab mich da durchgemogelt, und das weißt du genauso gut wie ich.«

»Kann schon sein, trotzdem warst du erfolgreich«, beharrte Cat. »Und die Umstände waren wirklich alles andere als ideal. Das zeichnet einen echten Profi aus.«

»Ach was, komm schon«, sagte Sadie, konnte jedoch nichts dagegen tun, dass ihre Wangen vor Stolz zu glühen begannen. »Und wie geht es dir? Ich habe gesehen, dass du dich mit Jaren unterhalten hast.«

»Es geht mir gut. Na ja, vielleicht nicht wirklich gut, aber ich kann ein fahles Licht am Ende des Tunnels erkennen. Jaren hat es weit besser aufgenommen als ich.«

»Mhmmm«, murmelte Sadie, während sie aufmerksam Cats Miene studierte, um herauszufinden, ob sie bereits von selbst hinter den Grund gekommen war, aus dem Jaren der Betrug nicht so viel ausmachte wie ihr selbst. »Das sind doch mal gute Nachrichten.«

Cat sah sie von der Seite an. »Und was ist mit dir? Wie ich sehe, hat Adam deine Einladung angenommen.«

Sadie zwang sich zu einem neutralen Gesichtsausdruck. »Und ich bin froh darüber. Es ist schön, dass wir wieder Freunde sein können.«

»Jede Wette«, bemerkte Cat trocken.

»Fang bloß nicht wieder damit an«, sagte Sadie in schärferem Ton, als sie es beabsichtigt hatte. »Wir sind Freunde, das ist alles.«

»Ich weiß.« Cat hob ihr Glas. »Auf uns, und auf alles, was die Zukunft bringen mag.«

»Auf uns«, wiederholte Sadie und stieß mit Cat an, bevor sie zu der breiten gelben Ladenfront des Bus Stop Diners hinübersah. Sie würde Earls Geheimnis für sich behalten. Dann ließ sie den Blick zum Let's Go Dutch weiterwandern. »Ich habe ein ziemlich gutes Gefühl, was die Zukunft angeht.«

Hochzeitsglocken in der kleinen Keksbäckerei

Er hat JA gesagt!

Andrew und Earl

freuen sich darauf,

ihre Hochzeit mit Euch zu feiern.

Am Samstag,
den 30. Juni
in
Castle Court, Chester

U.A.w.g. offiziellvommarkt@busstopdiner.com

Kapitel dreißig

»Okay, ich gebe auf. Was ist das?« Sadie war stehen geblieben und deutete auf den Glaskasten mit schwarzrotem Rahmen, der auf der Arbeitsfläche in der Küche stand.

Cat sah mit einem mysteriösen Grinsen zu ihr. »Die Antwort auf all deine Gebete. Oder meine.«

»Hat vielleicht die NASA vorbeigeschaut, um es bei uns abzuliefern?«

»Um ehrlich zu sein, liegst du damit gar nicht so falsch. Ich bin mir sicher, dass es bei Astronauten ziemlich beliebt ist.«

Mit gerunzelter Stirn ging Sadie in die Küche, um sich die Apparatur genauer anzusehen. »Erlös mich endlich. Was ist das?«

»Erinnerst du dich, dass ich schon ein paarmal erwähnt habe, wie schwierig ich es manchmal finde, die richtigen Ausstechformen für deine Designs zu finden?«, fragte Cat, während Sadie durch die Glasscheiben linste.

»Ich gebe mein Bestes, mich in künstlerischer Hinsicht

nicht allzu komplex auszudrücken«, antwortete Sadie trocken. »Aber okay. Und weiter?«

Beinahe schon zärtlich tätschelte Cat den Kasten. Ihre Wangen glühten wie bei einem Kind an Weihnachten. »Darum musst du dir ab jetzt auf jeden Fall keine Gedanken mehr machen. Das hier ist ein 3-D-Drucker. Wir müssen ihm nur sagen, was wir von ihm wollen, dann spuckt er uns die Ausstechformen genau so aus, wie wir es gerne hätten.«

Sadie riss ungläubig den Mund auf. »Im Ernst?«

»Im Ernst. Ein wenig komplizierter ist es natürlich schon, wahrscheinlich werden wir erst mal ein bisschen üben müssen. Aber in Zukunft können wir mit diesem hübschen kleinen Kasten Plätzchenformen entwerfen, deren Design einzigartig ist.«

Bei dem Gedanken, welche Möglichkeiten sich ihnen damit eröffneten, hätte Sadie am liebsten begeistert in die Hände geklatscht. »Und wie funktioniert das Teil?«

»Das System ist ziemlich einfach – und genial. Man gibt die Abmessungen in den Laptop ein und schickt sie an den Drucker. Das war's.« Sie strahlte über das ganze Gesicht. »Wenn du willst, zeige ich es dir an einem Beispiel.«

»Später. Zuerst wollte ich dir noch das hier geben.« Sie legte einen cremefarbenen Umschlag neben den Drucker und sah Cat auffordernd an.

»Ist es das, was ich denke?«, fragte Cat, während sie den Umschlag von der Arbeitsplatte fischte und ungeduldig aufriss.

Sadie grinste. »Ist es. Andrew hat Ja gesagt. Er und Earl heiraten.«

»Das ist großartig!«, rief Cat begeistert, während sie die Karte aus dickem cremefarbenem Papier herauszog, auf der in leuchtendem Pink die Einladung gedruckt war. »Wie es aussieht, hat unser essbarer Antrag die richtige Wirkung gehabt.«

»Anscheinend. Allerdings bin ich mir nicht sicher, ob wir uns allein den Erfolg auf die Fahnen schreiben dürfen«, sagte Sadie lachend. »Auch wenn mir Earl verraten hat, dass Andrew beim Anblick des ›Willst du mich heiraten?‹ in Keksschrift beinahe in Tränen ausgebrochen wäre. Und sie wünschen sich, dass wir uns um die Gastgeschenke kümmern. Irgendetwas müssen wir also auf jeden Fall richtig gemacht haben.«

Bei der Vorstellung, dass der sonst so gelassene, bärige Andrew zu Tränen gerührt war, schmolz Cats Herz geradezu dahin. »Oh, wie toll. Gibt es schon eine Idee?«

Sadies Augen blitzten. »Ach, nichts besonders Kompliziertes. Nur eine Miniaturversion von Castle Court.«

Cat spürte, wie ihr der Mund offen stehen blieb, als sie mit Entsetzen an die Vielzahl von Ladenfronten dachte, welche die verschiedenen Stockwerke, die den Platz umgaben, säumten. »Wie gut, dass wir unseren neuen kleinen Freund haben«, bemerkte sie mit einem Blick auf den 3-D-Drucker. »Hört sich so an, als könnten wir ihn in nächster Zeit gut gebrauchen.«

»Den Drucker und jede Menge Puderzucker. Aber wir

sind schließlich noch vor keiner Herausforderung zurückgeschreckt.«

Cat betrachtete noch einmal die Einladung. Earl und Andrew hatten sie von der ersten Minute an in Castle Court willkommen geheißen und waren mit der Zeit gute Freunde von ihnen geworden. Es würde Sadie und ihr besonders viel Spaß machen, die passenden Gastgeschenke für ihre Hochzeit zu entwerfen.

»Auf der Einladung steht, dass ich jemanden mitbringen darf«, sagte sie und sah Sadie fragend an. »Und du?«

»Ich auch. Um genau zu sein, sogar zwei Personen. Daniel und Lissy. Earl und Andrew haben mich gefragt, ob Lissy Blumenmädchen sein möchte. Allerdings weiß ich nicht, wie begeistert sie von der Idee sein wird, wenn sie erfährt, dass sie dafür ein Kleid tragen muss.«

Cat grinste. »Ich bin mir sicher, dass Earl und Andrew auch mit einem Blumen-T-Rex einverstanden wären.«

»Hoffentlich.« Sadie seufzte, bevor sie auf Cats Einladung deutete. »Und wen nimmst du mit?«

Das war eine Frage, auf die Cat keine schnelle Antwort parat hatte. Vor Ostern hätte sie keine Sekunde gezögert, natürlich wäre sie mit Seb gegangen. Doch jetzt, zwei Monate nachdem sie die niederschmetternde Wahrheit über seinen Betrug erfahren hatte, konnte sie es kaum ertragen, Elin oder ihm in die Augen zu sehen, wenn sie sich auf dem Platz über den Weg liefen.

»Ich werde allein gehen«, antwortete sie und straffte

trotzig die Schultern. »Immerhin werden jede Menge Leute da sein, die ich kenne.«

Sadie öffnete den Mund, um etwas zu erwidern, schloss ihn dann aber wieder. Stattdessen nickte sie nur. »Für die Bar und die Chocolaterie werden wir auch Formen entwerfen müssen. Damit hast du kein Problem, oder?«

»Keine Sorge, so verbittert bin ich auch wieder nicht«, sagte Cat empört. »Ein wenig mehr Professionalität könntest du mir schon zutrauen.«

»Tut mir leid«, murmelte Sadie und wurde rot, was Cat sofort ein wenig milder stimmte. »Aber es ist nun mal noch nicht besonders lange her, dass du und Jaren Pläne geschmiedet habt, faule Shrimps in Sebs Bar zu verstecken.«

»Ich glaube, inzwischen haben wir das alles hinter uns gelassen.«

»Gut.« Sadie wandte sich ab und ging auf die Treppe zu, drehte sich jedoch noch einmal zu Cat um. »Das Letzte, was wir auf Earls und Andrews Hochzeit gebrauchen können, ist ein Riesendrama.«

»Keine Angst«, rief Cat ihr hinterher, während Sadie bereits halb die Treppe hinaufgestiegen war. »Höchstens ein klitzekleines …«

Noch einmal nahm Cat die Einladung in die Hand, um sie zu betrachten. Die Hochzeit war ein wunderschönes Ereignis – für die ganze Gemeinschaft von Castle Court –, und sie freute sich sehr für die beiden Besitzer des Bus Stop Diners. Allerdings hätte sie lügen müssen, wenn sie behauptet hätte, dass die Herausforderungen, die das Fest möglicherweise mit sich brachte, sie nicht beunruhigten. Allgemein war vieles gerade komplizierter geworden. Das Einzige, was sich nicht verändert hatte, war das Rezept für ihren Plätzchenteig, auch wenn das Gefahr lief, ihr zu langweilig zu werden. Immer wieder hatte sie sich in letzter Zeit dabei ertappt, wie sie sich nach dem hektischen Betrieb in einer Restaurantküche sehnte.

»Konzentrier dich auf das Wesentliche«, murmelte sie, bevor sie die Einladung in ihre Tasche schob und sich dem 3-D-Drucker zuwandte, wild entschlossen, den Enthusiasmus, den sie noch wenige Minuten zuvor gespürt hatte, wieder aufleben zu lassen. »Na dann, lernen wir uns mal kennen.«

»Wie lange noch, Mummy?« Ungeduldig rutschte Lissy auf der kalten hölzernen Kirchenbank hin und her und sah mit einem gelangweilten Gesichtsausdruck zu ihrer Mutter auf, der beinahe schon schmerzhaft wirkte. Bis vor wenigen Minuten hatte sie sich gut benommen und mit vor Bewunderung weit aufgerissenen Augen die schiere Größe und Erhabenheit in sich aufgenommen, mit der sich Chesters Kathedrale über ihren Köpfen erhob, doch Sadie ahnte, dass sie langsam einen kritischen Punkt erreichten.

»Psst!«, flüsterte sie, während sie sich verstohlen umsah, ob einer der anwesenden Gäste ihre Tochter gehört hatte.

Neben ihr runzelte Daniel tadelnd die Stirn. Er wollte bei der Taufe der Tochter einer der Senior-Partner in seiner Firma einen guten Eindruck hinterlassen. Das war nicht zuletzt der Grund, aus dem Sadie eingewilligt hatte, ihn zu begleiten; mit einem stabilen Familienumfeld schien man bei seinen Bossen ordentlich Punkte sammeln zu können. Punkte, die einem mit einem Kind, das sich danebenbenahm, sicherlich wieder abgezogen wurden.

Sadie schlang einen Arm um die Schultern ihrer Tochter. »Nicht mehr lange«, murmelte sie. »Schau mal, jetzt gießen sie dem Baby Wasser über den Kopf.«

Lissy reckte den Hals, um etwas sehen zu können. »Warum hat sie nicht vorher gebadet?«

Hinter ihnen erklang ein amüsiertes Schnauben. Als Sadie einen nervösen Blick über die Schulter riskierte, sah sie, wie Daniels Sekretärin ein Lachen hinter der Hand verbarg. Ihre Augen blitzten unter dem breitkrempigen Hut, als sie sich zu Lissy vorbeugte und wisperte: »Das ist eine wirklich gute Frage. Damit hätte sie uns allen einen tauben Po vom Sitzen auf diesen schrecklich harten Bänken erspart.«

Lissy kicherte, während sich die Taufgäste um sie herum erhoben.

»Ich lade nun alle Anwesenden ein, für Emily Rose zu beten«, sagte der Pfarrer mit tiefer, warmer Stimme.

Die Gemeinde begann, das Gebet von dem Blatt abzulesen, das vor dem Gottesdienst herumgereicht worden war, doch Lissy zog ungeduldig an Sadies Ärmel. »Dippy will auch für Emily beten.«

Sadie sparte sich einen Kommentar über die Religionszugehörigkeit von Dinosauriern und griff stumm in ihre Tasche, um den langen grünen Diplodocus herauszuholen.

Lissy nahm ihn und hielt ihn über das Blatt, das Sadie in den Händen hielt, als ob er davon ablesen würde.

»Immerhin zappelt sie jetzt nicht mehr rum«, flüsterte Daniel. »Jetzt heißt es durchhalten, gleich gibt's was zu trinken.«

Sadie war froh, als der Gottesdienst ohne weitere Zwischenfälle zu Ende ging. Draußen schien die Sonne und tauchte die gotischen Turmspitzen des Doms in goldenes Licht. Beim Anblick des wolkenlosen blauen Himmels spürte Sadie, wie sich ihre Nervosität augenblicklich verflüchtigte. Jetzt musste sie nur noch eine Stunde Small Talk mit Daniels Kollegen hinter sich bringen, bevor sie in dem guten Gewissen, ihm einen Gefallen getan zu haben, flüchten konnte.

»Das ist doch ganz gut gelaufen«, flüsterte Daniel ihr zu, als sie den anderen Gästen über den Vorplatz des Doms zu dem Restaurant am Kanal folgten, wo der Empfang stattfinden würde.

Sadie beobachtete Lissy, die stehen geblieben war, um Dippy von dem perfekt getrimmten Rasen probieren zu lassen, der den Kiesweg säumte. »Ja. Deine Sekretärin scheint auf jeden Fall einen Narren an Lissy gefressen zu haben.«

Daniel lächelte. »Das wundert mich nicht. Immer, wenn sie in mein Büro kommt, sieht sie sich das Foto von euch auf meinem Schreibtisch an und fragt, wann sie euch endlich kennenlernen darf. Wahrscheinlich wird heute eine Art Traum für sie wahr.«

»Das glaube ich kaum«, sagte Sadie und versuchte das Gefühl der Nervosität, das seine Worte aufs Neue in ihr hatten aufkeimen lassen, wegzulachen. Sie hatte Daniel schon oft zu einem Firmenevent begleitet, aber es war das erste Mal seit ihrer Trennung, und sie war nicht besonders scharf darauf, seine Kollegen wiederzusehen. Zum Glück arbeitete seine Sekretärin noch nicht lange in dem Unternehmen und hatte von dem Skandal um seine Affäre nichts mitbekommen. Vielleicht macht sie das zu einer guten Gesprächspartnerin für den Empfang, dachte Sadie. Falls Daniel sie nicht davon abhielt.

Die Besitzer des Restaurants hatten sich offensichtlich entschieden, das gute Wetter zu nutzen. Der Innenhof, von dem aus man auf den Kanal blicken konnte, war für den festlichen Empfang geschmückt worden, und auf der benachbarten Rasenfläche lag jede Menge Spielzeug für die jüngeren Gäste bereit. Eine Markise spendete Schatten, falls es um die Mittagszeit zu heiß werden sollte, und es wartete bereits eine ganze Schar von Kellnern mit Tabletts voller Champagnergläser auf die Gäste. In einer Ecke spielte ein Streichquartett.

Anerkennend sah Sadie sich um. Wären Daniels Kollegen nicht gewesen, hätte sie den Sonntag hier durchaus genießen können.

Lissy stürzte sich sofort auf die Spielsachen, während Daniel ihnen zwei Drinks besorgte.

»Hier«, er reichte Sadie ein Glas. »Prost.«

»Prost.« Sie nahm einen Schluck, bevor sie einen kurzen Moment die Augen schloss, um das Kribbeln der Champagnerperlen auf der Zunge und den frischen, leicht herben Geschmack zu genießen, der folgte.

»Besser?«, erkundigte sich Daniel, als sie ein wohliges Seufzen ausstieß.

»Besser. Auch wenn du mir damit irgendwie das Gefühl gibst, kurz davorzustehen, Alkoholikerin zu werden.«

»Quatsch. Ich kenne dich einfach und weiß, wie sehr du einen guten Champagner schätzt.« Er hob eine Augenbraue. »Und bei der Auswahl hat mein Kollege garantiert nicht gespart. Nur das Beste für seine kleine Emily Rose.«

Daran hatte Sadie keinen Zweifel. Die Miete für das ganze Restaurant, noch dazu in der Hochsaison, musste ein kleines Vermögen verschlingen. Und sie wollte gar nicht genau wissen, welche Kontakte nötig waren, um sein Kind im Dom taufen zu lassen; die letzte Kirchenspende der Familie musste entsprechend großzügig ausgefallen sein.

Daniel nahm ihre Hand. »Na los, mischen wir uns unters Volk.«

Mit alarmierter Miene machte Sadie sich von ihm los. »Und was ist mit Lissy?«

»Sie haben Betreuer engagiert, die sich um die Kinder kümmern.« Daniel deutete hinüber zur Wiese. »Schau, da ist eine Nanny, die Armbänder mit den Kindern bastelt, und die junge Frau im Gras macht gerade Ballontiere. Lissy wird uns kaum vermissen.«

Sadie zögerte dennoch. Je eher sie die obligatorische Runde hinter sich brachten, desto schneller konnten sie verschwinden, aber der Gedanke, Lissy einfach so einer Handvoll Fremder zu überlassen, gefiel ihr nicht – wie qualifiziert die Kindermädchen auch sein mochten.

»Ich sage ihr kurz Bescheid, wo wir sind«, erklärte sie und drückte Daniel ihr Glas in die Hand. »Bin sofort wieder da.« Sie lief zur Spielwiese hinüber und ging neben Lissy in die Knie, wobei die Absätze ihrer High Heels zentimetertief im Boden versanken. »Mummy und Daddy gehen ein bisschen herum und unterhalten sich mit ein paar Leuten, okay? Du darfst hier nicht weggehen, ohne vorher einer der netten Nannys Bescheid zu sagen. Und pass auf, dass du nicht zu nah an die Zäune am Wasser herangehst, ja?«

Lissy nickte. »Und was ist, wenn Dippy was zu trinken haben möchte?«

»Dann gibst du ihm was von deinem Orangensaft ab«, sagte Sadie entschieden, bevor sie aufstand und zu dem Kindermädchen hinüberging, das aus Perlen und Schnüren Armbänder machte. »Das hier ist meine Tochter Lissy. Falls Sie uns brauchen, wir sind auf dem Hof und unterhalten uns ein wenig.«

Die junge Frau lächelte. »Keine Sorge, ich behalte sie im Auge. Vielleicht hat sie ja Lust, ein Armband zu machen.«

Skeptisch beäugte Sadie die Explosion aus Pink und Lila vor ihr auf dem Tisch. »Vielleicht«, murmelte sie wenig überzeugt. »Wenn Sie zufällig Perlen in Dinosaurier-Form dahaben …«

Nachdem Sadie sich mit gefühlt hundert verschiedenen Kollegen von Daniel unterhalten hatte, schwirrte ihr der Kopf, und sie hatte das dringende Bedürfnis, zurück zur Spielwiese zu gehen, um selbst ein paar pinke Perlen auf Schnüre zu fädeln. Doch Daniel wollte ganz offensichtlich seine Kontakte vertiefen, und Sadie blieb kaum etwas anderes übrig, als mitzumachen. Allerdings musste sie sich eingestehen, dass es weniger schlimm war, als sie es sich vorgestellt hatte. Selbst wenn sich einige seiner Kollegen fragten, warum und wie sie wieder zusammengekommen waren, ließen sie sich ihre Neugier nicht anmerken.

Zu guter Letzt stand Sadie Daniels Sekretärin, Elizabeth, gegenüber.

»Es freut mich *so* sehr, Sie endlich kennenzulernen«, rief Elizabeth begeistert und schüttelte enthusiastisch Sadies Hand. »Daniel hat mir schon viel von Ihnen erzählt.«

Sadie musste lächeln. »Ich freue mich auch, Sie kennenzulernen. Hat Ihnen die Taufe gefallen?«

»Sie war wunderschön«, sagte Elizabeth strahlend und zwei Grübchen erschienen in ihren fülligen Wangen. Vorsichtig sah sie sich um, bevor sie Sadie mit einem verschwörerischen Blick bedachte. »Auch wenn ich der Ansicht bin, dass eine Taufe im Dom ein wenig zu viel des Guten ist, wenn man bedenkt, dass sich das Baby an nichts davon erinnern wird.«

»Ich denke auch nicht, dass Emily diejenige ist, die sich

daran erinnern soll«, bemerkte Sadie diplomatisch. »Und wie gefällt es Ihnen, für Daniel zu arbeiten? Ist er ein guter Chef?«

»Der Beste«, antwortete Elizabeth wie aus der Pistole geschossen. »Aber was soll ich auch sonst sagen, nicht wahr?«

Ihr Kichern war ansteckend, Sadie gefiel es auf Anhieb.

»Und er ist offensichtlich sehr in Sie und Ihr kleines Mädchen verliebt«, fuhr Elizabeth fort. »Er redet ständig von Ihnen. Ich habe keine Ahnung, wie er die Nächte ohne Sie durchstehen will.«

»Nächte?«, wiederholte Sadie und runzelte fragend die Stirn.

Erschrocken schlug sich Elizabeth eine Hand vor den Mund. »Er hat Ihnen noch nichts davon erzählt? Oh, Mist.«

Sadie verlagerte das Gewicht von einem Fuß auf den anderen und trank einen Schluck von ihrem Champagner, der inzwischen schal geworden war. »Vielleicht hat er es irgendwann erwähnt, und ich habe ihm einfach nicht richtig zugehört«, log sie. »Wann war das noch mal?«

»Nächsten Monat. Daniel wird Ihnen sicherlich noch die Details geben. Wahrscheinlich hat er es bisher einfach vergessen.«

Das Problem ist nur, dass genau so seine Affäre mit Emma begonnen hat, dachte Sadie traurig. Plötzlich war er nächtelang nicht nach Hause gekommen, ohne eine vernünftige Erklärung, wo er gewesen war. Aber Elizabeth sollte davon nichts erfahren, und abgesehen davon war Emma weggezogen, was bedeutete, dass sie keine Bedrohung mehr darstellte.

»Ja, so muss es sein«, stimmte Sadie ihr zu und kratzte das letzte bisschen Hoffnung zusammen, das sie aufbringen konnte, um Elizabeth ein unbekümmertes Lächeln zu schenken. »Er hat manchmal ein Gedächtnis wie ein Sieb.«

Als Daniel sie wenig später suchte, fand er sie an einem Tisch am Rand der Spielwiese, von wo sie Lissy dabei zusah, wie sie mit einem Dinosaurier-Ballon spielte. Er hatte seine Krawatte gelockert und betrachtete Sadie mit einem warmen Blick, als er sich neben sie setzte. »Na, reicht es dir langsam?«

»Ja«, antwortete sie aufrichtig.

Er lachte. »Immerhin bist du ehrlich. Entschuldige, dass ich dich mit hergeschleppt habe. War es so schlimm, wie du befürchtet hast?«

Sie schüttelte den Kopf. »Nein. Ich habe mich sehr nett mit Elizabeth unterhalten. Sie ist wirklich zauberhaft.« Sie zögerte kurz, bevor sie hastig hinzufügte: »Sie hat mir erzählt, dass du bald auf Geschäftsreise gehst.«

Daniel runzelte die Stirn. »Tue ich das? Ach, du meinst kommenden Monat. Ich werde nur ab und zu für eine Nacht weg sein. Eine Unternehmensfusion in London, bei der ich beratend zur Seite stehen soll, das ist alles.« Besorgt studierte er ihr Gesicht. »Wirklich, das ist keine große Sache. Ich wollte es dir noch erzählen.«

Sadie schluckte. Sie hatte das Gefühl, langsam, aber sicher paranoid zu werden. »Ich … Ich brauche die genauen Termine, damit ich im Laden Bescheid geben kann, wann ich Lissy am Nachmittag abholen muss. Du weißt ja, wie viel bei uns los ist.«

Er beugte sich vor, um ihr einen Kuss auf die Wange zu geben. »Ja, natürlich. Wenn wir zu Hause sind, werfe ich gleich einen Blick in meinen Kalender.«

»Okay.« Sie sah wieder zu Lissy hinüber, während sie versuchte, das ungute Gefühl, das sich in ihr auszubreiten drohte, zu verdrängen.

»Ich habe nachgedacht«, ergriff Daniel schließlich wieder das Wort und nahm ihre Hand. »Lissy verbringt im Moment ziemlich viel Zeit allein, und ich bin mir nicht sicher, ob das gut für sie ist.«

»Das stimmt nicht«, widersprach ihm Sadie verletzt. »Einer von uns ist doch immer bei ihr.«

Er fuhr sich mit einer Hand durch die Haare. »So meine ich das nicht. Sie hat niemanden zum Spielen. Und jetzt, wo wir wieder zusammen sind … Es läuft doch eigentlich sehr gut zwischen uns, also habe ich mir überlegt … Ich habe überlegt, ob es vielleicht an der Zeit ist …« Er ließ den Satz in der Luft hängen und sah sie eindringlich an in der Hoffnung, dass sie ihn auch ohne Worte verstand.

»Ein Baby«, sagte sie langsam. »Du möchtest noch ein Kind.«

Seine Augen begannen zu leuchten. »Wäre das nicht schön? Ein Bruder oder eine Schwester für Lissy – auch wenn ich mir ziemlich sicher bin, dass sie einen Brontosaurus bevorzugen würde. Was sagst du?« Er schenkte ihr ein zaghaftes Lächeln. »Meinst du nicht, dass es der richtige Zeitpunkt ist?«

Nein, wollte Sadie sagen. Nein, es war nicht der richtige Zeitpunkt. Auch wenn es mittlerweile besser lief, stand noch immer eine Menge zwischen ihnen. Und dann war da noch das Geschäft, das sie zusammen mit Cat aufzubauen versuchte. Ein Jahr Babypause war auf keinen Fall drin, sosehr Daniel es sich auch wünschte. Sie sah sich um, bis ihr Blick an Lissys Lockenschopf hängen blieb. Aber dies war nicht der richtige Zeitpunkt, um Daniel das zu sagen.

»Ich … Wow. Um ehrlich zu sein, bin ich ein wenig geschockt«, gab sie zu und warf ihm einen vorsichtigen Blick zu.

»Denk einfach nur mal darüber nach«, drängte er sie und drückte ihre Hand, die wie leblos in seiner lag. »Du musst nicht sofort etwas dazu sagen.«

Sadie gab ihr Bestes, ein Lächeln zustande zu bringen, doch eigentlich wusste sie bereits, wie ihre Antwort lautete. Die Frage war nur, wie Daniel darauf reagieren würde.

Kapitel einunddreißig

»Waren Sie das?« Mit einem Klatschen landete eine Zeitung auf dem gläsernen Kassentresen der Keksbäckerei.

Cat sah überrascht auf. Vor ihr stand Greg Valois und starrte sie finster an. Sein kahler Kopf war rot angelaufen, und er schien vor Wut zu beben.

»Ihnen auch einen schönen guten Tag«, sagte sie trocken und straffte die Schultern. »Wie kann ich Ihnen behilflich sein?«

Er tippte mit einem fleischigen Finger auf die Zeitung. »Ich gehe davon aus, dass ich diese vernichtende Kritik meines Bistros im *Observer* Ihnen zu verdanken habe.«

Cat zog irritiert die Augenbrauen zusammen. Tatsächlich war die Autorin Mariette Noble eine gute Freundin von ihr, aber sie hatte keine Ahnung, dass sich die Restaurantkritikerin in Chester aufhielt. Sonst hätte sie sich längst bei ihr gemeldet, um sich auf einen Drink zu verabreden.

»Wie kommen Sie darauf?«, fragte sie Greg, bemüht, die Zeitung zu ignorieren. »Und seien Sie vorsichtig mit Ihrer Antwort, Sie möchten doch sicherlich niemanden verleumden.«

Als Greg noch roter wurde, wusste Cat, dass ihr Pfeil ins Schwarze getroffen hatte. Sie hatte angenommen, dass er sich seit dem Vorfall mit François vor allem auf sein Bistro konzentrierte, doch offensichtlich hatte er nur darauf gewartet, zum nächsten Schlag gegen sie auszuholen.

»Versuchen Sie gar nicht erst, es abzustreiten«, polterte Greg. »Ich weiß, dass Sie und Mariette befreundet sind. Hat sie sich überhaupt die Mühe gemacht, in meinem Restaurant zu essen, oder haben Sie sich die ganze Geschichte gleich selbst ausgedacht?«

Cat konnte nicht länger widerstehen, sie deutete auf die Zeitung. »Darf ich?«

Ohne seine Antwort abzuwarten, überflog sie den Artikel. Schon nach den ersten Sätzen wurde ihr klar, warum Greg so wütend war: Die Kritik war tatsächlich vernichtend. Mariette hatte kein gutes Haar an Gregs Bistro gelassen – von der langweiligen Einrichtung über das unaufmerksame Personal bis hin zur uninspirierten Speisekarte. Die schärfste Kritik hatte sie sich jedoch für das Essen selbst aufgespart. Die Schnecken seien so zäh gewesen, dass sie befürchtet habe, dass sie vom Tisch springen und einen kleinen Tanz aufs Parkett legen könnten. Die Lachsforelle habe beinahe peinlich berührt gewirkt, so farblos auf dem Teller vor ihr zu liegen, und geschmeckt, als sei sie in der Spülmaschine zubereitet worden. Und der Chefkonditor könne ein Passionsfrucht-Soufflé ganz offensichtlich nicht von einem Crêpe unterscheiden – jeder Pfannkuchen sei fluffiger als die traurige Masse, die man ihr vorgesetzt habe. Der Wein, so viel räumte Mariette ein, war passabel, andererseits sei es auch nicht besonders schwierig, einen einigermaßen guten Chablis auf der Karte zu haben. Alles in allem eine Kritik, nach der Cat mit an Sicherheit grenzender Wahrscheinlichkeit sowohl nach ihrem Hut als auch einer Flasche Gin gegriffen hätte, um ihre Schmach darin zu ertränken.

Sie sah zu Greg auf. »Ich verstehe, warum Sie wütend sind, aber …«

»Wütend?«, polterte er, wobei kleine Speicheltropfen auf den Verkaufstresen regneten. »Ich bin mehr als wütend. Ich bin … Ich bin … *furieux*.«

»Ich versichere Ihnen, dass ich nichts damit zu tun habe.«

Greg fixierte sie aus misstrauisch zusammengekniffenen Augen. »Ich glaube Ihnen nicht.« Er stützte die Hände auf den Tresen und beugte sich drohend vor. »Und jetzt lassen Sie mir Ihnen ein Versprechen geben: Ab sofort herrscht Krieg, Mademoiselle Garcia.«

»Was ist hier los?«

Beinahe hätte Cat vor Erleichterung laut aufgestöhnt, als sie Jaren entdeckte, der auf der Türschwelle zu Smart Cookies stand und Greg mit zusammengezogenen Augenbrauen musterte. Sie straffte die Schultern und sah Greg fest in die Augen. »Nichts. Monsieur Valois wollte gerade gehen.«

Der vor Wut kochende Bistrobesitzer riss ihr die Zeitung aus den Händen. »Das Thema ist noch nicht beendet«, zischte er. »Ich werde einen Weg finden, um zu beweisen, dass Sie hinter dieser Sache stecken.« Damit drehte er sich auf dem Absatz um und wäre beinahe mit Jaren zusammengestoßen, der ihm mit einer Mischung aus Unglaube und Belustigung hinterhersah.

»Ich glaube, der hat zu viele Laienspiele gesehen«, bemerkte Jaren kopfschüttelnd. »Worum ging es denn überhaupt?«

»Er ist der festen Überzeugung, dass ich eine vernichtende Kritik über sein Restaurant verfasst habe«, sagte Cat, um einen möglichst unbekümmerten Ton bemüht. »Beziehungsweise, dass ich eine Freundin gebeten habe, sie zu schreiben.«

»Verstehe. Weil es natürlich absolut unvorstellbar ist, dass jemand sein Bistro tatsächlich schrecklich findet.«

Cat lachte, auch wenn ihr in Wirklichkeit nicht danach zumute war. Ihre Hände hatten zu zittern begonnen, kaum dass Greg ihren Laden verlassen hatte. Rasch versteckte sie sie hinter dem Tresen, bevor sie zu Jaren aufsah. »Vergiss ihn einfach. Was kann ich für dich tun?«

Er zog einen Umschlag aus der Jackentasche, der Cat nur allzu bekannt vorkam. »Ich brauche Hilfe«, sagte er, zog die Einladungskarte aus dem Umschlag und legte sie auf den Verkaufstresen. »Was schenkt man jemandem, der schon alles hat?«

Ratlos blies Cat die Wangen auf. »Keine Ahnung. Wir

machen die Gastgeschenke, ich denke, damit sind wir aus dem Schneider.« Sie grinste. »Und dafür bin ich extrem dankbar.«

Jaren seufzte. »Ihr Glücklichen. Als ich Earl gefragt habe, was sie sich wünschen, hat er nur gelächelt und gesagt: ›Dein hübsches Gesicht unter unseren Gästen zu sehen.‹«

Diesmal kam Cats Lachen von Herzen. »Klingt ganz nach ihm. Wir können uns zusammen was überlegen. Ich bin sicher, dass uns was Passendes einfällt.«

»Okay«, sagte Jaren und begann, die Einladungskarte nervös in den Händen zu drehen. »Weißt du schon, mit wem du hingehst?«

»Nein. Und du?«

»Nein.« Er zögerte, bevor er vorsichtig hinzufügte: »Ich dachte, dass …«

»Ich habe keine Ahnung, was hier drin ist, Cat, aber es wiegt mindestens eine Tonne«, rief Delilah von der Tür. Sie schleppte ein großes, in braunes Packpapier gewickeltes Paket, das sie vor Cat auf den Glastresen wuchtete. Mit einem Stöhnen strich sie sich die grauen Haare aus dem Gesicht. »Hallo, Jaren. Was heckt ihr beide gerade aus, eure aufeinander abgestimmten Hochzeitsoutfits?«

Cats Wangen standen augenblicklich in Flammen. Bemüht, schnell das Thema zu wechseln, klopfte sie mit einer Hand auf das Paket. »Danke fürs Abholen. Tut mir leid, dass es so schwer ist. Wenn ich das gewusst hätte, wäre ich selbst zur Post gegangen.«

Delilah tat ihre Entschuldigung mit einem Schulterzucken ab. »Das Training schadet mir nicht. Was ist drin?«

»Neue Lebensmittelfarben und jede Menge andere Backutensilien. Um Castle Court in Keksform abzubilden, brauchen wir viel Material zum Üben.«

»Werden das etwa die Gastgeschenke?«, erkundigte sich Jaren neugierig.

»Du darfst niemandem was verraten!«, warnte ihn Cat. »Es soll eine Überraschung werden.«

Jaren grinste. »Meine Lippen sind versiegelt – wenn du mir dabei hilfst, ein passendes Geschenk für die beiden zu finden.«

Cat nickte. »Ich werde mir Mühe geben und dir ein paar kreative Ideen präsentieren.«

»Und falls Greg noch mal versuchen sollte, dir Ärger zu machen, schick ihn gleich zu mir rüber«, fügte Jaren hinzu, bevor er die Einladungskarte zurück in seine Jackentasche steckte und sich auf den Weg zur Tür machte. »Vielleicht ist es an der Zeit, dass ihm mal jemand die Augen öffnet, was sein Bistro angeht.«

Delilah gab sich nicht einmal Mühe, das entzückte Seufzen zu unterdrücken, das ihr über die Lippen kam, nachdem Jaren die Ladentür hinter sich geschlossen hatte. »Er sieht so gut aus. Ich wünschte, ich wäre vierzig Jahre jünger.«

»Mhm«, murmelte Cat, während sie vorgab, etwas in die Kasse einzutippen.

»Es ist wirklich eine Schande, dass so ein attraktiver

junger Mann allein ist«, fuhr Delilah fort, und obwohl Cat noch immer nicht aufsah, spürte sie, wie ihre Mitarbeiterin sie mit ihrem Blick durchbohrte. »Und intelligent und erfolgreich ist er auch noch. Um ehrlich zu sein: Ich an deiner Stelle würde …«

»Hast du nicht noch ein paar Plätzchen zu backen, Delilah?«, fragte Cat und bedachte sie mit einem strengen Blick, wirklich böse konnte sie ihr aber nicht sein.

Delilah schien jedoch vollkommen unbeeindruckt, als sie sich auf den Weg die Treppe hinunter ins Untergeschoss machte. »Habe ich. Aber du solltest auf keinen Fall zu lange warten. Sonst kommt er vielleicht zu dem Schluss, dass du nicht interessiert bist, und lädt jemand anderen ein, mit ihm zur Hochzeit zu gehen.«

Cat wollte erwidern, dass ihr das absolut egal war, aber die Worte blieben ihr im Hals stecken. Denn es stimmte nicht. Wenn Jaren in Begleitung einer anderen Frau zu Earls und Andrews Hochzeit kam, dann würde ihr das sehr wohl etwas ausmachen. Und noch hatte sie keine Antwort auf die Frage gefunden, was sie deswegen unternehmen sollte.

Wie sieht es mit deinen Honigvorräten aus?

Es war Mittwochmorgen, und Sadie hatte die Nachricht an Adam bereits zum vierten Mal umgeschrieben, als sie endlich auf Senden drückte. Etwas an dem Wort Honig schien irgendwie immer den falschen Eindruck zu erwecken.

Ich brauche deinen Honig.

Darf ich vorbeikommen, um mir was von deinem Honig abzuholen?

Hast du Honig für mich?

Sie machte sich keine Sorgen, dass er auf falsche Ideen kommen könnte – nachdem er ihr von Elin und Seb erzählt hatte, hatten sie ihre Freundschaft wieder aufleben lassen, aber sie wussten beide, dass aus ihnen niemals mehr werden konnte. Nein, Sadie ging es vielmehr darum, dass sie schon beim Gedanken, Adam eine Nachricht zu schicken, die in irgendeiner Form anstößig klingen könnte, am liebsten vor Verlegenheit in Grund und Boden versunken wäre. Selbst wenn vollkommen klar war, dass es nicht ihre Absicht war.

Sie lehnte sich mit dem Rücken gegen die Anrichte in der Küche und wartete auf seine Antwort. Cat backte in Vorbereitung auf die anstehende Hochzeit wie eine Verrückte, und Adams Honig durfte als essenzielle Zutat in ihrem Plätzchenteig nicht fehlen.

Wenige Minuten später vibrierte ihr Handy, und das Display leuchtete auf.

Ziemlich gut! Soll ich ein paar Gläser im Laden vorbeibringen?

Nur wenn du sowieso in die Stadt fährst. Sonst kann ich sie auch gerne bei dir abholen. Wann würde es dir passen?

Sie stellte ihren Teebecher in die Spülmaschine und wischte ein paar Krümel von der Arbeitsfläche, während sie erneut wartete. Falls Adam zu Hause war, wäre es kein

Problem für sie, auf dem Weg zur Arbeit bei ihm vorbeizuschauen.

Jetzt?

Perfekt! Bin in fünf Minuten da. X

Erst nachdem sie Senden gedrückt hatte, fiel ihr auf, dass sie ihre Nachricht mit einem virtuellen Kuss beendet hatte.

»Bitte entschuldige den Kuss«, platzte Sadie heraus, sobald Adam die Tür seines Cottages öffnete.

Seine Augenbrauen schossen so hoch, dass sie beinahe an seinen zerzausten braunen Pony stießen. »Wie bitte?«

Sadie holte tief Luft und begann noch einmal von vorne. »Ich habe bei meiner letzten Nachricht an dich ein X mitgeschickt. Das tut mir leid.«

Seine Miene hellte sich augenblicklich auf. »Wirklich? Das muss ich überlesen haben.« Mit einem Lächeln zog er die Tür weiter auf, um sie hereinzulassen. »Keine Sorge, ich werde dich nicht darauf festnageln.«

Natürlich ist es ihm gar nicht aufgefallen, schimpfte Sadie sich im Stillen, während sie ihm, innerlich brennend vor Scham, ins Wohnzimmer folgte. Adam war nicht der Typ, der stundenlang auf sein Handy starrte, schon gar nicht um diese Zeit des Jahres. Dafür war er viel zu sehr damit beschäftigt, sich um seine Bio-Ernte zu kümmern und die Imkerei.

»Wie läuft es mit der Keksbäckerei?«, erkundigte er sich, als sie hinter ihm in die Küche trat. »Wie geht es Cat?«

»Es ist wie immer ziemlich viel zu tun«, antwortete sie, während sie sich umsah. Bildete sie es sich nur ein oder hatte er aufgeräumt? Die Küche glänzte, als hätte er sie gerade erst gewischt, und seinen bisherigen Kommentaren nach zu urteilen, war er normalerweise nicht besonders ordentlich. »Und Cat geht es gut. Etwas gestresst, aber nicht mehr als normalerweise.«

»Weil ihr Stress und viel Arbeit guttun. Beides scheint sie anzuspornen«, sagte Adam. Er hielt einen Teebeutel hoch und hob fragend die Augenbrauen.

Sadie nickte. »Ja, wahrscheinlich hast du damit nicht ganz unrecht. Ein Sternerestaurant zu führen ohne eine gewisse Vorliebe für einen exzentrischen Lebensstil, ist vermutlich nicht möglich.«

»Ganz genau. Aber ich meinte auch eher, wie es ihr privat geht. Nach der Sache mit Seb und Elin.«

Sadie lächelte. Seine Sorge um Cat rührte sie. »Besser. Und außerdem setze ich große Hoffnungen auf Earls und Andrews Hochzeit. Anderen dabei zuzusehen, wie sie vor den Traualtar treten, kann einen durchaus ins Grübeln bringen, was man vielleicht gerade verpasst.«

Als er ihr einen vielsagenden Blick zuwarf, glaubte sie für eine schrecklich lange Sekunde, dass er sie falsch verstanden hatte, doch da hatte er sich schon wieder seiner Teetasse zugewandt. »Stimmt. Aus irgendeinem Grund sehen die Leute danach meist klarer, was sich schon die ganze Zeit direkt vor ihrer Nase befunden hat.«

Sadie räusperte sich verlegen und wechselte schnell

das Thema. »Und, wie viele Gläser Honig kannst du entbehren?«

Adam breitete die Arme aus. »So viele, wie du brauchst. Die Bienen waren fleißig. Auf den umliegenden Feldern wird reichlich Gurkenkraut angebaut. Und der Fingerhut blüht dieses Jahr auch besonders früh.«

Sadie folgte seinem Blick durch das Küchenfenster in den riesigen, von einer Mauer umgebenen Garten hinaus, der in goldenes Morgenlicht getaucht war und in dem sich ein gepflegtes Beet an das nächste reihte. Rosen wuchsen entlang der Mauer, und darunter blühte büschelweise Fingerhut. Ein wunderschönes Wasserfarbengemälde, dachte sie, und ihre Finger zuckten unwillkürlich bei dem Gedanken. Vielleicht würde sie Adam fragen, ob sie irgendwann mal mit Farben und Pinseln herkommen durfte.

»Sind das deine Bienenstöcke?«, fragte sie mit einer Kopfbewegung in Richtung mehrerer Holzkisten, die beinahe außer Sichtweite ganz am Ende des Gartens aufgestellt waren.

»Ja.« Er sah sie fragend an. »Lust, ihnen einen Besuch abzustatten?«

Sadie war in Versuchung. Sie hatte Adam so viel über seine Bienen sprechen hören, dass sie bereits das Gefühl hatte, sie zu kennen. Und Lissy wäre sicherlich begeistert zu erfahren, wie die Stöcke von innen aussahen; seit Adam ihr das erste Mal erklärt hatte, wie Honig entstand, war sie von der Vorstellung eines Hauses voller Bienen vollkommen fasziniert.

»Ginge das denn?«, fragte Sadie vorsichtig, während sie bei der Vorstellung, den Bienen so nahezukommen, ein ebenso aufgeregtes wie nervöses Ziehen im Magen spürte.

»Klar.« Adam lächelte. »Lass uns den Tee austrinken, dann gehen wir zusammen raus, damit du Hallo sagen kannst.«

Sadie hatte sich bereits gedacht, dass sie eine Art Schutzkleidung würde tragen müssen, doch auf das Outfit, das Adam ihr fünfzehn Minuten später präsentierte, war sie trotz allem nicht vorbereitet. Der Einteiler erinnerte an eine Kreuzung aus Laborschutzanzug und etwas, das jemand von der Spurensicherung tragen würde. Und kaum, dass der breitkrempige Hut mit dem schweren Schleier auf ihrem Kopf saß, fühlte sie sich wie eine Lady aus der Zeit Edwards VII.

»Gummistiefel?«, fragte sie erstaunt, als Adam ein abgenutztes Paar vor sie stellte. »Ist es nass draußen?«

»Nein, aber der Trick ist, es den Bienen möglichst schwerzumachen, dich zu stechen.« Er linste durch den engmaschigen Vorhang vor ihrem Gesicht. »Wahrscheinlich hätte ich dich das gleich als Erstes fragen sollen, aber du bist nicht allergisch gegen Bienengift, oder?«

Sadie schüttelte zaghaft den Kopf. »Nein. Ist es denn wahrscheinlich, dass sie mich stechen?«

»Eher nicht.« Adam deutete auf die Stiefel. »Aber man weiß nie, in welcher Stimmung sie gerade sind, deswegen sollte man immer auf alles vorbereitet sein.«

Bemüht, sich ihre ängstliche Nervosität nicht anmerken zu lassen, schlüpfte Sadie in die Gummistiefel und ließ sich anschließend von Adam in den Schutzanzug helfen. Wie ich aussehen muss, dachte sie verlegen, bis sie sich in Erinnerung rief, dass dies Adams Job war. Er würde gleich in einem ganz ähnlichen Outfit wie sie selbst stecken.

»Wirst du häufig gestochen?«, fragte sie, nachdem sie beide fertig angezogen waren.

Er hielt ihr die Küchentür auf. »Immer mal wieder«, gab er zu. »Aber nur dann, wenn ich den Bienen nicht meine volle Aufmerksamkeit schenke oder ihnen nicht genug Respekt entgegenbringe. Außerdem habe ich noch eine Spezialwaffe. Hier.«

Adam führte sie zu einem in dunklem Grün gestrichenen Schrank, an dem er eine Schublade aufzog, um die merkwürdigste Apparatur herauszuholen, die Sadie jemals gesehen hatte. Das Konstrukt bestand aus einer silbernen Kanne mit einer runden, spitz zulaufenden Tülle, die in einem Drahtkorb steckte, an dessen Seite eine Art Blasebalg befestigt war.

»Irgendeine Idee, was das sein könnte?«, fragte Adam, während er das Ding in die Höhe hielt.

Sadie betrachtete es genauer. Die Spitze der Tülle war schwarz verfärbt, als wäre sie mit Feuer in Berührung gekommen. Dabei war sie sich ziemlich sicher, dass Bienen und Feuer keine gute Kombination waren.

»Nein«, gestand sie ein. »Was macht man damit?«

Er griff noch einmal in die Schublade. Diesmal förderte er eine Doppelseite aus einer Zeitung zutage. »Wir werden sozusagen bei den Bienen einbrechen, und das wird ihnen überhaupt nicht gefallen. Frag mich nicht, warum, aber Rauch macht sie aus irgendeinem Grund hungrig, was wiederum dazu führt, dass sie träge und weniger aggressiv werden, wenn jemand in ihr Zuhause eindringt.«

»Dann benutzt du das Ding da, um Rauch zu machen«, stellte Sadie fest, während sie Adam dabei beobachtete, wie er die Tülle aufklappte. Dahinter lag ein leerer, ebenfalls geschwärzter Zylinder. Nachdem er die Zeitungsseite zusammengeknüllt hatte, hielt er ein Feuerzeug darunter und stopfte sie anschließend in den Zylinder. »Verbrennt das Papier nicht zu schnell?«

Adam nickte und griff noch einmal in die Schublade. »Ich benutze getrocknetes Gras, aber man kann genauso gut etwas anderes verwenden. Einige Imker schwören auf Holzspäne, andere auf spezielles Benzin.« Er stopfte dem Papierknäuel eine Handvoll trockenes gelbes Gras hinterher. »Wichtig ist, dass es raucht, aber nicht brennt.« Als er vorsichtig den Blasebalg zusammendrückte, stieg eine graue Rauchwolke aus der Kanne auf. »Der Trick besteht darin, ausreichend Brennmaterial in das Räuchergerät zu stecken; so entsteht genug Glut, um nicht mittendrin abbrechen zu müssen und nachzufüllen.« Er stopfte noch mehr Gras hinein, bis er schließlich mit zufriedener Miene die Tülle zurück auf die Kanne steckte.

»Hier«, er reichte Sadie das Räuchergerät, »probier es mal aus.«

Zaghaft drückte sie zu, und eine kleine Rauchwolke stieg in die Luft.

»Das wäre also unsere Geheimwaffe.« Er grinste. »Bereit, die Bienen zu treffen?«

Sadie kräuselte die Nase. »Ich denke schon.«

Als sie sich den Stöcken näherten, konnte Sadie sehen, wie die Bienen geschäftig zwischen dem Garten und den hölzernen Häuschen hin und her summten, wo sie durch einen schmalen Spalt zwischen zwei Holzlatten im unteren Bereich verschwanden.

Adam streckte einen Arm aus, um ihr zu bedeuten, stehen zu bleiben. »Das ist die Autobahn«, erklärte er und deutete auf die belebte Flugbahn vor den Bienenstöcken. »Wir nehmen den Umweg über die Landstraße.« Er schlug einen Bogen, sodass sie sich den Holzhäuschen nun von hinten näherten.

Sadie folgte ihm. Das Summen war jetzt lauter, ein konstantes, tiefes Brummen, das sie als seltsam beruhigend empfand. Die Anspannung in ihren Schultern schien ein wenig nachzulassen, und sie spürte, wie sie unwillkürlich die Lippen zu einem Lächeln verzog. Kein Wunder, dass Adam einer der entspanntesten Menschen war, die sie kannte – Bienen schienen eine unerwartet besänftigende Wirkung zu haben.

Als Adam das Dach zu einem der Stöcke hochhob, verschwand das entspannte Gefühl jedoch gleich wieder. Das

Summen veränderte sich im Bruchteil einer Sekunde, als die Bienen die Veränderung bemerkten. Einige schwirrten sofort auf Adam zu.

Sadie trat unwillkürlich einen Schritt zurück, doch Adam schien kein wenig beunruhigt.

»Das da sind die Rahmen«, erläuterte er und winkte sie näher heran, um anschließend auf die vertikalen Holzlatten zu zeigen, die im Stock hingen und mit einer klebrigen Schicht aus Wachs und goldgelben Honigwaben überzogen waren. »Wenn du mir das Räuchergerät gibst, kann ich einen herausholen, damit du ihn dir genauer ansehen kannst.« Er steckte die Tülle zwischen zwei Rahmen und schickte eine Rauchwolke in den Bienenstock.

Die Veränderung war beinahe augenblicklich zu sehen. Die Bienen krabbelten sofort in Richtung Honigwaben. Adam schickte eine weitere Rauchwolke in den Stock und wartete geduldig, während er die Insekten aufmerksam beobachtete. Schließlich schien er mit dem Ergebnis zufrieden und gab Sadie das Räuchergerät zurück.

»Wollen wir mal sehen, wie fleißig ihr gewesen seid«, murmelte er, bevor er langsam einen mit Waben überzogenen Rahmen aus dem Stock zog.

Die sechskantigen Zellen waren mit Bienen bedeckt. Fasziniert beobachtete Sadie, wie sie sich über den klebrigen Untergrund bewegten. Aus früheren Erklärungen von Adam wusste sie, dass jede Biene eine ganz spezielle Aufgabe erfüllte, und dass jede Einzelne von ihnen unermüdlich zum Nutzen des gesamten Volkes arbeitete.

»Irgendwo da drin befindet sich auch die Königin«, erläuterte Adam, während er seinen Finger langsam über die Reihen aus Waben wandern ließ. »Wenn ich einen Stock öffne, versuche ich immer, sie zu finden. Nur um sicherzugehen, dass sie gesund ist. Der ganze Stock dreht sich nur um sie.«

Sadie musste lächeln. »Kein schlechter Job, würde ich sagen.«

»Mag sein. Sie ist quasi eine Eier-Lege-Maschine, die sich weder selbst ernähren noch sauber machen kann. Und je älter sie wird, desto größer ist die Wahrscheinlichkeit, dass das Volk entscheidet, sie durch eine Jüngere zu ersetzen. In einem Bienenstock gibt es nur Platz für eine Königin.«

Ein ungebetenes Bild von Emma blitzte in Sadies Kopf auf. Schnell verdrängte sie es. »Kann sie sich denn gar nicht wehren?«

»Nicht wirklich. Sobald das Bienenvolk zu dem Schluss kommt, dass sie ausgedient hat, jagt es die Königin aus dem Stock. Sie stirbt – falls sie es nicht schafft, mit ein paar loyalen Arbeiterbienen ein neues Zuhause zu finden.«

Sadie wurde von einem Schaudern ergriffen. War das nicht genau das, was sie und Lissy getan hatten? Sie waren davongeflogen und hatten sich ein neues Zuhause gesucht, während Daniel Honig mit seiner neuen Königin produzierte. Nur dass die Sache mit Emma nicht funktioniert und Daniel entschieden hatte, dass er seine alte

Königin zurückwollte. Und jetzt sollte noch ein Baby dazukommen …

»Das ist sie ja.« Adam deutete auf eine Biene, die deutlich größer war als die anderen und einen roten Punkt auf dem Rücken trug. »Siehst du sie? Sie ist größer als die Arbeiterinnen.«

Sadie runzelte die Stirn. »Und den roten Fleck hat sie von Geburt an?«

Er lachte. »Nein, den hat sie mir zu verdanken. Damit ich sie leichter finden kann. Imker wechseln normalerweise jedes Jahr die Farbe, damit sie nachvollziehen können, wie alt die Königin ist. Aber es kommt häufig vor, dass die Arbeiterinnen die Farbe entfernen. Bienen sind sehr hygienische Tiere.«

Sadie hörte gebannt zu, als er ihr die Eier und die Larven in ihren verschiedenen Wachstumsstadien zeigte. Sein Wissen und sein unverkennbarer Enthusiasmus beeindruckten sie.

Nach ein paar Minuten schob er den Rahmen zurück an seinen Platz und schloss das Dach. Dann gingen sie langsam zurück Richtung Haus.

»Danke«, sagte Sadie, als Adam ihr half, den Hut auszuziehen.

»Gerne. Bevor man den Hut auszieht, sollte man immer überprüfen, ob man nicht vielleicht doch noch einen blinden Passagier an Bord hat.«

Sadie riss erschrocken die Augen auf und blickte nervös an ihrem weißen Overall hinab.

Adam musste grinsen. »Keine Angst, die Luft ist rein.«

»Danke, dass du mich deinen Bienen vorgestellt hast. Ich glaube, ich verstehe jetzt sehr viel besser, warum du sie so magst. Sie sind wirklich faszinierend.«

Mit leuchtenden Augen warf er einen Blick aus dem Fenster zu den hölzernen Häuschen. »Ja, sie sind wirklich ziemlich einzigartig. Danke, dass ich ein wenig mit ihnen vor dir angeben durfte. Aber ich habe dich wirklich lange genug aufgehalten – Cat denkt wahrscheinlich schon, dass ich dich gekidnappt habe.«

Sadie schüttelte den Kopf. »Wenn sie erfährt, wo ich war, wird sie mir garantiert nicht übel nehmen, dass ich ein wenig zu spät zur Arbeit komme.« Kaum, dass die Worte ihren Mund verlassen hatten, spürte sie das vertraute Brennen in den Wangen. Was war nur los mit ihr? Erst der Kuss und jetzt die Andeutung, dass Cat versuchte, sie einander näherzubringen. Was sie bereits geschafft hat, dachte Sadie zerknirscht, aber das musste Adam nicht erfahren. »Was ich damit meine, ist …«

Die kleinen Lachfältchen um seine Augen waren zurück. »Ich weiß, was du damit gemeint hast.«

Ein paar Sekunden standen sie sich schweigend und lächelnd gegenüber, dann schien Adam sich innerlich einen Ruck zu geben. »Ich seh mal nach, ob ich eine Kiste finde, in der du die Gläser transportieren kannst. Cat reißt mir den Kopf ab, wenn du ohne Honig im Laden auftauchst.«

Kapitel zweiunddreißig

»Träumst du manchmal davon, einfach … einfach davonzusegeln?«

Jaren nahm einen tiefen Schluck aus seinem Bierglas und lehnte sich mit dem Rücken gegen die unverputzte Backsteinmauer des Pubs. Eine Hand über die Augen gelegt, um sie gegen den strahlenden Sonnenschein abzuschirmen, nahm er sich einen Augenblick, um über Cats Frage nachzudenken.

»Früher schon«, sagte er nach einer Weile. »Aber in letzter Zeit eigentlich nicht mehr. Wieso? Denkst du daran?«

Cat blinzelte, als sie auf den Kanal hinausblickte, auf dem sich die Sonnenstrahlen brachen. Sie seufzte. »Nicht daran, davonzusegeln. Darauf bin ich nur gekommen, weil du auf einem Hausboot lebst. Du wärst ganz schön bescheuert, es nicht mitzunehmen, wenn du dich plötzlich entscheiden solltest, Chester zu verlassen.«

Er musterte sie über den Rand seines Glases hinweg. »Aber du denkst darüber nach, wegzugehen.«

Sie zögerte. Bisher hatte sie den Gedanken nie richtig

zu Ende gedacht, vermutlich war es eher eine Reaktion auf den Stress der vergangenen Monate. Erst hatte sie sich gegen eine Reihe verleumderischer Lügen verteidigen müssen, war dann bei der Überschwemmung verletzt worden, hatte anschließend herausgefunden, dass ihr Freund sie betrog, und jetzt hatte Greg Valois ihr auch noch den Krieg erklärt – wegen einer Sache, mit der sie absolut nichts zu tun hatte. Wer hätte in ihrer Situation nicht davon geträumt, einfach seine Koffer zu packen und zu flüchten?

Sie nippte an ihrem Wein. »Nicht wirklich. Wenn ich auf einem Hausboot leben würde, wäre die Versuchung sicherlich größer.«

Jaren grinste. »Typisch Landratte. Ihr glaubt, auf einem Boot würde sich alles um Cocktails zum Sonnenuntergang und Pub-Eröffnungen in alten Gasthäusern drehen. Dabei sieht die Realität ganz anders aus – die Festmachpunkte sind rar und liegen häufig sehr weit auseinander, und man weiß nie, ob einer frei ist, wenn man ankommt. Von den Sanitäranlagen mal ganz abgesehen.«

Cat runzelte die Stirn. »Aber du hast doch eine Toilette an Bord.«

»Stimmt.« Er verzog das Gesicht. »Allerdings … Wie formuliere ich es möglichst diskret? Der Auffangbehälter muss irgendwann entleert werden. Ein nicht ganz unwesentlicher Faktor bei der Reiseplanung.«

»Was du mir damit zu sagen versuchst, ist also, dass selbst eine Flucht auf eine gewisse Weise Organisation sein muss und dass es den Traum vom freien, unabhängigen Leben nicht wirklich gibt?«

Jaren breitete die Arme aus. »So ungefähr. Vielleicht aber auch einfach nur, dass man manchmal eben Pech hat.« Er musterte sie besorgt. »Aber wie kommst du überhaupt darauf? Ist es wegen Greg?«

»Zum Teil«, gab Cat mit einem Seufzen zu. »Aber nicht nur. Es ist wegen … irgendwie wegen allem. Gestern habe ich mich sogar dabei ertappt, wie ich mir eine Stellenausschreibung für ein Restaurant in New York angeschaut habe. So weit ist es mit mir schon gekommen.«

Auch ohne Jaren anzusehen, wusste Cat, dass ihre Gedanken ihn mehr als überraschten; vermutlich sah er in diesem Augenblick sogar ziemlich schockiert aus. Und sie konnte es ihm kaum verübeln, immerhin verstand sie sich ja kaum noch selbst. Schweigend nippte sie wieder an ihrem Wein. Jaren hatte seine eigenen Probleme, da musste sie ihn nicht auch noch mit ihren belämmern.

»Es tut mir leid, dass du dich so fühlst«, sagte Jaren nach einer Weile. »Hast du mal mit Sadie darüber gesprochen?«

»Nein«, antwortete Cat leise. »Ich will sie damit nicht belästigen.«

Jaren beugte sich vor, um ihr fest in die Augen zu sehen. »Du würdest sie nicht belästigen. Sie ist deine Geschäftspartnerin und deine beste Freundin, sie wird solche Dinge von dir wissen wollen. Um ehrlich zu sein, *muss* sie sogar davon erfahren, vor allem, wenn du vielleicht vorhast, dich irgendwo zu bewerben.« Er schüttelte langsam den Kopf. »Versuch dir einfach mal vorzustellen, wie es dir gehen würde, wäre die Situation umgedreht. Würdest du nicht erwarten, dass Sadie dich einweiht, wenn sie darüber nachdenkt, sich einen anderen Job zu suchen und eventuell sogar die Stadt zu verlassen?«

Er hatte recht, wurde ihr in diesem Moment klar, natürlich würde sie von Sadie erwarten, dass sie ihr von ihren Gedanken erzählte. Das Problem war nur, dass Sadies künstlerisches Talent unentbehrlich für Smart Cookies war, während sie langsam das Gefühl bekam, dass jeder ihre Kekse backen konnte. Die Gastgeschenke für die anstehende Hochzeit hatten nach langer Zeit mal wieder eine Herausforderung bedeutet, trotzdem hatte sie das Gefühl, auf der Stelle zu treten. Und sie war sich beinahe sicher, dass Sadie niemals in eine ähnliche Richtung gedacht hatte. Natürlich war es nicht leicht für sie gewesen, nachdem sie von Daniels Affäre erfahren hatte, aber sie hatte sich ihren Problemen immer gestellt. Und auch wenn Cat nicht der Ansicht war, dass ihre Entscheidung, Daniel eine zweite Chance zu geben, die richtige war, bewunderte sie sie dennoch für ihren Mut, das zu tun, was sie für ihre Familie am besten hielt. Sadie war stark, auch wenn sie selbst nicht immer daran glaubte. Sie rannte nicht davon, so wie Cat es am liebsten getan hätte.

»Cat?«, fragte Jaren sanft und nahm ihre Hand. »Wenn du Sadie lieber nicht sagen möchtest, was in dir vorgeht – du kannst immer zu mir kommen, wenn du Redebedarf hast.«

Als sie in seine dunklen Augen sah, erkannte sie eine solche Aufrichtigkeit darin, dass sie augenblicklich einen Kloß im Hals spürte. Da sie ihrer Stimme plötzlich nicht mehr über den Weg traute, nickte sie nur.

»Ich halte mich für einen ziemlich guten Zuhörer«, sagte er. Ein trockenes Lächeln umspielte seine Mundwinkel. »Zumindest, wenn sich das Gespräch nicht gerade um Sanitäranlagen dreht.«

Cat musste lachen. »Jepp, vielen Dank noch mal dafür, dass du meinen Traum vom freien Leben so drastisch entzaubert hast.«

»Ich würde es eher so ausdrücken: Ich pflege einen gesunden Realismus. Oder vielleicht auch so: Das Gras auf der anderen Seite ist eben doch nicht immer grüner.«

Cat sah einem Paar nach, das Arm in Arm den Kanal entlangspazierte. »Ich weiß. Danke, Jaren. Du bist wirklich ein guter Zuhörer.«

Er verschränkte seine Finger mit ihren. »Dafür sind Freunde schließlich da.«

In den nächsten Tagen war so viel zu tun, dass sich keine Möglichkeit für Cat ergab, in Ruhe mit Sadie zu reden. Im Laden war die Hölle los, und wenn der Kundenstrom doch einmal ein wenig abflaute und Cat endlich all ihren Mut zusammengekratzt hatte, um ihre Freundin anzusprechen, erschien immer plötzlich jemand auf der Bildfläche und störte sie bei ihrem Vorhaben. Zu guter Letzt entschied sie sich, Sadie anzubieten, am Freitag bei ihr zu Hause zu kochen – allerdings erst nachdem sie erfahren hatte, dass Daniel an diesem Abend wegen irgendeiner Sache bei der Arbeit nicht da sein würde.

»Ich kann kaum fassen, dass eine mit zwei Michelin-Sternen ausgezeichnete Köchin in meinem bescheidenen Cottage für mich kocht«, sagte Sadie und lehnte sich auf ihrem Stuhl am Küchentisch zurück, um Cat bei der Arbeit zuzusehen. »Ich hoffe, du gehst nicht in Richtung Molekularküche. Das ist mir, glaube ich, eine Nummer zu abgefahren.«

»Nicht wirklich«, beruhigte Cat sie, während sie in der Pfanne mit der Paella rührte. »Dafür fehlt es dir schon an der Grundausstattung – weit und breit kein flüssiger Stickstoff zu sehen.«

Sadie schnitt eine Grimasse. »Bitte sag mir, dass der kein regulärer Bestandteil der Speisekarte im La Perle war.«

Cat dachte an die Karte zurück, die sie für eines der berühmtesten Restaurants in Paris kreiert hatte. Mit einer Mischung aus klassischer französischer Küche und den Gewürzen aller fünf Kontinente war es ihr gelungen, eine Reihe von einzigartigen Gerichten zu entwerfen. Gourmets und Kritiker hatten ihr Restaurant geradezu belagert, was ihr schließlich die zwei Sterne eingetragen hatte. Und das ganz ohne den Einsatz irgendwelcher Spielereien oder Chemikalien. Das Lob ihrer Gäste und Kollegen hatte sie sich allein mit einem tiefen Verständnis für Zutaten und Aromen verdient.

»Nein, war er nicht«, beruhigte sie Sadie, bevor sie mit

einem Teelöffel die Soße probierte. »Ich bin in Chemie durchgefallen, hast du das etwa vergessen?«

»Stimmt.« Sadies Augen blitzten belustigt. »Hast du nicht einmal sogar fast das ganze Labor in die Luft gejagt?«

»Jepp. Deswegen ist es vermutlich sicherer, wenn ich mich an die konventionellen Kochmethoden halte. Die Paella ist übrigens fertig, du kannst mir also beim Servieren helfen, wenn du möchtest.«

Sadie sprang auf und griff nach einem Topfhandschuh. »So fühle ich mich gleich wie eine richtige Köchin. Was soll ich tun?«

Während des Essens begann sich die Unterhaltung irgendwann wie automatisch um die Keksbäckerei zu drehen. Und als sie ihre Teller geleert hatten und Sadie aufstehen wollte, um den Tisch abzuräumen, hielt Cat sie am Arm fest. »Warte damit noch eine Minute, okay? Ich muss dir etwas sagen.«

Sadie sah augenblicklich besorgt aus. »Was ist passiert?«

»Nichts«, versicherte Cat ihr hastig. »Na ja, zumindest noch nicht. Es ist nur so, dass ich mich in letzter Zeit ein wenig … Ich weiß nicht genau, wie ich es ausdrücken soll, überfordert ist nicht ganz der richtige Ausdruck. Aber ich muss zugeben, dass ich noch immer mit einigen Dingen, die in den letzten Monaten passiert sind, zu kämpfen habe. Und statt den Kopf in den Sand zu stecken und so zu tun, als wäre alles in Ordnung, habe ich mich entschieden, mich wie eine Erwachsene zu benehmen und mit dir darüber zu reden.«

Sadie hörte aufmerksam zu, während Cat ihr alles erzählte, was sie bereits Jaren anvertraut hatte; nur den Job in New York unterschlug sie, da sie sich selbst eingeredet hatte, dass es nicht wirklich darum ging, sondern die Tatsache, dass sie die Stellenausschreibung überhaupt gelesen hatte, lediglich stellvertretend für das grundsätzliche Problem stand.

Als sie fertig war, schüttelte Sadie fassungslos den Kopf. »All dieser Druck, den du die ganze Zeit über empfunden haben musst, und ich habe nichts gemerkt. Wie kann ich dir helfen?«

»Das ist es ja gerade. Ich weiß es nicht. Abgesehen davon, dass ich nichts dagegen hätte, wenn du Greg von der Bildfläche verschwinden lässt. Aber er ist nur ein Teil des Problems. Ich glaube nicht, dass dir dasselbe mit Elin und Seb gelingt.«

»Tja, ich fürchte, damit hast du recht«, sagte Sadie nachdenklich. »Die drei werden sich kaum plötzlich in Luft auflösen. Wie wäre es denn, wenn du dir erst mal ein paar Tage freinimmst?«

»Du weißt, dass das nicht geht. Nicht am Wochenende. Dafür müssten wir viel zu viele Aufträge absagen, mal ganz abgesehen von den Gastgeschenken für die Hochzeit.«

»Dann arbeite doch wenigstens von zu Hause«, schlug Sadie vor. »Du hast selbst gesagt, dass es dir Spaß macht, das Design für die Gastgeschenke zu entwerfen, und das kannst du auch von der Couch aus mit dem Laptop auf dem Schoß machen.«

Cat dachte einen Augenblick über den Vorschlag nach. Es würde ihr schon helfen, nicht jeden Morgen Angst davor haben zu müssen, auf ihren Ex oder einen griesgrämigen Greg zu treffen.

»Bist du dir denn sicher, dass du den Laden auch allein schmeißen kannst? Brauchst du keine Extra-Aushilfe?«

»Das kriegen wir schon hin«, sagte Sadie entschieden. »Delilah und Clare schieben bestimmt auch die ein oder andere Überstunde, wenn es nötig ist.« Sie hob eine Hand, als Cat den Mund öffnete, um etwas einzuwenden. »Kein Wort, das klappt schon.«

Die Erleichterung, die Cat bei dem Gedanken verspürte, am nächsten Morgen nicht in den Laden zu müssen, rührte sie beinahe zu Tränen. »Danke. Du bist die beste Geschäftspartnerin, die ich jemals hatte.«

Sadie grinste. »Ich bin die *einzige* Geschäftspartnerin, die du jemals hattest. Versprich mir einfach, dass du in Zukunft nicht wieder alles in dich hineinfrisst. Solange ich nicht weiß, dass es ein Problem gibt, kann ich dir auch nicht helfen.«

»Versprochen«, sagte Cat leise und wischte sich verstohlen eine Träne von der Wange, bevor sie sich zusammenriss und die Schultern straffte. »Genug von mir. Was gibt's bei dir Neues?«

»Nichts. Absolut gar nichts.«

»Im Ernst? Keine weiteren romantischen Treffen in Adams Bienenhaus?«

Sadie lachte. »Nein. Und wenn du wüsstest, wie ich an

dem Morgen ausgesehen habe, würdest du auch nicht mehr davon ausgehen, dass es irgendwie romantisch gewesen sein könnte.«

»Bist du dir sicher?« Cat hob anzüglich eine Augenbraue. »In seinem Garten gab es doch bestimmt auch Blumen. Hättest du ihm nicht irgendeine subtile sexy Frage über die Beziehung von Bienchen und Blümchen stellen können?«

»Ich glaube nicht, dass Adam den Hinweis verstanden hätte«, bemerkte Sadie amüsiert. »Da waren viele Blumen, und Bienen habe ich definitiv welche gesehen, aber keiner von uns beiden hat dabei an irgendetwas Romantisches gedacht. Wir sind nur Freunde, das ist alles.«

»Noch«, fügte Cat hinzu.

»Für immer. Und du musst mit diesen Anspielungen aufhören, sonst bekommt er irgendwann noch was davon mit. Und ich bin glücklich mit Daniel«, fügte sie abschließend hinzu, senkte dabei jedoch schnell den Blick. Eine Geste, die Cat mehr verriet, als Sadie vielleicht sogar bereit war, sich selbst einzugestehen.

Mit einem letzten nachdenklichen Blick auf ihre Freundin stand Cat auf und begann, den Tisch abzuräumen. Offensichtlich war sie nicht die Einzige, die vorgab, dass in ihrem Leben alles gut lief.

Als Sadie am frühen Samstagmorgen aufwachte, war das Erste, was sie registrierte, Daniels Abwesenheit. Seine Seite des Bettes war vollkommen unberührt, die Laken kühl, was bedeutete, dass er in der vergangenen Nacht nicht nach Hause gekommen war. Doch das war kein Problem, entschied Sadie, während sie gähnend an die Decke starrte. Vermutlich hatte er nur einen Drink zu viel gehabt und beschlossen, seinen Kater bei sich zu Hause auszuschlafen, um sie nicht zu stören. Wahrscheinlich würde er schon in ein paar Stunden vor der Tür stehen – mit Kopfschmerzen und einer Tüte vom Dorfbäcker in der Hand.

Nach einem kurzen Blick auf die Uhr entschied sie, dass es sich nicht lohnte, noch einmal einzuschlafen. Stattdessen schwang sie die Beine aus dem Bett und tapste auf nackten Füßen die Treppe hinunter und in die Küche, um den Wasserkocher anzustellen. Die Arbeitsoberflächen und der Herd glänzten. Cat hatte darauf bestanden, beim Saubermachen zu helfen, obwohl Sadie sie mehr als einmal gebeten hatte, sich zu setzen und ihr den Rest zu überlassen.

Draußen schien es bereits warm zu sein. Durch das gekippte Fenster drang Vogelgezwitscher, und wenn sie die Ohren spitzte, konnte sie sogar das Krähen eines Hahnes hören. Konnte das der von der Waverton Farm sein? Lauschte Adam gerade genau demselben Geräusch, während er in seiner eigenen Küche stand und an einer Tasse Tee nippte wie sie selbst? Der Gedanke zauberte ihr ein Lächeln ins Gesicht, doch sie hielt sich davon ab, nach ihrem Handy zu greifen, um nachzufragen. Die Nachricht wäre noch schwieriger zu formulieren als die nach dem Honig.

Lissy wachte um kurz vor sieben auf. Als sie bemerkte, dass ihre Mutter bereits aufgestanden war, stürzte sie polternd die Treppe hinunter.

»Wo ist Daddy?«, fragte sie, als sie Sadie allein in der Küche fand.

»Ich weiß es nicht. Wahrscheinlich hat er letzte Nacht bei sich zu Hause geschlafen.«

Lissy nickte. Sie war es gewohnt, dass Daniel nicht jeden Abend zu ihnen ins Cottage kam, auch wenn es immer seltener passierte, dass sie die Nächte getrennt verbrachten, je besser sie ihre Ehe wieder in den Griff bekamen.

»Er muss bald nach Hause kommen. Er hat mir versprochen, dass wir heute zum Dino-Minigolf gehen. Und du kommst zu spät zur Arbeit.«

Sadie warf einen Blick auf die Uhr. »Keine Angst, wir haben noch jede Menge Zeit, bevor ich losmuss.«

Um Viertel nach acht begann sie sich langsam Sorgen zu machen. Daniel hatte ihre Nachricht, wann sie mit ihm rechnen konnte, nicht gelesen, und er ging auch nicht an sein Telefon zu Hause. Wenn sie den Laden rechtzeitig öffnen wollte, musste sie spätestens um halb neun losfahren; auf keinen Fall wollte sie Cat bitten, für sie einzuspringen, nicht nach dem Gespräch, das sie am vergangenen Abend geführt hatten.

Lissy lungerte auf dem Sofa und horchte auf jedes Geräusch in der Hoffnung, das Knirschen von Daniels Schuhen auf dem Kies vor dem Haus zu hören.

»Wo ist Daddy?«, fragte sie noch einmal.

»Ich weiß es nicht«, wiederholte Sadie, während sie dem Freizeichen auf Daniels Handy lauschte. Schließlich gab sie auf und machte sich hastig auf die Suche nach etwas zum Anziehen für Lissy. »Tut mir leid, Mäuschen, aber du musst heute mit zur Arbeit kommen.«

Lissy verzog enttäuscht das Gesicht. »Aber ich will mit Daddy zum Dino-Minigolf.«

Sadie beugte sich hinunter, um Lissy die Schuhe anzuziehen, damit es schneller ging. »Ich weiß. Vielleicht holt er dich später im Laden ab, dann könnt ihr heute Nachmittag zum Minigolf«, sagte sie in der Hoffnung, überzeugender zu klingen, als sie sich fühlte.

Es musste eine rationale Erklärung geben, einen guten Grund, dass Daniel sein Versprechen gegenüber Lissy nicht einlöste. Es sah ihm alles andere als ähnlich, sie beide so hängen zu lassen. Zumindest seit er sich zum neuen, besseren Daniel entwickelt hatte. Die alte Version war nie da gewesen, wenn sie ihn gebraucht hatte, aber schon seit einer ganzen Weile war sie sich sicher gewesen, dass diese Tage endgültig gezählt waren. Bis jetzt. Auf einmal hatte sie das ungute Gefühl, mit Lissy in der Zeit zurückgereist zu sein.

»Darf ich dann auch ein paar Kekse verzieren so wie du, Mummy?«, fragte Lissy von der Rückbank aus, als Sadie den Wagen wendete und Richtung Chester fuhr.

»Na klar«, sagte Sadie, um einen fröhlichen Ton bemüht, während sie ihre Tochter im Rückspiegel anlächelte. »So viele, wie du möchtest. Solange du nicht wieder wegrennst.« Um keinen Preis wollte sie noch einmal dieselben Gefühle durchmachen wie damals, als Lissy plötzlich auf dem Platz verschwunden war. Die fünfzehn Minuten, in denen sie sie nicht hatte finden können, hatten sie um mindestens fünf Jahre altern lassen.

»Ich will einen Lebkuchenmann machen, der wie Daddy aussieht. Und dann sage ich dem meine Meinung.«

»Guter Plan«, murmelte Sadie. Es gab da einige Dinge, die sie Lebkuchen-Daniel nur allzu gerne selbst um die Ohren gehauen hätte.

Kapitel dreiunddreißig

»Ich habe doch schon gesagt, dass es mir leidtut«, sagte Daniel. Er saß auf der Kante von Sadies Sofa und hatte abwehrend die Arme vor der Brust verschränkt. »Ich begreife nicht, was du sonst noch von mir hören willst.«

Sadie funkelte ihn wütend an. »Wie wäre es mit einer überzeugenden Entschuldigung? Oder zur Abwechslung mal mit einer vernünftigen Erklärung.« Sie warf einen raschen Blick zur Treppe. »Lissy hat den ganzen Tag darauf gewartet, dass du sie abholst. Sie war wahnsinnig traurig, dass du nicht aufgetaucht bist.«

Er fuhr sich mit einer Hand durch die Haare. »Ich habe mich entschuldigt. Ein Drink hat zum nächsten geführt, und irgendwann standen wir dann plötzlich noch vor diesem Kebab-Laden. Ich bin nicht davon ausgegangen, dass du besonders scharf darauf bist, am frühen Morgen von meinem Knoblauch-Atem geweckt zu werden, deswegen bin ich zu mir nach Hause gefahren. Das ist alles.«

Es gab nicht viel, was Sadie darauf erwidern konnte. Er hatte recht, sie wäre nicht besonders scharf darauf gewesen, trotzdem verstand sie einfach nicht, warum er ihr nicht wenigstens kurz Bescheid gesagt hatte. Bis auf ein paar Nachrichten von Cat war ihr Handy den ganzen Tag stumm geblieben.

»Und dann hast du alle meine Anrufe verschlafen?«

Daniel verzog das Gesicht, als täte ihm etwas weh. »Könntest du ein bisschen leiser sprechen? Ich habe immer noch Kopfschmerzen.«

»Du hättest mir Bescheid sagen müssen, dass alles in Ordnung ist«, fuhr sie fort, ohne auch nur das geringste Mitleid zu empfinden. »Ich habe mir Sorgen gemacht.«

Seine Züge wurden ein wenig weicher. »Es tut mir wirklich leid. Und du hast recht, ich hätte mich melden sollen. Allerdings müssten wir diese Unterhaltung gar nicht führen, wenn wir alle unter einem Dach leben würden. Ist es nicht langsam an der Zeit, dass ihr zurück nach Hause zieht?«

Bei seinen Worten wurde Sadie augenblicklich mulmig zumute. Er meinte *sein* Haus. Das Haus, in dem sie alle zusammengelebt hatten, vor seiner Affäre. In den letzten Monaten hatten sie auch ein paarmal gemeinsam dort übernachtet, aber sie verbrachten deutlich mehr Zeit in ihrem Cottage. Es war schon eine ganze Weile her, dass sie und Lissy von dem inzwischen viel zu groß wirkenden Haus als ihrem Zuhause sprachen. Und Sadie war sich nicht sicher, ob sie bereit war, ihr gemütliches Cottage mit den zwei Schlafzimmern, der Küche, die genau die richtige Größe hatte, und der friedlichen Atmosphäre, die es ausstrahlte, aufzugeben. Inzwischen war dies ihr Zuhause. Ihres und Lissys.

»Ich habe darüber nachgedacht«, sagte Sadie, um einen ruhigen Tonfall bemüht, »und ich habe dir bereits gesagt, dass wir noch nicht bereit für diesen Schritt sind.«

Daniel nahm ihre Hand. »Aber das Cottage ist zu klein. Wo sollten wir hier ein zweites Kinderzimmer unterbringen?«

Seine Worte brachten sämtliche Alarmglocken in Sadies Kopf zum Schrillen. Das letzte Mal, als sie über ein mögliches zweites Kind gesprochen hatten, hatte sie Daniel damit vertröstet, darüber nachdenken zu müssen. Sie hatte es nicht getan, zumindest nicht wirklich, er dagegen offensichtlich schon. Und vielleicht hatte er ihre Zurückhaltung falsch interpretiert und ging davon aus, dass sie ebenfalls ein Baby mit ihm wollte.

»Daniel …«

»Ich weiß, ich weiß, du denkst noch darüber nach. Aber wir müssen vorausplanen, und egal wie man es dreht und wendet: Dieses Haus ist einfach nicht groß genug. Nicht für eine wachsende Familie.«

Fassungslos schüttelte Sadie den Kopf. »Wir wachsen nicht.«

»Lissy schon«, antwortete er wie aus der Pistole geschossen. »Ist dir gar nicht aufgefallen, dass ihr die Hose, die sie heute anhatte, zu klein geworden ist?«

»Ist sie nicht.«

»Doch, ist sie. Und neue Schuhe braucht sie auch. Ihre

Sneaker werden nur noch von den Schnürsenkeln zusammengehalten. Ihre Socken haben auch nicht zueinander gepasst.« Er holte tief Luft und sah sie enttäuscht an. »Ich habe deine Geschäftseröffnung in jeder Hinsicht unterstützt, aber ich kann einfach nicht mehr ignorieren, dass Lissy aussieht, als habe sie sich im Dunkeln angezogen.«

Sadie schluckte das Keuchen, das ihr beinahe über die Lippen gekommen wäre, hinunter. Auf keinen Fall wollte sie, dass Daniel merkte, wie sehr seine Worte sie verletzten. »Das ist nicht fair«, erwiderte sie leise. »Ich bin nicht davon ausgegangen, dass ich Lissy heute mit zur Arbeit nehmen muss. Wir waren in Eile. Deswegen haben ihre Socken nicht zueinander gepasst, und ja, vielleicht habe ich aus Versehen zu einer alten Hose gegriffen. Aber nichts davon ist meine Schuld. Wenn du rechtzeitig aufgetaucht wärst, hätte ich sie gar nicht mitnehmen müssen.«

»Genau, schieb mir ruhig die ganze Schuld in die Schuhe.« Daniel hatte wieder die Arme verschränkt. »Es ist dir vielleicht noch nicht aufgefallen, aber ich bin nicht der Einzige, der uns dabei im Weg steht, wieder eine richtige Familie zu werden, Sadie. Du musst dir endlich klar darüber werden, was du willst.«

»Ich will, dass Lissy sich auf ihren Vater verlassen kann«, schoss Sadie zurück, bemüht, nicht zu schreien.

Daniel kniff die Augen zusammen. »Ich bin nicht derjenige, der jedes Wochenende arbeitet. Und ich habe sie auch nicht auf einem belebten Platz verloren. Das solltest du dir klarmachen, bevor du mich als unzuverlässig bezeichnest.«

Dieses Mal konnte Sadie das Keuchen nicht zurückhalten. »Wie kannst du es wagen?«

Er schüttelte den Kopf. »Du kommst allein einfach nicht zurecht. Das ist einer der Gründe, aus denen wir überhaupt wieder zusammengekommen sind. Und ist es nicht besser, zusammen in einem Haus zu leben, anstatt Geld für zwei zum Fenster rauszuwerfen? Wir könnten das Cottage vermieten und uns damit ein wenig Urlaubsgeld verdienen.«

Sadie hörte seine Worte, doch sie ergaben keinen Sinn. Daniel verdiente mehr als genug, um ihnen einen schönen Familienurlaub zu ermöglichen, wenn es ihm wirklich darum ging. Warum sollte sie also das Cottage vermieten? Und warum deutete er an, dass sie eine schlechte Mutter sei? Bisher hatte er ihr noch nie Vorwürfe in der Art gemacht.

»Für uns, Sadie«, sagte er etwas sanfter und griff wieder nach ihrer Hand. »Dich, mich und die Kinder. Was sagst du, ziehst du wieder bei mir ein?«

Der Ausdruck in seinen blauen Augen wirkte so aufrichtig, dass er sie beinahe überzeugte. Doch dann hörte sie noch einmal seine Worte in ihrem Kopf – unsere Kinder – und sie wusste, dass es ein Fehler wäre, zuzustimmen.

»Ich glaube nicht, dass das im Moment eine gute Idee ist, Daniel. Tut mir leid.«

Sein Gesichtsausdruck schwankte einige Sekunden

lang zwischen Schock und Fassungslosigkeit, bis sich seine Züge verhärteten und er ihre Hand losließ. Abrupt stand er auf. »Dann halte ich es auch für keine gute Idee, wenn ich heute hier übernachte.«

Mit klopfendem Herzen stand Sadie ebenfalls auf. Sie holte einmal tief Luft, bevor sie sagte: »Da wir gerade so ehrlich miteinander sind: Ich denke auch nicht, dass es der richtige Zeitpunkt ist, um über ein weiteres Kind nachzudenken.«

»Ich gehe nicht davon aus, dass es überhaupt irgendeine Rolle spielt, was ich will«, erwiderte er verbittert. »Es geht nur um dich und darum, was dir in den Kram passt.«

»Daniel.« Sie legte eine Hand auf seinen Arm, aber er schüttelte sie ab.

»Ich dachte, wir wünschen uns beide dasselbe«, sagte er, und für den Bruchteil einer Sekunde sah Sadie in seinen Augen, wie verletzt er tatsächlich war. »Aber wenn du nicht mal den Gedanken erträgst, wieder mit mir in einem Haus zu leben, was haben wir dann für eine Zukunft vor uns?« Damit drehte er sich auf dem Absatz um und stürmte aus dem Wohnzimmer.

Sadie sah ihm nach. Kurz darauf hörte sie, wie die Haustür ins Schloss fiel und ein Auto gestartet wurde. Im nächsten Moment entdeckte sie Lissy, die auf dem Treppenabsatz im ersten Stock stand und zu ihr hinunterblickte.

»Wo ist Daddy hingegangen?«

»Zu sich nach Hause«, antwortete Sadie, um einen möglichst beruhigenden Tonfall bemüht. »Er ist sehr müde, deswegen schläft er heute Nacht bei sich.«

Lissy gähnte herzhaft. »Ich bin auch müde.«

»Dann geh zurück ins Bett.« Sie hörte selbst, wie verärgert sie auf einmal klang.

»Dippy will, dass du ihn zudeckst. Machst du das?«

Augenblicklich hatte Sadie ein schlechtes Gewissen. »Na klar.«

Sie stieg die Treppe hinauf und nahm Lissys Hand. »Was hältst du davon, wenn ich dich dann auch gleich mit zudecke?«

Ihre kleine Tochter lächelte müde. »Sehr viel.«

»Wirklich schön«, sagte Jaren, als er einen Blick auf den Balkon hinauswarf, von dem aus man den Kanal überblicken konnte. Die untergehende Sonne tauchte den Himmel in weiches Licht. »Wie lange wohnst du schon hier?«

Cat reichte ihm ein Glas Wasser und überlegte einen Moment. »Bald ein Jahr. Ich bin letzten August eingezogen.«

Jaren nickte. »Der Ausblick gefällt mir. Die Wohnung ist zwar kein Hausboot, aber kommt dem schon ziemlich nahe.«

Cat grinste. »Stimmt genau. Allerdings sehe ich den Inhalt der Toilette beim Abspülen zum letzten Mal.«

Jaren verzog das Gesicht. »Ich dachte, wir hätten uns darauf geeinigt, nie wieder über das Thema zu sprechen?«

»Du hast recht.« Neugierig beäugte Cat den großen Jutebeutel, den er mitgebracht hatte. »Und, was steht heute Abend auf der Karte?«

»Ich werde dich in die hohe Kunst der Zubereitung eines *garnalencocktails* einweihen. Ein Krabbencocktail in Whiskysoße, der auf Brot serviert wird. Und danach teile ich vielleicht noch das berühmte Pfannkuchenrezept meiner Oma mit dir. Allerdings wirst du danach …«

Cat hob fragend die Augenbrauen. »Nicht mehr lange zu leben haben?«

»Ziemlich satt sein, wollte ich sagen«, ergänzte Jaren grinsend. »Anscheinend sind die Methoden in den schicken Pariser Restaurants ein wenig rabiater als bei uns.«

Cat lachte. »Anscheinend. Dein *garnalencocktail* klingt köstlich.«

Er tippte sich zum Zeichen, dass er das Kompliment zu schätzen wusste, an eine imaginäre Hutkrempe. »Und was zauberst du für mich?«

Rasch rief Cat ab, was sie über die niederländische Küche wusste. Man konnte wohl mit einiger Sicherheit behaupten, dass sie abgesehen von Pfannkuchen und Waffeln nicht gerade mit vielen weltbewegenden Gerichten aufzuwarten hatte. Sie meinte sich an jede Menge Rezepte mit Kartoffeln zu erinnern und an eine Erbsensuppe, die zwar lecker, aber wenig spektakulär gewesen war. Gut, dass es an diesem Abend nicht darum ging, etwas für Jaren zu kochen, das er bereits aus seiner Heimat kannte. Sie hatten sich zum Ziel gesetzt, einander ein Rezept beizubringen, das für den anderen neu war. Ein Vorhaben, bei dem Cat mit einem gehörigen Vorsprung aufwarten konnte, doch sie hatten sich bereits darauf verständigt, dass der Kochabend auf keinen Fall in einen Wettbewerb ausarten sollte.

»Was hältst du von grünem Thai Curry?«

Jarens braune Augen leuchteten auf. »Ich liebe Curry.«

»Dann wird das unser Hauptgericht. Bereit?«

Er bückte sich, um den Jutebeutel aufzuheben. »Bereit.«

Sie bewegten sich in Cats kompakter Küche so harmonisch, schon beinahe synchron miteinander, als hätten sie allein zu diesem Zweck einen speziellen Tanz einstudiert.

Jaren erklärte, dass die besten Krabben die grauen seien, die in der Nordsee gefangen wurden. »Das sind die hier. Allerdings sind sie so klein, dass man sie mit der Hand schälen muss.«

Nachdem er die Whiskysoße fertig gerührt hatte, zeigte ihm Cat, in welcher Reihenfolge dem Curry die Gewürze hinzugefügt werden mussten, damit sie während des Essens nach und nach ihr volles Aroma entfalteten. Das war der Trick dabei, ein Curry zu kochen, das gleichzeitig frisch und scharf schmeckte.

Als das Curry langsam sämiger wurde, knurrte ihnen beiden bereits der Magen. Und als es dann schließlich ans Essen ging, lobten sie sich gegenseitig in den höchsten Tönen.

»Wir geben ein gutes Team ab«, bemerkte Jaren und kratzte den letzten Löffel Curry auf seine Gabel. »Du darfst jederzeit meine Assistentin spielen.«

Cat grinste. »Gerne. Und du darfst bei meiner nächsten Dinnerparty den Souschef geben.«

Jaren hob eine Augenbraue. »Du hast mein Pfannkuchenrezept noch nicht probiert. Wie gesagt, es stammt von meiner Oma und ist das Geheimnis meines Erfolgs.«

Cat schob ihren Stuhl zurück und begann, den Tisch abzuräumen. »Worauf warten wir dann noch?«

Sie musste zugeben, dass die Pfannkuchen wirklich ausgesprochen gut waren: locker und gleichzeitig knusprig, und sie katapultierten Cats Geschmacksknospen geradewegs in den Himmel. Doch noch mehr genoss sie es, Jaren beim Kochen zuzusehen. Er schien sich in ihrer Küche gleich wie zu Hause zu fühlen, was ihn in ihren Augen ungemein attraktiv machte. Ein- oder zweimal sah er auf und erwischte sie dabei, wie sie ihn anstarrte. Beim ersten Mal senkte sie schnell den Blick. Beim nächsten Mal nicht mehr.

»Also«, begann Jaren, als sie satt und zufrieden auf dem Sofa saßen, »das hat Spaß gemacht.«

»Finde ich auch. Du hast recht, was dein Pfannkuchenrezept angeht – es ist wirklich umwerfend.«

Er nickte. »Meine Oma ist auch eine umwerfende Frau. Ich glaube, du würdest sie mögen.«

Cat musterte ihn aus dem Augenwinkel, als sie sich daran erinnerte, dass er nach dem Tod seiner Mutter bei seiner Oma aufgewachsen war. »Das glaube ich auch«, sagte sie schließlich leise. »Und bestimmt nicht nur wegen ihrer großartigen Pfannkuchen.«

Jaren lächelte. »Du wirkst heute Abend viel glücklicher und entspannter. Als würdest du mehr in dir ruhen. Hast du mit Sadie gesprochen?«

»Ja, habe ich. Sie hat mir gesagt, dass ich mir ein paar Tage frei von Castle Court nehmen soll. Deswegen hast du mich dort in den letzten Tagen auch nicht gesehen.«

»Die Veränderung tut dir offensichtlich gut.« Er hielt inne und musterte sie von der Seite. »Denkst du immer noch darüber nach, dich zu bewerben?«

Da war etwas in seinen Augen, ein Ausdruck, den sie nicht ganz zu deuten wusste; sie wagte kaum zu hoffen, dass er denselben Funken zwischen ihnen spürte wie sie selbst. »Im Moment nicht, nein«, sagte sie ehrlich.

»Und später? Kann es sein, dass du Chester irgendwann für immer hinter dir lässt?«

Eine Frage, auf die sie keine Antwort hatte. Wer wusste schon, was die Zukunft bereithielt? Doch im Moment wollte sie nichts anderes, als Jaren nahe sein. »Kommt darauf an.«

»Auf was?«

Sie rückte näher an ihn heran. »Ob ich einen guten Grund habe, zu bleiben.«

Er fixierte sie aus seinen braunen Augen. »Ist dieser Grund gut genug?«, flüsterte er, bevor er die letzten Zentimeter zwischen ihnen überbrückte.

Das Gefühl seiner Lippen auf ihren war mit nichts zu vergleichen, was Cat jemals empfunden hatte. Sanft und zärtlich und gleichzeitig wahnsinnig leidenschaftlich. Ihre

Augen schlossen sich wie von selbst, als sie noch näher an ihn heranrückte und kurz darauf eine Hand an ihrer Wange spürte. Sie öffnete den Mund und vertiefte den Kuss.

Cat verlor jegliches Gefühl für Zeit und Raum, während sie sich zärtlich neckten und einander vorsichtig erkundeten. Als sie schließlich die Lippen voneinander lösten, fühlte sie sich augenblicklich um etwas beraubt.

»Das war …« Ihr fehlten die Worte

Er lächelte zärtlich. »Unerwartet gut? Besser als die Pfannkuchen?«

Cat musste grinsen. »Definitiv besser als die Pfannkuchen. Ohne deiner Oma zu nahetreten zu wollen.«

Jaren lachte. »Sie würde jetzt sagen, dass es genauso sein soll.« Er hielt inne und studierte einen Augenblick lang Cats Züge. »Was meinst du, wollen wir das irgendwann wiederholen?«

»Gerne«, sagte Cat und spürte ein glückliches Kribbeln in der Magengegend. »Sehr gerne.«

In den nächsten Tagen dachte Cat immer wieder an den Kuss zurück. Jaren hatte sich an jenem Abend um kurz vor Mitternacht mit dem Versprechen von ihr verabschiedet, sie bald auf ein richtiges Date auszuführen, und der Gedanke daran verschaffte ihr den nötigen Mut, sich wieder nach Castle Court zu trauen.

Als sie am Dienstag den Platz betrat, kroch die Sonne gerade über die Dächer und tauchte die alte Eiche in ein goldenes Licht. Kein Lüftchen bewegte sich. Die Wettervorhersage versprach einen weiteren heißen Tag, doch Cat wünschte sich, sie könnte das Rascheln der dunkelgrünen Blätter hören, als sie einen Moment unter den schweren Ästen stehen blieb. Sie liebte die friedliche Stille, die um diese Tageszeit auf dem Platz herrschte, wenn die Schaufenster erwartungsvoll in den ersten Sonnenstrahlen zu glitzern begannen und noch kaum jemand auf den Beinen war.

Wäre da nicht Greg.

Er stand vor dem La Clé d'Argent und nestelte gerade den Schlüssel aus seiner Tasche. Cat beobachtete ihn einen Moment lang. Als ihm eine Reihe Plastikmappen hinunterfielen, fluchte er leise auf Französisch vor sich hin. Verärgert schob er den vollgestopften Rucksack auf seiner Schulter höher und bückte sich, um die Mappen aufzuheben.

Cat runzelte die Stirn. Es wirkte beinahe so, als versuche er etwas zu verheimlichen. Und war das, was er unter den Arm geklemmt trug, eine Geldkassette? Sie wunderte sich, dass er schon so früh auf dem Platz unterwegs war. Sein Bistro öffnete normalerweise erst um die Mittagszeit, und Lebensmittel wurden im Sommer auch nicht bereits bei Sonnenaufgang geliefert. Einmal ganz abgesehen davon, dass Greg nicht aussah, als warte er auf einen Lieferanten. Es wirkte eher so, als wäre er im Begriff zu gehen.

Innerhalb eines Sekundenbruchteils fasste Cat einen Entschluss. Sie trat aus dem Schatten der Eiche und räusperte sich. »Brauchen Sie Hilfe, Greg?« Sie war sich sicher, ihn erschrocken aufkeuchen zu hören, als ihm die Mappen erneut aus den Händen glitten.

Er fuhr herum. Als er sie erkannte, verhärteten sich seine Züge. »Ach, *Sie* sind das. Nein, ich denke, Sie haben schon genug getan.«

Cat trat einen weiteren Schritt auf ihn zu. Neugierig beäugte sie den Rucksack und die Geldkassette. »Und was genau habe ich in Ihren Augen getan?«

»Ist das nicht offensichtlich?« Er gestikulierte in Richtung eines Din-A4-Blatts, das in einem der Fenster seines Bistros klebte.

Cat ging näher heran, um die krakelige Handschrift zu entziffern. »Bis auf Weiteres geschlossen?«

»Ich hoffe, Sie sind zufrieden mit sich. Die giftige Kritik, die Sie eingefädelt haben, war der letzte Nagel im Sarg.«

Cat warf frustriert die Hände in die Luft. »Ich habe Ihnen bereits gesagt, dass ich nichts damit zu tun habe.« Ihr Blick wanderte zu der Geldkassette, die er auf seiner gut gepolsterten Hüfte abgestützt hatte. »Das erklärt aber nicht, was Sie *damit* vorhaben.«

»Ich nehme mir nur, was mir zusteht«, erklärte er in defensivem Ton. »Ich habe hart gearbeitet, um dieses Geschäft aufzubauen, und dafür verdiene ich eine entsprechende Anerkennung. Auch wenn Robert de Beauvoir da vielleicht anderer Meinung ist.«

Die Erwähnung von Cats altem Chef ließ Cat ein Licht aufgehen. Sie riss erstaunt die Augen auf. »Dann gehört

Ihnen das Bistro gar nicht, sie führen es nur in Roberts Namen. Natürlich.«

»Nicht in Roberts Namen, sondern in François'. Und keine Sorge, ich werde ihn darüber unterrichten, wem er es zu verdanken hat, dass sein Bistro ruiniert ist.«

Cat ging nicht auf seine Drohung ein. »Viel Glück«, sagte sie nur, ohne auch nur eine Miene zu verziehen, und trat einen Schritt zurück. »Sie werden es brauchen können.«

»Ich denke, das sind vielmehr Sie«, zischte Greg verbittert. »François wird Sie erledigen.«

Cat kratzte ihre letzte Selbstbeherrschung zusammen, um ein unbekümmertes Lachen zustande zu bringen. »Das hat er schon mal versucht und es nicht geschafft. Ich an Ihrer Stelle würde nicht auf ihn setzen.«

Damit drehte sie sich auf dem Absatz um und ließ den vor Wut speienden Greg hinter sich zurück. Es war noch zu früh, um in Paris anzurufen, doch sie war wild entschlossen, sich mit Robert in Verbindung zu setzen, sobald es angebracht war. Sie hatte nicht vor, Greg auch nur den kleinsten Vorsprung zu geben.

Kapitel vierunddreißig

Earls Augen funkelten, als er Sadie später am selben Morgen über den Verkaufstresen von Smart Cookies hinweg ansah. »Darf man es wirklich glauben? Hat Greg tatsächlich den Loki gemacht?«

Sadie blinzelte irritiert. Die beiden Besitzer des Bus Stop Diner waren wahre Film- und TV-Experten und streuten nicht selten Bezüge zu ihren Lieblingsfiguren in Unterhaltungen ein. Die meisten schienen etwas mit *Star Wars* zu tun zu haben, aber dieses Mal war sie komplett verloren.

»Äh …«

»Loki«, wiederholte Earl, als habe Sadie ihn vielleicht nur nicht richtig verstanden. »Böses Genie, versucht die Geheimnisse von Asgard zu stehlen, um sie gegen seine Feinde zu verwenden, trifft häufig fatale Entscheidungen.«

Sadie wartete, bis eine Kundin, die sich ganz in ihrer Nähe aufhielt, ein paar Schritte weiter zum nächsten Regal gegangen war, bevor sie mit gesenkter Stimme sagte: »Falls du damit fragen willst, ob Greg sich mit dem Reservierungsbuch und einem großen Batzen Cash abgesetzt hat, nachdem er sämtliche Informationen zu Lagerbeständen und Bestellungen aus dem System des Bistros gelöscht hat, dann ja, er hat den Loki gemacht.« Sie holte tief Luft. »Von den Geheimnissen Asgards weiß ich allerdings nichts.«

Earl stieß einen leisen Pfiff aus. »Oh Mann, mir war klar, dass es für ihn nicht gerade rundläuft, aber dass es so schlimm um das Bistro steht? Klingt ganz so, als hätte er den Laden ordentlich zugrunde gewirtschaftet.«

Sadie seufzte. »Mir tun vor allem seine Angestellten leid. Der Oberkellner hat offensichtlich vorerst die Dinge in die Hand genommen, und inzwischen haben sie wieder geöffnet, obwohl Greg alle Register gezogen hat, aber ich glaube, man darf sagen, dass da drüben gerade ziemliches Chaos herrscht. Cat hat mit dem Besitzer in Paris gesprochen. Er schickt jemanden, der das Management des Restaurants übernimmt, zumindest vorerst.«

»Immerhin etwas. Werden sie die Polizei einschalten?«

»Cat sagt Nein. Aber die de Beauvoirs kennen eine Menge Leute in der Gastronomie. Ich hoffe, Greg hat nicht vor zu versuchen, sich wieder einen Job in einem Restaurant zu suchen.«

Earl schüttelte fassungslos den Kopf. »Was für ein Idiot.«

»Aber du bist bestimmt nicht nur hergekommen, um über Greg zu tratschen«, wechselte Sadie das Thema. »Was kann ich für dich tun?«

»Du überschätzt mich.« Earl grinste. »Ich wollte tatsächlich nur tratschen. Aber wo ich schon mal hier bin, kann ich mich auch gleich nach unseren Gastgeschenken erkundigen. Auch wenn ich mir sicher bin, dass ihr zwei alles unter Kontrolle habt.«

Sadie spürte einen Anflug schlechten Gewissens, als sie an den Karton voller Plätzchen im Castle-Court-Design dachte, der unangerührt auf ihrem Küchentisch stand. Seit ihrem Streit mit Daniel fiel es ihr schwer, sich auf die Arbeit zu konzentrieren, vor allem zu Hause.

»Na klar«, sagte sie und kreuzte hastig zwei Finger hinter dem Rücken. »Möchtest du die Entwürfe sehen?«

Er winkte ab. »Nein, nein. Ich lasse mich lieber überraschen.«

»Und das wirst du mit Sicherheit«, sagte Sadie mit einem geheimnisvollen Lächeln, als sie an das zusätzliche Projekt dachte, dass sie und Cat als Geschenk für die beiden ausgeheckt hatten. »Aber natürlich auf eine gute Art und Weise.«

»Fantastisch! Ich mache mich jetzt besser auf den Weg zurück, bevor das Mittagsgeschäft losgeht. Möge die Macht mit dir sein, Sadie.«

»Äh … und mit dir«, rief Sadie ihm hinterher, als er sich bereits einen Weg an den zahlreichen Kunden vorbei zur Ladentür bahnte.

Die Hand bereits am Türknauf drehte er sich jedoch noch einmal zu ihr um. »Ach ja, bevor ich es vergesse, am Samstag veranstalten wir im Bus Stop einen doppelten Junggesellenabschied. Ich würde sagen, der ist in vielerlei

Hinsicht mit einer normalen Bachelorparty zu vergleichen – nur dass es sehr viel wilder zugehen wird. Bist du mit Cat dabei?«

Sadie grinste breit. »Wie könnten wir da Nein sagen?«

Cat steckte bis zu den Ellbogen in Keksteig, als Clare zu ihr in die Küche trat. »Du hast einen Besucher. Dieser Franzose, der vor ein paar Monaten schon mal hier war, als du den ganzen Ärger mit Greg hattest.«

Clare hielt ihr eine Visitenkarte hin, aber Cat musste nicht darauf sehen, um zu wissen, wer oben auf sie wartete. Robert de Beauvoir. Sie wischte sich die Hände an ihrer Schürze ab, bevor sie einen Streifen Klarsichtfolie abriss, um den Teig darin einzuwickeln. »Würdest du ihm kurz Bescheid geben, dass ich gleich bei ihm bin?«

Robert sah genauso elegant aus wie immer. Seine silbergrauen Haare waren auf eine Art aus der Stirn gekämmt, die ihn größer wirken ließ, und das trotz des Stockes, an dem er ging. Er trug einen edlen dunkelgrauen dreiteiligen Anzug, der keinen Zweifel daran ließ, dass er ihm auf den Leib geschneidert worden war, und dazu schwarze Lacklederschuhe, die dermaßen auf Hochglanz poliert waren, dass Cat ihr Spiegelbild darin erkennen konnte.

»*Bonjour*, Mademoiselle Garcia. Was für eine Freude, Sie wiederzusehen.«

Cat schüttelte seine ausgestreckte Hand. »Das Vergnügen ist ganz auf meiner Seite, Monsieur.«

Er sah sich kurz im Laden um, in dem es vor Kunden

nur so wimmelte, und senkte diskret die Stimme. »Können wir uns irgendwo ungestört unterhalten?«

Cat zögerte und warf einen Blick zu Clare hinüber. Sadie war früher gegangen, um sich mit den Gastgeschenken für die Hochzeit zu beschäftigen, und Delilah lieferte gerade die personalisierten Kekse in Form von Buchcovern aus, die sie für eine Buchpräsentation entworfen hatten. Sie ließ Clare nur ungern allein, vor allem wenn so viel los war, doch Robert war niemand, den man warten ließ. Er war vielleicht nicht mehr ihr Boss, doch das bedeutete noch lange nicht, dass sie sich seiner Bitte so einfach widersetzt hätte.

Rasch traf sie eine Entscheidung. »Ja, natürlich. Geben Sie mir nur eine Minute.«

Schnellen Schrittes überquerte Cat den Platz. Vielleicht konnte Jaren einen seiner Mitarbeiter für eine Stunde entbehren, um in der Keksbäckerei auszuhelfen. Doch als sie die Tür zum Let's Go Dutch aufstieß, machte sie sich keine großen Hoffnungen mehr. Beinahe jeder Tisch war besetzt.

»Hey«, rief Jaren ihr von der Bar zu. Er strahlte sie an. »Wie geht es meiner Lieblingsassistentin?«

»Sie ist ein wenig gestresst«, gab sie zu, nachdem sie sich einen Weg zwischen den Tischen und Stühlen bis zur Bar gebahnt hatte. »Ich habe ein Problem.«

Während sie ihm ihre Situation erklärte, hörte er aufmerksam zu, dann breitete er die Arme aus. »Ich gehöre ganz dir.«

Cat spürte, wie ihr vor Freude warm ums Herz wurde,

auch wenn ihr natürlich klar war, dass er den Satz nicht so wörtlich gemeint hatte, wie sie ihn interpretierte. »Im Ernst? Hast du nicht zu viel zu tun?«

Er zuckte mit den Schultern. »Meine Leute haben alles unter Kontrolle.« Er klopfte dem Kellner, der neben ihm stand, auf die Schulter. »Ehrlich, ich hänge hier nur rum, um das Gefühl zu haben, zu irgendetwas nutze zu sein. Ich kann gerne rüberkommen und euch helfen.«

Cat zögerte keine Sekunde länger. »Großartig. Ich erkläre dir alles auf dem Weg nach drüben.«

Als sie zurück in den Laden kamen, betrachtete Robert gerade mit offensichtlichem Vergnügen ihre Blüten-Edition. Als er Cat bemerkte, stellte er die Dose, die er in den Händen gehalten hatte, zurück ins Regal.

»Darf ich vorstellen, Monsieur Beauvoir, Jaren Smit«, sagte Cat, worauf sich die beiden Männer die Hände schüttelten. »Jaren führt ein sehr erfolgreiches Pfannkuchenrestaurant gleich gegenüber, das Let's Go Dutch.«

»Es freut mich sehr, Sie kennenzulernen. Meine Großmutter stammte aus den Niederlanden. Sie hat wunderbare Pfannkuchen gebacken.«

Cat und Jaren grinsten sich an. »Meine ebenfalls«, sagte Jaren. »Es freut mich auch sehr, Monsieur.«

Robert warf Cat einen auffordernden Blick zu. »Wollen wir?«

»Ja, natürlich«, sagte sie, bevor sie sich noch einmal an Jaren wandte. »Clare kann dir alles zeigen. Ich beeile mich.«

Anschließend führte sie Robert über den Platz und

durch die schmale Passage auf eine der umgebenden Einkaufsstraßen. Da sie sich bewusst war, dass er nicht besonders schnell laufen konnte, wählte sie ein Café in der Nähe aus, das in einer Nische im Schatten des Doms lag, sodass sie sich relativ sicher sein konnten, nicht belauscht zu werden.

»Ich kann die Zitronen-Mohn-Muffins empfehlen«, sagte sie, als Robert begann, die Karte zu studieren.

»Dann folge ich Ihrer Empfehlung«, sagte er zu der Kellnerin, die in diesem Moment an ihren Tisch trat. »Und einen schwarzen Kaffee, *s'il vous plaît.*« Er wartete, bis sie wieder unter sich waren, bevor er Cat mit ernstem Blick ansah. »Sie ahnen sicherlich, warum ich hier bin«, sagte er auf Französisch.

Cat senkte den Kopf, während sie sich darauf konzentrierte, sich ihr bestes Französisch ins Gedächtnis zu rufen. »Ja. Obwohl ich nicht erwartet hätte, dass Sie selbst kommen, nachdem Sie gesagt haben, dass Sie eine Vertretung schicken würden.«

Robert zuckte mit den Schultern. »Wenn man möchte, dass ein Job so ausgeführt wird, wie man es erwartet, dann macht man ihn am besten selbst. Deswegen bin ich persönlich hier.«

»Sie haben dem La Clé d'Argent sicherlich schon einen Besuch abgestattet.«

»Das habe ich. Die Lage ist ernst, sogar noch schlimmer, als ich befürchtet hatte. Monsieur Valois hat das Bistro viel zu lange mit seinem Missmanagement heruntergewirtschaftet. Es braucht eine sehr vernünftige und ruhige Hand und jemanden mit viel Gespür, um das Ruder noch einmal herumzureißen.« Er hielt für einen Moment inne, während die Kellnerin Kaffee und Muffins auf dem Tisch abstellte, bevor er Cat mit offenem Blick ansah. »In aller Kürze, Cat, glaube ich, dass wir *Sie* brauchen.«

»Mich?«, quietschte Cat, diesmal auf Englisch. »Das kann unmöglich Ihr Ernst sein.«

»Ist es aber«, sagte Robert und wechselte dabei ebenso mühelos von einer Sprache in die andere wie Cat. »Ihr Ruf eilt Ihnen voraus. Selbst wenn ich mich im La Perle nicht aus erster Hand von Ihrem Können hätte überzeugen können, wäre ich mir sicher, dass Sie die Richtige für den Job sind.«

Cat starrte ihn fassungslos an. »Aber Sie benötigen vor allem einen guten Manager. Jemanden, der Erfahrung darin hat, ein ganzes Restaurant zu führen, und nicht nur eine Köchin.«

»Chefköchin«, korrigierte Robert sie. »Und genau die Frau, die ich brauche. Ich suche jemanden mit einer Vision. Jemanden, der den Ehrgeiz hat, aus dem La Clé d'Argent das beste Restaurant Chesters zu machen. Dieser Jemand sind Sie, und ich bin bereit, Sie für das Projekt großzügig zu honorieren.«

»Es geht nicht ums Geld«, sagte Cat, während sie versuchte, Ordnung in ihre wirren Gedanken zu bringen. »Ich habe nicht die Erfahrung, um ein ganzes Restaurant zu führen.«

»Und trotzdem scheint Smart Cookies sehr gut zu laufen.«

»Das ist etwas anderes. Ich schmeiße den Laden nicht allein, Sadie und ich sind ein Team.«

Robert trank einen Schluck Kaffee. »Dann besorgen Sie sich eben Hilfe. Was ist zum Beispiel mit dem Niederländer, der aussah, als sei er bereit für Sie durch brennende Reifen zu springen, wenn Sie ihn nur darum bitten? Sagten Sie nicht, dass er auch ein Restaurant betreibt?«

»Wir haben beide mit unseren Geschäften schon alle Hände voll zu tun«, argumentierte sie lahm. »Was bringt Sie auf den Gedanken, wir könnten die Zeit aufbringen, uns zusätzlich um Ihres zu kümmern?«

Robert lächelte. »Ich kenne Sie, Cat. Sie lieben die Herausforderung. Und auch wenn sich Ihre kleine Keksbäckerei ganz wunderbar zu entwickeln scheint, bezweifle ich, dass Sie damit voll ausgelastet sind.« Er stützte die Ellbogen auf den Tisch und legte die Fingerspitzen aneinander. »Erzählen Sie mir nicht, dass es Sie nicht reizen würde, das La Clé d'Argent wie den sprichwörtlichen Phönix aus der Asche wiederauferstehen zu lassen. Ich kann Ihnen versichern, dass Sie vollkommen freie Hand bei der Umgestaltung hätten. Geld spielt keine Rolle.«

Unwillkürlich sah Cat ein Bild vor sich: das Bistro mit schickem Art-déco-Interieur und warmer Beleuchtung, eine Reminiszenz an die eleganten Zwanzigerjahre, mit Gerichten, die hinsichtlich ihrer Qualität und ihres Geschmacks einzigartig waren. Die Angestellten müssten einiges an Training absolvieren, dachte sie, während sie in Gedanken die Mitarbeiter durchging, die sie zumindest vom Sehen kannte. Und sie würde ein komplett neues Küchenteam zusammenstellen müssen. Mariettes Kritik ließ keinen Zweifel daran, dass die aktuellen Köche ihrem Job in keiner Hinsicht gewachsen waren. Andererseits konnte es natürlich durchaus sein, dass sie unter Gregs Führung einfach nur nie ihr Potenzial hatten entfalten können. Unter der richtigen Anleitung würde sich der ein oder andere von ihnen vielleicht doch noch qualifizieren. Robert hatte recht, es wäre eine Herausforderung. Und dann war da noch etwas anderes.

»Greg wird vor Wut schäumen, wenn er erfährt, dass ich seinen Job übernehme«, bemerkte Cat. »Er hat mich vor François' Rache gewarnt.«

Robert schüttelte langsam den Kopf, als könne er nicht glauben, was er da hörte. »Machen Sie sich wegen François keine Gedanken. Seine derzeitige Position erlaubt es ihm kaum, irgendjemanden fertigzumachen. Genauso wenig wie Greg Valois. Seine Tage in der Gastronomie sind gezählt, und ich habe ihm klargemacht, dass ich die Polizei einschalten werde, sobald er es wagt, auch nur einen Fuß auf den Platz zu setzen.« Seine Miene wirkte so unnachgiebig, dass Cat beinahe Mitleid mit den beiden Männern empfand. »*Alors*, Sie müssen mir nicht sofort antworten«, fuhr er in sehr viel freundlicherem Ton fort, wobei er sie aufmerksam musterte. »Nehmen Sie sich Zeit, darüber nachzudenken. Sie wissen, wie Sie mich erreichen können, sobald Sie eine Entscheidung getroffen haben.«

»Und wenn ich Nein sage?«

Er hob in einer so nonchalanten Geste die Schultern, wie es nur ein Franzose fertigbrachte. »Dann finde ich jemand anderen für den Job, und es wird vielleicht das zweit- oder drittbeste Restaurant der Stadt. Davon geht die Welt nicht unter.«

Beinahe hätte Cat laut gelacht. Wenn das überhaupt noch möglich war, war ihr Respekt für Robert in den letzten Minuten noch einmal enorm gestiegen. Hinter seinem Pariser Charme und seiner Gentleman-Fassade steckte ein gerissener Manipulator, der genau wusste, welche Knöpfe er drücken musste, um Cats Interesse zu wecken. Doch sie machte es ihm nicht zum Vorwurf, die Herausforderung, die er ihr bot, war reizvoll. Die wahre Frage lautete: War sie bereit für den Job? Und die gleich danach: Wollte sie ihn?

Jaren gegenüber erwähnte Cat Roberts Angebot zunächst nicht. Bevor sie mit jemandem darüber sprach, musste sie erst selbst darüber nachdenken. Und sobald sie so weit war, die Neuigkeiten zu teilen, wäre Sadie die erste Person, mit der sie darüber sprach.

Es kostete sie einige Tage, bis sie in Gedanken alle möglichen Konsequenzen durchgespielt hatte. Chefköchin in einem Restaurant zu sein, war eine anspruchsvolle Aufgabe, bei der man leicht unter Druck geriet. Sie konnte sich noch gut an das Gefühl des Ausgebranntseins erinnern, kurz bevor sie das La Perle verlassen hatte. Hätte François sie mit seinem Verhalten nicht zur Kündigung gezwungen, hätte sie vielleicht weitergearbeitet, bis der Burn-out unabwendbar gewesen wäre, so wie bei vielen ihrer Freunde und Kollegen. Wollte sie wirklich in dieses Leben zurückkehren? Das Geschäft bei Smart Cookies lief gut, und die Arbeit brachte eine Beständigkeit und Planbarkeit mit sich, die es ihr ermöglichten, neben dem Beruf auch noch ein Privatleben zu führen. Wie idiotisch wäre es, das gegen jede Menge Stress, Überstunden und Kopfschmerzen einzutauschen, die ihr die Umgestaltung des La Clé d'Argent garantiert bescheren würde. Und trotzdem ließ sie der Gedanke, den Job anzunehmen, nicht los. Immer wieder gingen ihr Roberts überzeugende Argumente durch den Kopf. Dass sie nicht alles allein machen müsste. Dass Geld keine Rolle spielte. Sie könnte Leute einstellen, junge Talente, die das Tagesgeschäft übernahmen, während sie ihre Vision verwirklichte. Lägen die Dinge anders, als sie es taten, hätte sie vielleicht sogar in Erwägung gezogen, einige der anderen Geschäfte mit einzubinden – Pralinen aus Elins Chocolaterie zum Nachtisch, eine von Seb speziell für das Bistro entworfene Cocktailkarte –, aber sie ertrug den Gedanken, mit einem der beiden zusammenzuarbeiten, einfach nicht.

Als sie sich am Freitagmorgen schließlich mit Sadie in der Küche von Smart Cookies zusammensetzte, um sie endlich über Roberts Angebot aufzuklären, war sie mit den Nerven bereits völlig am Ende.

Sadie hörte ihr aufmerksam zu, wobei ihre Miene immer nachdenklicher wurde.

»Und, was hältst du von der ganzen Sache?«, fragte Cat, nachdem sie mit ihrem Bericht fertig war. »Keine falsche Zurückhaltung, ich will deine ehrliche Meinung.«

Sadie blies die Wangen auf, bevor sie langsam die Luft entweichen ließ. »Um ehrlich zu sein, habe ich keine Ahnung, was ich davon halten soll. Es ist eine großartige Chance für dich, aber was würde das für mich bedeuten? Ich denke nicht, dass ich noch mehr Zeit in die Keksbäckerei investieren kann. Die Situation zu Hause ist nicht gerade …« Sie ließ den Satz unbeendet.

Cat runzelte verwirrt die Stirn. »Was ist los? Ist etwas passiert?«

Sadie schüttelte den Kopf. »Ach, nichts. Daniel führt sich einfach nur wie ein Idiot auf.«

»Warum? Erzähl.«

»In letzter Zeit ist er irgendwie komisch. Ich habe dir doch erzählt, dass er mich ständig fragt, wann ich wieder bei ihm einziehe. Und jetzt will er auch noch ein …« Sadie hielt inne und holte tief Luft. »Er möchte noch ein Kind.«

Cat blieb der Mund offen stehen, als sie langsam begriff. Natürlich machte es Sadie Angst, wenn sie darüber sprach, sich einem neuen Projekt zu widmen, wenn sie selbst eventuell bald schon wieder schwanger sein würde.

Auch wenn Cat der Ansicht war, dass ein weiteres Kind mit Daniel keine gute Idee war.

»Und was hältst du davon?«, fragte Cat vorsichtig, nachdem sie sich wieder einigermaßen gefangen hatte.

Sadie atmete zitternd aus. »Ich glaube, dass es die schlechteste Idee ist, von der ich jemals gehört habe.«

Cat widerstand der Versuchung, vor Erleichterung laut aufzustöhnen. »Gott sei Dank! Einen schrecklichen Moment lang habe ich tatsächlich geglaubt, dass du tatsächlich darüber nachdenkst.«

»Nein. Wir hatten deswegen einen ziemlich schlimmen Streit, und seitdem ist er sauer auf mich. Ständig macht er Kommentare darüber, wie viel Zeit ich im Laden verbringe, was ich angeblich bei Lissy falsch mache, solche Sachen.«

Cat machte ein finsteres Gesicht. »Dann ist er also wieder so wie früher. Soll ich mal mit ihm reden?«

»Das geht leider nicht«, sagte Sadie mit einem traurigen Lächeln, »er ist gerade für einen Job in London und kommt erst morgen wieder. Um ehrlich zu sein, bin ich sogar ganz froh, ihn im Moment nicht so häufig sehen zu müssen.«

Aufmerksam studierte Cat Sadies niedergeschlagene Miene. Ihre nächsten Worte wählte sie mit besonderer Vorsicht. »Dir ist bewusst, dass es nicht so sein sollte, oder? Er sollte dich glücklich machen, nicht unglücklich.«

»Ich weiß.«

Cat straffte die Schultern. »Und du weißt hoffentlich auch, dass du dich damit nicht abfinden musst.«

»Ja, natürlich.« Sadie verzog das Gesicht, als täte ihr etwas weh. »Aber ich muss auch an Lissy denken.«

»Lissy geht es gut, und das wird auch so bleiben«, sagte Cat streng. »Was ihr dagegen nicht guttun wird, ist, mit einer Mutter aufzuwachsen, die in einer lieblosen Ehe mit einem versoffenen Ehemann gefangen ist.«

»Cat!«, rief Sadie empört, auch wenn sie sich gleichzeitig ein Lachen verkneifen musste. »Er ist kein Säufer.«

Cat verschränkte die Arme. »Stimmt, das ist er nicht. Sondern ein Soziopath mit narzisstischen Tendenzen. Und du brauchst ihn nicht.«

Sadie schwieg einen Moment, bevor sie sich innerlich einen Ruck gab. »Vielleicht. Egal, genug von mir. Was willst du mit Roberts Angebot machen? Hast du darüber nachgedacht, Jaren zu fragen, ob er sich mit dir zusammentun möchte?«

Ein Bild von Jaren, dicht vor ihrem Gesicht, bereit sie zu küssen, schoss Cat durch den Kopf. Schnell schob sie es beiseite. »Hab ich, allerdings sollte man Arbeit und Vergnügen möglichst getrennt halten.«

Überrascht sah Sadie auf. »Vergnügen? Cat Garcia, gibt es da etwas, das du mir erzählen solltest?«

Cats Wangen brannten vor Verlegenheit. »Vielleicht. Es ist keine große Sache. Jaren und ich hatten letzte Woche einen gewissen *Moment*, als er zum Abendessen bei mir war.«

Sadie machte ein übertrieben empörtes Gesicht. »Und das erzählst du mir erst jetzt? Verdammt, Cat, das ist viel zu wichtig, als dass du es für dich behältst. Und was genau war das für ein *Moment*?«

»Ein sehr schöner«, gab Cat zu, und ihre Wangen wurden noch heißer. »Allerdings solltest du wissen, dass es nur ein einziger Kuss war. Für den Fall, dass du schon geplant hast, dir ein weiteres Hochzeits-Outfit zuzulegen.«

Sadie strahlte. »Das sind tolle Neuigkeiten.«

»*Waren* tolle Neuigkeiten. Seit Robert vorgeschlagen hat, mich beruflich mit Jaren zusammenzutun, weiß ich einfach nicht mehr, was ich wirklich will. Ich glaube nicht, dass beides möglich ist.«

»Natürlich ist es das. Ihr wärt nicht die ersten Menschen, die ein Paar sind *und* zusammenarbeiten.«

»Die Umgestaltung des Restaurants wäre eine riesige Aufgabe und mit ziemlich viel Stress verbunden. Wir würden eine Menge Zeit miteinander verbringen, und es wird viele Situationen geben, in denen wir unterschiedlicher Meinung sind. Ich habe keine Lust, dass wir uns ständig streiten, noch bevor wir aus der Wolke-sieben-Phase raus sind.«

Sadie musterte sie einen Augenblick lang nachdenklich. »Und was willst du jetzt machen?«

»Was schon? Vermutlich noch eine Weile länger darüber nachdenken«, antwortete Cat hilflos. »Aber zuerst wollte ich mit dir reden. Wenn du das Ganze für eine schlechte Idee hältst, dann muss ich gar nicht erst mit Jaren darüber sprechen. In dem Fall würde ich Robert absagen, und die Sache hätte sich erledigt.«

»Du könntest das Management so oder so outsourcen.«

»Das müsste ich auf jeden Fall.« Cat schnaubte verächtlich. »Ein Sieben-Gänge-Menü plane ich dir in fünf Minuten, alles andere ist für mich ein Buch mit sieben Siegeln.«

»Das stimmt nicht.« Sadie beschrieb eine ausladende Geste mit beiden Armen. »Überleg doch mal, du hast all das hier aufgebaut.«

Cat senkte den Blick auf die Tischplatte. »Genau wie du nach der Überschwemmung. Wir geben wirklich ein ziemlich gutes Team ab, was?«

»Tun wir«, versicherte Sadie ihr und drückte Cat leicht den Arm. »Was aber nicht bedeutet, dass du dich nicht weiterentwickeln darfst. Wir können mehr Mitarbeiter für den Laden einstellen und Clare befördern. Du musst tun, was das Richtige für *dich* ist.«

Cat legte eine Hand auf Sadies und drückte sie ebenfalls. »Danke.«

»Und keine weiteren Ausreden wegen Jaren. Du musst dich entscheiden, was du willst.«

»Ich weiß«, sagte Cat. »Ich weiß.«

Kapitel fünfunddreißig

Die Musik war so laut, dass Sadie kaum verstand, was Cat sagte.

»Wie bitte?«, brüllte sie über Britneys *Toxic* hinweg und rutschte auf dem Kunstledersitz ein Stück näher an ihre Freundin heran. »Ich habe kein Wort verstanden.«

Es war Samstagabend, im Bus Stop Diner fand Andrew und Earls doppelter Junggesellenabschied statt. Die Party war in vollem Gange – fast jeder Ladenbesitzer aus Castle Court war da, und dazu kamen jede Menge anderer Freunde, die sich in den Sitzecken und an der Bar dicht zusammendrängten. Ein Teil des Diners war zu einer provisorischen Tanzfläche umfunktioniert worden, auf der Earl gerade seine besten Roboter-Dancemoves zum Besten gab, während Andrew ihn begeistert anfeuerte. Wo Sadie auch hinsah, hingen Fotos der beiden Bräutigame, häufig in Kostümierung und in bester Feierlaune. Die beiden waren schon lange ein Paar, und ihr wurde ganz warm ums Herz, als sie sich klarmachte, dass ihre Beziehung nach all den Jahren enger denn je zu sein schien.

»Ich hab gesagt, dass es zu heiß hier drin ist«, brüllte Cat. »Wollen wir kurz ein bisschen frische Luft schnappen gehen?«

Sadie nickte und rutschte von der Bank, um auf den Platz zu flüchten.

Offensichtlich waren sie nicht die ersten Gäste mit der Idee gewesen, auch wenn es draußen nicht viel kühler war als drinnen. Mehrere Leute saßen bereits auf den Terrassenstühlen vor der gelben Busfront unter dem Sternenhimmel, nippten an ihren Drinks und unterhielten sich.

»Schon besser«, sagte Sadie, erleichtert, endlich ihre eigene Stimme wieder zu hören. »Ich habe absolut nichts gegen die gute Britney einzuwenden, allerdings finde ich es nicht besonders angenehm, das Gefühl zu haben, dass sie direkt in meinen Gehörgang singt.«

Cat streckte sich und legte den Kopf in den Nacken, um in den Sternenhimmel hinaufzusehen. »Wenn du dir in diesem Moment etwas wünschen dürftest, was wäre das?«

»Ich weiß nicht«, antwortete Sadie nachdenklich, bevor sie einen Schluck von ihrer Virgin Piña Colada trank. »Vielleicht mehr Eis in meinem Drink.«

»Ich meine es ernst. Was wünschst du dir mehr als alles andere?«

Etwas, das ich nicht haben kann, dachte Sadie, während sie zu Adam hinübersah, der sich gerade mit Cherie unterhielt. »Dass Daniel endlich aufhört, sich wie ein Idiot aufzuführen.«

»Tut mir leid, ich fürchte, ich muss deine erste Antwort gelten lassen«, sagte Cat mit einem leicht beschwipsten Zwinkern.

»Und was ist mit dir?«, drehte Sadie den Spieß um, froh, dass ihre Wangen von der Hitze ohnehin schon gerötet waren. »Was wünschst du dir?«

Cat winkte ab, wobei etwas von der pinkfarbenen Flüssigkeit aus ihrem Cocktailglas auf das Kopfsteinpflaster schwappte. »Eine gute Fee, die mir einflüstert, was ich mit dem Laden da machen soll.« Sie deutete zum La Clé d'Argent hinüber, dessen unbeleuchtete Fenster traurig auf den Platz hinauszustarren schienen. »Weil ich mich selbst einfach nicht zu einer Entscheidung durchringen kann. Manchmal denke ich, dass es die perfekte Herausforderung für mich wäre, und dann wieder, dass es einfach nur ein Haufen Arbeit ist, den ich mir nicht antun will.«

Sadie musterte ihre Freundin von der Seite. »Hast du schon mit Jaren gesprochen?«

»Nein. Ich überlege mir ständig, was alles schiefgehen könnte, und bevor ich mich versehe, ist wieder ein Tag vergangen und ich bin einer Entscheidung kein Stück näher gekommen.« Vorwurfsvoll sah sie Richtung Himmel. »Deswegen brauche ich ja unbedingt diese verdammte Fee.«

Sie hat recht, sich Sorgen zu machen, dachte Sadie. Beziehungen waren schon schwer genug, auch ohne, dass man nebenher zusammen die Umgestaltung eines ganzen Restaurants plante. Auch wenn es ihr schwerfiel, sich vorzustellen, dass der sonst immer so entspannte Jaren wegen irgendetwas die Nerven verlor.

»Und, gab es zwischen dir und Jaren noch mehr *Momente*?«

»Nein.« Cat wich Sadies Blick aus. »Ich … äh … Um ehrlich zu sein, bin ich ihm aus dem Weg gegangen.«

Sadie schüttelte den Kopf. »Das kannst du dem armen Kerl unmöglich noch länger antun. Ich wette, er fragt sich die ganze Zeit, was er falsch gemacht hat. Seit wir hier sind, hat er sich mindestens zwölfmal nach dir umgesehen.«

Cat starrte einige Sekunden in ihren Drink, bevor sie einen Schluck nahm und seufzte. »Du hast recht. Ich muss endlich erwachsen werden.«

»Sag ihm wenigstens Hallo.«

»Mache ich. Unter einer Bedingung.« Cat hob den Kopf und deutete mit dem Kinn in Adams Richtung. »Dass du in der Zeit zu Adam rübergehst.«

Sadie folgte ihrem Blick. Cherie war verschwunden, und an ihrer Stelle stand nun eine attraktive dunkelhaarige Frau, mit der er sich angeregt unterhielt. Sofort verließ sie der Mut. Die beiden flirteten ganz offensichtlich miteinander, und das Letzte, was Adam gebrauchen konnte, war, dass sie in das Gespräch platzte und ihm die Tour vermasselte.

»Okay. Aber nicht sofort. Später.«

»Sofort«, sagte Cat streng, bevor sie den restlichen Inhalt ihres Glases in einem Zug herunterstürzte. »Bevor du es aus Versehen vergisst oder er schon nach Hause gegangen ist oder so was.«

»Aber er unterhält sich gerade«, wandte Sadie ein. »Mit einer Frau.«

Cat musterte die beiden. »Erst recht ein Grund, die beiden so schnell wie möglich zu stören. Na los!«

Sadie straffte die Schultern und stand auf, auch wenn sie am liebsten auf dem Absatz kehrtgemacht hätte.

Als Adam sie auf sich zukommen sah, unterbrach er sein Gespräch. »Hi.«

»Hi.« Sadie schenkte der Frau ein freundliches Lächeln. »Ich bin Sadie.«

»Und ich Kirsty. Freut mich, dich kennenzulernen.«

»Kirsty hat mir gerade erzählt, wie sie Earl und Andrew kennengelernt hat.«

Die dunkelhaarige Frau grinste. »Das ist schon verdammt lange her. Damals waren die beiden noch zwei richtige Partytiere, kein Vergleich mit heute.«

»Hört sich so an, als hättest du da eine ganze Menge Geschichten auf Lager«, bemerkte Sadie. Ihre Neugier war geweckt, obwohl sie noch immer das unangenehme Ziehen im Magen spürte, das sich stark nach Eifersucht anfühlte.

Kirsty hob ihr halb leeres Cocktailglas. »Und ob. Fragt mich noch mal danach, wenn ich ein paar mehr von denen intus habe, vielleicht erzähle ich dann die ein oder andere.«

Adam lächelte. »Nicht weniger würde ich von einer

Trauzeugin erwarten. Die peinlichsten solltest du dir allerdings für deine Rede bei der Hochzeit aufsparen.«

»Keine Sorge.« Sie grinste verschmitzt. »Lara und ich haben einen unerschöpflichen Vorrat an Storys.«

»Lara?«, fragte Sadie, während sie überlegte, ob Andrew oder Earl vielleicht eine Schwester hatten.

»Meine Partnerin.« Kirsty deutete auf eine blonde Frau, die neben dem Eingang zum Diner stand. »Sie ist die Brautjungfer.«

Sadie war alles andere als stolz auf sich, als sie bei der Erwähnung von Kirstys Freundin von einer Welle der Erleichterung erfasst wurde. »Oh, wie schön, dann wirst du bald auch meine Tochter, Lissy, kennenlernen. Sie ist das Blumenmädchen.«

»Allerdings wird sie vermutlich ein wenig grüner gekleidet sein als jedes andere Blumenmädchen – zumindest, wenn sie es schafft, ihren Kopf durchzusetzen«, bemerkte Adam mit einem liebevollen Grinsen.

»Sie ist wild entschlossen, als Triceratops verkleidet zu kommen«, fügte Sadie erklärend hinzu. »Sie will mir einfach nicht glauben, dass so ein Kostüm kaum als traditionelles Blumenmädchen-Outfit durchgehen wird.«

Kirsty lachte. »Klingt nach einem großartigen Mädchen. Ich finde sowieso, dass man auf Hochzeiten viel zu wenigen Dinosauriern begegnet.«

Sie unterhielten sich noch einige Minuten länger zu dritt, bis Kirsty sich schließlich entschuldigte. »Wenn ich Lara noch länger an der Cocktailbar allein lasse, geschieht ein Unglück. Ich glaube kaum, dass hier irgendjemand will, dass sie noch mal dieses Sex-on-the-Beach-Ding abzieht …«

Sadie sah ihr nach. »Sie scheint sehr nett zu sein.«

»Ja. Aber du bist noch netter.«

Bei seinem Kompliment wurde Sadie ganz warm. »Danke.« Sie bemerkte, wie sich die Spitzen seiner Ohren rosa färbten, so wie sie es immer taten, wenn er verlegen war.

»Und, wie geht es dir?«

»Gut«, antwortete sie knapp. »Ziemlich beschäftigt, aber du weißt ja selbst, wie das ist.«

Er nickte. »Ja, klar. Und was macht Lissy?«

»Ihr geht es auch gut«, sagte Sadie, diesmal weniger angespannt. »Sie war total aus dem Häuschen, als ich ihr von den Bienenstöcken erzählt habe. Seitdem will sie ein Bienen züchtender Diplodocus werden, wenn sie mal groß ist.«

Adam lachte. »Warum nicht.« Doch seine Miene wurde schnell wieder ernst, als er sie aufmerksam musterte. »Ist wirklich alles in Ordnung? Ich meine, abgesehen davon, dass es bei der Arbeit stressig ist.«

Sadie war kurz davor, ihm irgendeine Ausrede aufzutischen, um ihm nicht erklären zu müssen, wie es ihr nach der Sache mit Daniel wirklich ging. Doch der Ausdruck in Adams haselnussbraunen Augen war so warm, dass sie ihm – ohne es zu beabsichtigen – ihr Herz ausschüttete und von ihrem Streit mit Daniel erzählte.

Adam hörte ihr zu, ohne sie auch nur einmal zu unterbrechen. Doch seine Züge verhärteten sich deutlich, als sie Daniels Vorwurf wiederholte, sie kümmere sich angeblich zu wenig um Lissy. Nachdem sie mit ihrer Erzählung zum Ende gekommen war, sah er wütender aus, als sie ihn jemals gesehen hatte.

»Ich kann nicht fassen, dass er dich so behandelt«, sagte er gepresst. »Was für ein Mann muss man sein, um seine eigene Frau so fertigzumachen? In meinen Augen bist du eine wunderbare Mutter. Lissy ist glücklich und selbstbewusst, jeder mag sie, und all das ist sie dank dir.«

»Danke. Es ist wirklich schade, dass Daniel das nicht so sieht.«

Adam sah aus, als könnte er jeden Moment vor Wut explodieren. »Mal im Ernst, was läuft bitte falsch bei dem Typ? Du bist unglaublich, Sadie – eine erfolgreiche Geschäftsfrau, eine aufopferungsvolle Mutter und auch noch wahnsinnig freundlich und großzügig. Daniel sollte vor Dankbarkeit auf die Knie fallen, dass er dich hat, statt dich zu kritisieren und dir ein schlechtes Gewissen zu machen.«

Sadie spürte, wie ihr die Tränen kamen. Schnell versuchte sie, dagegen anzublinzeln. »Du klingst wie Cat. Sie ist auch nicht gerade sein größter Fan.«

Adam zog besorgt die Augenbrauen zusammen. »Du verdienst etwas Besseres. Im Ernst. Normalerweise halte ich mich mit Ratschlägen, wie andere Leute ihr Leben zu führen haben, zurück, aber du und Lissy, ihr bedeutet mir viel zu viel, als dass ich einfach so mit ansehen könnte, wie Daniel dich auf diese schäbige Art behandelt.« Er hielt inne und griff nach ihrer Hand. »Ich halte es kaum aus, dich so unglücklich zu sehen.«

Das war zu viel für Sadie. Dicke Tränen liefen ihre Wangen hinunter. »Ich weiß einfach nicht, was ich machen soll. Lissy liebt ihren Daddy, und sie freut sich so, wenn er bei uns ist.«

Adam fingerte ein Taschentuch aus seiner Hosentasche und reichte es ihr. »Das bedeutet aber noch lange nicht, dass ihr beide zusammenbleiben müsst«, wandte er sanft ein. »Meine Eltern haben sich auch getrennt, als ich noch ziemlich jung war. Zuerst war es schwer, aber irgendwann habe ich verstanden, dass die beiden so viel glücklicher sind. Lissy ist ein intelligentes Kind, sie wird irgendwann genauso denken.«

Es geht nicht nur um Lissy, dachte Sadie, während sie sich die Tränen von den Wangen tupfte. Es war auch der schreckliche Gedanke, aufzugeben, ihre Ehe in den Sand gesetzt zu haben. Als sie sich zum ersten Mal getrennt hatten, hatte es einen triftigen Grund gegeben. Doch diesmal gab es keinen Auslöser, der automatisch das Ende einläutete, sondern nur ihr untrügliches Gefühl, dass sie dabei war, einen großen Fehler zu begehen. Und sie war sich nicht sicher, ob das Grund genug war, ihre Tochter eine weitere aufreibende Trennung durchmachen zu lassen.

»Was für eine verfahrene Situation«, murmelte sie.

Adam schwieg, betrachtete Sadie dabei jedoch mit so

viel Mitgefühl, dass sie Angst hatte, sofort wieder in Tränen auszubrechen.

»Ich denke«, sagte Adam nach einer Weile leise, »am Ende geht es nur um eins. Liebst du Daniel?«

Es war die Frage, die sich Sadie bisher nicht getraut hatte, sich selbst zu stellen. Sie hatte ihn einmal geliebt, und sie hatte gehofft, es irgendwann wieder zu tun, doch die Gefühle von damals neu zu beleben, war sehr viel schwerer, als sie es sich jemals hätte vorstellen können.

»Ich … Ich weiß es nicht.«

»Dann musst du es herausfinden.« Ein schwermütiges Lächeln umspielte Adams Lippen. »Sobald du eine Antwort gefunden hast, wirst du auch wissen, was zu tun ist.«

Er hatte recht, wurde Sadie in diesem Augenblick klar. Dankbar sah sie zu ihm auf. »Danke fürs Zuhören, Adam. Und bitte entschuldige, dass ich dich so vollgequatscht habe.«

Er sah ihr tief in die Augen. »Jederzeit gerne.«

Cat beobachtete, wie Adam und Sadie sich unterhielten. Selbst auf die Entfernung war nicht zu übersehen, dass es zwischen den beiden heftig knisterte. Adam sagte etwas, das Sadie erröten ließ, und als sie antwortete, färbten sich seine Wangen ebenfalls rosa. Die beiden waren perfekt füreinander, stellte Cat zufrieden fest. Wenn Sadie nur endlich von ihrer sturen Ansicht abrücken würde, dass es eine gute Idee war, mit Daniel zusammenzubleiben. Andererseits bin ich vermutlich nicht die Richtige, um anderen Leuten Rat in Liebesangelegenheiten zu geben, dachte sie trocken. In den letzten Tagen hatte sie den Großteil ihrer Zeit damit verbracht, Jaren aus dem Weg zu gehen, um keine schwierige Entscheidung treffen zu müssen. Aber das Hin und Her würde jetzt ein Ende finden. Sadie hatte ihren Teil der Abmachung erfüllt, jetzt war sie selbst an der Reihe.

Cat hatte Jarens dunklen Lockenkopf in einer Gruppe von Gästen ausgemacht, die am Ende der Busfront vor dem Diner standen, und sie wollte gerade zu ihm hinübergehen, als ihr wie aus dem Nichts Seb in den Weg trat.

»Hi, Cat. Lange nicht gesehen.«

Sie starrte ihn an. Die blonden Haare waren wie üblich leicht zerzaust, und er hatte die goldenen Bartstoppeln auf genau die richtige Länge getrimmt, dass sie sein gebräuntes Gesicht auf perfekte Art und Weise einrahmten. Er sah genauso aus wie immer – allerdings wusste sie auch, wie er Frauen behandelte.

»Hi«, sagte sie steif. »Wie geht es dir?«

»Ging schon besser«, gab er zu. »Hör zu, ich weiß, dass es gerade vielleicht nicht wirklich der beste Zeitpunkt ist, aber hast du vielleicht eine Minute für mich?«

Cat betrachtete ihn skeptisch. »Ich glaube nicht, dass es noch viel zu sagen gibt.«

»Komm schon, Cat, sei nicht so«, sagte Seb, und Cat war sich beinahe sicher, den vertrauten ungeduldigen Unterton herauszuhören. »Ich möchte nur mit dir reden, das ist alles. Du weißt schon, wie zwei vernünftige erwachsene Menschen.«

Sie war versucht, ihm den Rest ihres Cocktails ins Gesicht zu schütten. Es wäre unglaublich befriedigend, zu sehen, wie die klebrige rosafarbene Flüssigkeit von seinem Kinn tropfte. Aber sie beherrschte sich.

»Okay, du hast genau eine Minute.«

»Nicht hier«, sagte er und sah sich um. »Wie wäre es unter dem Baum?«

Cat sah zu den tief hängenden Ästen der alten Eiche hinüber. Niemand hielt sich in der Nähe auf, dennoch konnte sie von dort noch die anderen Partygäste im Blick behalten. »Okay.«

»Du siehst gut aus«, bemerkte er, als sie unter dem Blätterdach standen.

Cat bedachte ihn mit einem ungeduldigen Blick. »Eine Minute, Seb. Bitte sag jetzt nicht, dass du mich hergeschleppt hast, um mich anzumachen.«

Er wirkte ernüchtert. »Natürlich nicht. Du siehst nun mal einfach gut aus. Und ich glaube, dass ich dir das nicht häufig genug gesagt habe, als wir noch zusammen waren, deswegen tue ich es jetzt. Okay?«

»Nicht wirklich«, murmelte Cat, während sie sich fragte, was er für ein Spielchen trieb. Wo war Elin? Hatte sie auch nur die geringste Ahnung, dass Seb gerade versuchte, sich wieder mit ihr gut zu stellen? »Komm bitte zum Punkt.«

Als sie sah, wie Seb den Kiefer anspannte, verschaffte ihr

das ein gewisses Gefühl der Zufriedenheit. »Na gut, wenn du es lieber so haben willst. Es geht um Jaren.«

Cat runzelte irritiert die Stirn. »Was ist mit ihm?«

»Mir ist aufgefallen, dass ihr euch häufig seht und …«

Cats Augenbrauen schossen in die Höhe. »Wie bitte?«

Seb seufzte. »Keine Angst, ich habe dich nicht gestalkt oder so. Ich wollte einfach nur … Drücken wir es mal so aus: Ich habe mir Sorgen um dich gemacht.«

Cat schüttelte ungläubig den Kopf. »Ooo-kay.«

»Und mir ist aufgefallen, dass da etwas zwischen euch beiden ist.« Er zuckte mit den Schultern. »Keine Ahnung, vielleicht hattest du ja schon immer was für ihn übrig, aber jetzt ist es auf jeden Fall nicht mehr zu übersehen, und ich wollte dich warnen, bevor es zu spät ist.«

Fassungslos starrte sie ihn an. »Was?«

Er hob abwehrend die Hände. »Hör mir einfach mal kurz zu. Ich denke, dass es vielleicht zu früh für ihn ist. Seine Trennung von Elin liegt noch nicht besonders lange zurück, und ich habe das Gefühl, dass er in erster Linie auf Rache aus ist. Ich möchte nicht, dass du verletzt wirst.«

»Meinst du nicht, dass das ein wenig vermessen von dir ist? Jaren hat mir noch nie wehgetan. Ganz im Gegenteil, er war immer für mich da, von Anfang an. Was man von dir ja nicht gerade behaupten kann …«

»Ich weiß, ich weiß«, unterbrach er sie. In seiner Miene spiegelte sich eine Mischung aus Resignation und Bedauern. »Ich bin ein Arsch. Aber Elin hat mir einige Dinge über ihn erzählt … Ich darf nicht darüber sprechen, aber glaub mir, wenn du Bescheid wüsstest, würdest du Jaren mit anderen Augen sehen. Deswegen wollte ich dich warnen, bevor du zu tief drinsteckst. Er liebt Elin immer noch.«

Seine Worte schnitten wie ein Messer in Cats Herz. Sagte er die Wahrheit? Hatte Jaren noch Gefühle für die hübsche blonde Schweizerin? Ihr Kuss hatte sich nicht so angefühlt, allerdings hatte auch Seb sich ihr gegenüber nicht anders verhalten, nachdem er mit Elin im Bett gewesen war. Er war sogar aufmerksamer gewesen als sonst, auch wenn sie gespürt hatte, dass etwas nicht stimmte. Hatte sie bei Jaren die Anzeichen übersehen?

»Du lügst.«

»Du weißt, wie sehr er hinter ihr her war. Er hat dich sogar um Hilfe bei seinem Valentinsgeschenk für sie gebeten. Hattest du da zu irgendeinem Zeitpunkt das Gefühl, dass er nicht absolut in sie verschossen ist?«

»Nein«, gab Cat widerwillig zu, während sie sich in Erinnerung rief, wie oft sie mit Jaren darüber gesprochen hatte, wie sehr er sich zu Elin hingezogen fühlte. »Aber das war, bevor sie ihn mit dir betrogen hat.«

»Sie hat ihn nicht betrogen, die beiden waren damals noch kein Paar. Was, wenn Jaren eigentlich gar nicht mit Elin Schluss machen wollte und es nur aus Loyalität dir gegenüber getan hat?«

Cat konnte nicht abstreiten, dass das sehr nach Jaren klang. Nachdem er erfahren hatte, dass Seb sie mit Elin betrogen hatte, war er unglaublich wütend auf Seb gewesen. Doch möglicherweise war er vor allem eifersüchtig auf Seb gewesen wegen Elin? Vielleicht hatte Seb recht. Vielleicht empfand Jaren wirklich noch etwas für seine Ex-Freundin.

Auf einmal fühlte Cat sich unglaublich klein. »Ich weiß nicht, was ich dazu sagen soll.«

Seb schenkte ihr ein schiefes Lächeln. »Irgendwann wirst du mir dankbar sein. Du bist mir nicht egal, auch wenn du das von mir denkst. Und ich hoffe wirklich sehr, dass wir irgendwann sogar wieder Freunde sein können. Ich vermisse dich, Cat.«

Sie nickte abwesend. »Ja, natürlich, vielleicht.«

»Tut mir leid, dass ich dir keine besseren Nachrichten überbracht habe. Aber meinst du nicht auch, dass es besser ist, es sofort zu erfahren als erst in ein paar Monaten?«

»Ja«, sagte sie tonlos. »Wenn du mich jetzt entschuldigen würdest, ich glaube, ich brauche einen Drink.«

Seb trat einen Schritt zurück. Er sah besorgt aus. »Alles in Ordnung? Soll ich dich nicht lieber nach Hause bringen?«

Mit letzter Kraft winkte Cat ab. »Nein, danke. Wie gesagt, ich brauche einfach einen Drink.«

Auf dem Weg zurück in den Diner versuchte Cat, ihre wirren Gedanken zu sortieren, um herauszufinden, was sie von Sebs Offenbarungen hielt. Einerseits war sie verletzt und traurig, dass sie offensichtlich vollkommen blind gegenüber der Tatsache gewesen war, dass Jaren eventuell noch Gefühle für Elin haben könnte. Sie hatte die

Hoffnung gehabt, dass sich aus ihrer Freundschaft langsam mehr entwickeln würde, und die Vorstellung, dass er noch in seine Ex-Freundin verliebt war, schmerzte sie mehr, als sie bereit war zuzugeben. Andererseits konnte sie nun vielleicht schneller eine Entscheidung wegen des Jobangebots treffen. Wenn Jaren ohnehin nicht als Freund für sie infrage kam, dann vielleicht wenigstens als Geschäftspartner.

Vielleicht ist es so am besten, meldete sich eine leise Stimme in ihrem Hinterkopf zu Wort. Doch wenn dem wirklich so ist, dachte sie, während sie geradewegs auf die Bar zusteuerte, warum fühle ich mich dann so mies?

Kapitel sechsunddreißig

»Was ist am Samstag passiert?«, begrüßte Sadie ihre Freundin am Montagmorgen. »In der einen Minute hast du noch neben mir gestanden und darauf bestanden, dass ich mit Adam spreche, und in der nächsten warst du plötzlich verschwunden. Gibt es einen besonderen Grund, warum du nach Hause gegangen bist?«

Cat antwortete ihr, ohne von dem Lebkuchenteig aufzusehen, den sie gerade ausrollte. »Ich habe dir doch geschrieben, dass ich Kopfschmerzen habe und lieber nach Hause gehe.«

Sadie verstaute ihre Handtasche in einem der Küchenschränke und band sich anschließend eine Schürze um. »Ich weiß, ich habe deine Nachricht gelesen«, sagte sie ungeduldig. »Als wir uns gesehen haben, ging es dir allerdings noch hervorragend. Ist was passiert? Hast du dich mit Jaren gestritten?«

»Ich habe mich mit niemandem gestritten. Ich hatte Kopfschmerzen, deswegen bin ich nach Hause gegangen. Ende der Geschichte.«

»Migräne?«, wiederholte Sadie skeptisch. »Seit wann hast du Migräne?«

»Schon eine ganze Weile«, antwortete Cat ausweichend. »Aber jetzt ist wieder alles in Ordnung. Wie ist es mit Adam gelaufen?«

Sadie räusperte sich. »Gut«, sagte sie langsam. »Ich war etwas … äh … emotional. Ich habe ihm von Daniel und dem Streit erzählt, den ich mit ihm hatte.«

Nun sah Cat doch auf. In ihrer Miene spiegelte sich Mitleid. »Oh. Was hat er gesagt?«

Beim Gedanken daran, wie sie vor ihm gestanden und in Tränen ausgebrochen war, zuckte Sadie vor Verlegenheit zusammen. »Er hat ein paar sehr nette Dinge gesagt. Dass ich eine gute Mutter bin und dass Lissy einen sehr glücklichen Eindruck auf ihn macht.« Sie hielt einen Moment inne, bevor sie hinzufügte: »Und er hat mich gefragt, ob ich Daniel liebe.«

Cat ließ das Nudelholz sinken und starrte sie an. »Und?«

»Ich habe ihm die Wahrheit gesagt. Dass ich es nicht weiß.«

»Ist das denn wirklich die Wahrheit?« Cat durchbohrte sie geradezu mit ihrem Blick. »Wenn ich daran denke, wie du Adam ansiehst und wie Daniel, dann besteht für mich kein Zweifel, auf wen ich setzen würde.«

»Cat!« Sadie warf einen nervösen Blick die Treppe hinauf. Was, wenn Clare oder Delilah sie gehört hatten? »Ich habe dich schon mal gebeten, dass du aufhören sollst zu versuchen, mich und Adam zu verkuppeln.«

»Tut mir leid«, sagte Cat, zeigte dabei jedoch nicht die geringsten Anzeichen von Reue. »Ich sage dir nur meine ehrliche Meinung. Wie auch immer deine Gefühle für Adam aussehen, für Daniel hast du definitiv keine.«

Um Cats bohrendem Blick auszuweichen, beugte Sadie sich tief über das Spülbecken und wusch sich länger als nötig die Hände. Tief drin wusste sie, dass ihre Freundin recht hatte. Aber so einfach war das alles nun mal nicht.

Sie trocknete sich die Hände ab und drehte sich zu Cat um. »Und was ist mit Jaren? Wann hast du vor, mit ihm zu reden?«

Cat konzentrierte sich wieder auf den Lebkuchenteig. »Ich weiß nicht. Später vielleicht.«

»Aber du hast dich entschieden, ihn auf jeden Fall anzusprechen?«

Cat nickte. »Ja.«

Nun war es an Sadie, ihre Freundin mit Blicken zu durchbohren. »Und?«

»Ich erzähle es dir, nachdem ich mit Jaren geredet habe«, sagte sie entschieden. »Und jetzt sollten wir uns endlich wieder auf unsere Arbeit konzentrieren. Bis zur Hochzeit ist es keine Woche mehr, und wir haben noch fünfzig Läden fertigzustellen. Meinst du nicht auch, dass es langsam an der Zeit ist, das Reden einzustellen und mit dem Verzieren anzufangen?«

Sadie salutierte scherzhaft. »Aber natürlich, Chef.«

Es war bereits Nachmittag, als Cat das Let's Go Dutch betrat. Jaren war nirgendwo zu sehen, und sie wollte gerade wieder auf dem Absatz kehrtmachen, als auf einmal Meik vor ihr stand. Offensichtlich hatte er gerade seine Schicht beendet.

»Suchst du nach dem Chef?«, fragte er. »Er ist hinten. Du kannst einfach durchgehen, wenn du willst.«

»Danke.« Cat hob zum Abschied die Hand, bevor sie die Tür zur Küche aufstieß.

Mehrere Köche waren gerade damit beschäftigt, die letzten Mittagsbestellungen abzuarbeiten. Cat beobachtete das Treiben eine Weile, bevor sie die Tür losließ und sich nach Jaren umsah. Sie entdeckte ihn im hinteren Bereich der Küche, wo er – mit Stift und Notizblock in der Hand – vor der geöffneten Tür eines Kühlraums stand.

»Hey, was für eine schöne Überraschung«, begrüßte er sie strahlend. »Gib mir nur eine Minute. Ich muss kurz den Lagerbestand checken, dann gehöre ich ganz dir.«

Cat versuchte die Schmetterlinge zu ignorieren, die sich in ihrem Magen breitgemacht hatten, nachdem er sie mit leuchtenden Augen angesehen hatte, und bemühte sich um ein möglichst aufrichtiges Lächeln. »Keine Eile.«

»Vierundzwanzig Avocados, richtig?«, rief Jaren.

Als Antwort erklang gedämpftes Gemurmel aus dem Kühlraum, woraufhin Jaren etwas auf seinen Notizblock kritzelte.

Cat nutzte die Zeit, um sich umzusehen und im Geist selbst ein paar Notizen zu machen. Die Küche war auf

Hochglanz poliert; jedes Mitglied des Küchenteams schien darauf getrimmt zu sein, noch während des Kochens gleich wieder alles sauber zu machen. Und die Kommunikation zwischen den Mitarbeitern schien auch gut zu funktionieren. Die Atmosphäre war entspannt, niemand schrie herum oder wirkte unnötig nervös. Jeder schien genau zu wissen, was er zu tun hatte. Sie beobachtete, wie eine Stichflamme aus einer gusseisernen Pfanne schoss, die einer der Köche schwang, und schnupperte, als kurz darauf ein köstlicher Geruch die Luft erfüllte. Es war eine hoch professionell geführte Küche – allerdings hatte sie auch nichts anderes erwartet.

»Fertig«, verkündete Jaren zufrieden. »Also, was kann ich für dich tun? Geht es um was Geschäftliches oder ums Vergnügen?«

Als er sie verschmitzt angrinste, musste Cat sich zwingen, sich daran zu erinnern, weshalb sie gekommen war. »Ich fürchte, ums Geschäft.«

»Aha.« Jarens Interesse schien geweckt. »Sollen wir in mein Büro gehen?«

Er führte sie aus der Küche und einen engen Korridor entlang.

Als sie beide in seinem Büro Platz genommen hatten, sah er sie neugierig an. »Also, was gibt's?«

Cat zögerte, während sie versuchte, Ordnung in ihre Gedanken zu bringen. Noch vor wenigen Minuten, allein in der Küche von Smart Cookies, war es ihr so einfach vorgekommen: Sie wollte Jaren von Roberts Vorschlag erzählen. Herausfinden, ob Jaren Interesse an einer Zusammenarbeit hatte. Nach Hause gehen. Doch jetzt, wo sie ihm gegenübersaß, schienen sich sämtliche Sätze, die sie sich zurechtgelegt hatte, in Luft aufzulösen.

»Ich … äh … Ich wollte dir ein Angebot machen.«

Jaren hob interessiert die Brauen. »Die Richtung gefällt mir auf jeden Fall schon mal.«

»Ein geschäftliches Angebot«, fuhr Cat nervös fort. »Wie du weißt, war Robert de Beauvoir letzte Woche hier. Er möchte das La Clé d'Argent von Grund auf umbauen und es zum besten Restaurant von Chester machen. Und er hat mich gebeten, das Projekt zu übernehmen.«

Jarens Augen leuchteten auf. »Das ist großartig. Ich bin mir sicher, dass du genau die Richtige für den Job bist.«

»Bin ich nicht«, sagte Cat geradeheraus. »Schon allein, weil ich nicht genug Erfahrung habe. Aber Robert hat mir vorgeschlagen, mich mit jemandem zusammenzutun. Ein Team von Experten aufzustellen. Und er hat vorgeschlagen, dass ich dich als Partner mit ins Boot hole.«

Jaren strich sich übers Kinn, als müsste er intensiv darüber nachdenken. »Hm, mal überlegen … Ich würde sehr viel Zeit mit jemandem verbringen, den ich sehr gerne mag, dabei helfen, ein Restaurant zu Chesters Top-Gastronomie-Adresse zu machen, und ich würde dafür vermutlich noch nicht mal besonders schlecht bezahlt werden.«

Cat rutschte unruhig auf ihrem Stuhl hin und her. »Ja, aber …«

»Ich bin dabei.« Jaren grinste breit. »Immerhin haben wir schon rausgefunden, dass wir ein großartiges Team abgeben. Hey, wir könnten aus den Kochabenden eine regelmäßige Veranstaltung machen, um neue Rezepte zu testen. Das wird ein Riesenspaß!«

Er wirkte so enthusiastisch, dass Cat all ihren Mut zusammennehmen musste, um die Worte über die Lippen zu bringen, von denen sie wusste, dass sie gesagt werden mussten. »Da gibt es nur einen kleinen Haken«, murmelte sie und schluckte schwer. »In dem Fall müssten wir unsere Beziehung auf den geschäftlichen Teil beschränken.«

Sein Lächeln verblasste. »Wie meinst du das?«

Cat rief sich Sebs Worte in Erinnerung. »Es handelt sich um ein sehr anspruchsvolles Projekt. Wir werden genug Schwierigkeiten haben, auch ohne, dass … äh … dass *persönliche* Differenzen hinzukommen.«

Das Leuchten in seinen Augen war verschwunden. »Oh.«

»Das bedeutet auch: keine weiteren Kochabende«, fuhr sie hastig fort, darum bemüht, den Schmerz, der sich in seiner Miene spiegelte, zu ignorieren, »oder sonstige Aktionen, die unsere Zusammenarbeit beeinträchtigen könnten. Eine reine Geschäftsbeziehung.«

Einen Moment lang sah Jaren sie schweigend an. »Verstehe«, sagte er schließlich leise. »Wenn es das ist, was du willst.«

Sie spürte, wie ihr das Herz brach, als sie tapfer seinen Blick erwiderte. »Anders geht es nicht.«

Wieder schwieg er lange, bevor er sagte: »Und wenn ich den Job ablehne, können wir dann mehr als Freunde sein?«

Wieder gingen Cat Sebs Worte durch den Kopf. »Nein, ich denke nicht. Ich werde neben dem Projekt so gut wie keine Zeit für andere Sachen haben. Es wäre dir gegenüber nicht fair. Es tut mir leid.«

»Das heißt, entweder wir arbeiten zusammen oder wir haben gar nichts mehr miteinander zu tun«, murmelte er so leise, als würde er mit sich selbst sprechen.

»Natürlich können wir trotzdem Freunde bleiben«, sagte Cat und kniff anschließend fest die Lippen zusammen, um der Versuchung zu widerstehen, ihm zu sagen, dass sie nichts davon wirklich so meinte.

Jaren schüttelte den Kopf, bevor er ihr schließlich die Hand entgegenstreckte. »Geschäftspartner.«

Cat ergriff sie in der Hoffnung, weniger traurig zu wirken, als sie sich fühlte. »Auf gute Zusammenarbeit.«

»Auf gute Zusammenarbeit«, wiederholte er mit ausdrucksloser Miene. »Auf uns.«

In den folgenden Tagen verstrichen die Stunden noch schneller, als Sadie es schon unter normalen Umständen gewohnt war. Jede Oberfläche in ihrer Küche war mit Miniaturausgaben von Ladengeschäften rund um Castle Court bedeckt, und wenn sie nicht gerade damit beschäftigt war, Kekse zu verzieren, dann arbeitete sie an dem Überraschungsgeschenk, das sie in Cats Gästezimmer untergebracht hatten. Zwischen Arbeit und Lissy hatte sie

Daniel kaum zu Gesicht bekommen. Er schlief noch immer bei sich zu Hause und meldete sich nur sehr sporadisch telefonisch oder mit einer kurzen Nachricht bei ihr. Früher oder später würde sie sich mit ihrer privaten Situation auseinandersetzen müssen, so viel war ihr klar, vor allem da Lissy die Abwesenheit ihres Vaters immer häufiger infrage stellte. Doch das musste warten, zumindest so lange, bis ihre Abende nicht mehr aus Fifty Shades of Zuckerguss bestanden.

Am Mittwoch hatte sie langsam das Gefühl, endlich wieder ein wenig Luft zu haben. Die Miniaturgeschäfte waren einzeln in Zellophan verpackt und ihr geheimes Projekt stand ebenfalls kurz vor der Fertigstellung, auch wenn sie keinen Schimmer hatte, wie sie es in einem Stück und ohne, dass es irgendjemand mitbekam, zur Hochzeitslocation transportieren sollten. Die Lage entspannte sich, und als Sadies Handy klingelte und sie Daniels Nummer auf dem Display aufleuchten sah, holte sie tief Luft und ging ran.

»Hallo, Daniel«, begrüßte sie ihn kühl, bevor sie Clare mit einem entschuldigenden Lächeln zu verstehen gab, dass sie zum Telefonieren kurz nach draußen gehen würde. »Schön, von dir zu hören.«

Am anderen Ende der Leitung waren zuerst nur leise Atemzüge zu hören, dann meldete sich eine weibliche Stimme. »Nicht Daniel. Hier spricht Elizabeth.«

»Oh.« Sadie runzelte irritiert die Stirn. »Hi, Elizabeth. Ist alles in Ordnung?«

»Nicht wirklich, nein.«

Sadie war nun noch verwirrter. Elizabeth klang verärgert. »Was ist passiert?«

Elizabeth stieß ein tiefes Seufzen aus. »Ich wusste nicht genau, ob ich es Ihnen sagen soll.« Ihre Stimme zitterte jetzt vor Nervosität. »Aber bei der Taufe, da waren Sie so nett, und dann ist da noch Ihre niedliche Tochter und … Ich glaube einfach nicht, dass ich damit leben könnte, wenn ich es für mich behalte.«

Eine dunkle Vorahnung ergriff von Sadie Besitz. »Was für sich behalten?«

Einige Sekunden herrschte Stille in der Leitung. Dann räusperte sich Elizabeth. »Daniel … Er hat eine Affäre.«

Sadie hatte das Gefühl, ihr würde der Boden unter den Füßen weggezogen. Halt suchend lehnte sie sich an den Türpfosten. »Wie bitte?«

»Ich weiß, es ist nur schwer zu glauben, er scheint Sie so sehr zu lieben. Aber bei der Hotelrechnung aus der letzten Woche gab es eine Unregelmäßigkeit. Deswegen habe ich dort angerufen und um eine Kopie gebeten«, erklärte Elizabeth unglücklich. »Darauf war alles für zwei Personen aufgelistet. Zwei Abendessen, zwei Flaschen Champagner, zweimal Frühstück aufs Zimmer. Selbst als ich die Rechnung vor mir liegen hatte, dachte ich noch, dass es sich um einen Fehler handelt, also habe ich noch mal bei der Rezeption nachgefragt. Man hat mir bestätigt, dass zwei Gäste in dem Zimmer übernachtet haben – ein Mann und eine Frau. Mr. und Mrs. Smart. Der Auskunft nach, die man mir gegeben hat, sind die beiden Stammgäste.«

Auf einmal kam es Sadie so vor, als hätte ihr jemand den Boden unter den Füßen weggezogen. Daniel hatte sie geradezu angefleht, wieder bei ihr einzuziehen, er hatte sogar vorgeschlagen, ein zweites Kind zu bekommen, dabei hatte er die ganze Zeit über mit einer anderen geschlafen. Er hatte eine weitere Affäre.

»Es tut mir wirklich sehr leid, Sadie«, sagte Elizabeth. Sie klang aufrichtig bedauernd. »Ich wünschte, ich hätte Ihnen die Nachricht nicht am Telefon überbringen müssen, aber ich bin davon ausgegangen, dass Sie es lieber früher als später erfahren. Zumindest würde es mir so gehen.«

»Danke«, hörte Sadie sich selbst wie aus weiter Ferne sagen. »Ich weiß Ihre Ehrlichkeit sehr zu schätzen. Danke, dass Sie mir Bescheid gesagt haben.«

»Ich habe eine Versetzung beantragt«, fuhr Elizabeth fort, »nachdem ich die Senior-Partner darüber informiert habe, dass ich nicht für jemanden arbeiten kann, für den mir der nötige Respekt fehlt. Es kann also sehr gut sein, dass wir uns nicht mehr wiedersehen. Ich wünsche Ihnen alles Gute, und grüßen Sie bitte Lissy von mir.«

Elizabeth legte auf, und Sadie ließ langsam das Handy sinken. Wie benommen starrte sie auf den Platz hinaus.

»Sadie?«, hörte sie irgendwo hinter sich Clares Stimme. »Ist alles in Ordnung?«

»Nein«, sagte Sadie leise, als sie spürte, wie ihr die Tränen kamen. »Nein, ist es nicht.«

Sadie saß auf dem Sofa in Daniels Wohnzimmer und lauschte auf das Geräusch des Schlüssels im Schloss. Sie hatte Lissy wie üblich bei der Tagesmutter abgeholt, und sie anschließend für einen privaten Kochkurs mit Tante Cat in die Stadt gefahren.

Zum Abschied hatte Cat sie fest in den Arm genommen. »Viel Glück. Und wenn du Hilfe beim Beseitigen der Leiche brauchst, ruf mich an.«

Sadie war jedes einzelne Stück Papier, jeden Zettel, jede Quittung in seinem Büro bei ihm zu Hause durchgegangen, bis sie eine schmale Dokumentenmappe mit der Aufschrift »Geschäftsausgaben« entdeckt hatte. Die Hotelrechnungen, die sich darin befanden, reichten etwa sechs Monate zurück. Daneben befanden sich Quittungen für verschiedene Floristen, einen Juwelier und eine handgeschriebene Dankeskarte in der Mappe, die mit Emma unterschrieben war. Irritiert stellte Sadie fest, dass sie beim Anblick des Namens nicht die erwartete Wut, sondern nur eine alles verschlingende Taubheit spürte. Taubheit, gemischt mit einem gewissen Gefühl der Erleichterung, dass die nagenden Zweifel, die sie immer wieder als Paranoia abgetan hatte, begründet gewesen waren. Sie war im Recht gewesen, Daniel zu verdächtigen. Ihre Zurückhaltung ihm gegenüber war richtig gewesen.

Als Daniel ins Wohnzimmer trat, konnte sie an seiner Miene ablesen, dass er wusste, warum sie gekommen war. Langsam ließ er seine Aktentasche aus der Hand gleiten. Mit einem dumpfen Schlag landete sie auf dem Boden.

»Ich kann es erklären, Sadie.«

»Das glaube ich gerne«, gab sie zurück, selbst überrascht, wie ruhig sie klang. »Ich bin mir sicher, dass du mir eine lange, komplizierte Geschichte auftischen könntest, dass du eigentlich gar keine Affäre haben wolltest, ich dich aber dazu getrieben habe. Wahrscheinlich liegt es nur daran, dass ich so viel gearbeitet habe und keine Zeit für dich hatte. Ich habe dich vernachlässigt, genau wie unsere Tochter. Liegt es daran, Daniel? An der Tatsache, dass ich dich diesmal nicht an die erste Stelle gesetzt habe?«

Seine Schultern sackten nach vorne. Er wirkte geschlagen. »Zum Teil schon. Aber du musst mir glauben, dass ich nicht wollte, dass es passiert. Emma hat mich einfach nicht in Ruhe gelassen. Sie hat mir das Leben zur Hölle gemacht, bis ich ihr gegeben habe, was sie wollte.« Flehend sah er sie an. »Die ganze Sache hat mich innerlich aufgefressen. Ich bin fast froh, dass du jetzt Bescheid weißt, damit wir über alles reden können.«

Sadie konnte kaum glauben, was er da sagte. Wäre sie nicht so wütend gewesen, hätte sie laut gelacht. »Du denkst im Ernst, dass wir noch etwas zu bereden haben?«

Daniel durchquerte den Raum und ging vor ihr auf die Knie. »Natürlich. Hör zu, ich weiß, dass du gerade glaubst, mich zu hassen, aber wir brauchen einander. Du kommst ohne mich nicht zurecht, und ich … ich möchte kein Sonntagsvater sein.«

Endlich spürte Sadie die Wut in sich aufsteigen, von der sie sich schon die ganze Zeit gefragt hatte, wo sie blieb.

»Ich komme ohne dich nicht zurecht?« Mit einer Mischung aus Fassungslosigkeit und brennendem Zorn starrte sie ihn an. »Das soll hoffentlich ein Witz sein. Ich komme *mit dir* nicht zurecht, Daniel. Du machst alles zehnmal schwerer. Und ein Sonntagsvater wirst du nur, wenn du dich dafür entscheidest, einer zu sein. Ich werde dich bestimmt nicht davon abhalten, Lissy zu sehen.«

Sein Gesichtsausdruck wurde starr, als würde ihm endlich dämmern, dass er sie nicht mehr umstimmen konnte. »Das gilt nur für den Fall, dass du das Sorgerecht behältst, Sadie. Ich bin alles andere als überzeugt, dass du in der Lage bist, dich ausreichend um Lissy zu kümmern. Was meinst du, was passieren wird, wenn ich vor Gericht ziehe und denen erzähle, wie du Lissy verloren hast? Oder dass du sie in zu kleinen und kaputten Sachen zur Schule schickst und so viel arbeitest, dass sie dich kaum zu Gesicht bekommt? Überleg dir gut, was ein Richter davon halten wird.«

In diesem Moment explodierte Sadie. »Wage es ja nicht, einen Sorgerechtsstreit mit mir anzufangen, Daniel«, sagte sie kalt und vor Zorn bebend. »Sonst lasse ich deine Senior-Partner wissen, wie du monatelang deine Geschäftsausgaben manipuliert hast, um deine schmutzige kleine Affäre zu finanzieren. Ich glaube kaum, dass sie dir danach die nächste Beförderung in Aussicht stellen, oder was meinst du?«

Bei ihren Worten wurde Daniel kreidebleich. »Das würdest du nicht tun.«

Sie hielt die Mappe in die Höhe, die sie in seinem Büro gefunden hatte. »Und ob ich das tun würde. Und bitte erspar mir deine Drohung, dass ich finanziell von dir abhängig bin. Smart Cookies läuft gut. Ich bin durchaus in der Lage, selbst für mich und Lissy zu sorgen.« Sie stand auf und starrte verächtlich auf ihn hinab. »Du tust mir leid, Daniel. Du hattest alles, was du angeblich wolltest, und trotzdem hat es nicht gereicht.«

»Sadie … warte …«

Sie ignorierte ihn und wandte sich ab, um zur Tür zu gehen. »Ich gebe dir Bescheid, wann du Lissy sehen kannst«, rief sie, ohne sich noch einmal zu ihm umzudrehen. »Bis dahin möchte ich keinen Kontakt zu dir.«

Das Adrenalin, das ihr nach dem Streit durch die Adern schoss, nahm den ganzen Weg bis Chester nicht ab. Es trug sie auf einer Welle der Wut vom Parkhaus unter Cats Apartment die Treppen hinauf bis vor ihre Tür und in die Wohnung, wo Lissy zusammengerollt auf dem Sofa schlief. Erst da hatte Sadie das Gefühl, dass alle Kräfte sie mit einem Schlag verließen.

»Cat …« Schluchzend fiel sie ihrer besten Freundin in die Arme. »Was soll ich nur machen?«

Kapitel siebenunddreißig

Am Tag der Hochzeit war der Himmel wolkenlos und strahlte im schönsten Blau. Die Geschäfte rund um Castle Court blieben geschlossen, und die kleine Gasse, die auf den Platz führte, war mit Schleifen und Luftballons in Neonpink dekoriert. Zwei Plakate auf eleganten silbernen Ständern verkündeten am Eingang zur Passage, die auf den Platz führte, welches Ereignis an diesem Tag gefeiert wurde.

In der Mitte des Platzes war rund um die alte Eiche eine Pergola errichtet worden, deren Unterkonstruktion aus Spalieren bestand, die mit Lichterketten umwunden waren. Darunter befand sich ein kleines Podium, auf dem Earl und Andrew ihre Ehegelübde ablegen würden.

Es wird magisch aussehen, sobald es dunkel ist, dachte Cat, als sie um zehn Uhr in der Tür zu Smart Cookies stand und den Blick über die mit Schleifen geschmückten Stuhlreihen wandern ließ, die auf Familie und Freunde der beiden Bräutigame warteten.

Delilah trat neben sie. In der Hand hielt sie einen dampfenden Becher Tee. »Du siehst aus, als könntest du eine Tasse vertragen.«

»Du bist toll.« Dankbar nahm Cat den Becher entgegen. »Ich hoffe, der Tee ist stark.«

Delilah schenkte ihr ein verständnisvolles Lächeln. »Lange Nacht, was?«

Cat verzog das Gesicht. Lang beschrieb es nicht mal annähernd. Sadie und Lissy hatten bei ihr übernachtet, um am Morgen nicht irgendwo im Stau stecken zu bleiben und womöglich zu spät zu kommen. Zumindest war das Sadies Erklärung gewesen, doch Cat hatte den Verdacht, dass ihr Daniel mehr fehlte, als sie zugab. Am Donnerstagmorgen hatte sie die Schlösser an ihrem Cottage austauschen lassen, und während der Handwerker beschäftigt gewesen war, hatte sie gemeinsam mit Sadie alle Spuren, die Daniel hinterlassen hatte, getilgt. Die schwarzen Plastikmüllsäcke mit seinen Sachen hatten sie bei ihm zu Hause abgeladen. Und Cat hatte mit einer gewissen Genugtuung beobachtet, wie Sadie anschließend den Schlüssel zu seinem Haus durch den Briefschlitz geworfen hatte.

»Fertig?«, hatte sie ihre Freundin gefragt und mit einer Mischung aus Mitleid und Solidarität ihren Arm gedrückt.

Sadie hatte geschluckt, schließlich aber ein tapferes Lächeln zustande gebracht. »Fertig.«

Am Freitag hatte sie bereits viel weniger tapfer gewirkt, und Cat war nicht sonderlich überrascht, als Sadie sie gefragt hatte, ob sie etwas gegen zwei Übernachtungsgäste einzuwenden hätte. Es ging nicht darum, dass Cat ihre

Gesellschaft nicht gewollt hätte; sie hatten Pizza bestellt und alberne Spiele gespielt, bis Lissy nicht mehr aufgehört hatte zu gähnen. Nachdem sie Lissy ins Bett gebracht hatten, waren Cat und Sadie noch lange wach geblieben, um sich zu unterhalten – was Cat ebenfalls nichts ausgemacht hatte. Doch den Todesstoß hatte ihr Lissy verpasst, als sie am Morgen bei Sonnenaufgang knurrend wie ein T-Rex zu ihr ins Schlafzimmer gestürmt war und sie zu einem Kampf um Leben und Tod herausgefordert hatte.

»Ich habe heute Morgen bereits Gespräche über Dinosaurier geführt«, erklärte sie Delilah. »Um genau zu sein, ab kurz vor fünf.«

»Die arme Kleine«, sagte Delilah mitfühlend. »Sie hat es gerade wirklich nicht leicht.«

Dagegen konnte Cat kaum etwas einwenden, auch wenn sie ziemlich überrascht gewesen war, wie gut Lissy mit der Tatsache, dass ihr Daddy mal wieder weg war, zurechtkam. Zu Anfang sei sie ganz still gewesen, hatte Sadie berichtet, schließlich hätte sie die Neuigkeiten aber akzeptiert und nach einem Eis gefragt. Cat vermutete außerdem, dass die Tatsache, dass Earl und Andrew nichts gegen ein Blumenmädchen in Dinosaurierkostüm einzuwenden hatten, enorm hilfreich gewesen war.

Cat streckte sich und seufzte. »Wir sollten wohl besser langsam loslegen. Unser Geschenk muss noch zusammengesetzt werden. Ich hoffe nur, dass ich mich noch erinnere, welches Teil wohin gehört. Sadie bringt mich um, wenn ich es falsch aufbaue.«

»Das kriegen wir schon hin«, versicherte ihr Delilah. »Und wenn wir nicht mehr weiterwissen, gibt es immer noch das Internet.«

Ab elf Uhr nahm das Treiben auf dem Platz langsam zu. Die Cateringfirma hatte die Küche des Let's Go Dutch in Beschlag genommen, und Cat gab den Kellnern, die für die Getränke zuständig waren, die Möglichkeit, das La Clé d'Argent als Basis zu nutzen. Die Standesbeamtin, die die Trauung durchführen würde, traf ein und wurde von der Trauzeugin in Empfang genommen. Cat und Delilah verteilten die Gastgeschenke zusammen mit einer Karte, auf der der Ablauf für die Feierlichkeiten nachzulesen war, auf den Sitzplätzen, bevor sie letzte Hand an das Überraschungsgeschenk für die beiden Bräutigame legten.

Als Cat einen Blick auf die Uhr warf, zuckte sie erschrocken zusammen. »Höchste Zeit, dass ich mich fertig mache. Könntest du mir bitte Bescheid sagen, wenn Sadie und Lissy da sind, Delilah?«, fragte sie, bevor sie auf die Treppe zum Untergeschoss zuging. Auf der obersten Stufe blieb sie stehen und drehte sich noch einmal um. Mit einer Kopfbewegung in Richtung des satinverkleideten Bergs auf dem Verkaufstresen fügte sie hinzu: »Und beschütz das Ding da mit deinem Leben.«

Cat hatte gerade Lippenstift aufgetragen, als sie Delilah rufen hörte. »Juuu-huuu! Bist du angezogen?«

Cat grinste. »Angezogener geht's nicht. Schick sie runter.«

Doch es waren nicht Lissy und Sadie, die die Treppe herunterkamen. Als Cat Schritte hinter sich hörte und sich umdrehte, stand Elin vor ihr.

»Hi. Mit dir habe ich nicht gerechnet.«

Elin verzog keine Miene. »Wie geht es dir, Cat?«

Offensichtlich besser als dir, dachte Cat, sagte jedoch nichts. Elins unglücklicher Gesichtsausdruck erinnerte an den von jemandem, der in seinem Leben schon viel zu häufig enttäuscht worden war.

»Gut. Ich freue mich auf die Feier. Und wie geht's dir?«

Elin schenkte ihr ein trostloses Lächeln. »Ach, du weißt schon, die üblichen Hochs und Tiefs. Aber ich bin wegen etwas anderem hier. Ich habe gehört, dass du letzte Woche eine Unterhaltung mit Seb hattest.«

»Stimmt«, sagte Cat alarmiert.

»Worüber habt ihr gesprochen?«

Cat runzelte die Stirn. Was war hier los? Hatte Elin sie und Seb unter der alten Eiche gesehen und zwei und zwei zusammengezählt – nur dass sechs dabei herausgekommen war?

»Vor allem über Jaren. Wieso?«

Elin schien nicht überrascht. »Lass mich raten, er hat dich vor ihm gewarnt.«

Cat hob erstaunt die Brauen. »Du hast recht. Woher weißt du das?«

»Weil er eifersüchtig ist«, antwortete Elin geradeheraus. »Auf Jaren und Adam und jeden anderen Typ, den er für einen potenziellen Rivalen hält. Wenn Andrew und Earl nicht heiraten würden, hätte er sich wahrscheinlich auch irgendeinen Grund überlegt, warum die beiden Konkurrenz für ihn sein könnten.«

»Warum sollte Seb eifersüchtig sein?«, fragte Cat mit skeptischer Miene. »Er hat mich mit dir betrogen. An mir wird er wohl kaum noch interessiert sein.«

Elin stieß ein freudloses Lachen aus. »Ja, das sollte man meinen. Aber Seb ist einer dieser Typen, die immer genau das wollen, was sie nicht haben können. Als er mit dir zusammen war, wollte er mich. Und jetzt, wo er mich hat …«

In diesem Moment begriff Cat. »Er will mich zurück.«

Elin nickte resigniert.

»Aber …« Cat hielt inne, während sie noch einmal ihre Unterhaltung mit Seb durchging. »Er hat mir gesagt, du hättest ihm erzählt, dass Jaren nicht wirklich an mir interessiert ist. Dass er dich immer noch liebt.«

»So was in der Art habe ich mir gedacht.« Elin seufzte. »Er hat gelogen. Jaren hat mich nie geliebt. Um ehrlich zu sein, glaube ich, dass es für ihn von Anfang an nur dich gab.«

Cat fühlte sich, als wäre sie vom Blitz getroffen worden. Ungläubig schüttelte sie den Kopf. »Du irrst dich.«

»Nein, bestimmt nicht. Glaub mir, ich bekomme doch mit, wie er dich ansieht. Und wie er damals bei der Überschwemmung losgerannt ist, um dich zu retten … Wenn das keine Liebe ist, dann weiß ich es auch nicht.«

Jaren liebt mich, dachte Cat. Zögerlich, beinahe ängstlich wiederholte sie den Satz in ihrem Kopf, um zu testen, welche Gefühle er in ihr auslöste. Konnte es wirklich stimmen? Und dann kam ihr noch ein anderer Gedanke – wie absolut am Boden zerstört Elin sein musste, dass die beiden letzten Männer, mit denen sie zusammen gewesen war, in Wirklichkeit etwas für eine andere Frau empfanden. Dieselbe Frau.

»Elin … Es tut mir so leid. Du musst mich hassen.«

»Ich hasse dich nicht. Natürlich nicht«, widersprach Elin ihr, auch wenn sie alles andere als einen glücklichen Eindruck machte. »Ich wünsche mir einfach nur, dass am Ende wenigstens irgendetwas Gutes bei dieser ganzen blöden Geschichte herauskommt. Jaren ist ein guter Kerl, er verdient es, glücklich zu sein. Und ich könnte mir vorstellen, dass du die richtige Person bist, um ihn glücklich zu machen.«

Cat hätte in Tränen ausbrechen können. Wenn Elin doch nur ein klein wenig früher zu ihr gekommen wäre, bevor sie Jaren gesagt hatte, dass aus ihnen niemals mehr werden würde als Geschäftspartner. Nun war es zu spät.

»Ich weiß nicht. Es ist kompliziert.«

»Dann entkompliziere es«, drängte Elin sie. »Warte nicht darauf, dass sich die Probleme von selbst lösen. Wenn es eine Möglichkeit für dich gibt, glücklich zu werden, dann ergreif deine Chance, Cat. Jetzt.«

Könnte es funktionieren, fragte Cat sich. Und vielleicht noch viel wichtiger: Könnte sie damit leben, das Risiko einzugehen, dass am Ende vielleicht nicht nur ihr Privatleben am Boden lag, sondern auch ihre Karriere?

»Ich werde darüber nachdenken«, sagte sie langsam, während sie den Kopf hob, um Elin in die Augen zu sehen. »Und was ist mit dir? Was willst du jetzt machen?«

Elin seufzte. »Ins Kloster gehen? Dort hat man sicher nichts gegen eine Nonne einzuwenden, die Erfahrung in der Herstellung von Pralinen hat.«

Cat grinste. »Das glaube ich sofort.«

»Vielleicht lebe ich aber einfach auch nur eine Weile enthaltsam. Man muss es ja nicht gleich übertreiben.«

»Danke.« Cat trat einen Schritt auf Elin zu und nahm ihre Hand. »Mir ist klar, dass das alles nicht leicht für dich war. Und ist.«

»Stimmt.« Elin verzog die Lippen zu einem traurigen Lächeln. »Aber für dich war es schlimmer. Und ich bin froh, dass ich so immerhin ein wenig von dem Schaden, den ich angerichtet habe, wiedergutmachen kann.«

Als ein lautes Knurren erklang, wandten beide Frauen den Kopf Richtung Treppe.

»Ich denke, das bedeutet, Lissy ist hier.« Cat schenkte Elin ein schiefes Grinsen. »Und wenn Lissy hier ist, heißt das, dass auch die Bräutigame nicht weit sein können. Wir sollten langsam hochgehen.«

»Setz dich auf jeden Fall neben Jaren«, wisperte Elin ihr zu, als sie auf dem obersten Treppenabsatz angekommen waren. »Eine Hochzeit ist ein guter Zeitpunkt, um jemandem zu zeigen, dass man ihn liebt.« Sie drückte noch einmal Cats Hand, dann verließ sie den Laden.

»Alles in Ordnung?«, erkundigte sich Sadie stirnrunzelnd, als sie bemerkte, wie Cat Elin hinterherstarrte. »Was wollte sie?«

»Ach, nichts«, antwortete Cat hastig. »Nur eine Sache wegen des Bistros. Nichts Wichtiges.« Um Sadies bohrendem Blick auszuweichen, wandte sie sich schnell Lissy zu, die einen kleinen Blumenstrauß an ihr grellgrünes Triceratops-Kostüm drückte, und tätschelte ihr die cremefarbenen Hörner. »Sieh dich nur an, mit deinen hübschen lilafarbenen Blumen. Ich hoffe, du frisst sie auf dem Weg zum Altar nicht auf.«

Sadie stöhnte übertrieben. »Bring sie bloß nicht auf dumme Ideen. Wenn wir heute in der Notaufnahme enden, gebe ich dir die Schuld.«

Lissy aß die Blumen nicht. Stattdessen tapste sie gemächlich hinter Andrew und Earl den Mittelgang entlang und knurrte nur ab und zu leise die Gäste in den Stuhlreihen rechts und links an, was jedoch im Harfenspiel unterging. Hinter Lissy folgten Kirsty und Lara, beide in lilafarbenen Kleidern, die farblich perfekt auf den Hochzeitsstrauß abgestimmt waren. Ihre eigenen Sträuße bestanden aus Blumen und Blättern in den unterschiedlichsten Grünschattierungen, um die Farben in Lissys Kostüm aufzunehmen.

Sadie hielt die ganze Zeit über die Luft an und atmete erst dann erleichtert auf, als die kleine Gruppe die erste Reihe ohne Zwischenfälle erreichte. Nun konnte sie entspannt die Zeremonie genießen. Erst als sie Lissys Hörner nervös auf- und abwippen sah, fügte sie im Stillen noch hinzu: Na ja, zumindest einigermaßen entspannt.

»Wow, was für Anzüge«, flüsterte Cat ihr ins Ohr, als sie sich wieder setzten.

Sadie nickte. Earl, der schon immer einen Hang zum Extravaganten gehabt hatte, trug einen weißen Gesellschaftsanzug mit einer schiefergrauen Krawatte. Andrews Gesellschaftsanzug war grau mit cremefarbenen Accessoires. In diesem Moment nahmen die beide ihre Hüte ab und reichten sie Kirsty und Lara, bevor sie sich der Standesbeamtin zuwandten.

Die Frau breitete die Arme aus und lächelte. »Liebe Freunde, wir haben uns heute hier versammelt, um Zeugen der Eheschließung zwischen Earl und Andrew zu werden und die Liebe, die sie verbindet, zu feiern. Ich bin Juliet und habe die große Ehre, die heutige Zeremonie abhalten zu dürfen.«

Alle Blicke richteten sich auf die beiden Bräutigame. Nur Sadie fühlte sich wie magisch von Adams Profil angezogen. Er saß in der Reihe vor ihr, ein paar Plätze weiter rechts, sodass sie ihn in seinem hervorragend sitzenden Anzug bewundern konnte, ohne dass es sonderlich auffiel.

Nur Cat konnte sie natürlich nichts vormachen. »Steht ihm gut, oder?«

Sadie nickte verlegen in der Hoffnung, dass sie bei Cats Worten nicht so rot geworden war, wie sie sich fühlte. Zufrieden grinsend lehnte sich ihre Freundin zurück und sah wieder nach vorne.

Während die Zeremonie ihren Lauf nahm, konnte Sadie nichts dagegen tun, dass ihr Blick immer wieder zu Adam wanderte, bis sie sich irgendwann besorgt fragte, ob er ihr Starren nicht spüren musste. Rasch konzentrierte sie sich auf die beiden Bräutigame, die gerade ihr Ehegelöbnis sprachen.

Earl räusperte sich. »Andrew, du hast mir vom ersten Moment, als wir uns kennengelernt haben, nichts als Freude geschenkt. Und ich gelobe, dass ich alles in meiner Macht Stehende tun werde, um dir diese Freude zurückzugeben. Ich glaube daran, dass sich in dieser Welt jeder für die Liebe entscheiden kann und dass überwältigende Dinge passieren, wenn wir nur unsere Herzen öffnen. Ich werde für immer dankbar sein, dass du dich entschieden hast, mir deine Liebe zu schenken, und ich verspreche, dass ich dich ebenfalls lieben werde – für immer.«

Sadie spürte, wie sich ihre Augen mit Tränen füllten. »Wunderschön«, murmelte sie Cat zu, die ihre Hand ergriff und sie fest drückte.

Dann war Andrew an der Reihe. »Earl, du bist die Leia zu meinem Han, der Snape zu meinem Dumbledore, der Picard zu meinem Riker. Ich verspreche dir, jedes ›Ich liebe dich‹ zu erwidern, unser Gelübde in Ehren zu halten und es niemals zu brechen. Zusammen werden wir mutig Wege beschreiten, die noch niemand vor uns gegangen ist.«

Hier und da brach unter den Gästen spontaner Applaus und Jubel aus. Als Sadie einen Seitenblick auf Cat warf, sah sie, dass auch ihre Augen inzwischen verdächtig feucht glänzten.

Juliet lächelte. »Wunderbar. Und jetzt die Ringe.«

Lara und Kirsty traten einen Schritt vor. Beide hielten kleine Samtkissen in den Händen, die farblich auf die Anzüge der beiden Bräutigame abgestimmt waren.

Juliet wandte sich Earl zu. »Willst du, Earl Eric Jones, den hier anwesenden Andrew Godric Samuels zu deinem Ehemann nehmen?«

Die Zärtlichkeit, mit der Earl Andrew in diesem Moment ansah, ließ Sadie leise aufschluchzen.

»Ich will«, sagte er und schob den goldenen Ring auf Andrews Finger.

»Und willst du, Andrew Godric Samuels, den hier anwesenden Earl Eric Jones zu deinem Ehemann nehmen?«

Andrew nahm Earls Hand. Strahlend steckte er ihm seinen Ring an. »Ich will.«

Ein weiteres Schluchzen kam über Sadies Lippen. Adam drehte sich auf seinem Platz herum und reichte ihr ein Taschentuch, woraufhin Cat ihr unauffällig zuzwinkerte.

»Hiermit erkläre ich euch zu Partnern fürs Leben«, schloss Juliet. »Die Bräutigame dürfen sich nun küssen.«

Als sich die beiden vorbeugten und sich ihre Lippen berührten, hielt die Gäste nichts mehr auf ihren Plätzen. Jubelnd sprangen sie auf und applaudierten dem frisch vermählten Paar. Verlegen tupfte Sadie sich die Augen mit Adams Taschentuch trocken, bevor auch sie so laut sie konnte in die begeisterten Gratulationsrufe einstimmte.

Händchen haltend und breit grinsend durchquerten Andrew und Earl den Mittelgang, wobei sie Mühe hatten voranzukommen, da ihnen Dutzende Hände entgegengestreckt wurden. Lissy folgte ihnen fröhlich hopsend und schwang ihr Blumensträußchen dabei wie ein Laserschwert. Sadie warf ihr eine Kusshand zu, als sie an ihr vorbeikam. Das Schlusslicht der kleinen Prozession bildeten Kirsty und Lara, die glücklich strahlend die Arme umeinandergelegt hatten.

»Wenn das hier deinen Glauben an die Liebe nicht wiederherstellt, dann weiß ich es auch nicht«, sagte Cat zufrieden.

Adam drehte sich zu ihnen herum. »Was für eine tolle Zeremonie.« Er grinste Sadie breit an. »Ab sofort wird es sicherlich nur noch Dino-Blumenmädchen geben.«

Das Ploppen mehrerer Sektkorken verriet, dass die Bar eröffnet war, und die Gäste traten aus den Stuhlreihen, um sich ein Glas zum Anstoßen zu besorgen.

»Ziemlich warm, oder?« Cat fächerte sich mit dem Programm Luft zu. »Ich besorge uns schnell was zu trinken.« Mit einem vielsagenden Grinsen drehte sie sich um und verschwand Richtung Bar.

Sadie beobachtete, wie sie Lissy im Vorbeigehen den grünen Bauch kitzelte.

Dann wandte Adam sich an sie. »Lissy war großartig. Du musst unglaublich stolz auf sie sein.«

»Das bin ich auch«, bestätigte Sadie lächelnd. »Allerdings würde ich sie gerne dazu bringen, sich gleich umzuziehen. Es ist viel zu warm, um den ganzen Tag in diesem Kostüm herumzulaufen. Wahrscheinlich wird sie von der Idee nicht begeistert sein, heute ist ein Traum für sie wahr geworden.«

»Kann ich mir vorstellen.« Lachend sah Adam sich um. »Ist Daniel gar nicht mitgekommen?«

Sadies gute Laune löste sich augenblicklich in Luft auf. »Nein. Und er wird auch nie wieder irgendwo mit hinkommen.« Sie holte tief Luft und nahm all ihren Mut zusammen, um Adam fest in die Augen zu sehen. »Wir haben uns getrennt. Diesmal für immer.«

Adam starrte sie ungläubig an. »Oh verdammt, das tut mir leid. Ich hätte ihn nicht erwähnen sollen.«

»Schon okay. Wirklich, es geht mir gut. Es war ein ziemlicher Schock, und ich bin immer noch damit beschäftigt, ihn zu verarbeiten. Du weißt ja, dass ich in letzter Zeit an ihm gezweifelt habe, und … na ja, sagen wir mal, er hat meinen Verdacht auf spektakuläre Weise bestätigt.«

»Er hatte doch nicht etwa …« Er beendete den Satz nicht.

Sadie nickte. »Doch hatte er. Eine weitere Affäre. Mit derselben Frau wie beim ersten Mal.« Sie holte zitternd Luft. »Die Geschichte zwischen den beiden läuft schon seit ein paar Monaten. Um ehrlich zu sein, bin ich mir nicht mal sicher, ob sie jemals wirklich getrennt waren.«

»Scheiße!«, rutschte es Adam heraus, bevor er knallrot anlief. »Entschuldige bitte, aber ich kapier's einfach nicht. Wie kann es sein, dass er eine andere Frau auch nur ansieht, wenn er dich hat?«

Bei seinem Kompliment blieb Sadie die Luft weg. Leicht benommen sah sie zu ihm auf, unsicher, was sie darauf erwidern sollte.

Als Adam ihre Verlegenheit bemerkte, wurde er noch röter. »Entschuldige«, wiederholte er. »Das Letzte, was du gerade brauchst, ist einen Idioten wie mich, der solche Sachen raustrompetet. Aber der wahre Idiot hier ist definitiv Daniel.«

»Ganz meine Meinung«, meldete sich Cat zu Wort, die wie aus dem Nichts neben Adam aufgetaucht war. Sie drückte den beiden je ein Glas Sekt in die Hand. »Darauf trinke ich. Auf Daniel, der endlich sein wahres Gesicht gezeigt und Sadie dadurch befreit hat.«

Nun war es an Sadie, rot zu werden. »Auf die Zukunft.«

»Auf die Zukunft«, wiederholten Adam und Cat im Chor.

»Mummy, Mummy! Hast du gehört, wie ich geknurrt habe?« Strahlend kam Lissy auf sie zugerannt. »Andrew hat gesagt, dass ich das beste Triceratops-Blumenmädchen war, das er jemals hatte. Und er macht eine Dino-Party im Diner, und ich darf alle meine Freunde einladen!«

Lachend schloss Sadie ihre Tochter in die Arme. »Das ist toll. Und natürlich habe ich dich knurren gehört. Adam hat gesagt, dass er glaubt, dass ab sofort alle Leute ein Dinosaurier-Blumenmädchen wollen.«

Besorgt sah Lissy zu Adam auf. »Aber ich weiß nicht, ob ich zu allen Hochzeiten gehen kann. Was ist, wenn die Leute ganz weit weg wohnen?«

»Keine Angst, ich bin mir sicher, dass es noch viele andere Kinder wie dich gibt, die gerne ein Dinosaurier-Kostüm zu einer Hochzeit tragen.« Zärtlich strich Sadie ihrer Tochter die verschwitzten Haare aus der Stirn. »Und wo wir gerade davon sprechen, meinst du nicht, dass es langsam Zeit ist, sich umzuziehen? Du siehst aus, als wäre dir schrecklich heiß.«

»Nein.« Lissy schüttelte trotzig den Kopf. »Mir ist nicht heiß.«

Sadie musterte ihre roten Wangen. »Das glaube ich allerdings schon. Na komm, wir suchen dir was Luftigeres zum Anziehen. Du kannst ja trotzdem noch ein Triceratops sein. Im Inneren.«

»Stimmt.« Adam nickte bestätigend. »Vielleicht wusstest du das noch nicht, aber tief in meinem Inneren bin ich ein Diplodocus. Auf den ersten Blick nicht zu erkennen, aber unter Dino-Experten schon.«

Misstrauisch kniff Lissy die Augen zusammen. »Wenn das stimmt, was frisst du denn dann?«

»Vor allem Blätter«, antwortete Adam wie aus der Pistole geschossen. »Und Eis, wenn ich an welches drankomme. Hey, schau mal, da drüben gibt es einen Stand. Vielleicht können wir uns da eine Kugel holen, nachdem du dich umgezogen hast.«

Lissy nickte ernst, offensichtlich äußerst zufrieden, dass er den Wissenstest bestanden hatte. »Okay. Aber nur, wenn ich kein Kleid anziehen muss.«

Sadie grinste. »Nein, natürlich nicht. Davon würde ich

noch nicht mal zu träumen wagen.« Sie reichte Cat ihr Sektglas. »Sorry. Mutterpflichten.«

»Bis gleich.«

Als Sadie mit Lissy – in Shorts und einem T-Shirt mit Dinosaurier-Aufdruck – zurückkam, war Adam verschwunden.

Sadie warf Cat einen alarmierten Blick zu. »Du hast hoffentlich nichts zu ihm gesagt.« Nervös riss sie ihrer Freundin das Sektglas aus der Hand und stürzte den Inhalt in einem Zug hinunter.

»Natürlich nicht«, antwortete Cat mit unschuldigem Augenaufschlag. »Wir sind hier stehen geblieben und haben uns brav minutenlang angeschwiegen. Bis er auf die Toilette verschwunden ist.«

»Cat!«

Cat verdrehte die Augen. »Ooo-kay, wenn du es unbedingt wissen willst. Er hat mich gefragt, wie du mit der ganzen Sache fertigwirst, und ich habe geantwortet, dass es dir schon besser geht und dass du auf dem richtigen Weg bist.«

»Cat!«

»Was? Es ist die Wahrheit.« Vorsichtig sah sich Cat nach Lissy um, die allerdings konzentriert auf die andere Seite des Platzes hinüberstarrte, wo ein Kind stand, das ein ähnliches T-Shirt trug wie sie selbst. Trotzdem senkte sie vorsichtshalber die Stimme, als sie hinzufügte: »Ich habe ihm schließlich nicht vorgeschlagen, dir bei der nächsten Gelegenheit eine praktische Einführung in die Bienchen-

und-Blümchen-Sache zu geben. Aber ich habe ihm gesagt, dass dir seine Freundschaft sehr viel bedeutet und dass du zurzeit jeden Freund brauchst, den du bekommen kannst.«

Sadie öffnete und schloss den Mund wie ein Fisch auf dem Trocknen, unsicher, was genau sie davon halten sollte. »Danke«, sagte sie schließlich. In diesem Moment entdeckte sie Elin, die über den Platz schlenderte, was sie an die Szene am Morgen im Laden erinnerte. »Verrätst du mir jetzt endlich, was Elin heute Morgen wollte oder muss ich sie selbst fragen? Und versuch dich nicht noch mal damit rauszureden, dass sie angeblich was wegen des Bistros gefragt hat. Ich kenne dich seit fünfundzwanzig Jahren, Cat Garcia, ich weiß, wann du lügst.«

Cat zögerte, bis sie schließlich mit einem tiefen Seufzen aufgab. »Okay, ich erzähle es dir, aber du musst mir versprechen, mir keine Vorträge zu halten oder mir zu erklären, wie dumm ich mich verhalten habe.«

Nun war Sadies Neugier erst recht geweckt. »Versprochen.«

Aufmerksam hörte sie zu, während Cat ihr zuerst von ihrem Gespräch mit Seb erzählte, dann von der Diskussion mit Jaren, und ihr schließlich eröffnete, was Elin ihr am Morgen berichtet hatte.

»O mein Gott, was für ein riesiges Arschloch!«, entfuhr es Sadie, bevor sie sich daran erinnerte, dass Lissy direkt neben ihr stand. Erschrocken schlug sie sich eine Hand vor den Mund.

»Jepp. Und jetzt weiß ich nicht, was ich tun soll. Ich meine, ich habe Jaren ziemlich deutlich gemacht, dass wir nicht mehr als Geschäftspartner füreinander sein können. Das kann ich unmöglich wieder rückgängig machen.«

Sadie musterte sie nachdenklich. »Wirklich? Bist du dir da ganz sicher?«

Cat seufzte. »Ziemlich sicher.«

»Und wenn du es ihm erklärst? Jaren ist der vernünftigste Mensch, der mir jemals begegnet ist. Er wird es verstehen.«

»Aber da ist immer noch das Bistro.«

»Und?«, fragte Sadie beinahe ein wenig verärgert. »Ich weiß, dass dir deine Karriere wichtig ist, Cat, aber sie ist nicht alles. Weder wird sie dich nach einem langen Arbeitstag in den Arm nehmen, noch dir am Sonntagmorgen einen Tee ans Bett bringen.«

»Vielleicht hast du recht«, murmelte Cat, wirkte jedoch nicht wirklich überzeugt.

Da Sadie Cat das Versprechen gegeben hatte, ihr keinen Vortrag zu halten, probierte sie es mit einer anderen Taktik. »Was hast du noch mal zu mir gesagt, als Andrew und Earl nach der Zeremonie den Mittelgang entlanggelaufen sind?«

Cats Miene verschloss sich. »Ich kann mich nicht erinnern.«

»Oh doch, das kannst du. Du hast gesagt: ›Wenn das hier deinen Glauben an die Liebe nicht wiederherstellt, dann weiß ich es auch nicht.‹«

»Okay, vielleicht habe ich das gesagt.« Trotzig verschränkte Cat die Arme vor der Brust. »Worauf willst du hinaus?«

Sadie spürte, wie Lissy ungeduldig an ihrer Hand zu ziehen begann. Ein eindeutiges Zeichen, dass ihr langweilig wurde. »Wünschst du dir nicht jemanden, der dich so ansieht wie Earl Andrew während der Zeremonie? Möchtest du nicht die Leia für einen Han sein?«

Ein sehnsüchtiger Ausdruck huschte über Cats Gesicht, war jedoch genauso schnell wieder verschwunden, wie er aufgetaucht war. Sie sah zur Keksbäckerei hinüber. »Wo wir gerade davon sprechen, meinst du nicht, wir sollten …«

»Lenk nicht ab«, ermahnte Sadie sie, während Lissy begann, von einem Fuß auf den anderen zu hüpfen. »Sprich mit Jaren. Sag ihm, was passiert ist. Wenn du es nicht machst, dann tue ich es.«

»Das würdest du dich nicht trauen.« Herausfordernd reckte Cat das Kinn.

Sadie grinste. »Du kannst es ja drauf ankommen lassen.«

Cat wollte ihr gerade eine passende Antwort geben, als Adam mit dem größten Eis auftauchte, das sie jemals gesehen hatte.

»Spezial-Dino-Lieferung für Lissy Smart«, verkündete er und beugte sich hinunter, um Lissy die Eiswaffel in die Hand zu drücken. »Ein Erdbeertraum, nur für dich.«

Cat legte den Kopf schief und grinste Sadie an. »Was hast du da eben noch mal über Leia und Han gesagt?«

Kapitel achtunddreißig

Die Zeit flog nur so vorüber. Das Hochzeitsessen war vorbei, und die Reden gehalten. Andrews Vater, ein stattlicher und munterer Holzfäller aus Oregon, hatte alle zum Weinen gebracht, als er erzählte, wie er davon erfahren hatte, dass sein Sohn schwul sei, und dass er sich sehr freue, mit Earl nun einen weiteren Sohn hinzuzugewinnen. Kirstys Trauzeuginnen-Rede hatte die versammelten Gäste ein weiteres Mal in Tränen ausbrechen lassen, doch diesmal unterbrochen von sehr viel mehr Gelächter. Und beide Bräutigame waren vor Begeisterung über Sadies und Cats Überraschungsgeschenk vollkommen aus dem Häuschen gewesen – ein Millennium-Falke aus Lebkuchen.

Die Schatten wurden länger und länger, und inzwischen war es Abend. Wie Cat vorausgesagt hatte, sorgte das Funkeln der Lichterketten, die überall auf dem Platz verteilt waren, für eine gewisse Magie, und viele der Gäste tanzten darunter zur Musik der Liveband. Begeistert stellte Cat fest, dass sich Cherie in den Armen eines älteren Gentlemans wiegte und ihm dabei schüchtern in die Augen sah. Vielleicht war endlich der Zeitpunkt gekommen, an dem sie den Geist ihres verstorbenen Ehemanns abschütteln und etwas Neues beginnen konnte. Cat wünschte es ihr. Wenn jemand eine zweite Chance in der Liebe verdiente, dann sie, die viel zu jung Witwe geworden war.

Einen Moment lang saß Cat einfach nur da und wärmte ihr Herz am Anblick der vielen Menschen, die an diesem Abend ausgelassen und mit so viel Freude feierten, dann lehnte sie sich auf ihrem Stuhl zurück und sah in den Himmel hinauf. Als sie die ersten blinkenden Sterne entdeckte, musste sie an ihren Wunsch nach einer guten Fee denken. Sie brauchte sie immer noch, entschied sie, damit sie ihr dabei half, ihre Probleme zu lösen.

»Worüber denkst du nach?«

Als sie sich blinzelnd umsah, entdeckte sie Jaren, der neben sie getreten war. In jeder Hand hielt er ein Sektglas.

»So viel sind sie definitiv nicht wert«, antwortete sie.

»Das kann ich mir nicht vorstellen.« Er hielt ihr eines der Gläser hin. »Darf ich mich zu dir setzen?«

Cats Lächeln verblasste, als ihr Herz von einem Moment auf den anderen wie wild zu klopfen begann. »Ja, natürlich.«

Er zog sich einen Stuhl heran. »Erinnerst du dich noch an unsere erste Begegnung?«

Sie nickte und fragte sich gleichzeitig, ob er auch nur die geringste Ahnung hatte, wie oft sie in den vergangenen Tagen an jenen Augenblick zurückgedacht hatte. »Du bist zu uns in den Laden gekommen. Kurz vor der Eröffnung von Smart Cookies.«

»Stimmt. Aber das war nicht das erste Mal, dass ich dich gesehen habe. Davor habe ich wochenlang beobachtet, wie du über den Platz gerannt bist – immer in Eile, den Kopf gesenkt. Und dann bist du irgendwann plötzlich aus dem Laden getreten und hast einfach nur dagestanden, um die alte Eiche zu bewundern. Als ob du sie zum ersten Mal wirklich bemerken würdest.«

»Wirklich?« Cat lachte unsicher und trank schnell einen Schluck Sekt. »Ich kann mich nicht erinnern.«

Jaren sah ihr tief in die Augen. »Ich schon«, sagte er leise. »Es war das erste Mal, dass ich dein Gesicht gesehen habe. Und ich weiß noch ganz genau, dass der erste Gedanke, der mir durch den Kopf geschossen ist, war, dass du die schönste Frau bist, die ich jemals gesehen habe.«

Cat blieb die Luft weg. Ihr fehlten die Worte.

Er lächelte. »Ich denke, das war der Moment, in dem ich mich in dich verliebt habe, auch wenn es mir vielleicht nicht gleich klar war. Und als du dann mit Seb zusammengekommen bist, war es zu spät. Also habe ich mich entschieden, einfach mit dir befreundet zu sein und mit meinem Leben weiterzumachen. Aber das war leichter gesagt als getan.«

Ein Gefühl der Wärme hüllte Cat ein wie eine Kaschmirdecke, als sie ihm in die Augen sah. Sie wagte es nicht, etwas zu sagen, aus Angst, den Zauber des Moments zu brechen.

»Irgendwann hat Seb es dann vermasselt, so wie ich es vermutet hatte – auch wenn es mir natürlich leidgetan hat, dass du dabei verletzt wurdest. Genau wie Elin, weil sie ganz einfach nicht verdient hat, was ihr angetan wurde, und weil sie, glaube ich, von Anfang an geahnt hat, dass sie sowohl für Seb als auch für mich immer nur die zweite Wahl war.« Er senkte den Blick auf den Boden. »Darauf bin ich nicht besonders stolz. Aber zu dem Zeitpunkt dachte ich noch, dass ich irgendwann über dich hinwegkommen würde.«

Endlich fand Cat ihre Stimme wieder. »Jaren …«

Er hob eine Hand. »Bitte, ich muss das jetzt alles auf einmal loswerden, sonst verliere ich den Mut.« Er trank einen Schluck Sekt. »Dann haben wir zusammen gekocht, und ich hatte endlich den Mut, dich zu küssen. Es war der schönste Augenblick meines Lebens. Auf einmal schien alles möglich, aber danach bist du mir aus dem Weg gegangen, und ich bin zu dem Schluss gekommen, dass du unseren Kuss für einen Fehler hältst. Und als du mir erklärt hast, dass wir nicht mehr als Geschäftspartner sein können, war ich mir absolut sicher, dass du bereust, was zwischen uns passiert ist.« Er hob den Blick wieder, um sie anzusehen. »Inzwischen weiß ich es besser.«

Sofort war Cat klar, was passiert war. »Sadie.«

»Nein, nicht Sadie. Elin. Sie hat mir erzählt, dass Seb dich angelogen hat. Das hat mir Hoffnung gemacht, dass … dass vielleicht noch nicht alles verloren ist.«

Schweigend sah Cat ihn an. Ihr Herz raste, während

sie zu verarbeiten versuchte, was Jaren ihr gerade offenbart hatte. Er liebte sie, genau wie Elin gesagt hatte, schon immer, noch bevor sie ihn überhaupt richtig wahrgenommen hatte. Und ihr Kuss war für ihn der schönste Moment in seinem Leben gewesen – bis sie ihn vor den Kopf gestoßen hatte. Und trotzdem hatte er die Hoffnung bis heute nicht aufgegeben, trotz all der Dinge, die sie darüber gesagt hatte, dass sie nicht mehr als Kollegen sein könnten.

»Aber das Bistro …«, wandte sie schwach ein.

»Ich kündige. Wenn ich mich zwischen dir und dem Job entscheiden muss, dann steht meine Wahl fest. Ich entscheide mich für dich. Falls du mich willst.« Er sah ihr fest in die Augen. »Willst du, Cat?«

In diesem Augenblick sah er so verletzlich aus, dass Cat ihn am liebsten in die Arme geschlossen hätte. Doch sie tat es nicht. Stattdessen ließ sie den Blick zu den Tanzpaaren hinüberwandern, um den wild durcheinanderrasenden Gedanken in ihrem Kopf die Möglichkeit zu geben, sich zu beruhigen. »Möchtest du tanzen?«

Er hob eine Augenbraue. »Jetzt?«

Sie lächelte. »Ja, jetzt. Ich möchte deine Arme um mich spüren, und das ist nicht möglich, solange wir nebeneinandersitzen.«

Ein Funkeln trat in seine Augen. Er nahm ihr das Glas aus der Hand, stellte es auf einem Tisch ab und streckte ihr anschließend eine Hand hin. »Wenn das so ist, würde ich sehr gerne mit dir tanzen.«

Als sie unter den goldschimmernden Lichterketten standen, schlang Jaren einen Arm um Cats Taille und hielt sie fest.

Cat wagte kaum zu glauben, dass dies alles wirklich passierte. Vorsichtig beugte sie sich vor und erlaubte sich, tief seinen Duft einzuatmen. Langsam begannen sie sich im Rhythmus der Musik zu bewegen, während sie sich beinahe erstaunt in die Augen sahen.

»Du duftest nach Vanille und Zucker«, murmelte Jaren, als er sie enger an sich zog, und sie spürte, wie er die Lippen an ihrer Stirn zu einem Lächeln verzog. »Wusste ich es doch.« Als die Musik verklang, löste er sich ein Stück von ihr, um sie ansehen zu können. »Mir ist gerade aufgefallen, dass du meine Frage nicht beantwortet hast.«

»Welche?«

»Ob du mich willst.«

»Oh.« Sie streckte die Hand aus, um ihm zärtlich über die Wange zu streichen. »Ist das nicht offensichtlich? Natürlich will ich dich. Ich liebe dich, Jaren.«

Für gerade einmal eine halbe Sekunde schloss er die Augen, als schicke er ein Dankesgebet zum Himmel, dass seine Gebete erhört worden waren, dann beugte er sich zu ihr hinunter, um sie zu küssen.

Als sie seinen Kuss erwiderte, hatte Cat das Gefühl, ihr Herz müsse platzen, und innerhalb eines Wimpernschlags lösten sich all ihr Kummer und die Unsicherheit der vergangenen Wochen in Luft auf. Es fühlte sich an, als wäre sie nach einer langen Reise nach Hause zurückgekehrt und endlich wieder dort, wo sie schon immer hingehört hatte. Und sie wollte nie wieder weggehen.

Sadie saß am anderen Ende des Platzes, die schlafende Lissy auf ihrem Schoß, und beobachtete Cat und Jaren, wie sie sich auf der Tanzfläche küssten. Ein zufriedenes Grinsen breitete sich auf ihrem Gesicht aus, und sie erlaubte sich ein leises »Ja!«, während sie ihre Tochter fester in die Arme schloss.

»Wurde auch Zeit«, hörte sie eine Stimme.

Überrascht sah Sadie sich um. Neben ihr stand Adam. »Und ob. Ich hatte schon fast die Hoffnung aufgegeben, dass es noch passieren würde.«

»Schön für die beiden. Sie geben ein großartiges Paar ab.«

Sadie hob die Augenbrauen. »Wohl eher ein ziemlich angsteinflößendes Paar. Mit seinem Geschäftssinn und ihrem Kochtalent übernehmen die beiden wahrscheinlich bald die Weltherrschaft. Oder zumindest die gastronomische Herrschaft über Chester.«

Adam musterte sie einen Augenblick von der Seite, bevor er fragte: »Und was wird dann aus dir?«

»Ach, ich komme schon klar. Cat und ich haben lange über alles gesprochen. Sie wird in der Keksbäckerei kürzertreten. Ich übernehme einen Teil ihrer Stunden und stelle mehr Leute ein. Und Clare wird befördert. Sie ist definitiv bereit, mehr Verantwortung zu übernehmen, und außerdem ist es ja nicht so, als wäre Cat aus der Welt.«

Mit einem bewundernden Lächeln zog Adam sich einen Stuhl heran und setzte sich neben sie. »Klingt ganz so, als hättest du an alles gedacht. Was mich nicht überrascht.«

»Im Ernst?« Sadie konnte gerade so das hysterische Lachen unterdrücken, das in ihrer Kehle aufstieg. »Ganz ehrlich? Das meiste denke ich mir aus, während ich einfach weitermache. Es ist nicht so, als hätte ich immer einen Plan in der Hinterhand.«

»Von außen betrachtet sieht es aber so aus.« Er hielt inne und musterte sie schüchtern. »Cat hat gesagt, dass du zurzeit vor allem einen Freund brauchst. Ich möchte, dass du weißt, dass ich immer für dich da bin. Wirklich.«

Sadie war sich nicht ganz sicher, ob es am Sekt lag oder an den Sternen, die wie winzige glitzernde Tautropfen am Himmel über Castle Court funkelten, aber sie wandte Adam den Kopf zu und sagte: »Es gibt tatsächlich etwas, das du für mich tun kannst.«

»Alles.«

Sie holte tief Luft und nahm all ihren Mut zusammen. »Küss mich.«

Adam blinzelte und wurde rot bis über beide Ohren. Unsicher sah er auf die schlafende Lissy hinab. »Bist du dir sicher …«

»Bitte küss mich«, sagte sie noch einmal und betete inständig, dass er sie nicht dazu zwingen würde, es ein drittes Mal aussprechen zu müssen. »Oder ich küsse dich. So wie am Weihnachtsabend.«

Einen Herzschlag lang befürchtete sie, dass er vielleicht

Nein sagen würde. Doch dann neigte er den Kopf und beugte sich vor, um unendlich sanft mit den Lippen ihre zu berühren.

Unsicher sah er sie an. »So?«

Sadie biss sich in die Unterlippe. »Genau so«, wisperte sie, »aber länger.«

Und diesmal unterbrach er den Kuss nicht. Er dauerte an, vertiefte sich, bis Sadie sich wünschte, dass er niemals enden würde. Es spielte keine Rolle, dass sie sich mitten auf dem Platz befanden. Es spielte keine Rolle, dass jeder sie sehen konnte. Es spielte nicht einmal eine Rolle, dass Lissy in ihren Armen schlief. Was ihre Kleine nicht wusste, konnte ihr auch nichts anhaben. Erst als sie unruhig wurde und den Kopf bewegte, löste sich Sadie langsam von Adam, um ihm in die Augen zu sehen.

Er schluckte schwer. »Das war …«

»Kein schlechter Start?«, beendete Sadie mit einem zärtlichen Lächeln den Satz für ihn, als Lissy den Kopf hob und blinzelnd zu ihnen beiden aufsah.

»Mummy«, murmelte sie schlaftrunken. »Was ist ein Aschlopf?«

»Nichts, mein Schatz«, sagte Sadie und versuchte, sich ein Grinsen zu verkneifen. »Schlaf weiter. Ich erkläre es dir morgen früh.«

Adam hatte für keine Sekunde den Blick von Sadies Gesicht abgewandt. »Ist … Ist das hier für dich nur eine Sache für einen Abend?«, wisperte er. »Weil du hier bist und ich hier bin und wir eine Hochzeit feiern?«

Sanft wiegte Sadie ihre Tochter in den Armen, während sie Adam forschend in die Augen sah. »Möchtest du das denn?«

»Nein! Ich meine, nicht, wenn du es nicht so willst.«

Sie ließ den Blick über seine leicht geröteten Wangen, die zerzausten Haare und die haselnussbraunen Augen gleiten, während sie versuchte, ihre Gefühle und Gedanken zu ordnen. »Nein, ich möchte nicht, dass es nur eine Sache für einen Abend ist, Adam. Ich möchte jeden Morgen neben dir aufwachen, und ich möchte jeden Tag so wie eben von dir geküsst werden. Aber eins musst du wissen«, sie hielt eine Sekunde inne und schmiegte ihre Wange an Lissys Stirn, »uns bekommt man nur im Paket. Wenn du mich liebst, dann auch Lissy. Glaubst du, dass du das kannst?«

Er lehnte sich zurück, starrte zuerst Lissy an, dann Sadie. Nach ein paar Sekunden breitete sich ein zaghaftes Lächeln auf seinem Gesicht aus. »Machst du Witze? Das ist alles, was ich mir jemals gewünscht habe.«

Und zum zweiten Mal an diesem Tag spürte Sadie, wie ihr die Tränen kamen. Doch diesmal machte es ihr absolut nichts aus.

Epilog

Ganz Castle Court war im Halloween-Fieber. Der Türrahmen von Smart Cookies war in dicke Spinnweben gehüllt und jedes Mal, wenn jemand über die Schwelle trat, ertönte ein schauriges Lachen. Über den Platz schwebten dank einer Trockeneismaschine, die unter der alten Eiche stand, dichte Nebelschwaden, und das unheimliche Heulen eines Wolfes durchdrang die kühle Herbstluft.

»Brau u me Ekse?«, rief Clare die Treppe hinauf, bevor ihr klar wurde, dass Sadie sie mit dem Vampirgebiss im Mund unmöglich verstehen konnte. »Sorry, Sadie. Ich habe gefragt, ob du mehr Kekse brauchst.«

»Ja, bitte«, rief Sadie mit einem Blick auf das Körbchen auf dem Verkaufstresen, in dem nur noch ein paar traurige Krümel lagen.

Jedes Kind, das mutig genug war, sich auf den gruselig geschmückten Platz zu trauen, wurde bei Smart Cookies mit einem Keks belohnt. Den ganzen Tag über war der Laden proppenvoll gewesen, aber inzwischen kamen immer weniger Kinder vorbei, um nach Süßem oder Saurem zu fragen.

Sadie warf einen Blick auf die Uhr. Viertel nach sechs. Die Halloween-Party, die Clare in der Küche veranstaltete, würde in fünfzehn Minuten vorbei sein, und dann wäre hoffentlich auch Adam mit Lissy zurück. Sie hoffte inständig, dass er ihren Rat ernst genommen hatte, die Sechsjährige nicht zu viele Süßigkeiten essen zu lassen. Andernfalls würde ihre Tochter die ganze Fahrt nach Hause über wie ein hibbeliger Flummi im Zuckerrausch auf der Rückbank herumzappeln.

Sadie war gerade dabei, den Nachschub an Totenkopf-Keksen in dem Korb an der Kasse zu drapieren, als das schaurige Lachen ertönte und Cat hereinkam.

»Hey«, begrüßte sie ihre Freundin strahlend. »Ooo, ich will auch einen von denen.« Begeistert biss sie in einen der Totenköpfe und seufzte zufrieden, als sie sich den buttrigen Keks auf der Zunge zergehen ließ. »Genauso gut wie immer.«

Sadie machte ein entrüstetes Gesicht. »Hast du etwas anderes erwartet? Nur weil inzwischen Delilah unsere Kekse backt, heißt das noch lange nicht, dass sie nicht genauso gut schmecken wie bei dir. Immerhin verwendet sie dasselbe Rezept.«

»Stimmt.« Cat grinste. »Und, wie läuft's?«

»Gut. Clare meint, dass sich die neuen Trainees vielversprechend entwickeln, und unsere Horror-Kollektion hat sich hervorragend verkauft. Und im Bistro?«

Cat verzog das Gesicht. »Ist es ziemlich stressig.«

Sadie schenkte ihrer Freundin ein aufmunterndes Lächeln. »Ich bin mir sicher, dass du alles im Griff hast.«

»Ja, wir haben alles im Griff, allerdings habe ich die Befürchtung, dass Jaren kurz davorsteht, einen unserer Handwerker umzubringen. Kannst du dich an den Typ erinnern, der bei uns damals die Öfen installiert hat?«

Nachdenklich runzelte Sadie die Stirn. »Der Kerl, den du im Zementboden versenken wolltest?«

»Genau der. Er ist einer der Handwerker, die im La Clé d'Argent die Möbel einbauen, und … na ja … sagen wir mal, dass er nicht gerade besser geworden ist.«

»Armer Jaren«, sagte Sadie prustend. »Ihr müsst bald mal zum Essen vorbeikommen und berichten.«

Cat lächelte. »Auf jeden Fall. Nenn mir Zeit und Ort, und wir sind da.« Sie zog einen Umschlag aus ihrer Tasche. »Ach ja, bevor ich es vergesse, das ist für dich.«

»Was ist da drin?«, fragte Sadie irritiert.

»Mach ihn auf und finde es heraus.«

Neugierig riss Sadie den Umschlag auf. »Alles Gute zum Jahrestag?«

Übertrieben schockiert starrte Cat sie an und schüttelte den Kopf. »Ich kann nicht glauben, dass du tatsächlich unser Jahresjubiläum vergessen hast.«

»Oh!«, rief Sadie und schlug sich eine Hand vor den Mund. »Es ist genau ein Jahr her, seit wir den Mietvertrag unterschrieben haben, oder? Wie konnte ich das nur vergessen?«

»Keine Sorge, mir wäre es beinahe genauso gegangen. Es ist mir erst wieder eingefallen, als die Erinnerung von der Versicherung kam, die Police zu verlängern.«

Auf einmal nervös, griff Sadie unter den Verkaufstresen. »Ich habe auch was für dich. Allerdings ist es keine Glückwunschkarte zum Jahrestag …«

Cats Augen begannen zu funkeln. »Eine Kopie deines vorläufigen Scheidungsurteils? Das steht doch jetzt an, oder?«

»Ja, es sollte bald eintrudeln, aber das ist es nicht.« Sadie schluckte und reichte Cat eine gold-blaue Smart-Cookies-Geschenkbox. Ihre Nerven lagen inzwischen vollkommen blank.

»Ich hoffe für dich, dass da noch ein paar mehr Plätzchen drin sind«, sagte Cat, während sie die Lagen schwarzen Seidenpapiers anhob. »Ich musste das Mittagessen auslassen und bin am Verhungern.«

Sadie hielt den Atem an, während sie beobachtete, wie der Ausdruck im Gesicht ihrer Freundin von amüsiert zu verblüfft wechselte, als sie den weißen Kinderwagen aus der Box hob. »Ein Baby?« Fragend hob sie den Blick. »Du bekommst ein Baby?«

»Nächsten Mai ist es so weit.« Sadie spürte, wie ihre Wangen warm wurden. »Dein Gesichtsausdruck erinnert mich daran, wie ich mich gefühlt habe, als ich den Schwangerschaftstest in den Händen gehalten habe.«

Cat begann über das ganze Gesicht zu strahlen. Sie umrundete den Tresen und zog Sadie in eine feste Umarmung. »Was für unglaublich tolle Neuigkeiten! Was sagt Adam dazu? Und Lissy?«

Erleichtert ließ Sadie sich in die Arme ihrer Freundin sinken. Sie war sich alles andere als sicher gewesen, wie Cats Reaktion ausfallen würde, auch wenn sie natürlich gehofft hatte, dass sie sich für sie freuen würde. Organisatorisch würden sie bei Smart Cookies wieder einmal umdenken und eventuell mehr Leute einstellen müssen. Doch obwohl die Schwangerschaft so nicht geplant gewesen war, hätten sie und Adam nicht glücklicher sein können.

»Sie sind beide vollkommen aus dem Häuschen«, antwortete sie und löste sich von Cat. »Allerdings hat sich Lissy in den Kopf gesetzt, dass es eine Art Dino-Mensch-Hybrid wird. Ich werde also noch eine ganze Weile damit beschäftigt sein, ihre Erwartungen zu bremsen.«

Cat lachte. »Klingt sehr nach Lissy. Und, wie geht es dir?« Erstaunt schüttelte sie den Kopf. »Ich kann nicht glauben, dass du es mir nicht sofort erzählt hast. Und dass ich es nicht schon früher bemerkt habe …«

»Ich bin mir ziemlich sicher, dass es dir aufgefallen wäre, wenn du noch jeden Tag hier arbeiten würdest«, beruhigte Sadie sie. »Delilah war es sofort klar, und ich musste ihr das Versprechen abnehmen, es vorerst für sich zu behalten. Ehrlich gesagt würde es mich nicht einmal wundern, wenn sie es schon vor mir wusste.«

»Stimmt, Delilah entgeht wirklich nichts«, sagte Cat lächelnd, während sie Sadie musterte. »Du strahlst förmlich vor Glück. Das vergangene Jahr hatte es ganz schön in sich.«

»Für uns beide«, sagte Sadie, während sie sich in ihrem hell erleuchteten Laden umsah. »Ist wirklich schon ein ganzes Jahr vergangen? Die Zeit ist wirklich verflogen.«

»Ich weiß. Es kommt mir vor, als seien gerade mal fünf Minuten vergangen, seit die Keksbäckerei ihre Türen geöffnet hat, und sieh uns jetzt an: Wir haben Angestellte und Stammkunden und blicken in eine strahlende Zukunft.«

Sadie nahm die Hand ihrer besten Freundin und drückte sie. »Danke, dass du unseren Traum wahr gemacht hast, Cat. Ohne dich hätte ich das alles niemals geschafft.«

»Hör bloß auf. Ich hätte all das niemals ohne *dich* geschafft.«

»Ich frage mich, was das nächste Jahr bringen wird«, sinnierte Sadie und griff in das Körbchen, um sich einen Keks herauszunehmen und gedankenverloren daran zu knabbern.

Cat grinste. »Jede Menge schlaflose Nächte und volle Windeln für dich, so viel steht schon mal fest.«

»Und viel Lob und überwältigende Kritiken für dich.« Sie verzog das Gesicht. »Lust, zu tauschen?«

»Keine Chance«, rief Cat lachend. »Aber ich komme gerne ab und zu zum Babysitten.«

Sadie bedachte sie mit einem warnenden Blick. »Pass auf, ich nehme dich beim Wort.«

»Ich bitte darum. Beziehungsweise werde ich darauf bestehen.«

Sadie wurde wieder ernst. »Danke, dass du mich so unterstützt. Ich weiß, dass der Mutterschutz nicht Teil unseres Plans war.«

»Ach, sei still.« Cat zog sie in eine weitere Umarmung. »Solange du glücklich bist, bin ich es auch. Allerdings nur, wenn ich meine Stellung als Lieblingstante behalte.«

»Na klar.« Sadie lächelte wieder. »Trotzdem, danke. Es bedeutet mir sehr viel.«

Cat erwiderte ihr Lächeln. »Kein Problem. Wofür sind beste Freundinnen denn sonst da?«

Dank

Mein größter Dank gilt wie immer Jo Williamson bei Antony Harwood Ltd, ohne die ich das alles sicher nicht geschafft hätte. Deine Unterstützung bedeutet mir so viel und ich bin stolz, dass du nicht nur meine Agentin, sondern auch meine Freundin bist.

Als nächstes folgt meine Lektorin Emma Capron – danke für deine Engelsgeduld und dafür, dass du mir geholfen hast, Castle Court mit all seinen Geschichten zum Leben zu erwecken. Wenn es eine Supermacht wäre, witzige und gleichzeitig ermutigende Kommentare in ein Manuskript zu schreiben, dann würdest du die Welt regieren!

Von ganzem Herzen danke ich dem Team bei Simon & Schuster UK, besonders SJ Virtue, Laura Hough und Jess Barratt: eure Professionalität, euer Wissen und euer hervorragendes Gespür dafür, fantastische Cocktailbars aufzuspüren, machen euch zu einem absoluten Traum-Verlag.

Ich kann mich sehr glücklich schätzen, dass ich Freunde habe, die mich immer unterstützen – egal ob es darum geht, einen Plot weiterzuentwickeln oder nach Mitternacht in einer Wohnung in Venedig den Sicherungskasten zu finden. Cally Taylor, Julie Cohen, Kate Harrison, Miranda Dickinson und Rowan Coleman: Ich verneige mich vor eurer Genialität. Bitte reicht mir den Gin rüber.

Ein besonderes Dankeschön auch an Michelle Whittaker und Dave Canham von der South East Herts Bee Keepers Association. Danke, dass ihr mir eure Bienenstöcke gezeigt habt und dass ich die Bienen kennenlernen durfte. Ich habe viele faszinierende Dinge über Bienen gelernt, die nun ihren Weg in dieses Buch gefunden haben. Mögliche Fehler sind auf jeden Fall ganz allein meine Schuld.

Wie immer einen riesengroßen Dank und eine dicke Umarmung für T und E dafür, dass sie auch die dunkelsten Tage heller machen.

Und nicht zuletzt möchte ich mich bei euch allen bedanken, die ihr meine Bücher lest. Ich hoffe, es hat euch Spaß gemacht, in Castle Court einzukaufen!

Lesen Sie weiter >>

LESEPROBE

Eine Zeit voller Verführungen.
Eine Familie, die ihren Traum retten muss.

Stuttgart, 1926: Die junge, abenteuerlustige Serafina zieht zu ihrem Halbbruder Victor in dessen prächtiges Familienanwesen, das alle nur »Die Schokoladenvilla« nennen. Denn die Rothmanns sind weit über die Stadtgrenzen hinaus bekannt für ihre feinen Schokoladenkreationen, von denen sich auch Serafina nur zu gern verführen lässt. Mit ganzem Herzen stürzt sie sich in die Verlockungen der aufregenden neuen Zeit, und als sie den attraktiven Anton kennenlernt, verliebt sie sich Hals über Kopf. Doch Anton ist im Begriff, sich mit einer anderen zu verloben. Derweil wird das Schokoladenimperium der Rothmanns durch heimtückische Sabotageakte bedroht – und Serafina von einem dunklen Kapitel ihrer Vergangenheit eingeholt …

1. KAPITEL

Stuttgart, Ende April 1926

»Fräulein, wachen Sie auf!«

Die freundliche Stimme des Schaffners drängte sich ungebeten in Serafinas Träume. Verschlafen blinzelte sie ihn an. »Sind wir schon da?« Es erschien ihr unwahrscheinlich, das Quietschen der Bremsen überhört und das holpernde Ruckeln nicht bemerkt zu haben, das zuverlässig anzeigte, dass der Zug zum Stillstand kam.

Der Schaffner schmunzelte. »Wir sind in Stuttgart, das stand als Ziel auf Ihrer Fahrkarte. Und wenn Sie nicht aussteigen, fahren Sie mit uns weiter an den Bodensee.«

»Oh!« Serafina war nun schlagartig wach, stand auf, strich notdürftig ihr Kleid zurecht und schüttelte ihr zu einem akkuraten Bubikopf geschnittenes, rabenschwarzes Haar.

»Ich helfe Ihnen mit dem Gepäck«, bot der Schaffner an und holte Serafinas Koffer aus der Gepäckablage. Währenddessen zog sie rasch ihre Handschuhe an, nahm Handtasche und Mantel und verließ das Abteil. Der Schaffner folgte mit den beiden Koffern, stieg hinter ihr aus dem Waggon und reichte ihr das Gepäck.

»Vielen Dank«, sagte Serafina und nahm ihm die Koffer ab.

»Gern geschehen«, antwortete der Schaffner, »ich wünsche Ihnen einen schönen Aufenthalt, Fräulein.« Er tippte sich an die Schirmmütze.

Serafina nickte ihm noch einmal dankend zu und folgte anschließend dem Strom der Mitreisenden, die den Bahnsteig entlang zum Kopfende der Gleise eilten. Der rauchige Dampf der Lokomotive lag noch in der Luft, auch wenn er zwischen den Öffnungen der einzelnen Gleisüberdachungen rasch abzog. Durch eines der großen, runden Portale gelangte sie in eine geräumige Bahnhofshalle.

Während rechts und links von ihr die Menschen weiter den Ausgängen zueilten oder Angehörige begrüßten, blieb Serafina stehen. Sie sollte abgeholt werden, konnte im Moment aber noch niemanden ausmachen, der erkennbar nach ihr suchte. Dann musste sie wohl noch warten.

Sie setzte ihre Koffer ab, die gut gefüllt und dementsprechend schwer waren. Fast schien es, als schleppe sie in ihnen nicht nur ihre Kleidung, sondern auch all den Ballast der letzten Wochen mit – den kummervollen Abschied von ihrem Vater, die schreckliche Nacht im Metropol, die Ungewissheit, was sie in Stuttgart erwartete.

Ein leichter Kopfschmerz kündigte sich an. Vermutlich hatte sie zu lange nichts gegessen und zu wenig getrunken. Sie rieb sich den Nacken und versuchte, die sorgenvollen

Gedanken zu verdrängen. Irgendwie würde es weitergehen. Es musste.

Sie sah sich um.

Der Stuttgarter Bahnhof war ganz neu, wirkte mit seinen geraden, aber mächtigen Formen luftig und trutzig zugleich. Reger Lärm und eine unübersehbare Baustelle zeugten davon, dass hier noch längst nicht alles fertiggestellt war.

Ihr Blick fiel auf einen knallrot lackierten Automaten, mannshoch, der nur wenige Meter von ihr entfernt an einer Wand stand und den markanten Schriftzug *Rothmann* trug. Ein erster Willkommensgruß in der Fremde – denn ganz offensichtlich handelte es sich hier um einen Schokoladenautomaten aus der Firma ihres Halbbruders Victor.

Ein Stück Schokolade würde bestimmt gegen das Kopfweh helfen. Serafina trug ihr Gepäck ein Stückchen weiter, stellte es neben den Automaten und suchte dann in ihrer Handtasche nach ihrem Portemonnaie.

Sie hatte gerade ein Zehnpfennigstück herausgekramt und schickte sich an, es in den Münzschlitz zu stecken, als jemand seitlich hinter sie trat. Irritiert drehte sie sich um.

»Da hatten wir wohl beide denselben Einfall!«, meinte eine junge Frau, warf herausfordernd ein Geldstück in die Luft und fing es wieder auf. »*Mais après vous* – bitte, nehmen Sie sich zuerst.«

Serafina schloss intuitiv die Hand um ihre Zehnpfennigmünze und musterte ihr Gegenüber. Die dunkle, rauchige Stimme mit dem leicht französischen Akzent wollte nicht so recht zu diesem jugendlichen Gesicht, wohl aber zum schwarzen Anzug mit Weste und Krawatte passen, den die Frau trug. Auf ihrem kurz geschnittenen, glatten braunen Haar saß ein dunkler Herrenhut. Lediglich eine weiße Hemdbluse kontrastierte mit den gedeckten Farben der übrigen Kleidung.

Serafina zögerte noch kurz, zuckte dann mit den Schultern, wandte sich wieder dem Automaten zu und warf das Geld ein. Augenblicklich ertönte ein Kinderlied: *Es klappert die Mühle am rauschenden Bach.* Dazu setzte sich das Rad einer Mühle in Bewegung, die in einem verglasten Schaukasten zu sehen war. Das Mühlrad drehte sich einige Male, während die emaillierte Figur eines Müllers herbeieilte und eine kleine bemalte Blechdose in das Ausgabefach schob. Serafina nahm sie heraus und öffnete den Deckel.

»Hm, die sehen lecker aus!« Die junge Frau beugte sich ebenfalls über die Dose. »*Un bonbon au chocolat?* Mit Füllung?«

»Woher soll ich das wissen?«, erwiderte Serafina ein wenig schroff. Sie fühlte sich in diesem Augenblick bedrängt, doch als sie den begeisterten Ausdruck in den dunkelbraunen Augen der jungen Frau sah, verschwand die unangenehme Empfindung. »Probieren wir?«, fragte sie milder.

»Gern!«

Sie nahmen sich beide eines der runden, glänzend braunen Schokoladenbonbons.

»Ja, sie sind gefüllt«, stellte die junge Frau erfreut fest. »Mit Vanille.«

»Meines schmeckt nach Frucht, leicht säuerlich«, antwortete Serafina. »Ich glaube, Johannisbeeren.«

»In jedem Fall sind sie köstlich«, schloss die junge Frau. »Übrigens: Ich bin Lilou!« Sie zwinkerte ihr zu.

»Ich bin Serafina.«

»Ein schöner Name«, meinte Lilou spontan. »Die Feurige!«

»Die Feurige?«

»Ja, das ist die Bedeutung von Serafina. Sie passt zu dir!« Lilou war formlos zum Du übergegangen.

Serafina lachte verlegen. »Sie … du kennst mich doch gar nicht!«

»Das mag sein, aber ich kenne mich mit Menschen aus.«

»Ach so … also gut. Und was bedeutet Lilou?«

»Ich heiße eigentlich Louise, das bedeutet Kämpferin. Aber Louise nennt mich niemand«, erklärte Lilou. »So, und jetzt hole ich mir auch von diesen Schokoladenbonbons. Sie sind fein!«

Serafina trat einen Schritt zur Seite, und Lilou zog sich ebenfalls eine Dose.

»Woher kommst du, Serafina?«, fragte sie, als die Musik wieder verstummt und das Mühlrad zum Stillstand gekommen war.

»Aus Berlin. Und du?«

»Ich komme aus Paris.«

»Aus Paris?« Serafina horchte auf. Sie hatte den ganz leichten französischen Akzent inzwischen herausgehört, doch dass Lilou Pariserin war, machte diese Begegnung noch einmal interessanter. »Und weshalb bist du hier in Stuttgart?«

»Kennst du Josephine Baker?«

Serafina schüttelte den Kopf.

»*Non?*« Lilou blinzelte ungläubig. »Sie ist Tänzerin, die Größte! Du musst sie unbedingt kennenlernen. Weißt du, wo der Friedrichsbau ist?«

»Nein. Ich bin eben erst in Stuttgart angekommen.«

Lilou sah auf Serafinas Koffer und lachte. »Ja, natürlich. Das war dumm von mir, entschuldige. Der Friedrichsbau ist ein Theater hier in Stuttgart. Dort gibt sie ein Gastspiel nächste Woche. Das musst du dir unbedingt ansehen!«

»Ich muss erst einmal abwarten …«, meinte Serafina zurückhaltend.

»Du wirst etwas verpassen, wenn du nicht kommst!« Lilou griff in die Innentasche ihrer Anzugjacke, holte einen Stift und eine weiße Karte hervor und notierte einige Dinge. »Hier«, sagte sie dann und hielt Serafina die beschriebene Karte hin, »das ist mein Name, Lilou Roche. Ich habe auch den Namen unseres Hotels vermerkt. Übrigens reisen wir übernächste Woche nach Berlin weiter.«

»Wirklich? Nach Berlin?«

»Ja. Josephine tritt seit dem Jahresanfang regelmäßig im Nelson-Theater auf.«

Jetzt erinnerte sich Serafina an eine entsprechende Ankündigung und die Berichte in den Zeitungen. »Josephine Baker – sie hat eine andere Hautfarbe, nicht wahr?«

Lilou lächelte breit. »Ah, du kennst sie doch!«

»Sie ist Stadtgespräch in Berlin!«, sagte Serafina. Sie spürte, wie eine flirrende Aufregung von ihr Besitz ergriff. Die Welt der Revuen und des Theaters besaß eine gewisse

Anziehungskraft – zugleich hatte sie etwas Abstoßendes. Sie war gefährlich, die Demimonde – und ihr Vater darauf bedacht gewesen, sie davor zu schützen.

Serafina sah auf die Karte. »Hm – Hotel Marquardt in der Schloßstraße. Ich kenne mich nicht aus in Stuttgart.« Sie überlegte kurz. »Und ich weiß auch nicht, ob es passend wäre, hier eine Revue zu besuchen.«

»Warum denn nicht? Alle wollen Josephine Baker sehen!« Lilou klatschte in die Hände. »Überleg es dir, *ma chère* Serafina. Jetzt muss ich weiter. Bis bald!« Damit warf sie Serafina eine Kusshand zu und verschwand rasch im Bahnhofstrubel.

Serafina steckte die Karte ein und schüttelte ungläubig den Kopf. Ausgerechnet hier in Stuttgart, weit weg vom ungestümen Berlin, traf sie an einem Schokoladenautomaten im Bahnhof auf ein Mitglied von Josephine Bakers Entourage. Manchmal hielt das Leben unerwartete Überraschungen bereit. Sie nahm sich noch ein Schokoladenbonbon. Der Kopfschmerz war verflogen.

Während sie die zartbittere Süße auf ihrer Zunge schmeckte und darüber nachdachte, dass Lilous direkte und frische Art weder zu ihrem strengen Anzug noch zu ihrer Stimme passte, sah sie einen älteren Herrn auf sich zukommen.

»Fräulein Rheinberger?« Er trug eine dunkle Chauffeursuniform mit passender Schildmütze, die auf einem schlohweißen Haarkranz saß.

»Ja?« Serafina schluckte die Schokolade hinunter.

»Mein Name ist Theo, verzeihen Sie bitte die Verspätung. Ich bin der Chauffeur der Rheinbergers.«

»Guten Tag, Theo«, antwortete Serafina, froh, nicht länger warten zu müssen.

»Herr Rheinberger lässt ausrichten, dass er gern selbst gekommen wäre, aber in der Fabrik nicht abkömmlich ist«, meinte Theo und wandte sich ihren Koffern zu. »Darf ich?«

»Ja, gern.«

Serafina folgte ihm durch ein weiteres Portal, das in eine mit Sandstein verkleidete Empfangshalle führte. Durch großzügige Fenster fiel das Sonnenlicht herein und zauberte eine heitere Atmosphäre in den nahezu sakral anmutenden hohen Raum. Über eine breite und von einem geschwungenen Geländer gesäumte Treppe ging es hinunter, am Bahnhofsschalter, der Post und einem Kiosk vorbei, zum Ausgang.

Lärmen und Hupen belebte die Kulisse, als sie die Doppeltür passiert hatten und auf den Bahnhofsvorplatz traten.

»Kommen Sie!« Theo deutete nach rechts, wo vor einer imposanten Pfeilerhalle, die die blockigen Hauptgebäude des Bahnhofs verband, einige Kraftdroschken warteten.

Serafina folgte ihm und wäre beinahe über den Handkarren einer älteren Frau gestolpert, den sie inmitten des Fahrzeuggewirrs gar nicht gesehen hatte. »Passet se doch auf!«, tönte es an ihr Ohr. Ein Fahrradfahrer, der sich von der anderen Seite näherte, klingelte unwirsch.

Theo hatte zwischenzeitlich einen in dunklem Bordeauxrot lackierten Mercedes erreicht und damit begonnen, ihr Gepäck einzuladen. Als Serafina zu ihm aufschloss, hielt er ihr mit einer leichten Verbeugung den Wagenschlag auf. Sie stieg ein.

Im Innenraum des Automobils roch es nach Leder und

Politur und sehr neu. Das Fahrzeug war sorgfältig gepflegt, kein Staubkorn verunzierte die Holzverkleidungen, und die Armaturen glänzten. Alles strahlte Noblesse und gediegenen Reichtum aus, genauso wie sie es erwartet hatte.

Victor war wohlhabend, das wusste Serafina. Wie oft hatte ihr Vater stolz von seinem einzigen Sohn erzählt, der in Stuttgart ein florierendes Unternehmen führte. Das wiederum hatte in ihr eine widersinnige Eifersucht ausgelöst, die sie sich selbst nie richtig erklären konnte – zumal sie sich weder für missgünstig noch für kleingeistig hielt. Dennoch war es ihr schwergefallen zu akzeptieren, dass es irgendwo auf dieser Welt außer ihr noch jemanden gab, dem ihr Vater nahestand, jemanden, den er achtete und offenkundig auch sehr liebte. Friedrich Rheinberger war sogar einen Schritt weiter gegangen: Sein Testament enthielt eine Verfügung, die Serafina nach seinem Tod in Victors Obhut gab – eine Vormundschaft, die erst mit ihrem einundzwanzigsten Geburtstag im Januar enden würde. An diesem Tag erhielte sie auch ihr Erbteil ausbezahlt.

Vater. Der Gedanke an ihn schmerzte.

Mit einem leisen Seufzen schluckte Serafina den Kloß hinunter, der plötzlich ihre Kehle zuschnürte, zog den Rock ihres hellbraunen Reisekleids zurecht, legte den Mantel über ihren Schoß und ihre Handtasche neben sich. Deren orangebraunes Kunstleder kontrastierte hübsch mit dem schwarzen Leder der Sitzbank, das sich durch die einfallende Sonne aufgeheizt hatte. Es war stickig, und nicht nur deswegen hoffte Serafina, dass die letzte Strecke ihrer Reise nicht allzu lang dauern würde. Sie fühlte sich wie gerädert, obwohl sie die letzten Stunden im Zug vornehmlich schlafend und dösend verbracht hatte.

»So, Fräulein Rheinberger.« Theo stieg nun ebenfalls ein und nahm auf dem Fahrersitz Platz. »Dann wollen wir mal. Sie werden sehen, sobald wir nach Degerloch hinaufkommen, ist es schön ruhig. Und die Luft dort ist ganz frisch. Da können Sie sich von der Reise erholen.«

Er startete den Wagen, wendete und fädelte sich geschickt in den unregelmäßigen Verkehr auf Stuttgarts Straßen ein.

Serafina lehnte sich zurück und ließ ihren Blick durch das Seitenfenster nach draußen wandern, doch die schmucken Gebäude zogen an ihr vorbei, ohne dass sie sie richtig wahrnahm. Immer wieder musste sie die erneut aufkommende Müdigkeit wegblinzeln, um nicht einzuschlafen.

Sie hatte sich gefügt in diesen letzten Willen ihres Vaters. Zunächst war der Gedanke, Berlin verlassen zu müssen, schrecklich gewesen. Inzwischen war sie froh, dadurch Abstand zwischen sich und die Ereignisse der letzten Tage dort zu bringen. In Stuttgart würde sie Ruhe finden, um darüber nachzudenken, wie ihr Leben weitergehen sollte.

Theo bog auf eine breite Panoramastraße ein, die sich bald in eleganten Kurven einen Berg hinaufzog, vorbei an gepflegten Stadthäusern, sattgrünen Weinbergen und prächtigen Villenanwesen, manche mit Türmchen. Hier wohnten zweifellos wohlhabende Bürger.

»Wir fahren gerade die Neue Weinsteige hinauf«, erklärte Theo, der ihr die Fahrt offenbar angenehm gestalten wollte.

»Sehen Sie sich Stuttgart von hier oben an! So herrliche Ausblicke.«

»In der Tat«, erwiderte Serafina matt. Theo zuliebe richtete sie sich dennoch auf, um auf die Stadt zurückzuschauen, die im Licht der allmählich untergehenden Sonne anmutig und friedlich dalag. Ganz anders als das lebhafte Berlin, das niemals Ruhe zu finden schien.

Sie überholten eine gelb lackierte Straßenbahn, die ebenfalls bergauf fuhr, und als sie schließlich die Filderhöhe erreicht hatten, bog Theo links in einen Ort ein, dessen dörfliche Anmutung Serafina einen Moment lang zweifeln ließ, ob sie sich noch auf dem richtigen Weg befanden. Sie kamen an Bauernhöfen, Handwerkerhäusern und Dorfwirtschaften vorbei, querten dann einen Gürtel aus Wiesen und Bäumen und befanden sich plötzlich inmitten einer Ansiedlung herrschaftlicher Wohnsitze.

Theo fuhr noch zwei Ecken weiter, dann wurde der Wagen langsamer, bog in eine kurze Zufahrt ein und passierte ein hohes Eisentor, das in Erwartung ihrer Ankunft weit geöffnet war. Bis zum Haus waren es nur wenige Meter.

»Da sind wir«, meinte Theo nicht ohne Stolz, als er das Automobil zum Stehen gebracht hatte. »Willkommen in Ihrem neuen Zuhause, Fräulein Rheinberger!«